Du même auteur, chez le même éditeur :

Drenaï :
Légende
(Prix Tour Eiffel de science-fiction 2002)
Légende - édition collector
Le Roi sur le Seuil
Waylander
Waylander II : dans le Royaume du Loup
Druss la Légende
La Légende de Marche-Mort
La Quête des héros perdus

Les Pierres de sang :
L'Homme de Jérusalem
L'Ultime Sentinelle

Rigante :
1. *L'Épée de l'Orage*
2. *Le Faucon de Minuit*
3. *Le Cœur de Corbeau*

Romans isolés :
Dark Moon
L'Étoile du Matin
L'Écho du Grand Chant

Du même auteur, chez d'autres éditeurs :

Le Lion de Macédoine (cycle)

Renégats

www.bragelonne.fr

David Gemmell

L'Épée de l'Orage

Rigante - livre premier

Traduit de l'anglais (Grande-Bretagne) par Alain Névant

Bragelonne

Collection dirigée par Stéphane Marsan et Alain Névant

Titre original : *Sword in the Storm*

1ere édition : mai 2004
2e tirage : août 2006

Illustration de couverture :
© Didier Graffet

ISBN : 2-914370-87-3
ISBN13 : 978-2-914370-87-5

Bragelonne
35, rue de la Bienfaisance - 75008 Paris - France

E-mail : info@bragelonne.fr
Site Internet : http://www.bragelonne.fr

DÉDICACE

L'Epée de l'orage est dédié avec amour à Stella Graham, en remerciements les plus sincères pour dix-huit années d'une grande amitié durable.

REMERCIEMENTS

Merci à mes éditeurs Liza Reeves et Broo Doherty, ainsi qu'à Alan Fisher, Val Gemmell, Mary Sanderson, Bill Woodford, Tony Fenelon et Jan Dunlop pour avoir nourri mon imagination. Merci également à toute l'équipe de Deep Pan Pizza, les Crumbles, d'Eastbourne, pour leur chaleur, leur gentillesse, et leur Americano avec supplément bacon et pepperoni.

Prologue

La dernière fois que je l'ai vu, j'étais encore un enfant ; garçon maigre aux cheveux blonds qui vivait dans les Highlands. C'était l'après-midi de mon onzième anniversaire. Ma sœur était morte en couches la veille, le bébé avec elle. Mon père, déjà veuf, restait inconsolable, aussi quittai-je la ferme de bonne heure pour le laisser à son chagrin. J'étais triste également, mais comme c'est souvent le cas avec les enfants, je préférais m'apitoyer sur mon sort. En mourant, Ara avait gâché mon anniversaire. Rien qu'à l'évoquer aujourd'hui, j'en frémis encore de honte.

Je m'étais promené dans les bois la majeure partie de la matinée, pour jouer à la guerre. J'étais un héros qui pourchassait ses ennemis. J'étais le plus dangereux épéiste au monde : le roi Démone-Lame.

Je l'avais rencontré une fois auparavant, lorsqu'il était entré à cheval avec plusieurs de ses compagnons dans notre ferme isolée. Ils ne faisaient que passer, mais mon père leur avait offert de l'eau et un peu de pain. Le roi avait mis pied à terre pour venir remercier père ; ils avaient parlé de la sécheresse de l'été et des problèmes qui en découlaient. Je crois que je devais avoir dans les cinq ans ; tout ce dont je me souviens, c'est qu'il était très grand et que ses yeux étaient bizarres : l'un était marron fauve, l'autre vert, comme un joyau. Mon père lui avait raconté que notre unique taureau était mort, frappé par la foudre. Trois jours plus tard, un cavalier était venu avec un magnifique taureau à longues cornes, et nous l'avait offert. Après cela, mon père était devenu un fidèle du roi.

J'avais juste onze ans lorsque je l'ai revu. Fatigué de jouer tout seul, j'étais parti chez mon cousin dans la vallée du Rift à quelque cinq kilomètres de la maison. Il m'avait donné à manger et je l'avais aidé à couper du bois. Je faisais rouler les bûches jusqu'à lui et les plaçais sur la souche. D'un coup de hache, il les fendait en deux. Après avoir fini de le couper, nous avions rangé le bois en piles derrière le mur nord de la maison.

Comme j'étais fatigué, j'aurais bien voulu dormir là, mais je savais que père serait inquiet. Aussi, une heure avant la tombée de la nuit, je pris le chemin de la maison, à travers les collines de Balg jusque dans les bois. Mon trajet me fit passer près du vieux cercle de pierres. Père m'avait raconté que des géants l'avaient bâti dans un âge défunt, mais ma tante, elle, pensait que c'étaient en fait des géants transformés en pierre par une malédiction de Taranis. Je ne sais pas laquelle des deux histoires est vraie, mais le cercle est un lieu merveilleux. Dix-huit énormes pierres dressées, mesurant chacune plus de six mètres de haut, en roche dure et dorée, et qui donc ne ressemblent en rien au granit grisâtre qu'on trouve dans les montagnes Druagh.

Je n'avais pas vraiment l'intention de me rendre dans le cercle, car ce n'était pas exactement mon chemin. Mais, alors que j'avançais au milieu des arbres, je vis une meute de loups. Je m'arrêtai pour ramasser une pierre. Les loups attaquent rarement les hommes. Ils préfèrent nous éviter. Je les comprends. Nous les chassons pour les tuer dès que nous en avons l'occasion. Le chef de la meute se tenait immobile et me fixait de ses grands yeux dorés. Un frisson me parcourut et j'eus la certitude que ce loup n'avait pas peur.

L'espace d'un instant, je lui renvoyai son regard. C'est alors qu'il s'élança comme une flèche. Je laissai tomber ma pierre et, faisant demi-tour, m'enfuis à toutes jambes. Je savais qu'ils étaient à mes trousses, aussi courais-je le plus vite possible, sautant par-dessus des troncs d'arbres, et me frayant un passage à travers les fougères. Sous le coup de la panique, je fuyais sans savoir où j'allais. J'arrivai à la limite supérieure des bois, à quelques mètres à peine du cercle de pierres. Continuer signifiait ma mort. Cette prise de conscience soudaine me permit de maîtriser ma peur, et mon esprit commença à voir plus clair.

Il y avait une branche basse devant moi. D'un bond, je l'attrapai et me hissai dessus. Le chef de la meute était juste derrière moi. Lui aussi bondit, et ses dents se refermèrent sur ma chaussure, l'arrachant de mon pied. Je grimpai un peu plus haut et les loups s'installèrent en silence au pied de l'arbre.

À présent en sécurité, je laissai la colère l'emporter. Contre moi-même et contre les loups. Je cassai une branche sèche et la lançai sur la meute. Ils s'écartèrent et se mirent à tourner autour de l'arbre.

C'est à ce moment-là que j'entendis des cavaliers. Les loups se dispersèrent et décampèrent dans les bois. J'étais sur le point d'appeler les nouveaux venus quand quelque chose m'arrêta. Je ne peux dire quoi. Je ne crois que pas que c'était de la peur, mais une sorte de sentiment de danger imminent. Quoi qu'il en soit, je m'allongeai sur l'épaisse branche afin de voir les cavaliers pénétrer dans le cercle de pierres. Ils étaient neuf. Tous portaient dagues et épées. Leurs habits étaient de bonne qualité, et leurs chevaux très grands, comme ceux que chevauchaient les Loups de fer du roi. Ils mirent pied à terre et sortirent du cercle pour aller attacher leurs montures non loin.

— Tu penses qu'il va venir ? s'enquit l'un d'entre eux.

Je le revois comme si c'était hier : grand, large d'épaules, les cheveux blonds nattés sous un heaume de fer bruni.

— Il va venir, répondit un autre. Il souhaite la paix.

Ils rejoignirent leurs camarades qui s'étaient assis à l'intérieur du cercle. N'ayant pas encore décidé de révéler ma présence, je restai silencieusement allongé. Ils parlaient à voix basse et je n'arrivais à discerner clairement que quelques mots.

Le soleil descendait et je me décidai à affronter les loups pour rentrer chez moi. C'est alors que j'aperçus le cavalier sur l'étalon blanc. Je le reconnus aussitôt.

C'était Démone-Lame, le roi.

Je ne peux pas vous dire à quel point j'étais excité. Même à l'époque il était déjà presque un mythe. Sa barbe rougeoyait comme de l'or dans le soleil couchant. Il portait un heaume d'argent étincelant à ailettes, un plastron embossé d'un faon pris dans des ronces, blason de sa maison, et sa fameuse cape en patchwork. Ceinte à sa taille se trouvait la légendaire épée Seidh avec sa poignée en or. Il entra dans le cercle et arrêta son étalon. Puis il contempla les hommes réunis. J'avais l'impression qu'ils étaient tendus, presque effrayés par sa simple présence. Comme il descendait de selle, les hommes se levèrent.

Je voulais descendre pour m'approcher de cette légende vivante, quand il dégaina son épée et la planta dans la terre devant lui. L'homme aux cheveux blonds nattés fut le premier à parler.

— Joins-toi à nous, Connavar. Parlons d'un nouveau traité de paix.

Démone-Lame resta silencieux un instant, ses grandes mains posées sur le pommeau de son épée, sa cape en patchwork virevoltant dans la brise.

— Vous ne m'avez pas fait venir ici pour parler, dit-il d'une voix forte et profonde. Vous m'avez fait venir pour que je meure. Alors, venez, traîtres. Je suis là. Et je suis seul.

Lentement, ils dégainèrent leurs épées. Je pouvais sentir leur peur.

Puis, alors que le soleil tombait dans une gerbe de feu pourpre, ils passèrent à l'attaque.

Chapitre premier

La nuit où le grand homme est né, un violent orage avançait par le nord, même si pour le moment ses bas nuages noirs restaient cachés derrière les pics acérés et enneigés des montagnes de Druagh. L'air nocturne à l'extérieur de la hutte où avait lieu l'accouchement était encore lourd et calme. Les étoiles étincelantes de Caer Gwydion brillaient dans le ciel, et la pleine lune éclairait telle une lanterne les terres de la tribu des Rigantes.

Tout était silencieux à l'intérieur de la hutte de Varaconn, le chasseur de chevaux au regard doux. Celui-ci était assis à côté de sa femme et lui tenait la main. Meria, que la douleur venait d'abandonner un instant, lui sourit.

— Ne t'inquiète pas, murmura-t-elle. Vorna dit que notre garçon sera en bonne santé.

Le jeune homme blond posa le regard de l'autre côté de la hutte ronde où la sorcière était accroupie près d'un brasero en fer. Elle était en train de briser des sceaux au-dessus de trois pots en grès afin de mesurer la quantité de poussière noire. Varaconn frissonna.

— Il est l'heure de lui donner son nom d'âme, déclara Vorna sans se détourner de sa tâche.

Varaconn libéra à contrecœur la main de son épouse. Il n'aimait pas la maigre sorcière, mais de toute façon, personne ne l'aimait. Il était difficile d'aimer quelque chose qu'on craignait, et Vorna la Brune était une créature extralucide, dont les yeux bleus ressemblaient à des gros boutons qui ne cillaient jamais. Comment se pouvait-il, se demanda Varaconn, qu'une vieille fille sans expérience personnelle du sexe ou de la naissance en sache autant sur le métier de sage-femme ?

Vorna se leva et se retourna en lui jetant un regard maléfique.

— Ce n'est pas le moment de se poser des questions stupides, lui dit-elle.

Varaconn sursauta. Avait-il posé la question à voix haute ? Non, impossible.

— Son nom d'âme, fit-elle. Va, à présent.

Il prit une fois de plus la main de sa femme dans la sienne et la porta à ses lèvres. Meria sourit. Mais un nouveau spasme de douleur passa sur son visage. Varaconn recula jusqu'à la porte.

— Tout se passera bien, affirma Vorna.

Il passa sa cape à damier bleu et vert autour de ses frêles épaules et sortit dans la nuit.

Il faisait chaud, l'air était mielleux, et pourtant, l'espace d'un moment du moins, il parut plus frais que dans la hutte. Varaconn prit une bouffée à pleins poumons. L'odeur de l'herbe des montagnes et des pins était forte dès qu'on s'éloignait un peu des habitations. Il distingua également une senteur de chèvrefeuille. Comme il s'habituait petit à petit à la chaleur de cette nuit d'été, il retira sa cape et la posa sur le banc situé autour du tronc du vieux saule pleureur.

C'était l'heure de lui donner son nom d'âme, avait dit Vorna.

À cet instant, seul sous les étoiles, Varaconn se sentit adulte pour la première fois au cours de ses dix-neuf ans. Il était sur le point de trouver le nom d'âme de son fils.

Son fils !

Rien que d'y penser, son cœur se gonflait.

Il suivit l'ancienne piste des chèvres et s'en alla sur les flancs verdâtres du Caer Druagh, la Vieille Montagne. Il se mit à grimper. Alors qu'il cheminait sur les hauteurs de la vallée, il fut assailli d'une foule de pensées. Il se remémora son propre père et se demanda à quoi il avait pu penser en gravissant la même pente dix-neuf ans plus tôt. Quels rêves avait-il nourris pour l'enfant qui allait naître ? Son père avait trouvé la mort dans une bagarre avec des Pannones lorsqu'il n'avait que six ans. Sa mère était passée de l'autre côté de l'Eau sombre un an plus tard. Les derniers souvenirs que Varaconn avait d'elle étaient ceux d'une femme squelettique, les yeux creusés, crachant du sang et du phlegme.

Devenu orphelin, Varaconn avait été élevé par un oncle irascible qui ne s'était jamais marié et qui détestait la compagnie des gens. Le vieil homme, le cœur sur la main, avait essayé d'être un bon père pour le garçon mais lui avait transmis – en plus d'un grand nombre de bons enseignements – sa méfiance des autres. En conséquence de quoi, Varaconn ne chercha jamais à être populaire et fut toujours mal à l'aise dans l'intimité. Il n'était ni populaire ni impopulaire auprès des autres jeunes Rigantes, et sa vie avait été largement insignifiante, n'étaient deux choses : son amitié avec Ruathain, le premier guerrier, et son mariage avec la belle Meria.

Varaconn fit une pause dans son ascension et baissa le regard vers le village de Trois-Ruisseaux en contrebas. La plupart des maisons étaient sombres, car il était près de minuit et les Rigantes étaient une communauté fermière dont les villageois se levaient avant l'aurore. Mais des flammes de lanternes vacillaient quand même à quelques fenêtres. Banouin, l'étranger, était certainement en train de faire son inventaire pour son prochain voyage en mer, et Cassia, la Fille de la Terre, divertissait un invité, initiant un sang jeune aux délices nocturnes de l'union.

Varaconn reprit sa route.

Son mariage avec Meria en avait surpris plus d'un, car son père avait reçu une vingtaine de jeunes hommes qui voulaient sa main – y compris Ruathain. Meria les avait tous rejetés. Varaconn n'avait pas fait partie des soupirants. Homme modeste, il avait pensé qu'elle n'était pas à sa portée de quelque manière que ce soit.

Puis, un jour, alors qu'il apaisait une pouliche dans l'enclos de la prairie supérieure, elle était venue le voir. Ce jour resterait à jamais gravé dans sa mémoire, comme baigné d'une aura resplendissante. Meria s'était accoudée à la barrière alors que Varaconn faisait le tour de l'enclos. Il ne l'avait pas aperçue tout de suite, tellement il était absorbé par la pouliche. Il aimait les chevaux et avait passé la majorité de sa vie à les observer. Il avait remarqué que les chefs de troupeau étaient toujours des femelles et qu'elles disciplinaient les poulains turbulents en les éloignant du refuge du troupeau. Seul, le poulain prendrait peur, car il sait que les prédateurs se jettent sur les jeunes isolés. Plus tard, la jument permettrait à la bête récalcitrante de rejoindre le troupeau. Une fois réprimandé, il resterait pour toujours obéissant. Varaconn se servait d'une technique similaire pour dresser les poneys. Il isolait une bête sauvage dans un enclos rond, puis, à l'aide d'une corde qu'il faisait claquer, il la faisait courir le long du périmètre intérieur de la barrière. L'instinct du cheval lui disait de fuir le danger, et de ne se retourner qu'une fois à l'abri pour voir ce qui l'avait effrayé. Varaconn faisait galoper le poney depuis déjà un certain temps ; puis, ignorant que Meria l'observait, il baissa les épaules et tourna le dos à la pouliche. Le poney baissa la tête et se rapprocha de lui. Varaconn continua de marcher, changeant lentement de direction. L'animal le suivit pas à pas. Tout en se déplaçant, il parlait à la bête d'une voix douce. Finalement, il se retourna pour lui faire face et lui frotta le front et le cou.

— Tu parles plus facilement aux chevaux qu'aux femmes, avait dit Meria.

Varaconn était devenu rouge pivoine.

— Je… Je ne suis pas très doué avec les mots, avait-il répondu.

Il essaya de l'ignorer et continua de travailler avec la pouliche. Une heure plus tard, il faisait tranquillement le tour de l'enclos sur son dos. De temps à autre, il avait jeté un coup d'œil en direction de Meria. Elle ne semblait pas vouloir partir. Au bout du compte, il mit pied à terre, prit une profonde inspiration et s'approcha d'elle. Timide et étriqué, il n'osa pas la regarder dans les yeux. Pourtant, il la vit suffisamment pour que son cœur s'emballe. Elle portait une longue robe verte maintenue à la taille par une grosse ceinture avec des fils d'or. Ses longs cheveux noirs lui tombaient sur les épaules, à l'exception d'un chignon sur le haut du crâne. Elle était pieds nus.

— Tu veux acheter un poney ? lui avait-il demandé.

— Peut-être. Pourquoi la pouliche t'a-t-elle obéi d'un seul coup ?

— Elle avait peur. Je l'ai fait courir, mais elle ne savait pas quel était le danger. Est-ce que tu as vu comment sa bouche claquait en galopant ?

— Oui. Elle avait l'air très en colère.

— Ce n'était pas de la colère. Les poulains font la même chose. Elle régressait à un stade enfantin. Elle me disait : « J'ai besoin d'aide. S'il te plaît, sois mon chef. » C'est pour cela que j'ai baissé les épaules et que je me suis détourné. Elle est venue aussitôt vers moi pour rejoindre mon troupeau.

— Est-ce que cela veut dire que tu es son étalon ?

— En fait, cela ferait plutôt de moi la jument en chef. Les étalons se battent, mais les juments commandent aux troupeaux.

— Ruathain dit que tu es un grand guerrier et un homme bon.

Cela l'avait surpris. Il lui avait aussitôt jeté un coup d'œil afin de voir si elle se moquait de lui. Elle avait des yeux verts. De grands yeux. Si beaux. Pas le vert des feuilles l'été, mais celui, éternel et brillant, des pierres précieuses. Et pourtant ils n'étaient pas froids...

— Tu me regardes fixement, l'avait-elle taquiné.

Varaconn avait cligné des yeux et détourné la tête, honteux. Elle avait repris la parole.

— Ruathain dit que tu es resté à ses côtés face aux Pannones, et que tu as même brisé leur charge.

— Il est trop bon. Il sait pertinemment que j'avais trop peur pour m'enfuir, avait-il avoué. Ruathain était comme un roc – le seul endroit calme dans une mer en furie. Je n'ai jamais vu son pareil. La bataille était chaotique : des hommes hurlaient, les épées s'entrechoquaient. Tout se passait à un rythme effréné. Mais Ruathain, lui, restait calme. On aurait dit un dieu. Impossible d'imaginer qu'il puisse être blessé.

Elle avait eu l'air ennuyée, mais il n'avait pas compris pourquoi.

— Oui, oui, oui, avait-elle fait. Tout le monde sait que Ruathain est un héros. Il a demandé ma main. J'ai refusé.

— Mais pourquoi donc ? C'est un homme merveilleux.

— Est-il possible que tu sois si bête, Varaconn ? lui avait-elle lancé avant de s'en aller à grands pas.

Complètement désemparé, il était allé se confier à Ruathain. Le puissant jeune guerrier blond était de sortie avec trois de ses gardiens de troupeau. Ensemble, ils construisaient un mur de pierre en travers de la gorge du ravin au nord de la vallée supérieure.

— Chaque bon sang d'hiver, expliqua Ruathain en ajustant un gros morceau de pierre, une partie de mon troupeau se fait piéger ici. Cela n'arrivera plus.

Varaconn avait mis pied à terre pour aider quelques heures les hommes qui s'affairaient. Puis, au cours d'une pause, Ruathain l'avait pris par le bras pour l'emmener à l'écart près d'un petit ruisseau.

— Tu n'es pas venu jusqu'ici pour m'aider à construire un mur. Qu'est-ce qui te tracasse, mon ami ?

Sans attendre la réponse, le guerrier avait ôté son maillot, son pantalon et ses bottes pour aller dans l'eau.

— Par Taranis, qu'elle est froide ! s'exclama-t-il.

Le ruisseau ne faisait que quelques centimètres de profondeur, et courait sur un lit de galets ronds et blancs. Ruathain s'allongea afin que l'eau glisse sur tout son corps.

— Bon sang, ça fait du bien, cria-t-il en roulant sur le ventre.

Varaconn s'était assis au bord du ruisseau pour regarder son ami. Malgré sa puissance physique, son grand visage plat et ses longues moustaches blondes tombantes, il y avait quelque chose de merveilleusement enfantin chez Ruathain : la capacité apparemment infinie de trouver un maximum de joie dans quelque activité que ce soit. Le guerrier s'était aspergé le visage et avait passé les doigts dans ses cheveux. Puis, il s'était levé pour sortir de l'eau. Il avait souri à Varaconn.

— Tu aurais dû me rejoindre.

— J'ai besoin d'un conseil, Ru.

— Tu as des ennuis ?

— Je ne crois pas. Mais je ne sais pas quoi faire.

Il lui avait alors raconté la visite de Meria. Et tout en parlant, il avait vu l'expression du jeune guerrier se durcir, pour finalement être remplacée par un air triste. Varaconn avait maudit sa bêtise. Ruathain avait demandé la main de Meria. Visiblement il était amoureux d'elle.

— Je suis désolé, Ru. Je suis un crétin, avait-il dit. Excuse-moi de t'avoir dérangé.

Ruathain s'était fendu d'un sourire forcé.

— Oui, tu es un crétin. Mais tu es aussi mon ami. Apparemment, elle ne veut pas de moi, mais je crois bien qu'elle t'aime. Va voir son père.

— Mais comment peut-elle m'aimer ?

— Bon sang, ça je n'en sais rien, répondit tristement Ruathain. Je ne comprends rien aux femmes. Lorsque nous étions tous enfants, elle nous suivait partout. Tu te souviens ? Nous lui lancions des bouts de bois et lui criions de s'en aller.

— Je ne lui ai jamais rien lancé, affirma Varaconn.

— Alors, c'est peut-être pour cela qu'elle t'aime. À présent, va te faire beau. Cefir ne tolérera pas un courtisan habillé de façon miteuse. Mets ton plus beau manteau et ton plus beau pantalon.

— Je n'y arriverai pas, avait déclaré Varaconn.

Mais il y était arrivé. Le mariage avait eu lieu trois semaines plus tard, au premier jour de l'été, durant la fête de Beltine.

Il s'en était suivi la plus belle année de sa vie. Meria était une joie de tous les instants, et Varaconn avait du mal à croire à sa bonne étoile. Le printemps suivant, il avait attrapé et dressé soixante-deux poneys. Seize d'entre eux étaient de grande qualité, et il en avait vendu la plupart comme monture de cavalerie aux nobles qui servaient le Grand Laird. Varaconn avait fait un gros profit, aussi avait-il décidé de s'acheter une épée en fer, comme celle, empruntée, qu'il portait aujourd'hui à la taille.

Il toucha la garde, y puisant sa force. Pourtant, un sentiment de peur le reprit.

Demain, les Rigantes devaient partir en guerre contre les pillards des mers, qui campaient derrière le fleuve Seidh. Varaconn détestait la violence et n'était doué ni à l'épée ni à la lance. Ce qu'il avait dit à Meria était vrai. Lorsque les Pannones avaient chargé, il était resté paralysé sur place au côté du puissant Ruathain. Pourtant il s'était battu, maniant son épée de bronze sous la furie de la peur, et les Pannones s'étaient enfuis. Ruathain en avait blessé trois et tué un.

Varaconn avait prié pour ne jamais retourner à la guerre. Cette peur s'était transformée en terreur cinq jours plus tôt, lorsqu'il avait tué le corbeau. Il montait un poney sauvage et galopait dans les collines. Comme il arrivait sur une crête, un corbeau s'était envolé des hautes herbes. Surpris, l'animal s'était cabré en martelant l'air avec ses sabots. Le corbeau était tombé mort sur le coup. Varaconn avait été horrifié. La *geasa* qu'il avait reçue à sa naissance prophétisait qu'il trouverait la mort dans la semaine où il tuerait un tel oiseau.

Il avait fait part de ses craintes à Ruathain.

— C'est le cheval qui l'a tué, avait dit celui-ci. Tu n'as pas brisé ta *geasa.* Inutile de t'inquiéter. Reste à mes côtés, cousin, et tu sortiras vivant de cette bataille.

Mais cela n'avait pas rassuré Varaconn.

— C'est moi qui montais le poney. Il était sous mon contrôle.

La panique de Varaconn était telle que Ruathain avait fini par dégainer son épée en fer forgé, admirablement ciselée.

— Prends ça. Elle est bénite par quatre grands sorts druidiques. Celui qui la porte dans la bataille ne peut pas mourir.

Varaconn savait qu'il aurait dû refuser. Cette arme n'avait pas de prix. La plupart des guerriers avaient des armes en bronze, mais Ruathain, lui, s'était rendu sur la côte deux ans auparavant avec son bétail et était revenu parmi les Rigantes avec cette épée. Les jeunes de la tribu s'étaient réunis autour de lui durant la fête de Samia en le suppliant de les laisser toucher l'arme. Varaconn avait senti la honte le gagner en tendant la main vers l'épée car, ce faisant, il condamnait peut-être Ruathain à mourir à sa place. Il n'était pas parvenu à regarder son ami dans les yeux.

— Vorna dit que ton enfant sera un fils, avait déclaré Ruathain.

— Oui, da, un fils, avait admis Varaconn, ravi de changer de sujet.

Ils étaient restés assis un moment, en silence. La honte avait grandi de seconde en seconde. Finalement Varaconn avait soulevé l'épée et l'avait rendue au guerrier.

— Je ne peux pas la prendre, avait-il dit simplement.

— Bon sang, mais bien sûr que tu peux. Je ne mourrai pas demain. Je n'ai pas brisé ma *geasa.* Cramponne-toi à cette épée et rends-la-moi après la bataille.

— Cela me rassure beaucoup, avait admis Varaconn. (Le jeune homme apeuré était resté silencieux un long moment.) Je sais que tu es amoureux de Meria, avait-il confié sans regarder son ami. Je le vois à chaque fois que tu poses les yeux sur elle. Et je ne sais pas pourquoi elle m'a choisi plutôt que toi. Aujourd'hui encore, cela n'a pas de sens. Mais je te demande – en tant qu'ami – de la soutenir de toutes tes forces si jamais... je devais mourir.

Ruathain avait agrippé Varaconn par l'épaule.

— Écoute-moi bien. Grave ces mots dans ton âme : je ne te laisserai pas mourir. Reste à mes côtés, cousin. Je garderai tes arrières lorsque la bataille débutera. C'est tout ce que tu as à faire : rester près de moi.

Seul sur la montagne, Varaconn referma sa main autour de la poignée de l'épée en fer de Ruathain. Le contact du cuir et la fermeté du manche repoussèrent ses peurs une nouvelle fois. Il s'assit sur un rocher et pria Samia pour un augure, afin de pouvoir donner à son fils un bon nom d'âme. Le nom rigante du garçon serait Connavar, Conn fils de Var. Ce serait le nom qu'il porterait parmi son peuple. Mais son nom d'âme le lierait à la terre, amenant avec lui la magie de la nuit.

Varaconn pria pour apercevoir un aigle. *Aigle au clair de lune serait un bon nom d'âme,* pensa-t-il. Il jeta un coup d'œil au ciel, mais ne vit pas d'aigle.

Il pria de nouveau. Un roulement de tonnerre résonna dans le lointain, au nord. Il vit les nuages avancer, cachant progressivement les étoiles. Au-dessus de lui, les éclairs illuminèrent les montagnes. Un vent violent se mit à souffler. Varaconn se leva de son rocher pour chercher un abri. L'épée frotta contre sa jambe.

L'épée de fer !

Craignant que la foudre ne le touche, Varaconn dégaina son arme et la jeta au loin. L'épée d'un mètre de long tourna dans les airs et alla se planter droit dans le sol, où elle se ficha, tremblante.

Au même instant, un éclair fendit le ciel et foudroya l'épée, la réduisant en miettes.

Puis la pluie se mit à tomber.

Varaconn était affalé contre le rocher, le regard rivé sur les morceaux de fer carbonisés.

Enfin, il se releva et entama la descente vers la hutte où avait lieu l'accouchement.

En s'approchant, il entendit les cris fins et flûtés de son nouveau-né résonner par-dessus le vent.

La porte de la hutte s'ouvrit et Vorna, sorcière et sage-femme, sortit pour l'accueillir.

— Tu as le nom, dit-elle.

Ce n'était pas une question. Il acquiesça sans mot dire.

— Alors dis-le à voix haute, lui ordonna-t-elle.

— Il sera Connavar, l'Épée de l'orage.

Chapitre 2

Ruathain revenait au galop des terres rigantes du sud lorsqu'il aperçut les garçons jouer au-dessus de la forge. Il tira sur les rênes de son alezan et descendit de cheval afin d'observer les jeunes depuis la frondaison des arbres. Ils se couraient après et Ruathain les entendait rire joyeusement. Il sourit. Quel son agréable. Il était surtout ravi que Connavar, âgé de dix ans, soit avec eux. Au moins, cela voulait dire qu'il ne faisait pas de bêtises – ce qui semblait être malheureusement la principale caractéristique de l'enfant.

Ruathain était impatient de rentrer chez lui, car la chevauchée depuis le marché aux bestiaux du sud avait été longue, particulièrement les quinze derniers kilomètres de montée dans les collines. Son poney était fatigué et respirait fort. Il lui flatta le museau.

— Respire un grand coup, mon garçon. Dès que nous serons chez nous, je te donnerai la meilleure avoine de la région.

Des hauteurs, il pouvait voir sa maison en contrebas. Elle avait été bâtie à la jonction des trois ruisseaux qui avaient donné son nom au village. C'était une belle maison, bien construite, en bois et en chaume. Fraîche l'été, grâce à ses grandes fenêtres qui laissaient passer la brise, elle était aussi chaude l'hiver, une fois que les volets étaient fermés, et que le foyer était allumé. De petites silhouettes se déplaçaient dans l'enclos derrière la maison. Ruathain sourit. Meria avait sellé le poney nain pour lui faire faire le tour de l'enclos, leur plus jeune fils attaché à la selle. Bran n'avait que trois ans, mais il était déjà téméraire et source de fierté pour l'épéiste. Derrière lui, son propre poney poussa un hennissement et frotta sa tête contre la poitrine du guerrier.

— C'est bon, mon garçon. On y va, dit Ruathain.

Alors qu'il allait grimper en selle, il entendit le début d'une rixe entre les garçons qui jouaient sur la colline en dessous.

Le temps que Ruathain arrive en courant sur les lieux, la bagarre était devenue féroce. Govannan saignait du nez. Braefar, le fils de Ruathain âgé de neuf ans, était étalé sur l'herbe, à moitié assommé, tandis que son fils adoptif, Connavar, se jetait tel un ouragan sur trois autres garçons, dans une rafale de coups de poings, de coups de pieds et coups de tête. Un garçon s'écroula après avoir encaissé un terrible choc derrière l'oreille droite. Connavar se rua sur lui et lui écrasa son poing sur le nez.

Ruathain se précipita et attrapa Connavar par le col de sa tunique verte, le soulevant de terre. Le jeune garçon se dégagea de l'étreinte et balança son petit poing dans le visage de Ruathain. Celui-ci laissa tomber l'enfant et d'une tape l'envoya rouler dans l'herbe.

— Ça suffit ! gronda-t-il. (Le silence s'abattit sur la colline.) Au nom de Taranis, mais qu'est-ce qui se passe encore ?

Aucun enfant ne voulut répondre et encore moins regarder Ruathain dans les yeux.

— On ne faisait que jouer, finit par dire Govannan dont la tunique était couverte de sang. Et maintenant je vais rentrer chez moi.

Le jeune garçon et ses quatre camarades meurtris descendirent la colline. Connavar était assis dans l'herbe et se frottait la tête. Braefar essaya de se lever, mais s'écroula. Son père vint s'agenouiller à ses côtés.

— Où as-tu mal ? demanda-t-il au maigre garçon.

Braefar se força à sourire, mais son visage était livide.

— J'ai pas mal, père. Je suis juste un peu étourdi. Je suis tombé au moment où Govannan levait son genou. Je vois des étoiles en plein jour.

— Une façon intéressante de décrire la chose, fit remarquer Ruathain en ébouriffant les cheveux blonds du garçon. Reste allongé un moment jusqu'à ce que le monde arrête de tourner. (Il se leva et marcha jusqu'à l'endroit où Connavar était assis.) C'était un sacré punch, lui dit-il en se frottant la mâchoire. J'ai encore mal.

Plaisanter d'un problème fonctionnait toujours bien avec Conn. Ses colères étaient généralement passagères. Avec l'humour il se détendait, et un sourire malicieux venait à chaque fois submerger son visage. Alors, le problème – quel qu'il soit – pouvait être facilement résolu. Mais aujourd'hui, le garçon ne souriait pas. Il leva les yeux vers Ruathain, et pour la première fois, le puissant guerrier se trouva déconcerté par le regard aux yeux étranges de Conn. L'un était vert, l'autre marron fauve, qui au soleil tournait à l'or.

Ruathain sut aussitôt que quelque chose de capital s'était produit. Il décida de s'asseoir en haut de la colline afin de contempler les traits plats et marqués du jeune homme. Un bleu apparaissait progressivement sur sa joue droite et sa lèvre inférieure était coupée.

— Pourquoi vous êtes-vous battus ? demanda-t-il.

Connavar resta silencieux un moment et passa finalement sa main dans ses cheveux rouge et or.

— Il a dit que mon père était un lâche. Qu'il s'était enfui.

Les yeux étranges scrutèrent le visage de Ruathain à la recherche du moindre signe.

Ruathain avait vécu des années dans la peur de cet instant, et le moment était enfin venu. Il eut un pincement au cœur.

— Ton père était mon ami, Conn. Il s'est tenu à mes côtés dans deux batailles. J'étais fier de l'avoir comme ami. Tu comprends ? Je ne pourrais pas être l'ami d'un lâche.

— Alors, il ne s'est pas enfui ?

Le regard vert et or se fixa sur celui de Ruathain.

Le grand guerrier soupira.

— Il a brisé sa *geasa*. Il a tué un corbeau. C'était à la veille de la bataille, tu venais juste de naître. Varaconn rêvait de te voir grandir, d'être là pour te guider dans la vie. Et l'ombre de la mort pesait lourd sur ses épaules. Comme une montagne.

Il arrêta de parler. Ses pensées étaient tournées vers ce jour néfaste, dix ans plus tôt, lorsque les tribus s'étaient unies pour affronter les pillards des mers. Douze mille bandits au regard féroce, face à huit mille Rigantes déterminés. Ce fut une journée de bravoure et de sang ; aucun camp ne voulant céder un mètre de terrain. À l'apogée du combat, un orage terrible avait éclaté, et la foudre avait frappé le champ de bataille, projetant les combattants dans les airs, la chair calcinée.

Ruathain prit une profonde inspiration.

— Écoute-moi bien, Conn, Varaconn était mon frère d'armes. Il est resté toute la journée à mes côtés afin de protéger mes arrières comme je protégeais les siens. C'est tout ce qui compte.

— Est-ce qu'il s'est enfui ? s'enquit le garçon.

Tout dans l'expression de l'enfant suggérait qu'il attendait un mensonge réconfortant.

Mais Ruathain ne pouvait lui faire ce cadeau. L'honneur comptait plus que tout pour le guerrier. Et pourtant il savait pertinemment que les jeunes voyaient le monde avec une certitude née de leur inexpérience. Pour eux, un homme était soit un lâche, soit un héros. Il n'y avait jamais de niveaux de gris. Aussi fit-il une dernière tentative afin de calmer l'inquiétude de Connavar.

— Écoute-moi. Les pillards étaient vaincus, mais ils ont lancé une dernière contre-offensive. C'était à la tombée de la nuit. Nous avions gagné. Malgré cela ils ont presque réussi à percer nos rangs. Quatre hommes se sont jetés sur ton père et moi. C'est là qu'il a été tué. Il faut que tu te contentes de ça. J'ai perdu un ami. Tu as perdu un père.

Mais Conn n'en démordait pas.

— Où a-t-il été touché ? demanda-t-il.

— Tu te concentres sur les mauvaises choses, Conn. C'était un homme bon, brave et noble. L'espace d'un moment seulement il a… paniqué. Ne le juge pas mal pour cela. Après la bataille je me suis assis à ses côtés. Ses derniers mots furent pour toi et ta mère. Il aurait tellement voulu te voir grandir. Et il aurait été fier de toi, car tu es un beau garçon.

— Aucun ennemi ne verra jamais mon dos, déclara Connavar. Je ne m'enfuirai jamais.

— Ne sois pas idiot, rétorqua sèchement Ruathain. Je me suis déjà enfui. Un bon guerrier sait quand il doit rester ou quand il doit fuir pour pouvoir se battre une prochaine fois. Il n'y a aucune honte à cela.

— Aucune honte, répéta Connavar. Et qui gardait *tes* arrières lorsque mon père s'est enfui à toutes jambes ?

Ruathain ne répondit pas. Connavar se leva.

— Où vas-tu ? lui demanda le guerrier.

— Je vais trouver Govannan. Je dois lui présenter mes excuses.

— Tu n'as aucune raison de t'excuser.

Connavar secoua la tête.

— Il avait raison. Mon père était un lâche.

Le garçon s'en alla. Ruathain jura entre ses dents.

Braefar s'approcha de lui.

— Il est toujours en colère ?

— En colère et blessé, répondit Ruathain.

— Je crois qu'il aurait pu les battre tous. Il n'avait pas besoin que je l'aide.

— Oui, da, il est costaud, concéda son père. Et toi, Aile, comment te sens-tu ? continua-t-il en employant l'abréviation du nom d'âme de Braefar, Aile sur l'eau.

— Mieux. Govannan a les genoux très durs. (Braefar sourit.) Mais voir Conn l'assommer valait bien ça. Il n'a peur de rien ni de personne.

Oh si, pensa tristement Ruathain. *Il a peur de devenir comme son père.*

Il leva les yeux vers le ciel azur.

— Je t'avais dit de rester près de moi, dit-il tristement.

— Que dis-tu, père ? demanda Braefar perplexe.

— Rien. Je parlais à un vieil ami. Viens, rentrons à la maison.

Il souleva Braefar et le posa sur le poney. Puis, il conduisit la bête le long de la pente.

J'aurais pu lui mentir, pensa-t-il. *Lui dire que son père ne s'était pas enfui. Mais plus d'une vingtaine d'habitants de Trois-Ruisseaux ont été témoins de la scène. Cette histoire devait bien ressurgir un jour ou l'autre. Meria va être furieuse, comme de bien entendu.*

En tout ce qui concernait Conn, elle était excessivement protectrice, et l'aimait davantage qu'elle n'aimait les fils qu'elle avait eus avec Ruathain.

En tout cas, elle l'aime plus que moi !

Cette dernière pensée avait surgi de nulle part et s'était fichée dans son esprit comme une flèche empoisonnée tirée d'une embuscade.

Ils s'étaient mariés quatre mois après la bataille. Ce n'avait pas été un mariage d'amour – il n'était pas dupe – mais parce qu'elle pensait que Connavar aurait besoin d'un père fort pour lui enseigner les coutumes rigantes. Ruathain avait été persuadé qu'elle finirait par l'aimer s'il la traitait avec tendresse et compassion. Parfois il croyait même percevoir chez elle une réelle affection à son égard. La vérité, toutefois, était que, quoi qu'il fasse, il existait toujours une sorte de distance entre eux qu'il n'arrivait pas à franchir.

Une nuit, durant le festin de Samain, alors que Conn était âgé d'un an, Ruathain était allé parler de ce problème avec sa mère, Pallae – son père, lui, était mort deux ans auparavant. Ruathain s'était assis avec elle sous les immenses branches de l'Ancien Arbre. Tout autour d'eux, les gens buvaient, dansaient et faisaient la fête. Ruathain lui-même était un peu ivre. Sobre, il n'aurait jamais osé aborder ce sujet avec sa mère. Pallae, une grande et digne femme, à qui des cheveux gris ferreux donnaient une beauté presque éthérée, l'avait écouté en silence.

— As-tu jamais fait quoi que ce soit pour l'offenser ? lui avait demandé sa mère.

— Jamais !

— En es-tu sûr, Ru ? Tu es un homme… vigoureux, comme l'était ton père. Ne serais-tu pas allé planter tes graines dans un autre champ que le tien ?

— Non. Je te le promets. J'ai toujours été fidèle.

— L'as-tu déjà frappée ?

— Non, et je n'élève jamais la voix non plus.

— Alors, je ne sais pas comment t'aider, mon fils, si ce n'est te dire qu'elle a manifestement un grief contre toi. Il faut espérer que sa colère disparaîtra avec le temps, ce qui devrait être résolu lorsqu'elle te donnera un fils.

— Et sinon ?

— Elle te respecte ?

— Évidemment. Elle sait – comme tout le monde – que je ne ferai jamais rien de vil.

— Et tu l'aimes ?

— Plus que je ne peux l'exprimer.

— Alors, consolide ce respect, Ru. C'est tout ce que tu peux faire.

Ils n'en reparlèrent que six ans plus tard, alors que Pallae était allongée sur son lit, mourante. Assis silencieusement à ses côtés, lui tenant la main, Ruathain priait pour qu'elle parte tranquillement dans son sommeil. Le cancer lui avait volé sa chair, et la souffrance la faisait se tordre de douleur. Au début, les herbes de Vorna avaient calmé son agonie, mais dernièrement même les plus puissantes d'entre elles ne faisaient quasiment plus effet. Malgré la douleur et sa fragilité croissante, Pallae s'accrochait à la vie. Durant ses derniers jours, elle délirait, et parfois ne reconnaissait pas Ruathain qu'elle prenait pour son époux. Mais la nuit de sa mort, elle avait ouvert les yeux et lui avait adressé un sourire blême.

— La douleur est partie, avait-elle murmuré. C'est une bénédiction. (Il lui avait caressé la main.) Tu as l'air fatigué, mon fils. Tu devrais rentrer chez toi et te reposer un peu.

— Bientôt. Je te le promets.

— Comment cela se passe-t-il avec Meria ?

— C'est toujours pareil. Mais je me contente de l'aimer.

— Il ne faut pas s'en contenter, Ru, lui avait-elle dit avec une infinie tristesse dans la voix. J'aurais voulu mieux que cela pour toi.

Elle s'était tue un instant, le silence ponctué par sa respiration rauque. Puis, elle lui avait souri.

— Est-ce que Connavar est sage ?

Il avait secoué la tête.

— Cet enfant a le diable au corps.

— Il n'a que sept ans, Ru. Et il a bon fond. Ne sois pas trop dur avec lui.

Il avait gloussé.

— Trop dur ? J'ai essayé de le sermonner. Il reste assis et écoute, puis il s'en va se jeter la tête la première dans le pétrin. J'ai essayé de le corriger avec ma ceinture, mais sans effet. Il a accepté la punition sans se plaindre et un jour plus tard, il est allé voler un gâteau chez le boulanger le matin, et a mis une grenouille sous mes couvertures le soir. (Il avait éclaté de rire.) Meria était allée se coucher en premier. Je te jure qu'elle a bondi jusqu'au plafond comme un cygne effrayé.

— Tu l'aimes, pourtant ?

— Oui, da. La semaine dernière, je racontais à Meria qu'il y avait un loup solitaire dans les bois supérieurs et Conn écoutait. Il m'a volé mon meilleur couteau et a disparu. Il n'a que sept ans et je l'ai retrouvé accroupi dans les bois, un pot de fer sur la tête en guise de heaume, à l'affût du loup. Il a du courage. Et lorsqu'il sourit, on lui pardonne tout.

La lampe à côté du lit s'était éteinte, et la pièce avait été plongée dans l'obscurité. Ruathain avait poussé un juron et s'était rendu dans la pièce principale pour prendre une des lanternes accrochées au mur. Il était revenu aussitôt au chevet de sa mère, mais lorsque la lumière était tombée sur son visage, il s'était aperçu qu'elle était morte.

Meria souleva Bran du poney et le serra dans ses bras.

— Est-ce que ça t'a plu, mon trésor ? lui demanda-t-elle.

— Encore, maman, dit-il en tendant le bras vers le petit cheval gris.

— Plus tard, promit-elle. Regarde, voilà Caval, dit-elle en désignant du doigt l'énorme chien de guerre noir allongé à l'ombre.

Distrait, Bran se débattit dans les bras de sa mère pour s'échapper. Meria le posa par terre et le garçon courut à toutes jambes vers l'animal qui se reposait. Bran jeta ses petits bras autour du gros cou de la bête et se blottit contre elle. Le chien lui lécha le visage. Bran eut un fou rire. Une ombre noire plana au-dessus d'eux, et un énorme corbeau vint se poser maladroitement sur le toit en chaume. L'oiseau pencha la tête de côté, et ses yeux brillants se posèrent sur la grande jeune femme fine, vêtue de vert.

Une femme sortit de la maison.

— Ton mari est de retour, annonça Pelain, la cousine de Meria.

Celle-ci leva les yeux vers les collines et vit la grande silhouette de Ruathain qui guidait son poney le long de la pente. Le jeune Braefar était en selle. Pour une raison qu'elle n'arriva pas à s'expliquer plus tard, Meria sentit la colère monter en elle.

— Oui, da, il est de retour, dit-elle doucement.

Pelain lui jeta un regard sévère.

— Tu ne connais pas ta chance, fit-elle. Il t'aime.

Meria essaya de l'ignorer, mais c'était difficile. Une fois que Pelain avait planté ses crocs dans un sujet, elle était plus dure à faire lâcher prise qu'un mastiff.

— Tu comprendrais ce que je veux dire si tu étais mariée à Borga, continua Pelain avec un sourire amer. Il entre dans le lit par le côté gauche, et roule à droite en me passant dessus. Quelque part entre les deux, il me demande si « cela a été merveilleux pour moi aussi ». Heureusement, il s'endort avant même que je lui réponde.

Meria sourit.

— Tu ne devrais pas parler comme ça. Borga est quelqu'un de bien.

— S'il faisait son pain à la vitesse à laquelle il fait l'amour, nous pourrions nourrir toutes les tribus d'ici jusqu'à la mer, expliqua Pelain. (Elle posa le regard sur le guerrier qui approchait.) Je parie ma dot qu'il ne passe pas sur toi comme une brise d'été.

Meria devint rouge comme une pivoine.

— Non, effectivement, admit-elle en regrettant aussitôt d'avoir parlé.

— Alors, tu devrais l'apprécier davantage, fit remarquer Pelain. Moi, en tout cas, c'est ce que je ferais.

La colère monta de plus belle.

— Tu n'avais qu'à l'épouser, rétorqua sèchement Meria.

— Je l'aurais fait – s'il avait demandé ma main, répondit Pelain, sans la moindre trace d'agressivité dans la voix. Deux fils en bonne santé et pas de bébé mort. Sa semence est puissante.

Pelain avait perdu quatre enfants au cours des cinq dernières années. Pas un seul n'avait survécu au-delà de cinq jours. La colère de Meria persista un moment pour être vite remplacée par de l'affection et de la compassion.

— Tu es toujours jeune, dit-elle à sa cousine. Tu as encore le temps.

Pelain secoua la tête.

— Vorna dit que je n'en aurai pas d'autre.

Ruathain ouvrit la porte du paddock et mena son poney à l'intérieur avant de faire descendre son fils. Braefar prit les rênes et emmena l'animal. Le guerrier vint embrasser Meria sur la joue, puis se tourna vers Pelain.

— Si tu es là pour dire du mal de moi, dit-il avec un large sourire, je te jette sur mes épaules et je te ramène chez ton mari.

— Oh ! oui, je t'en prie, répliqua-t-elle, parce qu'il n'est pas là et j'ai un grand lit qui n'attend qu'un vrai homme pour le remplir.

Ruathain resta interdit un instant. Puis il éclata de rire.

— Par les dieux ! Mais tu es devenue bien perverse.

Même Pelain qui avait d'habitude la langue bien pendue fut troublée par ses propres propos.

— Perverse ou non, je sais quand je suis de trop, répliqua-t-elle sans conviction avant de retourner dans la maison.

Ruathain prit la main de sa femme et y déposa un baiser. Au-dessus de lui, le corbeau se mit soudain à coasser et à danser de long en large sur le toit. Ruathain leva les yeux. Il n'aimait pas ces oiseaux charognards, mais il savait qu'ils avaient une fonction et préférait les laisser tranquilles quand il le pouvait. Mais celui-ci hérissait les cheveux de sa nuque.

— As-tu obtenu un bon prix au marché ? s'enquit Meria.

— Honnête. Pas plus. Les Norviis avaient également amené leur bétail. J'ai eu de la chance de vendre le mien le premier jour. Au troisième, les prix avaient considérablement baissé. Est-ce que les garçons se sont bien conduits ?

La question fit ressurgir la colère de Meria. En quoi son absence provoquerait-elle un changement dans le comportement des enfants ? La prenait-il donc pour une gueuse stupide incapable de maîtriser des enfants turbulents ?

Elle ignora la question.

— Il y a une tourte encore chaude. Tu dois avoir faim, dit-elle.

— Faim de ta compagnie et de celle des enfants, répondit-il.

Elle lui adressa un semblant de sourire et se dirigea vers la porte. Il allait la suivre lorsqu'il aperçut Connavar de l'autre côté de la maison. Un sourire vint éclairer le visage de Meria, et son humeur sembla s'améliorer momentanément, comme un rayon de soleil perçant les nuages.

— Où étais-tu, mon beau garçon ? lui demanda-t-elle.

— Est-ce que la tourte est prête, m'man ?

Elle s'approcha de lui et vit le bleu sur sa joue ainsi que sa lèvre coupée.

— Mais, qu'est-ce qui t'est arrivé ? Tu ne t'es pas encore battu, au moins, Conn ?

— On s'amusait, m'man, c'est tout, répondit-il en essayant de se dégager de son étreinte. Et puis, j'ai déjà tout raconté au Grand Homme.

Il se précipita à l'intérieur.

Meria se retourna vers Ruathain.

— Comment cela ? Qu'est-ce qu'il t'a raconté ?

— Il s'est bagarré avec Govannan et d'autres garçons. Mais c'est fini. Cela n'a pas d'importance.

— Cela en a pour moi, mon époux. Pour quelle raison se battaient-ils ?

Ruathain haussa les épaules.

— Les garçons se battent tout le temps. C'est dans l'ordre des choses. Ils se rabibocheront bien vite.

Le jeune Braefar était revenu sans faire de bruit de l'écurie.

— Govannan a dit que le père de Conn était un lâche qui s'était enfui, ânonna l'enfant. Mais Conn lui a cassé le nez. Si seulement tu avais pu entendre ce bruit, m'man. Ça a fait un grand « crac ».

— Rentre à la maison tout de suite ! gronda Ruathain.

Surpris, car son père n'élevait que rarement la voix, Braefar recula et s'enfuit à toutes jambes à l'intérieur.

Meria s'approcha de son mari.

— Que lui as-tu dit ? murmura-t-elle.

Au-dessus d'eux le corbeau partit dans une série de criaillements aigus.

— La vérité. Que voulais-tu que je fasse ?

— Oui, et ça a dû te faire plaisir, siffla-t-elle, les yeux verts emplis de furie. Tu aimerais bien qu'il méprise son père, pas vrai ?

— C'est on ne peut plus faux, femme. Et cela me fait de la peine que tu puisses penser cela.

— De la peine ? Et pourquoi donc ? Tu es l'homme qui a laissé mourir son père. Uniquement pour gagner sa femme.

À peine avait-elle lâché ces mots qu'elle les regretta. Jamais au cours des dix années passées ensemble elle ne les avait prononcés à voix haute. Un bruissement d'ailes brisa le silence. Le corbeau partait vers le nord, en direction des bois.

Ruathain resta impassible et posa son regard vert pâle sur le visage de sa femme.

— C'est ce que tu crois ? lui demanda-t-il d'une voix affreusement calme.

La fierté lui fit tenir bon.

— Oui.

La froideur soudaine qui s'empara des yeux du guerrier l'effraya, pourtant lorsqu'il reprit la parole, sa voix n'était empreinte que de tristesse.

— Vingt hommes l'ont vu mourir. Et aucun d'entre eux ne dirait cela de moi. Tout simplement parce que c'est faux. Je l'ai protégé toute la journée. Jusqu'à ce qu'il s'enfuie. C'est comme cela que ça s'est passé. (Sa voix se fit plus dure.) Mais n'importe quelle femme capable d'épouser un homme qu'elle croit avoir pris part à la mort de son mari ne vaut pas mieux qu'une putain vérolée. Et je ne voudrais pas d'elle. Ni maintenant ni jamais.

Il la laissa en plan et entra dans la maison. Cette nuit-là, lorsque les chandelles furent soufflées et les lampes éteintes, Mcria sc rctrouva seule dans son grand lit.

Ruathain avait pris ses couvertures pour aller dormir dans la grange.

Le lendemain, il convoqua des ouvriers et des charpentiers qui s'attelèrent aussitôt à la construction d'une nouvelle maison à l'autre bout du grand pré. Trois semaines plus tard, il s'y installa.

Trois-Ruisseaux était abasourdi par cette séparation. N'était-il pas le plus beau, le plus riche et le plus brave de tous les hommes ? N'était-il pas un bon père ? Ne s'occupait-il pas bien de sa famille ? N'avait-elle pas de la chance d'avoir trouvé un homme qui accepte de s'occuper d'une jeune veuve et de son fils ? Tout le monde savait qu'il l'adorait et qu'il élevait l'enfant comme s'il avait été le sien. Alors, pourquoi, se demandait-on, avait-il déménagé ?

Vorna, la sorcière, aurait pu leur expliquer, car elle ramassait des herbes près du pré et avait vu le grand corbeau tourner autour de leur maison. Mais elle ne dit rien. Il était préférable pour les mortels de ne pas intervenir dans les affaires des dieux. Surtout des dieux de la mort et de la malice, comme la Morrigu.

Elle s'emmitoufla dans son châle et se rendit dans le Bois de l'Arbre à Souhaits, afin de communier avec les Seidhs.

Si cette séparation avait semé la confusion dans la communauté de Trois-Ruisseaux, elle eut un effet dévastateur sur les enfants de Ruathain. Durant des semaines, Braefar, âgé de neuf ans, resta inconsolable, se croyant responsable de la rupture. Connavar éprouva également un sentiment de culpabilité, sachant que sa bagarre avec Govannan avait conduit à la séparation. Le petit Bendegit Bran, âgé de trois ans, pleurait sans cesse, même s'il était trop jeune pour comprendre les énormes ramifications de l'affaire. Tout ce qu'il savait, c'est qu'il ne voyait plus son père aussi régulièrement qu'avant et qu'il en ignorait la raison.

Meria elle-même refusa d'en parler. Elle essaya de donner à ses enfants la même quantité d'amour et d'attention qu'avant, mais elle semblait souvent distraite, et on la trouvait fréquemment assise devant sa fenêtre, à regarder fixement les collines, les larmes aux yeux.

Connavar, comme il le ferait toute sa vie, essaya d'aborder le problème tête baissée. Un soir, un mois tout juste après la séparation, l'enfant de dix ans se rendit à la maison du Grand Homme et frappa à la porte. Ruathain était assis près de l'âtre, le feu éteint. Une lampe unique jetait un éclairage triste sur la pièce. Le Grand Homme affûtait son couteau de dépeçage avec une pierre à aiguiser.

— Que viens-tu faire ici, mon garçon ? demanda-t-il.

— Je suis venu te voir, répondit Connavar.

— Tu m'as vu dans le pré aujourd'hui. Tu m'as aidé à marquer le bétail.

— Je voulais te voir seul. Pourquoi es-tu ici ? Est-ce que c'est de ma faute ? Est-ce la faute d'Aile ? Si c'est le cas, je m'excuse.

— Cela n'a rien à voir avec vous, Conn. C'est… la vie.

— Est-ce que c'est à cause de ce que t'a dit mère ?

Ruathain leva calmement la main afin d'indiquer que la conversation était close.

— Conn, je ne souhaite pas parler de tout ça. Cela doit rester entre ta mère et moi. Toutefois, quoi qu'il se passe entre nous, il faut que tu saches qu'elle et moi t'aimons toujours – ainsi qu'Aile et Bran – et que nous vous aimerons jusqu'à la fin des temps. À présent retourne dans ton lit.

— Nous sommes tous malheureux, fit Conn dans une dernière tentative.

Ruathain acquiesça.

— Oui, da, tous.

— Est-ce qu'on ne peut pas redevenir heureux ?

— Tu le seras, Conn.

— Mais toi ? Je veux que tu sois heureux.

Ruathain se leva de son siège et s'approcha du garçon, le soulevant de terre pour l'embrasser sur la joue.

— Tu me rends heureux, mon fils. Et à présent, va. (Ruathain ouvrit la porte et déposa l'enfant sur le seuil.) Je vais te regarder courir jusqu'à la maison, au cas où les Seidhs seraient à la chasse aux petits garçons.

Connavar sourit à pleines dents.

— Ils ne m'attraperont pas, dit-il.

Et il traversa le pré à toute vitesse.

Les mois qui suivirent, Ruathain et Meria ne se parlèrent presque pas, à l'exception des fois où le Grand Homme venait rendre visite à Bran. Et leur conversation restait froide et scrupuleusement polie.

Connavar n'y comprenait rien, même s'il avait entendu depuis la cuisine les derniers échanges colériques entre ses parents. Mais, pensait-il, ce n'étaient que des mots. Les mots n'étaient que des souffles bruyants. Assurément, ils ne pouvaient pas à eux seuls faire de tels dégâts.

Une année après la séparation, il décida d'en parler à quelqu'un. Conn s'était lié d'amitié avec Banouin, l'étranger. Le marchand brun à la peau olive était arrivé chez les Rigantes douze ans plus tôt, apportant avec lui un fourgon tiré par un équipage de poneys rempli à ras bord de tissus teints, de chemises brodées, d'épices et de sel. Ses produits étaient de très bonne qualité et leur prix toujours juste. Il avait passé trois mois chez les Rigantes, achetant des ornements en bronze et en argent à Gariapha, le ferronnier, et des peaux tannées provenant de l'étrange troupeau noir et blanc du Grand Laird. Ces peaux, disait-il, seraient très prisées dans sa lointaine Turgonie. Lorsqu'il était revenu la deuxième année, il avait payé la construction d'une maison et avait passé l'hiver et le printemps parmi les Rigantes ; une pratique qu'il continuait depuis. La troisième année, il s'était mis à porter les pantalons de plaid et les longues tuniques bleues propres aux Rigantes du nord. Personne ne s'en offusqua, car le charme de Banouin était tel, que tout le monde comprit qu'il le faisait par respect.

De son côté, Banouin s'était également entiché de Connavar, l'enfant au regard étrange et féroce. Ils s'étaient rencontrés trois ans auparavant, lorsque Conn avait escaladé la fenêtre d'un petit entrepôt où Banouin gardait ses produits. Bien que le jeune garçon de huit ans ne s'en soit pas aperçu, le petit marchand l'avait vu ramper dans les hautes herbes et escalader le mur extérieur jusqu'à la fenêtre. Il avait dû lui falloir du cran, puisque, avec la permission du conseil du village, Banouin racontait tout le temps aux enfants qu'il était un magicien capable de transformer en crapaud n'importe quel jeune voleur. Cette légende était largement crue, et les jeunes de Trois-Ruisseaux évitaient de s'approcher trop de la maison de Banouin.

Intrigué, le marchand était entré discrètement dans l'entrepôt où il avait découvert Conn en train de fouiller dans les sacoches de selle suspendues au mur du fond. Banouin avait attendu dans l'ombre. Finalement, Conn était arrivé à la sacoche contenant les armes ornementées dont il avait extrait une dague de bronze au manche en argent sculpté à la main par Gariapha. Le garçon s'était mis à fendre l'air, dans un combat imaginaire, tourbillonnant et sautant sur des ennemis invisibles.

Puis, il s'était arrêté pour se rendre devant la fenêtre. Là, il avait agité le bras, en brandissant la dague. Le geste avait surpris Banouin, comme le suivant. Au lieu de descendre et de s'enfuir avec l'arme, le garçon était venu la remettre dans la sacoche.

— Pourquoi ne l'as-tu pas volée ? avait demandé Banouin d'une voix qui avait résonné entre les chevrons.

Le garçon s'était retourné d'un bond, les poings serrés. Le marchand était sorti de l'ombre et s'était assis sur une grande boîte en bois. Conn était revenu en vitesse à la sacoche pour reprendre la dague et se mettre en garde.

— Tu as l'intention de te battre avec moi ? s'était enquis Banouin.

— Je ne te laisserai pas me transformer en crapaud, étranger, avait rétorqué l'enfant.

— Je l'aurais fait si tu avais essayé de partir avec ma dague. Néanmoins, comme tu n'es pas venu ici pour voler, je voudrais connaître la raison de ta présence.

Conn haussa les épaules.

— C'était un pari. Vous faites des paris dans ton pays ?

— Oui, avait répondu Banouin. Une fois, un ami m'a fait le pari que je n'arriverais pas à escalader une paroi rocheuse sans corde. Elle faisait vingt mètres de haut.

— Tu as réussi ?

— Presque. Je suis tombé et je me suis cassé la jambe. Après ça, j'ai évité les paris stupides.

Au même moment, un énorme rat était sorti à toute vitesse de derrière un sac. Banouin avait sorti quelque chose de sa manche. Sa main droite s'était levée et baissée dans un geste fluide. Une lame brillante avait fendu la pièce, et le garçon avait vu la créature finir embrochée contre le mur du fond. Conn avait observé le cadavre et le petit couteau de lancer en fer qui y était fiché.

— Les rats sont porteurs de maladies, avait expliqué Banouin. De quoi parlions-nous ?

— De paris stupides.

— Ah, oui. Remets la dague à sa place, récupère mon couteau, et rejoins-moi dans la maison. Là, nous parlerons – enfin, si cela ne t'effraie pas trop.

— Je viendrai, avait promis l'enfant.

Banouin en avait douté, mais était rentré chez lui. Quelques instants plus tard, Conn était apparu, portant le couteau de lancer, nettoyé de son sang. Ils s'étaient assis et avaient parlé pendant une heure. Au début, Connavar s'était senti mal à l'aise, mais rapidement il était devenu intarissable de questions. Pouvait-il apprendre à lancer un couteau ? D'où venait l'étranger ? À quoi ressemblaient les terres du sud ? Et depuis ce jour ils avaient forgé une amitié qui semblait convenir aux deux.

Souvent, le soir, Banouin et Conn s'asseyaient sur le chemin fait de planches devant la maison du marchand afin de parler de ce qu'il se passait dans le monde, un monde qui semblait plein de mystères et d'aventures aux yeux d'un jeune Rigante. Banouin avait voyagé très loin, et souvent même sur des bateaux qui franchissaient la grande eau afin de se rendre dans les pays de l'autre côté. Conn n'avait jamais vu de bateau et trouvait l'idée de voyager à bord d'un tel bâtiment des plus excitantes. Il avait été également surpris d'apprendre que de l'autre côté de l'eau, les gens parlaient des langues différentes. Lorsque Banouin lui avait dit cela la première fois, il avait cru à une sorte de blague ; lorsque l'étranger, pour lui montrer, avait parlé dans sa langue natale, Conn avait éclaté de rire tant cela ne voulait rien dire. Pourtant, un an plus tard, il avait déjà appris plusieurs phrases dans la langue de Banouin.

— Tu es doué pour apprendre les langues, lui avait confié un jour l'étranger après une courte conversation en turgon. La plupart des Highlanders ont du mal à placer nos verbes.

— C'est amusant.

— Apprendre devrait toujours l'être. Comme la vie. Les dieux savent combien elle est courte. (Ses yeux sombres rencontrèrent le regard de Conn.) Tu ne ris plus autant qu'avant, avait-il remarqué. Qu'est-ce qui ne va pas ?

Connavar n'avait pas envie de parler du malheur qui frappait sa maison, mais ses peurs et ses angoisses causées par la séparation de ses parents vinrent tout d'un coup submerger ses émotions, et il confia l'horrible histoire à l'étranger. Quand il eut fini, un sentiment de honte s'empara de lui.

— Je n'aurais pas dû en parler, dit-il.

— Ce n'est pas vrai, Conn, lui répondit gentiment Banouin. C'est l'un des grands avantages d'avoir des amis. On peut soulager son âme auprès d'eux, et ils ne te jugeront pas pour autant. Pas plus qu'ils ne répéteront ce que tu leur auras dit.

Conn fut soulagé.

— Mais est-ce que toi tu comprends pourquoi ils sont toujours séparés ? Ils s'aiment. Ce n'étaient que des mots. Rien d'autre.

— Les mots sont plus forts que du fer, déclara Banouin. Tout ce que nous faisons – tout ce que nous sommes – naît de mots. Les griefs d'un homme lui viennent des mots de son père et de sa mère, ou de vieux amis qu'il vénère. Religions et mythes – qui parfois sont les mêmes – restent vivants davantage par les mots que par les faits. L'an dernier, tu as cassé le nez de Govannan à cause de mots. Êtes-vous enfin amis ?

— Non.

— Et voilà. Des mots.

— Mais mère en veut au Grand Homme pour la mort de Varaconn. Ce n'est pas vrai. Varaconn est mort parce que c'était un lâche, parce qu'il s'est enfui. Le fait que ce ne soit pas vrai devrait faire la différence, non ?

— Peut-être bien que oui, mais là ce n'est pas le cas, lui dit Banouin. Je ne crois pas que cela importe à Ruathain qu'elle ait tort. C'est qu'elle ait cru à l'histoire. C'est un homme d'une grande fierté. Et cette fierté est bien fondée, car c'est un homme juste, brave et honnête. Cela compte énormément pour lui que les autres voient ses qualités, car elles sont rares et dures à gagner. Ce n'est pas facile d'être quelqu'un d'honorable. Le monde est plein d'hommes fourbes et rusés qui n'entendent rien à l'honneur ou à la loyauté. Ils complotent, ils volent, et invariablement, aux yeux du monde, ils réussissent. Être honnête demande de grands efforts et un courage constant. Quant à être juste, c'est ce qu'il y a de plus difficile. Ruathain est quelqu'un de bon. Que sa femme pense de lui qu'il est vil a dû être pire qu'un coup mortel.

Le cœur de Conn s'effondra.

— Alors, tu penses qu'ils ne se remettront jamais ensemble ?

— Je ne vais pas te mentir, Connavar. Mais il faudrait un miracle. Ta mère aussi a sa fierté. Et il l'a comparée à une putain vérolée. Elle n'est pas prête d'oublier cette insulte.

— Mais il n'a pas pris d'autre femme, fit Conn. Il ne l'a pas non plus rejetée au conseil.

— Oui, il reste donc un mince espoir, lui accorda Banouin. Mais bien mince.

— Je ne mentirai jamais à quelqu'un que j'aime, déclara Connavar avec passion.

— Alors, tu seras un homme peu commun et un idiot, répondit le marchand.

— Tu crois que c'est être idiot que d'être honnête ?

— Ta mère a dit honnêtement ce qu'elle pensait à Ruathain. Tu penses qu'elle a bien fait ?

— Non, convint l'enfant. Ce n'était pas sage. Tout cela est déroutant.

— La vie l'est souvent lorsqu'on a onze ans. (Banouin sourit.) Mais elle le devient encore plus en grandissant.

— Est-ce qu'il y a quelque chose que je puisse faire pour qu'ils se remettent ensemble ?

Banouin secoua la tête.

— Non, rien du tout, mon garçon. C'est un problème qu'ils vont devoir résoudre à deux.

Chapitre 3

Malgré son admiration pour l'étranger, Connavar avait du mal à croire qu'il ne pouvait rien faire pour aider sa mère et le Grand Homme. Le lendemain soir, il alla voir la sorcière, Vorna, qui cueillait des fleurs médicinales sur le versant sud des collines. Connavar avait abandonné ses tâches et escaladé la barrière de l'enclos pour gravir la pente à toutes jambes. Elle le vit arriver et s'arrêta dans son travail.

— Est-ce que je peux te parler ? lui demanda-t-il.

Vorna posa son baluchon à herbes et s'assit sur un petit rocher.

— Tu n'as donc pas peur que je te transforme en belette ?

— Pourquoi ferais-tu ça ? s'enquit-il.

— N'est-ce pas ce que sont censées faire les sorcières ?

Il réfléchit aux propos de Vorna un instant.

— Est-ce que tu en es capable ? Ta magie est suffisamment puissante ?

— Peut-être, lui répondit-elle. Si tu m'ennuies, tu ne tarderas pas à le découvrir. Alors dis-moi ce que tu veux ? Je suis occupée.

— Mon père est Ruathain, ma mère…

— Je sais qui sont tes parents, le coupa-t-elle sèchement. Dépêche-toi.

Il regarda la sorcière droit dans ses grands yeux bleus.

— Je veux qu'on leur jette un sort afin qu'ils s'aiment à nouveau.

Elle cligna soudain des yeux, et son visage se détendit jusqu'à former un sourire rare.

— Alors, comme ça, tu veux que j'utilise ma magie. Et bien sûr, tu as une bonne raison pour cela.

— Ils sont malheureux. Nous sommes tous malheureux.

— Et comment me paieras-tu, jeune Connavar ?

— Payer ? répéta-t-il, troublé. Les sorcières se font payer ?

— Non, nous ne travaillons que par amour, fit-elle amèrement, et nous nous nourrissons d'air pur, nous nous habillons avec des volutes de nuages. (Elle se pencha et le transperça du regard.) Évidemment que les sorcières se font payer ! Bon, laisse-moi réfléchir... (Elle posa son menton dans le creux de sa main et soutint le regard de l'enfant.) Ce ne serait pas un sort trop puissant ; par conséquent, je ne demanderai pas ton âme en paiement. Une jambe, peut-être. Ou un bras. Oui, un bras. Lequel veux-tu, le gauche ou le droit ?

— Pourquoi voudrais-tu un de mes bras ? demanda-t-il en reculant d'un pas.

— Peut-être que je fais collection de bras de petit garçon.

— Je ne suis pas petit ! Tu te moques de moi, sorcière. Allez, vas-y, transforme-moi en belette. Et dès que ce sera fait, je te grimperai le long de la jambe pour venir te mordre le cul !

Bien que Vorna ne le montrât pas, elle était impressionnée par cet enfant. Peu de jeunes Rigantes auraient osé s'approcher autant d'elle, et même les adultes ne lui auraient pas parlé ainsi. Elle était crainte, et avec raison. Elle savait que l'enfant avait peur, et pourtant il lui tenait tête.

— Tu as raison ; je me moque de toi, admit-elle. Alors, parlons franchement. Mes sorts peuvent tuer, ou peuvent guérir. Je peux également préparer des philtres qui font tomber un homme amoureux d'une femme. Ce n'est pas très difficile. Le problème est que Ruathain aime déjà Meria. Et, même si elle ne l'a réalisé qu'après son départ, elle aime Ruathain. Le problème, c'est leur fierté, Connavar, et je ne lancerai aucun sort qui risquerait d'en priver l'un ou l'autre. (Elle plongea la main dans son baluchon et en sortit une poignée de racines.) Tu sais ce que c'est ? lui demanda-t-elle.

— Non.

— Des racines de digitale. C'est une fleur. Une pincée peut redonner vie à un cœur mourant. Comme un miracle. Mais une pincée de trop et cela devient un poison mortel. Comme la fierté. Quand il n'y en a pas assez, l'homme n'a pas d'amour-propre. Le monde le réduira en cendres. Trop, et il devient arrogant, vaniteux et prétentieux. Mais s'il y a juste ce qu'il faut, alors c'est un homme avec lequel arpenter les montagnes. Ruathain est cet homme. Tripoter sa fierté reviendrait à détruire tout ce qu'il est. Quant à Meria, elle est suffisamment sage pour savoir qu'elle l'a perdu. Je ne peux pas t'aider, Connavar. Je doute que les Seidhs eux-mêmes le puissent.

— Mais ce n'est pas impossible ? s'enquit-il.

Sa question inquiéta Vorna.

— N'y pense même pas, le prévint-elle. Les Seidhs sont plus dangereux que tu ne pourrais l'imaginer. Rentre chez toi et laisse tes parents résoudre leurs problèmes. (Tandis qu'il s'en allait, elle lui décocha un dernier trait :) Et si jamais je te transforme en belette, ce sera une belette édentée.

Il se retourna et lui lança un sourire malicieux, puis il traversa en courant le paddock.

Cette nuit-là, juste avant minuit, il se faufila hors de son lit et s'habilla en vitesse. À côté de lui, Braefar bougea dans son sommeil, mais ne se réveilla pas. Depuis sa couche sous la fenêtre ouest, la chienne Caval dressa sa grosse tête noire et le regarda. Connavar enfila ses chaussures et s'accroupit devant la bête pour la gratter sur le front et derrière la tête. Il pensa l'emmener avec lui. Il serait bon d'avoir un peu de compagnie dans une telle quête. Puis il soupesa le danger et repoussa l'idée. Quel droit avait-il de risquer la vie de Caval ? Il se releva et alla se coller contre le mur. Il passa derrière le rideau qui séparait sa chambre à coucher de la pièce principale. La maison était dans le noir, aussi dut-il avancer à tâtons jusqu'à la cuisine, où il s'empara d'un vieux couteau de bronze avec une longue lame, qu'il passa à sa ceinture. Il souleva le loquet de la porte de la cuisine et sortit discrètement dans la nuit en direction du Bois de l'Arbre à Souhaits, au nord.

La lune était haute dans le ciel, mais ses rayons avaient du mal à transpercer les ténèbres des arbres. Alors que Connavar gravissait la pente, son cœur se mit à battre la chamade. Il n'avait jamais vu de Seidh, mais il connaissait les histoires – c'étaient des esprits de grande magie et de sombres prophéties. Certains noms étaient conservés pieusement dans les légendes rigantes, comme Bean-Nighe, la Lavandière du gué. Les guerriers qui devaient mourir l'apercevaient agenouillée au bord d'une rivière en train de nettoyer des vêtements couverts de sang. Connavar ne souhaitait pas la voir, pas plus que sa sœur Bean-Si, plus connue sous le nom de la Lancinante ou Désir ardent. Un coup d'œil à son visage pierreux pouvait remplir un homme d'une telle tristesse que son cœur éclatait. Le Seidh qu'il espérait rencontrer était celui qu'on nommait le Thagda, le vieil homme de la forêt. On disait que si on l'approchait et qu'on arrivait à toucher son manteau de mousse, il vous accordait trois souhaits.

Connavar ralentit dans sa progression. On disait aussi que s'il prenait un homme en grippe, il ouvrait son manteau et de son ventre sortait une brume qui rongeait la chair humaine, ne laissant plus que des os.

Le garçon s'arrêta à l'orée du bois. Il avait la bouche sèche et ses mains tremblaient. *C'est idiot,* pensa-t-il. Il regarda la frondaison interdite des arbres. Ils avaient l'air tellement sinistres qu'il se mit à imaginer toutes les horreurs qui l'attendaient de l'autre côté. La colère monta en lui, balayant sa peur. *Je ne suis pas comme mon père,* pensa-t-il. *Je ne suis pas un lâche.* Il prit une profonde inspiration et s'engagea dans les bois.

Tout était calme et, par des trous dans les feuillages au-dessus de lui, des rayons de lune passaient entre les arbres, comme des colonnes d'argent, qui éclairaient la brume recouvrant le sol des sous-bois. Connavar essuya ses paumes moites sur son pantalon et hésita à dégainer son couteau. *Tu es venu demander une faveur*, se dit-il gravement. *De quoi aurais-tu l'air si tu approchais le Thagda une arme à la main ?*

Il continua d'avancer. La brume virevoltait autour de ses chevilles. Une brise se leva, faisait bruisser les feuilles au-dessus de lui.

— Je suis Connavar, cria-t-il. Je désire parler avec le Thagda.

Sa voix était faible et apeurée, ce qui fit resurgir en lui la colère. *Je ne dois pas avoir peur*, se dit-il. *Je suis un guerrier rigante.*

Il attendit mais personne ne répondit à son appel. Il s'enfonça davantage dans le bois, escaladant une pente abrupte. Devant lui se trouvait une petite clairière au centre de laquelle il y avait un petit étang rocailleux où venait se refléter la lune. Il lança de nouveau un appel, et cette fois le son de sa voix résonna tout autour de lui. Rien ne bougea, ni une chauve-souris, ni un renard, ni un blaireau. Tout était calme.

— Es-tu là, Thagda ? cria-t-il.

Thagda... Thagda... Thagda...

Le son mourut. Connavar commençait à avoir froid, et la lassitude de l'échec vint peser comme une grosse pierre sur ses épaules. *Ce n'est qu'un bois, la nuit*, pensa-t-il. *Il n'y a rien de magique, ici.*

Quand un son retentit sur sa gauche. Il crut d'abord que c'était une voix d'homme, mais réalisa presque aussitôt que c'était le bruit d'un animal en détresse. Il avança sur sa gauche et vit un buisson de ronces. Pris dedans se trouvait un faon pâle qui essayait en vain de se dégager. Il s'était emmêlé les jambes dans les ronces, et des petites gouttes de sang perlaient sur ses flancs.

— Reste tranquille, petit, lui dit Connavar d'une voix apaisante. Ne bouge pas et je vais t'aider.

Avec précaution il se fraya à son tour un chemin dans les ronces. Elles se prirent dans ses vêtements et lui transpercèrent la peau. Il dégaina son couteau et coupa une grosse ronce. Une deuxième libérée par l'action fendit l'air dans sa direction. Conn la bloqua en partie avec son avant-bras, mais elle lui fouetta le visage, le faisant saigner. Plus il avançait, plus les ronces étaient épaisses. Les grandes épines le piquaient de toutes parts. Paniqué par son approche, le petit faon se débattit de plus belle. Conn lui parla d'une voix douce. Quand il arriva à sa hauteur, l'animal était épuisé et tremblait de peur. Délicatement, Conn trancha les ronces autour de lui, rangea son couteau et prit la bête dans ses bras. Le faon était plus lourd qu'il ne s'y attendait. Il le maintint contre sa poitrine et s'en retourna lentement entre les ronces. Chaque pas lui valut une avalanche de piqûres. Son pantalon était en lambeaux.

Une fois sorti des ronces il posa le faon à terre et passa ses mains sur les flancs de l'animal. Les coupures n'étaient pas profondes, et les blessures guériraient vite. Mais où était sa mère ? Pourquoi le faon avait-il été abandonné ? Il s'assit à côté de la petite créature et lui caressa le cou.

— Tu sauras qu'il faut éviter les ronces, dans le futur, lui dit-il. Et maintenant va-t'en. Va retrouver ta mère. (Le faon s'éloigna maladroitement, puis se retourna pour regarder l'enfant.) Va, fit-il en agitant le bras.

L'animal fit trois petits bonds en avant et disparut dans les sous-bois.

Conn regarda ses vêtements. Meria n'allait pas être contente. Le pantalon était neuf. Il se releva et gravit la pente par où il était venu. Puis, il sortit du Bois de l'Arbre à Souhaits.

Il se réveilla peu après l'aube. Braefar était déjà habillé et enfilait une paire de bottes en peau de veau. Conn bailla et se retourna dans son lit.

— Tu as dormi longtemps, lui dit Braefar.

— Je suis sorti la nuit dernière, expliqua Conn.

Il s'assit et raconta son aventure avec le faon dans le Bois de l'Arbre à Souhaits.

Braefar écouta poliment.

— Tu as rêvé, lui dit-il finalement.

— Pas du tout !

— Alors, où sont les coupures dont tu parles ?

Conn regarda ses bras puis repoussa ses couvertures afin d'examiner ses cuisses et ses mollets. Il n'y avait pas une seule marque sur sa peau. Il sortit en vitesse de son lit et alla inspecter son pantalon. Pas une déchirure.

Braefar lui sourit.

— Tu ferais mieux de t'habiller, rêveur, où il n'y aura plus de petit déjeuner quand tu arriveras.

Seul et mystifié, Conn enfila son pantalon et ramassa sa tunique. Alors qu'il la soulevait du sol, un couteau tomba, tintant sur le plancher.

Mais ce n'était pas le vieux couteau de bronze qu'il avait pris pour aller dans les bois. L'arme scintillait dans le soleil de l'aube et la lame avait une couleur argentée, brillante. Le manche avait été taillé dans les bois d'un cerf. La garde était en or, et une pierre ronde et noire ornée d'une rune en argent avait été encastrée dans le pommeau. C'était le plus joli couteau que Conn ait jamais vu.

Il referma ses doigts autour du manche. Il lui allait parfaitement. Il emballa l'objet dans un vieux tissu et se rendit en courant jusqu'à chez Banouin. L'étranger dormait mais se réveilla en découvrant Conn assis sur le bord de son lit. Il bailla et repoussa ses couvertures.

— Je ne suis pas un fermier, déclara-t-il. Je n'ai pas l'habitude de me lever si tôt.

— C'est important, répondit le garçon en lui tendant un gobelet d'eau fraîche.

Banouin s'assit et but.

— Raconte-moi tout.

Conn lui fit part de son excursion dans le Bois de l'Arbre à Souhaits, du faon qu'il avait sauvé, et de son retour. Enfin il raconta comment il avait découvert le couteau.

Banouin écouta silencieusement, encore endormi. Mais son expression changea du tout au tout lorsque Conn déballa la lame. Banouin la souleva révérencieusement puis se leva d'un bond et alla l'examiner à la lumière du jour devant la fenêtre.

— Elle est magnifique, murmura-t-il. Je ne connais pas la nature de ce métal. Ce n'est pas de l'argent, ni du fer. Quant à la pierre sur le pommeau…

— C'est une arme seidhe, affirma Conn. C'est un cadeau.

— Je pourrais la vendre pour cent, non, cinq cents pièces d'argent.

— Je ne veux pas la vendre.

— Alors, pourquoi me l'as-tu apportée ?

— Je ne peux dire à personne que je suis allé dans le Bois de l'Arbre à Souhaits. C'est interdit. Et je ne peux pas mentir à m'man. J'ai pensé que tu pourrais me donner un conseil.

— On dirait qu'elle a été faite pour ma main, remarqua Banouin.

— Pour la mienne aussi, dit Conn.

— Ce n'est pas possible, mon garçon. Ma main est bien plus grande que la tienne.

Il tendit l'arme à Conn qui la saisit par le manche.

— Tu vois, fit Conn en brandissant le couteau.

Son poing recouvrait entièrement le manche, la garde en or sous son pouce et la pierre noire du pommeau touchant la base de sa paume.

Lentement, Banouin prit l'arme dans sa main. Le manche sembla gonfler dans son poing.

— C'est une lame magique, comprit Banouin. Je n'en ai jamais vu de pareille.

— Que dois-je faire ? demanda Conn.

— Est-ce que tu me fais confiance ? répliqua l'étranger.

— Bien sûr. Tu es mon ami.

— Alors, donne-moi cette arme.

— Te donner… Je ne comprends pas. Elle est à moi !

— Tu m'as demandé de l'aide, Conn, dit Banouin. Si tu me fais confiance, fais ce que je te demande.

Le garçon resta immobile un moment.

— Très bien, fit-il. Je te donne ce couteau.

— Il est donc à moi ? s'enquit l'étranger.

— Oui. Il est à toi. Mais je ne comprends toujours pas.

Banouin, qui tenait encore le couteau, fit signe à Conn de le suivre. Ils quittèrent la chambre à coucher pour se rendre jusqu'à l'âtre. L'étranger prit un long bâton avec lequel il tisonna les cendres de la veille, ranimant quelques braises, puis il rajouta des brindilles. Une fois que le feu fut reparti il posa une bouilloire en cuivre dessus.

— J'aime bien commencer la journée avec une bonne tisane, déclara-t-il. Quelque chose de chaud et de doux. Ma préférée, c'est miel et fleurs de sureau séchées. Est-ce que tu en veux ?

— Oui, merci, répondit Conn.

Le garçon se sentait toujours mal à l'aise et n'arrivait pas à quitter l'arme des yeux. Banouin était son ami, mais c'était également un marchand qui vivait pour le profit. Lorsque l'eau fut chaude, Banouin prépara deux tasses de tisane et les apporta sur la table. Il posa le couteau sur le bois poli et but son breuvage.

— Tu m'as rendu un grand service, Connavar, dit-il sur un ton solennel. Il est de coutume parmi mon peuple de récompenser ceux qui nous aident. Par conséquent, j'aimerais te faire un cadeau. J'aimerais que tu acceptes ce couteau. C'est une belle arme, et beaucoup de gens se demanderont d'où tu la tiens. Tu leur diras – et ce ne sera pas un mensonge – qu'elle t'a été offerte par Banouin, l'étranger. Est-ce que cela t'aide à résoudre ton problème ?

Conn se fendit d'un large sourire.

— Oh ! oui. Merci, Banouin.

— Non, c'est moi qui te remercie de ta confiance. Et je me permets de te conseiller de ne jamais plus accorder autant de confiance à qui que ce soit de toute ta vie. Tout homme a un prix, Conn. Et que je sois maudit, mais ce n'est pas passé loin du mien !

Banouin, l'étranger, conduisait son train de seize poneys le long de la piste étroite qui menait au bac. La blessure superficielle en haut de son bras saignait toujours à travers le bandage imprégné de miel et de vin, mais pourtant, il était de bonne humeur. Au loin, il apercevait les pics dentelés des montagnes de Druagh qui semblaient veiller telles des sentinelles sur les terres rigantes.

Bientôt chez moi.

Il sourit. Son chez lui natal était Roc, la cité des cinq collines, en Turgonie, à quelque deux mille kilomètres de l'autre côté de l'eau. Toute sa vie, il avait pensé que Roc était le foyer de son cœur. Mais aujourd'hui, il savait que ce n'était pas vrai. Le Caer Druagh avait pris son âme. Il aimait ces montagnes d'une passion qu'il n'aurait jamais crue possible. Banouin avait passé seize années à se déplacer parmi les différents peuples keltoïs : les Rigantes, les Norviis, les Gaths et Ostros, les Pannones, les Perdiis, et bien d'autres. Il les admirait, eux et la simplicité astucieuse de leur mode de vie. Il songea à son propre peuple, et ce fut comme si un vent glacial lui parcourait la peau. À cet instant précis, il sut avec certitude qu'un jour il franchirait l'eau et envahirait ces montagnes avec ses armées et ses routes en pierre. Il conquerrait ces peuples et changerait leurs vies pour toujours, comme il l'avait fait pour les pays de l'autre côté de l'eau.

Il pensa à Connavar, avec bonheur et tristesse à la fois. Cela faisait maintenant cinq ans que le garçon était venu le voir avec la lame seidhe. Il avançait dans l'âge adulte, persuadé d'appartenir à une culture qui durerait. Quel âge avait-il ? Quinze ans, bientôt seize. Presque un homme, déjà grand et large d'épaules, solidement charpenté.

De l'autre côté de l'eau, Banouin avait été le témoin des conséquences d'une grande bataille, les corps de milliers de jeunes Keltoïs – des hommes comme Ruathain et Connavar – traînés jusque dans une fosse commune. Des milliers d'autres avaient été capturés et vendus en esclavage, leurs chefs cloués par les mains et les pieds sur des poteaux de sacrifice le long des routes ; dans leur agonie ils pouvaient voir leur peuple marcher vers l'oubli.

On avait demandé à Banouin s'il voulait organiser la vente des esclaves.

Il avait décliné l'offre, alors que les profits à faire étaient énormes.

Combien de temps encore avant qu'ils n'arrivent ici ? se demanda-t-il. *Cinq ans ? Dix ? Pas plus, en tout cas.*

Il atteignit le bas de la colline et mena ses poneys jusqu'à la barrière du bac. Là, il mit pied à terre. Un vieux bouclier en bronze pendait à un crochet planté dans un poteau. À côté, se trouvait un grand maillet en bois. Banouin frappa deux fois sur le bouclier, et le son ricocha sur l'onde. Deux hommes sortirent d'une hutte sur l'autre rive. Le premier fit un geste du bras au petit marchand. Banouin répondit au geste.

Lentement, les deux hommes tirèrent le bac à fond plat le long du fleuve Seidh. En touchant la rive, le vieux Calasain souleva la barrière et la fit descendre sur la jetée. Il sauta maladroitement sur la terre ferme et se fendit d'un grand sourire où manquaient des dents.

— Toujours en vie, hein, étranger ? Tu dois être né sous une bonne étoile.

— Les dieux veillent sur les hommes pieux, répondit Banouin en souriant.

Le fils de Calasain, Senacal, un petit homme imposant, sauta également à terre et longea l'attelage de poneys, détachant la corde qui retenait le neuvième. Le bac était petit et ne pouvait transporter que huit bêtes par passage.

Banouin guida la première moitié de son équipage à bord et releva la barrière. Puis, il aida Calasain à tirer sur les cordes. Il ne regarda pas derrière lui, sur la rive, car il savait que Senacal serait en train de fouiller dans ses sacoches afin de lui voler de petites babioles. Calasain finirait par le découvrir, comme toujours, et lors du prochain voyage de Banouin vers le sud, le vieil homme les lui rendrait, le visage couvert de honte.

En atteignant la rive nord, la femme de Calasain, Sanepta, lui offrit une tasse de tisane sucrée au miel. Banouin la remercia. Lorsqu'elle était jeune, pensa-t-il, elle devait être une très belle femme. Mais les soucis de l'âge et d'une vie rude avaient buriné ses jolis traits.

En moins d'une heure, tous ses poneys furent sur la rive nord. Banouin retourna sur la jetée en compagnie de Calasain. Là, les deux hommes s'assirent en buvant de la tisane, pour regarder le soleil se refléter sur l'eau.

— Des ennuis durant ton voyage ? s'enquit Calasain en désignant la blessure au bras de Banouin.

— Quelques uns, mais cela brise la monotonie. Que s'est-il passé ici ces huit derniers mois ? Des razzias ?

Le vieil homme haussa les épaules.

— Il y en a toujours. Les jeunes ont besoin de tester leur habileté. Un homme est mort, toutefois. Il a commis l'erreur de s'en prendre à Ruathain. Il ne vaut mieux pas ces temps-ci. Remarque, il ne vaut mieux pas, tout court. Que transportes-tu ?

— Des tissus teints, des perles, des colliers, des fils d'argent et d'or. Le tissu partira vite. Ils utilisent une nouvelle teinture violette qui ne part pas avec l'eau. Et puis aussi quelques épices, des lingots de fer, d'argent et deux en or pour Riamfada. Tout cela devrait bien se vendre.

Calasain soupira et une pigmentation rouge vint ternir ses traits tannés.

— Je m'excuse pour mon fils. Quoi que ce soit qu'il ait pris, je le trouverai.

— Je sais. Tu n'es pas responsable de lui, Calasain. Certains hommes ne peuvent pas s'empêcher de voler.

— C'est une source constante de honte pour moi.

Ils demeurèrent plusieurs minutes dans un silence amical. Puis Calasain reprit la parole.

— Comment vont les choses, dans le sud ?

— Une épidémie a frappé les Norrviis près de la côte. Fièvre et jaunissement. Elle s'est répandue comme un feu de prairie. Une personne sur six a trouvé la mort.

— On en a entendu parler. Est-ce que tu as traversé l'eau ?

— Oui. Je suis allé jusque dans mon pays.

— Ils se battent toujours ?

— Plus chez nous. Mais leurs armées avancent vers l'ouest. Ils ont conquis la majorité des pays voisins.

— Pourquoi ? demanda Calasain.

— Ils construisent un empire.

— Dans quel but ?

— Pour régner sur tout le monde, je pense. Pour s'enrichir du travail des autres. Je ne sais pas. Peut-être qu'ils aiment simplement la guerre.

— C'est un peuple bien stupide, alors, fit remarquer Calasain.

— Est-ce que Ruathain est retourné vivre avec Meria ? s'enquit Banouin pour changer de sujet.

— Non. Cela va faire six ans, maintenant. Et pourtant il ne la rejette pas. C'est un homme étrange. Il n'est plus jamais de bonne humeur. Il sourit rarement et ne rit jamais. Les hommes prennent des gants quand ils travaillent avec lui. Il s'est disputé avec Nanncumal, le forgeron, et l'a frappé tellement fort que le corps du forgeron a brisé une barrière en tombant. Qu'est-ce qui n'a pas fonctionné dans son mariage ? Pourquoi se sont-ils séparés ? Est-ce qu'elle a été infidèle ?

Banouin haussa les épaules.

— Je ne sais pas. Quelle qu'en soit la raison, c'est triste pour les deux. J'ai beaucoup d'affection pour eux. Ce sont des gens bien.

— Ils sont Rigantes, commenta Calasain en souriant. Nous sommes tous des gens biens. Bienvenue chez toi, étranger.

Quatre heures plus tard, alors que le soleil couchant baignait les montagnes de son feu, Banouin atteignit la dernière crête et s'arrêta pour contempler Trois-Ruisseaux. Le poids qui pesait sur son cœur disparut aussitôt qu'il vit les maisons éparses et les fermes, les ponts sur les cours d'eau, le bétail et les moutons qui broutaient l'herbe grasse.

Et là, au centre du village, le chêne colossal qu'on appelait l'Ancien Arbre, aux basses branches duquel on avait accroché des lanternes.

Chez moi, pensa Banouin en savourant les mots. *Je suis chez moi.*

Connavar aimait grimper aux arbres. Il était assis sur les branches les plus hautes de l'Ancien Arbre concentré sur des problèmes qu'à quinze ans, il ne pouvait pas comprendre pleinement. Il aimait autant Ruathain que sa mère, et cela lui faisait vraiment mal qu'ils soient toujours séparés. Sa mère avait insulté le Grand Homme, l'accusant injustement. Elle savait qu'elle avait tort mais était trop fière pour s'excuser et s'humilier. Il savait qu'elle savait, mais ne voulait faire aucun effort pour combler le fossé. Tout cela semblait bien idiot au jeune homme.

Parfois, la nuit, il entendait Meria pleurer doucement dans le lit qu'avait construit Ruathain, essayant d'étouffer le bruit dans un gros oreiller brodé. Connavar ne comprenait décidément rien à tout cela. Toute sa vie, il avait vu sa mère être plutôt froide avec son mari, comme s'il n'avait pas d'importance à ses yeux. Et voilà qu'aujourd'hui elle pleurait comme si elle avait perdu un enfant. Malgré toute cette souffrance, elle était incapable de respirer un grand coup et d'admettre qu'elle avait tort.

Même le Grand Homme avait changé. Il était devenu amer et prompt à la colère. Connavar frissonna en repensant à la bagarre avec le père de Govannan, Nanncumal.

Connavar était en compagnie de Ruathain et Braefar lorsque Nanncumal était sorti de sa forge. Il n'y avait pas d'amitié entre les deux hommes, car Nanncumal était responsable de tous les maux en révélant à Govannan les détails de la mort du père de Conn. Le forgeron était un grand gaillard, puissant au niveau des épaules, avec des biceps imposants.

— Éloigne ton rejeton de ma forge, avait-il dit en désignant Connavar.

Ruathain avait dévisagé l'homme.

— Et pourquoi cela ?

— C'est qu'un voleur. Voilà pourquoi. Il m'a volé des clous.

— C'est pas vrai ! avait rugi Conn, outragé.

Il avait serré les poings et s'était approché du forgeron, mais Ruathain l'avait tiré en arrière.

Nanncumal avait reniflé avec dédain avant de reprendre la parole.

— Ils ont disparu après ton passage, alors que tu étais venu tourner autour de ma fille. Et ça, c'est une preuve suffisante. Tu as compris, éloigne ton garçon, avait-il fait en se tournant vers Ruathain. Si jamais je le surprends à rôder par ici, je lui fendrai les oreilles.

— Tu lui fendras les oreilles ? avait répété Ruathain d'une voix terriblement calme. Tu oses menacer mon fils alors que je suis devant toi ? Voilà qui n'est pas prudent, Nanncumal.

— Ce n'est pas ton fils, avait craché le forgeron. C'est celui d'un lâche !

Ruathain avait fait un pas en avant. Nanncumal avait levé son bras gauche pour se défendre, mais le coup avait été trop rapide : un lourd crochet du droit qui avait cueilli le forgeron sur la joue gauche, faisant éclater les chairs. Nanncumal avait été soulevé de terre et s'était écrasé tête la première dans la barrière à côté de la forge. La planche du milieu s'était brisée sous l'impact. Le forgeron avait essayé de se relever, puis s'était écroulé comme une masse sur le sol. Plusieurs hommes étaient arrivés en courant pour voir la bagarre, mais elle était déjà finie. Ruathain s'était approché de l'homme à terre, le retournant du bout de sa botte. Les yeux du forgeron étaient grands ouverts.

Ruathain avait de nouveau parlé d'une voix calme et froide.

— Le père de Connavar était avec moi pendant la bataille. Il s'est battu à mes côtés toute la journée. Toi, en revanche, tu n'étais pas là, si je me souviens bien. Tu avais mal au ventre, ou quelque chose comme ça. En fait, forgeron, je ne crois pas t'avoir jamais vu dans une bataille. Alors, ne sois pas aussi prompt à traiter les autres de lâches. La prochaine fois que tu le fais, je m'occuperai de toi.

Le souvenir faisait frissonner Connavar autant de joie que de peine. Nanncumal avait mérité ce qui lui était arrivé. Il savait que Conn n'avait rien volé. Ce qui l'ennuyait, c'était l'amitié qui existait entre Connavar et sa fille Arian. La bonne humeur de Conn disparut. Depuis la bagarre, elle l'avait évité, et elle lui manquait, comme son sourire, et l'odeur de ses cheveux blonds. Il ferma les yeux et se remémora la poursuite qui avait eu lieu au début du printemps.

Arian, sa sœur Gwydia, et plusieurs autres filles du village avaient été ramasser des fleurs du côté des bois de l'ouest. Connavar qui se baladait les avait rencontrées. Arian, qui tenait le bas de sa robe jaune au-dessus de ses genoux, était en train de patauger dans un petit cours d'eau rapide. Connavar lui avait crié le bonjour. Elle s'était penchée, et d'un geste du bras l'avait aspergé d'eau. En riant, il s'était lancé à sa poursuite, mais elle lui avait échappé, en sortant de l'eau pour se fondre dans les bois. Conn l'avait suivie et attrapée par la taille. Ils étaient tombés tous les deux dans le sous-bois.

— Pourquoi m'as-tu arrosé ? lui avait-il demandé.

— Pour éteindre le feu dans tes yeux, lui avait-elle répondu.

Son bras était posé sur elle, la main sur sa taille. Il avait baissé les yeux sur ses jambes nues. Le soleil faisait des tâches sur sa peau blonde. Tout d'un coup, il avait eu la gorge serrée et son cœur s'était emballé. Il l'avait regardée dans ses yeux bleus. Les pupilles étaient grosses, et il avait pu y voir son reflet, comme s'il flottait en elle. Il avait eu la sensation de s'enfoncer dans de l'eau, et avant qu'il ne puisse résister à la pulsion, il l'avait embrassée. La bouche d'Arian était chaude. Sa langue avait touché ses lèvres. Connavar avait poussé un gémissement. Sa main s'était dirigée lentement vers ses cuisses. Soudain elle s'était dégagée et avait roulé sur le sol. Elle s'était relevée et avait passé sa main dans ses longs cheveux blonds.

— Je vois que l'eau a laissé quelques braises, avait-elle fait remarquer.

Conn n'était pas arrivé à trouver ses mots. Elle s'était alors mise à glousser en couvrant sa bouche de sa main. Conn avait suivi son regard, vers le bas, et avait découvert la bosse honteuse qui déformait son pantalon. Rougissant, il s'était agenouillé afin de se relever.

Arian s'était jetée sur lui, les bras autour du cou.

— Ne m'en veux pas, avait-elle supplié, confondant le rouge de la honte avec une émotion plus violente.

Conn l'avait attirée contre lui.

— Je ne suis pas en colère, avait-il avoué. Je t'aime. L'an prochain, au festin de Samain, je parlerai à ton père. Nous allons nous marier.

Elle s'était reculée et lui avait souri.

— Peut-être que je dirai oui, avait-elle dit. Peut-être que je dirai non. (Conn n'avait pas su quoi répondre, aussi avait-il plissé les yeux.) Et là, tu vas te mettre en colère, avait fait joyeusement Arian en faisant un pas pour venir lui caresser la joue.

Il avait essayé de la saisir, mais elle s'était détournée pour rejoindre en courant les autres filles.

En haut de son arbre, Conn se remémora la chaleur de sa cuisse. Il se sentit mal à l'aise.

Un mouvement au sud attira son attention. Une colonne de poneys descendait la pente au loin. Le cœur de Conn s'enflamma. Banouin était de retour !

Il descendit en vitesse de l'arbre, se laissant tomber sur le sol, et courut jusqu'à la maison de Banouin. Il entendit les sabots du groupe de poneys résonner sur le dernier pont de bois et appela l'étranger.

Banouin l'aperçut et lui sourit. L'étranger avait l'air plus petit que dans ses souvenirs, et ses cheveux courts et noirs étaient maintenant parsemés d'argent. Il était vieux, Conn le savait bien. Il devait approcher la cinquantaine. Pourtant il était toujours fort et en bonne santé. Il descendit de son chariot. Le jeune homme de quinze ans le dépassait à présent de plusieurs centimètres.

— Comment vas-tu, Connavar ?

— *Banias tol var*, répondit le garçon.

Banouin lui saisit les mains.

— C'est bien, Conn. Je vois que tu n'as pas oublié.

— Je n'oublie rien, répondit sérieusement le jeune homme. Cela me fait plaisir de te revoir. Laisse-moi t'aider à décharger les poneys. Tu pourras ensuite me raconter ton voyage.

Banouin se rendit jusqu'à l'entrepôt et ouvrit les portes. Avec l'aide de Connavar, il déchargea les marchandises et porta les sacoches à l'intérieur, puis il relâcha les montures dans le paddock.

Comme toutes les habitations rigantes, la maison de Banouin était entièrement en bois. Mais il avait installé un sol en mosaïque dans la pièce principale, ainsi que trois divans à défaut de chaises. La pièce était propre sans aucune poussière.

— Je vois que tu t'es occupé de ma maison, dit Banouin. Je te remercie.

— Je vais aller te chercher de quoi manger, fit Connavar en se dirigeant vers la porte.

Banouin était sur le point de protester, mais le jeune avait déjà disparu, traversant le champ en courant pour retourner chez lui à quatre cents mètres de là. Il revint avec un sac en canevas contenant une grosse part de tourte à la viande, plusieurs pommes bien mûres, une tome de fromage enveloppée dans de l'étamine, une miche de pain frais, et une jarre en grès pleine de beurre.

Une fois qu'ils eurent fini de manger, Banouin alluma deux lampes et ils allèrent s'étendre sur les divans.

— La chose qui me manque le plus quand je ne suis pas dans mon pays, confia-t-il, c'est un bon bain chaud à la fin d'un voyage. Chaque village de cette taille a ses bains, et la majorité des foyers possèdent leur propre baignoire.

— Est-ce que ton peuple prend beaucoup de bains ? s'enquit Connavar.

— Tous les jours.

— Pourquoi ? Ils sentent mauvais ?

— S'ils ne se lavent pas, ils puent.

— Ils n'ont pas de chance, fit remarquer Connavar.

Banouin gloussa.

— C'est assez étrange. Plus on se baigne, et plus on en ressent le besoin. J'ai pris un bain en Turgonie il y a de cela deux mois. C'était merveilleux. Et puis je suis reparti sur la route. Au bout de trois jours je puais. Après dix, j'arrivais à peine à me supporter. Et puis l'odeur s'est dissipée.

Banouin se leva et retira son grand manteau qu'il jeta sur le divan. Connavar vit le bandage ensanglanté en haut de son bras.

— Comment t'es-tu blessé ? demanda-t-il.

— Il y a quatre jours je me suis fait attaquer par des voleurs. Trois renégats norviis. L'un d'entre eux a réussi à m'égratigner avec son couteau. Mais la blessure n'est pas grave.

— Est-ce que tu les as tués ?

— Non, espèce de sauvage assoiffé de sang. J'ai cassé le bras de celui qui avait le couteau. Les autres se sont enfuis.

— Tu aurais dû les tuer. Ils t'attendront peut-être le printemps prochain.

— Si c'est le cas, je saurai me souvenir de ton conseil. Et maintenant dis-moi ce qui s'est passé à Trois-Ruisseaux depuis mon départ.

— Braefar a gagné la course du solstice il y a deux semaines. Depuis, il est heureux comme pas deux, raconta Conn. Il se pavane partout comme un vrai paon.

— Et toi ?

— J'ai fini deuxième.

Banouin se rassit. Il voyait bien la lueur d'espièglerie dans les yeux de Conn et se doutait qu'il ne disait pas tout.

— Et Govannan ? Je croyais que c'était le plus rapide d'entre vous.

— Lui aussi, fit Conn avec un sourire malicieux. Apparemment, le vent a fait tourner l'un des panneaux indicateurs. Govannan et ceux qui le suivaient ont fini dans un marais. Mais il a été courageux, cependant, parce qu'il a réussi à finir troisième. Arian dit qu'il a passé sa soirée à retirer les sangsues qu'il avait sur les fesses. Peut-être qu'il aura plus de chance l'an prochain.

— Pourquoi est-ce que je n'arrive pas à croire que le vent a fait bouger le panneau ? demanda Banouin.

Conn éclata de rire.

— Parce que tu es quelqu'un de suspicieux, étranger. Comme Govannan.

— Oui, ce doit être ça, convint Banouin. Puisque tu parles d'Arian, est-ce que tu as toujours l'intention de l'épouser ?

— Oui, c'est la plus belle fille du monde. Je l'aime de tout mon cœur.

— Ce qui fera de Govannan ton beau-frère, fit remarquer Banouin.

— Oui, da, il est le ver dans le fruit. Et son père en est un autre. Mais l'amour fait franchir les montagnes, étranger. Une Rigante a le droit de choisir son mari. Est-ce que tu danseras à mes noces ?

— Je ne suis pas un bon danseur, mais je serai là – et heureux d'y être. À présent, tu devrais rentrer chez toi. Je suis fatigué et j'ai besoin d'une bonne nuit de sommeil dans un lit douillet.

— Est-ce que je peux venir te voir demain ? Pourras-tu m'enseigner encore la langue de ton peuple ? Est-ce que tu voudras bien me parler des cités de pierre ?

— Tu es toujours le bienvenu ici, Conn. Mais n'as-tu pas des travaux à faire ?

— Seulement jusqu'à midi.

— Eh bien, je serai content de te voir ensuite. Mes amitiés à ta mère. Dis-lui que j'ai la chemise en satin vert que je lui avais promise.

Connavar marcha jusqu'à la porte.

— Est-ce que ton peuple a gagné d'autres guerres ? s'enquit-il.

— J'en ai bien peur, Conn.

— Il faut vraiment que tu me racontes tout.

Arian ne savait pas ce qui était le pire, la peur ou le remède, car les deux étaient étroitement liés et dansaient dans son esprit. La panique la prenait par surprise, lorsqu'elle marchait ou qu'elle était dans son lit, et même lorsqu'elle lavait du linge au ruisseau. Ses doigts se mettaient à trembler et un vide immense s'emparait d'elle, un voile ténébreux qui empêchait la chaleur du soleil de passer.

Elle se souvint du jour affreux où cette peur était née. Sa petite sœur de cinq ans, Baria, dormait avec elle dans son lit ; elle avait de la fièvre et toussait beaucoup. Mère lui avait donné une tisane avec du miel, et la petite s'était blottie contre Arian. Plus âgée, proche des treize ans, elle l'avait repoussée car l'enfant avait chaud et c'était une nuit d'été, moite et lourde. Baria avait roulé sur le côté en serrant fort sa poupée de chiffons. Elle avait toussé encore un peu et avait fini par s'endormir. En pleine nuit, Arian s'était réveillée, essayant tant bien que mal de se souvenir d'un rêve qu'elle venait de faire. Elle avait senti la jambe potelée de Baria contre la sienne. La jambe était froide.

— Allons, viens, ma petite chérie, avait-elle dit. Je vais te réchauffer.

Elle s'était retournée en balançant ses bras autour de la silhouette inerte de sa sœur, l'attirant ensuite vers elle. Baria était toute molle. Arian l'avait câlinée un long moment puis s'était inquiété de l'absence de mouvements. Il faisait assez sombre dans la pièce, et elle n'était pas arrivée à distinguer le visage de sa sœur. Aussi, elle s'était levée pour descendre du grenier et se rendre jusqu'au feu sur le point de s'éteindre. S'agenouillant devant l'âtre, Arian avait rajouté du petit bois et avait soufflé sur les braises pour qu'elles repartent. Une flamme s'était élevée. Elle avait approché une bougie de la flamme jusqu'à ce que celle-ci s'allume. Puis, elle était remontée dans le grenier. S'approchant du lit, elle avait passé la bougie au-dessus du visage de Baria. Des yeux pâles et morts l'avaient regardée. Une goutte de cire tomba sur la joue de l'enfant.

— Je suis désolée, s'était excusée Arian sans réfléchir.

Il n'y avait pas eu de réponse. Il n'y en aurait plus jamais. Arian s'était mise à trembler. Elle était restée assise un long moment tandis que de la cire chaude lui coulait entre les doigts.

Puis elle était allée réveiller ses parents. Sa mère avait beaucoup pleuré et gémi, et même son père – le forgeron bourru et revêche – avait répandu quelques larmes devant le lit. Govannan s'était approché d'Arian et avait passé ses bras autour d'elle, la serrant contre lui tout en passant sa main dans ses longs cheveux blonds. Il n'avait rien dit, car il n'y avait rien à dire. Une douce enfant était morte pendant la nuit, et ne reviendrait jamais. Le chagrin de toute une famille était une chose indescriptible.

Le lendemain, alors qu'elle arpentait les bois, la peur l'avait saisie. Ses jambes l'avaient lâchée et elle était tombée en pleurant sur le sol.

— Je ne veux pas mourir, avait-elle dit. Jamais. Je ne veux pas devenir aussi froide.

Et cette peur avait continué de grandir. Elle s'était assise contre un arbre, laissant la terreur lui ronger l'âme. Elle avait soudain entendu des bruits de sabots et, anxieuse d'avoir un peu de compagnie, elle s'était levée et avait couru au-devant du son. Le cavalier était un homme entre deux âges avec un visage rond et amical. Il n'était pas rigante, et elle avait supposé que c'était un marchand ou un émissaire du Grand Laird. Le cavalier avait arrêté son cheval.

— Qu'est-ce qui ne va pas, jeune fille ? avait-il demandé.

Son accent aux voyelles arrondies indiquait qu'il était originaire du sud.

— Rien, avait-elle répondu en essuyant les larmes de son visage. J'avais juste… un peu peur.

— Y a-t-il un animal dans les environs ?

— Non. (Elle s'était sentie idiote et s'était donc forcée à sourire.) Je me suis assoupie et j'ai fait un mauvais rêve.

— Mais tu trembles, avait-il remarqué en descendant de cheval.

Il n'était pas très grand – trois ou quatre centimètres de plus qu'elle, à peine. Il se rapprocha et lui passa un bras autour des épaules.

— Allons, allons, avait-il fait pour l'apaiser. Il ne faut pas avoir peur. C'est une journée magnifique, et il n'y a rien dans ces bois qui pourrait te faire du mal.

La peur avait reculé progressivement, mais elle sentait toujours sa présence, cachée, à l'affût. Elle s'était blottie dans les bras de cet homme et l'avait laissé la tapoter dans le dos et lui caresser les cheveux. Elle s'était calmée petit à petit. Puis, la main du cavalier était venue lui peloter les fesses. Elle s'était raidie, mais sa voix la berçait.

— Je peux faire fuir toutes tes peurs, avait-il promis. Je peux te rendre heureuse et faire que le soleil brille plus fort. Fais-moi confiance.

Il l'avait embrassée sur la joue. Puis, plaçant sa main sous son menton, il avait levé sa tête vers lui. Ses lèvres étaient venues frotter les siennes. Sa main droite avait glissé sur sa hanche et son ventre. Elle avait été prise d'un frisson. Il avait raison. La peur s'était en allée. Et le soleil brillait fort.

Ce dont elle se souvenait le plus de cette première fois, c'était de la chaleur de la peau contre la peau, de l'homme au-dessus d'elle, de sa chair moite de sueur, de son corps qui répondait, plein de vie. Finis la peur, le vide terrifiant et les pensées morbides.

— Est-ce que cela t'a plu ? lui avait-il demandé alors qu'ils étaient encore allongés dans l'herbe.

— Oui, c'était bon.

— Quel âge as-tu ?

— Treize ans. Presque quatorze.

— Tu n'es pas une Fille de la Terre ?

— Non. Mon père est le forgeron de Trois-Ruisseaux.

— Tu es une gentille fille, avait-il dit en enfilant son pantalon et sa chemise. (Il fouilla dans sa bourse et lui jeta une pièce d'argent.) Essayons de garder le secret sur notre petit rendez-vous galant, d'accord ? Un moment privé de joie et d'émerveillement.

Elle avait acquiescé et n'avait rien dit de plus en le voyant grimper en selle pour partir.

Deux mois plus tard, elle était allée chercher conseil chez Eriatha, la Fille de la Terre rousse, qui l'informa sèchement qu'elle était enceinte. Arian avait été terrifiée. Elle avait supplié Eriatha de l'aider. La Fille de la Terre lui avait fourni une potion. Le goût avait été horrible, et lorsqu'elle lui était tombée sur l'estomac, l'effet avait été aussi déplaisant que douloureux. Mais ainsi, la grossesse avait pris fin et Arian avait donné à Eriatha la pièce d'argent du marchand.

Ensuite elles étaient restées assises dans la petite hutte ronde où Eriatha recevait ses clients. La Fille de la Terre lui avait alors tendu une tasse de cidre sucré afin de faire passer le goût de la potion.

— Tu es trop jeune pour jouer à ce genre de jeu, avait dit Eriatha. Pourquoi as-tu fait ça ?

De façon hésitante, Arian avait raconté la mort de sa sœur et la terrible peur qui en avait découlé, une peur glaçante que le corps chaud et suant du marchand avait fait disparaître. Eriatha avait écouté patiemment, et lorsqu'elle avait finalement parlé, il n'y avait eu aucune critique dans sa voix.

— Nous essayons tous de combattre nos peurs comme nous le pouvons, avait-elle dit. Mais – et je te demande de me croire – baiser avec des étrangers comporte trop de risques. Je le sais par expérience. Lorsque j'avais treize ans – ce qui me semble un siècle aujourd'hui alors que cela ne fait que dix ans – moi aussi j'ai découvert les joies du jeu. C'était avec un homme marié, un ami de mon père. Lorsque nous avons été découverts, ma famille m'a reniée, ma tribu m'a bannie. Et maintenant, je baise pour de l'argent, et je vis seule. Cette vie me convient, Arian. Mais pas pour toi. Pense à cela : en essayant de vaincre *ta* peur de la mort, tu as causé celle d'un enfant dans ton ventre. Ce n'est pas rien, ma fille.

— Ce n'était pas un enfant, avait insisté Arian. Ce n'était que du sang. Je ne ferai jamais de mal à un enfant.

Eriatha avait soupiré.

— Trouve-toi une autre façon de combattre ta peur.

— Oh, mais je n'ai plus peur à présent, avait déclaré Arian. Je ne ferai pas deux fois la même erreur.

Et pourtant, par trois fois cette même année, elle avait donné des pièces d'argent à Eriatha, des pièces que lui avaient offertes des hommes sur la route. Une deuxième peur était née pour la tourmenter. Et si l'un de ces marchands arrivait à Trois-Ruisseaux et la reconnaissait ? Et si son père découvrait qu'elle avait vécu comme une Fille de la Terre ? Comme Eriatha, elle serait à son tour bannie.

Arian repoussa toutes ces pensées. Bientôt la peur disparaîtrait pour de bon. Le festin de Samain approchait, et Connavar avait juré de l'épouser. Elle n'aurait bientôt plus besoin de s'asseoir, comme elle le faisait maintenant, au bord de la route. Conn serait avec elle pour chasser la peur, pour la tenir dans ses bras, comme elle aurait dû le faire avec Baria.

La mort ne la trouverait pas tant que Connavar serait à ses côtés. Il était fort et brave, et un sang chaud coulait dans ses veines.

Alors qu'Arian était assise dans l'herbe pensant à Conn, deux hommes approchèrent sur un chariot chargé à ras bord.

Ses mains se mirent à trembler, et elle sentit le désir l'envahir. Elle se leva, repoussa en arrière ses longs cheveux blonds et partit à leur rencontre.

Eriatha la Fille de la Terre ouvrit la porte de sa hutte et invita le jeune homme à entrer. Conn se baissa pour passer le seuil et pénétra à l'intérieur. La hutte était petite et ronde. Il n'y avait ni fenêtre ni étage, rien qu'une pièce centrale avec un feu dans un cercle de pierres ; la fumée s'échappait par un trou dans le toit conique. Il y avait un grand lit contre le mur à l'ouest, et une couette en plumes d'oies. Il y avait deux chaises à large dossier et deux vieux tapis posés à même le sol de terre battue. Ce n'était pas là qu'Eriatha vivait, Conn le savait, mais c'était l'endroit où elle pratiquait son commerce.

Ruathain lui avait appris qu'elle était Pannone et lui avait donné une pièce que Conn était censé lui remettre pour ses services.

— Traite-la avec respect, avait dit le Grand Homme. C'est une gentille fille qui paie sa dîme correctement. L'année dernière, lorsqu'il y a eu cette inondation, elle est restée dehors de l'aube jusqu'au coucher du soleil afin d'aider à dresser des défenses contre la rivière. Et elle n'a pas rechigné à l'ouvrage.

— Je n'ai pas besoin d'une putain, avait déclaré Conn.

— Tous les arts doivent être enseignés, mon garçon. N'importe quel homme peut baiser comme un chien, sans instruction. Mais si tu aimes ta femme, tu voudras également lui procurer du plaisir. Eriatha peut t'enseigner comment faire. Ainsi, tu n'auras pas à avancer à tâtons le soir de tes noces.

— Mais toi, tu pourrais m'enseigner tout ça, avait suggéré Conn.

Ruathain avait éclaté de rire.

— Non, Conn, je pourrais te *raconter*. Eriatha, elle, va te l'*enseigner*.

Et maintenant il était là, essayant de ne pas regarder le lit.

— Je te remercie pour ton accueil, dit-il d'une façon formelle lorsqu'elle l'invita à s'asseoir.

Eriatha lui décocha un sourire et une révérence maintes fois répétés. C'était un petit bout de femme, fine mais pas maigre ; ses longs cheveux roux tombaient sur les tâches de rousseur de ses épaules blanches. Sa robe était en laine bleue, sans ornement, broderie, fil ou broche. Elle s'assit en face de lui, si près que leurs genoux se touchaient presque. Conn la dévisagea. Elle était plus âgée qu'il ne l'avait pensé au premier coup d'œil ; elle devait avoir au moins vingt-cinq ans. De loin elle paraissait tellement plus jeune. Ils restèrent assis un long moment sans rien dire. Elle avait l'air à l'aise, alors que Conn, lui, se sentait de plus en plus mal. Sa main se dirigea vers sa bourse.

— Pas encore, dit-elle. Dis-moi d'abord pourquoi tu es venu me voir.

Sa voix était grave pour une femme, presque rauque.

— Je dois me marier, expliqua Conn. Le Grand Homme… mon père…

La voix lui fit défaut. Sa gêne devenait de plus en plus grande.

Eriatha se pencha en avant et lui prit la main.

— Ton père, déclara-t-elle, veut que tu sois un bon époux, capable de satisfaire sa femme le soir de ses noces.

— Mais j'y arriverai, fit Conn sur la défensive.

— Mais bien sûr, mon amant, lui confirma-t-elle. Dis-moi, es-tu doué avec une épée ?

Conn se détendit. Cette fois la conversation était davantage à son goût.

— Oh ! oui. Je suis rapide et fort. Banouin dit que j'ai un bon sens de l'équilibre.

— As-tu été doué dès la première fois où tu t'es servi d'une épée ?

— Bien sûr que non. Mais j'apprends vite.

— Faire l'amour n'est pas différent, Connavar. C'est un art. Deux amoureux sont comme des danseurs, qui bougent à l'unisson, sur une musique que seule leur âme peut entendre. N'importe quel homme peut baiser, Connavar. Il n'y a pas à être doué pour cela. Mais faire l'amour… c'est là que se trouve la plus grande joie.

Doucement elle se leva et fit glisser sa robe le long de ses épaules afin de la laisser tomber sur le tapis. Puis elle s'agenouilla et ôta les bottes de Connavar. Elle le prit par la main. Il resta immobile devant elle, tendu, et souhaita ne jamais être venu. Elle souleva sa main et la pressa contre un de ses seins. Le téton était ferme dans sa paume. Il sentit le parfum de ses cheveux. Eriatha se rapprocha et passa un bras autour du cou du jeune homme.

— Je crois que je ferais mieux de partir, dit-il. C'est une erreur.

— Tu as peur ?

La question avait été murmurée, mais elle résonna dans ses oreilles comme un coup de tonnerre. Et au lieu de le rendre plus nerveux, d'une certaine manière elle le détendit. Il sourit.

— Oui, très certainement. Est-ce que c'est idiot ?

— Non, répondit-elle en défaisant du bout des doigts sa chemise, et en lui caressant le torse.

Il baissa la tête et l'embrassa. Sa bouche était chaude, sa langue douce. Elle défit la ceinture de son pantalon. Il sentit la chaleur de ses mains sur ses hanches, un picotement qui le brûlait le long de sa cuisse nue. Elle se mit à genoux devant lui et frotta son pénis gonflé contre ses joues. Elle le prit à pleines mains et embrassa le gland, léchant le bout avec sa langue. Il poussa un gémissement et elle se mit à rire.

— Tu as toujours peur, Connavar ? s'enquit-elle.

— Non.

Il se baissa, la prit par les bras et la souleva de terre.

Eriatha le guida jusqu'au lit et ils s'allongèrent côte à côte. Conn se plaça sur elle. Elle passa de façon experte ses jambes autour de la taille du garçon qui la pénétra. La chaleur seule était une joie, mais en rien comparable au sentiment d'harmonie qui l'engloutit. C'était une forme de perfection qu'il n'avait jamais expérimentée et dont il n'avait jamais rêvé. Leurs corps se mirent à bouger en rythme, peau contre peau, lèvres contre lèvres. Perdu dans l'extase, il se mit à bouger de plus en plus vite, son être tout entier concentré sur le mouvement, la chaleur et la moiteur.

Le temps n'existait plus. Le lit était le monde, la hutte l'univers. Rien n'avait plus d'importance, sauf le désir de la pénétrer de plus en plus fort. Son corps était couvert de sueur. Il se redressa sur ses coudes et donna une dernière poussée. Il cria en jouissant et s'écroula sur le lit, la respiration saccadée.

Ils restèrent ainsi plusieurs minutes. Puis Eriatha se mit à lui caresser le torse et le ventre. L'érection revint de plus belle, et il essaya de la prendre une nouvelle fois.

Elle le repoussa.

— Non, mon amant. À présent, ton éducation va commencer. Tu viens de me prouver que tu savais baiser. Et tu le fais très bien. Voyons voir à quel point tu apprends vite.

— Que dois-je apprendre ? lui demanda-t-il.

— Tu dois traiter le corps de ta partenaire comme si c'était le tien. Tu dois lui apporter autant de plaisir qu'elle t'en apporte, avec tes mains, ta bouche et ton corps. Tu dois aussi apprendre la patience, Connavar, et comment te contrôler. Est-ce que tu seras capable de faire ce que je te demande ?

Il sourit.

— Nous verrons bien, dit-il.

— Alors, nous allons simplement rester comme cela pour l'instant et apprendre à nous toucher, fit-elle. Je vais te montrer les secrets de ce jeu.

Elle lui enseigna toute la soirée et une partie de la nuit. Il ne saurait jamais qu'elle avait feint le premier orgasme, ni qu'elle avait été surprise que les deux suivants aient été naturels.

Finalement, ils restèrent dans le lit à savourer un gobelet de cidre.

— J'aimerais pouvoir t'enseigner davantage, Connavar, mais – comme tu l'avais promis – tu apprends vite. Et tu donneras beaucoup de plaisir à ta femme. Qui est l'heureuse élue ?

— Arian – c'est la fille du forgeron. Tu as déjà dû la voir. Elle a de longs cheveux blonds et le visage d'une déesse.

— Oui, je la connais. Elle est très jolie, dit Eriatha en sortant du lit pour enfiler sa robe bleue passée.

Conn perçut aussitôt son changement d'humeur.

— Qu'est-ce qui ne va pas ?

— Rien, répondit-elle. Mais il se fait tard. Il est temps pour toi de partir.

— Est-ce que j'ai dit quelque chose de mal ? s'enquit-il en se levant pour ramasser ses affaires.

— Idiot, va, dit-elle en lui caressant gentiment le visage. Tu n'as rien dit, et rien fait, pour m'offenser. C'est plutôt le contraire. À présent va-t'en et laisse-moi me reposer. Tu m'as épuisée et j'ai besoin de dormir.

Ce ne fut que lorsqu'il était sur le chemin de la maison qu'il réalisa qu'il avait oublié de lui donner la pièce d'argent. Lentement, sous une légère bruine, il rebroussa chemin jusqu'à la hutte. Il était sur le point de frapper à la porte lorsqu'il entendit des pleurs étouffés venant de l'intérieur. Le son était plaintif et plus encore, infiniment personnel. Silencieusement, il sortit trois pièces d'argent de sa bourse et les plaça devant la porte.

Puis, il releva sa capuche et rentra chez lui.

Comme l'été passait et que les maïs étaient coupés, battus et engrangés, les jeunes de Trois-Ruisseaux grimpèrent avec leurs aînés dans les bois supérieurs afin de refaire leurs réserves de combustible. Les plus jeunes portaient de grands sacs en canevas sur les épaules, et ramassaient du petit bois qu'ils allaient ensuite porter en bas de la colline. Plusieurs groupes d'adultes sélectionnèrent les arbres à abattre et s'y attelèrent munis de haches et de scies. Il y avait beaucoup d'arbres morts, et ce furent les premiers abattus ; les garçons les plus âgés pouvaient scier les troncs élagués en rondins pour les faire rouler jusqu'en bas.

De chaque côté d'un arbre abattu, Connavar et Braefar tiraient et poussaient sur une scie à double manche d'un mètre vingt. Dénudés jusqu'à la taille, de la sueur coulant le long de leur corps, ils faisaient pénétrer la lame dentelée au plus profond du bois. Braefar avait un vieux bout de tissu enroulé autour de sa main droite couverte d'ampoules. Il y avait du sang sur le tissu. Plus jeune que Conn d'une année, plus petit d'une tête, il pesait dix bons kilos de moins que son demi-frère. C'était comme si la nature avait joué un bon tour à Ruathain. Le fils du maigre Varaconn ressemblait un peu plus au Grand Homme de jour en jour ; grand, costaud, il faisait déjà montre d'une énergie prodigieuse et d'une force équivalente, tandis que le propre fils du guerrier était chétif avec l'ossature d'un moineau.

C'était une source de honte pour Braefar qui, bien qu'étant plus rapide à la course que n'importe quel Rigante et aussi bon archer que n'importe quel autre, ne pouvait toujours pas manier une épée longue de bronze et encore moins mettre au sol un veau. Il avait la peau douce et bien qu'il travaille aussi dur que les autres, il n'arrivait pas à développer des cals. Chaque fois qu'il se servait de la scie en cuivre, il saignait des mains.

Les deux jeunes hommes avaient travaillé toute la matinée, et maintenant que le soleil approchait de zénith, ils laissèrent de côté la scie pour aller s'asseoir à l'ombre d'un grand chêne afin de manger. Des nuages épars défilèrent dans le ciel azur, projetant des ombres dans les vallées verdoyantes. Des nuages plus lourds et plus sombres surplombaient les pics Druagh, annonciateurs de pluie pour la fin d'après-midi.

Les deux frères partageaient un repas de pain et de miel, le tout arrosé d'une eau fraîche qui coulait le long de la paroi rocheuse voisine.

— Tu as été bien silencieux aujourd'hui, fit remarquer Conn en versant une coupelle d'eau sur ses cheveux blond-roux collés par la transpiration.

Braefar ne répondit pas tout de suite. Et lorsqu'il le fit, ce fut sans regarder Conn.

— Je crois que tu aimes plus l'étranger que moi, déclara-t-il.

La réflexion surprit Conn. Son demi-frère n'avait pas l'habitude de se plaindre et préférait éviter les confrontations d'ordre émotionnel. À présent, Conn comprenait pourquoi Braefar avait eu l'air distant ces dernières semaines.

— Je suis désolé, Aile, s'excusa Conn. Tu es mon frère, et je t'aime passionnément. Mais Banouin connaît bien le monde. Et j'ai hâte d'en apprendre davantage.

— Mais qu'est-ce qu'il peut bien t'apprendre ? répondit amèrement Braefar. Nous savons cultiver les champs, monter à cheval, comment tirer à l'arc, comment se battre. Nous avons déjà appris les grandes chansons des Rigantes. De quoi d'autre avons-nous besoin ?

Conn finit les dernières miettes de pain, et lécha le miel sur ses doigts.

— Est-ce que tu sais ce que c'est qu'un « soldat » ? demanda-t-il.

— Un soldat ? Non.

— C'est un homme qui se bat toute l'année.

— C'est un idiot, rétorqua Braefar. Qui travaille à la ferme pendant qu'il se bat ? Qui moissonne les champs et nourrit ses animaux ?

— Il n'a pas de ferme. On le paie en or pour se battre dans des guerres. Et comme il n'a pas de ferme, il n'a pas besoin de rentrer chez lui à la fin de l'été pour faire la moisson. Le peuple de Banouin a des armées entières de soldats.

Braefar se mit à rire.

— Ils doivent vraiment s'ennuyer l'hiver, lorsque tous leurs ennemis rentrent chez eux.

Conn secoua la tête.

— Leurs ennemis n'ont pas de chez eux. Parce que les soldats les poursuivent et les tuent pour s'emparer de leurs terres.

— C'est stupide, déclara Braefar. À quoi servent des terres loin de chez soi ?

— Banouin dit que tu peux forcer les survivants à verser des tributs à l'empereur. De l'or, du grain, du bois ou du bétail.

— Cela n'a toujours pas de sens, insista Braefar. Il arrive un moment où tu ne peux pas manger tout le pain. Et le bétail a besoin de pâturages. Si quelqu'un offrait à père un millier de têtes de bétail, il refuserait. Il n'y aurait pas assez d'herbe pour tous.

Conn gloussa.

— C'est compliqué, et je ne comprends pas tout moi-même. Mais ces armées de soldats entrent dans un pays et s'en emparent. Le butin qu'ils récupèrent est expédié dans les cités de pierre où vivent leurs chefs. Avec ce butin, ils créent de nouvelles armées de soldats et conquièrent davantage de pays. Puis, ils construisent de nouvelles cités reliées entre elles par de grandes routes en pierre.

— Des routes en pierre ? Tu te moques de moi.

— Non, répondit Conn. Banouin dit qu'il y a maintenant une route de pierre dans les terres de l'autre côté de l'eau qui s'étend sur près de deux cents kilomètres. Et il y a des ponts en pierre au-dessus des rivières.

— Je n'en crois pas un mot, ricana Braefar. Qui serait assez fou pour construire une route en pierre ? Et pourquoi ?

— De façon à ce que les chariots des armées avancent plus vite.

— Je crois qu'il s'est payé ta tête, Conn, déclara Braefar en se levant. Allez, remettons-nous au travail.

— Comment va ta main ?

— Elle me fait mal, mais elle me fera moins mal lorsque nous aurons terminé.

Conn s'approcha de son frère et lui mit un bras sur l'épaule.

— Tu es mon frère et mon meilleur ami, Aile. Je ne laisserai jamais rien s'immiscer entre nous.

Braefar eut un sourire forcé. Banouin était parti pour son voyage annuel dans le sud, et seulement maintenant Conn lui revenait. Un nuage passa devant le soleil, baignant la clairière d'ombre. Braefar se dégagea de l'accolade de son frère et retourna à la scie. Malgré le travail, il avait du mal à se débarrasser de la mélancolie qui le minait. Ces dernières années avaient été dures pour lui, à regarder son père devenir de plus en plus amer avec le temps, et sa mère de plus en plus distante. Comme Conn s'était entiché de l'étranger, Braefar se sentait volé de ses amis. Surtout après avoir gagné la course du solstice : Govannan et ses camarades ne lui parlaient plus.

Les deux frères travaillèrent encore deux heures, jusqu'à ce que Braefar n'en ait plus la force. Il avait l'impression qu'on lui avait donné de grands coups de bâton sur les bras. Les jointures de ses épaules le brûlaient. Aucun autre jeune n'avait arrêté de travailler, et Braefar avait lutté pour continuer bien après que ses forces l'aient abandonné. La scie progressait de plus en plus lentement. Finalement, il la lâcha et resta immobile, honteux. Conn essuya la sueur sur son front et monta à califourchon sur le tronc.

— Assieds-toi là, je vais te masser les muscles.

— J'ai l'impression d'être un idiot, murmura Braefar.

— Ne dis pas de bêtise. La plupart des garçons de ton gabarit ramassent des brindilles. Tu as fait un travail d'homme, et tu t'en es très bien sorti.

Les mains de Conn s'abattirent sur ses épaules. Braefar se raidit, mais en fait les gestes étaient doux, tout comme le lent massage qui suivit.

Un crachin s'abattit sur la clairière et les ouvriers firent une pause. Braefar sentit son irritation monter. S'il avait pu tenir quelques minutes de plus, personne n'aurait vu son échec.

Sur le versant de la colline en dessous d'eux, il vit les filles du village venir à leur rencontre, portant des paniers en osier remplis de nourriture et de cruches de jus de pomme. Les doigts de Conn ralentirent, il était visiblement distrait dans son massage. Braefar leva les yeux. Son frère regardait les filles. Braefar n'avait pas une très bonne vue, et il n'arrivait pas à discerner les visages.

— Elle est là ? demanda-t-il.

— Oui, elle est là, souffla Conn en s'asseyant à côté de lui.

Comme les filles approchaient, Braefar la vit. Arian parlait à sa sœur brune, Gwydia ; les deux filles riaient. La pluie s'arrêta et le soleil perça entre les nuages. Les cheveux blonds d'Arian eurent soudain des reflets d'or sous le soleil. C'était magique.

— Elle est si belle, confia Conn.

Certaines filles s'approchèrent de leurs frères, d'autres de leurs amoureux. Celles qui restaient seules se réunirent au centre de la clairière, pour poser leurs paniers. Arian regarda l'air de rien autour d'elle, et son regard passa sur les deux frères. Conn jura entre ses dents.

— Elle m'ignore toujours.

— Pourquoi donc ?

— J'étais censé la retrouver il y a trois jours, mais le Grand Homme venait d'apprendre qu'un loup avait été signalé dans les pâturages supérieurs. Nous sommes partis sur place voir ce qu'il en était. Je n'ai eu qu'une heure de retard, mais elle n'était plus au lieu du rendez-vous. Depuis, elle m'évite sans cesse.

— Et si on allait se chercher à manger ? proposa Braefar, désirant changer de sujet.

— Non. Je n'ai pas faim.

Conn se leva et alla à la fontaine. À peine fut-il parti qu'Arian et la brune Gwydia se rapprochèrent.

— Ta main saigne, fit remarquer Gwydia en s'asseyant sur le tronc.

— Cela guérira vite, lui répondit Braefar.

Une ombre rapide traversa la clairière. Braefar leva les yeux et vit un corbeau qui passait au-dessus d'eux. Écartant les ailes, l'oiseau ralentit son vol et alla se percher sur une haute branche à la frondaison des arbres.

— Il est venu chercher des miettes, déclara Arian.

Elle souleva le tissu qui était sur le dessus du panier et y piocha une part de gâteau aux pommes qu'elle tendit à Braefar.

— C'est ma part, lança Govannan en traversant la clairière à grandes enjambées. Pourquoi est-ce que tu lui donnes ma nourriture ?

Il était grand, large d'épaules, la mâchoire carrée, les yeux enfoncés, le regard toujours méchant.

— C'est Gwydia qui a ta nourriture, lui annonça Arian. Meria m'a demandé de porter ce panier à Connavar et Aile.

— Alors, on aurait dû m'apporter ma nourriture en premier, cracha Govannan en arrachant le panier des bras de Gwydia. Les hommes doivent être nourris avant les enfants. C'est pas vrai, petit Aile ?

Braefar tenta un sourire conciliatoire. Govannan était de deux ans son aîné et beaucoup plus grand que lui. Il était aussi réputé pour son mauvais caractère.

— Laisse-le tranquille, rétorqua Gwydia.

Le cœur de Braefar s'effondra. Pourquoi est-ce que les filles ne comprenaient jamais rien ? Govannan l'*aurait* laissé tranquille, mais maintenant qu'une femelle était intervenue il était obligé de continuer.

— Qu'est-ce que j'ai dit ? demanda Govannan. N'était-ce pas la vérité ? Mais regarde-le donc. Il ressemble à une fille, et sa pauvre petite main qui saigne, en plus.

— Ce qui prouve qu'il a travaillé dur, contra Arian dont les pâles yeux bleus semblaient s'enflammer.

Je t'en prie, tais-toi, pensa Braefar. *Tu ne fais qu'aggraver les choses.*

— Bon, je l'ai peut-être insulté, admit Govannan. En fait, c'est vraiment une fille.

Il saisit Braefar et le souleva. Puis, il attrapa le ceinturon qui maintenait le pantalon du jeune homme et le baissa. Govannan éclata d'un rire cruel.

— Non, ce n'est pas une fille. Mais il n'a pas de poils d'homme non plus.

Soudain, Govannan fut retourné brusquement. Le poing de Connavar vint percuter sa pommette. Celle-ci éclata et du sang gicla. Govannan fut soulevé de terre. Il roula dans l'herbe et se releva, les poings serrés.

Il chargea. Conn fit un pas de côté et lui balança une puissante gauche au menton. Govannan tomba de nouveau par terre. Plus lentement cette fois, il se releva et avança prudemment. Honteux, Braefar remonta son pantalon et s'en alla. Gwydia lui courut après.

— Je m'excuse pour mon frère, fit-elle. Parfois il se conduit comme un imbécile.

— Tout ça c'est de ta faute, idiote ! gronda Braefar. Laisse-moi tranquille.

Pendant ce temps, dans la clairière, Govannan était déjà allé quatre fois au tapis. Pourtant, il revenait chaque fois à la charge. Il avait un œil gonflé qui était presque fermé, et ses lèvres saignaient de toutes parts. Il n'avait pas encore réussi à toucher son adversaire. Conn le frappa de nouveau, un direct du gauche qui le fit tituber. Mais il ne tomba pas. Aussi rapidement qu'elle était venue, la colère abandonna Conn. Il fit un pas en avant et enlaça Govannan.

— Cela suffit, Van, dit-il. Abandonne.

Govannan balança un coup de boule à Conn juste au-dessus de l'œil. Du sang gicla et il partit à la renverse. Govannan lui décocha une droite suivie d'une gauche. Conn chancela, mais asséna un féroce uppercut au visage de Govannan, suivi d'une droite qui l'envoya une fois de plus rouler dans l'herbe. À bout de forces, Govannan poussa sur ses bras et arriva à se redresser sur ses genoux. Il se releva les jambes flageolantes et d'un pas chancelant essaya de donner un coup de poing. Mais ce faisant, il s'écroula. Conn l'attrapa et le déposa au sol. Arian et Gwydia s'agenouillèrent à ses côtés pour étancher ses blessures avec du tissu. Arian fustigea Conn du regard.

— Tu n'es décidément qu'une brute sans cervelle, dit-elle.

La colère s'empara de Conn qui préféra ne pas répondre. Il se leva et partit dans les bois.

Le corbeau noir planait au-dessus de lui.

Chapitre 4

Tout en marchant, Connavar avait des envies de meurtre. Il écartait les branches devant lui afin de se frayer un passage dans les sous-bois. Tout cela était la faute d'Arian ! Elle n'aurait pas dû l'ignorer. C'était un manque de courtoisie flagrant. Rien que cela avait suffi à mettre le feu aux poudres. Et quand Govannan avait humilié Aile, il avait littéralement explosé.

Il déboucha sur une piste de cerfs. Il gravit alors une colline, bifurquant à droite le long d'une paroi rocheuse, et se dirigea vers les chutes de Riguan. Il pensait qu'un bon bain lui ferait du bien, et qu'il refroidirait ses ardeurs. Du sang lui coulait dans l'œil, aussi appuya-t-il sa main sur son front afin d'arrêter le saignement.

Un mouvement attira son attention à la frondaison des arbres. Il vit un corbeau noir tomber vers le sol comme s'il avait été touché par une flèche en plein vol. Intrigué, Connavar repartit dans les maigres sous-bois sur sa gauche pour essayer de trouver l'oiseau.

Une vieille femme enveloppée dans un vieux châle vert était assise sur une chaise en osier gris. Elle avait sur les genoux un petit filet de pêche qu'elle était en train de réparer. Conn scruta les alentours à la recherche d'une maison ou d'une cabane, mais il n'y en avait pas. *Peut-être habite-t-elle dans une grotte*, pensa-t-il. C'était tout de même étrange qu'il ne l'ait jamais rencontrée auparavant.

— Que Daan soit avec toi, lança-t-il.

Elle ne quitta pas son ouvrage des yeux.

— Et que Taranis ne te sourie jamais, répondit-elle d'une voix sèche et cassante.

La formule était étrange, mais Conn était d'accord avec elle. Qui voudrait recevoir le sourire du dieu de la mort ?

— Veux-tu que j'aille te chercher de l'eau, l'ancienne ?

La vieille femme redressa la tête d'un coup. Il contempla les yeux les plus sombres qu'il ait jamais vus. Les pupilles se fondaient dans l'iris, et les orbites ressemblaient à deux galets noirs polis.

— Je n'ai pas besoin d'eau, Connavar. Mais c'était aimable de ta part de demander.

— Comment se fait-il que tu connaisses mon nom ?

— Je connais bien des choses. Dis-moi, que souhaites-tu ?

— Je ne comprends pas.

— Mais si, le taquina-t-elle en posant son filet. Tout homme a un désir secret. Quel est le tien ?

Il haussa les épaules.

— Être heureux, sans doute. Avoir de nombreux fils en bonne santé, et une poignée de filles plus jolies les unes que les autres. Vivre vieux et voir mes fils grandir, ainsi que leurs fils.

Elle eut un rire méprisant. Le son ressemblait à celui d'une scie prise dans du bois mort.

— Tu as puisé tes souhaits à la fontaine publique. Mais ce n'est pas vraiment ce que ton cœur désire, Épée de l'orage.

— Pourquoi ne t'ai-je jamais vue auparavant ? Où habites-tu ?

— Près d'ici. Et moi je t'ai déjà vu nager dans le lac, sauter du haut de la cascade, courir dans les bois avec ton demi-frère. Tu es plein de vie, Connavar, et le destin t'appelle. Comment vas-tu lui répondre ?

Il resta silencieux un moment.

— Tu es une sorcière ?

— Non, pas une sorcière, répondit-elle. *Ça*, je peux te le jurer. Allez, quel est ton souhait ?

Conn entendit un mouvement derrière lui et se retourna d'un bond. Vorna, la sorcière rigante, se tenait là. Elle avait les mains tendues devant elle, croisées, comme si elle voulait parer un coup. Mais elle ne le regardait pas. Elle fixait la vieille femme.

— Viens vers moi, Conn, dit-elle. Il faut que tu t'éloignes de cet endroit. Ne réponds plus à ses questions.

— As-tu peur de prononcer ton souhait à voix haute, mon garçon ? s'enquit la vieille femme en ignorant complètement Vorna.

Conn était bel et bien terrorisé, mais il ne savait pas pourquoi. Et dès que la peur s'emparait de lui, elle était aussitôt remplacée par de la colère.

— Je n'ai peur de rien, affirma-t-il.

— Conn ! Ne parle pas, le prévint Vorna.

— Alors, réponds-moi ! cria la vieille femme.

— Je souhaite la gloire ! hurla-t-il.

Un vent frais murmura dans la clairière, et une lumière vive jaillit devant lui. Il recula en cillant des yeux.

Et tu vas l'avoir, murmura une voix dans sa tête.

— Tu n'aurais pas dû parler, dit tristement Vorna.

Conn se frotta les yeux et contempla le visage livide de la sorcière. Sa longue chevelure aux mèches blanches était tout emmêlée, son manteau rongé par les ans était couvert de boue. Elle avait l'air usée jusqu'à l'âme. Il reporta son attention sur la vieille femme. Mais elle n'était plus là.

Il n'y avait pas non plus de chaise en osier, seulement une vieille souche d'arbre. Pas de filet de pêche, mais reliant la souche à un buisson proche, une énorme toile d'araignée où la rosée brillait sous les rayons du soleil.

La peur du surnaturel lui glaça les os, comme le souffle de l'hiver.

— Qui était-ce ? murmura-t-il en s'éloignant de la clairière.

— Il vaut mieux ne pas prononcer son nom. Suis-moi, Connavar. Allons parler dans un endroit sûr.

Vorna vivait dans une caverne à deux kilomètres des chutes. Sa grotte était grande et spacieuse, avec d'épais tapis sur le sol et des étagères finement sculptées contre la paroi ouest. Il y avait un petit lit de camp avec une couverture en peau de chèvre et deux petites chaises taillées dans de l'orme. Une petite fontaine coulait du mur du fond, pour former un profond bassin. Le soleil entrait par trois cavités naturelles dans la roche, et les rais de lumière perçaient les ténèbres comme des chevrons d'or.

En suivant la sorcière, Conn avait été gagné par l'inquiétude. Pour autant qu'il sache, aucun mâle rigante n'avait jamais pénétré dans l'antre de Vorna la sorcière. Comme ses yeux s'accoutumaient progressivement à la pénombre, il vit que certaines étagères croulaient sous les potions et les jarres, tandis que d'autres contenaient des vêtements minutieusement pliés. La caverne était propre et étrangement dénuée de poussière. Il y avait un balai posé contre un mur, et deux seaux avec une serpillière près du bassin rocheux. Conn embrassa l'endroit du regard.

Vorna alla s'asseoir sur l'une des chaises.

— À quoi t'attendais-tu ? demanda-t-elle. Des têtes coupées ? Des os ?

— Je ne sais pas à quoi je m'attendais, mais en tout cas pas à ça, admit-il.

— Assieds-toi, Connavar. Nous devons parler. As-tu faim ?

— Non, répondit-il en vitesse, ne souhaitant pas découvrir ce que les sorcières avaient dans leur garde-manger.

Il s'assit en face d'elle.

— La femme que tu as vue était un esprit – une déesse seidhe, si tu préfères. Écoute-moi attentivement et, lorsque tu auras deviné son nom, surtout ne le prononce pas. Il est synonyme à lui seul de malchance. Comme tu le sais, il existe trois déesses de la mort. Elle est l'une d'entre elles. Parfois on la voit en vieille femme ; parfois un corbeau n'est pas très loin. Pour le monde des âmes et sa magie, elle est la moins puissante des Anciens Esprits, mais lorsqu'elle foule notre monde et se mêle des affaires des hommes, elle est la plus néfaste qui soit. Je me suis aperçue qu'elle s'intéressait à toi lorsque j'ai vu le corbeau survoler la maison de ton père, Varaconn, la nuit de ta naissance. Cette nuit-là, elle a invoqué un orage, qui a détruit l'épée qui aurait sauvé la vie de Varaconn. Je l'ai revue le jour où ta mère a dit ces mots affreux à Ruathain. Tu vois, Connavar, c'est une faiseuse de troubles prête à briser les cœurs. Lorsqu'elle est proche, la noirceur jaillit là où avant il n'y avait que lumière et rires. Tu as deviné son nom ?

Conn acquiesça. On enseignait le nom de la Morrigu, tisseuse de cauchemars, à tous les enfants rigantes.

— Comment peux-tu être sûre que c'était elle ? demanda-t-il.

Elle soupira et se cala sur sa chaise.

— Je suis une sorcière. C'est mon métier de savoir ce genre de choses. Tu n'aurais pas dû lui confier ton souhait le plus cher. Elle a le pouvoir de te l'accorder.

— En quoi cela serait-il si terrible ?

— Il y a longtemps de cela, une femme l'a priée afin d'être aimée par le plus bel homme du monde – un homme riche, bon et doux. Le souhait fut exaucé. Il l'aimait. Mais il était déjà marié, et les frères de son épouse vinrent dans sa cabane et la découpèrent en morceaux, et lui avec. Est-ce que tu comprends, à présent ?

— J'ai demandé la gloire. Il n'est pas de prix que je ne veuille payer pour ça.

La colère illumina un instant le fin visage de Vorna.

— Es-tu donc si bête, Connavar ? Que vaut donc la gloire ? Est-ce qu'elle permet de nourrir sa famille ? Est-ce qu'elle apporte le repos de l'âme ? La gloire est éphémère. C'est une putain qui passe d'un client à un autre. Parle-moi de Calavanus.

— C'était un grand héros du temps de mon grand-père, dit Conn. Un épéiste redoutable. Il a mené les Rigantes face aux Loups des mers. Il a tué leur roi en combat singulier. Il avait une épée qui brillait comme le feu. Il a connu la gloire.

— Ça oui, rétorqua-t-elle sèchement. Et puis il est devenu vieux et faible. Il a vendu son épée à un marchand pour s'acheter à manger. Sa femme l'a quitté ; ses enfants l'ont abandonné. La dernière fois que je l'ai vu, il pleurait dans sa cabane et parlait toujours de ses jours de gloire.

Conn secoua la tête.

— Je ne deviendrai jamais comme lui, *ou* comme Varaconn. Mes ennemis ne verront jamais mon dos, et personne ne crachera sur mon nom. Banouin m'a promis une épée en fer. Je la porterai dans les batailles. Tel est mon destin.

— Je connais une partie de ton destin, Connavar. Rien qu'un peu, certes, mais suffisamment pour te mettre en garde. Tu dois chercher un but plus noble dans la vie que la gloire. Sinon, tu ne deviendras rien d'autre qu'un épéiste de plus, comme Calavanus.

— Peut-être que cela me suffira, dit-il obstinément.

— Mais cela ne suffira pas pour ton peuple.

— Mon peuple ? répéta-t-il, interloqué.

Elle resta silencieuse un instant, puis se leva pour s'approcher de l'âtre. La lumière se faisait plus rare. Elle prépara un feu mais ne l'alluma pas.

— L'année dernière, dit-elle, une meute de loups affamés a attaqué une lionne et ses cinq petits. Elle s'est défendue avec férocité, les entraînant loin de ses lionceaux. Elle était prête à mourir pour sauver ses petits. Mais elle n'est pas morte, même si elle a été gravement blessée. Elle avait réussi à tuer sept loups. Mais quatre autres étaient passés au travers. Lorsqu'elle revint en boitillant dans sa tanière, ses petits étaient morts et dévorés. On peut dire que d'une certaine manière, elle avait gagné la gloire. Mais à quoi bon ? Ses blessures faisaient qu'elle ne pourrait plus jamais avoir d'enfants. Elle était la dernière de sa lignée, une lignée qui remontait à la nuit des temps. Tu crois sincèrement que cela lui importait d'avoir tué sept loups ? Que son courage brille plus fort qu'un feu ?

Vorna fit un geste de la main droite. Le feu prit dans l'âtre, projetant des ombres inquiétantes sur la paroi du fond. La sorcière poussa un soupir et se dirigea vers les étagères du mur ouest. Là, elle prit une petite boîte et l'ouvrit. Elle en sortit une fine chaîne en or où pendait une petite opale rouge.

— Approche, ordonna-t-elle.

Conn obéit. Il pouvait sentir une odeur de bois brûlé émaner des vêtements de Vorna, mélangée à un parfum de lavande et de citron frais. À cet instant, sa peur d'elle disparut totalement. Il avait d'un seul coup la certitude que Vorna n'était pas seulement la sorcière que tout le monde craignait. C'était également une femme vieillissante et seule, insatisfaite et loin d'être heureuse.

Il scruta ses vifs yeux bleus.

— Je te remercie pour ton aide, lui dit-il.

Elle opina et le dévisagea.

— Je n'ai pas besoin de ta pitié, mon enfant, fit-elle doucement, mais j'apprécie la gentillesse dont elle est issue. (Elle lui attacha la chaîne autour du cou.) Ce talisman te protégera d'elle. Mais il n'y a rien que je puisse faire pour l'empêcher de manipuler tes proches. Montre-moi le couteau, Connavar.

Il grimaça intérieurement. Elle n'avait pas dit « ton » couteau, mais « le » couteau. Est-ce qu'elle savait ?

Il dégaina lentement la lame d'argent du fourreau qu'il avait fabriqué. Elle prit l'arme entre ses doigts fins.

— Tu es né chanceux, dit-elle en guise de commentaire. Si tu n'avais pas sauvé ce faon, tu serais mort dans les bois, vidé de ton sang. N'avais-tu pas compris que cette créature était un Seidh ?

— Non.

— Non, répéta-t-elle. Ils devaient le savoir. Tes pensées devaient être bruyantes, comme les notes d'une cornemuse. C'est un peuple féerique. Ils tuent sans merci, parfois dans d'horribles tortures. Pourtant, ils laissent la vie sauve à un enfant parce qu'il a sauvé un faon. Ils le récompensent, même. (Elle poussa un nouveau soupir et lui rendit son couteau.) Rentre chez toi, Connavar, et pense à ce que je t'ai dit.

Tout le monde disait que Riamfada était un jeune homme joyeux, toujours souriant malgré son infirmité. Les femmes prisaient les broches et les bracelets qu'il confectionnait ; les hommes s'émerveillaient devant les poignées d'épée et les boucles de ceinturon qu'il forgeait dans le bronze ou parfois l'argent. Son père, Gariapha, le ferronnier, était fier de son garçon et chantait ses louanges constamment. Ce qui en disait beaucoup sur Gariapha, car peu d'hommes, voyant leur fils les éclipser, auraient été aussi larges d'esprit.

Lorsque Riamfada atteignit l'âge de dix-sept ans, ses talents avaient rendu sa famille presque riche. Banouin, l'étranger, lui prenait ses créations et allait les vendre de l'autre côté de l'eau, pour des sommes qui semblaient insensées au jeune homme. Ces profits substantiels lui permettaient aujourd'hui de travailler avec des petites quantités d'or.

Il était né l'année de l'Invalide, lorsque deux enfants rigantes sur trois étaient venus au monde paralysés ou mort-nés. Comme le voulait la coutume, les bébés infirmes avaient été abandonnés à flanc de colline afin qu'ils meurent pendant la nuit. De tous les difformes, Riamfada était le seul à avoir survécu.

Sa mère, Wiocca, était allée le chercher à l'aube et l'avait cajolé avant de lui donner le sein pour qu'il puisse se nourrir. Tout le monde l'avait crue folle. Mais elle les avait ignorés. Le conseil tout entier avait débattu de ses actes et avait convoqué Gariapha pour qu'il prouve les dires de sa femme. Le ferronnier chauve et voûté avait défendu son épouse, afin qu'elle ait le droit d'élever son fils.

— Il a été placé entre les mains des dieux, avait-il déclaré. Ils n'ont pas pris sa vie. Sa vie appartient désormais à sa mère.

— Comment pourra-t-il jamais contribuer à la vie des Rigantes ? s'était inquiété le Grand Laird.

— De la même façon que moi, avait répondu Gariapha. Je n'ai pas besoin de mes jambes pour sculpter des broches.

À la demande du conseil, le Grand Laird était allé voir Vorna pour lui demander une prophétie. Elle refusa de s'exécuter.

— Tu ne peux me demander ce genre de choses que lorsque notre peuple est menacé, avait-elle objecté. Le bébé ne menace personne.

Le conseil avait ensuite débattu une grande partie de la nuit. Jamais auparavant un enfant difforme n'avait été autorisé à survivre, et il n'existait pas de précédent. Finalement, alors que le deuxième lever de soleil de Riamfada approchait, il rendit son jugement – par un vote de onze voix contre dix – en faveur de Wiocca afin qu'elle puisse élever son fils comme elle l'entendait.

À l'âge de six ans, Riamfada montrait déjà une grande habilité à manier la cire et à préparer des moules. Il avait un bon œil, des doigts agiles, et un talent créatif que lui enviait son père. À dix ans, il était capable de dessiner des motifs compliqués et des nœuds savants, créant ainsi des broches d'une beauté exquise. Chaque jour, Gariapha l'emmenait dans son atelier et l'installait dans une chaise haute. On posait une épaisse couverture en laine sur ses jambes chétives et inutiles, et on l'attachait au dossier de la chaise avec une grande ceinture afin que son corps frêle et malingre ne tombe pas. Alors seulement il se penchait et se mettait à l'ouvrage.

Et, comme l'avait remarqué toute la communauté, Riamfada était toujours heureux.

Évidemment, ce n'était pas vrai. Il ne connaissait que rarement de vraies joies, même lorsqu'il créait des objets délicats qui coupaient le souffle à tous ceux qui les voyaient. Riamfada était éternellement insatisfait de ses œuvres ; et c'était en grande partie la raison de son génie.

Mais si on lui avait demandé quel était le moment le plus joyeux de sa vie, il aurait parlé de ce fameux jour, un an plus tôt, lorsqu'il avait dévalé les collines en courant et appris à nager dans l'étang au pied des chutes de Riguan.

Il était en train de travailler à son établi lorsqu'une ombre s'était abattue sur lui. Il avait regardé par la fenêtre et avait découvert un grand garçon large d'épaules avec des yeux étranges, l'un vert, l'autre doré, qui l'observait.

— Je suis Connavar, lui avait-il dit.

Riamfada savait qui il était. Les jours de beau temps, Gariapha le portait à l'extérieur, derrière l'atelier, afin qu'ils déjeunent ensemble, au soleil. Souvent, Riamfada apercevait les garçons du village qui couraient en s'amusant. Aucun ne s'était jamais approché de lui.

— Je suis Riamfada. Que veux-tu ?

— J'étais curieux de te rencontrer, avait répondu Connavar. Tout le monde parle de toi.

— Eh bien, tu m'as vu, avait rétorqué Riamfada en se remettant à l'ouvrage.

Il trempait un pinceau dans une mixture et l'appliquait ensuite sur de la cire sculptée.

— Qu'est-ce que tu fais ?

— Je recouvre cette cire avec un mélange de bouse de vache et de glaise.

— Pourquoi ?

— Afin de pouvoir progressivement faire un moule autour de la cire. Une fois qu'il sera suffisamment épais, je ferai cuire le tout. Alors, la cire fondra et j'obtiendrai un moule dans lequel je pourrai verser du bronze ou de l'argent.

— Je vois. Ça doit prendre du temps.

— Je ne suis pas pressé.

Connavar resta silencieux un moment.

— Je vais jusqu'à la cascade. Nager.

— Bien. J'espère que tu t'amuseras.

— Est-ce que tu veux venir ?

Riamfada se força à sourire.

— J'aimerais bien. Mais pars devant. Je finis ça et je te rejoindrai en courant.

— Tu ne peux pas courir, avait répliqué Connavar, ignorant le sarcasme. Mais je ne vois pas pourquoi tu ne pourrais pas nager ? Il suffit juste de flotter et de bouger les bras. Et moi, je suis fort. Je pourrai te porter jusqu'à la cascade.

— Pourquoi ? Pourquoi ferais-tu ça pour moi ?

— Pourquoi pas ? rétorqua Connavar.

— Tu ne me connais pas. Nous ne sommes pas amis.

— C'est vrai, mais comment faire connaissance avec quelqu'un autrement qu'en lui parlant ? Allez, viens avec moi. Apprends à nager.

— Non, je ne crois pas.

— Mais c'est un endroit magnifique, le soleil se réverbère sur l'eau, sur le dos argenté des poissons, dans les saules. Aurais-tu peur ?

— Oui, admit Riamfada.

— De quoi ?

— J'ai peur d'aimer ça. J'ai peur d'être heureux là-bas.

— Peur d'être heureux ? avait répété Connavar, surpris.

— Va-t'en. Laisse-moi seul, avait rétorqué Riamfada.

Mais Connavar n'était pas parti. Il était resté un moment à côté de la fenêtre, songeur.

— J'ai compris, avait-il dit finalement. Tu penses que je pourrais me lasser de ta compagnie et que je ne t'y emmènerais plus jamais.

Cela avait été au tour de Riamfada d'être surpris.

— Tu es très perspicace.

Gariapha, qui avait écouté la conversation depuis le fond de l'atelier, s'avança.

— Tu devrais accepter, mon fils. Il a raison. C'est un très bel endroit.

Riamfada n'avait rien répondu et était retourné à son ouvrage. Gariapha s'était approché et lui avait posé la main sur l'épaule.

— Écoute-moi, mon garçon. J'étais déjà vieux quand tu es né. Je n'ai jamais eu la force de te porter dans les collines, mais j'aurais dû essayer quand même. Va avec lui. Pour me faire plaisir.

Le garçon angoissé avait jeté un regard à Connavar.

— Quel âge as-tu ? avait-il demandé d'un seul coup.

— Bientôt seize ans, avait répondu Connavar.

— Alors, pourquoi ne viens-tu qu'aujourd'hui ? Où étais-tu ces seize dernières années ? Tu ne savais pas que je vivais ici ?

— Si, je le savais. Mais pour être honnête, je n'ai jamais vraiment pensé à toi. J'en suis désolé. Ce n'est que la semaine dernière, lorsque je suis allé à la cascade avec mon frère Braefar… Nous étions en train de parler lorsqu'il a évoqué ton nom. Il a dit que c'était vraiment dommage que tu ne puisses pas marcher. Ensuite, il s'est demandé si tu pouvais nager. Et cela fait quelques jours que cela me trotte dans la tête. Ça vaudrait le coup d'essayer, non ?

— Si c'est ton frère qui y a pensé, pourquoi n'est-il pas là ?

Connavar s'était fendu d'un large sourire.

— Mon frère est le cerveau de la famille. Il a plein de bonnes idées. Comment nettoyer plus rapidement la maison, comment attraper des lapins, dresser des chevaux. Toutefois, ce sont toujours les autres qui mettent ses idées en œuvre. Il est généralement trop occupé à avoir de nouvelles idées. Et maintenant, est-ce que tu veux venir ?

— Oui, avait répondu Riamfada. Je veux bien. Mais il y a… certaines choses que tu dois savoir. D'abord, je ne contrôle ni mes intestins ni ma vessie. Je porte des sortes de langes, mais parfois ils fuient.

Il avait eu conscience de rougir en même temps qu'il parlait, mais il valait mieux le dire tout de suite, avait-il pensé, plutôt que d'avoir honte plus tard.

— Ce n'est pas grave, avait déclaré Connavar. Je t'assure que cela ne me dérange pas. Bon, j'ai à manger et à boire dans ma besace et je me sens fort comme un bœuf. Nous devrions partir maintenant. Le soleil est encore haut, il fait chaud, et l'eau sera bien fraîche.

Il n'avait pas menti en disant qu'il était fort comme un bœuf. Il avait porté Riamfada sur ses épaules pendant près de trois kilomètres avant d'atteindre la dernière colline qui surplombait la cascade. Arrivé en terrain plat, il s'était mis à courir à toute vitesse. Le jeune ferronnier avait trouvé cela grisant, car c'était la première fois de sa vie qu'il se déplaçait vite ; il avait eu l'impression d'être aussi grand que les montagnes.

Connavar avait ralenti en atteignant la pente. Il avait ensuite choisi son chemin pour descendre avec précaution. Enfin, ils étaient arrivés à l'étang. Pour Riamfada, cela avait été la plus belle vision de sa vie : des centaines de mètres d'eau claire, qui bouillonnait sous la cascade. Sur l'autre rive, des branches de saules pleureurs trempaient dans l'eau, et des oiseaux de toutes les couleurs volaient au-dessus de leurs cimes. Connavar l'avait posé par terre, sur l'herbe, le dos contre un arbre. Puis il lui avait retiré sa chemise, ses bottes et son pantalon. Riamfada avait tout de suite vu que sa chemise verte était tâchée d'urine.

— Ce n'est pas grave, avait dit Connavar en souriant. On lavera tout ça dans l'étang. Allez, on va retirer tes vêtements.

Durant les deux heures qui avaient suivi, Riamfada avait senti éclore une joie immense. Au début, il avait été terrifié à l'idée que l'eau l'engloutisse, mais Connavar le retenait, lui disant de prendre de grandes inspirations.

— L'air dans tes poumons te permettra de flotter, lui avait-il promis. Quand tu devras expirer, fais le doucement et de façon régulière, puis inspire rapidement.

Ces deux heures avaient été éreintantes pour Riamfada, mais il était devenu presque fou de joie. Il avait avancé seul dans l'eau sur cinq brasses. Il s'était propulsé tout seul en avant, à la force de ses bras, Connavar à ses côtés.

Son nouvel ami l'avait ensuite sorti de l'eau, et ensemble ils étaient restés allongés dans l'herbe pour se sécher au soleil.

— C'est le plus beau jour de ma vie, avait déclaré Riamfada. Et j'avais tort. Même si je ne reviens jamais, je chérirai éternellement cet instant.

— Mais tu vas revenir, lui avait promis Connavar. Pas demain, car j'ai beaucoup de travail. Mais après-demain, si le temps le permet, je viendrai te chercher.

— Je me moque du temps qu'il fera, avait rétorqué Riamfada.

— Très bien, alors, quel que soit le temps.

Ils étaient arrivés à la maison de Riamfada un peu avant la tombée de la nuit. Gariapha et Wiocca les attendaient tous les deux sur le seuil, le visage inquiet. Mais en voyant l'expression de bonheur sur le visage de leur fils, ils avaient souri.

— J'ai nagé, avait-il annoncé à ses parents. Pour de vrai. Hein, Conn ?

— C'est tout ce qu'il y a de plus vrai, avait confirmé son ami.

Les semaines suivantes, Riamfada avait progressé rapidement. Une fois à l'eau, il se mettait sur le dos et avançait seul jusqu'au milieu de l'étang. Les muscles endoloris et tendus en haut de son dos s'étaient relâchés grâce à cet exercice. Il était devenu plus fort, et s'était découvert un appétit qu'il ne se connaissait pas. Il avait même fini par prendre du poids.

— J'ai l'impression de porter un petit cheval, avait un jour fait remarquer Connavar alors qu'ils atteignaient la dernière crête.

Riamfada était sur le point de lui répondre lorsqu'il réalisa que les autres jeunes du village étaient déjà dans l'étang.

— Ramène-moi à la maison ! avait-il crié.

— Pourquoi ?

— Je ne veux pas que quelqu'un d'autre me voie.

Connavar l'avait déposé sur l'herbe et s'était assis à ses côtés.

— Tu es mon ami, et tu es aussi courageux que n'importe qui que je connais. Si tu veux rentrer, je peux te ramener. Mais réfléchis bien avant.

— Tu ne sais pas ce que c'est que d'être moins qu'un homme, lui avait expliqué Riamfada. Tu n'as aucune idée de la honte que j'éprouve.

— Tu as raison, mon ami, je n'en ai pas la moindre idée. Par contre, je sais que nous aimons tous les deux nager, et qu'il y a suffisamment de place pour cela dans l'étang.

Riamfada soupira.

— Tu penses que je suis un lâche ?

— À toi de me le dire, lui avait répondu Connavar en souriant. Je ne te jugerai pas.

Riamfada avait dévisagé son ami. Conn ne lui disait pas la vérité. Il serait déçu de rentrer. Riamfada avait soupiré. Qu'est-ce qu'une gêne de plus dans une vie de honte ?

— Allons nager, avait-il dit.

Connavar l'avait soulevé. Il ne l'avait pas porté sur ses épaules, mais dans ses bras. Alors qu'ils s'approchaient de l'étang, l'un des jeunes gens était sorti de l'eau pour venir à leur rencontre. Il était grand et avait des yeux sombres.

Riamfada avait senti que Conn se raidissait à son approche.

— Qui est-ce ? avait-il murmuré.

— Govannan, le fils du forgeron.

Les autres jeunes étaient sortis à leur tour de l'eau. Govannan s'était arrêté devant le duo.

— Tu dois être Riamfada, avait-il dit. Je suis Govannan. Mes amis m'appellent Van.

Il avait tendu sa main. Riamfada l'avait serrée. Le fils du forgeron avait alors présenté tous les autres un par un. Puis il avait été pris d'un frisson.

— Dès qu'on sort de l'eau, il fait frisquet. Et si nous continuions cette discussion dans l'étang ?

Il s'était retourné et avait couru plonger dans l'eau. Ses amis l'avaient suivi. Le groupe avait nagé jusque sous la cascade pour atteindre un chemin rocailleux par lequel ils escaladaient la paroi afin de se jeter dans l'eau depuis une corniche.

— Ils m'ont bien accueilli, avait fait remarquer Riamfada.

— Pourquoi ne l'auraient-ils pas fait ?

— J'ai vu qu'il ne t'avait pas adressé la parole.

— Nous ne sommes pas amis. Allons nager. Je n'ai pas beaucoup de temps aujourd'hui. J'ai rendez-vous avec Aile pour aller chasser. Mère dit qu'elle a besoin de suffisamment de viande pour faire six tourtes. Samain approche.

— Je ne mange pas de viande, lui avait appris Riamfada alors qu'il le posait par terre.

Conn l'avait regardé fixement.

— Mais la viande te rendrait fort – surtout le bœuf.

— Peut-être. Mais la créature doit d'abord mourir, dans la peur et la souffrance.

Conn avait éclaté de rire, mais il n'y avait aucun mépris dans le son de sa voix.

— Tu es vraiment quelqu'un d'étrange, mon ami. Tu aurais dû être druide. Eux aussi ne mangent que des légumes, à ce qu'on dit. C'est pour ça qu'ils sont rabougris.

Braefar commençait à s'énerver. Bientôt il ferait trop sombre, et il n'aimait pas chasser seul, de peur que des loups ou des lions ne surgissent d'un fourré pour lui sauter dessus. Il aperçut Conn qui arrivait en courant.

— Qu'est-ce qui t'a retardé ? s'enquit-il.

Conn lui décocha un grand sourire.

— Pressé de tuer, mon petit Aile ?

— Mère dit qu'elle a besoin d'au moins douze pigeons et d'autant de lapins que nous pourrons en ramener.

Conn s'accroupit et caressa Caval. Le chien leva le museau et lui lécha le visage.

— Tu préfères l'arc ou la fronde ? demanda Conn à Braefar.

— Peu importe. Je suis meilleur que toi aux deux.

— Tu deviens impudent, mon frère. Mais ça me fait plaisir. Je prendrai l'arc. Caval et moi allons dénicher quelques lapins.

Quand l'obscurité tomba et que les deux garçons décidèrent de rentrer chez eux, ils avaient tué trois lapins et cinq pigeons. Ce n'était pas autant que l'aurait voulu Braefar, mais Meria serait contente.

Sur le chemin du retour, alors qu'ils traversaient le premier pont, ils entendirent un éclat de rire provenant de derrière une grange. Braefar se tendit. Le rire était contagieux, et il en devina la source. C'était Arian. Braefar la connaissait suffisamment pour savoir qu'elle n'était pas seule. Pire encore, elle était avec un homme. Ce rire guttural n'était réservé qu'aux courtisans.

— Dépêchons-nous de rentrer, dit-il.

Conn lui tendit les lapins et se dirigea vers la grange. Braefar lui emboîta tristement le pas.

La lune était pleine, et grâce à son éclat, il vit que c'était le jeune Casta qui se trouvait en compagnie d'Arian. Il se tenait à la grange, la main posée contre la planche située juste au-dessus de l'épaule d'Arian. Ils parlaient maintenant à voix basse.

— Que fais-tu avec ma femme ? demanda Conn.

Surpris, Casta sursauta. Âgé de deux ans de plus que Conn, c'était déjà un jeune homme costaud.

— Comment ça, « ta femme » ? rétorqua-t-il. Arian n'est pour l'instant promise à personne.

— Elle sait que je dois lui faire ma demande en mariage à Samain, répondit Conn.

— Et je n'ai pas dit que j'accepterai, intervint Arian d'une voix plus aiguë qu'elle ne l'aurait souhaité.

— Tu vois bien, déclara Casta. Tu ferais mieux de nous laisser.

Braefar grimaça. Puis il jeta un coup d'œil à Arian. Ses yeux brillaient dans la pénombre, et à cet instant il sut qu'elle était excitée à l'idée que deux hommes se battent pour elle. Un sentiment de dégoût l'envahit.

— Ne te bats pas avec lui, Conn, dit-il doucement.

— Quoi ?

— C'est ce qu'elle veut. Regarde-la.

— Reste en dehors de ça, Aile. Ce ne sont pas tes affaires.

Conn s'approcha du jeune homme.

— Tu as un avantage sur moi, fit mielleusement Casta. Je travaille pour ton père, et si je te donne la raclée que tu mérites, il risque de me renvoyer.

— Dans l'hypothèse peu probable où tu y arriverais, répondit Conn, je te promets qu'il n'en saura rien.

— Ravi de l'entendre, fit Casta, en balançant un terrible crochet du gauche qui toucha Conn en plein visage.

Casta enchaîna avec une droite, mais ne trouva que du vide ; Conn avait déjà esquivé. Le jeune homme expédia un uppercut à l'estomac de Casta suivi d'un crochet du gauche au menton. Casta partit à la renverse mais retrouva l'équilibre et se rua sur Conn. Celui-ci mit un genou à terre et, poussant de toutes ses forces, il se jeta sur Casta, le soulevant de terre. L'aîné des deux atterrit lourdement sur le sol mais fit une roulade. Conn avança d'un pas en avant et lui asséna une droite alors qu'il essayait de se relever. Casta s'écroula. Une fois encore, il tenta de se remettre debout, mais il tituba et s'effondra contre le mur de la grange. Arian tourna sur ses talons et s'en alla. Conn la suivit.

Gêné par le gibier qu'il portait, Braefar se démena tant bien que mal pour essayer de relever Casta.

— Je ne faisais que lui parler, grommela Casta. C'est elle qui m'a proposé de la rejoindre ici. Résultat, j'ai la tête en compote et je me suis fait un ennemi du fils du patron.

— Tu ne t'es pas fait d'ennemi, le rassura Braefar. Conn ne reste jamais longtemps fâché avec quelqu'un. Enfin bon, tu t'en sors bien.

Casta eut un sourire attristé.

— Ah bon ? J'aimerais en être sûr.

— Il est avec Arian. Et, crois-moi, c'est une source d'ennuis.

— Oui, da, mais elle le vaut bien, affirma Casta. Je risquerais bien plus qu'une correction en échange d'un de ses baisers.

— Je crois que tous ces coups t'ont ramolli la cervelle, lui dit Braefar. Aucun homme qui l'épouserait ne pourrait être sûr qu'il est bien le père de ses enfants.

Mais il vit que ses propos n'avaient aucun effet sur Casta.

Il était plus de minuit lorsque Conn rentra en silence dans la chambre à coucher. Braefar se réveilla en entendant les lattes du lit craquer.

— Je présume que tout va pour le mieux du monde entre vous ? demanda-t-il dans les ténèbres.

— Tout va très bien, petit frère, répondit la voix de Conn.

— Tu as toujours l'intention de l'épouser ?

— Évidemment. Pourquoi aurais-je changé d'avis ?

— C'est une coureuse. Pourquoi ne le vois-tu donc pas ? Je crois qu'elle se moque de toi.

Braefar déduisit du silence qui suivit que Conn était en colère. Il décida d'arrêter là.

Conn n'arrivait pas à dormir. Son esprit était en plein désarroi. Les événements de la soirée l'avaient franchement secoué. Pas tant la bagarre, qu'il avait, à dire vrai, plutôt appréciée, que l'étrange comportement d'Arian lorsqu'ils étaient entrés dans les bois. Elle était d'abord restée silencieuse, fâchée, puis, alors qu'ils s'étaient rapprochés du ruisseau, elle s'était mise à trembler. Il lui avait demandé si elle avait froid en passant un bras autour d'elle. Sa réaction l'avait autant surpris que ravi. Elle s'était jetée à son cou, et l'avait embrassé avec une telle passion qu'il avait failli s'étouffer.

Conn avait souvent rêvé de cet instant, surtout depuis la nuit qu'il avait passée avec Eriatha. Mais cela ne l'avait pas dérangé de devoir attendre le festin de Samain et la cérémonie de mariage autour de l'Ancien Arbre. Ce qu'ils étaient sur le point de faire allait à l'encontre de toutes les lois rigantes et ils risquaient d'être sévèrement punis ; ce serait le fouet et ensuite le bannissement. Et bien qu'il en ait été conscient, Conn n'était pas arrivé à se refréner. Quelques minutes plus tard, ils étaient tous les deux nus, allongés sur leurs vêtements en guise de couverture. Il avait essayé de mettre en pratique ce que lui avait enseigné Eriatha, mais Arian l'attirait sans cesse au plus profond d'elle. Elle bougeait sous lui d'une façon frénétique, à un rythme très rapide. Conn avait regardé son visage. Ses yeux étaient grands ouverts, le regard dans le vide, et elle serrait les dents en venant se plaquer contre lui. Elle lui labourait le dos avec ses ongles, et poussait de petits gémissements.

Lorsqu'il avait fait l'amour avec Eriatha, cela avait été très bon et merveilleusement satisfaisant, mais là, avec le grand amour de sa jeune vie, Conn avait atteint un nouveau sommet dans l'extase. Tout d'un coup elle s'était mise à trembler en poussant de petits cris. Comme on le lui avait appris, Conn s'était retenu, allant et venant en elle lentement, à un rythme régulier. Ses yeux bleus étaient redevenus normaux, la pupille dilatée. Conn l'avait embrassée tendrement avant d'accélérer le rythme de ses mouvements. Quelques instants plus tard elle s'était remise à pousser des petits cris, le corps cambré contre le sien. Conn ne s'était pas arrêté, mais s'était permis de jouir. Il avait eu le sentiment que son âme était passée en même temps que sa semence, pour ne faire plus qu'un avec l'esprit d'Arian. Au même instant, elle lui avait murmuré « je t'aime » dans l'oreille. Cela avait été le plus joli son qu'il ait jamais entendu. Son cœur s'était mis à gonfler, et sa vision s'était embrumée. Incapable de parler, il l'avait de nouveau embrassée, puis il s'était dégagé sur le côté, l'emmenant avec lui dans une roulade. Sa tête blonde était posée sur son épaule et il lui caressait les hanches.

— Je suis à toi, lui avait-il déclaré. Pour toujours.

— Je n'aurai plus jamais peur, avait-elle répondu.

Les mots avaient sonné faux et, de plus, il n'avait pas compris ce qu'ils signifiaient. Comme il avait perçu un grand soulagement dans sa voix, il n'avait pas insisté.

Allongé maintenant dans son lit, il n'arrivait pas à chasser de son esprit les mots de Braefar.

« C'est une coureuse. Pourquoi ne le vois-tu donc pas ? »

Bien sûr qu'il n'était pas dupe. Il se rappelait très bien le son du rire qu'elle avait poussé dans l'ombre avec Casta. Cela n'aurait peut-être pas suffi à lui mettre la puce à l'oreille, mais la distance dont elle avait fait preuve pendant leurs ébats le gênait. Il n'y avait pas prêté attention tout de suite, tant son excitation avait été grande. Mais, avec du recul, il était persuadé qu'Arian n'avait pas su avec qui elle faisait l'amour avant son premier orgasme. Ce n'est qu'après qu'elle avait répondu à son corps.

Il repoussa ses doutes et se concentra sur la seule grande vérité de la nuit. Elle lui avait dit qu'elle l'aimait.

D'ici quelques jours, elle deviendrait sa femme, la mère de ses enfants, le seul grand amour de son cœur.

Le lendemain matin, la journée s'annonçait belle et fraîche. En haut de la colline au nord du village, Ruathain tira sur les rênes de sa monture. Il contempla d'un air maussade la prairie où ses troupeaux paissaient. Plus de six cents têtes de bétail, à poil long et à grandes cornes, étaient rassemblées là. Un vent froid soufflait du nord. Ruathain frissonna. Il avait laissé son manteau chez lui et n'était vêtu que de sa tunique bleue et d'un pantalon en laine fine. Il contempla le ciel au nord. Il était gris et inhospitalier, ce qui laissait présager d'un hiver dur et glacial.

Il ne restait plus que douze jours avant le festin de Samain. Il éperonna son poney et se fraya un chemin au sein du troupeau. De temps en temps il se penchait pour badigeonner de bleu les vaches et les bœufs qu'il sélectionnait. Les huit jours de fête étaient toujours un grand moment de réjouissances pour les Rigantes. Cette année, le festin aurait lieu à Trois-Ruisseaux. Des gens viendraient de tout le pays. Des centaines de tentes seraient dressées, et le dernier jour, plus de neuf mille Rigantes seraient réunis ici.

Mais Ruathain n'avait pas la tête à la fête. C'était un éleveur de bétail, et l'hiver n'était pas seulement pour lui une période dangereuse, dure, de lutte quotidienne, c'était également celle des pertes. Seules les bêtes les plus résistantes passeraient l'hiver. Le froid vicieux en tuerait une partie ; les chutes et les jambes cassées, une autre. En plus de quoi, les loups ne tarderaient pas à venir, ainsi que les grands félins, et même parfois des ours sortis de leur hibernation.

Décider quelles bêtes allaient avoir la chance de survivre était toujours difficile, comme abattre les plus faibles en vue du festin. Il plongea sa main dans le seau de teinture accroché au pommeau de sa selle, et s'approcha de Bannioa. Il l'avait élevée à la main depuis sa naissance, lorsque sa mère avait été tuée par une lionne ; elle s'était avérée une très bonne reproductrice. Mais elle avait presque huit ans, et était stérile depuis deux. Il se pencha et badigeonna son large dos de bleu.

Derrière elle se trouvait le vieux taureau, Mentha. Survivrait-il au froid, aux loups et aux lions ? Et si c'était le cas, serait-il toujours capable de dominer les plus jeunes mâles au printemps, et donnerait-il de beaux fils à son troupeau ?

Le chef des gardiens de troupeau de Ruathain, Arbonacast, chevaucha jusqu'à lui. Il resta silencieusement à côté de son seigneur.

— Eh bien ? s'enquit Ruathain comme le silence grandissait.

Arbonacast vit que son patron regardait Mentha. Il haussa les épaules.

— Moi j'lui donnerais encore sa chance.

— Lui donner sa chance ? Serait-ce du sentiment ? demanda Ruathain.

— En partie. Mais c'est aussi un taureau magnifique. Et insatiable avec ça.

Sur la colline en dessous d'eux, comme s'il avait senti qu'on parlait de lui, le vieux Mentha releva son énorme tête. Ses grandes cornes, dangereusement courbées à la pointe et mesurant chacune près de deux mètres de long, brillèrent sous le soleil.

Ruathain soupira.

— Il n'est pas éternel, Arbon.

— Rien ne l'est jamais, répondit le gardien.

Ruathain observa son employé. Arbonacast était petit et trapu, les cheveux courts poivre et sel, avec de gros sourcils broussailleux au-dessus de grands yeux verts. Son visage était une mer de lignes précises, telle une carte retraçant cinquante années de labeur et de lutte. C'était un visage solide, fort et mince. Ruathain lui faisait plus confiance qu'à n'importe qui d'autre.

— Bon, encore un hiver. Mais s'il survit et perd quand même le troupeau face à un rival plus jeune, c'est la broche qui l'attend.

— M'est avis qu'ce s'ra un sale hiver, fit Arbon en s'en allant au trot dans les collines.

Ruathain décida de rentrer chez lui. Évidemment que ce serait un sale hiver. Comme l'avait été le printemps, l'été et l'automne. De toute façon, tout était sale sans Meria. Il la voyait encore chaque jour ; il la regardait se rendre au ruisseau ou s'asseoir au soleil. Mais il n'avait pas eu de conversation avec elle depuis trois ans. Ruathain faisait en sorte que de la nourriture soit déposée à son ancienne maison, ainsi que de l'argent lorsqu'il en avait. Et il parlait fréquemment avec ses fils. Pourtant, la plupart des nuits, il rêvait d'elle. Ils étaient enfin réunis, allongés l'un contre l'autre dans un pré ensoleillé. Il lui caressait les cheveux et contemplait ses beaux yeux verts. Puis il se réveillait et poussait un gémissement dès que la réalité reprenait ses droits.

Il ne parla à personne de ses angoisses et essaya de mener la même vie qu'avant.

Mais, sans la joie de vivre, ce n'était pas possible. Tout le monde à Trois-Ruisseaux fut vite au courant que Ruathain n'était plus le même. Finis la bonne humeur et le charme débonnaire. Un homme énervé, coléreux et hostile avait pris la place de l'ancien Ruathain.

Au printemps, lui et cinq hommes étaient partis intercepter un groupe de voleurs de bétail norviis. Dans la courte bagarre qui s'était ensuivie, Ruathain avait tué deux d'entre eux. Il était peu fréquent que des hommes meurent dans une razzia. On faisait généralement des prisonniers qu'on échangeait contre de modestes rançons, et, dans les rares occasions où un homme trouvait la mort, c'était la plupart du temps par accident, suite à une mauvaise chute ou piétiné par le bétail paniqué. Mais ce jour-là, Ruathain avait chargé les Norviis en brandissant son épée. Deux hommes étaient morts sur le coup, et les autres avaient aussitôt jeté leurs armes.

Ruathain s'était lancé au galop sur eux, les yeux emplis d'une furie guerrière. Arbonacast était venu lui couper la route avec son poney.

— M'est avis qu'c'est fini, avait-il simplement dit.

L'espace d'un instant, les cavaliers rigantes crurent que Ruathain allait frapper son serviteur, mais au lieu de cela, il avait fait faire demi-tour à son cheval et s'en était retourné à Trois-Ruisseaux.

Bien qu'il n'en ait jamais parlé, il pensait souvent aux deux morts. C'étaient deux jeunes hommes inexpérimentés, participant à leur première razzia. Une initiation à l'âge adulte. Aucun des deux ne s'était attendu à mourir. Ruathain se sentait terriblement coupable de les avoir tués. Il aurait pu – aurait dû – les désarçonner avec le plat de son épée. Et c'est à eux qu'il pensait à présent, alors qu'il rentrait chez lui. Il ôta la selle de son poney et le libéra dans le paddock.

Au même moment, il entendit un bruit de galopade et se retourna. Il vit un cavalier franchir en trombe le pont est. C'était un de ses gardiens de troupeau, Casta, le fils d'Arbon. Il aurait dû se trouver dans les collines du sud pour rassembler les bêtes. Le jeune homme tira sur les rênes en arrivant à la hauteur de son seigneur.

— Que se passe-t-il, mon garçon ? s'enquit Ruathain.

— Un ours solitaire, seigneur. Il a attaqué trois enfants à la sortie d'un village norvii. Il en a tué deux et s'est enfui avec le troisième. Ils lui ont donné la chasse et prétendent l'avoir blessé. La dernière fois qu'ils l'ont vu, il se dirigeait vers l'ouest à travers les bois.

— Ils l'ont conduit sur nos terres et n'ont pas eu le courage de continuer la poursuite.

— À ce qu'il semblerait, seigneur. Ils disent qu'il est énorme – le plus gros ours qu'ils aient jamais vu.

— Où l'ont-ils acculé ?

— À dix kilomètres à l'est des chutes de Riguan.

La peur s'empara de Ruathain. Ses garçons étaient partis se baigner à la cascade.

— Rassemble les hommes, ordonna-t-il à Casta. Qu'ils amènent des lances et des cordes.

Il courut jusqu'à la maison, boucla son baudrier où pendait son épée de fer et attrapa sa lance de chasse.

Chapitre 5

Malgré le froid, Riamfada n'avait pas envie de sortir de l'eau. Il savait que c'était le dernier jour de l'année où il pourrait nager. L'hiver approchait rapidement et il y avait déjà eu des petites chutes de neige sur les collines. Il fit la planche un moment et roula sur le ventre. Il regarda la lumière de cette fin d'après-midi jouer avec les éclaboussures de la cascade. Un arc-en-ciel prit vie à droite des chutes. Riamfada le contempla, perdu dans la magie du moment. Puis, un gros nuage couvrit le soleil, et l'arc-en-ciel s'effaça. *Si seulement je pouvais travailler avec toutes ces couleurs,* pensa-t-il. Au-dessus de lui, il entendit Govannan l'appeler. Il leva les yeux et vit le fils du forgeron sauter de la corniche et plonger en vrille. Govannan refit surface, secoua ses cheveux trempés et s'approcha de lui en nageant.

— Tu en as assez, petit poisson ? demanda-t-il.

— Encore un peu, répondit Riamfada.

— Tes lèvres sont en train de devenir bleues. Je crois qu'il est temps que tu ailles te sécher.

Tout en fendant l'onde, Govannan jeta un coup d'œil sur la rive, où Connavar et Braefar avaient allumé un petit feu. Trois autres jeunes essayaient de se réchauffer devant les flammes. Riamfada avait été déçu de trouver Galanis et ses frères à la cascade. Ils le regardaient toujours bizarrement, et invariablement la conversation déviait sur ses jambes infirmes. Ils étaient arrivés depuis peu dans la communauté, leur père étant venu du sud pour travailler chez Ruathain.

À contrecœur, Riamfada se dirigea vers la rive, aux côtés de Govannan. Lorsqu'ils atteignirent la berge, le fils du forgeron sortit Riamfada de l'eau et le porta jusqu'au feu. Conn sécha les jambes de son ami, et l'enveloppa dans un manteau épais.

— L'hiver va être rude, dit-il.

— Il va surtout être long, fit tristement Riamfada.

Govannan se sécha avec une serviette et s'habilla en vitesse. Puis, il retourna sur la berge et fit des ricochets. Connavar le rejoignit après avoir ramassé quelques galets. Immédiatement, un concours débuta entre les deux pour savoir lequel ferait le plus de ricochets.

Braefar vint s'asseoir à côté de Riamfada.

— C'est reparti, commenta-t-il. Tout est matière à compétition entre ces deux-là.

Riamfada frissonna. Braefar l'aida à enfiler ses vêtements, et rajouta du bois dans le feu.

— Peut-être qu'on t'a jeté un sort, suggéra Galanis.

C'était un grand rouquin avec des cicatrices cireuses sur le visage.

— Un sort ? Comment ça ? répondit Riamfada, le cœur gros.

— Mes frères et moi on se demande si les Seidhs n'auraient pas lancé une malédiction sur tes jambes.

À présent, les deux autres, Baris et Gethenan, le regardaient fixement.

— Je ne crois pas qu'on m'ait jeté une malédiction, dit-il. L'année où je suis né, beaucoup d'enfants ont eu la même chose. Ils sont tous morts. Vorna dit que c'était une maladie qui s'en prenait aux mères.

— Je préférerais être mort qu'infirme, déclara Baris.

— Oh, la ferme, Baris, répliqua sèchement Braefar. C'est pas intelligent de dire ça.

— Oui, mais c'est vrai, rétorqua Baris qui était devenu tout rouge.

— Peut-être pour toi, dit Riamfada. Mais c'est parce que tu as vécu toute ta vie en pouvant courir ou marcher sans problèmes. Pour toi, la perte de tes jambes serait terrible. Moi, je ne m'en suis jamais servi, donc je me suis habitué à ma condition.

— Où est la surprise dont tu nous avais parlé ? demanda Braefar, anxieux de changer de sujet.

Riamfada sourit et appela Conn et Govannan. Les deux jeunes mirent un terme à leur concours.

— J'ai fait sept ricochets, annonça Van. Je le bats de deux.

— Tu as trouvé les meilleures pierres, grommela Connavar.

Une fois qu'ils furent assis, Riamfada défit la bourse qu'il avait à sa ceinture et la posa sur ses genoux.

— J'ai des cadeaux pour vous trois, déclara-t-il. Comme vous avez été très gentils avec moi, je voulais vous remercier. J'espère que vous ne le prendrez pas mal.

Il défit la petite ficelle qui maintenait la bourse et l'ouvrit. Il en retira une broche pour capeline en bronze scintillant qu'il tendit à Govannan. Elle avait la forme d'un cerf bondissant gravé de tourbillons d'argent.

— C'est magnifique, s'extasia Van. Je n'ai jamais rien vu de si beau.

Riamfada sortit une deuxième broche de sa bourse. C'était la réplique d'un bouclier en osier, adroitement sculpté avec des fils d'argent entremêlés. Braefar la tourna et la retourna entre ses doigts.

Finalement, Riamfada tendit une broche à Conn : un faon pris dans des ronces en argent, encastré dans un ruban d'or.

— Je ne sais pas quoi dire, fit Conn.

— Alors, laisse-moi parler à ta place, frère, intervint Braefar. Nous te remercions, petit poisson. Ce sont de très beaux cadeaux.

— Y a rien pour nous ? demanda Galanis. Je ne savais pas qu'on pouvait gagner ce genre de récompense en portant des infirmes.

— Gare à ta gueule ! gronda Govannan, ou tu porteras tes dents en guise de collier.

— De là d'où nous venons, le franc-parler est considéré comme une vertu, rétorqua Galanis.

— Il y a une différence entre le franc-parler et la grossièreté, objecta Braefar. Tu ferais bien d'apprendre cette différence rapidement si tu veux être accepté parmi nous. Par exemple, je ne me rappelle pas que quelqu'un ait fait remarquer que vous étiez le trio le plus hideux qu'on ait jamais vu. Ton visage, Galanis, donne l'impression qu'un pic-vert y a fait son nid. Mais je suis sûr que de là d'où tu viens, on considère cette remarque comme du franc-parler.

Les trois frères se levèrent et s'en allèrent en direction du village. Un silence embarrassant s'était installé. Riamfada avait l'air découragé. Conn se pencha et posa sa main sur l'épaule du jeune homme.

— Je te remercie, Riamfada, lui dit-il doucement. Mais ce n'était pas la peine de nous récompenser. Tu es notre ami, et nous apprécions ta compagnie.

— Ce n'était pas une récompense, se défendit Riamfada. Je voulais juste vous faire comprendre à quel point j'estime votre amitié. Vous tous. Vous m'avez procuré une joie immense. Plus que vous ne pourrez jamais vous en rendre compte. Vous aimez mes cadeaux ?

— On ne m'en a jamais offert de plus beau, déclara Govannan. Je le chérirai toute ma vie, petit poisson.

Ils restèrent assis encore un moment, mais comme le soleil se couchait, Govannan éteignit le feu, et Connavar prit Riamfada sur ses épaules pour la longue marche de retour.

Ils n'étaient pas à mi-chemin qu'ils entendirent un hurlement lointain.

— Qu'est-ce que c'était ? souffla Braefar.

Le son resta suspendu dans les airs. Ils gravirent une colline et sortirent des bois. Là, à terrain découvert, un corps était allongé dans l'herbe. Il était éviscéré et la moitié de son visage avait été arrachée. De grosses flaques de sang tâchaient l'herbe comme un champ de coquelicots. Connavar déposa Riamfada sur le sol et dégaina son couteau en argent. D'après les vêtements que portait le cadavre, ce devait être Galanis.

— Un ours, murmura Govannan. Et pas un petit.

Il dégaina lui aussi son couteau. Braefar, qui n'était pas armé, resta pétrifié devant le spectacle du corps mutilé.

— Les autres ont dû s'enfuir. Ils ont certainement grimpé à un arbre, reprit Govannan.

Riamfada scruta les bois. Un autre hurlement porté par la brise résonna au fond des bois.

— Il ne pourra pas repérer notre odeur, affirma Connavar. Ne restons pas là !

Il rengaina son couteau et souleva Riamfada. Les quatre jeunes gens reprirent leur route à travers les collines. Ici, il n'y avait aucun endroit pour se cacher, ni aucun arbre auquel grimper. Dans les bras de Connavar, Riamfada observait toujours l'orée des arbres, priant pour que l'ours n'en sorte pas.

Govannan poussa un juron.

— Le vent a tourné, dit-il.

À peine avait-il prononcé ces mots que Riamfada vit une énorme silhouette surgir des bois, à une centaine de mètres d'eux. Le temps se figea. La bête s'approcha du cadavre de Galanis. Elle ouvrit son énorme mâchoire et la referma sur le corps du jeune homme. Puis, d'un petit coup de tête, elle lança le cadavre en l'air. L'ours se leva sur ses pattes arrière et attrapa le corps dans sa chute, le déchirant en deux avec ses griffes.

— Faites qu'il ne nous voie pas, pria doucement Riamfada.

La grosse bête se retourna. Elle laissa tomber sa proie et fit face aux jeunes fuyards.

— Il arrive ! hurla Riamfada.

Conn jeta un coup d'œil derrière lui et se mit à courir. Riamfada réalisa vite qu'avec un tel fardeau, Conn n'arriverait jamais à distancer l'animal.

— Pose-moi par terre ! cria-t-il. Sauve-toi !

Conn courut de toutes ses forces et jeta un nouveau coup d'œil derrière lui. L'ours était à une trentaine de pas, à peine. Il s'arrêta et posa Riamfada dans l'herbe. Puis, il dégaina son couteau et attendit la bête qui chargeait.

— Oh, je t'en prie, va-t'en ! le suppliait Riamfada.

— Je vais lui arracher le cœur à cette saloperie ! siffla Conn.

L'ours était sur lui. Il se dressa devant le jeune homme qui le défiait. Riamfada n'arrivait pas à détacher son regard de la bête. Elle faisait près de deux mètres cinquante de haut, son museau noir et sa toison étaient maculés de sang. Elle écarta ses griffes et plongea. Conn n'attendit pas. Il se jeta sur le colosse et lui enfonça sa lame en pleine poitrine. Les griffes lui labourèrent le dos, dans une gerbe de sang qui moucheta le visage de Riamfada. Connavar fut projeté loin de la bête, mais celle-ci se précipita quand même sur lui. Une ombre passa devant Riamfada : Govannan, en bout de course, se jeta sur le dos de l'ours, et lui enfonça son couteau dans le cou. La bête se cabra en se tortillant. Govannan tomba par terre, son couteau toujours prisonnier des chairs de l'animal. Bien que saignant abondamment, Conn se releva et retourna à l'attaque. Les griffes lui déchirèrent l'épaule, mais le couteau d'argent continuait à monter et descendre, coupant à travers peau, chair et os. L'ours se mit à quatre pattes, immobilisant Conn sous lui. Govannan souleva une grosse pierre et se rua sur l'ours, lui écrasant la tête avec la pierre. La créature se retourna d'un bond, et ses énormes mâchoires manquèrent le jeune homme d'un cheveu. Elle se dressa de toute sa taille, et fouetta l'air avec ses griffes. Dessous, couvert de sang, Connavar se mit à genoux et enfonça des deux mains son couteau dans le ventre de la bête. Une patte gigantesque vint s'abattre sur son épaule, et Riamfada entendit les os se rompre. Connavar alla rouler dans l'herbe, brisé et désarticulé comme une poupée de chiffons.

Soudain, le bruit d'une cavalcade se fit entendre. Un poney sauta par-dessus Riamfada, et son cavalier se pencha sur sa selle pour planter une longue lance dans la poitrine de la bête. L'ours donna un coup de griffe devant lui, et arracha le cou du poney. Le cavalier fut projeté de selle. Il fit une roulade et se releva en dégainant une grande épée en fer. La bête lui fit face. Un nœud coulant se referma autour du cou de l'ours, qui fut tiré en arrière. L'épéiste bondit en avant et enfonça son épée dans les entrailles de l'animal. D'autres cavaliers surgirent tout autour d'eux. Plusieurs cordes furent lancées, et une dizaine de lances vinrent transpercer l'ours de part en part. Pendant ce temps, l'épéiste continuait de taillader la créature avec son épée en fer. Riamfada avait le sentiment que rien ne pourrait tuer l'ours. La bête tua un deuxième poney et se débattit, jusqu'à ce que, finalement, elle soit complètement empêtrée dans les cordes. L'épéiste lui asséna une série de coups herculéens à la base du cou et elle s'écroula pour de bon. Les cavaliers mirent pied à terre, et transpercèrent encore un moment l'énorme animal avec leurs lances.

— Occupez-vous de Conn ! cria Riamfada. Je vous en prie, aidez-le !

L'épéiste laissa tomber son épée et se précipita vers le jeune homme. Riamfada essaya de ramper jusqu'à lui. Govannan le souleva de terre et le serra contre lui.

— Il ne faut pas que tu voies ça, lui dit-il tristement. Il est mort.

— Non. Non, ce n'est pas possible.

— Si ce n'est pas le cas, il le sera bientôt. Personne ne peut perdre autant de sang et survivre.

Govannan installa Riamfada dans l'herbe et courut jusqu'au groupe d'hommes agglutinés autour du corps immobile de Connavar. Riamfada les voyait lutter afin d'enrayer les hémorragies. Sur sa droite, à l'écart, Riamfada aperçut Braefar. Il était agenouillé dans l'herbe et sanglotait. Il voulut l'appeler, pour le consoler, mais il n'eut pas le courage de faire le moindre bruit dans ce tableau tragique. À quelques mètres de là, l'ours colossal, toujours ligoté, était étendu au côté des deux poneys qu'il avait tués. Plusieurs hommes récupérèrent leur monture et repartirent dans les collines. Riamfada se demanda où ils allaient. Puis, il se souvint de Galanis et de ses deux frères disparus. Il se mit à trembler.

Une femme avec des mèches de cheveux blancs sortit des bois. Elle marchait en s'appuyant sur un long bâton. Les hommes qui étaient encore présents reculèrent à son approche. Riamfada la vit s'agenouiller à côté de Connavar. Elle leva un bras rachitique. Ses gestes montraient clairement qu'elle donnait des ordres aux hommes. Trois d'entre eux soulevèrent le blessé. Elle repartit dans les bois, et les hommes la suivirent. Govannan rejoignit Riamfada.

— Il est vivant. À peine, annonça le fils du forgeron.

— Qui était la femme ?

— Vorna, la sorcière. Ils emportent Conn dans sa caverne.

— Tu devrais parler à Braefar, lui conseilla Riamfada.

Govannan prit une profonde inspiration.

— Qu'est-ce que je pourrais lui dire ? rétorqua Govannan.

Ils restèrent assis là une bonne heure. La nuit était tombée et il commençait à faire froid lorsque les hommes ressortirent des bois. Les autres cavaliers avaient finalement trouvé les cadavres de Galanis et de ses frères, et, après les avoir enveloppés dans des manteaux, ils étaient partis pour les ramener au village.

Ruathain émergea en dernier d'entre les arbres. Il approcha des jeunes gens. Govannan se leva en silence.

— Que s'est-il passé ? s'enquit l'épéiste.

— C'est ma faute, déclara Riamfada.

L'épéiste mit un genou à terre devant le jeune infirme.

— Comment cela ? demanda-t-il.

— Conn ne pouvait pas distancer la bête en me portant, et il n'a pas voulu m'abandonner. Il a dégainé son couteau et a attendu l'ours. Govannan l'a aidé. (Des larmes coulèrent sur ses joues.) Je l'ai supplié de me laisser et de s'enfuir. C'est mon ami, je ne voulais pas qu'il soit blessé.

— C'est mon fils, fit Ruathain d'une voix chargée d'émotion. Il n'aurait jamais abandonné un ami en danger. Govannan l'a aidé, dis-tu ?

— Oui, monsieur. Conn faisait face à l'ours, et Govannan lui a sauté sur le dos pour le poignarder.

L'épéiste se leva et se tourna vers le fils du forgeron.

— Je sais qu'il n'y avait pas une grande amitié entre vous, déclara-t-il. Et pourtant, tu as risqué ta vie pour lui. Je ne l'oublierai pas. J'ai eu quelques histoires avec ton père, mais toi, tu auras mon amitié aussi longtemps que je vivrai.

— Mon père n'est pas un mauvais bougre, monsieur, répondit Govannan. Mais, comme avec moi, sa bouche part au galop avant que son cerveau ne soit en selle. Comment va Conn ?

— Il est mourant, annonça Ruathain en essayant de se contrôler. Son épaule et son bras gauches sont irréparables, et il a un poumon perforé. La sorcière m'a dit qu'elle ferait tout ce qui est en son pouvoir pour le sauver. Mais il fallait qu'on le laisse avec elle. Elle m'a refusé le droit de rester à ses côtés. Elle a dit que ma présence perturberait les sorts qu'elle doit jeter.

— Je suis sincèrement désolé, monsieur, dit Govannan.

L'épéiste hocha la tête. Lorsqu'il reprit la parole, sa voix était sur le point de se casser.

— Tu peux être fier de toi, mon garçon. Aujourd'hui, tu es resté aux côtés de mon fils pour affronter un terrible danger. Crois-moi, tu es changé à jamais. Tu n'es plus simplement le fils aîné du forgeron. Tu es un homme de plein droit. Et plus encore, tu es un héros. (Il prit une profonde respiration et mit un genou à terre devant Riamfada.) Ne culpabilise pas. Même sans toi les garçons n'auraient pas pu distancer l'ours. Les héros revêtent bien des formes. Ils ne sont pas tous des guerriers. Lorsque tu as demandé à Conn de t'abandonner pour qu'il puisse se sauver, tu étais prêt à sacrifier ta vie pour lui. Tu comprends ? Toi aussi tu peux être fier de toi. Et maintenant, je vais te ramener chez toi.

Lorsqu'elle entendit les poneys approcher de la caverne, Vorna était au bord de l'épuisement. Elle s'était attendue à cette visite. Pas besoin d'être une sorcière pour savoir qu'une mère n'accepterait pas d'être tenue à l'écart de son fils alors que sa vie était en jeu. Quant à l'homme, Vorna avait lu l'angoisse sur son visage plus tôt dans la journée. Il ne pouvait pas s'empêcher de venir. Elle quitta le chevet de Conn, prit son bâton et sortit dans la nuit. Ruathain et Meria étaient descendus de cheval et s'approchaient du seuil de la caverne.

Ils font une sacré paire, pensa-t-elle ; le grand guerrier aux larges épaules et la fière femme à ses côtés. Elle les dévisagea et vit qu'ils étaient tous les deux déterminés. Les yeux verts de Meria irradiaient de colère, elle semblait résolue à la confrontation. Vorna leva la main.

— L'homme ne peut pas entrer, dit-elle d'une voix fatiguée. S'il le fait, il risque de déchirer le tissu de sorts que j'ai lancés et le garçon mourra. La mère peut me suivre, mais il faut qu'elle sache qu'en faisant cela, elle met son fils en péril.

— Comment l'amour d'une mère pourrait-il mettre en danger son fils ? demanda Meria.

— Quelle raison aurais-je de te mentir ? rétorqua Vorna. J'ai jeté des sorts, fragiles et délicats. Le bruit de tes pas pourrait les perturber. Et, avec mes pouvoirs, ils sont tout ce qui rattache encore Connavar au monde des vivants.

— Alors, j'avancerai sans faire de bruit. Mais je dois le voir.

Vorna savait qu'elle allait dire cela. Elle s'approcha d'elle et parla dans un murmure.

— Une fois dans la caverne, tu ne devras pas parler, ni soupirer, ni pousser de cris. Et, en aucune circonstance, tu ne dois toucher Connavar. Tu as bien compris ?

— Est-ce qu'il va vivre ? s'enquit Meria.

— Je ne sais pas. Mais dis-moi que tu as compris ce que je t'ai dit. Il est vital que tu m'obéisses. Pas un mot. Tu ne dois pas émettre un seul son. Si tu ne t'en crois pas capable, alors va-t'en.

— Je ferai ce que tu m'as dit, répondit Meria.

— Il plane au bord du gouffre de la mort, expliqua Vorna. Ses blessures sont insupportables à regarder. Prépare-toi à un choc, et sois forte.

Elle prit Meria par le bras et la guida dans la caverne éclairée par une lampe. Connavar était allongé sur le ventre sur un lit de camp. Ses cheveux avaient été rasés sur les tempes, et une affreuse cicatrice recousue courait sur son visage, du front au menton. Son dos couvert de sang n'était qu'un amas de sutures, et son bras gauche était maintenu par des attelles en bois. Il était pâle. Meria s'immobilisa. Vorna lui agrippa le bras et la tira en arrière.

— Pas un son, murmura-t-elle. Pas avant que nous ne soyons de nouveau sous les étoiles.

La main sur la bouche, Meria recula devant son fils, puis elle fit demi-tour et sortit en courant de la caverne. Vorna la suivit.

Ruathain s'avança en les voyant émerger de l'ombre.

— Comment va-t-il ? les interrogea-t-il aussitôt.

— Il devrait être mort, lui répondit Vorna, mais j'ai lancé tous les sorts de soins que je connaissais.

— Est-ce qu'il est conscient ?

— Non. À présent vous devez partir, j'ai beaucoup à faire.

— Demande-moi ce que tu veux, lui dit Ruathain. Je le ferai si cela peut sauver mon fils.

Vorna était trop fatiguée pour se mettre en colère.

— Je fais déjà tout ce qui est en mon pouvoir, Ruathain. Tu pourrais me promettre toutes les étoiles en collier que je ne pourrais pas faire plus. Mais tu peux apporter à manger tous les jours ainsi qu'un peu de vin. En plus de ses valeurs curatives, le miel est nourrissant.

Sur ce, elle retourna dans la caverne, tira une chaise et s'assit aux côtés du jeune homme mourant.

Elle lui toucha légèrement la gorge, et tâta son pouls. Il était faible et irrégulier.

— Sois fort, Connavar, soupira-t-elle. Mon esprit est avec ton esprit : puise dans mes forces.

De la chaleur jaillit du bout de ses doigts ; elle sentit son pouvoir bouger en elle, et passer à travers sa peau. Ce ne fut que lorsqu'elle se sentit trop faible et que sa tête se fut mise à tourner qu'elle retira la main. Connavar ne bougeait pas, et sa respiration était si faible qu'elle dut placer un miroir en bronze devant sa bouche pour s'assurer qu'il était toujours en vie.

Où es-tu parti, Connavar ? se demanda-t-elle. *Où vole ton esprit en ce moment ?*

Elle resta à ses côtés une heure de plus, puis dormit un peu. Elle se réveilla en sursaut et contrôla une nouvelle fois la respiration du jeune homme. Sa vie ne tenait plus qu'à un fil. L'ours avait réduit son dos en morceaux, et il avait perdu énormément de sang. Vorna avait cousu plus de cent quarante points de suture sur son corps. Elle savait pertinemment qu'il devrait déjà être mort. Il y avait là beaucoup de choses qu'elle ne comprenait pas. Pourquoi la Morrigu s'intéressait-elle autant à ce garçon ? Pourquoi les Seidhs ne l'avaient-ils pas tué lorsqu'il était entré dans le Bois de l'Arbre à Souhaits ? Pourquoi était-il encore en vie ?

Vorna ne doutait pas que ses sorts étaient très puissants, mais même réunis ils n'auraient pas dû permettre à Connavar de continuer à respirer. Les blessures étaient trop profondes pour cela.

Alors, pourquoi était-il toujours vivant ?

Elle se leva de sa chaise et traversa la caverne jusqu'au bassin où elle but plusieurs coupelles d'eau fraîche. Elle plaça au bord de l'eau les deux objets que Connavar portait sur lui lorsqu'on l'avait amené ici : le couteau dont on lui avait fait cadeau, et la broche en forme de faon pris dans des ronces. C'était un objet de belle facture, qui lui fit songer une nouvelle fois au Bois de l'Arbre à Souhaits. Les Seidhs n'aimaient pas les humains, et ils appliquaient leurs lois à la lettre. Tout humain qui pénétrait dans le bois encourait la mort. Pourtant ils ne l'avaient pas tué. Au lieu de cela ils lui avaient fait passer une sorte d'épreuve. Mais dans quel but ? Pourquoi un faon ?

Et pourquoi le récompenser d'un couteau ? Bien sûr, elle les avait interrogés. Mais ils ne lui avaient pas répondu.

Vorna se prépara un petit déjeuner de fruits secs et de fromage et retourna au chevet de Connavar.

Même s'il survivait, cette épreuve l'aurait changé à jamais. Quel garçon de quinze ans ne le serait pas ?

C'est vrai qu'il avait fait preuve d'un immense courage en faisant face à la bête. Toutefois, elle savait que les jeunes peuvent être ainsi. Ils ont tellement confiance en eux qu'ils se croient immortels. Les jeunes croient toujours qu'ils vivront éternellement. Et si Connavar survivait, il saurait maintenant qu'il n'en est rien. Il aurait compris que certains ennemis ne peuvent être vaincus, et que le monde est un endroit terriblement dangereux. Mais serait-il encore aussi courageux ? Aussi attentionné ?

Vorna l'espérait.

— Mais avant tout, tu dois vivre, dit-elle au jeune homme dans le coma.

Ruathain chevauchait à l'avant, et Meria se retrouva à contempler ses larges épaules voûtées. La nuit était froide et le vent soufflait fort. Son poney avait du mal à avancer. Tête baissée, il affrontait le vent. Meria ramena son châle autour de ses épaules. Les étoiles brillaient dans le ciel, et les rayons de lune baignaient les flancs de Caer Druagh. Meria se sentait engourdie – mais pas à cause du froid. Elle ressassait des images du passé. Les souvenirs dansaient dans les salles désertes de sa mémoire : la nuit où Conn était né, lorsque Varaconn était revenu des montagnes, les yeux empreints de peur devant l'imminence de sa mort. Il l'avait prise par la main et s'était mis à pleurer à la pensée de tout ce qu'il allait perdre.

— Ne pars pas, l'avait-elle supplié. Reste pour le voir grandir. Ruathain comprendra.

— Oui, da. Mais quel genre d'homme serais-je si je laissais mon frère d'armes se battre seul ?

— Il ne sera pas seul. Il y aura des centaines de guerriers à ses côtés.

Il était quand même parti. Et il était mort.

Elle avait essayé de toutes ses forces de ne pas rejeter sa mort sur Ruathain, mais une fois plantée, la petite graine noire avait poussé pour combler le vide dans son cœur.

Trois mois après qu'elle eut prononcé les mots sous le coup de la colère, Vorna était venue la voir alors qu'elle cueillait des champignons dans la clairière d'ifs.

— Tu te trompes sur ton mari, lui avait dit Vorna. Et je pense que tu le sais.

— Va-t'en, laisse-moi tranquille, avait répondu Meria. Tu ne peux pas comprendre.

— Je comprends surtout que tu nourris un mensonge dans ton sein, comme un rat qui ronge tout ce qui est bon.

— Il avait promis que mon Varaconn vivrait ! avait-elle crié les yeux inondés de larmes.

— Oui, da, c'est dans la nature des hommes de faire de grandes promesses. Viens, faisons un bout de chemin ensemble.

Vorna avait pris Meria par le bras. Suintant de la terre, une brume froide et humide s'était levée autour d'elles. Rapidement, elle était devenue aussi épaisse qu'un brouillard d'hiver. Meria n'arrivait pratiquement plus à distinguer le visage de la sorcière. Mais celle-ci avait continué de marcher en tenant solidement Meria par le bras.

— Où sommes-nous ? avait demandé Meria.

— Nulle part, avait répondu Vorna.

Au loin, Meria avait entendu des clairons retentir, et le bruit d'épées qui s'entrechoquent. Le son était étrangement assourdi.

— Est-ce qu'il y a une bataille ? avait-elle murmuré.

— Il y en *a eu* une, avait répondu Vorna. Continue d'avancer.

Lentement, la brume s'était dissipée et les deux femmes s'étaient retrouvées au beau milieu d'un champ de bataille fantomatique. Tout autour d'elles des hommes aux silhouettes pâles et sans substance se battaient, poussant des cris estompés et vacillants. Les guerriers ne leur avaient prêté aucune attention. La plupart d'entre eux portaient des casques à cornes et des cottes de mailles. Meria avait aussitôt compris qu'il s'agissait des Loups des mers venus de l'autre côté de l'eau. Vorna l'avait tirée par la manche et elles s'étaient remises en marche. Elle avait vu soudain les Rigantes charger. Son cœur s'était emballé.

Là. Varaconn brandissait à deux mains son épée de bronze, aux côtés de Ruathain. Meria avait soupiré et essuyé les larmes qui coulaient sur ses joues. Il avait l'air si frêle comparé au géant blond. Un homme armé d'une lance s'était jeté sur Varaconn. Ruathain l'avait vu et s'était interposé, le matraquant d'un coup d'épée. Par deux fois, alors que Varaconn était en péril, Ruathain avait bondi en avant pour écarter le danger.

Et la bataille avait pris fin. Du moins est-ce ce qu'elle avait pensé. Les pillards se retiraient. Elle avait vu Varaconn lever son épée et hurler de joie. Elle avait entendu sa voix résonner sur le champ de bataille.

— Je suis vivant !

Quand soudain, un petit groupe de pillards s'étaient faufilés parmi les Rigantes qui les poursuivaient et s'étaient rués sur lui. Ruathain s'était interposé pour les recevoir. Au même instant, Varaconn avait lâché son épée pour s'enfuir. Ruathain avait abattu les deux premiers pillards, mais trois autres avaient rattrapé

Varaconn. L'un d'entre eux lui avait planté son épée dans le dos. Ruathain avait poussé un grand cri : « Non ! »

Les pillards avaient continué leur route en se taillant un chemin parmi les guerriers rigantes, jusqu'à ce qu'enfin ils soient tués. Ruathain s'était agenouillé auprès de son ami, pour le prendre dans ses bras. Meria avait vu la main de Varaconn agripper le bras de Ruathain, et sa bouche bouger. Mais elle n'était pas parvenue à discerner ses paroles. Elle avait essayé de se rapprocher, mais Vorna l'avait tirée en arrière. La tête de Varaconn s'était affaissée sur la poitrine de Ruathain.

— Il est temps de partir, avait dit la sorcière.

La brume s'était mise à tourbillonner autour d'elles. L'espace d'un instant, Meria avait tenté d'apercevoir une dernière fois le visage de son amour. Mais il avait disparu. Elle avait emboîté le pas à Vorna, et lorsque la brume s'était dissipée, elles étaient au milieu de la clairière d'ifs.

— Pourquoi m'as-tu montré cela ? avait demandé Meria d'une voix rauque.

— D'après toi ?

Vorna s'était éloignée.

Meria l'appela.

— Que dois-je faire ?

Mais la sorcière ne lui avait pas répondu.

Pendant des jours et des jours, cette vision l'avait hantée. Et l'affreuse vérité des paroles de Ru s'enfonça dans sa chair comme les griffes d'un chat.

« N'importe quelle femme capable d'épouser un homme qu'elle croit avoir pris part dans la mort de son mari ne vaut pas mieux qu'une putain vérolée. Et je ne voudrais pas d'elle. Ni maintenant, ni jamais. »

Ni jamais.

Une chauve-souris passa au-dessus de son poney, le faisant se cabrer. Meria fut ramenée au présent. Elle avait vu son époux mourir. Et maintenant, c'était au tour de son fils. Elle descendit la colline. En contrebas elle apercevait les lumières de Trois-Ruisseaux, les lanternes suspendues aux porches, les chandelles vacillantes à travers les volets, et la lune qui se reflétait dans l'eau. Le vent la fouetta, faisant glisser son châle de ses épaules. Elle ne le remarqua même pas. Ruathain tourna la tête et vit le vêtement qui s'envolait. Il fit faire demi-tour à sa monture. Il récupéra le châle et se porta à la hauteur de Meria. Elle regardait fixement devant elle. Gentiment, il lui posa le châle sur les épaules, mais elle ne bougea pas les mains pour le tenir en place, et le vent l'emporta de nouveau. Ruathain l'attrapa au vol et décida de guider le poney de sa femme le long de la pente, par-dessus le pont, jusque dans leur paddock. Meria ne descendit pas de selle. Elle regardait droit devant elle, perdue dans ses souvenirs.

Ruathain la souleva et l'emporta dans la maison. Braefar était assis à la table. Bendegit Bran, qui avait alors neuf ans, était lui devant le feu, faisant griller un bout de pain. Ruathain passa devant eux et se rendit dans la chambre à coucher au fond de la maison. Braefar le suivit au pas de course.

— Est-ce que m'man s'est fait mal ?

— Non, répondit Ruathain. Retire les couvertures, que je puisse la mettre au lit.

Braefar s'exécuta. Bran entra avec une tranche de pain grillée tartinée de beurre.

— C'est pour m'man, déclara-t-il.

— Elle le mangera tout à l'heure, mon garçon. Laissez-nous, à présent.

Les garçons retournèrent dans la pièce principale. Ruathain étendit Meria sur le lit et remonta les couvertures sur elle. Puis il s'assit à son chevet et lui caressa les cheveux sur le front.

— Dors, lui dit-il. Repose-toi.

Elle cligna des yeux et contempla le grand visage devant elle. Des larmes coulèrent sur son visage, et elle tourna la tête.

— Notre garçon est un vrai combattant, lui dit-il en se trompant sur la raison de ses larmes. Repose-toi. Nous retournerons le voir demain.

Elle resta ainsi allongée un long moment, perdue dans ses pensées. Puis elle se décida à parler.

— Je suis désolée, Ru, fit-elle. Pour tout. Pourras-tu jamais me pardonner ?

Il n'y eut pas de réponse. Elle se redressa et scruta la pièce.

Ruathain n'était plus là.

Pendant trois jours, la santé de Connavar ne montra aucun signe d'amélioration. Au matin du quatrième, Vorna était désespérée. Elle était à l'extérieur de la caverne lorsque Meria apporta des provisions. Vorna lui adressa un sourire blême afin de chasser la peur qu'elle lisait dans les yeux de Meria. C'était un sourire qui signifiait : « Ton fils est toujours en vie. » Le soulagement fut immédiat. Meria tira sur ses rênes et mit pied à terre. Elle porta son panier à l'endroit où se tenait Vorna.

— Est-ce qu'il est réveillé ? s'enquit la mère.

— Non. Et je n'ai pas encore réussi à retrouver son esprit.

— Mais il est en train de guérir, au moins ?

Le désespoir de Meria ne fit qu'ajouter à la grande lassitude de la sorcière. Elle saisit le panier et ouvrit le pochon qui était à l'intérieur, afin de prendre un morceau de pain frais et une jarre de miel scellée avec de la cire. Meria s'assit silencieusement à côté d'elle et attendit que Vorna brise le sceau et se mette à manger, en trempant des mouillettes de pain dans la jarre. Une fois qu'elle eut terminé, elle fit face à Meria.

— Le poumon guérira tout seul avec le temps, dit-elle. En revanche, la peau de son dos a été méchamment arrachée. Les blessures sont en train de s'infecter. Mais ce n'est pas ce qui m'inquiète le plus. Si jamais, comme le je crois, sa fièvre continue de monter, c'est le manque d'eau qui le tuera.

— Alors, il faut qu'on le réveille et qu'on le force à boire, déclara Meria.

— Tu crois que je n'ai pas essayé ? Je t'ai dit que son esprit s'était enfui.

— Oui, mais tu pourrais peut-être Fusionner avec lui, insista Meria. Tu l'as fait pour Pelain lorsqu'elle s'est évanouie durant son accouchement. Tu as pris le contrôle de son corps. Et tu l'as fait pour plusieurs femmes. Fais-le maintenant pour Connavar. Comme ça tu pourras faire boire son corps.

— Je crois que tu ne comprends pas le risque, lui répondit Vorna. Il est au seuil de la mort. Si mon esprit rentre dans son corps, et qu'il meurt, je mourrai avec lui. Et c'est sans compter avec la douleur. La Fusion voudrait dire que je deviendrais Connavar. Sa douleur est telle que son esprit a fui l'agonie. Et moi, il faudrait que je la supporte. Pour finir, et c'est le principal, c'est un mâle. Mes pouvoirs me viennent de la Grande Mère. Ils ne sont pas destinés aux hommes. Ils ont leurs druides et leur magie sanguine.

— Si tu as trop peur de le faire, alors, apprends-moi ! gronda Meria.

La colère gagna la sorcière mais elle réussit à se maîtriser. Ce n'était pas le moment de gâcher son énergie.

— Tu ne pourrais pas apprendre, Meria, car tu as été touchée par un homme. Moi pas. C'est le prix que je dois payer en échange de mes pouvoirs. Pas de chaude pénétration pour Vorna, pas d'enfants à regarder jouer au soleil. Oui, j'ai Fusionné, et supporté la douleur de l'accouchement pour d'autres femmes. Mais moi, je n'accoucherai jamais. (Malgré elle, la colère l'emportait.) Vorna vit seule et mourra seule. Sans amour, sans personne pour la pleurer. Trop peur ? Oui, da, j'ai peur. J'ai trente-sept ans. J'ai abandonné ma jeunesse et mes rêves pour le bien de mon peuple. Et voilà que tu me demandes de tout laisser tomber. De perdre mes pouvoirs pour que ton fils puisse boire un peu d'eau avant de mourir.

— Il est condamné, c'est ça ? demanda Meria d'une voix brisée.

— Je ne sais pas. C'est aussi simple que ça. Et lutter pour le maintenir en vie risque de me coûter la mienne.

Meria soupira et prit la fine main de Vorna entre les siennes. Vorna n'était pas habituée au contact des autres, et la simple chaleur contenue dans ce toucher la fit trembler. Meria retira aussitôt ses mains.

— Je suis désolée, Vorna. Pardonne-moi. Je ne voulais pas paraître ingrate. Mais, dis-moi, y a-t-il quelque chose que nous puissions faire pour le sauver ? Je donnerais ma vie pour lui.

— Je sais, répondit Vorna d'une voix lasse. Tu es sa mère, et tu l'aimes plus que tout. J'aimerais pouvoir te dire que tu as un rôle à jouer. Je sais que cela soulagerait ta douleur. Mais tu ne peux rien faire, Meria, si ce n'est prier. À présent rentre chez toi, il faut que je retourne à son chevet.

Alors que Vorna se levait péniblement, Meria lui passa les bras autour du cou et l'embrassa sur la joue. Vorna sentit des larmes chaudes contre sa peau.

— Quoi qu'il arrive, je te serai éternellement reconnaissante, promit Meria.

Vorna lui tapota le dos et se dégagea de l'étreinte pour rentrer dans la caverne.

Là, elle se reposa plusieurs heures avant de retourner auprès de Connavar. La fièvre montait, et ses battements de cœur étaient irréguliers au possible. La chair torturée dans son dos avait pris une vilaine couleur, et du pus suintait des sutures. Vorna alla prendre une grosse jarre en grès qu'elle posa sur un rocher saillant près de la paroi ouest. Puis, elle émietta des brins de lavande au dessus d'une écharpe qu'elle se passa ensuite autour du visage, se couvrant la bouche et le nez. Elle prit plusieurs profondes inspirations puis ôta le couvercle en bois du pot. Une puanteur emplit la caverne. Même le masque de lavande n'arrivait pas à dissimuler l'odeur infecte qui lui soulevait le cœur. Elle plongea sa main à l'intérieur de la jarre et retira ce qui avait dû être autrefois une tranche de bacon, mais qui était aujourd'hui recouvert d'une épaisse couche de moisissure bleu vert grouillant d'asticots. Elle gratta la moisissure et en recouvrit le dos de Connavar.

Elle quitta la caverne pour aller se laver les mains au ruisseau, et retira enfin son écharpe de lin. Lorsqu'elle revint auprès du corps du garçon, la journée tirait à sa fin. La puanteur était partie. Les asticots avaient commencé à ronger les chairs infectées du mourant.

Elle s'assit à son chevet et posa une main sur ses cheveux rouge et or. Il ne passerait pas la nuit.

— Où es-tu, Connavar ? murmura-t-elle. Où se trouve ton esprit ?

Le garçon ne bougea pas. Seuls les asticots s'affairaient sur son dos.

Le visage de Meria apparut dans l'esprit de Vorna. Elle visualisa les grands yeux verts emplis de tristesse, la fierté, et la volonté de mourir pour son fils. *Si j'avais un fils, accepterais-je de mourir pour lui ?* se demanda Vorna.

— Tu ne le sauras jamais, se répondit-elle à voix haute.

Sa main droite toujours posée sur la tête de Conn, elle fit un geste de la gauche en direction du mur du fond. Celui-ci se mit à vaciller et parut se dissoudre. Un ciel bleu illuminait des collines à l'herbe verdoyante. Trois jeunes gens couraient. L'un d'entre eux portait Riamfada, le garçon infirme. Vorna vit l'ours surgir des sous-bois et se lancer à leur poursuite. Elle fit un nouveau geste. À présent elle voyait distinctement le visage de Connavar. Il suait à grosses gouttes sous le poids de son fardeau. Il tourna la tête et s'arrêta. Il déposa Riamfada dans l'herbe. Vorna se pencha en avant pour scruter attentivement l'expression du visage de Connavar. Elle sentit monter sa peur. Elle le vit pourtant sauter sur la bête géante et lui enfoncer son couteau dans la poitrine – puis elle vit son visage grimacer de douleur lorsque l'ours lui déchira le dos.

Elle claqua des doigts et la scène se dissipa. Le mur nu et froid de la caverne réapparut. Vorna soupira.

— Tu savais que tu allais mourir, Connavar. Et pourtant tu ne t'es pas enfui. Je crois que si tu étais mon fils, je donnerais ma vie pour toi.

Elle lui caressa les cheveux et sentit une larme couler le long de sa joue desséchée. Elle leva la main et l'essuya.

— Que c'est touchant, fit une voix à l'entrée de la caverne.

Vorna se retourna. La Vieille Femme était là, le corbeau noir perché sur son épaule.

— Que veux-tu ? lui demanda Vorna.

— Je suis venu guider son âme jusqu'au Fleuve sombre.

— Il n'est pas encore mort.

— Bientôt, Vorna. Bientôt.

— C'est toi qui as envoyé l'ours pour le tuer.

La Vieille Femme haussa les épaules et écarta les bras. Le mouvement fit battre des ailes au corbeau.

— Il voulait la gloire, Vorna. Eh bien, il l'a. L'histoire de son courage s'est déjà répandue chez les Norviis, les Pannones et même au-delà de l'eau. Il est « le garçon qui a combattu la bête ». N'est-ce pas ce qu'il désirait ? Être célèbre ?

La Morrigu entra dans la caverne et s'arrêta devant le feu. Elle contempla les parois grises.

— Je donne toujours aux gens ce qu'ils demandent. Tu le sais mieux que personne. Ta mère n'était qu'une putain. Et toi tu voulais qu'on te respecte. Tu voulais être puissante. Ne t'ai-je pas donné exactement ce que tu désirais ? Tu vivras dix fois plus longtemps que n'importe qui d'autre dans ta tribu, et ils te respectent tous.

— Ils me craignent, plutôt.

— Respect, crainte – c'est pareil.

— Je te déteste, siffla Vorna.

La Vieille Femme eut un petit rire sec et cruel.

— Tout le monde déteste la Morrigu. Je trouve cela charmant. Enfin, comme tu le faisais remarquer, il n'est pas encore mort. Je reviendrai à l'aube. (Ses grands yeux noirs s'écarquillèrent, et elle domina la sorcière de toute sa taille.) À moins, bien sûr, que tu ne le sauves. Sa mère avait raison, tu sais. La Fusion *pourrait* bien le ramener à la vie. Mais, toi, en revanche, tu risquerais de ne pas survivre à l'hiver sans tes pouvoirs. Tu mourrais ici dans ce lieu froid et désolé. Sans amour et sans personne pour te pleurer. N'est-ce pas ce que tu as dit ? (La Morrigu se fendit d'un large sourire.) Je te laisse à tes pensées.

La Vieille Femme disparut dans la nuit. D'un seul coup, il fit de plus en plus froid dans la caverne, aussi Vorna rajouta du bois dans le feu. Dès que les flammes montèrent, elle se fit un brouet avec la viande et les légumes que Meria lui avait apportés plus tôt. Elle y ajouta des herbes et des épices et mélangea le tout jusqu'à ce que cela soit prêt. Elle versa le brouet dans un bol en bois et l'apporta à côté du lit en attendant qu'il refroidisse un peu. Quand ce fut le cas, elle remplit une grande coupelle d'eau fraîche et la déposa à côté du bol.

Elle plaça ensuite sa chaise à la tête du lit, et posa une main de chaque côté du visage de Connavar. Pendant une heure, elle resta immobile, essayant de se concentrer pour libérer son esprit.

Puis, elle Fusionna…

… et hurla dès que la douleur s'éveilla en elle. Sur l'instant elle faillit s'évanouir. Mais elle rassembla ses pouvoirs et essaya de calmer l'agonie brutale qui ravageait ce corps torturé. Le garçon était faible, et il lui fallut toute son énergie pour l'obliger à se mettre sur le côté. Puis, elle poussa sur le bras droit et le fit se dresser sur un coude. Des larmes coulaient de ses yeux, et Vorna se sentit mourir à l'intérieur de cette coquille brisée qui avait autrefois été Connavar. *Ne cède pas au désespoir,* se dit-elle. *Contiens la douleur et fais-le s'asseoir !* Le bras gauche était cassé et inutile. Dans un cri de souffrance, elle l'obligea à se mettre en position assise, puis, d'une main tremblante, elle lui fit saisir le brouet pour qu'il le porte à ses lèvres. Elle ouvrit la bouche et força le corps à avaler. Elle sentit monter la nausée, mais tint bon. Puis, elle lui fit boire de l'eau, et sentit le liquide froid se répandre dans les tissus asséchés par la fièvre. Elle laissa tomber la coupelle, et fit s'allonger le corps avant de retourner à l'abri de sa propre carcasse épuisée.

Le souvenir de la douleur était presque aussi intense que la douleur elle-même. Elle s'évanouit, tombant de sa chaise contre le sol glacé de la caverne.

Lorsqu'elle se réveilla, la nuit était déjà bien avancée. Le feu était presque éteint. Le cœur en proie à la peur, elle désigna d'un doigt le foyer et murmura un simple mot de pouvoir. Mais tout en le faisant, elle sut que sa magie l'avait abandonnée. Elle n'était plus une sorcière.

Elle se leva et tâta le pouls de Connavar. Il battait plus régulièrement à présent, et sa respiration était profonde. Elle alluma trois lampes et examina à leur lumière le dos du garçon. La combinaison de la moisissure et des asticots avait nettoyé les plaies. À l'aide d'une aiguille, elle retira minutieusement les asticots de la chair, un par un, et les jeta dans le feu. Quand elle eût ôté le dernier, elle versa une décoction sur un morceau de lin, et l'appliqua sur la chair meurtrie.

Elle s'emmitoufla dans un gros manteau et sortit dans la nuit. Les étoiles brillaient sur Caer Druagh, mais une bise froide soufflait.

Et dans cette bise qui secouait les branches dénudées par l'hiver au-dessus d'elle, elle crut entendre le rire méchant et cruel de la Morrigu.

Connavar était agrippé à la paroi. Au-dessus de lui le sommet se dessinait dans le lointain ; en dessous, une rivière de feu coulait sur de grands rochers noirs. Des oiseaux de proie lui tournaient autour, lui picorant la peau du dos. L'un d'entre eux se posa sur son épaule, et lui planta son bec recourbé dans le visage. Conn le frappa sauvagement. Puis, il se força à reprendre l'ascension. Arian l'attendait. Il ne pouvait pas mourir…

Il rampait dans un désert. Des fourmis géantes jaillirent du sable et vinrent refermer leurs mandibules sur sa chair, lui déchirant la peau. Il aperçut une oasis un peu plus loin. Tout en lui le poussait à fermer les yeux et à se laisser flotter dans la béatitude du sommeil. Mais il ne s'endormit pas. Car dans son esprit brillait le visage d'une déesse. Sa déesse. Son amour. La peau brûlante, il continua de ramper…

Il était nu, allongé dans un buisson de ronces. Les épines grandissaient à vue d'œil autour de lui. Elles pénétraient la chair de son dos et lui griffaient le visage. La douleur était insurmontable. Et le pire, c'est qu'il ne pouvait plus bouger. Il réalisa soudain qu'il allait mourir. Un mouvement sur sa droite attira son attention. Un faon avançait timidement entre les ronces. Il s'approcha de lui et le regarda dans les yeux. Bien qu'il n'y eût aucun son, Connavar comprit que l'animal lui demandait de l'attraper par le cou. Il essaya, mais la douleur fut trop forte. Le faon attendit. Le jeune homme fit deux nouvelles tentatives. À chaque fois, la douleur se faisait plus forte. La colère monta en lui, ravivant ses forces. Il poussa un hurlement et dégagea un bras des ronces, qu'il passa autour du cou fragile de l'animal. La petite créature vint se blottir contre lui et se mit à grandir. Comme Connavar tenait bon, il fut arraché aux ronces et se retrouva à califourchon sur un cerf gigantesque aux bois impressionnants. Le cerf bondit en avant et sortit des fourrés. Il continua sa course folle jusqu'à ce qu'il atteigne un bassin rocailleux. Connavar se laissa glisser du dos de l'animal et alla boire goulûment.

Puis, il se réveilla…

Son bras gauche était lourdement bandé et le lançait péniblement. Il avait l'impression qu'on avait allumé un feu sur son dos. Il ouvrit les yeux et découvrit qu'il était allongé sur le ventre sur un lit de camp. L'espace d'un instant, il n'arriva pas à se situer. Puis il aperçut Vorna, éclairée par les flammes d'un feu vacillant, qui lui tournait le dos. Il entendit une voix et reconnut celle de la vieille femme dans les bois, la Morrigu !

— Qui aurait pu penser que tu serais aussi stupide, Vorna ? Tu viens de perdre deux cents années de vie pour sauver cet enfant arrogant. Quel effet cela fait-il de ne plus avoir ses pouvoirs ? Hein ? As-tu peur ? Est-ce que les loups vont te dévorer, Vorna ? Est-ce que les lions vont descendre de leurs montagnes pour venir te déchiqueter ?

— Il vit, répondit Vorna.

Connavar perçut l'immense fatigue dans sa voix.

— Oui, il vit, persifla la Morrigu. Son corps est brisé, et du poison circule dans ses chairs, se répandant dans son sang. Il n'est qu'à un souffle de la mort. Et c'est pour ça que tu as renié les pouvoirs que je t'avais offerts ? Vous êtes tellement sentimentaux, vous autres humains.

— On n'a plus besoin de toi ici. De toute façon, tu n'es pas la bienvenue, déclara Vorna. Va donc tourmenter quelqu'un d'autre.

Connavar entendit des battements d'ailes et vit Vorna se rapprocher du brasier. Il s'aida de son bras droit pour se relever. Les points de suture dans son dos le rappelèrent à la dure réalité. Il poussa un grognement. Vorna se précipita à son chevet. Pris de vertige, il s'affala contre elle.

— Allonge-toi, mon enfant. Tu es encore trop faible pour t'asseoir.

— Non, murmura-t-il. (Il prit plusieurs inspirations et attendit que le vertige passe.) Je vais mieux, lui affirma-t-il. Est-ce… que je… pourrais avoir… un peu d'eau ?

Elle alla lui en chercher une coupelle, mais comme il était trop faible pour la tenir, elle l'aida à boire. Il but avidement. Il avait le visage baigné de sueur, ce qui brûlait la cicatrice qu'il avait sur la joue. Il leva la main et passa ses doigts sur les coutures. Il se souvint de l'ours : la mâchoire écumante et les terribles crocs. Il eut la vision fugitive de Govannan qui venait à son aide, et du pauvre Riamfada qui criait dans l'herbe. Il hésita un instant. Il avait peur de poser la question.

— Que sont devenus les autres ? finit-il par demander.

— Tu as été le seul blessé, le rassura-t-elle. Ton père et des hommes du village sont arrivés juste à temps pour tuer l'ours. Repose-toi à présent. Nous parlerons demain.

Le sommeil vint rapidement. Sans aucun rêve.

Pendant une dizaine de jours, Connavar oscilla entre délire et conscience. Mais le onzième, il se réveilla lucide. La douleur dans son dos s'était légèrement résorbée, mais son épaule le lançait toujours. Il sortit maladroitement de son lit. La caverne était vide, mais un grand feu brûlait dans l'âtre. Pourtant, il n'en sentait pas la chaleur, car un vent glacial entrait par la bouche de la caverne. Il voyait des flocons de neige tomber sur le seuil. Sur une table en bois, on avait disposé des vêtements propres soigneusement pliés. Conn choisit un pantalon en laine vert et se débattit pour l'enfiler. Ce n'était pas facile avec un seul bras. Lorsqu'il eut réussi, il était en nage et sa tête tournait. Il n'avait jamais été aussi faible. Les grosses attelles sur son bras l'empêchaient d'enfiler sa tunique. Il la passa autour de ses épaules et se rapprocha du feu.

Ses souvenirs étaient confus. Depuis combien de temps était-il dans cette caverne ? Il se souvenait vaguement de sa mère assise à ses côtés, d'abord dans une robe verte, puis une bleue, et finalement vêtue d'un gros manteau avec un col en peau de mouton. Tout cela était bien déroutant.

Vorna pénétra dans la caverne. Elle portait un long manteau noir avec une capuche, et avait une grande écharpe rouge autour du cou. De la neige s'était amoncelée sur ses épaules et sur le fagot de bois qu'elle portait. Elle jeta le combustible dans l'âtre et se tourna vers lui.

— Comment te sens-tu ?

— J'ai connu des jours meilleurs, admit-il.

— Il n'y a plus de poison dans ton corps. Tu pourras bientôt rentrer chez toi. Peut-être demain.

Conn s'assit sur le tapis devant le foyer. Vorna retira son manteau, brossa la neige qui était dessus et alla le suspendre à un crochet. Elle tira une chaise et s'assit, en tendant les mains vers les flammes. Elle avait la peau des doigts toute bleue.

— Est-ce que… la Vieille Femme est venue ici ? demanda Conn. Ou est-ce que je l'ai rêvé ?

— Elle est bien venue.

Il frissonna. Un courant d'air venait de passer sur lui, touchant le feu et faisant danser les flammes. Vorna se leva aussitôt pour aller chercher une couverture qu'elle lui passa autour des épaules. Conn leva la tête.

— Elle a dit que tu avais renié tes pouvoirs pour me sauver.

— Ne t'occupe pas de ça, répliqua-t-elle sèchement.

Mais cela ne découragea pas Conn.

— Que vas-tu devenir sans tes pouvoirs ?

Vorna déposa une nouvelle bûche dans le feu. Elle regarda le jeune homme et lui sourit.

— Je vais survivre, répondit-elle. Je n'ai pas pour autant perdu mon talent avec les herbes et les potions. Seule la magie est partie.

— Est-ce qu'elle reviendra ?

Elle haussa les épaules.

— Peut-être que oui, peut-être que non. Cela ne va pas m'empêcher de dormir, en tout cas. Alors, dis-moi, Connavar, pourquoi as-tu affronté l'ours ?

L'image de l'immense bête et l'horreur de sa mâchoire sanglante jaillirent dans son esprit. Ce souvenir le fit frissonner.

— Je n'avais pas le choix.

— Ne dis pas de bêtise. La vie est faite de choix. Tu aurais pu laisser tomber ton fardeau et t'enfuir.

— Si j'avais eu un *fardeau*, c'est certainement ce que j'aurais fait, répondit doucement Conn. Tu penses que j'ai eu tort ?

— Ce que je pense n'a pas d'importance, déclara Vorna en posant une bouilloire sur le feu. Tu as fait ce que tu as fait. Et rien ne peut plus le changer. (Ses yeux noirs luirent soudainement dans l'obscurité.) Le referais-tu, Connavar ?

Il réfléchit à la question.

— Je ne sais pas, dit-il enfin. Je n'avais jamais éprouvé une telle souffrance. Ni une telle peur. (Il soupira.) Mais j'aimerais le penser.

— Pourquoi ?

— Parce qu'un homme n'abandonne pas ses amis. Il ne fuit pas devant le mal.

De la vapeur siffla depuis la bouilloire. Vorna se mit un chiffon autour de la main et souleva le récipient des flammes, puis le posa par terre. En silence, elle prépara deux tisanes avec du miel.

La caverne s'était réchauffée, et Connavar sentit une douce torpeur l'envahir. Quand les tasses en grès eurent refroidi, Vorna lui en tendit une.

— Bois, lui ordonna-t-elle. Cela aidera ton corps à se réparer. Demain, j'enlèverai tes attelles. Les os de ton bras se sont déjà ressoudés. Heureusement que j'ai fait ça avant de perdre mes pouvoirs.

— Je trouverai un moyen de te les rendre. Pour te payer de retour, promit-il.

Elle sourit et fit preuve d'un rare geste d'affection en passant les doigts dans ses cheveux rouge et or.

— Ce n'était pas un prêt, Connavar, mais un cadeau, donné librement. Et cela en diminue la valeur que de parler de remboursement.

— Je suis désolé, Vorna. Je ne voulais pas t'offenser.

— Il n'y a pas de mal. Tu as encore beaucoup à apprendre, Connavar. Il est des choses que même un héros ne peut accomplir. N'as-tu pas encore compris ? Tu ne peux pas rendre ses jambes à Riamfada. Tu ne peux pas rabibocher Ruathain et Meria. Tu ne peux pas tuer un ours en furie avec un couteau, même si la lame a été forgée par les Seidhs. Et tu peux encore moins me rendre ma magie. Mais ce que tu as fait est bien plus important.

— Qu'est-ce que j'ai fait ? s'enquit-il.

— Tu as fait s'enflammer le cœur de tous ceux qui ont entendu l'histoire du garçon et de l'ours. À chaque fois, tu as rendu les hommes fiers d'être Rigantes, car ils ont partagé ton courage. L'un d'entre *eux* a affronté la bête. L'un d'entre *eux* a fait face à la mort avec un grand courage. Maintenant et pour toujours, tu fais partie des légendes rigantes. Et lorsque tu seras mort depuis longtemps, on racontera encore ton histoire. Elle inspirera d'autres jeunes et les incitera à devenir courageux. À présent, laisse-moi t'aider à te mettre au lit. Ruathain viendra te voir demain. Si ton état le permet, je le laisserai te ramener chez toi.

— Et toi, que vas-tu faire ? demanda-t-il à moitié endormi.

— Je vais survivre, répondit-elle.

Dès qu'il avait été en âge de grimper, Braefar avait passé le plus clair de son temps libre assis sur le toit de chaume de sa maison, au-dessus des turpitudes du monde. De là, il pouvait voir tout le village de Trois-Ruisseaux, les maisons en bois, les huttes rondes au toit en chaume des ouvriers itinérants, les forges, les boulangeries, et les grandes granges qui servaient à stocker pour l'hiver. Il s'y asseyait souvent au petit matin pour regarder la petite communauté s'affairer, les femmes se rendre au ruisseau du bas pour faire la lessive, les hommes seller leurs poneys pour aller rejoindre le bétail ou patrouiller sur les frontières. Il attendait à chaque fois que Nanncumal, le forgeron, allume ses feux, et il écoutait le son du marteau sur l'enclume.

Sur ce toit, Braefar était tel un roi contemplant son peuple.

Là, il était en sécurité, sans peur et heureux.

Mais pas aujourd'hui.

Pour Braefar, le retour du héros était une affaire douloureuse. Assis, il regardait les deux cavaliers descendre lentement le flanc de la colline couverte de neige. D'abord, peu de gens vinrent les accueillir, mais dès que la nouvelle se répandit, tout un tas de Rigantes sortirent de leurs foyers en courant, pour former une haie d'honneur sur deux colonnes, et applaudir au passage des cavaliers.

Nanncumal était là, avec son fils Govannan et ses filles. Le boulanger, Borga, était là avec sa femme Pelain. Il y avait aussi Gariapha, le ferronnier, et sa femme Wiocca, qui étaient venus en vitesse se joindre à la foule. Des dizaines d'hommes, de femmes et d'enfants balisaient le chemin.

Un vent froid soufflait sur le village, mais Braefar était tellement furieux qu'il ne le sentait pas. *Regardez-les,* pensa-t-il. *Tous aussi débiles les uns que les autres !* Pourquoi ne voyaient-ils pas que ce n'était pas de courage dont avait fait preuve Connavar, mais de stupidité ? Il n'y avait qu'un imbécile pour affronter un ours avec un couteau. Braefar n'avait jamais éprouvé un tel ressentiment. Il s'était habitué à l'idée qu'il resterait toujours fin et petit et qu'il ne serait jamais aussi fort que Connavar, et bien qu'il ait souvent envié les talents de son frère ou sa force, il n'avait jamais été jaloux.

Jusqu'à ce jour.

Tout cela était tellement injuste.

Depuis ce jour maudit, les gens ne parlaient plus que du combat avec l'ours et de la façon dont Conn lui avait bondi dessus. Ils saluaient la bravoure de Govannan qui était venu à son aide, d'abord avec un couteau, puis en frappant la bête avec une grosse pierre.

— Et toi, Braefar, qu'as-tu fait ? lui demandaient-ils.

— Je n'avais pas d'arme, leur répondait-il.

— Ah, faisaient-ils généralement.

Un tout petit mot, mais lourd de signification.

Braefar savait ce qu'ils pensaient. Qu'il était un lâche. Les deux autres garçons s'étaient battus alors qu'il était resté paralysé de peur.

Les poneys se rapprochaient. Il vit Govannan courir au côté de Connavar et échanger avec lui une poignée de main. En les voyant faire, tous les hommes les acclamèrent. Les deux héros étaient de nouveau réunis !

Braefar avait la nausée.

Ruathain était venu le voir la première nuit alors que Connavar était au seuil de la mort. Il lui avait demandé de lui décrire le combat. Ce que Braefar avait fait.

— Je ne pouvais pas les aider, père. Je n'avais pas d'arme, avait-il dit.

Son père lui avait tapoté l'épaule.

— Tu n'aurais rien pu faire de toute façon, Aile. Je suis simplement content que tu sois en vie.

Mais Braefar avait lu la déception dans les yeux de Ruathain. Ç'avait eu l'effet d'un coup de couteau.

Depuis lors, il avait rejoué plusieurs fois le combat avec l'ours dans sa tête. S'il était intervenu, ne serait-ce qu'en jetant une pierre, tout aurait été différent. Et là, tandis qu'il regardait le retour du héros, il s'imagina assis en selle, recevant les acclamations de son peuple. *Si Banouin m'avait offert un tel couteau,* pensa-t-il, *moi aussi je recevrais des ovations.*

Les cavaliers firent halte devant la maison. Ruathain aida Conn à descendre et le soutint jusqu'à l'intérieur. La foule se dispersa.

Braefar descendit du toit par le grenier, et ensuite l'échelle aux barreaux de bois jusqu'en bas. Conn était assis à table, et Meria s'affairait dans tous les sens autour de lui. Sa peau était grisâtre, ses yeux fatigués avec de gros cernes rouges. Une affreuse cicatrice défigurait son visage, et son bras gauche était lourdement bandé. Ruathain se tenait silencieusement sur le pas de la porte.

— Bienvenue à la maison, lui dit Braefar sans trop de conviction.

Conn leva la tête et eut un petit sourire fatigué.

— C'est bon de te revoir, Aile, répondit-il.

— Tu as besoin de te reposer, déclara Meria. Viens, laisse-moi t'aider à te mettre au lit.

Conn n'offrit aucune résistance. Il poussa sur ses jambes et permit à sa mère de le soutenir. Ils passèrent lentement devant Braefar.

Plus tard, alors qu'il grimpait dans son lit à côté de celui de Conn, il vit que son frère était toujours éveillé.

— Je t'aurais aidé si j'avais eu une arme, dit-il.

— Je le sais, Aile.

Il y avait de la gentillesse dans cette voix, mais aussi de la compréhension.

Braefar le détesta pour ça, et dit alors la chose qu'il savait pouvoir susciter le plus de peine possible en lui.

— Je présume que personne ne t'a dit pour Arian ? Elle a épousé Casta lors du festin de Samain.

Son frère poussa un gémissement dans les ténèbres. Aussitôt, Braefar eut honte de lui.

— Je suis désolé, Conn. J'ai bien essayé de te dire qu'elle se moquait de toi.

Chapitre 6

De mémoire de Rigante, il y eut rarement d'hiver plus rigoureux. Le blizzard était tel et les températures si basses, que la sève gelait dans les troncs d'arbre, les faisant éclater. Il tomba tellement de neige que les hauts cols furent bloqués et que le toit de la forge de Nanncumal plia sous le poids. Les poneys n'arrivaient plus à passer, il leur était devenu impossible d'apporter de la nourriture au bétail prisonnier dans les vallées supérieures. Les hommes munis de raquettes devaient progresser dans les congères en portant des balles de foin sur leurs épaules.

Ruathain et Arbonacast faillirent mourir en essayant de rejoindre la vallée de l'Ours où une partie du troupeau s'était réfugiée. Pris dans le blizzard, ils s'étaient creusé un abri sous les branches enneigées d'un grand pin et avaient dû y passer la nuit entière agglutinés l'un contre l'autre. Au petit matin, ils s'étaient glissés dehors avec leurs balles et s'étaient mis en quête du bétail. Deux jeunes taureaux avaient trouvé la mort. Mais le vieux Mentha, aussi indomptable et puissant qu'autrefois, s'était abrité avec huit de ses vaches sous une paroi rocheuse.

Connavar resta faible durant tout cet hiver glacial. Il perdit du poids et succomba trois fois à la fièvre, sans pour autant que ses jours soient menacés. Il avait développé une toux saccadée, son épaule continuait à lui faire mal, et son poumon ne semblait pas vouloir guérir. Il était tout le temps essoufflé. Meria s'inquiétait sans cesse, et ne comprenait pas la cause de sa dépression.

Braefar savait que c'était le cœur qui n'allait pas, depuis qu'il avait perdu Arian. Sa jalousie vis-à-vis de son frère disparut progressivement. Il essaya même de lui remonter le moral, l'encourageant à faire des exercices pour reprendre des forces. Mais Connavar ne semblait plus avoir d'énergie et encore moins de volonté. Il passait tous ses après-midi à dormir, couché près de l'âtre, enroulé dans une couverture.

Et même lorsqu'il s'entraînait, les vents glacés le faisaient vite rentrer à l'intérieur. Un jour, alors que le ciel était d'un gris aussi morne que la lame d'une épée, il essaya de marcher jusqu'au second pont et s'arrêta près du cours d'eau gelé.

Arian, emmitouflée dans un gros châle vert, sortit pour le rejoindre.

— Tu as l'air d'avoir retrouvé des forces, lui dit-elle.

Conn l'ignora et se remit en marche. Elle l'agrippa par le bras. Une douleur le lança jusqu'à l'épaule et il grimaça.

— Ne me hais pas, lui demanda-t-elle. Ils m'avaient dit que tu allais mourir.

Il tourna la tête et la regarda droit dans les yeux. Elle recula d'un pas en voyant la rage qui illuminait son visage.

— Oui, da, répondit-il. Je comprends. Si on m'avait annoncé que tu étais mourante, moi aussi je me serais précipité à un festin pour baiser avec la première femme que j'aurais trouvée. Éloigne-toi de moi, putain. Tu n'es plus rien à mes yeux. Moins que rien, même.

Il mentait. C'était un affreux mensonge, mais la peine qu'il vit poindre sur le visage d'Arian comme il prononçait ces mots lui remonta le moral.

Lentement, il progressa dans la neige. Et tandis qu'il marchait, il réalisa qu'Arian lui avait fait un dernier cadeau. Il avait retrouvé sa colère, et avec elle l'envie de redevenir fort.

Chaque jour, il allait passer une heure dans le froid pour couper des bûches avec une grande hache à deux mains. Il était obligé de s'arrêter toutes les cinq minutes afin de reprendre son souffle ; la sueur coulait sur son visage. Dès qu'il se sentait fatigué, il pensait à Arian, et aussitôt la colère lui redonnait de l'énergie.

Peu à peu, alors que les premières brises printanières soufflaient sur les montagnes, il retrouva des forces. Il marchait plus longtemps, jusqu'à l'épuisement, ce qui arrivait généralement sans crier gare.

Son épaule gauche continuait de l'embêter, surtout par temps de pluie ou lorsqu'il faisait froid. Ruathain lui imposa plusieurs exercices pour assouplir et renforcer ses muscles. Il y avait un jeune chêne à une trentaine de mètres de la maison du Grand Homme, avec une grosse branche à plus de deux mètres du sol. Chaque jour, Connavar devait se placer en dessous, sauter et refermer ses mains autour d'elle. Puis, il devait se hisser jusqu'à ce que son menton touche la branche, se laisser descendre, et recommencer ainsi de suite. Sa première tentative avait été assez pitoyable. Comme il ne pouvait pas lever le bras gauche sans avoir mal, il avait dû sauter et s'accrocher uniquement avec le droit avant de faire passer le gauche. Une fois en position, sous le regard de Ruathain, il était resté suspendu plusieurs secondes et avait réussi une traction.

Puis il était tombé par terre, ce qui lui avait arraché un énorme juron. Ruathain l'avait rejoint.

— Tu dois comparer ta force à un cerf que tu chasserais, lui avait-il dit.

— Je ne comprends pas, avait répondu Conn en massant son épaule endolorie.

— On ne s'empare pas de son arc pour partir en courant dans les bois. On doit d'abord découvrir les habitudes du cerf. Et même quand on le voit, on ne lui tire pas dessus immédiatement, et encore moins s'il est en train de courir. Si son sang circule trop vite au moment où on l'abat, la viande reste dure, presque immangeable. Le chasseur doit être patient. Une patience infinie. Ta force, c'est le cerf. Tu dois la chercher calmement, méthodiquement. Établis ta stratégie. Sois à l'affût du moindre petit progrès. Viens ici tous les matins. Ne cherche pas à faire tout de suite plein de tractions. Tu serais déçu et tu risquerais d'abîmer tes muscles déjà blessés. Aujourd'hui, tu as presque réussi à faire une traction. Demain, essaie d'en faire deux.

— Je suis fatigué d'être faible, soupira Conn.

— Tu es *faible* parce que tu as été *malade*. Comme je te l'ai dit, note quotidiennement tes progrès. Quand tu vas marcher, fais une marque à l'endroit où il faut que tu t'arrêtes. Le lendemain, essaie d'aller dix mètres plus loin.

La discussion avait apaisé Conn.

— Est-ce que tu as déjà été blessé ? avait-il demandé à son père.

— Une fois. À l'époque je ne devais avoir qu'un an de plus que toi. Et ce n'était pas aussi grave. J'avais pris un coup de lance à l'épaule droite. J'ai bien crû que mes forces ne reviendraient jamais. Mais si. Fais-moi confiance, Connavar. Tu deviendras bientôt plus fort que tu l'étais avant. Et maintenant, marchons un peu.

C'était une belle journée, mais dans le lointain un orage se préparait au-dessus de Caer Druagh. Ruathain avait conduit le jeune homme jusqu'à une petite colline, s'arrêtant plusieurs fois en chemin pour le laisser reprendre son souffle. Arrivés au sommet, les deux hommes s'étaient assis pour contempler la vallée. Les troupeaux de Ruathain étaient en train de paître, et Conn avait aperçu Arbonacast sur son poney de l'autre côté.

— Je ne vois pas Mentha, avait fait remarquer Conn. Je croyais qu'il avait passé l'hiver.

— C'était le cas, avait répondu Ruathain. Un jeune taureau est venu le défier pour le contrôle du troupeau. Lui et Mentha se sont affrontés pendant plusieurs heures. (Ruathain avait eu un sourire triste.) Mentha a fini par gagner. Ce fut sa dernière heure de gloire. Nous l'avons trouvé mort le lendemain matin. Son cœur avait lâché pendant la nuit.

— C'est triste, avait dit Conn. C'était un sacré taureau.

— Oui, da. Mais il est mort comme un roi, invaincu jusqu'au bout.

— Tu crois que cela comptait pour lui ?

Ruathain haussa les épaules.

— J'aime à le croire. Comment te sens-tu ?

— J'ai du mal à respirer.

— Ton poumon m'inquiète. Demain, tu viendras avec moi voir Vorna lorsque je lui apporterai des provisions.

Conn avait jeté un regard au Grand Homme. Durant tout l'hiver, tous les deux jours, Ruathain s'était rendu à la caverne de Vorna pour lui apporter de quoi manger. Il y était d'abord allé à cheval, mais lorsque l'hiver s'était fait trop violent, il avait chaussé ses raquettes. Là-bas, il lui ramassait du bois, et s'assurait qu'elle allait bien.

— Tu as été bon avec elle, avait commenté Conn. Je t'en remercie.

— Un homme doit s'occuper de ses amis, avait répondu Ruathain. Peu importe les circonstances. Et je crois que tu comprends cela mieux que quiconque. (Il avait souri soudainement.) Est-ce que je t'ai dit à quel point j'étais fier de toi ?

Conn avait éclaté de rire.

— À peu près une fois par jour.

— Je ne pourrai jamais te le dire assez. Allez, rentrons. Prends ton temps.

Alors qu'ils traversaient lentement les champs, Conn avait vu un léger filet de fumée sortir de la cheminée de Banouin. Le marchand n'était pas venu de l'hiver, ce qui n'avait rien fait pour lui remonter le moral, car il avait peur que des bandits norviis l'aient attaqué dans les bois et l'aient tué.

Ruathain avait remarqué qu'il regardait la fumée.

— L'étranger est arrivé la nuit dernière, lui avait-il alors appris, avec vingt-cinq poneys chargés à bloc. Les dieux seuls savent comment il a fait pour passer à travers la tempête.

Pour la première fois de l'hiver, Connavar avait oublié sa fatigue.

— J'avais peur qu'il ne lui soit arrivé quelque chose.

Ruathain avait secoué la tête.

— Je pense qu'il ne doit pas être facile à tuer, avait-il déclaré sur un ton sinistre. Il est bien plus dangereux qu'il n'en a l'air. J'espère qu'ils ne sont pas tous comme cela chez lui.

— Tu ne l'aimes pas ? s'était renseigné Conn, surpris par le changement d'humeur du Grand Homme.

— C'est un étranger, et son peuple fait la guerre à ses voisins. Avant d'attaquer un pays lointain, il est de coutume d'envoyer des éclaireurs pour repérer le terrain. Si jamais son peuple franchit l'eau pour nous attaquer, qui crois-tu leur aura fourni les cartes ?

Conn n'était pas un imbécile, et les mots du Grand Homme avaient fait mouche. Et pourtant, il ne voulait pas y penser. Banouin était un ami, et à moins qu'on lui prouve que c'était un espion, Conn était prêt à rejeter tous les doutes à son propos. Pourtant, Ruathain avait planté la graine de la suspicion. Chaque fois qu'il se trouvait en compagnie de Banouin, il écoutait ses histoires de voyages avec beaucoup plus d'attention.

— Est-ce que tu savais, lui dit un jour Banouin alors qu'ils étaient assis devant son âtre à siroter du vin coupé d'eau, que l'histoire de ton combat avec l'ours a atteint la côte sud ?

— Ce n'était pas un combat, rétorqua Conn avec un sourire timide. Je l'ai poignardé deux fois, et il m'a réduit en bouillie.

— D'après l'histoire telle qu'on la chante là-bas, tu t'es battu longuement avec lui, et lorsque les hommes sont arrivés, il était déjà presque mort. Oh ! oui, et ce n'était pas un infirme que tu protégeais, mais une charmante pucelle partie cueillir des fleurs.

Conn éclata de rire.

— Une princesse, à tous les coups.

— Mais oui. Et, d'après ce que j'ai compris, tu aurais du sang noble. Tu serais issu d'une longue lignée de héros rigantes.

— Les gens sont bêtes de croire à ce genre d'histoire. Que se passe-t-il de l'autre côté de l'eau ?

Le sourire de Banouin disparut.

— Les miens se font encore la guerre. Il y a eu de grandes batailles. Des milliers d'hommes sont déjà morts. Mais Jasaray triomphera. Cela ne fait aucun doute.

— C'est un grand guerrier, déclara Conn.

— Je ne crois pas qu'il sache se servir d'une épée, commenta Banouin. Mais il sait se servir d'une armée.

Ils restèrent silencieux un moment. Banouin rajouta du petit bois dans le feu et remplit à nouveau leurs gobelets.

— Je voudrais te montrer quelque chose, dit l'étranger en allant dans la pièce du fond. (Lorsqu'il revint, il portait dans ses mains une épée courte en fer bruni.) Je t'ai ramené ceci, fit-il en tendant au jeune homme le manche en bois sculpté.

Conn prit l'arme et la mania un peu.

— Elle est bien équilibrée, mais la lame est un peu courte. Elle n'est pas plus grande qu'un bon couteau de chasse.

— Cette épée est en train de changer la face du monde.

— Tu plaisantes ? s'exclama Conn.

La lame n'était pas plus longue que son avant-bras, et le manche en bois était protégé par des petits quillons en bronze. Il se leva et fit quelques passes avec l'arme. Elle était peu maniable, et il lui manquait la grâce des épées longues plus familières.

— Ce n'est pas une arme pour trancher ou tailler, expliqua Banouin. Elle a été conçue pour l'estoc, la perforation.

— Si je me retrouvais face un homme armé de ça et si je portais l'épée longue de Ruathain, je sais qui gagnerait, répliqua Conn.

— Tu aurais certainement raison, si, comme tu dis, c'était à un contre un. Mais tu n'as pas compris son utilité. Quand une armée keltoïe affronte une armée de Roc, les Keltoïs sont toujours en infériorité numérique, à trois contre un.

— Comment ça ? Tu m'avais dit que dans la plupart des batailles de Jasaray, il était toujours confronté à des ennemis en surnombre.

Banouin alla prendre un petit coffre posé sur une étagère. Il en sortit plusieurs pièces d'argent qu'il dispersa sur le gros tapis rouge à ses pieds.

— Si trente guerriers rigantes chargeaient à pied un ennemi, à quelle distance marcheraient-ils les uns des autres ?

Conn réfléchit à la question. Dans une bataille, si chaque guerrier maniait une épée longue dont la lame faisait près d'un mètre, il aurait besoin d'un bon mètre cinquante d'espace de chaque côté de lui. Sans cela, il risquait de prendre un coup d'épée d'un de ses camarades. Il confia son estimation à Banouin. Celui-ci s'agenouilla sur le tapis et sépara trente pièces, qu'il aligna à distance égale les unes des autres. Puis il regarda Conn.

— La vague d'attaque des rigantes ressemblerait donc à ça ? s'enquit-il.

Conn regarda les pièces d'argent scintillantes et imagina qu'il s'agissait d'une charge rigante.

— Oui, finit-il par dire. Pas trop éloignés, mais pas trop près non plus.

Banouin sortit une dizaine de pièces supplémentaires, et les disposa de manière rapprochée face aux trente autres, sur deux lignes de cinq.

— Ces hommes se battent épaule contre épaule. Chacun d'entre eux porte un bouclier rectangulaire au bras gauche. Les boucliers peuvent être assemblés les uns aux autres afin de former un mur, et une fois celui-ci positionné légèrement vers l'avant, il reste la place pour donner des coups d'estoc. (Il fit doucement avancer la grande ligne de pièces jusqu'à ce qu'elle vienne presque toucher les deux lignes de cinq.) Imagine qu'il s'agit là de deux groupes de guerriers. Tu constateras que chaque Rigante qui atteint la formation ennemie se retrouve face à trois boucliers et trois épées. Une petite épée d'estoc permet aux soldats de se tenir près les uns des autres, et de se battre en unité. Cela signifie également que quelle que soit la taille de l'armée ennemie, elle sera désavantagée, car chaque guerrier qui atteindra leur ligne de défense devra affronter trois adversaires en même temps. Soit ça, soit les attaquants se retrouveront tellement serrés qu'ils ne pourront pas se servir de leurs épées.

— Je suis sûr que n'importe quel Rigante serait de taille face à trois soldats de Roc, affirma loyalement Conn.

Ce qui fit sourire Banouin.

— Tu n'as vu que l'épée. Je ne t'ai pas encore parlé du bouclier de bronze, du plastron en fer, du heaume à plume de fer. Ou des jambières qui protègent les tibias, les poignets de force en cuir et les protections d'avant-bras, ni même de la tunique en cotte de mailles. Dans une bataille, la plupart des Rigantes meurent d'une blessure au cou, d'un coup en plein cœur, au ventre ou à l'aine. Parfois, les guerriers se vident lentement de leur sang. D'autres fois, c'est d'une infection ou de la gangrène qu'ils meurent. Comme toutes les tribus que j'ai rencontrées ici ou de l'autre côté de l'eau, vous vous battez sans armure. Vous fondez en masse sur vos ennemis, et chaque bataille équivaut en fait à des milliers d'escarmouches entre héros. Il vous faudra changer de tactique si vous souhaitez conserver votre indépendance.

— Tu parles comme si la guerre avec ton peuple était inévitable, fit remarquer Conn, calmement.

— J'en ai bien peur. Pas cette année ni celle d'après. D'abord, Jasaray doit soumettre ses ennemis au sein de son propre empire. Puis, il attaquera les Perdiis, ou les Ostros, ou les Gaths. Cela lui prendra quelques années. Mais s'il survit, il viendra ici, Conn.

— Est-ce que tu lui auras fourni des cartes ? l'interrogea Conn.

Banouin secoua la tête.

— Non. Cela fait des années que je ne fais plus de cartes. Elles sont toutes dans ma tête. Et je ne veux plus me battre. J'ai vu la guerre. J'ai été le témoin de la désolation et des supplices. Non. Quand la guerre viendra, je louerai un navire et je partirai vers l'ouest. On dit qu'il existe un pays fabuleux, avec des terres riches et fertiles. Peut-être que là-bas, les gens n'ont pas trouvé d'utilité à la guerre.

— Ce serait alors un peuple bien mou, grommela Conn. Un homme fort a toujours des ennemis, et ceux qui vivent sur des bonnes terres auront toujours besoin de les défendre face à ceux qui vivent sur des terres plus modestes. C'est ainsi que va le monde, Banouin. Je suis peut-être jeune, mais je sais que c'est vrai. Les forts régneront toujours sur les faibles, qui eux souffriront. C'est ainsi que l'ont voulu les dieux. Autrement, ce serait différent.

— N'amène pas la religion dans ce débat ! le prévint Banouin. Je perds vite patience sur ce sujet. Laisse-moi plutôt retourner ton argument. Si mon peuple vient ici et détruit vos armées, est-ce que cela signifiera que vous méritiez de perdre vos terres ? Est-ce que ce ne serait que justice ?

Conn éclata de rire.

— Il n'y a que les perdants, les malchanceux et les faibles qui parlent de justice et d'injustice, et de ce qu'ils méritent ou pas. Tout ce que je sais, c'est que je me battrai pour mon peuple, et que je tuerai tout ennemi qui viendra à Caer Druagh.

— Comme tu as tué l'ours ? demanda doucement Banouin.

Conn rougit.

— C'était différent. Je n'avais pas les armes pour tuer cet ours.

— Ce n'est pas différent, Conn. Les Rigantes n'ont pas les armes pour arrêter mon peuple.

Ses mots restèrent suspendus dans les airs.

Conn les fit tourner dans sa tête.

— Quand comptes-tu retourner dans le sud ? demanda-t-il finalement.

— Dans trois mois. Le milieu de l'été est la meilleure saison pour voyager.

— Je viendrai avec toi. Je veux voir ces armées et ce fameux Jasaray.

Une fois que le dégel eut commencé, Vorna quitta le sanctuaire de sa caverne et entama la longue excursion qui la mènerait au village. Non qu'elle ait particulièrement envie de compagnie. Les gens ne l'avaient jamais aimée, même lorsqu'elle était enfant. Il y avait quelque chose d'étrange en elle, disaient-ils. Les autres enfants l'évitaient. Lorsque ses pouvoirs s'étaient manifestés, elle était devenue encore plus seule qu'avant, et la froideur du regard des autres se transforma en crainte. Même lorsqu'elle venait dans la maison d'un malade pour le soigner, elle sentait le soulagement dès qu'elle ouvrait la porte pour s'en aller.

Non, elle ne recherchait pas vraiment de la compagnie, pensait-t-elle. Mais après un long hiver passé prisonnière d'une caverne froide et grise, elle avait besoin de voir du mouvement et d'entendre du bruit : le martèlement rythmé du marteau de la forge, le rire des enfants, le son des sabots des chevaux sur le sol, le meuglement du bétail, les bavardages des gens en voyant se lever le soleil. Sans parler du goût ! Du pain frais sorti du four, des tartes au miel, de la bouillie.

Elle pensait à tout cela en franchissant le pont. Eanor fut la première personne qu'elle vit. Vorna avait soigné sa femme dix jours avant que l'ours n'attaque Connavar. Il était en train de bêcher son potager et leva la tête en la voyant approcher. Il lui adressa un sourire chaleureux.

— Que Daan soit avec toi, lui lança-t-il. Quelle belle journée, n'est-ce pas ?

Cet accueil la troubla. D'habitude, personne ne parlait sur son passage. Surprise, elle se contenta de hocher la tête et reprit sa route. Eanor avait raison : c'était une belle journée ; le soleil était chaud et le ciel était bleu, sans aucun nuage.

Un peu plus loin, elle aperçut la femme du boulanger, Pelain, qui donnait à manger aux poules dans la cour de la boulangerie. Les volailles lui collaient aux jambes. En voyant Vorna, elle sourit et alla à sa rencontre.

— Bienvenue chez toi, lui dit-elle.

Vorna avait l'impression d'être dans un rêve et ne savait pas quoi répondre. Pelain se débarrassa du grain qu'elle portait dans un repli de sa robe et prit Vorna par le bras.

— Viens manger à la maison. Borga a cuit du pain au fromage ce matin. Il fond dans la bouche.

Docilement, Vorna se laissa conduire à l'intérieur. Borga était assis à une grande table en pin, et trempait du pain dans un bol de civet des plus appétissants.

— Nous avons une invitée, lui annonça Pelain.

Le visage de Borga se transforma en un immense sourire.

— Bienvenue, fit-il. Assieds-toi.

Pelain débarrassa Vorna de son gros manteau à capuche qu'elle accrocha au portemanteau de l'entrée. Vorna s'assit à la table. Borga lui versa un verre d'eau et le lui tendit. Comme elle ne trouvait pas les mots pour le remercier, elle se contenta d'un hochement de tête. Pelain lui coupa trois grosses tranches de pain et étala du beurre dessus. Vorna mangea en silence.

— Le garçon va beaucoup mieux, lui apprit Borga. Hier, je l'ai vu courir dans les collines. C'est un beau geste que tu as fait. Très beau.

Il se leva et passa par le fond de la maison pour rejoindre sa boulangerie.

Pelain vint s'asseoir en face de Vorna.

— Le pain est bon, non ?

— Oui. Savoureux.

Vorna avait maintenant retrouvé un peu de son calme, mais elle n'avait pas l'habitude de converser, ce qui la mettait mal à l'aise.

Pelain se pencha pour lui parler à voix basse.

— Il est peut-être inutile au lit, mais il fait un pain pour lequel même les dieux se damneraient. (La femme du boulanger continua de bavarder un instant et réalisa que son invitée restait muette.) Je m'excuse, Vorna, dit-elle. J'ai toujours tendance à trop parler.

— Pourquoi est-ce que… tu es gentille avec moi ? lui demanda l'ancienne sorcière.

Pelain haussa les épaules et se fendit d'un sourire narquois.

— Parce qu'à présent tu es l'une d'entre nous. Tu as renié tes pouvoirs pour sauver Connavar. Meria me l'a dit. Elle m'a aussi dit que tu avais risqué la mort pour le ramener du royaume des Ombres. Tout le monde pense comme moi, Vorna. Ça ne te dérange pas, au moins ? Je sais que tu es plutôt quelqu'un de réservé, mais…

Sa voix s'éteignit. Elle se leva pour aller se couper un morceau de pain.

— Non, ça ne me dérange pas, répondit Vorna. Et je te remercie pour le déjeuner.

Pelain se retourna et lui sourit.

— C'est agréable de voir le soleil briller à nouveau, non ?

— Oui, admit Vorna.

Elle se leva à son tour, prit son manteau et le posa sur son bras. Alors qu'elle était sur le seuil de la porte, Pelain l'interpella.

— Au fait, tu es la bienvenue ici quand tu le souhaites.

— Je m'en souviendrai.

Vorna sortit au soleil et traversa le village en direction de la maison de Meria. Partout sur son passage, les gens la saluaient d'un geste ou d'une phrase amicale. Arrivée chez Meria, elle avait les larmes aux yeux et tremblait comme une feuille.

Voyant sa détresse, Meria la prit dans ses bras. Ce contact chaleureux fut de trop pour la sorcière qui cacha son visage contre l'épaule de Meria et se mit à pleurer.

Comme tous les Keltoïs, les Rigantes était un peuple passionné et versatile, si bien que des bagarres éclataient souvent entre eux. Quelquefois, elles se terminaient mal, et certains mouraient de leurs blessures. Mais ce genre de tragédie était assez rare. Plus rares encore étaient les viols et les meurtres.

C'est pourquoi, lorsque, par un petit matin de printemps, on trouva le premier cadavre, un sentiment d'incrédulité et de choc envahit la communauté de Trois-Ruisseaux.

Le corps d'un homme âgé avait été trouvé de bonne heure. Un Rigante, armé de son arc et accompagné de son chien, l'avait découvert par hasard alors qu'il chassait des lapins. Le cadavre avait été traîné hors du sentier principal et hâtivement caché dans des buissons. En l'espace de deux heures, une vingtaine de cavaliers sous les ordres de Ruathain s'étaient rassemblés à une cinquantaine de mètres du lieu du crime.

Arbonacast, Ruathain et Banouin s'éloignèrent des autres cavaliers pour aller examiner minutieusement la scène.

Arbon s'agenouilla aux abords du chemin.

— Quatre chevaux, déclara-t-il. Tous chaussés. (Il avança le long du sentier en évitant précautionneusement de piétiner les empreintes.) Le vieil homme tirait une charrette à bras lorsque ses agresseurs ont surgi.

Il enjamba le sentier d'un bond gracieux pour aller fouiller les sous-bois. Soudain, il s'arrêta net et jura entre ses dents.

— Qu'as-tu trouvé ? lui cria Ruathain.

— Le vieil homme n'était pas seul. Il y avait une femme ou un enfant avec lui. Des petits pieds.

D'un geste, Arbon leur indiqua qu'ils pouvaient franchir le sentier pour le rejoindre dans les bois. Et, quelques minutes plus tard, ils découvrirent le second cadavre, celui d'une fille nue qui ne devait pas avoir plus de quatorze ans. De toute évidence, on l'avait violée avant de lui trancher la gorge. Ruathain s'agenouilla pour lui fermer les yeux. Banouin resta impassible devant la scène. Il était le seul à ne pas être choqué. Au cours de ses nombreux voyages, il avait eu le temps d'apprendre que ce genre de crime est assez courant. Mais pas ici, en territoire rigante. Il se contenta d'attendre qu'Arbon finisse de déchiffrer les traces. Le gardien de troupeau, le visage exsangue de rage, se releva finalement pour revenir examiner le premier corps. Le mort était vêtu d'une longue tunique bleue délavée, bordée de rouge. Il avait été poignardé au niveau du cou, et la lame avait dû lui briser la nuque. Sa charrette se trouvait un peu plus loin, renversée, et son contenu avait été éparpillé dans les fourrés. Il y avait deux coffres éventrés, qui n'avaient contenu manifestement que des affaires personnelles et trois petits sacs de provisions.

Arbon s'approcha de Ruathain.

— L'homme et la fille marchaient côte à côte. Les cavaliers sont arrivés à leur hauteur. L'un des cavaliers a dégainé une lame. Le vieil homme a levé le bras pour se protéger – d'où la coupure au poignet. Mais cela n'a pas arrêté le coup, et la lame lui a brisé la nuque. Paniquée, la fille s'est enfuie dans les bois. Les cavaliers ont mis pied à terre, l'ont poursuivie et l'ont rattrapée. Quand ils en ont eu fini avec elle, ils ont pillé la charrette et ont traîné le vieil homme dans les buissons. Puis ils sont partis au galop vers le nord.

— Qu'est-ce que tu peux me dire d'eux ? lui demanda Ruathain.

— Il y en avait un grand, plus d'un mètre quatre-vingts. Un autre petit et lourd. Il y en a un qui monte une jument. Et au moins l'un d'entre eux doit avoir des marques de griffures sur le visage. Il y avait du sang sous les ongles de la petite. Je n'ai pas grand-chose d'autre à t'apprendre, si ce n'est qu'ils ont été tués hier, certainement en fin d'après-midi.

— Ce sont des étrangers, intervint Banouin.

— Évidemment, rétorqua froidement Ruathain. Aucun Rigante ne commettrait un tel crime.

Banouin secoua la tête.

— Je veux dire par là qu'ils venaient de l'autre côté de l'eau. L'épée qu'ils ont utilisée pour tuer le vieil homme était un glaive. Il n'en existe pas beaucoup de ce côté-ci. Et puis, tuer la fille devait certainement faire partie d'un rituel – un sacrifice à Ganis, le dieu du Sang. Les Gaths le vénèrent ainsi qu'une poignée d'autres tribus.

— Le nom ne m'est pas inconnu, fit Ruathain.

— Il est également possible, reprit Banouin, que les cavaliers connaissaient cet homme. Ses habits indiquent que c'est un Ostro. Leur pays est voisin de celui des Gaths. Ils ont peut-être même fait le voyage ensemble sur le bateau.

— Nous le saurons dès que nous les trouverons, promit Ruathain en retournant à grands pas vers ses hommes.

Banouin resta sur place pour regarder l'enfant morte. Connavar le rejoignit. Son visage était livide, et ses yeux trahissaient une colère froide.

— Il n'est pas nécessaire que tu voies cela, Conn, lui conseilla Banouin.

— Au contraire, répondit Conn.

Ils laissèrent quatre hommes pour enterrer les cadavres, et la petite troupe rigante partit au galop en direction du nord.

En fin d'après-midi, ils perdirent la trace des assassins. La troupe se scinda en groupes de deux afin de multiplier les chances de les retrouver.

Connavar et Banouin chevauchaient de concert, en direction des bois Langevin, au nord-est. Ils avancèrent jusqu'à la tombée de la nuit, lorsque Banouin suggéra qu'il serait préférable de rentrer. Conn refusa d'un signe de tête.

— Je vais m'arrêter ici pour que mon poney se repose un peu et je continue, déclara-t-il.

— Mais les autres les ont peut-être déjà trouvés, objecta Banouin.

— C'est possible, mais je ne le crois pas, répondit le jeune homme en mettant pied à terre.

— Qu'est-ce qui te fait dire ça ? lui demanda Banouin, intrigué.

— Si, comme tu le penses, ce sont des étrangers, alors ils doivent avoir une raison pour être ici. Ils sont certainement venus signer des accords commerciaux avec les Rigantes ou les Pannones. Si c'est avec nous, alors ils doivent être en route pour Vieux-Chênes, afin d'obtenir une audience avec le Grand Laird. Sinon, ils se dirigent sans doute vers le col de Cavellin. Et, dans les deux cas, ils sont obligés d'emprunter cette route.

— Mais peut-être comptent-ils couper à l'ouest à travers bois pour prendre la route de la laine, fit remarquer Banouin. Et puis, de toute façon, nous sommes simplement censés retrouver leur trace. Or, j'ai l'impression que tu aimerais bien les attraper toi-même.

— C'est le cas. Et je les aurai.

Banouin poussa un juron.

— Ce ne serait pas prudent. Ils sont quatre. En quoi cela servirait les morts, si tu mourrais à ton tour ?

— Je n'ai pas l'intention de mourir.

— Aucun guerrier n'a l'intention de mourir ; qu'est-ce qui te fait croire que tu pourrais venir à bout des quatre à toi tout seul ?

— Ne m'as-tu pas dit que j'étais le meilleur élève que tu aies jamais eu ?

— Tu es le *seul* élève que j'aie jamais eu. Certes, tu es rapide et merveilleusement adroit à l'entraînement. Mais nous ne sommes plus à l'entraînement, Conn. Ceci est la dure et cruelle réalité. (Banouin soupira.) Je retourne auprès de Ruathain et des autres. Est-ce que tu m'accompagnes ?

— Non.

— Est-ce que tu peux au moins attendre ici jusqu'à ce que je revienne ?

— Bien sûr.

Banouin fit tourner bride à son poney.

— S'il te plaît, Conn, ne fais rien d'imprudent.

Banouin avait à peine disparu dans les ténèbres que Conn remonta en selle et guida son poney dans les bois.

Il chevaucha une bonne heure avant de repérer la lumière vacillante d'un feu de camp dans le lointain. Il se rapprocha le plus possible et attacha son poney à un arbre. Puis, en silence, il avança dans les sous-bois. Le feu avait été allumé dans une clairière au bord de la route. Trois hommes étaient assis autour, qui finissaient leur repas. Le fumet d'un bouillon de viande flottait dans l'air. Conn fit le tour du camp et aperçut trois poneys attachés non loin.

Il manquait le quatrième homme.

Connavar fut alors saisi d'un doute. Peut-être que ce n'étaient pas les hommes qu'il recherchait.

Il se rapprocha davantage et vit que deux d'entre eux portaient des épées courtes. Conn était suffisamment près pour entendre leur conversation. Leur accent était tellement prononcé qu'il avait du mal à en comprendre le sens. À côté d'eux, il y avait des assiettes et des casseroles. Visiblement ils débattaient pour savoir qui allait les nettoyer. Finalement, un petit gros les ramassa et partit vers un ruisseau. Les deux autres se moquèrent de lui, et il les insulta.

Un deuxième se leva et s'étira. Il était grand, et faisait plus d'un mètre quatre-vingts.

Accroupi dans l'ombre des arbres, Conn repensa à la description qu'Arbon avait faite des hommes. Un grand. Un plus petit et plus lourd. Des étrangers. Ces hommes correspondaient à la description ; s'ils avaient été quatre, il aurait été pleinement convaincu. Mais ils pouvaient être aussi de simples voyageurs innocents.

Comment pouvait-il être sûr ?

Le gros type revint près du feu ; il rangea les assiettes dans une sacoche et s'assit. Un autre jeta du bois frais dans les flammes. Comme le feu se ravivait, Conn vit que le côté gauche du visage du petit gros arborait trois marques vives. Arbon avait dit que la fille morte avait du sang sous ses ongles.

Conn prit une profonde inspiration et sentit une colère froide le parcourir.

C'étaient les hommes qu'il cherchait – enfin, trois d'entre eux.

Banouin lui avait conseillé de ne pas faire d'imprudence. Conn savait pertinemment qu'attaquer ces trois meurtriers n'était pas ce qu'il y avait de plus sage à faire, pourtant il sentait qu'il n'avait pas le choix. Il ne s'agissait pas de venger les morts, alors que, peut-être, cela aurait dû être le cas. C'était plus personnel que ça. Depuis son combat avec l'ours, Connavar faisait de nombreux cauchemars, d'anxiété et de douleur. La plupart du temps, il fuyait devant quelque chose de terrifiant, dans la panique la plus totale, et se réveillait en sursaut, couvert de sueur, le cœur battant la chamade. Toute sa vie, Conn avait craint de devenir un lâche comme son père. Et depuis ce fameux jour avec l'ours, il était en proie à la peur.

Et la peur, comme un ennemi, doit être vaincue.

Il dégaina son couteau seidh et l'épée courte que lui avait offerte Banouin. Il sortit des buissons et pénétra dans la clairière. Le petit gros fut le premier à le voir. Il se jeta sur sa droite et ramassa son épée, puis, d'un bond, il se releva, évitant de justesse de se prendre les pieds dans l'ourlet de son manteau noir. Les autres firent un bond en arrière. L'un d'eux courut jusqu'à sa couverture et récupéra son épée.

— Qu'est-ce que tu veux ? lui demanda le grand homme tout en scrutant l'orée obscure à la recherche d'autres hommes.

— Hier, vous avez tué un vieil homme et une fille, déclara Conn. Je suis ici pour expédier vos âmes dans les ténèbres.

C'étaient des mots courageux, mais lorsqu'il les prononça, sa voix trembla, les privant de leur effet.

— Et tu comptes faire ça tout seul ? s'enquit le gros avec un large sourire.

Les autres se mirent à sourire également.

— Pourquoi aurais-je besoin d'aide pour venir à bout de trois sales lâches ? rétorqua Conn d'une voix plus forte, la colère prenant le pas sur sa peur.

— Tu es un petit insolent, lui dit le grand avec mépris. Tue-le, Tudri, ordonna-t-il au gros.

Tudri poussa un cri de guerre et se jeta à l'attaque. Une rage meurtrière s'empara de Conn. L'épée de fer de Tudri fonçait vers sa poitrine. Le jeune rigante pénétra la garde de son agresseur, bloqua l'attaque et le faucha d'un aller et retour de sa lame seidhe.

Tudri continua de courir sur quelques pas. Du sang giclait de sa jugulaire et trempait sa chemise. Puis, il tomba la tête la première dans l'herbe, le corps secoué de spasmes.

Les deux autres avancèrent à leur tour mais prudemment. Conn les attendait, impassible, sans les quitter des yeux. Le grand se déplaçait gracieusement. Conn en déduisit qu'il devait être rapide. L'autre était davantage nerveux ; il se léchait nerveusement les lèvres et clignait des yeux. Les deux hommes s'écartèrent l'un de l'autre. Puis, le grand fit un bond en avant. Conn para le coup d'estoc et tenta une riposte qui échoua. Au même moment, le deuxième homme se rua sur lui. Conn eut juste le temps de se déhancher pour bloquer la botte de son adversaire. La lame seidhe jaillit et ouvrit l'épaule. L'homme poussa un cri et laissa tomber son épée. Conn pivota sur ses talons et lui asséna un coup de pied dans le ventre qui le fit rouler dans l'herbe.

Le grand lança un couteau dont le manche toucha Conn, en haut du visage, juste sous son œil droit. Le coup fit mal, mais si le lancer avait réussi, le combat aurait déjà été terminé et Conn serait mort, avec quinze centimètres de métal enfoncés dans son orbite. Le grand repartit à l'attaque. Comme Conn l'avait deviné, il était rapide. Le jeune homme dut sauter deux fois en arrière pour éviter de se faire éventrer. Le deuxième homme avait ramassé son épée et attendait une ouverture. Conn sauta sur le grand, mais celui-ci fit un pas de côté et balança son poing dans le visage sans protection du Rigante. Conn tituba mais ne tomba pas. Le grand envoya un coup de taille à la gorge de Conn. Celui-ci para l'attaque et poignarda droit devant lui avec sa lame seidhe. Il avait visé le cou de son adversaire, mais en fait il toucha la joue. La lame traversa la bouche et ressortit par l'autre joue. La douleur soudaine fit partir le grand en arrière. Conn perdit son couteau, mais enfonça profondément son épée courte dans le ventre de son adversaire.

C'est le moment que choisit l'autre pour passer à l'attaque. Conn essaya de dégager son épée, mais elle était coincée dans le corps du grand. Il lâcha la poignée et dévia le coup de son adversaire avec son avant-bras gauche. La lame de fer transperça sa chemise et trancha sa peau. Conn asséna à l'homme une droite au menton qui le projeta au sol. Puis il sauta et retomba pieds joints sur la tempe de son adversaire. Ce dernier s'écroula lourdement. Le grand s'était mis à genoux et essayait en vain de dégager l'épée qui lui transperçait le ventre. Conn s'approcha de lui et agrippa son couteau seidh, l'arrachant d'un geste brusque du visage de l'homme. Le dernier guerrier s'était relevé, mais en voyant le couteau dans la main de Connavar, il paniqua et fit volte-face, courant vers son poney. Le Rigante lui courut après et lui sauta dessus, le plaquant au sol. Il l'attrapa par les cheveux et tira sa tête en arrière.

— Voilà une autre offrande pour ton dieu du Sang, siffla Conn en faisant glisser sa lame sur la gorge nue de l'homme.

Il se releva et retourna auprès du grand. Celui-ci était encore à genoux. Du sang avait coulé sur son pantalon. Son visage était terreux.

— Où est le quatrième ? lui demanda Conn.

— Puisses… tu… crever… comme un chien, souffla l'homme.

— C'est toi qui vas mourir, répondit Conn. Mais je peux rendre ce moment encore plus douloureux, si tu le souhaites.

Il saisit son épée par le pommeau et se mit à la tourner. L'homme poussa un hurlement.

— Où est le quatrième ? redemanda Conn.

Le grand pencha vers la droite. Un râle sortit de sa bouche. Puis plus rien. Conn poussa le cadavre sur le dos et récupéra son épée qu'il nettoya ensuite avec le manteau noir du mort.

Il alla s'asseoir devant le feu. Maintenant que le combat était terminé, ses mains tremblaient. Mais cette fois, il n'avait plus honte.

L'ours ne l'avait pas privé de son courage, comme il l'avait craint.

Il était vivant. Et il avait gagné.

L'euphorie fut de courte durée. Conn, assis devant le feu, pensa aux hommes morts autour de lui. Il frissonna et leur jeta un coup d'œil par-dessus son épaule. Ils étaient allongés, terriblement immobiles. Les yeux du grand étaient ouverts et semblaient le regarder. Conn se leva et s'approcha des cadavres. Il leur retira leur manteau et les couvrit avec. Les manteaux étaient d'une bonne confection, brodés en leur centre de cinq cercles d'argent imbriqués. Plutôt chers, pour des suaires.

Maintenant que l'excitation et la peur avaient disparu, Conn se trouvait enclin à la mélancolie. Ce qui le surprit grandement. Ne venait-il pas de tuer trois guerriers ? Ne venait-il pas de démontrer qu'il était un homme ? Il rajouta du bois dans le feu et s'enveloppa dans son manteau. Une chouette passa au-dessus de la clairière et bifurqua brusquement. Sur sa droite, un renard sortit sa tête des sous-bois et le regarda. *Il a flairé le sang,* pensa Conn. *Ce ne sont plus des gens. C'est de la viande.*

Et toi aussi, un jour, tu seras de la viande.

C'était une pensée plutôt désagréable.

— Un homme ne devrait jamais être seul dans la victoire, dit la Morrigu.

Conn sursauta. Elle était assise de l'autre côté du feu, ses frêles épaules emmitouflées dans un châle gris. Un corbeau décharné se laissa glisser des branches au-dessus, battant des ailes, et se posa sur le sol à côté d'elle. Conn passa la main sous sa chemise et referma ses doigts autour de l'opale rouge que lui avait donnée Vorna. La Morrigu éclata de rire.

— Je ne suis pas venue te faire de mal, Épée de l'orage.

— Alors, pourquoi es-tu ici ?

— Tu m'intéresses. Dis-moi, pourquoi as-tu tué ces hommes ?

— Ils ont assassiné un vieil homme et une enfant.

— Ah. C'est aussi simple que ça. Un crime suivi d'une juste sentence. Et si je te disais que le vieil homme était un nécromancien qui a sacrifié des centaines de personnes et que la fillette était son familier, une créature démoniaque qui se nourrit des âmes des enfants ? Et que ces hommes qui ont été envoyés pour l'appréhender sont en fait des héros gaths ? Hein, que dis-tu de ça ?

— Ce n'étaient pas des héros, répondit Conn, mais les paroles de la Morrigu l'avaient secoué.

— Comment peux-tu en être si sûr ?

— Des héros n'auraient pas violé la fille, et, si l'homme était bel et bien un nécromancien, pourquoi ne s'est-il pas servi de ses pouvoirs contre eux ?

— Peut-être qu'ils portaient un talisman comme le tien. Quant au viol, tu sais mieux que quiconque qu'une femme dotée de la magie de la Terre ne doit jamais fusionner avec un mâle. Peut-être qu'ils l'ont violée pour lui voler sa magie.

— Je n'en crois pas un mot.

— Je n'ai pas dit que c'est vrai, fit remarquer la Morrigu. Mais cela aurait pu l'être.

— Que veux-tu de moi ?

— Je ne veux rien, humain. Mais comme je te l'ai déjà dit, tu m'intéresses. Je t'ai demandé une fois ce que tu désirais le plus. Tu m'as répondu « la gloire ». Et tu y as goûté. Est-ce que ça t'a plu ?

— Je pense que tu es maléfique, répondit-il. Je ne veux plus avoir affaire à toi.

La Morrigu sourit.

— Je suis au-delà du mal, mon enfant. Le mal n'est qu'une petite créature, éphémère et insignifiante. Le mal est une… peste. Qui vient, qui fait mal, et qui s'en va. Je suis la Morrigu. Je suis toujours là. Je donne. Les gens me demandent des cadeaux. Et je les leur offre.

— Tu as envoyé l'ours pour me tuer.

— Tu voulais la gloire, Connavar. À présent, ton nom est connu dans tous les pays keltoïs. Tu es un héros. Tu devrais peut-être me remercier. Demande-moi quelque chose d'autre. Tu vois à quel point je suis généreuse. Est-ce que tu voudrais devenir roi ?

— Je ne veux rien de toi, lui dit-il fermement. L'ours m'a suffi.

— Tes rêves sont-ils devenus si étroits, Épée de l'orage ? Où est l'enfant qui désirait devenir célèbre ?

— Il a grandi, rétorqua sèchement Conn. Mais, dis-moi, pourquoi as-tu privé Vorna de ses pouvoirs ?

Le corbeau s'envola, et le battement de ses ailes fit jaillir des étincelles du feu. Plusieurs tombèrent sur les genoux de Conn. Il les brossa d'un geste. Puis il cligna des yeux, car il était seul. Il n'y avait plus personne de l'autre côté du feu. Il n'avait pas vu disparaître la Morrigu, tout comme il ne l'avait pas vue arriver. C'était comme s'il sortait d'un rêve. L'espace d'un instant, il se demanda s'il n'avait pas imaginé cette conversation. Jusqu'à ce qu'il aperçoive dans l'herbe, de l'autre côté du feu, une plume noire. Conn frissonna. Il fit le tour du brasier et la jeta dans les flammes où il la regarda se recroqueviller et fondre.

Qu'aurait-il pu demander ? Il y réfléchit et la réponse fut simple. Rien ne lui aurait fait plus plaisir que de voir Arian sortir des arbres pour s'asseoir à ses côtés. Il rêva tout éveillé à la façon dont elle penchait parfois la tête, à la musicalité de son rire, à la courbe de ses reins. Il lui avait menti le jour où il lui avait dit qu'elle n'était plus rien pour lui. Elle était constamment présente dans ses pensées. Même son mariage n'y changeait rien.

Conn essaya de dormir, mais il rêva de cadavres qui se relevaient, des couteaux brillants à la main. Il se réveilla en sueur, apeuré. Un mouvement dans son dos provoqua en lui une vague de panique et il se redressa d'un bond, cherchant à tâtons son couteau. Un renard était en train de s'acharner sur le bras d'un des morts. Soulagé, Conn lui jeta une pierre. L'animal poussa un glapissement et se sauva dans les sous-bois. Réveillé pour de bon, il alla mettre le reste du bois dans le feu. D'instinct, il se doutait que l'histoire de la Morrigu à propos du nécromancien n'était pas vraie, mais quand même... Et si l'histoire en cachait une autre ? Et s'il ne s'agissait pas simplement d'un meurtre et d'un viol ? *Alors,* pensa-t-il, *j'aurais injustement tué trois hommes.*

Il eut soudain conscience d'une douleur sous son œil et se toucha la peau. Elle était enflée et sensible. C'était là que le manche du couteau l'avait touché. *Il serait préférable de ne raconter cette partie du combat ni au Grand Homme ni à Banouin,* pensa-t-il. *Si le couteau avait été mieux lancé, c'est avec ma chair morte que le renard se rassasierait.*

Il se demanda comment Ruathain réagirait à sa stupidité. Serait-il en colère ? Probablement. Mais c'était avant tout un guerrier, et sa colère serait tempérée par sa fierté devant l'exploit de son fils. Du moins, Conn l'espérait-il.

Juste avant l'aube, il entendit des chevaux qui avançaient dans les sous-bois.

— Par ici ! cria-t-il.

Les premiers cavaliers qu'il vit furent Banouin et Ruathain, puis Arbon, Govannan, et une dizaine d'autres. Ruathain se laissa glisser de cheval et marcha jusqu'au feu qui était en train de mourir.

— Que s'est-il donc passé ici ? s'enquit-il.

— J'en ai trouvé trois, répondit Conn. Aucun signe du quatrième.

— Je crois que nous l'avons, répondit Ruathain en désignant l'un des cavaliers, un homme maigrichon avec une longue moustache blonde, tombante.

Ce dernier ne disait rien. Il avait les mains attachées dans le dos.

— Nous l'avons trouvé au village de Vallée-Bleue en train d'acheter des provisions. C'est un étranger.

Ruathain se déplaça parmi les cadavres et souleva leurs manteaux.

Arbon descendit de cheval et vint examiner les corps.

— M'est avis qu'c'est eux, annonça-t-il aux cavaliers. Regardez, le gros a des traces de griffes sur le visage. Bien joué, Conn.

Conn accueillit le compliment sans rien dire, mais leva les yeux vers Banouin. L'étranger n'avait pas l'air content. Lui non plus ne disait rien. Quant à l'expression de Ruathain, elle était tout simplement indéchiffrable.

— Que vas-tu faire du quatrième ? demanda Conn au Grand Homme.

— Il prétend qu'il voyageait seul. Je vais l'emmener au Grand Laird pour qu'il soit jugé. Tu peux venir avec moi, si tu veux. Tu auras besoin de sa permission si tu veux partir en voyage avec Banouin.

Une partie des cavaliers mirent pied à terre et vinrent fouiller le camp et les cadavres. Ils trouvèrent trois petites bourses remplies de pièces d'argent, qu'ils se partagèrent. Ruathain et Banouin n'en acceptèrent pas. Suivant leur exemple, Conn refusa également. Puis, les cavaliers enterrèrent les morts et rentrèrent à Trois-Ruisseaux, laissant le jeune homme en compagnie de Ruathain et du prisonnier. Ce n'est qu'une fois qu'ils furent seuls que Ruathain donna libre cours à sa colère.

— Bon sang, mais à quoi pensais-tu, mon garçon ? Trois adultes ! Ils auraient pu être de grands guerriers.

— Peut-être l'étaient-ils, fit Conn en guise de défense.

Ruathain secoua la tête.

— Je ne suis pas aussi doué qu'Arbon, mais je sais lire des empreintes. Le gros s'est précipité sur toi comme un idiot. Le plus petit s'enfuyait lorsque tu l'as plaqué au sol pour lui trancher la gorge. Il n'y a que le grand qui savait se battre, et il t'a laissé une marque sur le visage. Mais qu'est-ce que j'aurais raconté à ta mère si tu étais mort ici ?

— Tu lui aurais dit que je ne m'étais pas enfui, répondit Conn sur le ton de la colère.

Ruathain ferma les yeux et prit une profonde inspiration.

— Je ne remettais pas en cause ton courage. Pas plus d'ailleurs que celui de ton père. Ce n'est pas de courage dont il s'agit ; mais de bêtise. Ce que tu as fait était imprudent. Et le fait que tu aies gagné n'y change rien. J'ai connu beaucoup d'hommes courageux, Conn. Et la plupart sont morts aujourd'hui. Le courage ne sert à rien, s'il n'est pas accompagné d'un esprit lucide. (Il fit un pas en avant et posa la main sur l'épaule de son fils.) Je t'aime, Conn, et je suis fier de toi. Mais essaie d'apprendre de tes erreurs.

— Il fallait que je le fasse, avoua doucement Conn. C'était l'ours. Je ne pouvais plus supporter la peur.

— Ah, je comprends. T'en es-tu débarrassé, à présent ?

— Oui.

Ruathain passa ses bras autour de Conn et l'étreignit.

— Ne parlons plus de cette bêtise, lui dit-il en l'embrassant sur les joues.

Le prisonnier donna un petit coup des genoux à son poney pour le faire avancer.

— Est-ce que tu pourrais me détacher les mains ? demanda-t-il au Grand Homme. Je ne sens plus mes doigts.

Ruathain lâcha Conn et jeta un regard glacial à l'étranger.

— En quoi cela me concerne-t-il ? lui demanda-t-il.

— Écoute, fit le prisonnier. J'apprécie grandement que vous me teniez tous pour un meurtrier, mais je suis un voyageur innocent, et je suis sûr que cela sera démontré lors du jugement dont tu as parlé. Est-ce la coutume d'accoster et d'attacher tous les étrangers qui ont le malheur de passer dans votre pays ?

Ruathain s'approcha de l'homme et examina les liens. Ils étaient effectivement trop serrés. Il les desserra un peu. L'homme grimaça comme le sang affluait dans ses doigts.

— En route, fit Ruathain.

Frère Solstice était un druide, mais ceux qui le voyaient pour la première fois ne pouvaient pas le croire. Généralement, les druides sont des hommes âgés, solennels et affreusement sérieux, des ascètes dédaignant le monde et ses plaisirs. Bien sûr, il y a des druides plus jeunes mais pour l'observateur moyen, ce sont des gens qui essayent désespérément de... faire plus vieux que leur âge, d'être solennels et affreusement sérieux, et qui sont donc mis sur le même plan que leurs aînés. Frère Solstice était en tous points différent : grand, large d'épaules, poitrail puissant, c'était un homme qui possédait un rire tonitruant et qui aimait les bonnes blagues. À la différence des autres prêtres, il était également populaire. Curieusement, cette popularité s'étendait également aux rangs de ses confrères. Il était rare de voir un druide rire, mais si un tel événement survenait, on pouvait être sûr que le grand Frère Solstice à la barbe noire en était la cause.

Aujourd'hui, cependant, Frère Solstice savait qu'il n'était pas question de rire. Assis dans le hall principal du Grand Laird, il attendait en silence qu'on fasse entrer le prisonnier. Les tréteaux qui servaient d'habitude de tables pour le dîner des nobles avaient été poussés contre les murs. Le hall était bondé de gens venus assister au procès pour meurtre. Avant que celui-ci ne commence, d'autres prévenus passèrent en jugement pour de petits crimes envers leurs voisins, et plus généralement pour des bagarres. Une femme, inculpée pour agression, éveilla l'imagination de la foule qui se mit à siffler et à huer dès qu'on la fit entrer. D'après des témoins, elle avait frappé son mari en plein visage avec une bûche, lui cassant le nez et lui déchaussant trois dents. Selon d'autres personnes, on avait aperçu un peu plus tôt, dans la soirée où l'incident avait eu lieu, le mari en compagnie d'une Fille de la Terre. La femme fut acquittée, l'agression semblant légitime. Un chasseur de chevaux accusé d'avoir vendu un animal avec un poumon décollé, et un rétameur accusé, lui, d'avoir volé une veuve, lui succédèrent. Le chasseur fut condamné à une amende de vingt pièces d'argent et dut rembourser l'acheteur ; le rétameur, lui, fut condamné à être fouetté en public. En temps normal, ces simples affaires n'auraient pas attiré grand monde. Et les services de Frère Solstice n'auraient pas été requis. Non, la population de Vieux-Chênes était venue voir le druide interroger l'homme accusé de viol et de meurtre.

Le prisonnier était grand ; ses habits, bien que salis par le voyage, étaient manifestement onéreux : une tunique bleue en laine fine brodée de fils d'argent, sur un pantalon noir en cuir souple. Frère Solstice dévisagea l'homme. Ses yeux étaient bleu pâle, ses cheveux blonds, sa bouche assez grande, sous une moustache tombante. C'était un bon visage, le genre qui inspire confiance, avec une mâchoire carrée et des traits bien dessinés.

Frère Solstice jeta un coup d'œil au Grand Laird assis sous le dais, au-dessus de lui. Le laird leva une grosse main pour faire taire la salle, qui s'était mise à gronder progressivement lorsqu'on avait fait entrer le prisonnier.

— Veuillez vous taire, je vous prie, dit le Grand Laird d'une voix qui résonna comme un coup de tonnerre dans le lointain.

Les gens obéirent immédiatement. Cela fit sourire Frère Solstice. Le Grand Laird possédait un charisme pour lequel bien des princes auraient volontiers donné leur bras droit. À soixante ans passés, et malgré un bras gauche que l'arthrite rendait inutile et un dos voûté, le Grand Laird restait un symbole d'autorité. Le laird caressa sa barbe argentée et se pencha vers le prisonnier, flanqué de deux gardes, qui se tenait bien droit, les mains attachées dans le dos. D'un geste, le Grand Laird congédia les gardes, et le prisonnier se retrouva seul au centre du hall. La foule se pressa autour de lui, formant comme un fer à cheval humain.

Le Grand Laird se cala dans son siège et convoqua Ruathain. Frère Solstice le regarda attentivement. Il avait déjà rencontré Ruathain en de nombreuses occasions et l'aimait bien. Il était inutile qu'il gâche ses pouvoirs afin de vérifier si l'homme de Trois-Ruisseaux disait ou non la vérité. Ruathain disait toujours la vérité. Mais un soupçon de doute l'effleura. *Ne sois pas si confiant, Frère Solstice,* se sermonna-t-il intérieurement. *La vie d'un homme est en jeu*. Le druide ferma les yeux et se concentra afin d'ouvrir les portes à ses pouvoirs. Une vague de chaleur monta en lui, et il rouvrit les yeux.

La scène était toujours la même, sauf que les couleurs y étaient plus vives. La tunique verte de Ruathain brillait tel le printemps, et une aura légèrement dorée enveloppait son visage et ses mains. Tout ce qui concernait cet homme fut immédiatement révélé à Frère Solstice : sa fierté, son courage, son besoin d'honnêteté, ses peurs – et aussi ses rêves. Sous la faible lueur, Frère Solstice discerna les mêmes ténèbres qui planaient sur chaque âme, mais chez cet homme, elles étaient entravées par des chaînes plus solides que du fer.

Décidément, je t'aime bien, Ruathain, pensa-t-il.

Durant son interrogatoire par le Grand Laird, Ruathain raconta la découverte de l'homme assassiné et de la fille, la poursuite, et finalement la capture de l'accusé alors qu'il achetait des provisions. Il ajouta également que les trois autres hommes avaient été tués lors d'un combat avec son fils, Connavar.

Le Grand Laird demanda au jeune homme de s'avancer parmi la foule. Frère Solstice se pencha davantage. Lui aussi possédait la même aura dorée, mais en dessous, les ténèbres tournaient comme un lion en cage, prêtes à s'échapper à n'importe quel moment. Le druide observa Connavar, vit la cicatrice qui courait de sa tempe à sa mâchoire, et se rappela aussitôt l'histoire du garçon et de l'ours. Puis il aperçut le couteau que le jeune homme portait à la taille. Il frissonna.

Une lame seidhe !

Le druide plissa les yeux ; un picotement courut le long de sa peau. *Qu'es-tu donc, mon garçon ?* se demanda-t-il.

Le Grand Laird questionna Connavar, qui raconta son combat avec les trois hommes. Il le fit dans les grandes lignes, sans rien embellir, ce qui rendit le récit d'autant plus dramatique. Lorsqu'il acheva son histoire, la foule applaudit à tout rompre et poussa des vivats. Connavar devint cramoisi.

— Quel âge as-tu, mon garçon ? s'enquit le Grand Laird.

— J'aurai seize ans dans deux mois, seigneur, répondit Connavar.

— Nous avons entendu parlé de la bataille avec la bête. Tu es un vrai Rigante, un jeune homme dont nous pouvons être fiers. Étant ton laird, je t'accorde le statut d'homme avant ton heure. À partir de ce moment, tu as les mêmes droits que n'importe quel homme au conseil et dans la vie. Tu peux me demander un cadeau, je te l'offrirai.

Connavar resta un instant silencieux.

— Je n'ai pas besoin de cadeau, seigneur, en revanche, je suis venu demander ta permission de partir en voyage avec Banouin, l'étranger. Je souhaite voir son pays de l'autre côté de l'eau.

Le druide devina que la réponse avait dû surprendre le Grand Laird. N'importe qui d'autre aurait demandé des terres ou un lot de poneys. Le garçon n'avait rien demandé, car, même sans ses actes héroïques, sa requête aurait été accordée. Le vieil homme sourit.

— Tu ne me demandes pas assez, guerrier. Non seulement je t'autorise à partir en voyage dans le sud, mais c'est avec joie que je te fournirai pour l'occasion un cheval et une épée. Passe chez moi à la fin du procès.

Connavar s'inclina et se fondit dans la foule.

Le Grand Laird se leva avec difficultés. C'était un géant, et à son époque il avait été le plus célèbre guerrier du nord. Aujourd'hui encore, il restait un personnage redouté. Il passa son bras inutile dans sa ceinture et s'approcha du prisonnier.

— Tu es accusé du pire des crimes, pour lequel la peine est la mort par noyade. Il n'y a pas de preuves tangibles qui puissent te condamner, c'est pourquoi j'ai demandé la présence de Frère Solstice. Comme le montre sa robe blanche, c'est un druide. De tous ses pouvoirs, le seul qui nous intéresse présentement est sa faculté de détecter les mensonges. C'est lui qui va t'interroger. Je te conjure de lui dire toute la vérité.

— Je ne mentirai pas, seigneur, répondit l'homme, car je n'ai rien à me reprocher.

— Quel est ton nom et celui de ta tribu ? demanda le Grand Laird.

— Je suis Lexac de la tribu des Ostros. Mon père est un marchand et m'a demandé de venir ici pour acquérir l'exclusivité d'importer chez nous vos manteaux en peau lustrée.

Le Grand Laird se tourna vers Frère solstice. Le druide se leva et vint se planter devant le prisonnier. Il plongea sa main dans la poche de sa robe et en sortit un petit rat noir, qu'il tint devant lui paume ouverte, en lui caressant gentiment le dos.

— Soyons clairs sur ce qui va se passer ici, Lexac des Ostros. Je vais te poser des questions, et tu vas y répondre. Si tu dis la vérité, il ne te sera fait aucun mal. Mais si tu mens, tu connaîtras la souffrance. Est-ce que tu as compris ce que je viens de dire ?

— Oui, répondit Lexac, les yeux rivés sur le rat.

— Bien. Je te présente mon petit assistant. C'est un chercheur de vérité.

Frère Solstice leva sa main au-dessus de sa tête. La manche de sa robe glissa le long de son bras, révélant les muscles de son avant-bras et de son biceps. Le rat noir s'assit dans sa paume et disparut. Le prisonnier cligna des yeux.

— Le chercheur de vérité est parti, fit-il. Mais il reviendra. Bien, tu as donc déclaré que tu étais venu ici pour négocier des manteaux.

— Oui, répondit Lexac.

— Réfléchis bien avant de répondre à la prochaine question. Trois assassins sont morts il y a deux jours. Les connais-tu ?

— Oui, da.

— Comment cela ?

— Je les ai vus sur le bateau qui m'a amené ici. J'ai même parlé avec eux parce que j'en connaissais déjà deux.

— As-tu voyagé avec eux après avoir débarqué ?

— Oui, un peu.

— Mais tu n'étais pas avec eux lorsqu'ils ont attaqué le vieil homme et sa fille ?

— Non, je...

Soudain, le prisonnier fut pris de convulsions, et se cambra. Un léger filet de sang gicla de sa bouche. La foule poussa un cri de surprise en voyant quelque chose de noir se frayer un chemin dans la bouche du prisonnier. Le rat noir sortit d'entre les lèvres de l'homme et sauta dans la main de Frère Solstice. Lexac tomba à genoux et vomit. Deux gardes approchèrent et le relevèrent. Il était pris de tremblements frénétiques. Les yeux écarquillés, il regardait incrédule la petite créature dans la main tendue du druide. De nouveau, Frère Solstice leva le bras. De nouveau, le rat disparut. Le prisonnier poussa un hurlement.

— Calme-toi ! lui ordonna le druide. Si tu dis la vérité, tu ne souffriras pas. Mais si tu mens à nouveau, le chercheur de vérité apparaîtra dans ton ventre. Puis, avec ses crocs, il se fraiera un passage vers la liberté. Est-ce que tu as compris ?

Lexac acquiesça sans un mot. Du sang coulait de sa lèvre déchirée.

— Tu étais avec eux lorsque l'agression a eu lieu ?

— Oui.

— Y as-tu participé ?

— Oui.

— Connaissais-tu le défunt ?

— Oui. C'était un rival de mon père.

— Qui cherchait aussi à acquérir une exclusivité pour des manteaux ?

— Oui.

— C'est donc l'avidité qui a motivé le meurtre ? Le viol n'est venu qu'après coup ?

— Oui. Je m'excuse. Je m'excuse.

Frère Solstice tendit la main. Le rat réapparut. Et le druide tourna le dos au prisonnier.

Le Grand Laird fit un pas un avant.

— Ce soir, Frère Solstice viendra te voir. Il écrira un compte-rendu de tes actes. Ce récit sera envoyé à ton père, ainsi qu'un autre que je rédigerai personnellement et qui lui contera ta mort.

Les deux gardes saisirent le prisonnier par les bras. Lexac se mit à pleurer de façon pitoyable. La foule, toujours sous le coup de la magie du druide, resta silencieuse alors qu'on l'emmenait.

Frère Solstice sortit du hall. Sous le soleil, le rat qu'il avait dans la main se mit à rétrécir pour redevenir ce qu'il avait toujours été, un morceau de fourrure noire de quelques centimètres. Le sang était le fait de Lexac lui-même, qui s'était mordu sous le coup de la panique. Il n'y avait que le Grand Laird qui connaissait le secret, et même lui ne comprenait pas pourquoi Frère Solstice avait recours à ce genre de magie.

— Nous connaissons tous tes talents, Frère, lui avait dit le Grand Laird. Si tu me dis que cet homme est coupable, nous l'exécuterons.

— Ce n'est pas prudent, mon ami. Tu as raison, cependant. Dans ce type d'affaire je dis toujours la vérité. Mais le mal peut frapper n'importe où : chez un paysan, chez un laird, chez un druide. Lorsque je serai mort, un autre druide prendra ma place. Et ce sera peut-être un menteur ou un tricheur. Il serait donc dangereux d'établir un tel précédent, et que sa seule parole suffise à condamner à mort un accusé. Mon petit chercheur de vérité fait en sorte que le coupable avoue son crime.

Frère Solstice prit une profonde inspiration, purificatrice, et laissa retomber ses pouvoirs. Il avait le cœur lourd, car le condamné n'était pas un homme profondément mauvais. En fait, il y avait même beaucoup de bonté en lui. Et celle-ci, avec le mal, serait bientôt confinée pour toujours dans les eaux boueuses de la tourbière.

Frère Solstice n'envisageait pas avec joie la soirée qu'il allait passer avec le prisonnier.

Connavar quitta le hall et se rendit du côté de la grande palissade. Des murs en bois formés avec des troncs d'arbres taillés en pointe encerclaient la colline fortifiée. On aurait pu croire que Vieux-Chênes portait une couronne. Il grimpa une série de marches en bois et se hissa sur les remparts afin d'observer la ville. Des centaines de petites maisons rondes bordaient la rivière au sud, sur près de deux kilomètres. Les plus grosses maisons se trouvaient nichées sur les collines à l'est. La forteresse du Grand Laird était décidément une construction impressionnante. Trois fois au cours des cinquante dernières années, elle avait repoussé les attaques de pillards des mers. La colline sur laquelle elle était bâtie avait des pentes raides, et les attaquants, sans aucun endroit où s'abriter, étaient des proies faciles pour les projectiles des défenseurs.

Connavar arpenta les remparts, regardant de l'autre côté des bois en direction du sud. Arian occupait toutes ses pensées. Comment avait-elle pu en épouser un autre ? Surtout après leur nuit passionnée près du ruisseau. Cela avait été le meilleur moment de sa jeune vie, et il avait le sentiment que leurs esprits avaient fusionné d'une manière si merveilleuse qu'elle devait être unique. *Personne au monde,* croyait-il, *n'a connu une telle magie, une telle harmonie.* Et pourtant elle l'avait trahi.

À présent, sa passion et ses gémissements de désir appartenaient à Casta. Il sentit la colère monter en lui et s'imagina plongeant sa lame dans le ventre de Casta afin de lui arracher son âme. Mais, aussitôt, il se sentit coupable. Casta n'était pas responsable. Il ne l'avait pas forcée à l'épouser. Elle l'avait fait consciemment, alors que Conn était aux portes de la mort. Tout cela était déroutant. Elle lui avait dit qu'elle l'aimait. Et c'était un affreux mensonge. Alors, pourquoi l'avait-elle dit ? Qu'avait-elle à y gagner ?

Il entendit les marches grincer derrière lui. Il se retourna et vit Frère Solstice monter sur les remparts. L'homme était solidement charpenté, et ressemblait à un guerrier des pieds à la tête, ce qui pour Conn était en totale contradiction avec la robe blanche de druide qui lui descendait jusqu'aux chevilles. Il n'avait jamais vu quelqu'un ressembler moins à un prêtre que lui. Lorsqu'il fut assez près, Conn remarqua une cicatrice semblable à la sienne qui perçait sous la barbe du druide.

— J'ai pris part à trois batailles, lui dit Frère Solstice en touchant sa cicatrice. Mais c'était avant que je ne découvre ma vocation.

— Tu lis dans les esprits, fit remarquer Conn soudain mal à l'aise.

— Oui, mais cela serait discourtois ici. J'ai simplement vu que tu regardais ma cicatrice. (Frère Solstice avança sur les remparts en contemplant le paysage.) La vue est magnifique d'ici, au-dessus de toutes les turpitudes du monde. Regarde ces maisons. Ne semblent-elles pas tranquilles et uniformes ? Et pourtant, chacune abrite son lot d'émotions : amour, désir, colère, envie, avidité et haine. Et à un degré malheureusement moindre, de la gentillesse, de la compassion, de l'attention et du dévouement. Cctte vue est peut-être belle, mais elle est irréclle.

— Où est ton rat ? lui demanda Conn.

— Je vois que ma philosophie ne t'intéresse pas, fit Frère Solstice avec un sourire attristé. Qu'est-ce qui t'intéresse alors, Connavar ?

Conn haussa les épaules. Il n'avait pas envie de se confier à cet homme de magie, et il se moquait des émotions qui agitaient les petites maisons rondes en contrebas. Mais le druide restait immobile, attendant manifestement une réponse.

— Le peuple de Roc, répondit-il finalement. Il m'intéresse.

— C'est l'ennemi à venir, déclara Frère Solstice.

Conn fut surpris.

— Tu as eu une vision ?

— Je n'en ai pas eu besoin, Connavar. Lorsque les feuilles tombent des arbres, je sais que l'hiver approche. De l'autre côté de l'eau, ils ont déjà assassiné de nombreux druides. C'est un peuple colérique, et son ambition n'a pas de limites. Est-ce pour cette raison que tu as demandé l'autorisation de franchir l'eau ? Pour étudier ces faiseurs de guerre ?

— Oui.

— Et qu'étudieras-tu exactement ?

La réponse semblait trop évidente.

— Leurs armées et la façon dont ils se battent.

— Ce serait un bon début. Mais pour les vaincre, il faudra aussi que tu apprennes *pourquoi* ils se battent.

L'irritation de Conn grandissait.

— Pour quoi faire ? répondit-il sèchement.

Frère Solstice demeura silencieux. Il ferma les yeux, et l'espace d'un moment, Conn sentit une brise fraîche lui toucher le visage. Une sensation de calme l'envahit, étouffant la colère née de la trahison d'Arian.

— Bien, pouvons-nous enfin parler ? s'enquit Frère Solstice.

— Tu m'as jeté un sort ? répliqua Conn.

— Pas *à* toi. *Autour* de toi. Il disparaîtra vite. Je pourrais te demander la raison de ton trouble, mais je crains que cela ne fasse resurgir ta colère. Tu es un jeune homme fort, Connavar, mais il faudrait que tu prêtes la même attention à ton esprit que celle que tu prêtes à ton corps. Mais loin de moi l'idée de te faire la leçon. (Il sourit.) En revanche, j'aimerais savoir comment tu as eu cette lame seidhe.

Normalement, Conn aurait répondu comme à son habitude que c'était un cadeau de Banouin. Mais honteux de la grossièreté dont il avait fait preuve plus tôt, et ne négligeant pas non plus le fait qu'il était en présence d'un homme capable de détecter les mensonges, il lui révéla la vérité : sa volonté d'aider ses parents et le faon pris dans les ronces.

Frère Solstice écouta attentivement. Lorsque Conn eut fini son histoire, le druide paraissait perplexe.

— Donc, à part le faon, tu n'as pas vu de Seidh, et tu n'as parlé à personne, c'est bien ça ?

— Oui.

— Comme ils sont étranges… En tout cas, souviens-toi d'une chose, jeune homme : ils avaient un but bien à eux. Ils ont vu en toi quelque chose dont ils pouvaient tirer parti. Les cadeaux des Seidhs ont toujours un prix.

— Qui sont-ils ? demanda Conn.

Ce fut au tour de Frère Solstice de hausser les épaules.

— J'aurais du mal à t'expliquer leur origine. Certains pensent qu'ils sont les âmes des grands héros vivant éternellement dans un monde ressemblant au nôtre ; d'autres encore pensent que ce sont des démons ou des dieux. Je n'ai pas toutes les réponses. Ce que je sais, par contre, c'est qu'ils sont nécessaires à la terre.

— De quelle manière ?

Frère Solstice se fendit d'un large sourire.

— Il faudrait que tu deviennes druide et que tu prononces nos vœux pour apprendre *ce* secret. Contente-toi de savoir que c'est un peuple féerique et souvent néfaste. De plus, ils sont vieux, plus vieux que la lune ou les océans.

— En as-tu déjà rencontré un ? lui demanda Conn.

— Une seule, et nous ne sommes pas censés dire son nom, répondit le druide.

— Ah, fit Conn, moi aussi je l'ai rencontrée. C'est elle qui a envoyé l'ours pour me tuer. Et lorsque j'ai affronté les meurtriers, elle m'est apparue pour m'offrir un cadeau. J'ai refusé.

— Tu as été sage.

— Si c'était le cas, j'aurais refusé la première fois et l'ours ne m'aurait pas réduit en pièces. Ainsi, je n'aurais pas perdu mon amour.

— Ton amour ? s'enquit le druide.

Conn fut aussi surpris que lui, car les mots étaient sortis tout seuls. Il réalisa alors qu'il avait vraiment besoin de parler d'Arian. Lentement, il confia à Frère Solstice toute l'histoire. Le druide écouta en silence, et lorsque Conn eut fini, il resta un instant perdu dans ses pensées. Finalement, il se retourna vers le jeune homme et parla d'une voix empreinte de tristesse.

— Sa trahison a dû te faire plus mal que les griffes de l'ours, dit-il.

— Oui, da. Pourquoi a-t-elle fait cela ?

— Je ne la connais pas, Connavar, donc je ne peux qu'imaginer ses raisons. Tu as appris une dure leçon. Simplement en apprenant qu'un grand amour n'est pas forcément réciproque. Pour toi, cela a été un moment merveilleux – presque spirituel. Pour elle, cela n'a été – sans doute – qu'un moment de plaisir. Ou une nécessité. Ruathain m'a dit l'an dernier que tu avais porté un enfant infirme jusqu'aux chutes d'eau pour lui apprendre à nager. Pour Riamfada ce cadeau valait plus qu'une montagne d'or. Pour lui, nager signifiait la liberté et une joie qu'il n'avait jamais éprouvée avant. Pour toi, nager n'est qu'un divertissement rafraîchissant. Tu vois ce que je veux dire ? Pour un étranger, ce n'était que deux enfants qui s'amusaient. La réalité a plusieurs facettes.

Conn prit une profonde inspiration et soupira.

— Tu es en train de me dire qu'avec Arian, je suis comme Riamfada.

— Et peut-être plus encore que tu ne le réalises pour l'instant, ajouta Frère Solstice. Mais n'en parlons plus. Elle est mariée à un autre et ne fait plus partie de ta vie.

— Je doute qu'elle n'en fasse plus jamais partie, déclara tristement Conn.

— Et moi, j'espère que tu te trompes.

En dessous d'eux, les grandes portes du hall s'ouvrirent et la foule se déversa à l'extérieur, empruntant le chemin serpentant qui descendait vers le village.

— Tu devrais y aller maintenant, conseilla Frère Solstice. Il ne serait pas poli de faire attendre le Grand Laird.

Conn tendit sa main.

— Merci, druide. Et je tiens à m'excuser pour mon comportement, tout à l'heure.

Frère Solstice sourit et serra la main tendue.

— Tu n'as pas besoin de t'excuser. Et à présent, va choisir ton épée et ton poney.

La fin de l'hiver et la promesse d'une nouvelle saison étaient l'occasion d'une fête pour les Rigantes, et le festin de Beltine était toujours la plus joyeuse de toutes. Les pucelles de Trois-Ruisseaux et des villages voisins étaient vêtues de leurs plus beaux atours, avec des feuilles vertes et des fleurs dans les cheveux. Les jeunes hommes allaient torse nu, peinturlurés en bleu jusqu'au visage, et dansaient autour du feu ou s'affrontaient dans des courses ou des tournois de lutte. À la tombée de la nuit, les gens se rassemblaient au centre du village et, se tenant par la main, dansaient autour de l'Ancien Arbre ; puis ils se munissaient de torches pour former une procession qui passait devant chaque maison de Trois-Ruisseaux avant de revenir aux broches.

Banouin observa la scène avec envie et plaisir. Il se sentait proche des Rigantes, et de leur tactilité facile : ils jouissaient manifestement de la compagnie des autres, ce qui était beau à voir. Malheureusement, c'était une joie qu'il ne pouvait pas partager. Pas seulement parce qu'il était étranger, même si c'était déjà une raison suffisante, mais parce que c'était un solitaire qui n'arrivait pas à se faire à l'idée du tribalisme. Il comprenait en revanche le besoin d'avoir un esprit communautaire. Ces gens dépendaient les uns des autres. Le succès ou l'échec d'un individu avait des répercussions sur la communauté entière. Mais Banouin était différent. Il aimait assez les gens en tant qu'individus, mais un rassemblement tel que celui-ci lui donnait envie de s'isoler.

De l'autre côté de la place du festin, il aperçut Connavar buvant et riant en compagnie de ses amis, parmi lesquels Riamfada. Même de là où il était, il pouvait voir les affreuses cicatrices sur le haut du corps de Connavar. Il frissonna. Dire que son rétablissement tenait du miracle était en dessous de la vérité. À droite, Ruathain parlait à la veuve, Pelain. Son mari, le gros boulanger, s'était effondré six jours plus tôt. Vorna avait dit que c'était son cœur qui avait lâché. Pelain n'avait pas l'air trop effondrée de chagrin, et Banouin trouva amusant de la voir faire des efforts manifestes pour plaire à Ruathain. Elle passait constamment ses doigts dans ses longs cheveux noirs, le regard rivé sur le visage du Grand Homme, le corps en avant, presque offert. Banouin regarda à gauche, où Meria parlait avec Vorna et Frère Solstice, le grand druide barbu.

Toutes les secondes, Meria jetait un coup d'œil à Ruathain, le visage impassible. Mais Banouin crut discerner de la colère dans son regard.

Vers minuit, Banouin alla s'asseoir sous l'Ancien Arbre, pour siroter tranquillement sa chope de bière brune, tout en regardant les jeunes danseurs virevolter autour du grand feu. Vorna, l'ancienne sorcière, vint s'asseoir à côté de lui. Elle avait pris du poids au cours des dernières semaines, ce qui étrangement l'avait rajeunie. Banouin fut surpris de la trouver séduisante. Il regarda le fond de sa chope. Cet alcool devait être plus fort qu'il ne le croyait.

— Tu ne danses pas, tu ne chantes pas, dit-elle. Tu restes assis à regarder les gens.

— C'est comme cela que je m'amuse, lui répondit-il. J'aime les Rigantes : le peuple et ses coutumes. Tout, en fait.

— Moi aussi.

La musique s'arrêta et les joueurs de cornemuse allèrent se désaltérer.

Vorna sourit et s'adossa à l'énorme arbre pour en regarder les branches qui cachaient en partie l'ascension de la lune.

— Je danse dans mon cœur et dans mon esprit.

— Tu as l'air d'être heureuse.

— Joyeuse, rectifia-t-elle. J'ai bu trop de vin. Oui, je suis également heureuse. Le printemps est là, et mon peuple a passé l'hiver.

— Et c'est tout ? fit-il d'une voix plus forte comme la musique avait repris.

Elle lui sourit.

— Non, évidemment. Je me sens en vie pour la première fois de mon existence. Mon cœur est ouvert. La magie est une chose très forte qui apporte le savoir. Et pourtant, elle m'a séparée de mon peuple. Et d'une certaine manière, elle m'a aussi séparée de moi-même. Je me sens enfin entière. Complète. Est-ce que tu comprends ?

— Non, mais je suis ravi pour toi.

— Est-ce que tu veux danser avec moi, étranger ?

— Je crois bien que oui, répondit-il en déposant prudemment sa chope sur le sol et en se relevant.

Un instant, le sol bougea sous ses pieds, puis il prit Vorna par le bras et rejoignit les autres danseurs au clair de lune.

Il n'était pas aussi ivre qu'il l'avait craint. Il se mit à danser en rythme avec la musique, virevoltant et sautant, attiré de plus en plus loin au cœur de la joie qui animait les Rigantes. L'expérience était grisante, tant et si bien qu'il perdit la notion du temps. Puis, Vorna le prit par le bras et le conduisit à l'écart.

Banouin se retrouva sans trop savoir comment devant la porte de chez lui. Il n'y avait pas de serrure, seulement un loquet, qu'il souleva pour ouvrir la porte. Il entra et fit signe à Vorna de le suivre. Hésitante, elle resta sur le pas de porte.

— Je ferais peut-être mieux de ne pas entrer, déclara-t-elle.

— Et peut-être que si, au contraire, lui répondit-il avec un sourire affectueux. Cela fait trop longtemps qu'une femme n'a pas honoré ma maison de sa présence.

— Depuis que ta femme est morte, dit-elle.

La douleur du souvenir le fit grimacer.

Vorna s'approcha de lui.

— Je suis désolée, étranger. Quand j'avais mes pouvoirs, il y avait peu de choses que je ne savais pas.

Il lui prit la main et y déposa un baiser.

— Ne sois pas désolée. C'était une femme belle et admirable. Je devrais penser à elle plus souvent. Mais c'est à chaque fois douloureux.

Ils restèrent silencieux un moment, profitant de leur proximité.

— Je n'ai jamais été avec un homme, avoua Vorna.

Il la regarda dans les yeux et y vit autant de peur que de solitude.

— Ce n'est qu'une autre forme de danse, dit-il doucement. Est-ce que tu veux danser avec moi, Vorna ?

— Je crois bien que oui, répondit-elle.

Pendant ce temps-là, au festin, Riamfada sentait monter la fatigue. Il ne pouvait pas boire de vin. Cela lui brûlait la poitrine comme un petit brasero, et il n'osait pas boire de bière de peur de faire sous lui. Il était resté assis calmement durant le festin et avait regardé ses amis en train de s'amuser. Cela avait suffi à son bonheur. Il se cala contre la planche en forme de V, enfoncée dans le sol, qui avait été construite pour lui le temps de la fête afin qu'il ne tombe pas, et remonta une grosse couverture sur ses épaules. La nuit avait été joyeuse. Govannan l'avait passée à danser avec une jeune fille venue d'un village situé à cinquante kilomètres au sud. Il avait piétiné les pieds de la belle une bonne dizaine de fois, mais elle avait fait semblant de ne pas le remarquer. Connavar, lui, n'avait pas dansé. Riamfada l'aperçut en train de regarder Arian de l'autre côté du bûcher. Elle avait dansé avec de nombreux partenaires, au grand dam de son nouvel époux, Casta, qui grommelait seul dans un coin. Plus loin, sur la droite, Riamfada vit Braefar. Le garçon soignait la légère brûlure qu'il s'était faite à la jambe en essayant de sauter par-dessus le fossé de la rôtissoire pour imiter des garçons plus grands et plus forts. Il était tombé, et s'était brûlé le genou avec une grosse braise. Il était à présent assis à côté de son jeune frère, Bendegit Bran, âgé de huit ans, qui dormait pelotonné contre son gros chien au museau blanc, Caval.

Riamfada bâilla et chercha son père du regard. Gariapha était assis sur un banc en compagnie du Grand Laird. Les deux hommes buvaient et riaient.

Riamfada ramena davantage la couverture sur ses épaules. Un spasme de douleur secoua sa cage thoracique et il grogna. Il n'aurait pas dû rajouter les épices de Banouin sur son assiette de bœuf.

Connavar vint s'asseoir à côté de lui.

— Comment vas-tu, petit poisson ? lui demanda-t-il.

— Je m'amuse bien. Mais je commence à être très fatigué.

— Je vais te porter chez toi.

— Non, pas encore, fit Riamfada. C'est une nuit magnifique. J'ai vu les gens danser dans la lumière des torches. Tout le monde a l'air si heureux.

— Et toi, mon ami, es-tu heureux ? s'enquit Connavar.

— On pourra reprendre la natation dès la semaine prochaine, fit Riamfada avec un large sourire. J'ai attendu ça pendant tout l'hiver.

Tout à coup, il fut pris d'une quinte de toux et son corps frêle fut agité de soubresauts. Conn se pencha et tira doucement Riamfada en avant pour pouvoir lui taper dans le dos. La toux s'arrêta.

— Je redeviendrai fort dès que nous pourrons retourner à la cascade, fit-il.

— Je ne serai pas là pendant longtemps, déclara Conn. Je vais dans le sud avec Banouin. Mais Govannan pourra t'emmener au moins deux fois par semaine.

— Oui, j'ai appris que tu partais, dit Riamfada en regardant de l'autre côté de la longue table du repas.

C'était là que se trouvait la nouvelle épée de Conn ; la garde en bronze brillait à la lueur du feu.

— Est-ce que tu peux me montrer le cadeau du Grand Laird ? demanda-t-il.

Conn alla chercher son arme et revint la déposer sur les genoux de Riamfada. Avec difficulté, celui-ci la souleva par la lame et la garde pour l'approcher de son visage. Puis, il la laissa retomber.

— Je n'arrive pas à dire si le fer est de bonne qualité, fit-il. Il n'y a plus assez de lumière. Mais la poignée étant mal fagotée, je dirais que non. Un jour, je te ferai une épée, avec une poignée spécialement faite pour ta main. Ce sera une création d'une beauté unique.

— J'en suis sûr, répondit Conn.

À cet instant, Govannan l'appela pour qu'il vienne danser avec eux. Conn regarda Riamfada.

— Alors, je te ramène chez toi ?

— Dans un petit moment. Va danser. Moi, je me repose un peu.

Conn sourit et courut jusqu'au bûcher où rapidement il virevolta au son des cornemuses. L'épée pesait lourd sur les genoux de Riamfada. Il lutta pour la pousser sur le sol. Ce faisant, une nouvelle douleur lui transperça la poitrine. Il grogna et retomba contre la planche en V. Il essaya de regarder les danseurs, mais sa vision était trouble. Il n'arrivait plus à distinguer les traits des gens. La musique semblait s'éloigner, comme si les joueurs de cornemuses étaient en train de partir. *Je dois être plus fatigué que je ne le pense,* se raisonna-t-il.

Des globes de lumière brillante attirèrent son attention. Ils flottaient dans les airs dans sa direction. Il y en avait trois. *Comme c'est beau,* pensa-t-il. Ils étaient principalement dorés, mais des rais de bleu et de rouge jaillissaient à l'intérieur. Ils continuèrent à clignoter un instant devant lui et se posèrent sur le sol, à ses pieds. Riamfada essaya d'en attraper un, mais s'aperçut qu'il ne pouvait pas bouger les bras. Étrangement, cela ne le dérangea pas. Il était en paix. Les lumières l'enveloppèrent soudain, et il entendit une voix résonner dans sa tête.

Viens avec nous. Sois heureux.

Au même instant, il eut la vision d'une forge où tout type de métal pouvait être travaillé à mains nues, sans enclume ni marteau. Il découvrit des objets d'une incroyable beauté, et parmi eux une rose en or et argent qui était si parfaite que ses pétales d'or s'ouvraient comme s'il s'agissait d'une vraie fleur.

— Si seulement je pouvais travailler là, déclara-t-il.

C'est ce que nous t'offrons, fils de l'homme. Viens avec nous !

— Je ne veux pas abandonner mes amis, protesta Riamfada bien qu'il ait vraiment envie de partir.

C'est trop tard.

Et il comprit. Il ne sentait plus son corps. Son cœur ne battait même plus faiblement dans son torse émacié.

Lève-toi, Riamfada. Marche avec nous.

Une main le toucha aussi légèrement que l'aurait fait une aile de papillon, et le releva. Il tint debout. Il n'avait pas mal. Entouré d'une aura dorée, Riamfada avança entre les danseurs sans être vu. Il y avait Conn, bras dessus, bras dessous avec Gwydia. Govannan applaudissait en rythme sur la musique. Et puis, il y avait le père de Riamfada, Gariapha, qui tenait sa femme contre lui pour l'embrasser tendrement sur la joue. Riamfada tourna la tête et aperçut son corps frêle et inanimé contre la planche en V. Il jeta un dernier regard à ses amis pour partager encore une fois leur bonheur.

— Je les aime, déclara-t-il.

Nous le savons.

Ils le prirent par la main et le guidèrent vers le Bois de l'Arbre à Souhaits.

— Est-ce que je peux courir ? s'enquit Riamfada.

Ils lâchèrent sa main. Il sentit l'herbe sous ses pieds nus et la brise sur sa peau.

Riamfada partit en courant en direction des arbres.

Dans la maison de Banouin, Vorna ouvrit soudain les yeux. Elle sortit silencieusement du lit et s'approcha de la fenêtre. Elle aperçut les lumières qui volaient en direction du Bois de l'Arbre à Souhaits. Malgré la perte de ses pouvoirs, elle pouvait toujours communier avec les Seidhs et reconnaître leur magie. Elle pouvait également faire la différence entre l'esprit d'un Seidh et l'âme d'un humain. Elle scruta les lumières lointaines et essaya de discerner qui les Seidhs emmenaient, mais n'y arriva pas. En revanche, elle arriva à déterminer que l'humain était fou de joie.

— Que regardes-tu ? lui demanda Banouin entre deux sommeils.

— Un petit miracle, répondit-elle en revenant sous les couvertures.

Il la prit dans ses bras et elle posa sa tête sur son épaule.

— J'espère que tu n'as pas de regrets, murmura-t-il. Parce que moi non.

— Quel âge as-tu, étranger ?

— Quarante-neuf ans.

— Je ne regrette qu'une chose, ne pas l'avoir fait vingt ans plus tôt.

Il passa ses doigts dans ses longs cheveux noir et argent.

— Je crains que le sexe ne soit pas toujours aussi bon que ça, dit-il.

— Prouve-le-moi, dit-elle en passant ses cuisses par-dessus ses jambes.

Ils firent l'amour jusqu'à l'aube et dormirent ensuite plusieurs heures. Banouin fut le premier à se réveiller. Il relança le feu et prépara un petit déjeuner composé d'avoine chaude avec du miel et d'une tisane aux pétales de fleurs séchés. Il apporta la tisane à Vorna et la réveilla en douceur. Puis, il la laissa s'habiller tranquillement.

Elle le rejoignit dans la pièce principale et ils mangèrent dans un silence amical.

— Combien de temps pars-tu ? lui demanda-t-elle.

— Quatre ou cinq mois. Je vais te manquer ?

— Je crois bien que oui, répondit-elle en souriant.

Elle se tut et but sa tisane par petites gorgées.

— À quoi penses-tu ? s'enquit-il.

Vorna leva les yeux.

— Je pensais à toi et à ta *geasa.*

Banouin sourit à son tour.

— Les Rigantes sont un peuple merveilleux mais ils ont parfois d'étranges coutumes. Pourquoi est-ce que chaque homme est contraint de vivre avec une malédiction ? Je ne comprends pas.

— La *geasa* n'est pas une malédiction, expliqua-t-elle. C'est un augure protecteur. La sorcière du village, ou sainte femme, parfois même le druide, pose les mains sur un nouveau né et cherche une vision. Ce qu'il cherche, c'est un moment pivot dans le futur de l'enfant. La plupart des *geasas* ne prédisent pas la mort. Elles désignent des périodes de joie ou de succès. Il y a dix-huit ans, j'ai placé une *geasa* sur un bébé fille. Si jamais elle voyait un renard à trois pattes, elle devrait le suivre. L'an dernier, elle a aperçu un renard qui n'avait que trois pattes et a suivi sa *geasa*. Elle a trouvé ainsi un jeune homme près d'un cours d'eau. C'était un Pannone qui voyageait en compagnie de son oncle. Il est tombé amoureux d'elle au premier regard. Ils se sont mariés lors du dernier festin de Samain.

— Eh bien, tu es trop jeune pour avoir été présente à ma naissance, femme. Et je suis trop vieux pour me préoccuper de telles superstitions. (Soudain il se fendit d'un large sourire.) Mais donne-moi quand même ma *geasa* – si tu la connais.

— Je la connais, Banouin. Je l'ai sue le premier jour où je t'ai vu. Ne bois pas de vin lorsque tu verras le lion aux yeux de sang.

Il éclata de rire.

— Je pense que si jamais je vois une telle bestiole, c'est que j'aurai déjà bien trop bu.

— Tu comprendras le moment venu, Banouin. Sois vigilant. Je ne veux pas te perdre à présent. Promets-moi que tu te rappelleras mes mots.

— Je me les rappellerai et tu ne me perdras pas, fit-il. Quelle est la *geasa* de Connavar ?

— Il mourra le jour où il tuera le chien qui le mord.

— Alors, je vais faire en sorte qu'il reste à l'écart des chiens, déclara Banouin. Mais de façon à ce que je comprenne bien : si un homme ne brise pas sa *geasa*, est-ce qu'il vit éternellement ?

— Non.

— Très bien. Autre question : rien ne peut me tuer tant que je n'aurai pas vu un lion aux yeux de sang ?

— Non, répondit-elle en souriant. Parfois – mais c'est rare – un homme meurt avant son heure. Une flèche perdue, une chute de cheval, une épidémie ou une simple maladie. La seule certitude, c'est que si tu brises ta *geasa*, tu meurs le jour même.

— Je vois. Donc, avec une *geasa* et dix pièces d'argent, je pourrai m'acheter un poney.

— Il vaut mieux ne pas se moquer de ce qu'on ne comprend pas, lui dit-elle gravement.

Banouin fut aussitôt contrit.

— Je suis désolé si j'ai donné l'impression de me moquer. C'est que je me sens le cœur léger et chaud. Mais je te promets que je ne me moquerai jamais d'une coutume rigante. J'aime ton peuple et sa culture. Mais je parlais l'autre jour des *geasas* avec Ruathain et il m'a confié la sienne : « Ne sois pas le bouclier du roi. » Ça le faisait bien rire, parce que les Rigantes n'ont pas de roi.

— Ruathain n'est pas mon souci immédiat, lui dit-elle. Ce n'est pas moi qui ai prononcé son augure. Est-ce que tu me jures que tu te souviendras du lion ?

Banouin posa sa main sur son cœur.

— Je te le jure, dit-il. (Puis il attrapa la main de Vorna.) Est-ce que tu veux bien rester ici jusqu'à mon départ la semaine prochaine ?

— Cela risque de faire jaser au village.

— Nous pourrions marcher ensemble jusqu'à l'arbre, dit-il doucement en lui tenant toujours la main.

Les mots restèrent suspendus dans les airs.

— Le mariage n'est pas un engagement à prendre à la légère, répondit-elle.

— Non, effectivement.

— Alors, dis-moi pourquoi je devrais accepter, murmura-t-elle.

— Les mots sont-ils nécessaires ? demanda-t-il en s'approchant d'elle pour lui caresser le visage du bout des doigts.

— Les mots sont *toujours* nécessaires, étranger.

Il lui embrassa la joue et caressa son oreille avec ses lèvres.

— Je t'aime, murmura-t-il.

— Moi aussi, répondit-elle. Nous marcherons ensemble jusqu'à l'arbre.

Chapitre 7

Le vent se leva et des vagues agitèrent le petit bateau de secousses régulières. Connavar s'agrippa au bastingage arrière pour regarder avec regret les hautes falaises en craie qui s'éloignaient. Des mouettes tournoyaient au-dessus du navire, remplissant le ciel de leurs cris stridents. Conn leva vers elles des yeux chargés de venin. Le bruit commençait à lui taper sur les nerfs. Soudain, le pont se déroba sous ses pieds. Conn referma ses doigts sur le bastingage et eut un haut-le-cœur. Un marin passa à côté de lui en souriant. Conn aurait bien voulu lui mettre son poing sur la figure, mais pour cela il aurait fallu qu'il lâche d'abord le bastingage.

Banouin apparut à ses côtés. Le marchand, vêtu d'un épais manteau en peau de chèvre, portait une miche de pain et du fromage. Il en offrit à Conn, mais le jeune homme secoua la tête.

— Tu ferais mieux de manger. Autrement tu n'auras rien à vomir, lui conseilla Banouin.

À contrecœur, le jeune homme attrapa un morceau de pain et l'engloutit. Celui-ci avait un goût de cendres et de bile. Conn mâcha lentement. Comme les falaises blanches se faisaient de plus en plus petites, les mouettes virèrent de bord pour retourner vers la côte. Il aurait voulu avoir des ailes pour pouvoir les imiter.

— Continue de manger, lui ordonna Banouin.

Conn finit le pain et découvrit avec surprise que son estomac se calmait progressivement. Il regarda le ciel ferreux et vit que des nuages gris s'amoncelaient à l'horizon.

— Encore combien de temps avant d'atteindre Goriasa ? s'enquit-il.

— Quatre ou cinq heures.

Conn frissonna. Banouin traversa le pont supérieur pour aller s'assurer que les vingt poneys et les deux chevaux étaient bien attachés. Puis il sortit d'une sacoche le manteau bleu pâle de Conn, qu'il revint lui passer autour des épaules. Conn le remercia d'un sourire et l'attacha grâce à la petite broche en forme de faon pris dans des ronces que Riamfada lui avait offerte. Derrière eux, le hongre couleur acier de Conn hennit de peur comme le bateau se soulevait une fois de plus. Conn lâcha le bastingage et alla voir son poney pour lui flatter le cou.

— Tu es comme moi, lui murmura Conn. C'est la première fois qu'on monte sur un bateau, et visiblement nous n'aimons pas ça.

Au contact de son cavalier, le hongre s'apaisa. Conn continua de le caresser un instant et rejoignit Banouin qui s'était assis à l'abri du vent. Il s'accroupit à ses côtés.

— Est-ce que l'armée de Roc sera à Goriasa ? demanda Conn.

— Non. Ils n'ont pas encore pénétré dans le pays des Ostros, ni dans celui des Gaths. La dernière guerre en date était contre les Aidduis, à environ cent vingt kilomètres plus à l'est. Le général Jasaray a gagné deux grandes batailles là-bas. Il doit être en train de réunir les fonds pour la prochaine. Je ne crois pas qu'il attaquera les Gaths avant encore deux bonnes années. Non, d'abord ce sont les Perdiis qui devront affronter les Panthères de Roc. Jasaray devait déjà y travailler avant d'attaquer les Aidduis.

— Comment ça, y travailler ?

Banouin sourit.

— Pour les Rigantes, la guerre ressemble à la foudre : rapide, furieuse et vite passée. Pas pour les gens de Roc. Ils veulent conquérir et conserver les territoires qu'ils annexent. Quelle est la chose la plus importante pour un général ?

— Avoir des guerriers courageux, répondit instantanément Conn.

— Non, répondit Banouin, c'est d'avoir à manger pour ses troupes et du fourrage pour ses chevaux. Peu importe que tes guerriers soient courageux ou non s'ils sont affamés. Une armée de vingt mille hommes aura besoin de stocks énormes de blé, de fruits secs, de viande. Et ce, chaque jour. Cinq mille chevaux nécessitent des centaines d'acres de pacage. Chaque jour. Lorsque Jasaray progresse en territoire ennemi, il a besoin d'être ravitaillé. Par conséquent, il doit être en ce moment même en train de courtiser différents chefs de tribus – dont les Gaths – qui sont hostiles aux Perdiis. Ces chefs fourniront toutes les provisions dont son armée aura besoin dès qu'elle se mettra en marche.

Un grain se mit à tomber. Banouin partit chercher une toile huilée près des poneys et revint au côté de Conn en en tenant une extrémité au-dessus de sa tête. Le jeune Rigante souleva l'autre extrémité. Ils restèrent l'un contre l'autre en dessous alors que la pluie redoublait d'intensité. Le clapotis des gouttes sur la toile rendit vite toute conversation impossible. Contraints au silence, les deux hommes se perdirent dans leurs pensées.

Connavar pensa à Riamfada et se demanda, une fois de plus, si le jeune infirme aurait survécu s'il l'avait ramené chez lui dès qu'il s'était plaint de la fatigue. Il ne le saurait jamais, et le sentiment de culpabilité pesait sur lui comme un manteau ténébreux. Ils avaient enterré Riamfada à l'orée du Bois de l'Arbre à Souhaits, ce qui était inhabituel, mais Vorna avait insisté. Elle en avait discuté hors de portée d'oreilles avec Gariapha et Wiocca. Quoi qu'elle ait pu leur dire, ils étaient revenus soulagés par ses mots. Riamfada, dont le frêle corps avait été enveloppé dans des draps, fut transporté par un chariot à deux roues. Puis, Gariapha, Connavar et Govannan avaient creusé sa tombe. Vorna avait fait l'oraison funéraire, recommandant l'âme de Riamfada aux dieux, et les personnes qui assistaient aux obsèques avaient versé du vin dans la tombe, avant de la reboucher. Puis, tout le monde était rentré au village.

Sur le chemin du retour, Govannan était venu à la hauteur de Conn.

— Est-ce que tu ne regrettes pas de l'avoir sauvé ? lui avait-il demandé.

Conn avait trouvé la question étonnante.

— Que veux-tu dire par là ?

— Regarde ce que tu as enduré. Et cela ne lui a apporté que quelques semaines de vie supplémentaires. Est-ce que cela en valait bien la peine ?

— D'après toi ?

Govannan haussa les épaules.

— Ne me fais pas dire ce que je n'ai pas dit, Conn. Il me manque déjà. Et sa mort me peine vraiment. C'est juste que… je ne sais pas. Tout cela est absurde. Il vivait constamment dans la douleur, il ne pouvait pas marcher, et ne pouvait contrôler ni sa vessie ni ses intestins. Il est mort à l'âge de dix-sept ans. C'est si… injuste.

Vorna qui marchait derrière eux s'était avancée.

— Tu ne peux pas juger de la qualité de la vie humaine de Riamfada. Tu ne l'as pas vécue. Il est mort heureux. Ce n'est pas le cas de tout le monde. Crois-moi.

— Euh, pourquoi dis-tu « vie humaine » ? avait demandé Connavar.

— Je l'ai vu courir dans l'herbe, avait répondu Vorna.

Et tandis que Conn avait essayé de l'interroger plus avant, elle s'était contentée de sourire en se posant un doigt sur les lèvres.

— Chaque chose en son temps, avait-elle dit ensuite. Nous en reparlerons.

Elle s'en était allée rejoindre Banouin qui attendait au pied de la colline.

— Tu peux croire à ça, toi. Vorna. Mariée !

— Je suis content pour elle, avait répondu Conn. Et pour Banouin. Il est resté seul trop longtemps.

Le jour où Banouin avait fait ses adieux à Vorna, elle l'avait embrassé en public et lui avait donné une broche pour capeline en bronze, ornée d'une opale bleue.

— Cette broche est enchantée, lui avait-elle confié à voix basse. Elle trouvera toujours un moyen de me revenir. Garde-la toujours sur toi.

— Promis, avait-il répondu en rangeant la broche dans une de ses sacoches.

Le voyage jusqu'à la mer avait pris deux mois. Ils avaient traversé les territoires de plusieurs tribus et avaient visité un grand nombre de villages. Banouin avait beaucoup marchandé dans chacun d'eux, achetant indifféremment des vêtements, des bijoux, des armes joliment ornées, des dagues et des couteaux de chasse. Lorsqu'ils avaient atteint la côte, le convoi d'origine de onze poneys s'était retrouvé tellement chargé que Banouin avait dû en louer neuf de plus. Tout en chevauchant, Banouin avait montré à Conn différents points de repère sur la route et l'avait incité à les mémoriser.

— Tu seras surpris de constater à quel point le paysage aura changé à notre retour, lorsque l'automne aura dépouillé les arbres et que les rivières auront gonflé. Regarde toujours derrière toi et garde quelque part dans ton esprit les différents paysages que nous traversons.

Il avait enseigné à Conn les croyances et les coutumes des différentes tribus. Mais il n'avait quasiment jamais parlé de Vorna. Conn s'était demandé si le marchand regrettait déjà sa décision de l'avoir épousée.

La dernière nuit, alors qu'ils avaient dressé leur camp dans un petit bois surplombant les falaises de craie, il avait abordé le sujet. Banouin avait souri.

— Des regrets ? Non, aucun, Conn. J'ai vécu trop longtemps seul.

— Votre décision de vous marier a été plutôt rapide, avait fait remarquer le jeune homme.

— Comme tu dis. Je suis un homme prudent. Trop, parfois. Mais la nuit de la fête, elle a libéré en moi un besoin de bonheur que j'avais oublié. Ce sera mon dernier voyage, Conn. J'ai décidé de m'installer pour de bon, et de passer le reste de ma vie parmi les Rigantes.

— Mais qu'est-ce que tu vas faire ?

— Faire ? Je vais enseigner, et je vais apprendre. Oh, je ferai toujours un peu de commerce, mais plus de longs voyages. Je me baladerai dans les montagnes avec Vorna. Elle pourra m'apprendre le nom des fleurs et des herbes et m'enseigner les vieilles traditions rigantes.

— Les voyages ne te manqueront pas ?

— Si sans doute – si le monde restait tel qu'il était lorsque j'ai commencé. Mais il est en train de changer, Conn. Et j'ai bien peur que ce ne soit pour le pire.

Le lendemain matin, ils avaient guidé les poneys jusqu'au port. Conn avait eu un serrement au cœur en découvrant le petit bateau avec son pont plat ouvert et ses deux voiles. Il lui avait paru bien peu solide. Et lorsqu'il avait contemplé la mer grise et inhospitalière, il avait eu comme un mauvais pressentiment.

Et sous la toile huilée qui le protégeait de la pluie, ce pressentiment se faisait de plus en plus oppressant. L'orage continua encore de gronder pendant trois longues heures, jusqu'à ce qu'enfin un faible rayon de soleil vienne éclairer le pont arrière. Banouin repoussa la toile et se leva. Conn l'imita et secoua le surplus d'eau qui restait sur la bâche.

— Je n'aime pas les bateaux, déclara-t-il.

— Si tu connais un meilleur moyen pour traverser la mer, je suis preneur, fit Banouin en s'étirant. (Il poussa un grognement.) Je suis trop vieux pour les toiles huilées. Ce soir, nous nous reposerons dans une merveilleuse taverne, où la nourriture est succulente, les divertissements divins, et les lits moelleux. Ce sera une grande expérience pour toi.

Il plongea la main dans la bourse à son côté et en sortit quatre pièces d'argent qu'il tendit à Conn.

— Pourquoi faire ?

— Tu leur trouveras certainement une utilisation, fit Banouin avec un large sourire. Le plaisir n'est pas donné à Goriasa.

Goriasa s'avéra pour Conn une surprise assez déplaisante. Banouin lui avait dit que ce serait comme un grand village, et Conn s'était imaginé une communauté faisant deux fois la taille de Trois-Ruisseaux. Mais la réalité était bien différente. Goriasa était une ville qui fleurissait dans l'affreux creux d'une baie calme. Des milliers de maisons en bois, d'entrepôts, d'étables et de paddocks étaient agglutinés les uns contre les autres, séparés uniquement par des bandes étroites de terre boueuse et malodorante. Les rares quartiers non construits étaient couverts d'étals et bondés.

Banouin et Conn guidèrent leurs montures à travers la foule et s'arrêtèrent seulement lorsqu'ils atteignirent un grand entrepôt. Un vieil homme grisonnant, à qui il manquait une oreille, sortit pour les accueillir. Lui et Banouin échangèrent quelques mots, puis l'homme conduisit les chevaux à l'intérieur du bâtiment. Maintenant à pied, Banouin et Conn se fondirent dans la cohue. Conn n'était pas à l'aise. Son expérience des foules se limitait aux jours de fête, lorsque tout le monde était heureux ou ivre, et dansait joyeusement. Ici, il n'y avait pas de joie. Les gens avaient tous l'air pressé, le visage tendu. Ils s'évitaient tous du regard et ne se saluaient pas.

Banouin bifurqua à gauche dans une ruelle, et avança avec précaution le long de planches qui avaient été disposées sur la boue. Conn lui emboîta le pas. Ils débouchèrent bientôt sur un chemin plus large et moins fréquenté.

— Il n'y a pas toujours autant de monde, lui expliqua Banouin. C'est le début de la saison marchande, et des milliers de commerçants viennent ici.

— Où allons-nous ?

— Au hall des voyageurs. Il faut que je parle à Garshon. C'est le doyen des conseillers de Goriasa et j'espère qu'il prendra au moins les deux tiers de mes produits. Ainsi nous ne continuerions qu'avec six poneys.

Le hall des voyageurs était une structure impressionnante de près de soixante mètres de long sur dix mètres de large, bâtie à la lisière nord de Goriasa. Le bâtiment était en bois, sur deux étages, sans aucune fenêtre, mais avec plus d'une douzaine de portes de chaque côté. C'était le plus grand bâtiment que Conn ait jamais vu. Il lui paraissait aussi magnifique qu'extrêmement laid. L'intérieur était divisé en plusieurs zones. Au fond, sur la gauche, il y avait des tables avec des bancs où des hommes buvaient et mangeaient. Au centre, il y avait un grand cirque de sable entouré par des gradins. Ceux-ci étaient tous occupés, et Conn vit que quelqu'un faisait tourner un grand cheval dans l'arène. Le commissaire-priseur prenait les enchères pour la bête. Conn s'arrêta un instant. Le cheval était un étalon marronnier d'au moins seize mains de haut. Les poneys rigantes auraient eu l'air de nains à côté de cet animal. Il écouta les enchères. Le cheval partit pour cent dix pièces d'argent. Une somme colossale !

Banouin lui tapota le bras, et Conn le suivit autour du cirque, jusqu'à une salle à manger avec des tables posées sur des estrades. La plupart étaient occupées, mais Banouin en trouva une libre près du mur ouest et alla s'y asseoir.

— Nous allons manger ici, dit-il. La nourriture n'y a pas son pareil.

Conn regarda autour de lui mais ne vit pas de rôtissoires. Des femmes se déplaçaient entre les dîneurs et ramassaient les assiettes. Puis, d'autres arrivèrent de l'extérieur portant des plateaux chargés d'assiettes de viandes, de légumes, et de pichets de bière. Banouin leva la main et attira l'attention de l'une des filles. Blonde et fine, elle se fraya facilement un chemin dans la foule et s'arrêta près de leur table. Banouin lui demanda quels plats étaient encore disponibles. Conn l'écouta en silence énumérer la liste : canard rôti, poitrine de faisan, filet de bœuf, cygne aux épices, jambon froid, tourte aux pigeons, langue de bœuf, cervelle de mouton, langue d'alouette. La nourriture proposée semblait infinie. Banouin passa commande pour les deux, et la fille s'en alla. Conn la suivit du regard.

— Très mignonne, remarqua Banouin.

Conn rougit.

— Est-ce que tu as vu ce cheval ? demanda-t-il, bien décidé à changer de sujet.

— Oui. Thassilian. De belles montures, rapides et puissantes. Très bonnes pour la course, très mauvaises pour la guerre.

— Pourquoi mauvaises ? Est-ce qu'elles ont trop d'entrain ?

— Je t'ai dit que la nourriture était l'aspect le plus important d'une campagne. Pense aux chevaux. Il leur faut survivre uniquement grâce au fourrage, et il n'y en a pas toujours beaucoup. Ils seront montés tous les jours, parfois pendant des semaines. Les chevaux thassilians ont besoin d'avoine pour rester en forme. Et puis, ils sont de constitution délicate, et sujets aux maladies pulmonaires et aux vers.

— Je vois que j'ai beaucoup à apprendre, dit Conn. Tant mieux.

Banouin sourit.

— Oui, mais tu apprendras vite. Tu as l'esprit vif.

La bière arriva en premier, accompagnée d'une miche de pain avec des graines de pavot. Le pain était bon, décida Conn, mais pas aussi bon que celui que faisait feu Borga. En revanche, le plat de viande était un régal : mouton rôti avec une sauce à la menthe et au vinaigre de vin. Conn le dévora avec délectation. Ils terminèrent leur repas avec une tarte aux fruits rouges. Repu, Conn s'adossa à sa chaise.

— C'était excellent, déclara-t-il, comme tu l'avais dit.

— Il existe bien des plaisirs à Goriasa, dit Banouin. Ne juge pas cette ville à son apparence affreuse. Bon, je dois trouver Garshon. Tu n'as qu'à te promener dans le hall. Il y a beaucoup de pièces différentes ici et je suis sûr que tu pourras y trouver ton bonheur. Nous n'aurons qu'à nous retrouver devant le cirque dans deux heures.

Banouin appela la serveuse, régla les repas et quitta la table.

La fille s'attarda un peu.

— Tu es nouveau en ville ? demanda-t-elle à Conn.

— Oui. Nous sommes arrivés cet après-midi. Par bateau.

Elle se pencha et lui caressa le visage.

— Comment t'es-tu fait cette cicatrice ? s'enquit-elle.

Le contact de sa main le mit mal à l'aise.

— Une griffe d'ours, répondit-il.

— Tu en as d'autres ?

(Elle s'était beaucoup rapprochée.)

— Oui.

— J'aimerais bien les voir.

— Tu aimes regarder les cicatrices ? lui demanda-t-il d'un air étonné.

— J'aimerais regarder les tiennes. Je finis mon service dans une heure. Tu pourrais me rejoindre dans ma chambre. Ce sera la meilleure pièce d'argent que tu pourras dépenser ici.

À l'évocation de la pièce, Conn se détendit en se souvenant d'Eriatha.

— Je serai là, promit Conn.

Le sourire de la jeune fille s'élargit et elle s'en alla. Conn se leva et s'étira, puis il s'approcha du cirque de sable où il regarda un moment la vente de chevaux. Les thassilians étaient vraiment des bêtes magnifiques. Conn songea à tout hasard à ce que pourrait donner le croisement d'un tel étalon avec une jument rigante.

Les enchères se terminèrent et Conn sortit un peu à l'air libre. Il alla s'asseoir sur une barrière pour contempler la ville au bord de l'eau. Au clair de lune, Goriasa n'avait plus l'air aussi laide. Des centaines de lanternes brillaient aux fenêtres, et les chemins étaient éclairés par des torches. La ville brillait comme un collier orné de pierreries autour du cou de la baie.

Conn descendit de sa barrière. Il était sur le point de rentrer dans le bâtiment lorsqu'un mouvement sur sa gauche attira son attention. Un homme gravissait la colline en direction du hall. Il était grand et large d'épaules, ses cheveux courts brillaient comme de l'argent sous la lune. Conn l'observa en se demandant ce qui l'avait attiré. L'homme avait des gestes déterminés, la démarche confiante, mais restait sur le qui-vive. Conn sourit. Il se déplaçait comme Ruathain : avec la même grâce et la même arrogance. Soudain, des ombres surgirent du bord de la route. Conn vit des lames briller au clair de lune. L'homme réalisa immédiatement le danger et se retourna pour frapper son premier assaillant qui recula aussitôt. Mais le second, armé d'un gourdin, lui asséna un coup en plein visage, et il s'affala sur le sol. Conn dégaina son couteau en poussant un cri, et courut vers le groupe.

Deux hommes vinrent l'intercepter. L'un portait un couteau, et l'autre un bâton. Ce fut l'homme au couteau qui fut le premier sur lui. Conn fit mine d'esquiver l'attaque et lui balança en fait un coup de pied au genou. Un craquement retentit, suivi d'un hurlement, et l'homme au couteau s'écroula. Conn sauta par-dessus lui, bras tendu pour bloquer un coup de bâton du second, dans l'épaule duquel il enfonça son couteau seidh. L'agresseur poussa un grognement et recula. Puis il fit volte-face et s'enfuit. Les deux hommes qui avaient assommé l'inconnu s'enfuirent à leur tour. Conn ne les poursuivit pas, préférant s'assurer de l'état de la victime. Malgré ses cheveux blancs, il n'était pas très âgé. Conn lui donna tout juste la vingtaine passée. Du sang coulait d'une blessure à sa tempe. L'inconnu essaya de se relever mais poussa un juron. Conn l'aida à se mettre debout.

— Viens, je vais t'aider à aller jusqu'au hall, lui dit Conn.

— Je peux marcher, l'ami, répondit le grand homme. J'ai été blessé pire que ça. (Il contempla alors le visage balafré de Conn.) Et toi aussi on dirait. Qu'est-ce que c'était ? Un lion ?

— Un ours.

— Tu as de la chance d'être en vie.

Conn gloussa.

— Toi aussi. Est-ce que tu sais qui étaient tes ennemis ?

— Nous n'allons pas tarder à le découvrir, fit l'inconnu en s'approchant de l'homme au couteau qui gémissait par terre.

Il avait la jambe brisée en dessous du genou, et la partie inférieure de sa jambe pendait selon un angle improbable.

Le grand homme s'agenouilla à ses côtés.

— Qui t'a envoyé ? lui demanda-t-il.

L'homme au couteau l'insulta et lui cracha au visage.

— Je ne te dirai rien, homme de Roc.

— C'est sans doute vrai, répondit le grand en ramassant négligemment le couteau de l'assassin.

Connavar devina les intentions meurtrières de l'inconnu à son regard glacé.

— Ne le tue pas, lui dit-il doucement.

L'homme resta un instant immobile, puis ses épaules s'affaissèrent.

— Tu as risqué ta vie pour me sauver. Comment pourrais-je te refuser cela ? Très bien, il vivra. (Il posa les yeux sur le blessé.) Si nous te laissons ici, est-ce que tes amis reviendront te chercher ?

— Oui, grogna l'homme.

— Bien. Alors, je te dis adieu.

Il jeta le couteau sur les jambes du blessé et s'en alla. Conn le suivit.

— Il t'a appelé « homme de Roc ». Es-tu originaire de cette ville ?

— Oui. Mon nom est Valanus. Pourquoi, Roc t'intéresse ?

— Mon ami et moi nous y rendons. J'ai hâte de découvrir la ville.

— C'est une cité, mon garçon. Le centre du monde. À présent, je pense que je devrais faire soigner cette blessure. (Il fit une pause.) Mais, dis-moi, à qui dois-je donc la vie ?

— Je suis Connavar.

— Gath ? Ostro ? Quoi ?

— Rigante.

— Ah oui, une tribu de l'autre côté de l'eau. J'ai entendu parler d'eux. On dit que c'est un peuple fier. Et aussi que vous vénérez les arbres ou quelque chose comme cela.

— Non, nous ne vénérons pas les arbres, lui expliqua Conn alors qu'ils approchaient du hall. Nous vénérons les dieux de l'air et de l'eau, et les esprits de la terre.

— Il n'y a qu'un seul dieu, Connavar. Et il est à Roc. (Valanus s'arrêta sur le seuil du hall.) Pourquoi m'as-tu sauvé la vie, Connavar ?

— Pourquoi ne l'aurais-je pas fait ? rétorqua-t-il.

Un sourire las apparut sur le visage de Valanus.

— J'ai trop mal à la tête pour débattre sur ce point. Je te suis reconnaissant, Rigante.

Et sur ce, il s'en alla dans le hall.

Garshon était petit, les épaules voûtées, et approchait de la soixantaine. Chauve et borgne, il portait un bandeau rouge sur l'orbite gauche. Ses bras étaient parés de rubans dorés et un anneau tape-à-l'œil brillait à chacun de ses doigts. Son unique œil était pâle, d'un bleu implacable, qui regardait fixement ou furieusement selon le cas. Il n'y avait jamais de demi-mesure avec Garshon. Et il n'y en avait jamais eu. Pas depuis ce jour atroce, quarante-quatre ans auparavant, où on lui avait crevé l'œil gauche dans la forêt de Doca.

Il chassait des lapins lorsqu'il avait croisé son seigneur et sa femme. Le jeune Garshon était resté béat d'admiration devant la beauté de l'épouse de son seigneur et avait oublié de s'incliner sur leur passage. Au lieu de cela, il l'avait regardée fixement. Plus tard, alors que des serviteurs l'attachaient et préparaient un feu, elle avait déclaré qu'il lui avait fait un clin d'œil.

Garshon avait terriblement souffert ce jour-là, ainsi que durant les mois qui avaient suivi. La douleur avait été atroce. Mais elle avait également libéré en lui une terrible ambition qui brillait autant que la lame qui lui avait détruit l'œil.

La vengeance lui avait demandé six ans, quatre mois et huit jours. Il avait réuni une petite bande de hors-la-loi pour piller les terres de Doca, amassant des sommes considérables, qui lui avaient permis d'engager d'autres mercenaires et d'asseoir sa puissance. Finalement, il avait assiégé la ville du seigneur. Lorsqu'elle était tombée, il avait fait traîner le seigneur nu jusque sur la place du village. Là, Garshon l'avait castré et pendu. Sa femme s'était jetée d'une falaise et c'est avec jubilation qu'il l'avait vue s'écraser sur des rochers plus bas. Il avait ensuite vendu leurs enfants comme esclaves.

Les autres seigneurs formèrent une alliance qui écrasa son armée. Garshon s'était échappé de justesse. Il s'était enfui dans l'ouest avec trois poneys et un coffre rempli d'or. Finalement, il était arrivé dans ce qui était alors le « petit » port de Goriasa.

Trente-huit ans plus tard, il contrôlait la ville et ses routes marchandes, son pouvoir était absolu, son influence extraordinaire. Les rois des différentes tribus et les princes lui demandaient conseil et patronage ; un seul mot de Garshon pouvait avoir des répercussions à mille kilomètres à la ronde. Pourtant, il n'était pas satisfait.

À dire vrai, il ne l'avait jamais été. Le jour où il avait tué son seigneur et emmené sa femme en haut de la falaise, elle lui avait demandé en pleurs pourquoi il faisait cela.

— Regarde mon œil, espèce de grosse vache. Comment oses-tu me poser cette question ?

Elle l'avait alors regardé fixement, ne comprenant visiblement pas ce qu'il disait. Et, à cet instant, il avait réalisé qu'elle ne se rappelait absolument pas avoir gâché sa vie. Tandis qu'elle hurlait dans sa chute mortelle, Garshon n'avait ressenti qu'un sentiment de vide. La vengeance ne lui avait apporté aucune joie.

Et il n'en avait pas éprouvé davantage depuis. Il aurait dû la laisser en vie et la forcer à se souvenir, afin qu'elle comprenne que sa punition n'était que justice et pas simplement une basse vengeance. Peut-être aurait-il alors goûté à la douceur de sa mort.

— Tu as l'air perdu dans tes pensées, fit remarquer Banouin.

Garshon prit une profonde inspiration et se concentra sur le petit marchand. Il aimait bien cet homme, ce qui était assez rare.

— Je pensais au bon vieux temps.

— Hmmm. Pas si bon que ça, d'après moi, objecta Banouin.

Garshon se fendit d'un large sourire.

— Je vois que tu es presque aussi perspicace que moi.

Il se força à penser aux affaires et marchanda un long moment avec Banouin, jusqu'à lui faire une offre pour ses poneys. Comme ils se serraient la main, Garshon réalisa avec stupeur que le prix était bien trop élevé et il se maudit d'avoir laissé le passé le distraire à ce point.

— Tu veux être payé en or ? demanda-t-il.

— Garde-le moi, répondit Banouin. Je repasserai à l'automne.

— Ta confiance m'honore. Et si jamais tu ne reviens pas ?

— Tu n'auras qu'à le donner à Connavar, qui voyage avec moi. Et, avant que tu ne le demandes, si aucun de nous deux ne revient, fais-le parvenir à ma femme, à Trois-Ruisseaux.

— Tu es marié ? Toutes mes félicitations, Banouin. J'en prends note. Et je te remercie de la confiance que tu accordes à mon honnêteté.

Banouin lui sourit.

— Je te ferais confiance pour bien plus que de l'or, Garshon.

Le marchand borgne fut à la fois touché et gêné. Il se leva, fit ses adieux à Banouin, et sortit du petit bureau. Il longea un couloir étroit et grimpa les escaliers qui menaient à ses appartements privés au premier étage du hall des voyageurs. Son invité était allongé sur un divan, les jambes posées sur le tissu. Garshon nota qu'il avait retiré ses bottes, ce qui était plus qu'il l'espérait.

— J'ai cru comprendre qu'on t'avait attaqué, fit Garshon en claquant des doigts.

Une jeune servante vint précipitamment verser du vin dans un gobelet en verre bleu. Garshon l'avala d'une traite.

— Je croyais les avoir semés, avoua Valanus. Ils m'ont pris par surprise.

— Et dire que je croyais les guerriers de Roc invincibles.

— Aucun homme ne l'est, répondit Valanus en posant ses pieds par terre pour s'asseoir.

Une douleur derrière l'œil le fit grimacer.

— Tu as une bosse de la taille d'un œuf d'oie. Espérons que tu n'as pas le crâne fendu.

Garshon sourit en même temps qu'il prononça ces mots. Puis, il prit une chaise et s'assit en face de Valanus. Il regarda la bosse sur la tempe de son invité.

— Et qui était ton sauveur ?

— Un jeune Rigante pas assez âgé pour savoir qu'il vaut mieux s'occuper de ses affaires.

Garshon regarda fixement son invité. Lorsqu'il avait prononcé le mot « sauveur », l'expression de Valanus avait changé momentanément. Le changement avait été bref, mais Garshon l'avait remarqué. Qu'est-ce que cela signifiait ? De l'irritation ? Possible. Mais il y avait autre chose.

— Est-ce que tu as fais parler le survivant ? s'enquit le marchand.

— Non.

— Ah bon ! Tu l'as tué ?

— Non plus. Connavar m'a demandé de l'épargner.

Garshon se cala au fond de sa chaise, tout sourire.

— Il t'a demandé, dis-tu ? Le coup que tu as pris sur la tête t'a mis de bien bonne humeur. Cela ne te ressemble pas d'épargner tes ennemis, Valanus.

— Je suis venu ici pour parler d'autre chose, répondit l'homme de Roc en jetant un regard à la fille.

— Ah oui ! D'autre chose.

Garshon se tourna vers la servante et la congédia d'un simple geste. Elle s'inclina et quitta la pièce. Garshon resta silencieux un instant, et lorsqu'il parla ce fut dans la langue de Roc.

— Le général Jasaray est un homme extrêmement généreux. Mon contact à Escelium m'a dit qu'il lui avait confié près de trois mille pièces d'or.

— Il n'y en a que cinq cents pour toi, lui rappela Valanus. Le reste est destiné à nos alliés.

— Alliés ? Roc n'a pas d'alliés. Vous n'avez que des serviteurs. Mais qu'attends-tu exactement de mes… amis, chez les Gaths ?

— Du blé en grande quantité, du bœuf, des chevaux de rechange et deux mille auxiliaires de cavalerie. Nous paierons dix pièces d'argent par guerrier. Mais ils doivent déjà avoir leurs propres chevaux.

— Quelle quantité de blé ?

— Je te ferai parvenir une liste détaillée dès que le général aura décidé de la marche à suivre.

Garshon resservit du vin.

— Et que feriez-vous donc, homme de Roc, si vous n'arriviez pas à embaucher des traîtres ?

— Nous gagnerions quand même, Garshon, sauf que cela prendrait plus de temps. Et je ne vois pas nos alliés comme des traîtres. Ils nous aident à vaincre leurs ennemis. Il n'y a pas de traîtrise en cela. (Valanus se leva.) Je crois que je vais aller me coucher. Ma tête résonne comme si tous les marteaux de l'Hadès frappaient dessus.

— J'en conclus que tu n'auras pas besoin des services d'une femme ce soir, donc ?

— Non, pas ce soir.

Le grand guerrier aux cheveux argentés quitta la pièce. Garshon le regarda partir. Cet homme de Roc était un dur à cuire, et il ne connaissait apparemment pas la peur. Pourtant…

Garshon sortit de ses appartements. Il longea un couloir et déboucha dans une petite pièce. Trois hommes l'y attendaient. L'un avait un gros bandage à l'épaule, un autre trois attelles à la jambe.

— Que s'est-il passé ? leur demanda Garshon.

Le seul homme indemne, un individu fin à la calvitie naissante et au visage grêlé, répondit pour le groupe.

— On le tenait quand un jeune homme a surgi de nulle part. Il a brisé la jambe de Varik et poignardé Jain. Je t'assure qu'il était rapide, Garshon. En plus, on ne savait pas s'il était seul. Alors, on s'est enfuis.

Garshon ne fit aucun commentaire. Ils avaient vu que le garçon était seul mais celui-ci les avait effrayés. Il se tourna vers Varik.

— Comment va ta jambe ?

— La cassure est nette, juste au dessous du genou. Mais il va me falloir des semaines avant de pouvoir remarcher.

— Pourquoi est-ce que Valanus t'a laissé la vie sauve ?

— Le garçon lui a dit de m'épargner. Je te jure, Garshon, j'ai bien cru que mon cœur allait lâcher.

— Il lui a demandé, tu veux dire ?

— Non. Il a simplement dit : « Ne le tue pas ». L'espace d'un instant j'ai pensé qu'il allait quand même le faire. Mais non. Que Taranis soit loué !

— Qu'aurait fait le garçon, d'après toi, si Valanus t'avait poignardé ?

Varik haussa les épaules.

— J'en sais rien.

— Est-ce qu'il était armé ?

— Oui. Il avait un couteau brillant.

— Décris-moi précisément la scène.

Varik s'exécuta. Garshon l'écouta attentivement, lui fit tout répéter, et se détourna du trio. Alors qu'il quittait la pièce, l'homme au visage grêlé lui adressa la parole.

— Pourquoi est-ce que tu ne tues pas ce salaud dans son lit ?

— C'est toi que je *devrais* tuer dans ton lit, rétorqua Garshon. Tu crois que j'ai envie de me faire un ennemi de Jasaray ? Je ne peux absolument pas le faire assassiner dans ma maison. Toutefois, j'avais pensé que quatre hommes suffiraient à la tâche. Comme j'étais bête ! Mais je ne pouvais pas prévoir que vous vous feriez surprendre par un garçon.

Il les laissa et descendit dans le hall. Des femmes dansaient sur des estrades. Il scruta la foule de spectateurs, repérant Banouin et le « garçon ». Il regarda fixement le jeune homme pendant un long moment. Puis il appela une serveuse et l'envoya parler à Banouin.

Il retourna dans ses appartements et sortit deux gobelets de plus, ainsi qu'une carafe de vin. Quelques instants plus tard, Banouin entra, suivi du jeune Rigante. Le garçon se déplaçait avec aisance et grâce, comme un guerrier. Garshon fit signe à ses invités de s'asseoir, et leur versa du vin.

— Ton jeune ami m'a rendu un fier service, Banouin, dit-il. (Le marchand parut surpris et jeta un coup d'œil à son compagnon.) Il a sauvé un de mes invités attaqué par des voleurs. Je lui suis redevable.

Il sourit au jeune homme.

— Ce n'était rien, répondit celui-ci d'une voix grave et résonnante.

Une voix qui un jour aura du pouvoir, pensa Garshon. Il fit tourner le nom du Rigante dans son esprit. Connavar. Il l'avait déjà entendu auparavant. Son unique œil s'arrêta sur la cicatrice qui courait sur la joue du jeune homme, et ses yeux vert et or.

— Ah, s'exclama-t-il soudain, tu es le garçon qui a affronté un ours pour sauver une princesse.

— Il n'y avait pas de princesse, répondit Connavar. Par contre, il y avait bien un ours.

Garshon désigna le couteau qu'il avait à sa ceinture.

— Est-ce l'arme qui a terrassé la bête ?

— Oui.

— Puis-je la voir ?

Connavar se leva, dégaina son couteau, le prit par la lame et tendit la garde au marchand.

— Elle est très belle, déclara Garshon. Si tu souhaites la vendre un jour…

— Je ne crois pas, rétorqua le jeune homme.

— Je te comprends. (Il rendit le couteau et se tourna vers Banouin, qui était médusé.) J'en déduis que ton jeune ami ne t'a pas raconté ses derniers exploits.

— Non, pas encore, répondit Banouin essayant de masquer son irritation.

— Il s'est attaqué tout seul à quatre voleurs. Il a brisé la jambe de l'un et en a poignardé un deuxième. Les autres se sont enfuis. Il a ensuite fait preuve de compassion. Mon invité allait en tuer un, mais Connavar l'en a empêché. (L'œil bleu pâle se posa sur Connavar.) Pourquoi ça, d'ailleurs ? Le monde serait un endroit bien plus agréable sans tous ces voleurs.

— J'ai tué des hommes qui méritaient la mort, dit Conn. Mais je l'ai fait dans le feu de l'action. Là, le voleur était sans défense. (Il haussa les épaules.) Je ne regrette pas mon geste.

— Il n'y a qu'un jeune pour dire ça, fit remarquer Garshon. (Il alla soulever le couvercle d'un petit coffre, en sortit une bourse qu'il lança à Connavar.) Voilà vingt pièces d'argent. Accepte-les en témoignage de ma gratitude.

Il vit le garçon jeter un coup d'œil à Banouin. Ce dernier opina presque imperceptiblement. Connavar attacha la bourse à sa ceinture sans le moindre signe de remerciement.

— Mais je vous prive des joies du hall, fit Garshon. Ce soir, vous êtes mes invités, et tout sera gratuit ici pour vous : le vin, les femmes, le repas, et le logis.

— Merci, Garshon. Voilà qui est des plus aimables, dit Banouin.

— C'est la moindre des choses. (Il se tourna vers Connavar.) Si tu as jamais besoin de mes services, n'hésite pas.

Connavar acquiesça mais ne répondit pas.

Garshon les raccompagna jusqu'à la porte et alla ensuite s'allonger sur un divan.

Comme c'est intéressant, pensa-t-il. Ce garçon avait fait peur au téméraire Valanus. Et maintenant que Garshon l'avait rencontré, il savait pourquoi. Il y avait quelque chose, chez ce jeune homme, qui dormait sous la surface.

Quelque chose de mortellement dangereux.

Conn fut ravi de quitter la turbulente ville de Goriasa. L'air y était dense, chargé d'odeurs fortes et nauséabondes. La Fille de la Terre avait été quant à elle une déception. Elle n'avait pas les talents d'Eriatha, et son haleine empestait le vin éventé. Une fois dans la plaine, il se détendit un peu. Là, il respira l'herbe et sentit sur sa peau le vent qui venait de la mer.

Sur plus de cent cinquante kilomètres, le pays s'avéra plat, sans la moindre colline pour briser la monotonie. Ils ne croisèrent que rarement d'autres voyageurs, et chaque fois, Conn fut impressionné par les connaissances que Banouin avait d'eux. Il arrivait à identifier de quelle tribu étaient originaires les cavaliers rien qu'aux couleurs de leurs manteaux, de leurs chemises, ou aux décorations qu'ils portaient. Partout, on connaissait Banouin, et on l'accueillait chaleureusement. Le marchand avait enlevé ses habits rigantes et portait à la place une tunique rouge qui descendait sur ses genoux, un pantalon de cuir, des bottes, et un chapeau bleu en forme de cône. C'était un vieux chapeau, usé, dont les bords en bois étaient devenus apparents. Les vêtements de Conn provoquaient la curiosité des voyageurs qu'ils croisaient, car les motifs du manteau rigante, bleu et vert, n'étaient pas connus des Gaths. En fait, on lui posa énormément de questions sur son pays.

Dans l'ensemble, les gens se montraient amicaux, et Conn ne se sentit en danger qu'une seule fois, au début de leur voyage. Ils avaient croisé cinq cavaliers vêtus de manteaux noirs qui leur avaient barré la route, une expression sinistre sur le visage.

— Reste calme, Conn, lui avait conseillé Banouin à voix basse.

Le marchand avait levé la main en guise de salut et fait avancer son poney. Conn avait éperonné sa monture pour le suivre. Les cinq hommes portaient des sabres de cavalerie et des arcs courts. Conn les avait dévisagés afin de les évaluer. Ils avaient l'air tendus, et leurs gestes démontraient qu'ils étaient prêts à l'action. Conn savait que Banouin n'avait pas besoin d'arme pour se battre, car il avait passé un après-midi entier à s'entraîner à la lutte avec l'étranger, mais cinq hommes en armes n'étaient pas à prendre à la légère.

— Bien le bonjour, leur avait lancé Banouin. Que Daan bénisse tous les cavaliers gaths, et plus encore, les habitants du village de Gudri.

— Je te connais, Chapeau Bleu, avait déclaré le cavalier de tête, un jeune homme avec une moustache blonde tombante et des tresses dans les cheveux. Tu es le marchand qui nous a apporté des bonbons au miel lors de ce terrible hiver.

— Et toi, tu es le garçon qui était caché dans l'arbre, avait répondu Banouin. Osta ? C'est ça ?

Le jeune homme avait éclaté de rire.

— Ostaran, mais mes amis m'appellent Osta. Est-ce que tu nous apportes d'autres bonbons au miel ?

— Non, pas cette fois mon ami. Mais, dis-moi, tu es bien loin de ton village. Pas de problèmes, au moins ?

Les deux hommes avaient bavardé un moment, et Conn avait vu la tension disparaître progressivement chez les cavaliers. Et, lorsque finalement ils étaient partis, il avait vu Banouin pousser un soupir de soulagement.

— Eh bien, ce n'est pas passé loin, avait fait remarquer l'étranger.

— Ils avaient l'intention de nous attaquer ?

— Oh ! que oui.

— Comment as-tu su qu'ils venaient de Gudri ?

— Leurs broches. Elles avaient toutes la forme d'une branche de chêne.

— Des vies ont donc été sauvées grâce à ta connaissance des broches, avait dit Conn.

— Toute connaissance a son utilité, mon ami. Si nous avions cherché la bagarre, ils nous auraient abattus. Mais généralement ce ne sont pas des meurtriers.

Conn avait souri.

— Tu ne penses pas que tu devrais quand même porter une arme ? Peut-être qu'il y aura un jour une broche que tu n'arriveras pas à reconnaître.

— Je connais toutes les broches. Mais, dis-moi, Conn, qu'aurais-tu fait s'il avait essayé de nous voler ?

— J'aurais poignardé l'homme qui était à gauche du chef, avait répondu aussitôt Conn.

— Pourquoi celui-là ?

— Parce que tu aurais lancé ton poney contre la monture du chef, l'obligeant à se déplacer sur sa droite, ce qui aurait bloqué les autres. Le seul homme qui aurait pu alors dégainer son arme pour t'attaquer était celui à gauche du chef.

Banouin avait pris une profonde inspiration.

— Une bonne analyse, Conn. Tu apprends vite. Allez, mettons-nous en route.

Chapitre 8

Les cinq premières nuits, les voyageurs dormirent à la belle étoile, mais au sixième soir, ils passèrent la nuit dans un village que connaissait Banouin. Quelque quatre-vingts personnes avaient bâti leurs maisons sur les bords d'un fleuve, et gagnaient leur vie en pêchant ou en remorquant des barges jusqu'à Goriasa. C'étaient des gens basanés, et Banouin expliqua à Conn qu'à l'origine – plusieurs siècles plus tôt – ils étaient un peuple nomade venu des montagnes orientales. À la fin d'un repas composé de pain noir et de ragoût, plusieurs instruments de musique apparurent, et un grand pêcheur se mit à chanter des ballades d'une grosse voix de baryton. Lorsqu'il eut fini de chanter, les gens frappèrent des pieds pour l'ovationner, avant de rentrer tranquillement chez eux. Banouin et Conn restèrent en compagnie du chef du village, un homme costaud, avec une barbe noire, qui se nommait Camoe. Ses deux jeunes épouses débarrassèrent les assiettes, et il proposa à ses visiteurs des pichets de bière. La boisson était éventée et plate ; Conn y toucha à peine.

— Jusqu'où allez-vous ? demanda Camoe à Banouin.

— Jusqu'à Roc.

— Vous allez traverser une région dangereuse, les prévint Camoe. L'armée de Roc est en guerre avec le peuple du fleuve, les Perdiis. De grandes batailles vont avoir lieu, à mon avis.

— Les Perdiis me connaissent bien, répondit Banouin. Leur roi, Alea, est un vieil ami.

— Alea est mort, lui apprit Camoe. On dit qu'il s'est noyé.

— J'en suis navré. C'était quelqu'un de bien. Qui est roi à présent ?

Camoe haussa les épaules.

— Je ne sais pas. Mais on raconte qu'ils ont plus de cent mille combattants prêts à arracher le cœur des hommes de Roc. À mon avis, ils n'y arriveront pas. Ce Jasaray est le diable fait homme.

— Ce n'est pas le diable, dit Banouin, mais c'est un général talentueux.

— D'après toi, dans combien de temps seront-ils ici ?

Banouin écarta les bras.

— Deux ans, peut-être. Mais ils ne t'ennuieront pas, Camoe. Ils t'achèteront ton poisson.

— Ils nous ennuieront tous, étranger. Je suis gath. J'irai me battre. (Son regard se porta sur la petite sacoche à côté de Banouin.) Cette bière retourne l'estomac. Je me souviens d'une époque où la saison de pêche était toujours bonne et nous pouvions alors acheter une boisson plus forte que le feu. C'était le bon temps.

— Curieusement, je me suis souvenu de ton amour pour cette boisson, déclara Banouin.

Il ouvrit sa sacoche et en sortit deux pichets d'uisge emballés dans de la paille. Il en lança un à Camoe. Le chef du village brisa le sceau en cire et porta le pichet à ses lèvres. Il but plusieurs gorgées.

— Oh, que c'est bon ! s'exclama-t-il. Ça brûle merveilleusement sur toute la descente. Combien te dois-je ?

— Pas un sou, mon ami. Cela m'a fait plaisir de te revoir. Il y a encore un pichet pour que tu fasses la fête après notre départ.

Camoe se pencha et donna une grande claque sur l'épaule de Banouin.

— Tu es trop bon pour être un homme de Roc. Es-tu sûr que tu n'as pas été adopté ?

Cette nuit-là, les voyageurs dormirent dans la salle commune et reprirent la route dès le lever du soleil. Plus ils avançaient, plus ils entendaient parler de l'armée de Roc qui progressait. On racontait que Jasaray avait rassemblé une armée de quinze mille hommes. Il serait en infériorité numérique face aux Perdiis.

— Ils vont peut-être se faire battre une bonne fois pour toutes, suggéra Conn.

— J'en doute, répondit Banouin en tirant sur les rênes de son cheval pour qu'il puisse souffler un peu.

Conn l'imita.

— Comment va-t-il planifier la bataille ?

Banouin y réfléchit un instant.

— Quinze mille hommes, cela veut dire quatre panthères et un bataillon de cavalerie. Chaque panthère est composée de trois mille hommes de troupe. La cavalerie sera essentiellement composée d'auxiliaires venant de tribus ennemies des Perdiis. Jasaray va marcher sur leur territoire pour les inciter à l'attaquer en masse. Leur charge sera brisée par ses lignes de défense, comme de l'eau sur un rocher.

— Et s'ils ne l'attaquent pas comme ça ?

— Alors il rasera certainement les villages et les petites implantations, s'emparant des femmes et des enfants pour les vendre comme esclaves. Il détruira leurs récoltes et mutilera leur économie. Ils seront obligés de l'affronter.

Durant le voyage, Banouin prit également le temps de reprendre l'enseignement du turgon avec Connavar, et l'histoire de Roc. Vaincus quatre cents ans auparavant lors d'une guerre dont plus personne ne se souvenait, les survivants s'étaient enfuis par-delà les mers pour fonder une nouvelle cité. Ils avaient aperçu un signe flamboyant dans le ciel : un rocher qui tombait des nuages, avec une queue enflammée. Il avait percuté le sommet d'une colline en rasant tous les arbres aux alentours. Sur cette nouvelle terre aplanie, ils avaient d'abord construit un temple puis une ville entourée d'une barricade en bois. Au fil des ans, ils avaient réussi à vaincre les tribus voisines et avaient ainsi assis davantage leur autorité. Peu à peu, la ville en bois s'était transformée en ville de pierre avec des grandes murailles, des aqueducs, des temples et des lieux d'enseignement.

Conn écoutait attentivement, mais jamais aussi avidement que lorsque Banouin parlait de guerres et de stratégies, ou des peuples conquis au cours des vingt dernières années. Il y avait eu beaucoup de souffrances et de destructions, d'après Banouin.

— Je les hais, affirma Conn. Ce qu'ils font est maléfique.

— Comment ça, maléfique ? s'enquit Banouin alors qu'ils guidaient lentement leurs six poneys à travers une succession de collines boisées.

Conn désigna un petit village le long d'une rivière.

— Ces gens dépendent de leurs talents pour vivre, déclara-t-il. Ils forment une communauté. Ils vivent et prospèrent. C'est une bonne vie. Je le sais, car c'est celle des Rigantes. Ils prennent soin les uns des autres. Le peuple de Roc leur volera ce qu'ils ont par la conquête. Assurément, ce ne peut être que maléfique.

— La question est plus vaste que ça, répondit Banouin en tirant sur les rênes de son poney. Viens, dit-il en faisant tourner sa monture. Nous allons faire un détour par les hauteurs du pays.

— Pourquoi ?

Banouin sourit.

— Il y a des paysages qui valent le coup d'être vus.

Ils chevauchèrent une bonne partie de la matinée et de l'après-midi. Comme ils étaient parvenus assez haut, un vent froid se mit à souffler, les obligeant à enfiler leurs manteaux. À la tombée de la nuit, ils atteignirent une parcelle de terre légèrement boisée. Banouin mit pied à terre et conduisit les poneys jusqu'à une grotte peu profonde où il fit un feu de camp et prépara à manger. À la lumière du feu, Conn vit que les parois de la grotte étaient recouvertes de peintures de cerfs, de bisons, de lions et d'ours. Çà et là, il y avait des empreintes de mains rouges : de grosses mains avec de longs doigts.

— Qui a fait ça ? demanda-t-il à Banouin.

— Les Anciens. Ils vivent encore sur les hauteurs, à l'abri du reste du monde. Mais ils ne sont plus très nombreux. Moins d'une centaine. Ils nous ressemblent, et pourtant ils ne sont pas comme nous. Ils ont un front proéminent et des mâchoires énormes.

— Ah ! oui, se rappela Conn, le Peuple laid. Il y en avait aussi du côté du bois des Seidhs. Nos légendes racontent qu'ils volaient les bébés pour les manger. Ils ont été exterminés par les Elagareths il y a des centaines d'années de cela.

Banouin secoua la tête.

— Ils ne mangeaient pas les bébés, Conn. C'était – et c'est toujours – un peuple primitif avec des outils en silex. Ils se nourrissent de feuilles et de racines. Parfois, ils chassent un cerf et le mangent cru. Mais ce n'étaient pas des cannibales. J'ai déjà visité leurs derniers villages. C'est un peuple très doux qui ne comprend rien à la violence que nous portons dans nos cœurs.

— Tu m'as conduit ici rien que pour me montrer ces peintures ?

— Non, pas seulement les peintures. Je voulais surtout que tu puisses réfléchir aux peuples qui habitaient ces terres il y a des milliers d'années, libres de toute guerre. Puis, un jour, une nouvelle race est arrivée avec ses épées de bronze et ses arcs qui pouvaient provoquer la mort à distance. Ils ont massacré le peuple qui était là et l'ont forcé à s'enfuir toujours plus haut. Aujourd'hui encore, si l'on aperçoit l'un d'entre eux, les gens se rassemblent pour lui donner la chasse et le tuer. Ces nouveaux venus étaient des meurtriers. Ils ont pris les terres des Anciens et s'y sont installés, pour y bâtir des fermes et des villages. Tu comprends ?

Conn acquiesça.

— Aujourd'hui, une nouvelle race est arrivée avec des épées de fer.

— Exactement. Et dans quelques centaines d'années, une autre tribu plus puissante – ou un groupe de tribus – fondra de la même manière sur le gentil peuple de Roc. Alors, un jeune homme comme toi se dressera et l'accusera d'être maléfique.

— Et il aura raison, affirma Conn. Un homme devrait toujours être prêt à se battre pour sa terre, son peuple et sa culture. Sinon, que serions-nous ? Lorsqu'un loup attaque nos troupeaux, nous tuons le loup. Nous nous battons pour défendre ce qui est à nous. C'est ce qui fait de nous des hommes.

— Tout à fait, convint Banouin. Mais avant que les hommes arrivent, c'étaient les loups qui s'occupaient de la survie des troupeaux. En tuant les faibles et les vieux, et en limitant ainsi le nombre de têtes de bétail, ils faisaient en sorte que le troupeau ne grossisse pas trop afin qu'il y ait toujours assez d'herbe. C'est l'équilibre naturel, Conn.

Conn éclata de rire.

— Si je suis ton raisonnement jusqu'à sa conclusion logique, alors je devrais permettre à un voleur de prendre tout ce qu'il y a chez moi. Sans rien faire. Je devrais même le laisser violer ma femme, tuer mes enfants, et dérober mes objets de valeur. C'est une philosophie à laquelle je n'ai pas envie d'adhérer.

— Moi non plus, répliqua Banouin. C'est bien là l'essentiel du problème. Je ne te dis pas de ne pas te battre. Je te dis de ne pas haïr. Ce ne sont pas les guerres qui conduisent à des excès meurtriers, mais la haine. Des villages entiers, des villes et des gens rayés de la carte. La haine est pire que la peste. Elle consume tout sur son passage, et se transmet à notre prochain. Nos ennemis deviennent des démons, leurs femmes des mères de démons, leurs enfants des bébés démons. Tu comprends ? Nous racontons des histoires où nos ennemis mangent des bébés – comme avec les Anciens. Notre cœur devient noir, et vient le moment où nous châtions ceux que nous haïssons. Mais la haine ne meurt jamais, Conn. Nous plantons ses graines dans chaque action qu'elle inspire. Tue un homme, et son fils grandira en te haïssant, jusqu'au jour où il cherchera à se venger. Une fois que ce sera fait, c'est ton fils qui se mettra à le haïr. Est-ce que tu comprends ce que je dis ?

— Non, admit Conn. Il est nécessaire de haïr ses ennemis. Si nous ne les haïssions pas, comment pourrions-nous les tuer ?

Banouin soupira, et Conn vit qu'il était déçu. Ils restèrent assis en silence à manger du ragoût. Banouin alla laver les plats et les rangea dans les sacoches. Conn déroula ses couvertures et s'allongea devant le feu.

Le petit marchand vint s'asseoir un instant à ses côtés, le regard perdu dans les flammes.

— Il n'y a que trois façons de se débarrasser d'un ennemi, dit-il enfin. Le détruire, s'enfuir, ou s'en faire un ami. L'homme qui te hait ne deviendra jamais ton ami.

Puis il déroula à son tour ses couvertures et s'allongea.

Conn se tourna pour regarder les peintures murales à la lumière des flammes.

La seule vérité qu'il connaissait, c'est que les forts l'emportaient toujours sur les faibles.

Lorsque l'armée de Roc viendra, les Rigantes seront forts, pensa-t-il.

Huit jours plus tard, les voyageurs atteignirent les frontières extérieures du pays des Gaths. Au nord-ouest se trouvaient les hauts villages ostros.

— Nous les visiterons à notre retour, déclara Banouin. Ce sera une bonne expérience pour toi. Les Ostros sont nés pour le commerce, et il n'y a rien qu'ils n'aiment plus que marchander pendant des heures pour obtenir toujours les meilleurs prix. (Le sourire disparut de son visage et il inspira profondément.) Mais, pour l'heure, nous allons devoir affronter les terres perdiies.

Devant eux s'étendaient le gigantesque fleuve Perdii et, au-delà, des collines boisées à perte de vue. Ils arrivèrent en milieu d'après-midi à un village sur les rives du fleuve et firent reposer leurs montures. Un bac à fond plat était amarré de l'autre côté du grand cours d'eau rapide. Mais il n'y avait aucun signe de la présence du passeur. Conn scruta le village. Les onze maisons qui se trouvaient sur la rive même étaient des constructions grossières et maladroites. Du bois vert avait été utilisé et, en séchant, il avait cassé en de multiples endroits, laissant de grands trous qui avaient été bouchés avec de la glaise. Derrière se dressait une structure plus solide avec un toit en boue séchée. C'était là que se trouvait le paddock. Banouin s'y rendit, ouvrit la barrière et guida les poneys à l'intérieur. Comme Conn mettait pied à terre, Banouin s'approcha de lui.

— Il faut se méfier des gens d'ici, lui dit-il. Il y a des voleurs et des brigands parmi eux. Et ils sont prompts à la colère. Prends exemple sur moi, et fais attention à ce que tu dis ou fais.

— On aurait peut-être dû camper dans les collines, fit remarquer Conn.

— Nous avons été repérés hier. Ici, il n'y a pas d'endroits vraiment plus sûrs, mais je voulais éviter une mauvaise surprise en pleine nature. (Il se força à sourire.) Ne t'inquiète pas trop quand même, mon ami. Je suis déjà passé par ici sans incident. Je dis simplement qu'il faut être prudent.

Conn ne répondit pas. Il voyait bien que le petit homme était nerveux. Banouin était un dur à cuire, pas facilement impressionnable. Aussi, Conn scruta les bâtiments. Des enfants jouaient dans la vase du fleuve, et une femme assise non loin cousait une pièce de tissu sur un manteau usé jusqu'à la corde. Elle portait une simple robe qui autrefois avait dû être bleue, et qui aujourd'hui, délavée, paraissait grise. Elle avait des cheveux longs et sales et sa peau était desséchée. Tout en elle criait la perte et la défaite. Conn détourna le regard.

Banouin lui adressa un signe et tous deux se dirigèrent vers l'entrée du bâtiment. Il n'y avait pas de porte, seulement une peau de vache suspendue à une barre. Ils l'écartèrent et pénétrèrent dans l'unique pièce. Quatre hommes étaient assis à une table et disputaient une partie d'osselets en misant de l'argent. L'un d'entre eux leva la tête en les voyant entrer. Il avait une tête énorme et complètement chauve avec de petits yeux noirs.

— Si vous êtes venus pour prendre le bac, leur lança-t-il, Dovis et son frère sont partis au marché vendre leur bétail. Ils ne seront pas de retour avant demain.

— Merci, lui répondit Banouin avec un sourire amical.

— Vous voulez jouer ?

— Peut-être plus tard. Il faut d'abord que nous nous occupions de nos poneys.

— Je les ai vus, déclara l'homme en se levant de sa chaise pour s'étirer. (Il était énorme, mesurant pas loin de deux mètres, et son gilet en peau d'ours le rendait encore plus impressionnant.) Ils sont bien chargés. Tu es Banouin, le marchand.

— Oui. Nous sommes-nous déjà rencontrés ?

— Non. Mais je t'ai reconnu à cause de ton chapeau bleu. Tu devrais te joindre à nous. Ce serait amical. Tu ne veux pas être amical ?

— Je le suis toujours, affirma Banouin. Mais je joue très mal. Et la chance ne favorise jamais mes jets.

Il fit volte-face et retourna vers l'entrée.

— Peut-être que ta copine voudrait jouer avec nous ? Cela fait longtemps qu'on n'a pas eu de charmante compagnie, dit l'homme.

Les autres éclatèrent de rire.

— J'en serais ravi, répondit Conn tout sourire. Chez moi, on adore jouer aux osselets. (Il vint se planter devant le géant et lorsqu'il lui parla, ce fut avec une réelle décontraction.) Mais avant que nous ne jouions, il faut d'abord que nous nous comprenions les uns les autres. Je suis un étranger ici, et je ne maîtrise pas bien vos coutumes. Mais j'apprends vite. Bien. Nous ne nous connaissons pas encore, et pourtant, tu m'insultes quand même. Dans mon pays, je t'aurais déjà tué pour ça. (Conn sourit et donna un petit coup sur la poitrine du chauve monstrueux.) Je t'aurais arraché le cœur. Mais évidemment, il faut que je garde à l'esprit que je suis ici en terre étrangère. Manifestement, ici, il est plutôt courant de plaisanter avec les étrangers. Pas vrai, affreux tas de bouse ?

La mâchoire du géant s'affaissa, et il plissa les yeux. Tout en gueulant une méchante insulte, il se jeta sur le Rigante. Conn ne recula pas. Au lieu de cela, il balança un direct du gauche au visage de l'homme, suivi d'un crochet du droit qui l'envoya s'écrouler sur la table, faisant rouler dans la poussière osselets et piécettes. Le grand bonhomme se releva en vitesse, mais Conn s'avança plus vite encore et lui écrasa son poing droit sur le visage, lui faisant éclater la peau sous l'œil. L'homme agrippa la tunique de Conn et essaya de l'étreindre afin de lui briser les os. Mais Conn lui asséna un coup de tête en plein nez. L'homme poussa un hurlement et partit à la renverse. Conn lui décocha deux nouveaux directs du gauche, suivis d'un uppercut du droit en plein foie. L'homme expulsa tout l'air qu'il avait dans ses poumons et se plia en deux – au moment où Conn levait son genou.

Le colosse s'effondra sur le sol, assommé pour le compte.

Le premier des autres à se lever d'un bond s'arrêta aussitôt dans son élan, car la lame du couteau de Conn touchait sa gorge, perçant légèrement la peau et faisant couler des gouttes de sang sur sa chemise dégoûtante.

— Là d'où je viens, déclara Conn sur le ton de la conversation, on pense qu'il est prudent de bien connaître une personne avant de s'en faire un ennemi. Ici, dans ce bouge malodorant, vous avez apparemment d'autres opinions. Donc, la question est la suivante : est-ce que je te tranche la gorge et tue tes amis, ou est-ce que je sors m'occuper de mes poneys ? Tu as une idée là-dessus, pue-du-bec ?

La lame s'enfonça un peu plus.

— Tu… sors… t'occuper… de tes… poneys ? se risqua l'homme.

Conn sourit, et reporta son attention sur les deux autres, qui, toujours assis, le regardaient fixement sans rien dire.

— Et vous ? Vous êtes d'accord ? (Les deux hommes hochèrent la tête.) Excellent ! Finalement nous nous comprenons.

Conn rengaina sa lame et rejoignit Banouin qui attendait devant la sortie.

Alors qu'ils sortaient, Conn regarda son compagnon.

— Je suis désolé, étranger. Je n'ai pas ta diplomatie.

— Inutile d'être désolé. La diplomatie doit toujours être appuyée par la force. Tu t'es très bien sorti de cette situation. Il n'y avait pas d'autre solution. Ils cherchaient la bagarre. Maintenant, ils y réfléchiront peut-être à deux fois. Toutefois, si je peux me permettre une petite remarque, ta première droite était un peu maladroite. Tu l'as frappé alors que ton pied d'appui était en arrière. Cela a privé ton coup d'une bonne partie de sa puissance. Je croyais que je t'avais mieux enseigné que ça.

Conn se mit à rire.

— Que ferais-je sans toi, professeur ?

— Tu te débrouillerais très bien, à ce que j'ai vu, répondit Banouin.

Ils retirèrent les sacoches des huit poneys qu'ils pansèrent. Puis ils mirent du foin dans l'enclos et allèrent chercher de l'eau au fleuve. Ensuite, Banouin installa le campement sous un grand chêne et prépara un petit feu. La nuit était belle, le ciel dégagé.

Lorsque le soleil se fut couché, une jeune femme s'approcha d'eux. Elle était très maigre et vêtue de haillons. En échange d'une partie de leur repas, elle leur promit une nuit de plaisirs à tous les deux.

— Fort aimable, déclara Banouin. Mais tu es la bienvenue si tu veux simplement te joindre à nous. Nous serions ravis de divertir un invité.

La fille resta interdite un instant.

— J'ai un enfant, dit-elle enfin.

— Amène-le également, répondit Banouin.

La fille se dirigea vers un taudis et en revint avec un nourrisson dans les bras. Banouin prépara un brouet auquel il ajouta des épices, et sortit deux pains plats qu'ils avaient achetés quelques jours plus tôt dans un village à l'ouest. La fille resta muette durant tout le repas. Conn remarqua qu'elle nourrit son bébé avant de manger son brouet et son pain.

— Il y a longtemps que tu vis ici ?

— Deux ans, je crois.

— Où est le père de l'enfant ?

— Il est parti, répondit-elle. Une nuit, il s'en est allé. Il n'est jamais revenu.

— D'où viens-tu ?

— De Grande-Branche. C'est un village perdii.

— Je le connais, dit Banouin. Il est à moins de trois jours de marche d'ici. Pourquoi n'es-tu pas rentrée chez toi ?

Elle ne répondit pas. Le nourrisson, la peau du ventre bien tendue, dormait paisiblement dans ses bras. Sa mère avait l'air très fatiguée.

— Je suis prête à vous payer, à présent, déclara-t-elle.

— Il n'y a pas de raison de vouloir nous payer, ma fille. Va plutôt coucher ton enfant. Et si tu veux venir avec nous demain, je te ramènerai à Grande-Branche.

— Je n'ai plus personne au monde, fit-elle, à part mon bébé.

Elle embrassa l'enfant sur la tête, se leva et s'en alla.

— Elle n'est pas plus âgée que moi, dit Conn.

— Mais suffisamment pour connaître le chagrin, remarqua Banouin. Je vais me coucher. Réveille-moi dans quatre heures pour mon tour de garde. Ou plus tôt si jamais ils viennent. N'essaie pas de les affronter à toi tout seul.

— Ils ne viendront pas, affirma Conn. J'ai lu de la peur dans leurs yeux.

— La confiance en soi est une chose remarquable, l'arrogance non, récita Banouin en se faufilant sous sa couverture.

Les terres perdiies étaient majoritairement boisées et devenaient de plus en plus montagneuses, ce qui réjouit Conn, car cela lui rappelait la maison. À vrai dire, son esprit commençait à donner des signes d'impatience. Caer Druagh lui manquait, ainsi que la chaleur des Rigantes. Depuis qu'ils avaient franchi le fleuve, Banouin paraissait inquiet ; tout en chevauchant il scrutait sans cesse les environs.

— Que cherches-tu ? lui demanda Conn.

— Des ennuis, répondit laconiquement l'étranger.

Comme il ne semblait pas d'humeur à la conversation, ils chevauchèrent en silence la majeure partie de la matinée.

À la tombée de la nuit, Conn se mit en quête d'un endroit propice pour que les poneys puissent se reposer et manger. Ils n'avaient fait qu'un bref arrêt le midi, et avaient fini le pain. Conn aperçut un bosquet de chênes qui se découpait dans le soleil couchant. De l'endroit où il se trouvait, le jeune Rigante put discerner au loin le ruban miroitant d'un cours d'eau qui, avec la lumière mourante, prenait une couleur dorée. Il chevaucha jusqu'à la hauteur de Banouin et lui montra la vallée.

— Ça m'a l'air d'être un bon endroit pour camper, proposa-t-il.

L'étranger secoua la tête.

— Le bois des Talis, dit-il. C'est ainsi que les Perdiis appellent les Seidhs. Personne ne va là-bas. Une de leurs légendes raconte qu'un jeune guerrier est entré un matin dans le bois des Talis, mais quand il en est ressorti le soir, il était devenu un vieillard. Nous ferions mieux de pousser encore un peu. Il y a une ferme non loin d'ici. Je connais bien le fermier. Il nous accueillera pour la nuit.

Ils arrivèrent à la ferme, une bâtisse en bois, moins d'une heure plus tard, mais celle-ci était déserte ; la porte grande ouverte pendait sur ses gonds de cuir. Banouin descendit de cheval et entra à l'intérieur pour ouvrir les volets. Il trouva plusieurs bouts de chandelle et en alluma un pour examiner la pièce principale. Le mobilier avait disparu, les étagères étaient vides. Il visita lentement les trois autres pièces. Tous les objets qui pouvaient être transportés facilement avaient disparu. Il ne restait dans la pièce principale qu'une chaise cassée, des pots ébréchés et des poêles éparpillées dans la cuisine.

Conn le rejoignit.

— Des voleurs ? demanda le jeune homme.

Banouin secoua la tête.

— Non, il a toujours eu peur que la guerre ne vienne jusqu'ici. Je pense qu'il est tout simplement parti. Quelle tristesse. Je sais qu'il adorait son petit lopin de terre.

Il y avait un âtre en pierre contre le mur nord et Banouin y fit un feu tandis que Conn s'occupait des poneys. Plus tard, après avoir mangé, ils s'assirent sur le sol poussiéreux devant le feu.

— Est-ce que tu vas enfin me dire ce qui t'inquiète ? demanda Conn.

Banouin retira son chapeau bleu et passa les doigts sur les bords en bois.

— Les Perdiis sont un peuple difficile : instables, violents, et terriblement arrogants. Cela fait des siècles qu'ils règnent sur cette partie du continent. Les Ostros et les Gaths leur paient un tribut, et c'est pour cette raison qu'il y a moins de razzias à présent. Il y a quelques années, je me suis fait un ami de leur roi, Alea. Mais je ne suis pas très populaire auprès du reste de sa famille, notamment son frère, Carac. Il m'a acheté des biens il y a cinq ans et m'a ensuite envoyé des hommes pour me voler l'argent de la vente. Ils ont échoué. Après cela, il a prétendu que je l'avais escroqué. Il voulait me faire tuer, mais il savait pertinemment qu'Alea le punirait si jamais il tentait quelque chose.

— Et aujourd'hui, Alea est mort, réalisa Conn. Avait-il des fils pour lui succéder ?

— Un seul, un garçon adorable. Il aurait dû approcher les dix-sept ans.

— Aurait dû ?

— Je ne crois pas qu'il ait eu la force ou le talent pour vaincre Carac. Il doit certainement être mort. Étranglement rituel. C'est la coutume chez les Perdiis.

— Il étranglerait son propre neveu ? Mais quel genre d'homme est donc ce Carac ?

— La vie des princes ne ressemble pas à celle des gens normaux, Conn. L'histoire perdiie est jonchée d'infanticides, de parricides, d'incestes et de meurtres. Carac a même épousé sa sœur afin d'avoir une double prétention au trône.

— J'en déduis que nous ne ferons pas de négoce dans sa capitale.

— Non, pas de négoce. En revanche, il faut que je m'y rende, car j'ai là-bas une affaire en cours. Un marchand détient un capital qui m'appartient, et j'en aurai besoin dans ma nouvelle vie avec Vorna. J'irai à la tombée de la nuit et repartirai à l'aube. C'est une grande ville, presque aussi grande que Goriasa. Je devrais passer inaperçu.

— Sans ton chapeau bleu, fit remarquer Conn.

Banouin gloussa.

— Je te le laisserai.

— Dans combien de temps atteindrons-nous la ville ?

— Demain en fin d'après-midi. Puis, il nous faudra chevaucher environ quatre jours vers l'est pour atteindre la frontière et les premières routes en pierre. Ensuite, nous avancerons plus rapidement.

Le lendemain matin, un orage arriva par le nord, et une pluie diluvienne les empêcha de partir. Ils restèrent dans la ferme et discutèrent de la suite du voyage. Banouin avait hâte de montrer à Conn les merveilles de Roc, afin qu'il comprenne aussi la menace que représentaient les gens de cette cité. L'après-midi, Conn sortit sous le porche. Un banc rudimentaire y était protégé par une saillie du toit. Il s'y assit et regarda tomber la pluie, écoutant les hurlements du vent. Un étrange sentiment s'était emparé de lui mais il n'arrivait pas à mettre le doigt dessus. Il se mit à penser à Riamfada et aux jours qu'ils avaient passés ensemble avant l'attaque de l'ours. Cette période lui paraissait bénie aujourd'hui, alors qu'à l'époque il ne l'avait pas appréciée. Le dernier jour où il avait nagé avec Riamfada, il ne restait au jeune infirme que quelques semaines à vivre, et pourtant personne ne s'en était douté. Il se demanda si leurs jeux dans l'eau auraient été plus joyeux s'ils avaient su ?

La pluie se calma, et une éclaircie se fit à l'ouest. La lumière soudaine qui franchit les nuages était magique. La triste forêt verte et marron que la pluie avait fouettée dans le lointain, brillait maintenant d'une couleur rayonnante, et la prairie ressemblait à une mer d'émeraude scintillante. Conn vit ses premières fleurs bleues au pied des arbres. Banouin le rejoignit. Le petit marchand prit une profonde inspiration.

— Qu'est-ce que ça sent bon ! déclara-t-il. J'adore l'odeur après la pluie. (Il posa son vieux chapeau bleu sur sa tête et tapa Conn sur l'épaule.) Il est temps de se mettre en route, dit-il.

Deux jours plus tard, Conn était assis devant un petit feu dans les ténèbres, à l'abri d'une cuvette. Il attendait que Banouin revienne d'Alin. L'aube n'allait plus tarder, et le jeune homme devenait de plus en plus anxieux. Il avait supplié son ami de le laisser l'accompagner, mais Banouin avait été inflexible.

— Si je suis en danger, mon jeune ami, je préfère être seul pour l'affronter. Crois-moi. De toute façon, qui s'occuperait des poneys, sinon ? Si nous les laissons seuls ici, n'importe quel bandit de grand chemin pourrait les trouver. Ou des loups pourraient les attaquer. Non. Je préfère que tu restes ici et que tu apprennes à être patient.

— Qui vas-tu voir ?

— Un marchand nommé Diakta. Il détient plus de deux cents pièces d'or qui m'appartiennent.

— Et tu as confiance en lui ?

— Nous autres marchands devons nous faire confiance les uns les autres, Conn. Nous ne pouvons pas parcourir le monde avec des coffres remplis de pièces. Attends-moi ici. Je te retrouverai dès que les premiers rayons de soleil franchiront les pics.

Les heures avaient passé avec une lenteur atroce. Conn tendit les mains vers les flammes et regarda à l'est. Le ciel s'éclaircissait avec la promesse d'une aube nouvelle. Il se leva et gravit la pente de la cuvette jusqu'à l'orée des arbres. Il scruta la ville fortifiée huit cents mètres plus bas. Les portes étaient fermées. Deux sentinelles déambulaient le long des remparts en bois.

Il resta là un certain temps puis retourna près du feu. Affamé, il décida de finir la viande. Puis le soleil se leva. Les pics enneigés à l'est prenaient une couleur corail. Et toujours pas de signe de Banouin. Conn pouvait entendre son cœur battre dans sa poitrine. De façon étrange, il pressentait que Banouin ne reviendrait pas. *C'est la peur qui me fait dire ça,* pensa Conn. Et une autre heure passa.

Conn marcha jusqu'à un petit cours d'eau et se lava le visage, puis il se rasa avec sa lame seidhe. Il attendit encore deux heures, ne sachant pas franchement ce qu'il devait faire. *Si Banouin a été simplement retardé, cela risquerait de lui nuire plus qu'autre chose que j'aille en ville.* Mais si ce n'était pas le cas. S'il avait été capturé ?

Conn décida d'attendre jusqu'à midi. Il jeta de la terre sur le feu et marcha jusqu'à l'orée des arbres pour s'asseoir sur une grosse branche tombée au sol. De là, il pouvait voir derrière les remparts en bois. Il y avait des centaines de bâtiments agglutinés les uns contre les autres. Les gens s'affairaient un peu partout. Une foule s'était même réunie sur la place centrale de la ville.

Les portes s'ouvrirent et plusieurs chariots sortirent. Conn s'abrita les yeux contre le soleil et essaya de repérer Banouin. Mais l'étranger n'était pas là.

L'attente devint interminable. *« Apprends à être patient »* lui avait dit Banouin en souriant.

Il aurait tout aussi bien pu lui demander d'apprendre à voler comme un oiseau.

Une demi-heure avant midi, Conn sella son poney et, tirant la monture de Banouin et le train de six poneys, il descendit en direction d'Alin.

Un garde trapu armé d'une épée et d'une lance sortit à sa rencontre.

— Je ne reconnais pas tes couleurs, lui dit-il en désignant le manteau à damier vert et bleu de Conn.

— Rigante, de l'autre côté de l'eau, lui répondit le jeune homme.

— Tu es bien loin de chez toi, mon garçon.

— Oui, da, j'en ai l'impression. Je cherche un marchand nommé Diakta. J'ai des biens qui lui sont destinés.

L'homme s'approcha de Conn et regarda d'un air curieux la cicatrice qui zébrait son visage.

— On dirait que tu as fait la guerre.

— J'ai eu une discussion avec un ours, répondit Conn en se forçant à sourire. Et il a eu le dernier mot.

— Tu as survécu, ce n'est pas rien, répondit la sentinelle. (Puis elle se retourna et désigna la rue principale.) Suis cette rue jusqu'à la forge de Merin. Tu ne peux pas la manquer. Il a accroché un vieux crâne de bœuf sur sa porte. Tourne à gauche et va tout droit jusqu'à ce que tu arrives devant une rangée d'entrepôts, alors tourne à droite. Tu verras un petit verger de pommiers et un long bâtiment avec un entrepôt au bout. Il y aura l'enseigne de Diakta sur la porte, un cercle d'or autour d'une feuille de chêne.

— Merci beaucoup, fit Conn.

Alors qu'il éperonnait sa monture, la sentinelle lui adressa à nouveau la parole.

— Cela risque de te prendre du temps. La foule doit revenir de l'exécution.

Conn eut un haut-le-cœur.

— Qui a été tué ? s'enquit-il.

— Un espion de Roc à ce qu'on m'a dit. Mais je ne l'ai pas vu personnellement. Je suis en faction depuis l'aurore.

Conn reprit sa route. Arrivé à la forge, il ne tourna pas à gauche. Il continua plutôt en direction de la grand'place où il avait vu la foule s'amasser. Il dut progresser à contresens d'une cohue qui l'ignora complètement, pour arriver enfin à un gibet dressé sur une plateforme.

Le corps de Banouin était suspendu à un crochet en bronze qu'on lui avait planté entre les omoplates. Son visage avait été sauvagement battu ; on lui avait crevé un œil. Du sang tachait les habits du petit marchand, et, de manière incongrue, Conn s'aperçut qu'il lui manquait une chaussure. Une pierre siffla au-dessus de l'épaule de Conn et vint percuter le visage mort de Banouin. Le Rigante se retourna et vit un groupe de petits garçons qui rigolaient bêtement.

Il lutta pour conserver son calme et se détourna du cadavre pour retourner sur l'artère principale, tournant à droite à la forge en direction de chez Diakta. À cet instant précis, il n'avait pas de plan et ne savait pas encore ce qu'il allait faire.

Tout en avançant il observa les gens. Dans l'ensemble, c'était une race assez grande, blonde et belle. Certains hommes portaient des manteaux perdiis, couleur azur avec un trait rouge en plein milieu. Une femme croisa sa route et disparut dans une ruelle adjacente. Elle était fine, les cheveux noirs, parsemés de mèches argentées. L'image de Vorna se forma dans l'esprit de Conn. Il soupira en pensant qu'à son retour à Trois-Ruisseaux il devrait lui apprendre la mort de son époux. Elle était venue le voir la veille de son départ et ils étaient partis marcher un peu dans le pré.

— Aujourd'hui, je n'ai plus mes pouvoirs, avait-elle dit, mais je me souviens très bien que lorsque j'ai rencontré l'étranger pour la première fois, j'ai vu sa *geasa.* Méfie-toi d'un lion aux yeux de sang, Connavar. Il s'agit peut-être d'un blason ou d'une statue. Mais c'est peut-être aussi quelque chose de bien réel.

— Je le protégerai, avait-il promis.

Et il n'avait pas tenu sa promesse. Peu importe que Banouin lui ait demandé de l'attendre. Le sentiment de culpabilité lui fit l'effet d'une douche froide.

Arrivé au verger, il localisa rapidement l'enseigne d'or et de chêne et mit pied à terre. Il attacha les poneys à une rambarde et alla frapper à la porte de la maison. Celle-ci fut ouverte par un homme entre deux âges, chauve, les épaules voûtées, et vêtu d'une longue robe de laine bleue.

— Qu'y a-t-il ? demanda l'homme en détaillant tel un myope le visage de Connavar.

— Tu es Diakta, le marchand ?

— C'est bien moi, répondit-il sèchement. Que veux-tu ?

— On m'a envoyé ici avec des produits à vendre.

— Et qui t'envoie ? s'enquit Diakta d'une voix plus amicale.

— Garshon de Goriasa, répliqua instantanément Conn.

Diakta sortit sur le pas de sa porte.

— Et que transportes-tu ?

— Des peaux provenant du bétail noir et blanc des Rigantes, des broches faites par Riamfada l'artisan, et vingt pichets d'uisge.

Diakta resta silencieux un moment. Puis son visage s'illumina d'un grand sourire et il invita Conn à entrer. Le sol était recouvert de tapis somptueux, et la pièce principale débordait de caisses et de coffres empilés les uns sur les autres. Diakta se faufila au milieu des piles pour arriver finalement à un petit espace près de l'âtre où deux fauteuils avaient été installés autour d'une table. Tout en offrant un siège à Conn, il déclara :

— Comme tu peux le voir, j'ai déjà du mal à caser mon stock. C'est la faute de la guerre. Les routes commerciales de l'Est me sont désormais fermées. Mon entrepôt déborde de marchandises. Je suis désolé de ne pouvoir t'aider. Mais laisse-moi quand même t'offrir un gobelet de vin pour ta peine.

Il disparut entre les caisses durant plusieurs minutes. Conn en profita pour observer la pièce. Les murs étaient couverts de décorations, de peintures, de tapis et d'armes. Mais ses yeux furent attirés par un bouclier de bronze rond, orné d'une tête de lion. Conn serra les poings et essaya de se calmer. Lorsque Diakta revint, il portait deux gobelets en argent. Il en offrit un à Conn et posa le deuxième sur la table devant lui. Puis il s'assit confortablement dans son fauteuil.

— Il ne fait pas bon être marchand ces temps-ci, dit-il. Comment va Garshon ?

Le jeune homme posa son gobelet sur la table.

— Il allait bien la dernière fois que je l'ai vu.

Conn avait du mal à reconnaître sa propre voix tant elle restait douce et amicale.

— Tu es bien jeune pour que Garshon te fasse confiance.

— Je lui ai rendu service. (Conn regarda une nouvelle fois le mur derrière Diakta.) Tu as des décorations assez inhabituelles. D'où est-ce que ça vient ? demanda-t-il en désignant le bouclier de bronze.

Diakta se retourna.

— Le bouclier au lion ? C'est vrai que c'est une belle pièce. Elle provient d'un site funéraire à l'est. J'avais pensé la vendre à Roc. Les yeux du lion sont des rubis. Des pierres très chères. (Il se retourna vers Conn.) Mais je vois que tu ne bois pas ton vin. Il n'est pas à ton goût ?

— On m'a appris à attendre que mes aînés boivent d'abord, expliqua Conn.

— Ah, une bonne éducation. Il y a si peu de personnes qui font montre d'une telle courtoisie de nos jours.

Diakta prit son gobelet et but une grande gorgée. Conn l'imita. C'était un vin rouge, riche en saveur.

— Très bon, déclara Conn. Peut-être le meilleur que j'ai goûté.

— Il vient du Sud, expliqua Diakta. Et maintenant, dis-moi, jeune homme, pourquoi me racontes-tu des mensonges ?

— Des mensonges ?

— C'est toujours Banouin qui vend les peaux rigantes, tout comme, d'ailleurs, les babioles de Riamfada. Ce n'est donc pas Garshon qui t'envoie.

— Non, c'est vrai, admit Conn. Je voyageais ici avec un ami. Il est venu te voir la nuit dernière. À présent, il est mort. Que s'est-il passé ? Comment ont-ils pu l'attraper si vite ?

— J'ai drogué son vin, répondit Diakta. Puis, alors qu'il dormait, j'ai envoyé un serviteur prévenir Carac. Cela m'a fait de la peine de traiter le pauvre Banouin de cette manière mais, comme je te l'ai expliqué, le commerce n'est pas bon, et j'ai dû dépenser tout son or pour rester à flot. De ce fait, je ne pouvais pas le rembourser.

— Tu l'as fait tuer pour de *l'argent*, dit Conn. Mais quel genre d'homme es-tu donc ?

— Un marchand. Je suis dans le négoce. Et j'ai négocié avec Carac. Quand la pauvreté frappe à ta porte, tous les moyens sont bons, mon garçon.

— Je vais le venger, déclara Conn. Je vais te tuer à petit feu, et ce sera très douloureux. Et pendant que tu seras en train d'agoniser, je suis sûr que la pensée de tout cet argent que tu as gagné te soulagera.

Diakta gloussa.

— Je ne crois pas, jeune homme. Vois-tu, j'ai du flair et, dès que je t'ai vu, j'ai su que tu représentais un danger pour moi. Ton vin aussi était drogué. Essaye de bouger tes jambes. Tu verras que tu n'y arriveras pas. Ce sont les jambes qui sont touchées en premier, puis les mains. Bientôt, tu seras inconscient. Et à la différence de Banouin, toi tu ne te réveilleras pas, parce que je t'ai versé une grosse dose. Mais ce sera sans douleur.

Conn prit une profonde inspiration et se leva de son fauteuil. Diakta sursauta. Il écarquilla les yeux et essaya de se lever à son tour. Ses mains se refermèrent sur les bras de son fauteuil, mais il ne bougea pas.

— J'ai échangé les gobelets pendant que tu me parlais du bouclier, lui expliqua Conn. Un lion avec des yeux de sang. Savais-tu qu'une sorcière avait dit à Banouin de ne pas accepter de vin s'il voyait un jour un tel animal ?

— Non, non, non, gémit Diakta. Je ne peux pas mourir !

Conn alla chercher une écharpe en lin sur une étagère. Il s'approcha de Diakta et lui attacha rapidement les bras dans le dos. Puis, il alla chercher un tisonnier à côté de l'âtre et le plongea au milieu des flammes.

— Oh, si, tu vas mourir, dit-il d'une voix glacée. J'ai vu mon ami pendu à un crochet. On lui avait crevé un œil. Avec un fer chaud, d'après moi. Bientôt, tu sauras ce qu'il a enduré.

Des rires d'enfants résonnèrent à l'extérieur, ainsi que des bruits de petits pieds qui couraient devant la maison. Conn tourna le tisonnier dans les flammes.

— Tu entends, marchand ? Je te promets que les Perdiis ne riront bientôt plus. Je vais faire tout mon possible pour éliminer ta tribu de la surface de la terre. Je les traquerai tous et je les écraserai comme la vermine qu'ils sont. Souviens-t'en en mourant !

Il retira le tisonnier ardent des flammes et s'approcha de l'homme paralysé.

Lorsqu'Arbon et deux autres gardiens de troupeau trouvèrent Ruathain, il était au seuil de la mort. Il était adossé à un arbre à la lisière des bois du pâturage supérieur, inconscient, un couteau ensanglanté à la main. Autour de lui se trouvaient les cadavres de quatre guerriers pannones. Arbon courut s'agenouiller aux côtés de son seigneur. La tunique verte de Ruathain était couverte de sang. Arbon la déchira et compta quatre blessures : deux en haut de l'épaule gauche, une troisième sous l'omoplate droite, et la dernière en dessous de la hanche. Ruathain ouvrit les yeux. Son visage était gris et tiré, ses yeux brillants de fièvre.

— Querelle de sang, murmura-t-il.

— Ne parle pas, lui ordonna Arbon.

Le sang ne coulait presque plus des trois blessures sur son torse. Mais la quatrième saignait encore abondamment. Arbon plissa ses yeux gris pour observer le flot. Il était régulier, ce qui était rassurant, car si une artère avait été touchée, le sang aurait jailli de manière saccadée. La situation n'en demeurait pas moins critique. Ils étaient à une dizaine de kilomètres de Trois-Ruisseaux, et Arbon savait que même si Ruathain montait à cheval, ce dont il ne devait plus être capable, il mourrait avant d'arriver au village. Il se tourna vers les autres cavaliers et ordonna à l'un d'entre eux de partir au triple galop et de ramener Vorna. Arbon retira son manteau et utilisa son couteau pour y tailler un bandage. Il allongea Ruathain sur le dos, plia la bande de tissu et la posa sur la blessure. Il croisa ses mains sur le pansement et appliqua une pression. Ruathain avait à nouveau tourné de l'œil, et sa respiration était faible.

Arbon maintint sa pression plusieurs minutes, résistant à l'envie de soulever la compresse pour voir si le saignement s'était arrêté. Il se maudit intérieurement de ne pas avoir toujours sur lui du fil et une aiguille. Lorsque le poney de Ruathain était rentré seul au galop, Arbon avait aussitôt deviné que son seigneur était en difficulté. Dans sa hâte à vouloir le rejoindre, il en avait oublié son sac de soins.

— Qu'est-ce que je peux faire, père ? demanda Casta, le fils d'Arbon, agenouillé de l'autre côté du blessé.

— Sers-toi de ton manteau pour lui faire un oreiller et soulève-lui la tête. (Casta s'exécuta.) À présent cherche ses battements de cœur. Compte-les à voix haute, pour moi.

Casta appuya doucement ses doigts sous la mâchoire de Ruathain.

— Un… deux… trois-quatre-cinq… six… sept. C'est irrégulier, père.

— L'important, c'est qu'il batte, grommela Arbon. Dieux, ce que je peux être bête… Cela fait vingt-six ans que j'ai ce fichu sac de soins, et le seul jour où j'en ai besoin, il est à dix kilomètres.

— Tu ne pouvais pas savoir qu'il avait été attaqué. (Casta jeta un coup d'œil aux quatre cadavres.) Ils avaient tous des épées. Le seigneur n'avait que sa dague.

— Oui, da, c'est un homme très dangereux. Tiens, remplace-moi, j'ai les bras qui faiblissent. Appuie là.

Casta posa ses grosses mains sur le bandage et appuya dès qu'Arbon eut retiré les siennes. Le vieil homme se releva et s'étira. Son dos le lança. Puis il scruta les environs d'un œil expérimenté.

— Ils se sont précipités sur lui. Que Taranis soit loué, ils se sont gênés les uns les autres !

Il alla examiner les cadavres. C'étaient tous de jeunes hommes. Aucun ne devait avoir atteint vingt ans.

— Pourquoi ont-ils essayé de le tuer ? demanda Casta.

— Querelle de sang. Il y a quelque temps, Ruathain a tué deux Pannones lors d'une razzia. Ce sont certainement des parents.

— Il est en train de trembler, constata Casta.

Arbon couvrit Ruathain avec les restes de son manteau et alla ramasser du bois mort pour faire un feu. Les flammes commençaient à prendre lorsqu'il entendit des cavaliers qui grimpaient la pente au galop. L'ancienne sorcière se laissa glisser sur le sol, prit une sacoche et courut s'occuper de Ruathain. D'autres cavaliers apparurent, et Meria était parmi eux.

Vorna souleva le pansement. Il y avait toujours un peu de sang qui coulait, mais le flot était enrayé.

— Tu as bien fait, dit-elle à Casta.

Puis, elle se mit à recoudre la blessure.

Ruathain ouvrit les yeux. Meria lui prit la main et y déposa un baiser. Il sourit faiblement et s'évanouit une fois de plus.

— Est-ce qu'il va vivre ? s'enquit Meria.

Vorna tâta son pouls.

— Je pense, répondit-elle. Maintenant, laisse-moi finir les sutures. (Elle se tourna vers Arbon et l'appela.) Fabrique une civière. Il ne pourra pas monter à cheval.

Il fallut près de quatre heures pour faire descendre Ruathain de la montagne. Meria ordonna qu'on le couche chez elle, dans son lit, puis elle congédia les hommes. Elle et Vorna s'assirent en silence à son chevet. Bendegit Bran, qui avait maintenant dix ans, était là également.

— Est-ce que je dois aller prévenir Aile ? demanda-t-il.

— Où est-il ?

— Il nage aux chutes de Riguan avec Gwydia.

— Non, ne t'inquiète pas. Ton père ira bien.

Meria tendit le bras et repoussa une mèche de cheveux qui tombait sur le front de Ruathain. Comme elle lui touchait la peau, il ouvrit les yeux.

— Où suis-je ? demanda-t-il.

— À la maison, répondit-elle. Tu es à la maison.

Ses yeux verts étaient emplis de larmes.

— Suffit, femme ! Inutile de pleurer. Je ne vais pas mourir.

— Imbécile, soupira-t-elle doucement en essuyant ses larmes avec le revers de sa main. Ce n'est pas pour ça que je pleure.

Ils restèrent silencieux un instant. Puis, il leva le bras et l'attira contre lui.

— Je t'aime, fillette.

— Moi aussi, imbécile.

Vorna se leva et prit Bendegit Bran par le bras pour le faire sortir de la chambre. Elle tira la porte derrière eux.

— Est-ce que mon père va guérir ? demanda l'enfant aux cheveux blonds.

— Oh ! oui, répondit-elle. Ils vont guérir tous les deux.

Le soleil se cachait derrière les pics à l'ouest lorsque Vorna se mit en marche pour la maison de Banouin. Elle n'arrivait toujours pas à y penser comme à sa propre maison. En fait, sans la présence pleine de vie de Banouin, et malgré l'abondance de meubles, tapis et autres décorations, l'endroit semblait étrangement vide.

Vorna prit une profonde inspiration et s'arrêta de marcher. Elle avait à nouveau la nausée. Au cours du dernier mois, et malgré la camomille, elle avait eu du mal à garder un repas sur trois. Elle s'appuya contre la barrière du paddock de Nanncumal et ferma les yeux. Une brise fraîche soufflait dans ses cheveux noir et argent. C'était agréable.

Quand elle était sorcière, Vorna avait souvent vécu les accouchements grâce à la Fusion, mais heureusement, elle n'avait jamais eu à souffrir de ces malaises. Elle savait que pour la plupart des femmes, la nausée était surtout fréquente le matin. Généralement, cela passait vite et sans grand désagrément. Pour d'autres – dont manifestement elle faisait partie – c'était une malédiction. Vorna se redressa. La chevauchée jusqu'à Ruathain lui avait retourné l'estomac, et déclenché une douleur dans le bas du dos. Elle s'étira et se remit en marche.

Il faisait frais dans la maison, aussi alluma-t-elle un feu dans l'âtre principal. Soudain, elle fut prise d'un frisson et regarda autour d'elle. Non, il n'y avait personne. Ce qui la surprit. L'espace d'un instant, elle avait eu la certitude de ne pas être seule. Elle se leva, traversa la pièce et ouvrit la porte de la chambre à coucher. Un rayon de lune passait par la grande fenêtre, illuminant le lit et sa couette en patchwork. Là aussi, la pièce était vide. Elle fut prise d'un nouveau frisson.

— Qui est là ? murmura-t-elle.

Pas de réponse.

Elle retourna devant l'âtre et s'assit dans le fauteuil préféré de Banouin. Les pouvoirs que la Morrigu lui avait donnés étaient partis mais, enfant, elle possédait déjà un pouvoir bien à elle, une sensibilité particulière aux humeurs et à l'atmosphère. C'était grâce à cela qu'elle avait pu voir l'esprit de Riamfada parmi les Seidhs. Elle essaya de puiser dans ce pouvoir.

Il y avait quelque chose. Proche. Démon ou esprit ? Elle resta sur sa chaise et essaya d'analyser ses impressions. Non, elle n'avait pas peur ; par conséquent, il y avait peu de chances que ce soit un esprit malveillant. Un souffle d'air froid lui caressa le front et disparut aussi vite qu'il était venu. La pièce était de nouveau vide. Vorna ouvrit les yeux. *Certainement un esprit de la nuit, se rendant vers je ne sais qui ou je ne sais quoi,* pensa-t-elle.

Elle se prépara un repas d'avoine bouillie dans du lait, et se rassit, attendant que son bol refroidisse. Elle pensa à Banouin et se demanda où il se trouvait en ce moment.

Elle l'imagina portant la broche de bronze à l'opale bleue.

— Elle te ramènera sain et sauf jusqu'à moi, dit-elle à voix haute. C'était mon enchantement le plus fort.

Elle souleva son bol et se mit à manger. La nausée arriva aussitôt. Elle dut poser son bol et se caler au fond du fauteuil. Un bruissement d'ailes la fit sursauter. Un énorme corbeau noir était posé sur le divan et se lissait les plumes. La rage s'enflamma dans le sein de Vorna, étouffant la nausée.

La Morrigu était debout sur le pas de la porte, un châle miteux autour des épaules.

— Qu'est-ce que tu veux ? siffla Vorna.

La Morrigu avança dans la pièce et vint s'asseoir en face de Vorna. Puis elle tendit ses vieilles mains vers le feu.

— Peut-être un peu de compagnie, soupira-t-elle. (La Morrigu se cala dans le fauteuil et ferma les yeux.) Mange ton porridge, j'ai supprimé la nausée.

— Je n'ai pas faim.

— Ne sois pas égoïste. Tu manges pour deux, rappelle-toi. Ton fils a besoin de nourriture, Vorna. Tu ne voudrais pas d'un enfant malade ou d'un infirme comme Riamfada.

La peur souffla sur son cœur comme un blizzard.

— Est-ce une menace ?

— Non, ce n'est pas une menace. Cet enfant n'est rien pour moi. Calme-toi, Vorna. Mange ton porridge.

Vorna prit de nouveau le bol. Une fois qu'elle eut fini de manger, elle rajouta une bûche dans le feu et contempla les flammes. Elle n'avait aucune idée de ce que voulait réellement la Morrigu, mais elle savait que la Seidhe parlerait quand elle en aurait envie. La pièce était silencieuse, n'étaient le crépitement des flammes et les occasionnels bruissements d'ailes du corbeau. Vorna regarda la Morrigu. La Vieille Femme semblait s'être assoupie. Au bout d'un moment, Vorna n'en put plus d'attendre.

— Pourquoi es-tu réellement venue ? s'enquit-elle.

— Si je te le disais, je pense que tu ne me croirais pas, Vorna, répondit la Morrigu. Mais j'ai pensé que tu voudrais que quelqu'un soit là lorsque le visiteur frappera à ta porte.

— Quel visiteur ?

— Un passeur du Sud. Il arrivera bientôt. Si tu vas à la porte, tu le verras en train de franchir le premier pont.

Vorna se leva et traversa la pièce. Elle ouvrit la porte et aperçut un homme qui marchait sous le clair de lune. Il avançait tête baissée, comme s'il portait un lourd fardeau. Il fit une pause au troisième pont et soudain il vit Vorna se découper dans la porte. Il marcha lentement vers elle. Vorna alla à sa rencontre.

— Je m'appelle Calasain, dit-il.

— Je sais qui tu es, passeur. J'ai aidé ta femme à la naissance de ton fils.

— Oui, c'est vrai. Oui.

Le vieil homme léchait nerveusement ses lèvres. Il n'osait pas – ne pouvait pas – regarder Vorna dans les yeux.

— Ton homme… Banouin… a franchi la rivière il y a trois mois. Mon fils… (Il s'arrêta un instant pour reprendre sa respiration.) Mon fils est un voleur, déclara-t-il soudainement. Il a volé quelque chose à Banouin. Je ne l'ai découvert qu'il y a quelques jours. Je ne savais pas quoi faire. J'ai pensé attendre le retour de l'étranger. Et puis…

Il s'arrêta de nouveau.

— Il est tard et je suis fatiguée, l'informa Vorna. Dis ce que tu as à dire.

Calasain ouvrit une petite bourse à sa taille et en sortit une broche. L'opale bleue brilla sous la lune.

— Senacal a pris ça dans une des sacoches de l'étranger. Je voulais attendre, mais ça me rongeait. Je n'arrivais plus à dormir. Il fallait que je ramène ça ici.

Il tendit le bras et rendit la broche à Vorna.

L'ancienne sorcière s'adossa au chambranle, le visage exsangue. Calasain l'attrapa alors qu'elle tombait. Le vieil homme l'aida à s'asseoir dans le fauteuil. Vorna ouvrit les yeux et des larmes coulèrent sur ses joues.

— Tu es malade ? lui demanda-t-il.

— Ton fils… a tué mon mari, répondit-elle.

— Non, non. Je jure qu'il n'a fait que voler cette broche. Banouin est bien parti avec Connavar. Je te le promets.

— Va-t'en. Laisse-moi tranquille, sanglota Vorna en détournant la tête.

Calasain se releva. Il crut entendre un battement d'ailes et se retourna. La pièce était vide.

— Je suis désolé, fut tout ce qu'il trouva à dire.

Il attendit un instant une réponse, mais comme aucune ne semblait venir, il sortit dans la nuit en fermant la porte derrière lui.

— Moi aussi, je suis désolée, Vorna, déclara la Morrigu.

— Va-t'en, laisse-moi seule, fit Vorna.

La Morrigu soupira.

— J'ai un cadeau pour toi. Tes pouvoirs reviendront après mon départ. Mais ils disparaîtront à l'aube.

Vorna se leva d'un bond.

— Je ne veux…, commença-t-elle.

Mais le fauteuil en face d'elle était vide.

Seule et désemparée, Vorna se laissa retomber sur son siège et pleura.

Une brise fraîche vint de nouveau caresser ses cheveux et cette fois-ci elle en devina la source. Elle se cala au fond du fauteuil, libéra son esprit et sortit de son corps. Là, à côté du fauteuil, se tenait la silhouette lumineuse de Banouin.

— Je suis revenu, dit-il.

Chapitre 9

Valanus s'allongea dans l'eau chaude parfumée et contempla les nouveaux bains avec leurs colonnes en marbre et leurs élégants bancs en bois dans des alcôves sculptées. C'était une vision d'élégance et de style, qui lui manquait à chacune de ses missions chez les barbares. Il se laissa glisser un peu plus dans l'eau et sentit aussitôt ses muscles se détendre. Il s'aspergea le visage et passa ses doigts dans ses cheveux courts, puis ferma les yeux et s'imagina de retour à la cité, avec ses théâtres et ses jardins.

Sa sensation de bien-être fut brisée par une commotion soudaine. Valanus s'assit dans le bain et regarda en direction des portes en plaques de marbre. Trois chefs keltoïs venaient d'entrer. L'officier de Roc réprima un sourire en voyant un serviteur les inviter à ôter leurs vêtements pour descendre dans le bassin. *Autant essayer d'apprendre à jouer de la flûte à un singe que d'enseigner les bases de la civilisation à ces barbares*, pensa Valanus. Il plongea la tête sous l'eau chaude, roula sur lui-même, et traversa à la nage le bain au sol de marbre pour ressortir de l'autre côté, à l'endroit où se tenaient les trois Keltoïs.

— Ce n'était qu'une proposition, Ostaran, déclara Valanus avec un sourire contraint, pas un ordre. Tu n'es pas *obligé* de te baigner. J'ai cru comprendre que ton peuple craint l'eau chaude.

Ostaran lui jeta un sourire glacé. Puis, il retira sa chemise, son pantalon et ses chaussures, qu'il tendit au serviteur. L'homme les tint à bout de bras, comme s'il craignait que ces vêtements ne le poignardent, et alla les ranger sur une étagère. Ostaran s'assit au bord du bassin et trempa ses pieds dans l'eau. Ses deux compagnons l'observèrent, l'air sinistre. L'homme prit une profonde inspiration.

— Ça sent la lavande, leur dit-il.

Puis il se laissa glisser le long du bord. Une fois dans l'eau, il s'aspergea le visage et passa ses fines mains sur ses longues moustaches blondes. Il défit ses deux nattes, secoua la tête, et plongea.

— C'est moins pire que tu ne le pensais, non ? s'enquit Valanus alors qu'Ostaran refaisait surface. (Il leva la tête vers les deux autres et leur sourit.) Là où va un Gath, des guerriers ostros peuvent sûrement l'imiter.

— Pas toujours, répondit le premier, un homme bien charpenté avec une barbe rouge fourchue. J'ai entendu parlé d'un Gath qui, suite à un pari, s'est enfoncé la tête dans le trou du cul d'une vache. Ses cheveux sont devenus verts. Je n'ai jamais entendu dire qu'un Ostro l'avait imité.

Et, sur ce, il fit un signe à son compagnon et les deux hommes quittèrent les bains. Valanus se tourna vers Ostaran, et vit qu'il souriait.

— Tu souris toujours quand on t'insulte ?

— Il ne m'insultait pas. Il se moquait de toi.

Valanus demanda du savon. Un serviteur lui apporta une fiole. L'officier de Roc en versa le contenu dans ses mains et fit mousser ses cheveux. Il plongea pour se rincer, puis se leva.

— Que penses-tu des bains ? demanda-t-il à Ostaran.

Le chef gath scruta le bâtiment, posant son regard sur les quatre énormes bassins, entourés par des colonnes en pierre, les grandes fenêtres, les bancs sculptés, comme les étagères, de façon élaborée. Quand il parla, il y avait un soupçon de malice dans sa voix.

— Cela m'a l'air d'être du gaspillage en pierre et en temps, déclara-t-il. Un homme peut se laver dans un cours d'eau si cela lui chante. Toutefois, je t'accorde que c'est plaisant.

Valanus se hissa à sa hauteur et s'assit sur le rebord du bassin, à côté du tuyau par lequel arrivait l'eau chaude. Il y faisait plus chaud. Ostaran l'imita.

— Qu'est-ce que tes éclaireurs t'ont appris sur Connavar ? demanda-t-il.

— Il a disparu. Les Perdiis pensaient pourtant l'avoir coincé dans les collines. Ils ont capturé ses poneys mais il a réussi à s'enfuir à pied après avoir tué deux guerriers.

— Deux de plus ? Cela en fait combien à présent ?

— Six, sept si tu comptes le marchand d'Alin qu'il a torturé à mort. Apparemment, il a capturé l'un de leurs éclaireurs. Il l'a laissé attaché à un arbre avec un message pour Carac. Il lui a demandé de dire au roi qu'il reviendrait bientôt lui trancher la gorge, et que rien au monde ne pourrait l'en empêcher.

— Un garçon quelque peu colérique, fit remarquer Valanus d'un ton pince-sans-rire. Mais j'avoue que je ne voudrais pas l'avoir pour ennemi. Tu l'as rencontré, je crois ?

Ostaran acquiesça.

— Il était avec le marchand de miel. Mais nous n'avons pas parlé.

Valanus gloussa.

— Tu es un guerrier, Ostaran. Comme moi. Alors, sois honnête. Il t'a perturbé, pas vrai ?

— N'importe quel homme qui s'en prend à un ours armé d'un simple couteau me perturbe, admit Ostaran. (Il sortit sa main de l'eau et regarda fixement ses doigts.) Ma peau est toute ridée, dit-il visiblement déconcerté. Je ferais mieux de partir.

— Allons, pas avant un massage. Nous avons des petits esclaves bien formés qui peuvent te masser les muscles avec de l'huile tiède. Crois-moi, il ne faut pas passer à côté.

— Vous n'avez pas des femmes formées à cela ?

— Les jeunes hommes sont préférables, répondit Valanus. Cela évite les complications ou l'excitation. Ou pas. Cela dépend de tes appétits. Allons, viens essayer. Après tu pourras me raconter tout ce que tu as appris sur l'armée de Carac.

Les deux hommes sortirent du bain. Des serviteurs vinrent aussitôt en courant leur apporter des serviettes. Une fois secs, Valanus mena Ostaran dans une longue pièce avec sept couchettes. Deux jeunes hommes attendaient. Valanus s'allongea sur le ventre. Ostaran s'assit sur la couchette d'à côté et roula sur son estomac. Les deux serviteurs commencèrent leur travail. Valanus se détendit dès que les doigts agiles du jeune homme lui pétrirent les muscles, en chassant la tension. Il soupira et ferma les yeux. Il aurait tant voulu être à Roc ; il aurait pu s'habiller et prendre un attelage pour aller à l'amphithéâtre voir la dernière pièce en date avant d'aller dîner.

Le serviteur se mit à travailler sur les muscles en bas de son dos et sur ses hanches. Puis, il passa aux jarrets et descendit jusqu'aux mollets. Valanus roula sur le dos, pour permettre au jeune garçon de finir son travail par ses quadriceps et finalement sa poitrine et son cou. Une fois que le massage fut terminé, le serviteur, muni d'un couteau en ivoire, racla l'excès d'huile sur le corps de Valanus et lui offrit une robe blanche. Tout en l'enfilant, Valanus s'aperçut qu'Ostaran s'était endormi sur sa couchette. Le serviteur lui jeta un coup d'œil inquisiteur. L'officier de Roc le congédia d'un geste, puis il secoua légèrement le Keltoï. Ostaran ouvrit les yeux et bâilla.

— C'était bon ? s'enquit Valanus.

— Excellent.

Ostaran s'assit et étira ses épaules. Valanus vit qu'il avait une ancienne cicatrice qui partait de la clavicule pour rejoindre l'omoplate.

— On dirait un coup de lance, dit-il.

Ostaran acquiesça.

— Une bande de Perdiis venus faire une razzia. Il m'a fallu des mois pour guérir, et j'ai toujours mal par temps froid. (Il roula son épaule.) Ton garçon me l'a merveilleusement détendue. Merci, Valanus, de m'avoir convaincu d'essayer.

— De rien, mon ami. À présent, dis-moi ce que tu as appris.

— Tu avais raison pour Garshon. Il fournit du minerai de fer aux Perdiis pour des épées, des fers de lance et des armures, en échange de l'argent de Carac. Cependant, il a réussi à conclure un accord en notre faveur avec les Ostros, qui approvisionneront Jasaray le temps de sa campagne.

— Combien peux-tu me promettre de Gaths ?

— Deux mille cavaliers, comme tu avais demandé. Chacun viendra avec sa monture. Quand partons-nous ?

— Il n'y a que Jasaray qui le sache. Nous le verrons ce soir.

— Je m'en réjouis d'avance, déclara Ostaran.

— Il ne parle pas ta langue, mais je ferai l'interprète. D'ailleurs, comment se passe ton instruction ? La dernière fois que nous en avons parlé, tu pouvais dire « bonjour » en roc. Il faudra que tu puisses faire mieux si tu veux devenir chef d'un escadron de cavalerie.

— Je peux dire « au revoir », « comment vas-tu ? » et « fais attention où tu marches, saloperie de barbare mangeur de merde ». Tu penses que ça ira pour l'instant ?

— Ce n'est pas drôle, mon ami. Lorsque la bataille débutera et que les ordres seront donnés, il faudra que tu puisses les comprendre. Sinon, Jasaray ne t'autorisera jamais à devenir chef.

— J'apprendrai.

— J'en suis sûr. Dis-moi, est-ce que tu penses que Connavar pourra s'échapper des terres perdiies ?

— Je ne vois pas comment il pourrait y arriver. Les cavaliers de Carac patrouillent toutes les collines.

— Je pense que tu te trompes. Et si on pariait ? Mon cheval contre ce collier en or que tu portes.

Ostaran éclata de rire.

— Mon torque vaut cinquante fois n'importe laquelle de tes montures. Nous autres barbares ne sommes pas aussi stupides que tu le crois, Valanus.

Les talents de Parax le Traqueur étaient réputés au-delà des terres perdiies. C'en était presque mystique. Il n'y avait pas de trace d'animal qu'il ne puisse déchiffrer, ni de piste qu'il ne puisse suivre. Il était devenu riche grâce aux récompenses offertes pour la capture de criminels ou de hors-la-loi. À cinquante et un ans, il avait un œil qui pouvait encore repérer un brin d'herbe brisé, depuis le dos de son poney pie. Parax avait un corps taillé au fouet derrière des yeux d'un noir profond. Ses cheveux bruns mouchetés d'argent se dégarnissaient sur les tempes, prenant une implantation en V sur le front. Il avait un visage dur, tanné par le vent et le soleil, avec quelques rides d'expression autour des yeux.

— Qu'est-ce que tu en penses ? lui demanda Bek, le guerrier mince qui commandait aux quatre hommes composant le groupe de chasseurs.

Parax ne répondit pas. Il fit avancer sa monture et s'éloigna du groupe. Il n'aimait pas Bek et détestait son roi, Carac. Lorsque le précédent roi, Alea, était mort dans un accident de chasse, Parax s'était rendu seul sur les lieux. Bek et les autres racontaient qu'Alea était tombé de cheval en plein milieu d'une rivière et qu'il s'était noyé. Parax savait qu'ils mentaient. Il avait trouvé l'endroit où ils avaient désarçonné Alea pour le traîner ensuite jusqu'à la rivière. Ils lui avaient maintenu la tête sous l'eau. Son talon droit avait laissé une marque dans la boue là où ils l'avaient plaqué au sol.

Mais ce n'est pas aux gens comme Parax de s'opposer aux méthodes des princes. Il avait donc gardé pour lui sa découverte.

Il n'était pas à Alin lorsque le marchand avait été assassiné, mais dans la ferme où il élevait des moutons à trente kilomètres au nord. Carac l'avait envoyé chercher, et il était arrivé le lendemain. Il lui avait fallu un jour de plus pour trouver la piste du jeune homme. Ensuite, ils l'avaient retrouvé bien assez vite.

C'est là que la fête avait commencé.

Parax s'était amusé comme un petit fou. Bek avait mené ses hommes dans un galop furieux, et le garçon avait bifurqué en direction du sud-ouest, leur échappant dans une étendue boisée assez dense. Les cavaliers s'étaient lancés à sa poursuite. Deux l'avaient rattrapé. Ils étaient morts.

Une semaine avait passé depuis et quatre autres hommes les avaient rejoints sur la route du Cygne. Bek était dans une colère froide. Et cela amusait Parax.

— Je t'ai demandé ce que tu en pensais, fit Bek en arrivant à sa hauteur. Ignore-moi encore une fois, espèce de vieux salaud, et je te coupe les couilles.

Parax lui sourit.

— Il faudrait que tu sois un homme pour ça, mon garçon. Et meilleur que toi.

Bek voulut dégainer son épée. Parax fit pivoter son cheval. Sa main jaillit et la pointe d'un stylet vint se ficher contre la gorge de Bek.

— Tu vois c'que je veux dire ?

Le vieil homme rengaina son arme. Bek posa ses doigts sur sa gorge. Il les retira avec une goutte de sang.

— Et maintenant, dit Parax, de quoi parlions-nous ? Oh, oui, le jeune. Il est rusé pour son âge, pas de doute là-dessus. Il a laissé une fausse piste qui partait vers l'est – et une bonne – puis il a bifurqué pour repartir vers l'ouest. Il a de la cervelle.

— Il est à pied. On aurait déjà dû le rattraper à l'heure qu'il est.

— Peut-être, convint Parax. Mais il se déplace en terrain sauvage et choisit son chemin avec précaution.

— Et sa magie ?

Parax éclata d'un rire méprisant. Après les derniers morts, l'un des survivants avait déclaré que le garçon pouvait changer d'apparence. Ils étaient entrés à trois dans une clairière. Soudain, un buisson s'était dressé devant eux, pour devenir un homme. Celui-ci avait poignardé deux de ses poursuivants. Le troisième prétendait l'avoir affronté, et que le garçon s'était enfui dans les collines. Parax arrêta peu à peu de rire.

— Enfin, Bek, tu ne vas pas me dire que tu y crois ? Tu penses franchement que quelqu'un doué de pouvoirs magiques se laisserait pourchasser ainsi de souches en clairières à travers les collines ? Le garçon a simplement retiré son manteau, l'a trempé dans de la boue, a fait des entailles dedans, et a enfoncé des branches et des feuilles dans les trous. Puis, il s'est accroupi dans les sous-bois pour attendre tes hommes. Quand ils sont arrivés, il leur a sauté dessus. Le survivant ne l'a pas affronté ; il s'est enfui. J'ai lu les traces.

Bek poussa un juron et jeta un regard mauvais à l'un des hommes qui chevauchaient derrière.

— Le Rigante doit absolument être retrouvé et livré à la justice, insista Bek. Ce sont les ordres du roi.

Parax ne répondit pas. Il avait écouté les hommes parler et avait réussi à reconstituer le puzzle. Diakta avait trahi un ami du jeune homme, le condamnant à une mort affreuse. Le garçon l'avait vengé. Cette traque n'avait rien à voir avec la justice. C'était une question de peur. Carac avait peur. Le roi avait fait partie du premier groupe de chasseurs et il avait entendu de ses propres oreilles le message du Rigante.

« Rien au monde ne pourra m'empêcher de te tuer. »

Le gros visage de Carac était devenu cramoisi.

— Rapporte-moi sa tête, avait-il dit à Bek.

Puis il était retourné à Alin avec une escorte de vingt hommes. *Un vrai guerrier serait resté avec les poursuivants*, pensa Parax.

Le vieux chasseur mit pied à terre et examina le sol. Il était dénudé et rocailleux, sans aucune trace en vue. À gauche, près d'un rocher saillant, se trouvait une feuille de chêne. Elle était certainement tombée du déguisement du jeune homme. Parax passa sa main dans ses cheveux. Chasser, comme courtiser, nécessite une union du cœur et de l'esprit. Lentement, le chasseur apprenait à connaître sa proie et, ce faisant, en venait à l'aimer ou à la mépriser. Parax commençait à bien aimer le garçon. Il ne paniquait pas. Ses mouvements étaient planifiés, sa route bien pensée. La veille, il avait tué un lapin d'un jet de pierre, l'avait dépecé et mangé cru. Il avait également pris le temps de trouver des racines comestibles et des baies. Et puis, il ne courait pas aveuglément. Parfois, il revenait sur ses pas pour observer les chasseurs, les évaluer, et, lorsque l'occasion se présentait, les tuer.

Parax gravit prudemment une colline, et arrêta sa monture au sommet. Il abrita ses yeux du soleil afin de scruter les environs. Au nord-ouest, il y avait le bois des Talis. Est-ce que le garçon savait qu'il ne fallait pas aller là-bas ? Parax considéra la question. Il avait voyagé en compagnie du marchand, et Banouin connaissait bien la région. Il l'avait certainement averti des dangers qui résident dans le cœur noirâtre de ce bois. Mais alors, dans quelle autre direction pouvait bien aller le garçon ? La frontière ostro ? Très certainement. Après tout, c'était de là qu'il venait. Parax sourit. Il se laissa glisser de sa selle et s'assit sur le sommet.

Le garçon était aussi rusé que résistant. *Il doit se douter que nous arriverons à cette conclusion.* Parax reporta son regard en direction du nord-ouest. Était-il assez téméraire pour tenter sa chance dans ces bois ?

Des bruits de sabots résonnèrent au sud et cinq cavaliers gravirent la colline au galop. Le chasseur jura entre ses dents. Pourquoi épuiser ainsi les montures ? Les cavaliers étaient tous des jeunes gens de la tribu de Bek. Parax les observa et étudia leurs visages. Ils commençaient à avoir peur. Six de leurs amis avaient trouvé la mort. Aucun d'entre eux n'avait envie d'être le prochain.

Bek s'adressa aux cavaliers et ils vinrent placer leurs montures à côté de celle du vieil homme. Puis, ils mirent pied à terre.

— Est-ce qu'il est passé par ici ?

— Oui. Il y a deux heures environ. Il s'est assis juste en dessous de la crête, expliqua Parax à Bek en désignant un endroit à trois mètres de lui. Juste là, où sa tête pouvait être dissimulée par ce buisson. Il nous a observés un moment, le temps de réfléchir à un endroit où il pourrait se cacher.

— Et où donc ?

Parax décrivit un large arc de cercle avec son bras.

— Choisis, Bek. Il y a des replis et des cuvettes un peu partout, des amas de rochers, des champs d'arbres. Mais où qu'il soit, il est en train de nous épier en se demandant si nous sommes assez futés pour deviner.

— Le sommes-nous, vieil homme ?

— Non, *nous* ne le sommes pas. Mais moi, oui. Je sais exactement où il est.

Je suis même sûr de pouvoir désigner l'arbre dans lequel il est caché.

— Alors, nous le tenons, déclara Bek triomphalement.

— *Tu* le tiens, si tu veux. Moi, je ne m'en mêle pas. Cinq jeunes guerriers devraient suffire.

— Cela suffira. Dis-moi où il est.

— D'accord, mais, d'abord, promets-moi de ne pas regarder dans la direction que je vais t'indiquer.

— Je ne suis pas idiot, Parax.

Non, tu es un régicide, pensa Parax.

— Il est à l'orée du bois des Talis. C'était sa dernière chance. Il connaît certainement les légendes, et sait que nous les connaissons aussi. Il mise sa vie sur l'espoir que vous manquez de courage.

Parax vit Bek devenir livide.

— Le bois des Talis ? Tu en es sûr.

— Autant que je peux l'être.

— Alors, il est peut-être déjà mort.

— Peut-être. Peut-être pas. Comme je te l'ai dit, il est vraiment à l'orée du bois. Peut-être que les Talis ne le verront pas. Peut-être qu'ils ne sont pas là. As-tu peur de le suivre, Bek ?

— Oui, j'ai peur, admit le guerrier. Et toi, tu entrerais dans ce bois ?

— Non, répondit Parax. Mais moi, je suis simplement payé pour le traquer.

— Où est-il exactement ?

Parax ne regarda pas en direction du bois.

— Prends tes hommes et éloigne-toi vers l'est. Puis, fais demi-tour et longe le bois en me regardant. Lorsque tu atteindras l'endroit où je pense qu'il se cache, je me lèverai et enfourcherai mon poney.

Bek prit une profonde inspiration et sauta en selle. Parax regarda en silence Bek approcher de ses hommes pour leur faire part de la triste nouvelle. Un débat animé s'ensuivit. Aucun des quatre hommes n'avait envie de se frotter au bois des Talis. Bek leur demanda qui était volontaire pour aller expliquer à Carac qu'ils avaient eu peur de suivre ses ordres. La discussion retomba d'un coup. Carac n'était pas un homme indulgent.

— Écoutez, fit Bek, nous n'aurons qu'à chevaucher côte à côte. Dès que je vois le signal, on charge et on tue le Rigante. Nous partirons aussitôt après. Cela ne devrait pas nous prendre plus de quelques battements de cœur.

Ils n'étaient pas convaincus, mais Parax savait qu'ils suivraient le guerrier. La peur de Carac était manifeste chez eux.

Bek les conduisit lentement en bas de la colline.

Conn était épuisé. Il n'avait pas dormi – à part quelques moments – depuis trois jours, et son régime de racines, de baies et de lapin cru lui avait détraqué l'estomac, lui donnant des crampes et la nausée. Il avait mal à la tête, et la douleur lui déchirait les tempes. Il s'accroupit derrière un mur de buissons épais et regarda les cavaliers sur la colline.

Il avait espéré qu'ils continueraient vers l'ouest, lui permettant ainsi de les prendre à revers. Mais non. Quiconque le traquait était encore plus doué qu'Arbonacast.

Conn jeta un coup d'œil autour de lui, mal à l'aise et inquiet. Des chênes gigantesques obscurcissaient sa vision. Il n'y avait pas un son d'oiseau ou de bête, pas même le bourdonnement d'un insecte. Et malgré cela, le bois semblait plein de vie. Pourtant les arbres géants étaient immobiles, aucune brise n'agitait leurs branches. Conn avait l'impression qu'ils le regardaient, comme s'ils attendaient quelque chose. Il avait le sentiment d'être un intrus. Une nouvelle crampe à l'estomac le plia en deux ; il eut un haut-le-cœur. Comme son estomac était vide, seule de la bile amère remonta dans sa bouche. Il s'écroula, à bout de forces, et regarda la colline. Il ne restait plus qu'un cavalier. Il était assis au sommet de la colline, à côté de son cheval qui broutait.

De la sueur coula dans les yeux de Conn. Il l'essuya avec la manche de sa chemise poisseuse. En levant le bras, sa blessure à l'épaule se rouvrit. Il sentit du sang couler sur son torse. À deux mille kilomètres de chez lui, seul et blessé, il savait que ses chances de survie étaient bien minces.

Pourtant, il n'avait pas peur. Il brûlait d'un désir de vengeance.

Je ne mourrai pas ici, pensa-t-il. *Je vais trouver un moyen de survivre pour tuer Carac.*

Conn essaya de se lever, mais sa jambe gauche céda et il retomba sur le sol, perdant conscience un instant. Lorsqu'il rouvrit les yeux, il entendit des poneys. Le jeune Rigante fit un effort considérable pour se redresser. Une fois à genoux, il regarda entre les arbres. Cinq cavaliers longeaient le bois. L'un d'entre eux se retournait sans cesse en direction de l'homme solitaire sur la colline. Conn avait la bouche sèche et l'esprit brumeux. Il eut un coup au cœur en réalisant qu'ils se préparaient à pénétrer dans le bois. Banouin s'était-il trompé ? N'était-ce pas un lieu enchanté ?

Il regarda de nouveau l'homme sur la colline. Les cavaliers devaient certainement attendre un signal de sa part. *M'a-t-il repéré ?* se demanda Conn.

Il recula un peu dans le bois, s'adossa à un chêne majestueux et dégaina sa dague. Il avait perdu son épée deux jours auparavant ; elle était restée coincée dans le cadavre d'un guerrier perdii. Conn sentit quelque chose lui effleurer le visage, et se frotta la peau.

Il frissonna et ressentit un début de picotement, désagréable et invasif, d'abord à la base du cou, puis au visage et finalement dans son dos et ses jambes. La sensation s'intensifia, devenant douloureuse, comme si des abeilles le piquaient. Ou pire, des aiguilles chauffées à blanc qui lui transperçaient la peau. Il poussa un grognement et tomba dans l'herbe. Les branches des arbres autour de lui se mirent à bouger et bruisser. On aurait dit un murmure maléfique. La douleur grandit jusqu'à la limite du supportable, se diffusant maintenant dans sa poitrine et le long de ses bras. Puis elle atteignit sa main droite, qui était refermée sur la poignée du couteau seidh. Une lumière vive jaillit de la lame.

Et la douleur disparut.

— *Tu es l'enfant du faon*, susurra une voix dans son oreille.

Au même instant, les cavaliers pénétrèrent au galop dans le bois. Conn essaya de réunir ses forces pour les affronter. Le premier Perdii, brandissant une lance, fit sauter son cheval par-dessus un tronc d'arbre. Les autres cavaliers s'apprêtaient à l'imiter.

Conn brandit son couteau.

Mais le cheval n'atterrit jamais. Il resta suspendu dans les airs, paralysé en plein vol. Les autres cavaliers étaient également immobiles. L'air dans le bois était devenu glacial d'un seul coup. Conn se mit à trembler, mais il n'arrivait pas à détacher ses yeux des hommes qui étaient venus le tuer. Ils étaient en train de changer. Leurs cheveux et leurs barbes poussaient, leurs ongles devenaient aussi longs que des griffes, leurs habits pourrissaient. Puis, leurs cheveux devinrent blancs, leur chair se mit à fondre, leur peau noircit et pela sur leurs os. En l'espace de quelques secondes, ils tombèrent de leurs montures et se brisèrent en touchant le sol. Les os continuaient à se tortiller, se calcifiant pour devenir petit à petit de la poussière, que la brise souleva et dispersa. Les poneys étaient indemnes, et lorsque les derniers vestiges de leurs cavaliers eurent disparu, ils s'animèrent de nouveau et restèrent calmement sur place. Un vent violent se leva, et quatre d'entre eux s'enfuirent du bois au triple galop. Le cinquième, un hongre marronnier, resta impassible.

Conn tomba à genoux. La voix retentit à nouveau.

— *Touche l'arbre, enfant du faon*, dit-elle.

Conn se retourna et rampa jusqu'au chêne pour toucher l'écorce du bout des doigts. Son estomac se calma aussitôt, et le froid intense disparut. Il soupira. Le soleil perçait à travers les nuages, baignant la scène d'une lumière dorée. L'écorce de l'arbre se mit à bouger, pour former un visage dans le bois. C'était un visage assez jeune et beau, mais sévère. Comme il devenait plus précis, Conn réalisa qu'il s'agissait d'une représentation de ses propres traits.

— *Tu es malade, enfant du faon. Allonge-toi. Nous allons nous occuper de toi,* déclara le visage dans l'arbre.

Ses dernières forces l'ayant abandonné, Conn se laissa glisser dans l'herbe. Son visage toucha le sol glacé. Pourtant, c'était plus confortable qu'un oreiller. Alors qu'il perdait progressivement conscience, le jeune guerrier eut l'impression que l'herbe poussait autour de lui, l'attirant dans le sanctuaire sombre de la terre.

Son esprit sortit des délicieuses ténèbres pour contempler une lumière désagréable, si vive qu'elle le fit pleurer. Il se cacha le visage dans les mains, pour empêcher la lumière de passer, mais elle traversa sa peau, lui causant une douleur atroce.

— *Tiens bon, Connavar,* fit une autre voix. *Je vais essayer de créer un environnement plus confortable.*

La lumière disparut aussitôt. Conn retira les mains de son visage et ouvrit les yeux. Au premier abord il ne vit rien. Puis, comme sa vision s'éclaircissait, il réalisa qu'il était assis dans un bois, près d'un cours d'eau animé sur lequel se reflétait le soleil de l'après-midi. Le ciel était dégagé, et les arbres arboraient des feuilles de toutes les couleurs, allant du rouge sang au doré du coucher de soleil, du vert émeraude au jaune passé. Une multitude de parfums flottait dans l'air : lavande, rose et chèvrefeuille. C'était l'endroit le plus beau que Conn ait jamais vu, pourtant quelque chose n'allait pas dans cette scène : toutes les variétés d'arbres étaient présentes – chênes, ormes, pins, érables – et poussaient ensembles mais à des saisons différentes. Certains arbres n'avaient encore que jeunes pousses ; d'autres avaient leurs feuilles d'automne. Ils ne projetaient aucune ombre. Connavar tendit son bras nu. Le soleil tapait fort dessus, pourtant aucune ombre ne se dessina sur l'herbe.

Lentement, il se leva et s'étira. Il se sentait plus calme qu'il ne l'avait été de mémoire. Il se retourna et scruta le pré.

Et vit l'ours.

Comme cela avait été le cas pour les cavaliers, il se tenait immobile. Des chaînes étincelantes entouraient ses larges épaules et encerclaient ses énormes pattes. Il avait la gueule ouverte, révélant ses terribles crocs. Conn s'approcha de la bête et ne ressentit aucune peur. Cet ours était plus gros encore que la créature qui lui avait brisé les os, et, d'une certaine manière, elle lui inspira du respect. Conn fit le tour de l'animal, impressionné par sa taille et sa force. Il vit qu'il était couvert de cicatrices d'anciens combats, mais qu'il avait également des blessures récentes. Il tendit la main pour le toucher, mais celle-ci passa à travers l'ours comme au travers de fumée.

— Une bête effrayante, fit une voix.

Une silhouette lumineuse se matérialisa à côté de lui.

Conn ne sursauta pas, pourtant il eut le sentiment qu'il aurait dû.

— Effrayante mais triste, dit-il à son nouveau compagnon.

— Pourquoi triste ?

— Elle est enchaînée, répondit Conn. Aucune créature aussi fière ne devrait l'être.

La silhouette lumineuse le prit par le bras pour l'emmener jusqu'au cours d'eau. Conn essaya de voir son visage, mais ses traits changeaient sans cesse dans la lumière qui l'enveloppait. Barbu, puis imberbe, cheveux longs, puis chauve, comme si son visage était remodelé toutes les secondes. L'effort de concentration que dut faire Conn lui donna mal à la tête, aussi détourna-t-il le regard.

— Quel Seidh es-tu ? s'enquit-il

— Je ne suis pas Seidh, Connavar. Je suis un homme mort il y a longtemps, dont l'âme a été sauvée et amenée dans ce bois.

— Pourquoi est-ce que je n'arrive pas à te voir clairement ? Tes traits n'arrêtent pas de changer.

— Cela fait très longtemps que je n'ai pas adopté une forme humaine. Attends un instant.

La silhouette s'assit et resta sans bouger. Lentement, la lumière autour d'elle disparut, et Conn découvrit un jeune homme aux cheveux bruns, avec des yeux marron, et doux.

— Est-ce que c'est mieux ainsi ?

— Oui. Est-ce à cela que tu ressemblais quand tu étais vivant ?

— Quand j'étais jeune. J'avais presque cent ans quand je suis mort.

— Pourquoi est-ce que les Seidhs ont conservé ton âme ?

— Ils avaient leurs raisons. Mais toi, dis-moi plutôt pourquoi tu as sauvé le faon.

Conn haussa les épaules.

— Il était pris dans des ronces. Je ne pouvais pas le laisser mourir.

— Comme tu ne pouvais pas abandonner Riamfada ?

Conn secoua la tête.

— C'était différent. Il était mon ami. Un homme ne doit pas abandonner ses amis.

— Comment te sens-tu ?

Conn sourit.

— Tranquille. C'est très agréable d'être ici, mais je sais que ce n'est qu'un rêve et que mon corps est toujours dans le bois, froid, trempé, et sur le point de mourir.

— Mais non. Il est en train d'être soigné. Tu auras de nouveaux habits. Et un cadeau d'un ami.

— Mes amis sont tous morts, répliqua Conn tristement en se souvenant de Banouin.

Il visualisa le corps sur le gibet mais sans éprouver de haine pour les gens qui l'avaient tué. Il soupira.

— Que m'avez-vous fait ? demanda-t-il.

— Mais rien. Nous t'avons simplement... séparé de tes... instincts les plus humains. Si nous ne l'avions pas fait, tu n'aurais pas pu venir ici.

— Mes instincts humains ?

— Ta colère, ta violence, ta haine, ton désir de vengeance. Aucun n'a sa place ici.

— Mais je suis humain, déclara Conn, alors quelle part de moi est ici ?

— La meilleure, répondit la silhouette. L'esprit, libéré des noirceurs de la chair.

Conn réalisa qu'en effet, il se sentait plus en paix qu'il ne l'avait jamais été au cours de sa vie. Il se retourna pour regarder l'ours enchaîné.

— Pourquoi est-ce que l'ours est ici ? s'enquit-il. Et pourquoi les chaînes ? Il ne bouge pas, de toute façon.

— Ce n'est pas nous qui avons enchaîné l'ours, Connavar. Ce sont *tes* chaînes.

— Les miennes ? Je ne comprends pas.

— L'ours est la part de toi qui ne peut exister ici. Les chaînes se sont imposées d'elles-mêmes : devoir, responsabilité, honneur. Sans elles, l'ours ne serait qu'un sauvage, doublé d'un tueur égoïste. Es-tu prêt à repartir à présent ?

Conn réfléchit à la question. Ici, tout n'était que paix et harmonie.

— Est-ce que je pourrais rester comme toi parmi les Seidhs si je le souhaitais ?

— Non, répondit tristement la silhouette. Mais un jour, peut-être.

Conn n'était pas pressé de retourner dans le monde, aussi resta-t-il assis tranquillement au soleil, savourant la tranquillité.

— Si les Seidhs sont réellement une race qui ne connaît ni la haine ni la colère, demanda-t-il, alors pourquoi permettent-ils à la Morrigu de venir chez nous et d'y semer le mal ?

— Voilà une question intéressante, Connavar. Pour y répondre, je dirai que tu voulais la gloire et que la Morrigu te l'a donnée. Vorna voulait être aimée et acceptée. À présent, elle l'est. En quoi est-ce que ces actes font de la Morrigu un être maléfique ? Tous nos actes, pour les Seidhs comme pour les humains, ont des conséquences – des conséquences qui ne sont pas toujours les bienvenues. La Morrigu fait des cadeaux. Si un homme – ou une femme – choisit d'en accepter un, alors il doit forcément accepter les conséquences qui vont avec. Tu as demandé la gloire. Et si tu avais demandé le grand amour, ou que Riamfada remarche, ou la paix pour ton peuple ? Réfléchis à ça, Connavar. Ceux qui cherchent les cadeaux de la Morrigu demandent toujours quelque chose pour eux : la fortune, la renommée, être talentueux à l'épée, une belle femme pour honorer leur lit, ou un beau jeune homme pour les courtiser et les aimer tendrement. Toujours égoïstes. Ne juge pas trop vite ce que tu ne comprends pas.

La voix disparut. Et le monde se mit à tourner.

Il se réveilla dans la forêt, ouvrit les yeux et vit le poney marronnier qui attendait tranquillement, ses rênes touchant le sol. L'espace d'un instant, il conserva la sensation d'harmonie qu'il avait éprouvée dans le monde des rêves des Seidhs. Puis, celle-ci disparut. Il se remémora alors les chasseurs et les longues journées où il avait été traqué comme une bête, les combats et les morts. Plus encore, il se souvenait, lorsqu'il pensait à Banouin, pourquoi un feu rageur brûlait en lui.

Il se leva et vit qu'on lui avait bien laissé de nouveaux habits, pliés et posés sur un rocher. Il y avait une chemise en cuir noir si doux qu'on aurait dit du satin, un pantalon de cuir avec une ceinture intégrale en peau de serpent, et une paire de bottes d'équitation renforcées sur les côtés par une bande d'argent. Il ôta sa chemise en lambeaux et son pantalon pour enfiler les vêtements seidhs. Comme il le pensait, ils lui allaient à la perfection. Puis, le jeune Rigante alla chercher son poney. Ce dernier le regardait d'un œil méfiant, aussi lui parla-t-il d'une voix douce, et lui frotta-t-il gentiment le museau.

C'est à ce moment-là qu'il aperçut l'épée posée contre un arbre. C'était une épée de cavalier, à la lame lourde et légèrement incurvée. Elle était faite du même métal brillant que son couteau, mais ce fut la poignée qui attira son attention. C'était un mélange d'or, d'argent et d'ébène, dont les quillons avaient été sculptés en forme de feuilles de chêne. La garde était ornée d'une tête d'ours, et le pommeau d'argent montrait une gravure représentant un faon pris dans des ronces. Conn souleva l'arme. Elle était plus légère qu'il ne pensait et merveilleusement bien équilibrée.

« Un cadeau d'un ami », avait dit la silhouette.

Cela lui faisait du bien de savoir qu'il avait de tels amis. Il pensa alors au pauvre Riamfada. Il aurait fabriqué une épée pour Conn s'il avait vécu. Elle aurait sans doute été presque aussi belle.

— Tu me manques, petit poisson, dit-il.

Le fourreau était posé dans l'herbe à côté de l'arbre. Il était en cuir noir et dur, avec son propre baudrier sombre. Conn le passa à son épaule. Puis, il attrapa les rênes du poney et sauta en selle.

Il sortit lentement des arbres et fut surpris de constater que le chasseur solitaire était toujours assis sur sa monture en haut de la colline. Les poneys des hommes morts broutaient non loin de là. Conn se dirigea vers le chasseur. L'homme ne fit aucun mouvement pour s'enfuir. Il descendit même de selle pour s'asseoir dans l'herbe. Malgré les cheveux bruns, Conn s'aperçut qu'il était âgé, que son visage était ridé et que ses yeux semblaient avoir vu beaucoup de choses.

La haine bouillonnait dans le cœur du Rigante, et il avait bien l'intention de tuer le chasseur. Pourtant l'homme ne faisait aucun geste d'hostilité, ce qui intriguait le jeune homme.

— Ils sont tous morts ? demanda l'homme.

— Oui, da. Tués par les Seidhs – les Talis, comme vous les appelez par ici.

Le vieil homme soupira.

— Je suis Parax le Traqueur. Je suis heureux que tu aies survécu. J'ai toujours été fasciné par les Talis. Et j'aimerais bien savoir pourquoi ils t'ont laissé en vie.

Conn haussa les épaules.

— Je n'ai pas de réponse. À présent, dégaine ton épée qu'on en finisse.

— Non, répondit Parax. Je n'ai jamais été un grand épéiste. Par contre, si tu essaies de me tuer, alors je ferai de mon mieux pour t'en empêcher. Mais j'espère que tu vas changer d'avis.

Conn scruta les environs. Aucun autre cavalier en vue. Il était troublé. Il s'était attendu à ce que son ennemi le combatte. Et, au lieu de cela, il était tranquillement assis à lui faire la conversation comme s'ils étaient des amis de longue date. Conn n'avait pas l'expérience de ce genre de situation, et, malgré sa haine, il avait le sentiment qu'il commettrait une erreur en abattant le vieil homme. Parax passa sa main dans ses cheveux et gloussa.

— J'ai appris à te connaître, Connavar. J'ai suivi ta piste, et j'ai lu dans ton cœur. Tu es un guerrier, pas un meurtrier. Je crois que je t'aime bien. Et je ne dirais pas ça de grand monde.

— Je me moque de ce que tu aimes ou pas, répondit sèchement Conn. Mais pourquoi m'as-tu attendu ici en me voyant sortir du bois ? Tu savais bien que je viendrais te tuer.

— C'est une question d'orgueil, jeune homme. Je suis un chasseur, et même, je le dis en toute modestie, le meilleur chasseur d'hommes que cette terre ait vu. On m'a demandé de te trouver. Voilà qui est fait. Personne ne pourra dire que Parax a échoué. Cela compte beaucoup à mes yeux.

— Ton peuple a assassiné mon ami, déclara Conn pour essayer de raviver sa colère.

— Je sais, répondit Parax. C'est un acte répugnant, commis par des hommes répugnants. Mais son meurtre ne fut pas le premier. Les Perdiis avaient un bon roi, tu sais. La vie était belle. Il se souciait des gens, de leurs peines, et partageait leurs joies. Carac l'a fait assassiner – on l'a noyé dans une rivière. Voilà sa récompense pour dix-huit années de bon règne. Sa femme a été étranglée, son fils massacré. Et tout ça pour une couronne qui lui sera arrachée des mains par Jasaray et son armée de Roc.

— Tu dis que « les Perdiis avaient un bon roi ». Tu ne fais pas partie de cette tribu ?

— Non. Je suis Rodessi. Mais cela fait vingt ans que je vis chez les Perdiis. (Parax se leva lentement et alla chercher quelque chose dans une de ses sacoches.) Tu veux manger un morceau ? s'enquit-il. J'ai une tourte à la viande et aux oignons. Un régal, fit Parax.

Conn était en train de se perdre dans la conversation, et il le savait. Parax sortit la tourte, brisa délicatement la croûte, et en tendit une partie au jeune guerrier.

— Merci, répondit machinalement Conn.

— De rien, répliqua Parax en souriant.

Puis il alla s'asseoir pour manger. Conn goûta la tourte. Parax ne lui avait pas rendu justice. C'était plus qu'un simple régal. C'était une tourte digne des Dieux ! Il se força à la manger lentement, puis la dévora et lécha la sauce qui avait coulé sur ses doigts.

— C'est meilleur que du lapin cru, pas vrai ? déclara Parax.

— Je n'ai jamais mangé quelque chose d'aussi bon, admit Conn.

— Je l'ai achetée hier à la femme d'un fermier. Tu aurais dû la goûter chaude. Il n'y a rien de tel que du bœuf et de l'oignon pour calmer l'appétit. (Parax avala la dernière bouchée et s'essuya la bouche avec le revers de sa main.) Tu sais, dit-il, je me doutais que tu survivrais au bois des Talis. Mais je vois que tu n'as pas simplement survécu, tu es en plus ressorti avec des cadeaux. De nouveaux habits, une épée. C'est un peuple étrange, mais ils semblent t'aimer. Dis-moi, à quoi ressemblent-ils ?

— J'ai vu un visage apparaître dans un arbre, et j'ai rêvé que je parlais avec un homme dont je n'ai pas réussi à voir les traits tout de suite alors même qu'il était assis à côté de moi en plein soleil. (Il prit une profonde inspiration.) J'ai décidé de ne pas te tuer, chasseur.

— Je m'en doutais, répondit Parax en se relevant. Comme je te l'ai dit, tu n'es pas un meurtrier, jeune Rigante. Est-ce que tu veux que j'apporte un message à Carac ?

L'expression de Conn se durcit.

— Je lui ai déjà envoyé un message. Cela devrait suffire.

— Je l'ai entendu. Et lui aussi, ajouta Parax. (Il tourna le dos à Conn et sauta en selle.) Il y a des cavaliers au nord et à l'ouest. Si j'étais toi, je partirais vers l'est. La frontière est à moins d'une journée à cheval. Il y a une ville là-bas. L'armée de Roc y est campée. Tu y seras à l'abri, je pense.

Le chasseur fit tourner bride à sa monture et descendit la colline.

Conn le regarda s'éloigner. Puis il monta en selle et se dirigea vers la frontière. Parax avait raison. Il n'était pas un meurtrier. Mais ce n'était pas la raison pour laquelle il l'avait laissé en vie. La haine de Conn n'était dirigée que contre les Perdiis, le peuple qui avait assassiné son ami.

Et cette querelle de sang allait leur coûter cher.

Chapitre 10

Le général de Roc, Jasaray, avança lentement le long du périmètre intérieur de son armée en campagne. Les yeux cachés sous une capuche, il observait l'effervescence autour de lui. Huit mille soldats travaillaient en groupes hautement qualifiés à des tâches prédéterminées, afin d'ériger en quelques heures une forteresse dont la construction aurait normalement dû demander des jours. Sur le passage de Jasaray, les soldats qui sentaient sa présence avaient tous l'impression que son pâle regard bleu se posait sur eux comme une brise d'hiver, évaluant leurs travaux, la vitesse à laquelle ils les accomplissaient, et la précision de leurs gestes. Aucun d'eux ne se risquait à regarder dans sa direction.

Il marchait les bras croisés dans le dos. Le soleil se reflétait sur son plastron en fer poli. Il n'y avait rien d'imposant dans son physique. Le général mesurait à peine un mètre soixante-dix, son visage était fin et ascétique, ses cheveux courts se raréfiaient sur les tempes et il avait un début de calvitie. Sans son armure, il ressemblait toujours au professeur qu'il était avant de découvrir sa vraie vocation.

Tous ses soldats connaissaient l'histoire de l'Érudit. À vingt-huit ans, durant la première guerre civile, Jasaray, l'enseignant mathématicien, avait été nommé officier dans la Troisième Armée de la république, sous les ordres du général Sobius. Son rôle était celui d'intendant, où, pensait-on, ses talents logistiques serviraient à quantifier les réserves, les chariots et l'équipement. Malgré son absence de formation militaire, Jasaray avait demandé le rang de général en second, et il lui avait été accordé. Ce qui, avait-il déclaré, était nécessaire lorsqu'il aurait affaire à d'autres officiers. Sans ce rang, son autorité d'intendant aurait été totalement sapée. Il s'était révélé plus que compétent dans son rôle, et la Troisième Armée était devenue l'armée la mieux approvisionnée de toute la république.

Malheureusement, elle n'avait pas été la mieux dirigée.

Sobius avait été trop prévisible, débordé, surclassé. L'armée avait été écrasée, quatorze mille hommes massacrés, et seulement quatre mille rescapés. La plupart des officiers ayant trouvé la mort, l'inexpérimenté Jasaray avait été forcé de prendre le commandement. Il avait organisé une ligne de défense à l'arrière, qui avait repoussé l'ennemi pendant dix-sept jours, jusqu'à l'arrivée des renforts. Alors que les chefs de la république étaient en pleine confusion et prêts à se rendre, Jasaray avait lancé une contre-attaque face à l'armée rebelle, la mettant en déroute et capturant deux de ses meneurs. Trois mille soldats rebelles avaient été crucifiés, les meneurs décapités. À vingt-neuf ans, Jasaray était devenu le héros incontesté de la république.

À quarante-deux ans, il était le plus grand général que le peuple de Roc ait jamais eu, respecté et craint à travers ce qui était toujours connu, malgré la suprématie républicaine, sous le nom d'empire. Il avait remporté campagne après campagne, avec une efficacité quasi chirurgicale, et l'empire grandissait. Jasaray était devenu de plus en plus populaire au sein de la république.

Pour ses soldats, l'Érudit était une figure divine qu'il fallait craindre et à laquelle on devait obéir aveuglément. Il était également le général qui avait fait en sorte que ses hommes aient toujours à manger, et que la solde arrive toujours à l'heure. En plus de tout cela, il était aussi un planificateur hors pair et il s'assurait que ses troupes ne courent jamais de danger inutile. C'étaient des qualités que ses hommes appréciaient par-dessus tout. Que sa discipline soit dure – la flagellation et la pendaison étaient monnaie courante – ne les dérangeait pas plus que cela. La plupart de ces décisions disciplinaires concernaient l'inattention, et l'inattention pouvait être fatale aux soldats. Les hommes le comprenaient bien. Et ils aimaient aussi le fait que l'Érudit ne portait pas d'armure blasonnée ou d'armes incrustées de joyaux. Son plastron était en fer, son épée réglementaire, son heaume – quand il le portait – en bronze cabossé sans plume ni crête. Le seul indice de son rang était le manteau violet qu'il portait, et le fait qu'un sol en mosaïque était installé dans sa tente chaque soir, les nombreuses pierres devant être transportées dans six énormes coffres dans le chariot de tête du train d'équipement.

Jasaray observait la construction de la forteresse, regardant toute la zone, notant la cadence de travail et le positionnement des drapeaux de couleur signifiant où les tentes seraient montées, et les animaux de traits attachés. Derrière lui venaient quatre jeunes officiers et six messagers, qui espéraient tous que rien ne viendrait contrarier le général.

Cela faisait six jours qu'ils marchaient, et dans ce laps de temps ils avaient monté six camps identiques à celui-ci, de trois cent soixante mètres de long sur deux cent soixante-dix de large, pour un total de quatre-vingt dix-sept mille deux cents mètres carrés. Il y avait deux portes, une à l'est, l'autre à l'ouest, construites avec des arbres abattus et leurs troncs fendus de façon experte. En ce moment même, des cavaliers traînaient derrière eux des arbres coupés dans les bois au sud.

Les armées de Roc connaissaient depuis longtemps l'importance des camps fortifiés, mais il avait fallu le génie de Jasaray pour affiner le procédé jusqu'à ce qu'il soit considéré comme un art.

Chaque jour, trois heures avant la tombée de la nuit, et tout en marchant en territoire ennemi, les deux panthères de tête, six mille vétérans endurcis, formaient un écran protecteur autour de l'aire que les officiers de signalisation avaient désignée pour monter le camp. Les officiers mesuraient alors les lignes de défense du périmètre, et les balisaient avec des drapeaux verts. À l'intérieur du vaste rectangle qui pouvait monter jusqu'à quatre-vingts acres, ils signalisaient les dimensions de la tente du général, des tentes des autres officiers et des hommes, puis les lignes de piquets pour attacher les montures, ainsi que la section affectée au train.

Lorsque la panthère suivante arrivait, ses soldats ôtaient leurs armures, se répartissaient en groupes, prenaient des pelles, et creusaient la tranchée des défenses. En une heure et demie, la tranchée était finie, avec une palissade en bois érigée sur toute sa longueur.

Lorsque le train d'équipement arrivait, la palissade était presque terminée et chaque unité savait ce qu'elle avait à faire. Quand ils avaient fini de creuser, les soldats remettaient leurs armures et se retiraient derrière les fortifications, avec les deux panthères de l'écran de protection. Les derniers à arriver seraient les unités de cavalerie patrouillant la région à la recherche d'un signe de l'ennemi.

En l'espace de trois heures, une énorme fortification aurait été construite en plein cœur du territoire ennemi. À la nuit tombée, toute l'armée, ses chariots et son équipement campaient à l'abri.

Jasaray continua son inspection tandis que les soldats finissaient la grande tranchée, retirant la terre pour créer le périmètre de défense du camp. Ailleurs, des officiers mesuraient la zone pour la tente du général, pendant que ses six serviteurs particuliers attendaient de pouvoir installer la mosaïque. Jasaray tourna son regard vers le nord et la lointaine ligne de collines derrière lesquelles l'ennemi se rassemblait. Il pouvait apercevoir ses éclaireurs patrouiller, et se disait une fois de plus qu'il aurait bien voulu que son budget militaire lui permette plus de cavalerie. Il n'aimait pas avoir recours aux tribus keltoïes. Il ne doutait pas que le Gath, Ostaran, soit un bon guerrier, mais, comme la plupart des gens de sa race, il était impétueux et instable, et ne comprenait rien à la stratégie.

Alors même qu'il avait cette pensée en tête, il vit un Keltoï marcher en direction des fortifications, traînant derrière lui un poney blessé. Quelque chose chez cet homme éveilla l'intérêt du général. Mais au même moment il vit le premier chariot du train d'équipement franchir une petite colline. Il plissa les yeux. D'autres chariots suivaient, avec des soldats patrouillant de chaque côté. Les hommes étaient trop près des chariots. Si l'ennemi attaquait, ils seraient bloqués contre eux, incapables de former un carré défensif. Jasaray agita les doigts. Un jeune messager apparut à ses côtés.

Le général désigna la colonne de protection des soldats.

— Trouve l'officier et dis-lui de faire respecter la distance réglementaire entre ses hommes et les chariots. Dis-lui également de venir me faire son rapport dans ma tente une fois que ses hommes seront derrière la palissade.

À présent contrarié, le général fit les cent pas. Les quatre aides et les cinq messagers restants se tendirent d'un coup. Chacun maudissait en silence l'officier récalcitrant, car la colère de Jasaray ne pourrait se dissiper qu'en faisant des victimes. Le général se tourna vers le plus jeune de ses aides de camp, un homme de dix-sept ans dont c'était la première campagne.

— Récite-moi les paroles de Getius à propos des camps de campagne, dit-il.

Le jeune homme s'humecta les lèvres.

— Je... ne les sais pas... précisément... général, bafouilla-t-il. Mais en gros, sa théorie...

— Je ne t'ai pas demandé « en gros ». (Jasaray resta silencieux un instant, ses yeux pâles rivés sur le jeune homme.) Va-t'en, fit-il doucement. Je te poserai une autre question demain. Si tu ne connais pas la réponse « précisément, général », je te renvoie en disgrâce chez toi.

Le jeune homme s'enfuit, mais s'arrêta, réalisant qu'il avait oublié de saluer. Jasaray le congédia d'un signe méprisant de la main et porta son attention sur les autres.

— Je présume que l'un d'entre vous connaît la réponse ? Toi, Barus ?

Le jeune homme fit un pas en avant. Il était grand et fin, ses cheveux couleur de jais coupés à ras.

— C'est une phrase difficile à réciter, car toute l'œuvre de Getius est verbeuse et grammaticalement indigeste. Cependant, je pense qu'il a dit : « L'importance de fortifier un camp de nuit ne réside pas seulement dans le danger auquel s'exposent les troupes ne bénéficiant pas d'une telle protection, mais aussi dans la détresse d'une armée qui vient d'être mise en échec sur le champ de bataille et qui n'a pas d'endroit où se retirer, restant par conséquent à la merci de l'ennemi. »

— Presque parfait, déclara Jasaray. La citation correcte est : « auquel s'exposent *en permanence* les troupes. » En permanence. C'est la nature de la guerre. Va trouver l'idiot que je viens de renvoyer. Tu peux passer la nuit à lui apprendre. S'il échoue à mon test demain, je te renverrai peut-être avec lui.

— Oui, général, répondit le jeune homme en exécutant un salut crispé.

— Et, Barus, fais tout particulièrement attention à la topographie nécessaire pour monter un camp de campagne.

— À tes ordres, général, dit Barus.

Comme il s'en allait, les deux derniers jeunes officiers se détendirent un peu. Sûrement pensaient-ils que deux victimes suffisaient. Jasaray leur accorda quelques moments de répit en inspectant le fossé de défense et le nouveau rempart. L'éclaireur autochtone qu'il avait aperçu un peu plus tôt pénétra dans l'enceinte avec son poney. Jasaray l'observa, remarquant la façon dont il se déplaçait, en parfait équilibre. L'homme le dévisagea, et Jasaray vit qu'il avait des yeux d'une drôle de couleur. L'un était vert, l'autre marron fauve, et son beau visage était balafré sur le côté gauche.

— Est-ce que tu parles le turgon ? s'enquit le général.

— Un peu, répondit le guerrier.

— Qu'est-il arrivé à ton poney ?

— Il a marché dans un terrier. Il a de la chance de ne pas s'être brisé la jambe.

Jasaray se détourna de lui et reporta son attention sur les deux jeunes officiers.

— Quelle doit être la largeur du fossé ? éructa-t-il.

— Deux mètres quarante, répondirent-ils à l'unisson. Et un mètre de profondeur, ajouta le premier, ce qui lui valut un regard méprisant de la part de son compagnon.

Leur sentiment de gêne amusa Jasaray. Sa bonne humeur revenait peu à peu.

— Et quelle est la denrée inestimable qu'un général ne peut jamais remplacer ?

Les deux officiers restèrent cois, leur esprit cherchant à toute vitesse une réponse. Jasaray remarqua que le jeune Keltoï était toujours là, et qu'un sourire éclairait son visage.

— Tu trouves la situation amusante ? lui demanda-t-il.

— Non, répondit le guerrier, mais si j'étais toi, je trouverais leur ignorance inquiétante.

Il prit son poney par les rênes et s'éloigna.

— Peut-être pourrais-tu répondre à la question à leur place, lui lança Jasaray.

— Le temps, déclara le jeune homme. Et, si je dois te citer correctement, général, « On peut remplacer les hommes et les chevaux, les épées et les flèches. Mais jamais le temps perdu. »

— Tu as lu mes œuvres ?

La question avait été posée d'une voix lasse et neutre, mais le général avait plissé les yeux pour observer attentivement le jeune guerrier.

— Non, général, je ne sais pas lire. Mais un ami m'a enseigné tes paroles. À présent, si tu veux bien m'excuser, je dois m'occuper de mon poney.

Jasaray le regarda partir et se retourna vers ses officiers.

— Trouvez qui il est, et qu'il se présente à ma tente ce soir, après la réunion.

— Je peux vous dire de qui il s'agit, général, déclara le premier des officiers. Son nom est Connavar, et il a été recruté par Valanus. Il n'est ni Ostro, ni Gath, mais vient d'une tribu de l'autre côté de l'eau. D'après la rumeur, il a sauvé la vie à Valanus à Goriasa.

— Et il a juré de tuer Carac, intervint le second pour ne pas être en reste. C'est le guerrier qui s'est taillé un chemin à travers tout le pays après le meurtre de son ami, le marchand Banouin.

— De quelle tribu est-il ?

— Je crois qu'il est Rigante, général, lui dit le premier officier. Souhaitez-vous toujours qu'il se présente à votre tente ?

— Ai-je dit le contraire ?

Jasaray s'éloigna pour aller inspecter les remparts. Le soleil se couchait derrière les collines occidentales, et des nuages lourds d'orage arrivaient par la mer.

— Si l'Érudit a demandé à te voir, cela signifie que tu seras soit fouetté, soit récompensé, déclara joyeusement Valanus.

Conn referma un peu plus son manteau, car la pluie tombait à travers des trous dans la tente en canevas. Le bout de chandelle gouttait, mais avant qu'il ne meure complètement, Valanus s'en servit pour allumer une deuxième bougie. L'espace de quelques instants, deux flammes éclairèrent l'intérieur de la tente détrempée, la rendant bizarrement plus accueillante. La tente faisait un mètre quatre-vingts de long sur un mètre vingt de large, et un mètre cinquante de haut en son centre. Elle tenait debout grâce à une structure en bois. Il y avait des crochets attachés à cette structure où pendaient deux sacs contenant des vêtements. Quatre tabourets en toile servaient de lit une fois accrochés les uns aux autres. L'un d'entre eux était occupé par un plastron, un heaume, des poignets de force, des jambières, et penchait dangereusement vers le sol.

— Je croyais que tu étais un de ses favoris, grommela le Rigante. Pourquoi as-tu une tente qui fuit ?

— La faute à « Pas de chance », répondit Valanus en ignorant les gouttes qui ruisselaient sur lui. Je suis soldat par nécessité. Je ne suis pas issu d'une famille riche. Par conséquent, je n'ai droit qu'à l'équipement réglementaire.

La plupart des tentes sont sèches. J'essaierai d'en trouver une meilleure demain. (Son sourire s'agrandit.) Cela amusera certainement Jasaray quand tu entreras dans sa tente trempé comme une soupe.

— Pourquoi crois-tu que je risque la flagellation ?

Valanus haussa les épaules.

— Il n'y a généralement que deux raisons qui poussent l'Érudit à recevoir chez lui des Keltoïs : pour les récompenser ou pour les punir. Tu n'as rien fait pour mériter une punition, donc j'en déduis que tu as dû l'impressionner.

— Peut-être, fit Conn d'un air sceptique. Mais jusqu'à présent, personne n'a rien fait d'impressionnant, à part marcher et construire d'énormes forteresses que nous abandonnons le lendemain. Quand les Perdiis vont-ils enfin se battre ?

— Quand ils seront prêts, répondit Valanus. Et alors nous les écraserons, et tu pourras te venger encore une fois. Ostaran me dit que tu es une vraie terreur. Trois escarmouches, et déjà cinq Perdiis à ton tableau de chasse. Tu sais comment les Gaths t'appellent ? « Démone-Lame. »

— Je me moque de la façon dont ils peuvent m'appeler. Comme tu l'as dit, ce n'était que des escarmouches. Et ma vengeance ne sera totale que lorsque j'aurai tranché la gorge de Carac.

Le sourire disparut du visage de l'officier et, lorsqu'il reprit la parole, il y avait une pointe de tristesse dans sa voix.

— Et tu penses que quand il sera mort, la souffrance et le chagrin s'en iront ?

— Peut-être que oui, peut-être que non, répondit Conn en regardant attentivement le jeune homme aux cheveux blancs.

Valanus avait l'air perdu dans ses pensées.

— J'avais un ami autrefois, dit-il finalement. Plus qu'un ami. Il a été capturé pendant la campagne de Tribante. Ils lui ont crevé les yeux, puis coupé les mains et les pieds, et l'ont castré. Lorsqu'on l'a retrouvé, il était encore vivant. Ils avaient cautérisé les moignons avec du goudron chaud.

La lumière de la bougie vacilla comme une goutte d'eau venait de tomber à côté d'elle. Valanus frissonna. Puis, il se ressaisit et se força à sourire.

— Je n'ai pas eu d'ami depuis. Et je n'en aurai jamais parmi les soldats ou les guerriers.

Une cloche retentit à l'extérieur. Elle résonna quatre fois.

— Eh bien, mon ami, déclara Valanus, il est l'heure que tu ailles voir le général. S'il veut t'offrir une récompense, tu pourrais peut-être demander une tente pour moi. Ou un serviteur.

— Tu en as déjà un. Je l'ai vu monter ta tente.

— Je le partage avec huit autres officiers pauvres. Et je ne peux pas me permettre de lui donner plus que je le fais déjà. Par conséquent…

Il agita le bras en montrant les filets d'eau qui coulaient le long des parois en canevas.

Conn ne dit rien et se leva en douceur. Il passa la tête sous le rabat de la tente et sortit sous l'orage. Un éclair fendit le ciel à l'ouest, suivi quelques secondes plus tard par un violent coup de tonnerre. Il restait encore trois heures avant minuit. D'habitude, par temps clair, il faisait encore jour en cette saison, mais l'orage recouvrait le pays comme un linceul sombre. Conn traversa le camp d'un pas lourd, dépassa les rangées de poneys attachés à leurs piquets, nez à nez avec les chariots, puis se fraya un chemin entre les tentes qui abritaient les soldats.

La tente de Jasaray faisait douze mètres de long et au moins quatre bons mètres de large. Les parois brillaient comme de l'or à cause de toutes les lanternes qui étaient allumées à l'intérieur. Deux soldats armés de lances se trouvaient devant l'entrée, abrités de la pluie par un rabat de deux mètres de long supporté par deux perches plantées dans le sol. Comme Conn s'approchait, ils croisèrent leurs lances devant lui.

— Quoi… tu… veux ? s'enquit le garde de gauche, dans un keltoï haché.

— Je suis invité par le général, répondit Conn en turgon.

Le garde parut surpris.

— Attends ici, fit-il en tendant sa lance à son compagnon et en rentrant sous la tente.

Il ne s'absenta que quelques secondes. Lorsqu'il revint, il demanda à Conn d'attendre un instant, et celui-ci resta sous la pluie ; son humeur s'assombrit quelque peu. Il entendait des voix à l'intérieur, mais le chuintement de l'eau l'empêchait de comprendre la nature de la conversation. Quelques minutes plus tard, des officiers sortirent de la tente, et se sauvèrent sous l'orage. Pourtant on ne l'invita toujours pas à entrer. Comme la colère commençait à le gagner, il décida de s'en aller. Mais une voix retentit à l'intérieur.

— Tu peux y aller à présent, déclara le garde. Il y a un paillasson à l'intérieur. Essuie la boue de tes bottes. Le général n'aime pas qu'il y ait de la boue sur son sol. Et tu peux laisser ici ton épée et ta dague. Les armes sont interdites.

Conn retira son baudrier et le tendit au garde.

Puis, il pénétra sous la tente. Le contraste entre ces quartiers et ceux de Valanus était si marqué que Conn manqua d'éclater de rire. Le sol en mosaïque, composé principalement de petits carrés de pierre blanche, avait été assemblé de manière experte ; le centre lui était fait de pierres plus sombres et représentait la tête d'une panthère. Des rideaux dissimulaient le fond de la tente, et Conn en conclut qu'il s'agissait de la chambre à coucher. Sept lanternes allumées pendaient à des crochets à même la structure de la tente, et leur lumière éclairait six chaises en bois avec des coussins, deux divans richement brodés, et une longue table taillée dans du chêne et admirablement décorée. Un brasero en fer rempli de charbon était placé non loin, et plusieurs gros tapis avaient été disposés près des chaises. Le général, vêtu d'une simple tunique blanche qui descendait jusqu'à ses genoux, et chaussé d'une paire de sandales, était allongé sur l'un des divans. Personne n'aurait pu ressembler moins à un guerrier que lui.

— Approche, dit-il.

Conn essuya ses pieds sur le paillasson et avança. Il enleva son manteau détrempé et le laissa tomber sur le sol. Puis, il s'approcha du brasier et profita de sa chaleur soudaine.

— Tu peux t'asseoir, lui dit Jasaray en désignant un divan.

— Mes habits sont mouillés et couverts de boue, répondit Conn. Il vaudrait mieux que je reste debout.

— C'est gentil de ta part, déclara Jasaray. Parle-moi donc de Banouin.

— Tu le connaissais ? rétorqua Conn surpris par la question et essayant de gagner du temps pour formuler une réponse.

— Il était à la fois mon professeur et mon élève, lui apprit Jasaray, et il était très doué dans les deux cas.

— Je ne savais pas, dit Conn. Banouin parlait souvent de toi, mais il ne m'a jamais dit que vous étiez amis.

— J'ai dit professeur et élève, fit Jasaray avec irritation. Je n'ai jamais parlé d'amitié. Évite de faire des suppositions. La communication ne peut fonctionner que si elle est précise. Bon, j'ai cru comprendre qu'il vivait parmi ton peuple – et même qu'il y avait pris femme.

— Les deux points sont exacts.

— D'après toi, qu'est-ce qui l'a attiré chez les Rigantes ?

— Il m'a dit qu'il aimait les montagnes et les bois sauvages, l'odeur des pins et de la bruyère dans le vent. Qu'est-ce qu'il t'a enseigné ?

Jasaray ignora la question.

— Pourquoi Banouin t'a-t-il fait apprendre mes théories ? s'enquit-il.

— Il essayait de m'expliquer la grandeur de ton peuple, répondit Conn prudemment.

— Cela m'étonnerait. Il n'aimait pas vraiment notre ambition, si je me souviens bien. Est-ce que tu savais qu'il avait été général pendant la guerre civile ?

— Non, mais j'avais deviné qu'il avait été soldat.

— C'était un bon général, respecté par ses hommes et craint par ses ennemis. C'était un homme qui ne connaissait pas la vanité. Et même si j'ai été son étudiant, lorsque je suis devenu son supérieur, il a toujours suivi mes ordres sans poser de questions. C'était un homme rare que Banouin. Mais un homme avec des défauts. Son esprit était rempli d'abstractions : honneur, noblesse, courage, conscience. Il se concentrait toujours sur les petits problèmes. La nature de l'âme humaine, les possibilités de changer et la rédemption. Le Bien, le Mal, le vrai, le faux ; tout cela guidait ses pensées et ses actes.

Il y avait quelques expressions que Conn ne comprit pas. Il parlait presque couramment turgon à présent, cependant Banouin n'avait jamais employé des mots tels que « rédemption » ou « conscience ». Mais si Banouin avait apprécié ces valeurs – quelles qu'elles soient – Conn les apprécierait aussi. Lorsqu'il parla, il choisit ses mots le plus prudemment possible.

— Je ne... maîtrise pas suffisamment ton langage pour... (Il avait du mal à trouver les mots justes.) ... débattre de ces sujets. Tout ce que je sais, c'est que Banouin était quelqu'un de bon, peut-être même un grand homme. Il était aimé par un peuple qui n'était pas le sien, et j'honorerai toujours sa mémoire.

Les yeux pâles et froids de Jasaray trahirent un soupçon d'agacement.

— Oui, oui, fit-il, les gens *aimaient* Banouin. Moi-même je l'aimais bien, à ma manière. Et, c'est vrai, j'ai été étonné de constater que sa mort m'attristait. Est-ce qu'il t'a dit pourquoi il avait quitté l'armée ?

— Non. Il n'en a jamais parlé.

— Dommage. Je me suis souvent demandé pourquoi un tel homme avait voulu devenir marchand itinérant.

— Il aimait bien cette vie : rencontrer de nouveaux peuples, découvrir de nouveaux paysages.

— Oui, il savait s'y prendre avec les gens. C'est certain.

Jasaray fit un geste en direction d'un pichet en argent rempli d'eau. Il n'y avait qu'un verre à côté. Jasaray n'avait rien dit, mais d'un simple geste il avait clairement délimité le niveau de leur relation. Conn était peut-être un invité dans sa tente, mais aux yeux du général, il n'était qu'un serviteur de plus. Ce n'était cependant pas le moment d'une confrontation. Il se rendit rapidement à la table et remplit le gobelet qu'il tendit à l'homme assis. Jasaray l'accepta sans un remerciement, à l'exception d'un mince sourire. Puis il reprit la parole.

— Banouin avait aussi l'œil pour dénicher le talent. C'est pour cela que tu m'intrigues, Connavar. Qu'a-t-il bien pu voir en toi, et pourquoi t'a-t-il pris comme élève ? Es-tu le fils d'un chef ou d'un roi ?

— Non. Mon père était un chasseur de chevaux ; mon beau-père élève du bétail.

— Et pourtant, à dix-sept ans, tu es déjà célèbre dans ton pays, si j'ai bien compris. Tu as affronté un ours avec un couteau. Sans compter que tu as pénétré dans une ville perdiie, tué le marchand qui avait trahi Banouin, et tué ensuite six de tes poursuivants. Depuis, tu es devenu une sombre légende chez les Gaths. Est-ce que tout ton peuple est aussi doué que toi au combat ?

— Oui, tous, répondit Conn.

— Cela m'étonnerait beaucoup.

Jasaray se leva et se rendit jusqu'aux rideaux du fond qu'il tira. Derrière se trouvait un petit lit et un présentoir en bois où était suspendue l'armure du général.

— Aide-moi à enfiler mon armure, lui dit-il.

Conn vint aux côtés du général et souleva le plastron en fer. Jasaray se bagarra pour l'enfiler, et Conn boucla les attaches. Puis, le général passa un kilt en cuir renforcé de bandes de bronze et ajouta le ceinturon de son épée. Conn s'agenouilla devant lui et attacha ses jambières en bronze. Il ne demanda pas au général pourquoi il voulait s'habiller pour la guerre à une heure aussi tardive, mais cela l'intriguait. Finalement, Jasaray mit son heaume cabossé. Conn ne put s'empêcher de sourire. Et Jasaray s'en aperçut.

— Oui, je ne suis pas un guerrier, dit-il sans amertume, et je sais que j'ai l'air ridicule ainsi vêtu. Mais il y a une raison à ceci.

Jasaray alla soulever le rabat de sa tente pour crier un ordre à l'un des gardes. L'homme tendit au général le baudrier de Conn, puis retourna sous la pluie. Jasaray revint sous la tente. Il dégaina l'épée de Conn et examina la lame à la lumière d'une lanterne.

— C'est une très belle arme, déclara-t-il. Rien que la garde doit valoir dans les cent pièces d'argent. Ton père doit être un riche éleveur de bétail.

— C'est le cadeau d'un ami, répondit Conn.

Jasaray fit tourner la lame dans ses mains.

— L'ours gravé là est d'une rare beauté, et j'en comprends le sens par rapport à ta vie. Mais pourquoi donc un faon pris dans des ronces ? Je vois que la broche de ton manteau arbore le même motif.

— Lorsque j'étais enfant, j'ai déchiré toutes mes affaires en allant sauver un faon. Cette histoire est devenue une sorte de blague pour mes amis.

Jasaray le dévisagea.

— Un tueur qui sauve des faons ? C'est un homme à surveiller.

Il rengaina l'épée et, lançant le baudrier à Conn, lui demanda de l'enfiler. Puis, il sortit de la tente.

L'orage se calmait, mais la pluie continuait à tomber dru. Conn rejoignit le général et vit que des soldats en armure sortaient de leurs tentes. Une fois rassemblés, ils se répartirent silencieusement sur plusieurs rangs et attendirent immobiles au garde-à-vous alors que la pluie éclaboussait leurs armures.

Les nuages se dissipèrent au-dessus du camp, et un rayon de lune éclaira la scène.

Au même moment, l'air fut empli de cris de guerre, puissants et aigus. Une nouvelle pluie, mais de javelots cette fois, tomba sur les remparts. Les tentes, les chariots et les chevaux avaient été installés loin des murs, et la majorité des projectiles ne touchèrent que de la terre. L'un transperça toutefois le dos d'un poney qui poussa un hennissement de douleur avant de s'écrouler.

— Ils arrivent ! hurla une sentinelle sur le mur nord. Ils sont des milliers !

Un javelot la cueillit à la base du cou, et elle tomba des remparts.

Plusieurs officiers arrivèrent en courant devant Jasaray. Le général les attendit calmement, les mains dans le dos.

— Envoyez une panthère au mur nord, dit-il. Gardez-en deux en réserve. L'attaque principale aura lieu ailleurs – probablement à l'ouest. Postez des archers derrière les chariots.

Les officiers repartirent en vitesse vers leurs hommes. Jasaray se présenta devant la première ligne de soldats.

— Désolé de vous avoir réveillés si tôt, leur dit-il alors qu'ils s'écartaient pour le laisser passer.

Conn resta à ses côtés, impressionné par son calme. Il se demanda également comment le général avait pu deviner que l'attaque était imminente. Était-il magicien ? Ou y avait-il un indice qui avait échappé à Conn ? Ce problème l'enquiquinait.

Les hurlements des mourants et des blessés résonnèrent à travers tout le camp. Les Perdiis se jetaient vague après vague sur les remparts, les escaladant pour venir taillader et poignarder les défenseurs.

— Je crois que la pluie est en train de s'arrêter, fit remarquer Jasaray.

Le poney blessé continuait à hennir de douleur et d'effroi. Jasaray tapota sur l'épaule d'un soldat.

— Va achever cette pauvre créature, lui ordonna-t-il. Ses hurlements m'empêchent de me concentrer.

— Oui, seigneur, répondit l'homme en dégainant son épée et en sortant du rang.

Un clairon retentit à l'ouest. Conn regarda dans cette direction et vit deux hommes faire des signaux sur les remparts.

— Et voici l'attaque principale, déclara Jasaray.

Une seconde panthère de trois mille hommes fut dépêchée derrière le mur. Conn vit des milliers d'échelles improvisées apparaître au-dessus des remparts. Il posa la main sur la poignée de son épée.

— Pas tout de suite, l'informa Jasaray. Il faudra encore une bonne heure avec qu'on ait besoin de nous. Lorsque les portes céderont.

Conn regarda les portes : deux structures d'un mètre quatre-vingts de large construites avec des jeunes troncs d'arbres, taillés en pointes, et attachés de façon experte les uns aux autres par des traverses. Il semblait improbable que les Perdiis puissent en venir à bout. *À moins qu'ils n'y mettent le feu*, pensa-t-il.

Des centaines d'archers vêtus de tuniques en cuir et de chapeaux coniques allèrent prendre position devant les chariots du train. Chaque homme avait un arc court incurvé et un carquois de flèches à pennes noires.

— Puis-je poser une question, général ?

— Mais certainement.

— Pourquoi tes archers sont-ils positionnés derrière les murs ? Ils auraient certainement pu tuer des dizaines d'ennemis depuis les remparts.

— Pour tirer de là, ils auraient dû s'élever au-dessus des remparts, ce qui aurait fait d'eux des cibles parfaites. Je n'ai que six cents archers. Ils sont trop précieux pour être gâchés bêtement. Regarde-les et apprends.

Les archers attendirent le signal de Jasaray. Lorsqu'il vint, ils levèrent haut leurs arcs et décochèrent volée après volée. Les traits jaillirent dans le ciel, et retombèrent avec un effet dévastateur sur les guerriers amassés à l'extérieur du camp. Conn ne pouvait qu'imaginer le chaos qui devait régner là.

Sur les remparts, le combat faisait rage, mais les soldats de Roc, dans leurs armures composées de plastrons, de heaumes, et de boucliers rectangulaires et concaves, le faisaient payer cher à l'ennemi trop légèrement armé. Comme Banouin le lui avait dit un jour, les épées courtes de Roc se révélaient infiniment supérieures dans un petit périmètre. Certains guerriers perdiis, le visage peinturluré en rouge, réussirent une percée. Jasaray détacha trois sections de soixante hommes pour les intercepter et renforcer les défenses.

Un bruit aussi assourdissant que le tonnerre provint des portes à l'ouest, qui frémirent sous l'impact. Conn dévisagea les soldats autour de lui. Ils étaient tendus et dans l'expectative, mais ne montraient aucun signe de peur. Jasaray restait imperturbable. Il ôta son heaume et se gratta les cheveux.

— Je suis content que la pluie se soit arrêtée, déclara-t-il. Je n'aime pas me battre dans l'humidité. Bien, allons à leur rencontre.

Des officiers hurlèrent des ordres, et les hommes s'alignèrent en colonnes par quatre. Puis, ils avancèrent entre les chariots jusqu'au terrain découvert situé devant les portes. Une fois arrivés, ils se déployèrent en dix lignes de combat. Les hommes du premier rang emboîtèrent leurs boucliers. Conn et Jasaray se tenaient derrière la quatrième ligne.

Le bruit retentissait toujours, et l'un des troncs se fendit en deux, puis un deuxième. Quelques minutes plus tard, les portes cédèrent et un énorme bélier à la tête de bronze passa à travers. Des centaines de guerriers badigeonnés de rouge dégagèrent les portes brisées et pénétrèrent dans l'enceinte en courant. Un tambour résonna derrière les soldats de Roc, qui se mirent en marche.

Les Perdiis se jetèrent sur les phalanges en mouvement et les cruels coups d'estoc de la première ligne. Des centaines moururent, mais les soldats continuèrent d'avancer en enjambant les cadavres. Tout en marchant, les hommes de la seconde et de la troisième ligne barbouillèrent de sang leurs épées sur les guerriers à terre, plongeant leurs armes dans le corps des Perdiis blessés.

Les assaillants ne manquaient pas de courage, et la bataille se prolongea encore une heure avant que les soldats de Roc puissent atteindre les portes détruites. À cet instant, un clairon résonna au cœur des lignes perdiies, et les guerriers se retirèrent dans les ténèbres.

Des ouvriers réparèrent aussitôt les portes, tandis que des soldats portaient les Perdiis à l'extérieur du camp pour empiler les cadavres. Plus de deux mille Perdiis étaient morts, alors que seulement soixante soldats de Roc avaient été tués et que cent quatre nécessitaient quelques points de suture.

Comme l'aube arrivait, Conn monta sur les remparts pour regarder trois monticules de cadavres perdiis. Des soldats de Roc qui n'avaient pas pris part à la bataille avaient creusé de grandes fosses tapissées de bois imbibé d'huile. Ils avaient ensuite jeté les cadavres dans la fosse et rajouté des brindilles.

Lorsque le soleil se leva, des soldats lancèrent des torches de paille enflammée sur les monticules. Des flammes prirent rapidement. Conn regarda les langues de feu lécher les cadavres.

Bientôt tout ne fut plus qu'un énorme brasier, et une odeur de chair brûlée se répandit dans le camp.

Ma première bataille, pensa Conn, *et je n'ai même pas dégainé mon épée.*

Le combat n'avait pas atteint le quatrième rang.

Valanus le rejoignit sur les remparts. L'officier était coupé à la joue, et la blessure avait été recousue.

— Qu'est-ce qui t'est arrivé ? s'enquit Valanus. Je pensais bien te voir à mes côtés sur le mur nord.

— J'étais avec le général. Comment a-t-il su que l'attaque allait avoir lieu ? C'est un mystique ?

— C'est vrai qu'il sent plutôt bien ces choses. Mais, d'un autre côté, ce n'aurait pas été la première fois qu'il fait mettre les hommes en rangs en pleine nuit. Il le fait la plupart du temps pour qu'ils restent sur le qui-vive. Peut-être que c'était juste de la chance. Je lui ai dit une fois qu'il avait plus que sa part de chance. Tu sais ce qu'il m'a répondu ? « Plus je planifie précisément, et plus je deviens chanceux. » C'est la première fois que je l'entendais dire quelque chose qui s'apparentait à une blague. Alors, pourquoi voulait-il te voir ?

— Je ne le sais toujours pas. Il voulait surtout parler de Banouin. Apparemment, il avait été général autrefois.

Valanus émit un petit sifflement.

— Alors, c'était *ce* Banouin-là. Je n'avais pas réalisé. Banouin est un nom plutôt courant à Roc. Mais le tien n'était autre que le général Fantôme. Il dirigeait un escadron de cavalerie et surgissait toujours là où l'ennemi l'attendait le moins. Lorsque la première guerre civile a pris fin, il a pris sa retraite. Ce qui a surpris énormément de gens. Tout le monde pensait qu'il allait entrer en politique.

— Jasaray a dit que Banouin était à la fois son professeur et son élève, dit Conn. Est-ce que tu comprends ce que cela veut dire ?

— Oui, je comprends. Lorsque l'Érudit a été nommé officier, il ne connaissait rien aux affaires militaires, mais avait une grande connaissance des mathématiques et de la logistique. Banouin a été envoyé pour lui enseigner le protocole militaire : la chaîne de commandement et tout ce qui va avec. Et comme tu peux le voir, Jasaray a appris très vite.

Le vent changea, et une brise matinale vint souffler sur les monticules enflammés, faisant entrer de la fumée noire dans l'enceinte.

— Deux mille morts, et pour rien, déclara Conn. Quel gâchis de vies humaines.

— Ces tribus n'apprendront jamais, fit remarquer Valanus. Elles attaquent en masse, en espérant nous submerger. Elles ne connaissent que cette manière-là de se battre. Il n'y a pas de réelle organisation, pas d'officiers, et pas de structure de commandement bien définie. Leurs plans de bataille sont toujours les mêmes : « Voilà l'ennemi ; chargez-le pour voir ensuite ce qui se passe ». Comme tu dis, un gâchis.

— Qu'aurais-tu fait à la place de Carac ?

Valanus sourit.

— Je me serais rendu et j'aurais prêté allégeance à Roc. Il ne peut pas gagner. Nous sommes invincibles. Et après l'attaque de cette nuit, ses hommes le sauront. Ils vont retourner chez eux et raconter partout à quel point nous sommes résistants et dangereux. Leur peur va se propager. À la fin de l'été, nous construirons des villes en pierre sur le sol perdii, et ferons venir des milliers d'émigrants de Roc. On m'a promis pas moins de dix parcelles de terres fertiles que je pourrai soit vendre, soit garder.

— J'espère que tu vas les échanger contre une vraie tente, déclara Conn.

— Et comment ! s'exclama Valanus.

Ostaran allait mourir. Cela ne faisait aucun doute. Et cela l'énervait au plus haut point, pour deux raisons. Premièrement, c'était encore une escarmouche et pas une glorieuse bataille. Deuxièmement, Démone-Lame l'avait mis en garde contre les attaques irréfléchies. Il abattit son sabre de cavalerie sur la tête d'un ennemi qui se ruait sur lui et enjamba le cadavre de son cheval. Il essayait de se créer un espace suffisant pour se battre. Une lance transperça sa chemise, lui éraflant l'épaule. Un homme courait vers lui, brandissant une épée. Ostaran para l'attaque sauvage, vint au contact, et asséna un coup de tête au guerrier, qui tituba en arrière, à moitié aveuglé.

Le soleil brillait dans le ciel azur, et une brise fraîche soufflait sur l'endroit, apportant au passage une odeur d'herbe et de pin. Ostaran prit une profonde inspiration. *Ah, que la vie est belle*, pensa-t-il. Au moins, les Perdiis comprenaient les concepts d'honneur martial, et l'attaquaient un à la fois, pour tester son courage et le leur. Un autre homme se rua sur lui. Ostaran fit un bond dans les airs, et mit un coup de pied dans la poitrine de l'homme qui fut projeté à la renverse. Un deuxième épéiste fondait sur lui par la gauche. Ostaran bloqua l'attaquant avec son bouclier en bois rond, et riposta d'un coup cinglant. Le Perdii se jeta en arrière pour esquiver et, se prenant le pied dans la jambe du cheval mort d'Ostaran, il tomba par terre.

Ostaran défit sa broche en forme de feuille de chêne et laissa glisser son manteau noir sur le sol. Il portait un grand heaume de bronze et une cotte de mailles qui descendait sur ses genoux. Depuis peu, il portait également des jambières en bronze, à la manière des officiers de Roc. La cotte de mailles pesait lourd, mais elle le protégeait de ce qu'il craignait le plus : un coup d'estoc au ventre qui l'éviscérerait. Son frère aîné était mort d'une telle blessure, et Ostaran était bien résolu à ne pas mourir dans les mêmes souffrances.

Il prit une profonde inspiration. L'air était pur. Un Perdii muni d'une lance venait vers lui au pas de charge. Ostaran attendit le dernier moment et fit un pas de côté. Puis, il asséna un coup au menton du guerrier avec la garde en bronze de son épée, au moment où celui-ci passait. Assommé net, le Perdii s'écroula sur le sol.

L'énervement d'Ostaran disparaissait petit à petit. Sa charge n'avait pas été aussi irréfléchie que ça. Il avait mené trente cavaliers gaths à l'attaque d'un petit groupe de soldats perdiis à pied. Ce n'était qu'après qu'il avait réalisé que ce groupe faisait en fait partie d'une troupe beaucoup plus importante qui était cachée dans les bois. Au moins une centaine de Perdiis avaient jailli des arbres, poussant des cris de guerre qui avaient effrayé les chevaux gaths. Ostaran avait sonné la retraite avec son cor. Ses hommes avaient aussitôt tourné bride et rompu le combat. C'est là que la malchance avait frappé. Une flèche avait transpercé la poitrine du cheval d'Ostaran. Le chef gath s'était dégagé du cadavre de sa monture et avait dégainé son sabre en voyant qu'une douzaine de guerriers perdiis fonçaient sur lui.

— Je vais tous vous crever, fils de putes ! leur cria-t-il.

Les Perdiis l'entouraient, cherchant à l'épuiser.

Ostaran entendit un martèlement de sabots. Il para un coup de taille et colla son poing dans le visage d'un homme avec un couteau, qui partit à la renverse. Alors seulement il risqua un coup d'œil sur sa gauche.

Une vingtaine de cavaliers se dirigeaient vers lui dans un vacarme assourdissant, dispersant ses ennemis. Sur la monture de tête, Démone-Lame lui tendait le bras gauche. Ostaran courut à toutes jambes attraper le poignet du jeune homme et se hissa en selle derrière lui. Le Rigante tourna bride, ses flancs protégés par les autres cavaliers, et s'en alla au galop, poursuivi par des Perdiis.

L'un des hommes d'Ostaran chevaucha à sa hauteur en tirant un deuxième cheval. Ostaran sauta dessus et poussa un cri de soulagement en faisant tournoyer son épée au-dessus de sa tête. Ce qui fit rire Démone-Lame. Quarante cavaliers supplémentaires les rejoignirent. Avec maintenant près de soixante-dix hommes, Ostaran mena une seconde charge.

Les Perdiis abandonnèrent le terrain et s'enfuirent dans les bois. Ostaran en tua deux avant de venir au trot rejoindre Connavar qui laissait reposer sa monture, un hongre marronnier de seize mains de haut.

— Je te remercie, Rigante, lui dit Ostaran. Je m'étais résigné à boire à la table de Taranis. *Aiya !* Qu'il est bon d'être en vie.

— Je crois me souvenir, fit Conn en venant placer sa monture au côté de celle d'Ostaran, que l'Érudit avait dit d'éviter tout conflit ouvert.

— Ah, c'est vrai. J'avais oublié.

Ostaran s'éloigna. Puis, il mit pied à terre et marcha entre les cadavres et les corps des mourants. Il acheva rapidement trois guerriers perdiis gravement blessés. D'autres, qui l'étaient plus légèrement, eurent le droit de ramasser leurs armes et de s'en aller. L'homme qu'Ostaran avait assommé avec la garde de son épée reprit conscience au moment où le Gath passait devant lui.

— Je crois que l'Érudit apprécierait un prisonnier, suggéra Connavar.

Ostaran était agenouillé à côté du guerrier, son couteau sur sa gorge.

— Cet homme est Keltoï, répondit-il. Il n'est peut-être pas de ma tribu, mais que je sois damné si je le passais aux tortionnaires de Jasaray. De toute façon, il ne leur révélerait rien. (Il baissa la tête vers le blessé.) N'est-ce pas ? (L'homme secoua la tête.) Tu vois ? ajouta Ostaran. (Il attrapa le guerrier par le bras et l'aida à se relever.) Tu ferais mieux d'aller retrouver tes amis, lui dit le chef gath.

Le Perdii chercha du regard son épée, la trouva et partit lentement dans les bois.

Connavar secoua la tête, les yeux brillants de colère.

— Voilà une drôle de manière de faire la guerre, déclara-t-il. Pourquoi l'as-tu laissé en vie ?

— C'est ainsi que les guerres devraient se passer, rétorqua Ostaran. D'homme à homme, de force égale. Cœurs vaillants, lutte féroce, et victoire tempérée par la clémence. Ces hommes de Roc ôtent toute gloire à la bataille.

Ils sont comme une avalanche. Aucun héroïsme, rien qu'une sale masse qui renverse tout sur son passage. Je les déteste. Vraiment.

— Alors, pourquoi te bats-tu à leurs côtés ?

Ostaran sourit.

— Je déteste les Perdiis encore plus. Des salopards arrogants.

— Tu as du sang sur le visage, lui fit remarquer Connavar.

— Ce n'est pas le mien, Daan merci, répondit Ostaran en s'essuyant du revers de la main.

Il souleva sa cotte de mailles et sortit un petit peigne d'une poche de son maillot de corps. Puis, minutieusement, il peignit sa moustache blonde tombante.

— De quoi j'ai l'air ? s'enquit-il.

— Tu es très beau. Et maintenant, si nous allions chercher un signe de l'armée ennemie.

Ostaran fit un pas en avant et posa la main sur l'épaule du Rigante.

— Tu sais que tu es un peu trop sérieux, jeune Connavar. Cela ne fera pas l'ombre d'une différence que nous les trouvions ou non. C'est leur pays. Ils nous trouveront. Ils se battront, et ils mourront. L'armée de Roc ne peut pas être vaincue.

Connavar ne répondit rien. Il sauta en selle et longea l'orée des bois, tout en restant hors de portée d'un archer qui pourrait y être dissimulé. Ostaran le regarda partir. Il ramassa son manteau, monta à cheval et alla rejoindre ses hommes qui l'attendaient plus loin. Son frère Arix, un guerrier imposant avec une barbe noire, était nerveux, avec raison.

— Comment se fait-il que ce soit le Rigante qui ait mené les secours ? demanda-t-il à son frère.

Arix haussa les épaules. Il ne voulait pas regarder Ostaran dans les yeux.

— Je ne sais pas, frère. Il a simplement pris le contrôle. (Il se fendit soudain d'un large sourire.) Mais ça s'est plutôt bien passé, non ?

Certains hommes éclatèrent de rire. Ostaran les ignora.

— Je suis vivant. Alors, oui, ça s'est bien passé. Mais vu que manifestement j'étais perdu, c'est *toi* qui aurais dû prendre le commandement. Tu aurais dû mener la charge.

— Je n'aime pas commander, répondit Arix. Et puis, Démone-Lame le fait mieux que moi.

— Il le fait mieux ? l'imita Ostaran. Il n'est pas des nôtres. C'est un étranger. (Il se dévissa sur sa selle et désigna un autre cavalier en manteau noir.) Pourquoi donc l'as-tu suivi, Daran ?

— Il nous a dit de le faire, répondit le mince rouquin. Tu ne voulais pas qu'on vienne te sauver, Osta ?

— Évidemment que je le *voulais*, idiot. J'essaie juste de comprendre comment un Rigante a pu prendre le contrôle d'une troupe gathe.

— Ben, ça s'est passé comme l'a dit Arix, reprit Daran, il est doué. Comme la semaine dernière lorsqu'il nous a empêchés de franchir cette rivière. C'était une embuscade perdiie. On allait se jeter en plein dedans.

Plusieurs hommes murmurèrent leur assentiment.

— Vous aimeriez peut-être que je lui confie le rôle d'Arix, les railla Ostaran.

— Ce serait bien, fit Arix.

— La ferme, frère. C'était de l'humour.

— Non, ce serait vraiment bien, confirma Daran. Je veux dire, j'aime bien Arix, mais ce n'est pas franchement un meneur, non ?

— Merci, Dar, dit Arix.

— Ce n'était pas un compliment, espèce de débile, gronda Ostaran.

Mais comme Connavar s'approchait d'eux, le débat mourut.

— Aucun signe de l'ennemi, leur apprit-il. Et l'équipe de signalisation a déjà balisé le camp.

— Alors, c'est l'heure d'aller manger, déclara Arix.

Connavar mena son cheval à côté de celui d'Ostaran.

— Je ne crois pas que l'armée perdiie soit venue aussi loin dans le nord. Je crois qu'ils ont fait demi-tour.

Ostaran secoua la tête.

— Mais non, ils doivent se diriger vers les collines. Le sol y est rocailleux ; l'Érudit ne pourra pas y faire construire de forteresses.

— Si c'était le cas, alors j'aurais trouvé des traces. Cinquante mille hommes ne peuvent pas marcher sans en laisser. La piste que nous suivons a été faite par la troupe que nous venons d'affronter. Ils voulaient nous faire croire que l'armée était en déroute. Moi, je pense que le gros de leurs troupes est en train de nous prendre à revers.

— Mais pourquoi donc ?

— Pour attaquer Jasaray en marche. La colonne sera étalée sur près de quinze kilomètres. Si Carac frappe suffisamment vite et fort, il pourra diviser l'armée en deux, ou au moins détruire le train d'équipement et les réserves de nourriture.

Ostaran réfléchit un instant. Cela paraissait logique.

— Que suggères-tu, s'enquit-il, conscient que ses hommes s'étaient rapprochés pour les écouter.

— Rassemble tous nos cavaliers et fais route vers le sud. Si une bataille éclate, Jasaray aura besoin de notre cavalerie.

— Une vraie bataille, fit Ostaran. Voilà qui me plaît.

— Au sud, donc, dit Connavar, mais pas trop vite. Les chevaux sont fatigués. Je vous rejoindrai.

Le Rigante s'éloigna du groupe et partit au trot en direction de l'ouest.

Chapitre 11

À cinquante et un ans, Appius était le plus expérimenté de tous les généraux de Jasaray. C'était un homme à l'imagination plutôt limitée, mais dont le talent principal était d'obéir aux ordres à la lettre, sans en dévier ni se plaindre. Cela faisait maintenant dix-neuf ans qu'il servait sous les ordres de l'Érudit, dont cinq campagnes et deux guerres civiles. En dix-neuf ans, il n'était rentré que huit fois à Roc. Ce qui était du goût de sa jeune épouse, Palia, dont le style de vie sybarite faisait les gorges chaudes de toute la cité. Personne n'avait parlé directement de ses infidélités au vieil homme grisonnant, qui était pourtant au courant ; c'était la raison pour laquelle il la prévenait longtemps à l'avance de ses rares visites afin qu'elle ait le temps de chasser ses amants et de préparer la maison pour son retour.

La plupart de ses officiers subalternes croyaient qu'Appius ne s'intéressait pas à Palia, et qu'il ne l'avait épousée récemment que pour sceller une alliance entre deux maisons déjà puissantes. Ce n'était pas le cas, mais il n'en parlait jamais.

Il était à présent entouré des sept cent cinquante hommes de la Troisième Griffe, qui surveillaient la signalisation du camp de nuit. Les trois autres griffes de la Première Panthère avaient pris leurs positions respectives au nord, à l'ouest et à l'est du site, et attendaient l'arrivée de la Deuxième Panthère qui s'occuperait de creuser le fossé autour du périmètre. Un de ses subalternes, Barus, un jeune homme brun, se tenait silencieusement aux côtés d'Appius.

— Tu as choisi un bon endroit, Barus, lui dit le général. Du fourrage en abondance, suffisamment de bois et une source non loin.

— Merci, général.

— J'ai cru comprendre que tu retournes chez toi à la fin du mois.

— Oui, général. Je dois terminer mes études à l'université.

— Aurais-tu l'obligeance de porter des plis pour moi ?

— J'en serais honoré, général.

Appius ôta son heaume de bronze et en brossa la crête avec sa main.

— As-tu déjà rencontré ma femme ?

— Oui, général. L'année dernière aux Jeux d'Équinoxe. Je crois qu'un de vos chevaux a d'ailleurs gagné la Course impériale cette année-là. Un gris, de mémoire.

— Callias, répondit le général en se détendant un peu. Une belle bête. Un cœur de lion. D'après les dernières lettres que j'ai reçues, il a donné d'excellents poulains. (Son sourire disparut.) Je veux que tu ailles voir Palia et que tu lui dises que je ne pourrai pas rentrer cette année.

— À vos ordres, général.

Appius leva les yeux vers le jeune homme. Barus ne le regardait pas et semblait mal à l'aise. Le général soupira. Il connaissait la vérité, bien sûr. Tout le monde la connaissait.

— J'ai également un cadeau pour elle – un anneau que j'ai fait faire tout spécialement. Il a beaucoup de valeur. Pourrais-tu le lui donner ?

— Oui, général. Je ferai en sorte qu'elle l'ait.

— Bien. Bien. Eh bien, tu as hâte de revoir Roc, je présume ?

Il vit Barus se détendre à son tour. Le jeune homme le regarda enfin dans les yeux et sourit.

— Oui, général. Je vais me fiancer. Nous nous marierons pendant les fêtes du solstice d'hiver.

— Tu connais bien la fille ?

— Nous étions des amoureux d'enfance, général. Nous nous sommes choisis.

— C'est la meilleure manière, paraît-il, répliqua Appius. Je vous souhaite tout le bonheur du monde.

Mais avant que Barus ne puisse répondre, il vit un Keltoï tout de noir vêtu descendre à cheval la colline à l'est.

— C'est celui qui s'appelle Connavar, déclara Barus. Les Gaths le surnomment « Démone-Lame ». Ils croient qu'il a des pouvoirs mystiques quand il se bat.

— Il n'y a rien de mystique chez un bon guerrier, répondit Appius. Un bras solide et un cœur vaillant. Ça, et aussi un peu de chance si nécessaire.

Appius mit son heaume et attacha la boucle sous son menton. Le Keltoï allait au triple galop, ce qui ne présageait rien de bon. Est-ce qu'ils allaient être attaqués ? Appius espérait bien que non. Avec seulement trois mille hommes, il aurait du mal à contenir une armée barbare avant l'arrivée de la seconde panthère.

Connavar tira sur ses rênes en arrivant à la hauteur des officiers et mit pied à terre. Appius regarda le jeune homme dans les yeux et vit qu'ils avaient une drôle de couleur ; puis il baissa la tête et découvrit les taches de sang sur sa tunique et son pantalon.

— Où a eu lieu la bataille ? s'enquit-il.

— À deux kilomètres d'ici, environ, général, mais ce n'était qu'une petite escarmouche.

— À quelle distance au nord se trouve l'armée perdiie ?

— Je ne crois pas qu'elle soit au nord. Nous avons été bernés. Seulement une petite troupe d'une centaine d'hommes se dirigeait vers le nord, pour créer une fausse piste. Je pense que Carac a bifurqué vers l'est pour cacher son armée. Je pense également qu'il sortira de sa cachette aujourd'hui et attaquera le général Jasaray pendant qu'il est en mouvement.

— Tu penses que la totalité de l'armée perdiie se trouve *derrière* nous ?

— Exactement, général. Près de cinquante mille hommes.

— Mais tu pourrais te tromper ?

— Je pourrais me tromper sur l'heure de l'attaque, admit Connavar, mais je sais que l'armée ne s'est pas enfuie par le nord. Je ne vois pas d'autre raison logique pour un tel subterfuge. Carac projette une attaque surprise contre Jasaray.

Appius réfléchit un moment.

— Il y aura un écran d'éclaireurs de chaque côté de la colonne. Il ne sera pas possible de prendre Jasaray au dépourvu.

— Un écran d'éclaireurs *gaths*, intervint Barus. Même s'ils arrivent à respecter les distances réglementaires – ce qui serait un petit miracle en soi – ils ne pourront offrir que quelques minutes à Jasaray pour organiser ses défenses.

— Il aura deux panthères à ses côtés, et une troisième à peine à une heure de marche derrière lui, rétorqua Appius. (Il reporta son attention sur Connavar.) Où est Ostaran ?

— Je l'ai envoyé rassembler ses forces pour qu'il fasse route en direction du sud. Nous sommes éparpillés, mais selon l'endroit où aura lieu la bataille, je pense que nous pourrons réunir près d'un millier de cavaliers.

— Tout cela est très bien si tu as raison, jeune homme. Dans le cas contraire, tu laisseras ma panthère sans écran de cavalerie pour la protéger ; une proie facile pour une armée ennemie. Y as-tu pensé ?

— Il n'y a pas d'armée face à toi, général, affirma Connavar. J'en suis sûr et certain. En fait, tu n'as que deux possibilités. Soit tu finis la forteresse, soit tu te mets en marche à la rescousse de l'Érudit. Ton choix t'appartient. Mais moi, je vais au sud.

Sur ce, le guerrier sauta en selle, tourna bride, et lança sa monture au galop.

— Qu'en penses-tu, général ? s'enquit Barus.

— Il a l'air d'être un jeune homme compétent. Et s'il a raison, Jasaray sera bientôt en péril.

— Que devons-nous faire ?

Appius ignora la question et s'éloigna. On lui avait donné l'ordre de protéger le site et d'attendre l'arrivée de la prochaine panthère puis celle de Jasaray.

S'il se mettait en marche avec ses hommes et que le jeune guerrier s'était trompé, il serait la risée de toute l'armée.

Mais si Connavar avait raison…

Caché derrière la frondaison des arbres de la gigantesque forêt d'Avelin, Carac observait silencieusement la route au loin à bord de son quadrige royal. Des chars y progressaient lentement, flanqués de soldats à pied. Carac jeta un coup d'œil sur sa gauche. Des milliers de guerriers perdiis, le visage couvert de peintures de guerre, attendaient patiemment. À sa droite, s'étalant sur près de deux kilomètres, se trouvait la cavalerie, forte de trois mille hommes. Leurs ordres étaient d'attaquer les chariots, de tuer les conducteurs et de dérober les provisions de l'armée de Roc.

Le roi se passa la main sur le front pour en essuyer la sueur. Il était bientôt midi et la chaleur devenait insupportable. Carac s'assit sur le siège semi-circulaire à côté de son fils aîné, Arakar, qui était aujourd'hui son aurige.

— Dans combien de temps, père ? murmura l'enfant de quatorze ans.

— Bientôt, répondit Carac en ébouriffant les cheveux blonds du garçon.

Le roi était terriblement fatigué, et ses yeux le brûlaient. Il n'avait pas dormi au cours des trois dernières nuits. Demain, il aurait quarante ans, et le poids de sa *gis* pesait comme un rocher sur ses épaules. La Vieille Femme était apparue devant lui un an auparavant.

« Qu'aucun sang royal ne soit répandu, Carac. Si tu échoues, tu n'atteindras pas quarante ans. »

Et il n'en avait pas répandu. Son frère avait été noyé, sa femme étranglée, leur fils empoisonné. Pas une goutte rouge n'avait été vue sur l'un des trois corps. Carac ôta son heaume de guerre en bronze et en nettoya le bord. Il ne ressentait aucune culpabilité pour avoir tué son frère. Seulement de la colère. Alea, le *bon* roi, le roi *compréhensif*. C'était un traître, oui, et il méritait de mourir. Peu de personnes connaissaient ses pourparlers avec le général de Roc et l'accord stipulant que les Perdiis deviendraient les vassaux de Roc, permettant à Jasaray de construire des routes et des forts sur leur territoire.

— C'est la seule solution, frère, lui avait confié Alea. Ils sont invincibles, et leur temps est venu. En tant qu'alliés, nous pourrons les aider à conquérir d'autres tribus. Les Perdiis seront de nouveaux importants parmi les Keltoïs.

— Nous sommes suffisamment forts pour les détruire, avait rétorqué Carac.

— Je les ai vus, Carac. Ils ont changé le visage de la guerre. Ils avancent comme une inondation, irrésistible et meurtrière. Crois-moi sur parole.

« Comme une inondation » avait-il dit. Carac sourit en se remémorant sa mort, étouffé dans le lit de la rivière en crue. La mort de la reine, en revanche, ne lui avait procuré aucun plaisir. Carac avait toujours désiré la mystique Alinae. Il n'avait pas eu l'intention de la tuer, et il avait même été prêt à l'épouser. Mais lorsqu'il était allé la voir, elle s'était jetée de rage sur lui, tirant une dague de sa manche et visant sa gorge. Il avait sauté en arrière, et la lame lui avait tailladé la joue. Furieux, il l'avait frappée, la faisant tomber. Dans sa chute elle avait lâché la dague.

— Tu es un assassin ! lui avait-elle hurlé. J'ai eu une vision. Je vous ai vus, toi et Bek en train de désarçonner Alea. Assassin !

Sa voix avait résonné dans tout le palais. Carac lui avait plaqué les mains sur la gorge pour la faire taire. Et il l'avait fait taire pour de bon, lui brisant le cou.

On avait alors annoncé à la populace qu'elle s'était ôté la vie en apprenant la mort de son époux, et que, fou de chagrin, leur fils avait pris du poison. Peu importe que la majorité des Perdiis n'ait pas cru un mot de l'histoire. On apprécie toujours la force chez un chef, et Carac était fort.

Les pertes subies lors de la première attaque face au camp de nuit de Roc s'étaient avérées désastreuses. Des milliers de guerriers avaient déserté l'armée. Mais il en restait presque cinquante-six mille, et, aujourd'hui, ils allaient détruire pour toujours la mythique invincibilité de l'armée de Roc. Carac se releva et observa une fois encore la progression de la troupe de Roc.

Enfin, il aperçut en colonnes par quatre les deux panthères de Jasaray. Carac avait ordonné que Jasaray soit pris vivant, et il avait hâte de voir l'homme de Roc humilié, à genoux, suppliant qu'on l'épargne.

Le roi perdii dégaina son épée et fit un signe au clairon à côté de lui. Une note unique résonna.

La cavalerie perdiie jaillit de la forêt au nord et chargea en direction du convoi de chars, à huit cents mètres de là. Une seconde note retentit, et cinquante mille guerriers perdiis sortirent en courant de la forêt pour fondre sur la mince colonne en contrebas.

Carac se tourna vers son fils.

— Aujourd'hui nous connaîtrons la gloire comme jamais auparavant, lui dit-il.

Arakar fit un large sourire, prit les rênes et, suivi des deux milles cavaliers de la garde royale, émergea en plein soleil.

Le ciel était dégagé, d'un bleu sans nuages, et pas un souffle de vent ne venait perturber cette belle journée d'été. Carac retint sa respiration en voyant la horde perdiie se ruer sur les six mille soldats de Roc. Il espérait que l'ennemi paniquerait et s'enfuirait, mais ce ne fut pas le cas. Lentement, les hommes se regroupèrent pour former un carré défensif, et joignirent leurs boucliers.

Carac prit les rênes des mains de son fils et fit descendre le char le long de la colline, afin de mieux voir la bataille, mais également afin de mieux l'entendre. La première ligne de guerriers perdiis avait atteint l'ennemi, et elle se jeta sur le mur de boucliers. La ligne tint bon, mais comme une marée furieuse, les Perdiis se répandirent autour du carré, l'isolant, donnant l'impression d'une île de bronze au cœur d'une mer d'épées scintillantes.

Le roi perdii amena son quadrige plus près de l'action, ses gardes royaux sur les talons. Au nord, sa cavalerie avait déjà massacré des dizaines de conducteurs et plusieurs centaines de guerriers chevauchaient en direction du sud pour attaquer l'arrière-garde de Roc.

Carac fit tourner son char et remonta sur la colline afin d'apercevoir Jasaray encerclé. Le général se tenait au milieu de son carré, les bras dans le dos. Il n'avait pas l'air inquiet. L'irritation dans le cœur de Carac se transforma vite en colère. Cet homme n'avait-il pas compris qu'il allait perdre ? Ne pouvait-il pas crouler sous le poids du désespoir ?

Il souleva une outre d'eau qui était dans le char et but goulûment.

— Est-ce que nous gagnons, père ? s'enquit Arakar.

Carac ne répondit pas. Le champ de bataille était jonché de Perdiis tués et, pour le moment, peu de soldats de Roc avaient trouvé la mort. Carac s'humecta les lèvres. Puis, il entendit le martèlement grandissant de sabots qui frappaient le sol. Le roi regarda en direction du nord.

Près d'un millier de cavaliers ennemis descendaient la pente et fondaient sur lui, menés par le tueur vêtu de noir qui avait juré de lui ôter la vie. L'espace d'un instant, Carac n'en crut pas ses yeux. La cavalerie gathe avait été attirée au nord. Comment pouvait-elle être ici ? Le roi perdii hurla un ordre au capitaine de sa garde. L'homme tourna bride, dégaina son épée, et mena une contre-attaque face aux nouveaux venus.

Carac sentit la peur lui déchirer le cœur. De la sueur coula dans ses yeux.

— Mais je n'ai pas répandu de sang, soupira-t-il.

Les cavaliers gaths, leurs manteaux noirs flottant au vent, descendirent en trombe la colline pour réceptionner bille en tête la charge des Perdiis. Connavar, un bouclier de bronze sur l'avant-bras gauche, et l'épée seidhe à la main droite, tomba sur le premier ennemi. Le cavalier perdii pointa sa lance vers sa poitrine. Conn se dévissa sur sa selle et, croisant son ennemi, lui asséna un aller-retour avec sa lame. Celle-ci toucha le cavalier au niveau de la gorge, le décapitant sur le coup.

Les deux lignes de cavalerie, gathe et perdiie, se mélangèrent ; on taillait et tranchait de part et d'autre, des chevaux se cabraient et tombaient, hennissant de terreur. Connavar se battait comme un démon, se frayant un chemin à travers les troupes ennemies à grands coups d'épée, les yeux rivés sur les occupants du char éloigné. Une lance transperça le cou de sa monture. L'animal s'écroula. Conn sauta juste à temps et courut vers un cavalier perdii monté sur un gris, l'éventrant d'un coup d'estoc, et le faisant tomber par terre. Il agrippa la crinière de l'animal et sauta sur son dos. Il n'y avait pas de selle, rien qu'une chabraque en peau de lion. Conn prit les rênes et fit faire demi-tour au gris. Une lance passa à côté de lui. Il éperonna sa monture et alla tuer celui qui l'avait lancée.

Un guerrier le chargea et les deux chevaux se percutèrent. La monture de Conn se cabra et manqua de chuter. Le Perdii en profita pour essayer de le toucher. Conn para l'attaque avec son bouclier et expédia un revers de son épée qui fit sauter celle des mains de son assaillant. Le cavalier chercha sa dague à tâtons. Conn lui trancha la gorge et il tomba par terre. Un autre cavalier chargea Conn qui se pencha en avant mais manqua son attaque. Le Perdii se jeta sur lui et les deux hommes tombèrent sur le sol. Conn fut le premier à se relever. Il frappa l'homme d'un coup de pied en pleine tête, ramassa son épée, et lui transperça le cœur. Un cheval se cabra à côté de lui, et lui donna un coup de sabot à l'épaule gauche. Conn fut projeté par terre. Le cheval sauta par-dessus lui. Conn se redressa et vit que son gris n'était pas loin. Il courut l'enfourcher. Deux cavaliers perdiis se ruèrent sur lui. Il fit tourner bride à son cheval et affronta le premier. Leurs épées s'entrechoquèrent. La pointe d'une lance vint percuter le bouclier de Conn, ricochant dessus et lui arrachant un bout de peau à l'épaule. Ostaran apparut à ce moment-là et enfonça son sabre entre les côtes du lancier. Conn se baissa pour éviter un puissant coup de taille du second cavalier et éperonna son gris pour se jeter dans une ouverture au cœur des lignes ennemies.

Trois cavaliers essayèrent de lui couper la route, mais, au lieu de les éviter, il dirigea sa monture droit vers eux afin d'en tuer un, puis il bifurqua à gauche et sortit de la mêlée.

Il lança son gris au galop, en direction du quadrige royal. Tout en galopant, il entendit des cavaliers se rapprocher derrière lui. Il risqua un coup d'œil par-dessus son épaule et vit un lancier à moins d'une demi-hampe de lui. L'homme montait un grand alezan et gagnait du terrain. Il y avait encore un cavalier derrière celui-ci, mais un épéiste, cette fois. Conn fit passer son épée dans sa main gauche et défit la broche de son manteau, afin de retirer son vêtement. Il le prit dans sa main droite et tendit le bras. Puis, il laissa le manteau s'envoler, et vira brusquement sur la droite. Le manteau noir tourbillonna devant la monture du lancier ; effrayé, le cheval fit un écart. Conn tira sur les rênes et chargea le lancier. L'homme était un très bon cavalier, et il fit se cabrer sa monture juste avant que Conn ne soit au contact. Les deux chevaux entrèrent en collision. Le gris tomba. Conn chuta lourdement et lâcha son épée seidhe. Le lancier se rua sur lui. Conn dégaina sa dague et la lança. Le lancier la reçut en pleine gorge, et s'écroula en arrière. Le second cavalier était presque sur le Rigante. Conn courut ramasser son épée, mais le cavalier s'interposa. Conn poussa un cri de guerre et chargea le cheval en agitant violemment les bras. Le cheval se cabra. Conn plongea pour passer en dessous, ramassa son épée au passage, fit une roulade et se releva à temps pour parer un vicieux coup de taille. Les lames s'entrechoquèrent trois fois et, à la quatrième, l'épée de Conn dévia sur celle de son adversaire, lui ouvrant une énorme entaille à la cuisse. L'homme poussa un cri de douleur et tenta de faire tourner bride à son cheval. Conn bondit en avant et lui enfonça son épée dans le dos. La lame seidhe s'enfonça profondément dans le corps du Perdii. Le cavalier passa par-dessus la tête de sa monture, et glissa jusqu'au sol. Conn regarda derrière lui. D'autres cavaliers arrivaient.

Mais ils étaient encore assez loin. Il grimpa sur la monture du mort et l'éperonna. À présent, Conn était proche du char royal, assez proche pour voir que l'aurige prenait les rênes et un fouet afin de lancer ses chevaux au triple galop. Le roi perdii se tenait à côté du conducteur. Il y avait trois javelots dans le char ; le roi en saisit un et le soupesa. Conn galopait à bride abattue, il allait bientôt atteindre le char. Un javelot passa juste à côté de lui, puis un autre. Le troisième lui arrivait droit dessus. Brandissant son épée il arriva à dévier la lance. Le manche le toucha sur le côté. Il saisit l'arme au vol avec sa main gauche avant qu'elle ne tombe. Son cheval était fatigué, mais il était suffisamment près pour voir le visage du roi. La haine s'empara de lui, plus brûlante qu'un feu. Toujours de la main gauche, il lança le javelot en direction du char. La lance manqua le roi mais alla se ficher dans le dos de l'aurige qui s'écroula en tirant sur les rênes. Les deux poneys firent brusquement un écart. Le char se pencha et se renversa, projetant le roi au sol. Conn sauta de sa monture et se rua vers l'homme à terre. Carac se releva et dégaina son épée. Il était rapide et puissant, et la vitesse de son attaque surprit le jeune homme. Leurs lames s'entrecroisèrent un grand nombre de fois, et Conn fut obligé de reculer devant la férocité de l'assaut. Mais toujours, l'image de son ami suspendu à un crochet dans la capitale perdiie flottait dans son esprit. Une dizaine de cavaliers du roi passèrent devant le char et formèrent un cercle autour des combattants.

— Il est à moi ! hurla Carac. Laissez-le moi ! Je vais lui arracher le cœur.

Il attaqua de nouveau. Conn para le coup et envoya une riposte sauvage qui entailla l'épaule du roi. Carac grogna et recula. C'était à présent Conn qui avançait ; son épée brillait au soleil de l'après-midi alors qu'il taillait et hachait à s'en rompre les bras. Carac parait chaque attaque, mais, plus âgé, il commençait à donner des signes de fatigue. Conn, lui, sentait une énergie nouvelle courir dans ses veines, et il se prépara à porter le coup fatal. Pensant que le roi allait continuer de reculer, Conn fut surpris lorsque celui-ci se jeta sur lui. Leurs épées s'entrechoquèrent. Le roi vint au contact et balança un crochet du droit au visage de Conn. Le coup était puissant, et Conn partit en titubant en arrière. L'épée du roi descendait vers le cou du jeune Rigante. Conn se laissa tomber à genoux et plongea lame tendue en avant. L'épée seidhe transperça le ventre du roi. Conn se releva, enfonçant jusqu'à la garde sa lame qui ressortit violemment du dos de Carac.

— Comme je te l'avais promis, misérable fils de pute ! siffla Conn. Que ton esprit brûle dans des lacs de feu !

Carac s'effondra contre lui. Conn le repoussa et dégagea son arme du corps du mourant. Le roi tomba à genoux. Conn leva son épée et l'abattit dans un terrible arc de cercle qui passa à travers l'épais cou de Carac. La tête alla rouler dans l'herbe.

Puis il se tourna vers les cavaliers. Une vingtaine d'hommes l'entouraient.

— Au suivant ! cria Conn.

L'un d'entre eux tourna bride et s'en alla. Les autres l'imitèrent.

Conn marcha jusqu'au char renversé et contempla la bataille. Les Perdiis refluaient vers la forêt. Au nord, Conn apercevait la panthère d'Appius qui avançait en formation. Au sud, une autre panthère approchait.

À cet instant, Conn entendit un gémissement. L'aurige était toujours vivant. Conn dégaina sa dague et s'approcha du corps, lui arracha la lance plantée dans son dos avant de le retourner d'un coup de pied. Il s'agenouilla et leva sa dague. Mais il découvrit le visage d'un jeune garçon aux yeux apeurés.

— Où est mon père ? demanda l'enfant.

Conn rengaina sa dague. Il y avait du sang sur la poitrine du garçon ; la lance l'avait transpercé de part en part. Il ressemblait un peu à Braefar.

— Où est mon père ? répéta-t-il.

Puis il toussa et du sang apparut aux commissures de ses lèvres.

— Est-ce que ton père est le roi ? demanda Conn.

— Oui. C'est le plus grand guerrier perdii. Où est-il ?

— Un peu plus loin, fit Conn en s'asseyant à côté du mourant.

— Tu peux l'appeler ?

— Je ne crois pas qu'il pourra m'entendre. Comment t'appelles-tu ?

— Arakar. La nuit est déjà tombée ?

Conn passa la main devant le visage de l'enfant. Ce dernier ne cilla pas.

— Oui, c'est la nuit. Repose-toi un peu, Arakar. Essaie de dormir.

Le garçon ferma les yeux. Sa tunique était maculée de sang, mais l'hémorragie s'était arrêtée. Son visage devint exsangue, et sa tête partit en arrière. Conn chercha son pouls au niveau du cou. Celui-ci palpita encore un instant. Puis s'arrêta.

Valanus arriva et s'assit de l'autre côté du cadavre.

— Eh bien, tu as eu ta vengeance, Démone-Lame.

— Oui, da, je l'ai eue.

— Tu n'as pas l'air très joyeux, mon ami.

Conn se leva avec peine et contempla le champ de bataille. Des milliers de cadavres recouvraient l'herbe autour du carré défensif, et parmi eux des centaines de soldats de Roc en armure de bronze.

Des corbeaux tournaient au-dessus d'eux. Conn songea soudain aux collines verdoyantes des Rigantes, aux pics enneigés du Caer Druagh et au rythme de vie paisible de Trois-Ruisseaux.

— Je crois que j'ai eu mon compte de massacres, déclara-t-il.

— Dommage, répliqua Valanus. Parce que le vrai massacre n'a pas encore commencé.

Cette nuit-là, Conn fit un étrange rêve. Il vit Banouin près d'un cours d'eau en train de parler à un jeune homme. Ils souriaient tous les deux, et semblaient mutuellement apprécier leur compagnie sous le soleil. Conn essaya de courir jusqu'à eux, mais ses jambes étaient trop lourdes, et il ne réussissait pas à bouger. Banouin l'aperçut, mais il se leva et, prenant le garçon par la main, s'éloigna de lui.

— C'est moi, Conn. Je t'ai vengé ! cria-t-il.

Banouin se retourna une dernière fois et lui jeta un regard plein de tristesse. Mais il ne parla pas. Le jeune homme aussi se retourna, et Conn vit que c'était l'aurige qu'il avait tué d'un coup de javelot. Une brume se leva et ils disparurent.

Conn se réveilla en sueur. L'odeur de chair brûlée flottait dans la tente. Jasaray savait que les cadavres apportent toujours des maladies, et il faisait systématiquement brûler les corps à la fin d'une bataille. Cette fois-ci, il y avait eu tellement de morts qu'il avait fallu creuser une dizaine de fosses, et les feux avaient déjà brûlé une bonne partie de la nuit.

Conn repoussa ses couvertures, enfila ses bottes et quitta la tente. Il avait beau être minuit passé, des centaines de soldats travaillaient encore à la lueur de torches, portant des cadavres perdiis afin de les jeter dans des fosses.

Conn sentit un poids sur son cœur. *Ce n'était qu'un rêve*, se dit-il. Banouin ne t'a pas vraiment tourné le dos. Il avait la bouche sèche. Il se remémora leur discussion dans la grotte. La voix de Banouin résonna dans les halls de sa mémoire.

« Je ne te dis pas de ne pas te battre. Je te dis de ne pas haïr. Ce ne sont pas les guerres qui conduisent à des excès meurtriers, mais la haine. Des villages entiers, des villes et des gens balayés de la carte. La haine est pire que la peste. Elle consume tout sur son passage, et se transmet à son prochain. Nos ennemis deviennent des démons, leurs femmes des mères de démons, leurs enfants des bébés démons. Tu comprends ? Nous racontons des histoires où nos ennemis mangent des bébés – comme avec les Anciens. Notre cœur devient noir, et vient le moment où nous châtions ceux que nous haïssons. Mais la haine ne meurt jamais, Conn. Nous plantons ses graines dans chaque action qu'elle inspire. Tue un homme, et son fils grandira en te haïssant, jusqu'au jour où il cherchera à se venger. Une fois que ce sera fait, c'est ton fils qui se mettra à le haïr. Est-ce que tu comprends ce que je dis ? »

Banouin aurait détesté ce châtiment, et n'aurait jamais voulu d'une telle vengeance. Une bise froide souffla entre les tentes. Conn frissonna.

— Je ne l'ai pas fait pour toi, Banouin. Je le sais, à présent. Je l'ai fait pour moi. J'ai essayé de noyer mon chagrin dans le sang.

— C'est dans ta nature, fit une voix familière.

Conn se retourna lentement pour découvrir la Morrigu derrière lui ; son vieux corps se découpait dans les flammes des brasiers.

— Tu as libéré l'ours, Connavar. Et tu le feras encore.

— Non. J'ai retenu la leçon.

— L'ours fait partie de toi, humain. Et certains jours lui appartiendront.

— Je ne souhaite pas en débattre, dit-il. J'avais espéré que la vengeance serait comme du miel qui coule sur la langue. Et ça l'était – quand ma lame s'enfonçait dans le corps de mes ennemis. Mais lorsque j'ai vu le garçon…

— Le goût s'est transformé en bile dans ton estomac, termina la Morrigu.

— Oui, da.

— Tu n'as pas détruit les Perdiis, Connavar. Tu n'étais qu'un soldat. Que tu sois venu ici ou non, ils seraient quand même morts. Ta charge de cavalerie n'a fait que sauver quelques centaines de soldats de Roc, mais n'a pas réellement fait changer le cours de la bataille.

— Si seulement nous n'étions pas venus, Banouin et moi.

— Les souhaits sont le régal des affamés, déclara la Vieille Femme. Viens, allons marcher un peu dans les collines, où l'air est encore frais et où je pourrai sentir l'odeur des nouvelles feuilles.

Conn fut surpris de constater qu'il avait envie d'aller avec elle et il réalisa que, malgré sa malfaisance, elle venait du même pays que lui ; c'était une silhouette familière, une créature qu'il avait vue pour la dernière fois à l'abri des montagnes rigantes. Ils gravirent ensemble la colline et dépassèrent la frondaison des arbres. La Morrigu trouva une petite clairière et donna un léger coup de pied à une grosse racine d'arbre. Celle-ci se mit à se tortiller et forma un siège pour elle. Elle s'y assit et appuya sa tête contre l'écorce.

— Voilà qui est mieux, fit-elle.

Conn s'assit à même le sol. De là, il pouvait voir le char renversé. Le corps de Carac avait été retiré.

— Il a brisé sa *geasa*, annonça la Morrigu.

— Qui ?

— Carac. Je lui avais dit que si du sang royal était répandu, il ne vivrait pas assez pour voir son quarantième anniversaire, qui, soit dit en passant, est aujourd'hui. C'est pour cela qu'il a noyé son frère, étranglé sa femme et empoisonné leur fils. Il a pensé qu'il pourrait tromper le destin. Mais la femme d'Alea l'avait coupé en l'attaquant. Carac avait déjà tué son frère et pris la couronne. Il était donc le roi, et par définition, royal. Son propre sang l'a condamné.

— S'il ne l'avait pas fait, je l'aurais quand même tué, affirma Conn.

— Non. Tu aurais été tué dans la charge de la cavalerie.

— Je n'ai pas été tué.

— Pardonne-moi, fit la Morrigu. L'espace d'un moment j'ai oublié que je parlais à un humain. Pour toi, le temps passe comme la vie d'une feuille, du bourgeon printanier au flétrissement automnal.

— C'est différent pour toi ?

— Si différent que ton esprit ne pourrait pas le concevoir. Je t'ai vu naître une centaine de fois et mourir de cent manières différentes. Dans une de tes vies, tu as attrapé un rhume et tu n'as pas atteint ta première année. Dans une autre, l'ours t'a tué.

— Et où est-ce que j'habite, dans toutes ces vies ?

— À l'ombre du Caer Druagh.

— Alors, pourquoi ne me suis-je jamais croisé là-bas ?

La Morrigu ferma les yeux un instant.

— Si je n'étais pas si fatiguée, je me donnerais des coups pour avoir lancé cette conversation. Oublions la question des réalités multiples et retournons au prosaïque. (Elle ouvrit les yeux.) Pourquoi marchais-tu seul, ce soir ?

— J'ai fait un rêve… commença-t-il, mais il s'arrêta. Enfin je crois que c'était un rêve.

Il lui confia sa rencontre avec Banouin et l'enfant qu'il avait tué.

— C'était un rêve, confirma-t-elle. Pas une vision.

— Tu es sûre ? Cela me ferait de la peine de penser que Banouin m'a tourné le dos.

— Je suis certaine que l'esprit de Banouin est passé de l'autre côté de l'eau, loin du monde des hommes.

— Il n'a pas vu ma vengeance, alors ?

— Non. Tu l'aurais voulu ?

Conn secoua la tête.

— Cela l'aurait attristé.

— Il est d'autres choses encore qui le rendraient bien plus triste, dit-elle.

— Que veux-tu dire ?

— Vorna est enceinte. Elle et l'enfant vont mourir. Le bébé va se présenter par le siège, et il n'y aura personne pour les sauver.

— Non, s'exclama Conn, cela ne se peut pas ! Ce serait injuste.

— Injuste ? (Elle éclata de rire.) Où vois-tu donc de la justice dans ce misérable monde d'humains ? Sur le champ de bataille où trente mille hommes sont morts ? Dans les maisons de leurs veuves ? Dans les yeux de leurs enfants orphelins ?

Conn resta silencieux, puis il posa les yeux sur le vieux visage.

— Tu pourrais la sauver. Tu pourrais les sauver tous les deux. Tu es Seidhe.

— Et pourquoi le ferais-je ?

— Tu m'as dit un jour que je te demanderais un cadeau et que tu me l'offrirais.

La Morrigu sourit.

— Réfléchis bien, mon enfant. Car je l'ai dit, en effet. Et tu pourrais demander à devenir riche, ou à être en bonne santé pour le restant de tes jours. Tu pourrais demander des fils forts et une femme aimante. Je pourrais te donner Arian. Ou – et réfléchis-y bien – je pourrais t'offrir la victoire face au peuple de Roc. Des milliers de vies pourraient être sauvées par ce cadeau, Connavar. Un peuple entier. Sans ce cadeau, ce pourrait bien être les Rigantes qui brûleront dans ces fosses.

— Oui, c'est possible, répondit Conn. Alors, vas-tu aider Vorna et son bébé ?

— Avant que je ne te dise oui ou non, laisse moi te demander quelque chose : et si le bébé tombe malade et qu'il meure au bout de quelques jours ou si Vorna contracte la peste dans quelques semaines ? Penseras-tu toujours que le cadeau valait la peine ?

— J'ai entendu dire que tes cadeaux sont toujours à double tranchant, et que lorsqu'on te demande de la joie, tu n'offres que du chagrin. Mais si tu me donnes ta parole que tu n'infligeras aucun mal à Vorna ou au bébé, alors je te redemande de l'aider.

— Tu sais qu'un jour je reviendrai te voir et qu'il y aura un prix à payer pour mon aide ?

— Je le paierai.

— Alors, il en sera fait selon tes désirs, Épée de l'orage.

Ruathain tira sur les rênes en atteignant le haut de la colline. En contrebas se trouvait le village pannone d'Eau-Claire, bâti sur la berge occidentale du Grand Lac. Des hauteurs, il pouvait apercevoir sur l'eau les sept navires de pêche avec leur grande proue, tirer des filets, et sur la rive les tours de fumée noire qui se dressaient telles des sentinelles au bord de l'eau.

Arbon le rejoignit.

— M'est avis qu'il est trop tard pour reculer, grogna-t-il en passant sa main dans ses cheveux poivre et sel.

— Je n'ai jamais eu l'intention de reculer, lui dit Ruathain.

Traînant douze poneys derrière eux, les deux hommes descendirent la colline. Il n'y avait pas de palissade autour d'Eau-Claire, et les dizaines de maisons qui formaient le village étaient bien distantes les unes des autres, chacune munie d'un jardin personnel où poussaient légumes et maïs. La journée était chaude, pourtant Ruathain prit le manteau à damier rigante à l'arrière de sa selle, le déroula et l'enfila. Arbon secoua la tête, l'expression sinistre, et suivit son seigneur dans ce qu'il considérait un village ennemi.

Comme ils avançaient, des gens sortirent de leurs maisons et de leurs lieux de travail et les suivirent jusqu'au hall du laird.

Le ciel était dégagé. Pas un souffle de vent ne venait soulever la poussière sous les sabots des poneys. Ruathain continua d'avancer en ne regardant ni à gauche ni à droite. Il s'arrêta devant le hall. C'était un bâtiment angoissant de quinze mètres de long, sur un étage, aux volets fermés et au toit en chaume. Les portes à double battant s'ouvrirent en grinçant, et un homme entre deux âges sortit. Derrière lui venaient cinq jeunes hommes. Pour Arbon, il était évident qu'il s'agissait de ses fils, car ils avaient le même visage de brute, au front épais. Arbon avait entendu beaucoup d'histoires à propos du Laird Pêcheur, et aucune n'était bonne.

— Je suis Ruathain des Rigantes, déclara son seigneur.

La foule se mit à gronder, et Arbon eut conscience qu'il lui tournait le dos. De la sueur lui coula le long de la colonne vertébrale, et sa main se rapprocha imperceptiblement du manche de son couteau.

— Je connais ce nom, répondit le Laird Pêcheur en caressant sa barbe noire. Ruathain le Chien enragé. Ruathain le Tueur.

— Je n'ai jamais tué un homme qui ne portait pas une épée, rétorqua Ruathain d'un ton neutre. Néanmoins, quoi qu'il en soit, je suis ici pour offrir le prix du sang aux familles en deuil.

— Donc, tu admets le fait que tu es un tueur ?

Ruathain resta silencieux un instant, et Arbon devina qu'il essayait de garder son calme.

— Ce que j'admets, c'est que des hommes sont morts, alors qu'ils ne l'auraient pas dû. J'admets librement que lorsque tes hommes ont fait leur razzia sur mon bétail, j'aurais pu m'occuper d'eux de manière moins expéditive. Mais ce ne fut pas le cas. À présent, quatre jeunes hommes de plus ont trouvé la mort, et j'aimerais mettre un terme à cette querelle. Je n'ai pas envie de tuer d'autres Pannones.

— Ou de te faire tuer, fit remarquer le Laird Pêcheur.

— Au cours de ma vie, beaucoup ont essayé de me tuer. Je suis toujours vivant. La mort ne me fait pas peur, pêcheur. Je ne suis pas venu ici pour sauver ma vie. Je suis venu ici pour sauver celles de jeunes gens qui jusqu'à maintenant n'ont pas fait preuve de beaucoup de talent dans la bataille. Je ne les critique pas, et loin de moi l'idée d'insulter des morts. C'est un fait – un fait corroboré par leur mort. Je suis Ruathain, première épée des Rigantes. Je n'aime pas tuer des garçons inexpérimentés. (Ruathain prit une profonde inspiration pour chercher son calme.) J'ai apporté avec moi douze poneys comme prix du sang pour les familles des morts. Ai-je ta permission de parler avec elles ?

Le Laird Pêcheur éclata d'un rire plutôt rude.

— Tu es peut-être un tueur, Ruathain, mais je vois que tu respectes toujours la tradition. Tu as ma permission. Descends de cheval et viens dans ma maison. Je vais envoyer chercher les familles.

Ruathain mit pied à terre et retira son épée, la passant à Arbon.

— Attends ici avec les poneys, dit-il.

— Oui, seigneur, répondit-il d'un air morose.

Ruathain rejoignit le Laird Pêcheur et s'inclina devant lui. Le laird s'écarta pour laisser Ruathain entrer dans le hall. Puis, lui et ses fils entrèrent à leur tour. Arbon avait la bouche sèche et son cœur battait à tout rompre, pourtant il resta immobile sur sa selle, affectant une légère expression d'ennui. Un messager sortit en courant du hall et se fondit dans la foule. Peu de temps après, trois femmes vêtues de noir pénétrèrent dans le hall, suivies de près par cinq jeunes hommes.

Arbon attendit sous le soleil un moment, puis finalement descendit de cheval pour s'étirer.

Une vieille femme lui apporta une coupelle d'eau. Il la salua en acceptant la boisson et but à grandes gorgées.

— Tous mes remerciements, vieille mère, lui dit-il.

— Je ne suis pas ta mère, cochon de Rigante, rétorqua-t-elle. Mais il faut toujours observer les lois de l'hospitalité.

Il la salua une fois de plus et sourit.

— Absolument, convint-il en lui rendant la coupelle.

Une autre femme lui apporta du poisson fumé et un morceau de pain. Le temps s'écoula lentement, et le soleil allait bientôt se coucher lorsque les portes du hall se rouvrirent. Les femmes furent les premières à sortir, suivies des cinq jeunes hommes, puis de Ruathain ; le Laird Pêcheur et ses cinq fils fermaient la marche.

Ruathain rejoignit Arbon à grands pas.

— Nous avons trouvé un accord, lui dit-il doucement, mais j'ai dû promettre également un taureau et dix bouvillons au laird.

À cet instant, un jeune homme arriva du bord de l'eau en courant. Il était grand et mince, et avait les cheveux sombres et les yeux pâles.

— Que se passe-t-il ici ? cria-t-il.

— Tu es trop jeune pour avoir droit à la parole, l'informa le Laird Pêcheur. Une offre convenable a été faite et acceptée. La querelle de sang est terminée.

— Terminée ? cria le jeune homme. Rien n'est terminé. Ce boucher a massacré mes frères. Je demande à être vengé. (Il se retourna vers les cinq autres jeunes gens.) Comment avez-vous pu accepter cela ? Six vies ont été prises ; leur sang est répandu dans l'herbe. Famille. Parents. Ils ne pourront jamais donner de fils, jamais plus connaître de joie. Est-ce qu'une poignée de poneys minables les remplacera ? Le sang appelle le sang. Leurs âmes réclament justice et vengeance.

— Silence ! rugit le Laird Pêcheur. Tu ne comprends donc rien, garçon ? Tes frères sont morts au combat. Ils n'ont pas été attaqués dans le noir, ni eu la gorge tranchée dans leur sommeil. Ils ont affronté un ennemi qui les a vaincus. Cet ennemi a fait preuve d'un grand courage en venant ici. Un geste de respect, en accord avec les traditions keltoïes. Mais, plus important encore que tout ça, mon garçon, je suis ton seigneur et je te dis que la querelle de sang est terminée.

Le jeune homme resta silencieux un instant, puis il fit volte-face et courut jusqu'à son bateau.

Le Laird Pêcheur s'approcha de Ruathain.

— Envoie-moi ton bétail, mais ne viens pas en personne, Ruathain le Tueur. Tu n'es pas le bienvenu en pays pannone.

Ruathain acquiesça sans mot dire. Il laissa les douze poneys, monta en selle et s'en alla en direction du sud. La foule s'écarta sur son passage. Arbon qui chevauchait à ses côtés lui rendit son épée, et Ruathain la ceignit à sa taille.

— C'est bien fini ? demanda Arbon à son seigneur.

— Pas tant que le garçon sera en vie, répondit Ruathain. Un jour, il viendra pour moi, et je le tuerai. Alors, tout recommencera.

— M'est avis qu'on a gâché des poneys, grommela Arbon.

— Non, répliqua tristement Ruathain. C'était un prix du sang honnête. J'ai déclenché cela le jour où j'ai tué les pillards. J'ai permis à ma colère de prendre le dessus. J'ai semé le vent, mon ami, maintenant je dois récolter la tempête.

Chapitre 12

Dans la chambre à coucher de la maison de Banouin, l'une des trois lanternes rendit son dernier souffle. Cela faisait maintenant quatorze heures que Vorna était en train d'accoucher. Au cours des dernières soixante minutes, elle s'était évanouie deux fois. Meria et Eriatha étaient terriblement inquiètes. Meria avait déjà aidé à quatre accouchements, mais aucun aussi difficile que celui-ci. Elle avait envoyé chercher Eriatha, dont la connaissance des herbes et des potions était presque aussi grande que celle de Vorna. La Fille de la Terre était agenouillée au côté de l'ancienne sorcière afin de l'examiner.

— La lavande et le jasmin ne lui seront pas d'un grand secours, déclara Eriatha. Le bébé n'est pas positionné correctement. Il ne peut pas venir au monde.

— Que pouvons-nous faire ? s'enquit Meria.

— Je n'ai pas les talents suffisants pour l'aider à naître, avoua Eriatha. J'ai entendu parler de sorcières qui ouvrent le ventre afin de retirer l'enfant. Mais la plupart du temps, la mère en meurt.

— Il doit bien y avoir quelque chose à faire, insista Meria.

Eriatha secoua la tête.

— Nous aurions besoin d'une sorcière, d'un Druide, ou d'une sage-femme. Et même là…

Sa voix mourut.

Meria se leva du chevet et s'approcha de la fenêtre pour regarder le paysage éclairé par la lune.

— Frère Solstice était ici il y a trois jours, dit-elle doucement, mais je ne sais pas où il est parti. C'est trop injuste. D'abord elle trouve l'amour, puis le perd. Et maintenant, le bébé de Banouin est en train de la tuer.

Vorna gémit et poussa un hurlement de douleur. Meria se précipita pour lui prendre la main tandis qu'Eriatha lui appliquait une compresse humide sur le front.

— L'enfant arrive… par le siège, déclara Vorna. (Elle prit une profonde inspiration.) Ouvrez-moi le ventre. Sauvez mon bébé !

Elle poussa un nouveau cri et se cambra. Puis, elle s'écroula, de nouveau inconsciente.

— Elle est en train de mourir ! murmura Eriatha.

Au même instant, elles entendirent un coup à la porte d'entrée. Meria traversa la maison en courant. Dehors se tenait une vieille femme que Meria n'avait jamais vue auparavant. Elle était vêtue d'une longue robe gris pâle, et d'un châle en résille, noir, drapé autour de ses épaules.

— C'est pour quoi ? lui demanda Meria.

— On m'a dit qu'il y a ici une femme en train d'accoucher, et qu'il y avait des complications.

— Tu es une sage-femme ?

— Entre autres, répondit la vieille femme en entrant dans la maison sans se soucier davantage de Meria.

Sur son passage, Meria sentit une odeur de forêt émaner des vêtements de la vieille femme, musquée et moite, comme l'odeur de feuilles pourrissantes ou d'écorce humide. Elle frissonna et suivit la femme jusque dans la chambre à coucher.

— Sortez toutes les deux, ordonna la vieille femme. Attendez au coin du feu. Je vous appellerai si besoin est.

— Le bébé arrive par le siège, déclara Eriatha.

— Merci, répondit amèrement la vieille femme. Peut-être que plus tard tu pourras m'apprendre à gober des œufs.

Un gros corbeau vint se poser sur le rebord de la fenêtre ouverte et croassa bruyamment. Meria et Eriatha sursautèrent toutes les deux, surprises, mais la vieille femme ignora l'oiseau et s'assit à côté de Vorna.

— Dehors, siffla la vieille en agitant un maigre bras en direction des deux femmes.

Elles obéirent à contrecœur. Meria ferma la porte derrière elle et alla s'asseoir en compagnie d'Eriatha devant le feu. Comme celui-ci mourait, elle rajouta des bûches dans l'âtre.

— Est-ce que tu la connais ? demanda Meria à la Fille de la Terre.

— Non.

— Nous n'aurions peut-être pas dû la laisser seule.

— Peut-être que non, dit Eriatha, mais, j'ai honte de le dire, je suis contente qu'elle y soit et pas moi.

Meria acquiesça. C'était comme si un fardeau avait été ôté de ses épaules.

La lassitude s'empara d'elle, et elle s'effondra dans un fauteuil.

— Je te remercie, en tout cas, d'être venue, dit-elle à la Fille de la Terre.

— J'aurais bien voulu être plus utile, répondit Eriatha en se laissant tomber sur le fauteuil d'en face.

Meria la dévisagea. La Fille de la Terre était petite et mince, et avait l'air bien plus jeune qu'elle ne l'était. Son visage était joli, sa peau sans défaut.

— Tu es très belle, lui confia Meria. Es-tu heureuse ?

— Pourquoi ne le serais-je pas ? répliqua Eriatha sur la défensive. Je peux me payer à manger et j'ai une maison. Ou est-ce qu'une Fille de la Terre n'est pas censée connaître la joie ?

— Ce n'est pas du tout ce que je voulais dire, répondit Meria. Je me demandais si tu as des amis ou si tu as une existence solitaire. Voilà tout.

Eriatha se détendit et lui adressa un sourire timide.

— Oui, je suis seule. Et non, je n'ai pas d'amis. N'est-ce pas le lot d'une Fille de la Terre ? Une centaine d'amants et pas un ami.

Meria se pencha en avant et lui tendit la main.

— Tu peux me considérer comme ton amie, Eriatha.

La jeune femme prit brièvement la main et la serra doucement entre ses doigts.

— Je te remercie, Meria, mais je n'ai pas besoin de pitié. Je suis jeune, en vie et en bonne santé. J'étais contente de voir Ruathain se remettre aussi bien de ses blessures.

— Tu connais mon mari ?

Meria n'était pas parvenue à éviter le cri d'alarme.

Eriatha éclata de rire et frappa dans ses mains.

— Tu vois pourquoi une Fille de la Terre n'a pas d'amies, dit-elle.

Meria rougit et rit à son tour.

— Oui, je vois. Alors, dis-moi, est-ce que Ruathain est venu te voir lorsque nous étions séparés ?

Eriatha regarda attentivement Meria sans répondre. Puis elle haussa les épaules.

— Oui.

— Et, après l'amour, est-ce qu'il ronflait comme un taureau ?

Surprise par le commentaire, Eriatha gloussa.

— Les murs en tremblent encore.

— Et voilà, dit Meria. Pouvons-nous êtres amies à présent ?

— Je pense que oui. Tu es une femme très spéciale, Meria. Ruathain a bien de la chance.

Avant que Meria ne puisse répondre, elles entendirent le cri aigu d'un enfant qui vient de naître. Les deux femmes se précipitèrent dans la chambre à coucher.

Meria ouvrit la porte. Vorna dormait paisiblement, le bébé, emmitouflé dans du tissu rouge et doux, niché au creux de ses bras. La vieille femme était partie.

Eriatha fit le signe des cornes protectrices. Meria alla à la fenêtre et regarda en direction des collines. Mais la sage-femme n'était visible nulle part.

— Mais qui était-ce donc ? murmura-t-elle.

Eriatha ne répondit pas. Au chevet du lit, elle chercha le pouls de Vorna. Il battait lentement, mais régulièrement. Eriatha retira les couvertures. Il n'y avait pas de sang sur les draps, ni de marques sur le ventre de Vorna. Elle couvrit délicatement la femme endormie.

— C'était une Seidhe, déclara Eriatha à voix basse. Le bébé a été mis au monde par magie.

Meria frissonna. Puis, elle souleva le bébé et défit ses langes rouges. L'enfant était un garçon normalement constitué. Là non plus, il n'y avait pas de sang. Le cordon ombilical avait été retiré, sans laisser de blessure, rien qu'un minuscule monticule de peau rose. Le bébé se réveilla et poussa un petit cri. Meria le renveloppa et le serra contre elle.

Vorna se réveilla et bâilla. Elle vit Meria tenant l'enfant dans ses bras et sourit.

— Comment nous avez-vous sauvés, moi et le bébé ? s'enquit-elle.

— C'est un miracle, répondit Eriatha.

Meria tendit l'enfant à sa mère. Vorna entrouvrit sa chemise de nuit, et posa le bébé sur son sein gonflé. Le nouveau-né se mit à téter goulûment.

Ferol ressemblait à ce qu'il était : un homme amer et colérique, égoïste et égocentrique, le genre d'homme qui croit que le seul but de l'hiver est de le rafraîchir. Il honnissait les riches et leur fortune, les pauvres et leur misère. Son visage rond arborait toujours la même expression, et la grande entaille qui lui servait de bouche avait la forme appropriée pour que son sourire de mépris frise sans cesse la perfection. C'était un voleur et pire encore, mais il excusait ses excès en se convainquant que tous les hommes feraient la même chose s'ils étaient un tant soit peu courageux.

Énorme brute, il avait été élevé dans le nord, chez les Pannones, dans une petite ferme bâtie sur un sol rocailleux usé par le vent et la pluie. Son père était un travailleur, scrupuleusement honnête. Ferol l'avait méprisé. Le vieil homme le faisait travailler par n'importe quel temps et, à dire vrai, Ferol n'avait jamais vaincu la peur qu'il lui inspirait. Un jour, pourtant, alors qu'il coupait des arbres avec son père, le vieil homme avait glissé et un tronc lui était tombé sur les jambes, lui brisant les os à la hauteur des cuisses.

Ferol s'était précipité à son côté. Le vieillard n'arrivait presque pas à bouger, son visage était un masque grisâtre de souffrance.

— Soulève-moi ça, avait-il grogné.

Ferol n'avait que dix-neuf ans, et c'est à ce moment précis qu'il avait découvert la liberté.

— Soulève-le toi-même, avait-il répondu à son père.

Puis, il était parti en courant dans la maison et l'avait pillée. Il avait finalement mis la main sur l'argent que cachait son père. Mais il n'avait trouvé que neuf misérables piécettes. Il les avait empochées, avait sellé le vieux poney et était parti dans le sud.

Après cela il avait éprouvé beaucoup de regrets. Si seulement il avait attendu un peu, il aurait pu voir ce vieux salaud crever.

Ferol attendait debout sur le bac, les épaules voûtées, que les deux cavaliers se rapprochent. L'un était un jeune guerrier à la barbe rousse, vêtu d'une cotte de mailles, et l'autre, un vieil homme avec des cheveux bruns, dégarnis. Ils chevauchaient deux énormes étalons de plus de seize mains de haut chacun, et tiraient derrière eux trois poneys lourdement chargés. Ferol jeta un coup d'œil à gauche, où son cousin Roca était adossé au bac.

— Tiens-toi prêt, lui dit-il.

Roca acquiesça, se retourna et fit un signe du bras aux quatre hommes sur l'autre rive.

Les cavaliers arrivaient. Ferol alla à leur rencontre.

— Bienvenue, leur lança-t-il. Vous venez de loin ?

Le guerrier ne répondit pas tout de suite. Il abrita ses yeux du soleil et regarda de l'autre côté de la rivière.

— Où est Calasain ? demanda-t-il.

— À l'intérieur, répliqua Ferol en désignant la maison. Il a été malade ces derniers temps.

— Je suis navré de l'apprendre.

— Oui, convint Ferol. Son fils, Senacal, nous a demandé à mes amis et moi de l'aider avec le bac.

— Tu n'es pas Rigante.

— Je suis Pannone. (Il fit un signe à Roca qui souleva le loquet à l'avant du bac, faisant descendre la passerelle.) Montez donc. Il y aura à manger à la maison.

Le guerrier et son compagnon mirent pied à terre et guidèrent leurs chevaux et les poneys sur le bac. Roca releva la passerelle puis, aidé de Ferol, tira sur les cordes. Lentement le bac se mit à progresser sur l'eau.

— Alors, d'où venez-vous ? demanda Ferol au jeune homme pour essayer de le mettre en confiance.

— Du sud, fut la réponse. Quelle est la maladie de Calasain ?

— Il faudra demander à son fils. Il attend sur la jetée, dit-il en montrant du doigt la petite silhouette trapue de Senacal qui était en compagnie de trois hommes.

Le bac accosta. Roca alla à l'avant et défit la passerelle. Ferol recula et agita le bras pour indiquer au guerrier qu'il pouvait faire descendre ses montures sur la berge.

— Après toi, passeur, dit doucement l'homme.

Cela énerva Ferol, mais il obéit quand même et quitta le bac. Le guerrier le suivit après avoir indiqué à son compagnon d'attendre.

— Qu'arrive-t-il à ton père ? demanda-t-il à Senacal.

Le petit trapu avait l'air mal à l'aise ; il posa rapidement son regard sur Ferol.

— Je te l'ai dit, il est malade, répéta Ferol. À présent conduis tes bêtes sur la rive et paie-nous la traversée.

Le guerrier ne bougea pas.

— Je ne te connais pas, Pannone, ni d'ailleurs aucun de tes hommes, à part Senacal. Mais le bac n'a pas besoin de six hommes – qu'il ne peut d'ailleurs pas transporter – pour le manier. Je te repose donc la question : où est Calasain ?

Roca avança sur la berge, souleva une vieille couverture et ramassa une épée qu'il lança à Ferol. D'autres épées furent rapidement distribuées.

Ferol jeta un sourire sinistre au jeune guerrier.

— Calasain est mort, annonça-t-il. Et maintenant, à moins que tu ne penses qu'avec ton vieil ami vous pouvez venir à bout de nous six, je te suggère de nous donner tes chevaux et tes poneys.

L'épée du guerrier sortit de son fourreau en sifflant ; la lame étincela au soleil. Lorsqu'il parla, ce fut d'une voix très calme et glaciale.

— J'ai vu des milliers de Keltoïs massacrés l'an passé. J'en ai même tué quelques uns. Je ne suis pas pressé de verser plus de sang keltoï, mais si tu persistes, je vous tuerai tous.

Ferol sentit le souffle de l'hiver courir le long de ses bras. Il était méchant et cruel, mais pas stupide. Ce jeune guerrier faisait face à six hommes armés et rien ne laissait supposer qu'il avait peur. Il n'y avait que deux conclusions logiques : soit il était idiot, soit il était aussi mortellement dangereux que son épée le suggérait. Ferol pencha pour la deuxième solution, et, alors qu'il était sur le point de reculer, Roca prit la parole.

— Salopard prétentieux ! hurla Roca. Attrapez-le !

Ferol resta cloué sur place alors que les cinq hommes se ruaient en avant. Le guerrier leur sauta dessus ; son épée étincelante tailla de gauche et de droite dans un seul mouvement flou. Roca fut le premier à mourir et, en l'espace de quelques battements de cœur, trois autres le rejoignirent. Ferol sauta en arrière pour éviter un coup qui passa à un cheveu de sa gorge. Senacal laissa tomber sa dague et s'enfuit en courant dans les bois derrière la maison.

Le guerrier avança sur Ferol, qui lâcha son épée.

— C'est bon, j'arrête, déclara-t-il. Tu avais raison. Inutile de faire couler davantage de sang, hein ?

Le guerrier rengaina son épée et se dirigea vers la maison. Ferol passa sa main dans sa manche et en retira un couteau de lancer. Il arma son bras. Mais il avait oublié le vieil homme, qui poussa un cri d'avertissement. Le guerrier pivota sur ses talons. Quelque chose de brillant quitta ses doigts et alla se planter dans le cou de Ferol. L'énorme voleur partit en arrière. Il saisit le manche du couteau fiché dans sa gorge et essaya de le retirer. Sa vision diminuait, et la dernière chose qu'il aperçut fut la lame du jeune guerrier qui lui trancha le cou.

Lorsque le corps toucha le sol, Connavar était déjà reparti vers la maison. Il poussa la porte. La pièce était vide, mais il y avait des gerbes de sang sur le sol et les murs. Parax le rejoignit.

— Tu veux que j'aille chercher des traces ? demanda-t-il.

Connavar acquiesça.

— Je crois savoir ce que tu vas trouver, répondit-il.

Le vieux chasseur sortit et commença les recherches à l'orée des bois. Connavar retourna au bac pour faire descendre les chevaux et les poneys sur la terre ferme. Un peu plus tard, Parax revint.

— L'homme et sa femme sont enterrés à une cinquantaine de mètres derrière la maison. (Il secoua la tête.) Le lâche qui s'est enfui était leur fils ?

Il y avait de l'incrédulité dans sa voix.

— Oui, da, leur fils, confirma Conn.

— Je ne peux pas le croire.

— Après tout ce que j'ai vu, je suis prêt à croire n'importe quoi, répliqua le guerrier. (Il jeta un coup d'œil aux cadavres.) Je croyais que mon retour chez moi m'apporterait la paix. Et non plus du sang et des morts.

— Est-ce que cela signifie que tu ne vas pas poursuivre le fils ?

— Absolument. Je rapporterai les meurtres au Grand Laird. Il pourra toujours dépêcher ses chasseurs pour le retrouver.

— Quel dommage, objecta Parax. J'aurais bien voulu lui arracher le cœur.

— S'il en a un, rétorqua tristement Connavar.

Vorna était assise à l'ombre, son bébé de trois mois dans les bras, pour profiter de la chaleur de l'été. Une lumière dorée baignait les bois et les champs, et scintillait à la surface des cours d'eau. L'enfant, ayant été nourri, dormait à poings fermés, et Vorna somnolait toute à sa joie.

Elle n'avait pas vu le duo de cavaliers franchir le sommet des collines du sud, mais elle entendit le vacarme que provoqua leur arrivée au village. Elle se cala sur sa chaise, câlina son bébé et ferma les yeux. Elle s'assoupit. Un souffle d'air frais caressa son visage, apportant avec lui une odeur d'herbe saupoudrée de chèvrefeuille.

Vorna entendit un cheval hennir et ouvrit les yeux pour découvrir un jeune homme, à la barbe rousse et vêtu pour la guerre, qui traversait lentement le champ qui menait à sa maison. Il lui fallut un moment pour reconnaître Connavar. Il avait changé. Il était plus grand, et l'épaisse cotte de mailles qu'il portait donnait l'impression que ses épaules étaient plus larges qu'avant. Sa barbe rousse était mouchetée de blond doré, et il y avait même une striure blanche. Comme il s'approchait, elle vit que c'était la cicatrice de l'ours qui provoquait cela, aucun poil n'y poussant. Le cheval alezan qu'il montait était grand, peut-être près de seize mains de haut. Vorna ne se leva pas. Elle ne voulait pas déranger le bébé qui dormait.

Connavar mit pied à terre et s'inclina. Il resta silencieux un moment. Puis il prit une profonde inspiration.

— Je suis désolé, déclara-t-il simplement. Je n'ai rien pu faire.

— Viens, dit-elle. Prends une chaise et assieds-toi à côté de moi.

Il s'exécuta, mais ôta d'abord son épée et son baudrier pour les poser contre le mur. Lorsqu'il s'assit, elle lui prit la main.

— Il y a longtemps, Connavar, je t'ai dit qu'il y a eu des choses que même un héros ne peut pas accomplir. Tu ne pouvais pas le garder en vie. Tu ne devrais pas te sentir coupable.

— Il n'existe aucune force sous les étoiles assez puissante pour effacer la culpabilité que je ressens, dit-il. Pas seulement pour la mort de Banouin, mais pour les milliers de morts qui ont suivi.

Il arrêta de parler. Vorna se tut également. Tous deux restèrent ainsi à l'ombre un certain temps.

Le bébé bougea, mais se rendormit aussitôt. Vorna se leva et rentra à l'intérieur de la maison pour mettre l'enfant dans son berceau. Elle avait mal au dos et s'étira. Elle retourna ensuite auprès de Connavar et vit qu'il regardait les collines au sud. Il avait l'air beaucoup plus vieux que ses dix-huit ans.

— Un marchand nous a rapporté ton combat face au méchant roi, lui apprit-elle.

Connavar hocha la tête.

— J'ai l'impression que c'était il y a une éternité, pourtant cela ne fait que quelques mois. (Il se mit à rire, mais il n'y avait pas la moindre trace d'humour dans ce son.) « Méchant roi, » répéta-t-il en secouant la tête.

— Il n'était pas méchant ? s'enquit-elle.

— Il a assassiné son frère, la femme de son frère, leur fils et il a tué Banouin. Oui, il était mauvais. Mais ces actions ne sont rien comparées à l'horreur qui a suivi sa mort. (Il soupira.) N'en parlons plus. Je suis heureux d'être rentré.

— Tu nous as manqué. Qui est l'homme qui t'accompagne ?

— Il s'appelle Parax. Il faisait partie des prisonniers de Jasaray. Aujourd'hui, il me sert.

— Il te sert ?

— Ma langue a fourché. J'ai passé trop de temps parmi le peuple de Roc. C'est mon compagnon et, je crois, mon ami. Il m'aidera.

— À quoi faire, Connavar ?

— À nous préparer, Vorna. Les hommes de Roc vont venir. Pas l'année prochaine, mais ils viendront.

— Je sais. Je l'ai vu quand j'avais mes pouvoirs. Leur faim est insatiable. Et tu les combattras. Ça aussi, je l'ai vu.

La lumière du soleil tomba sur l'épée contre le mur, illuminant la garde. Vorna la contempla.

— C'est une arme seidhe. Comment l'as-tu eue ?

Connavar lui raconta son départ de la ville d'Alin et sa rencontre dans le bois des Talis.

— L'homme dans l'arbre était le Thagda, lui confia-t-elle, le Vieil Homme de la forêt. Tu as été béni. Montre-moi l'épée.

Il la lui tendit et elle inspecta soigneusement le manche et la garde, la tête d'ours et le faon dans les ronces. Vorna sourit.

— Tu sais qui a forgé cette arme ? lui demanda-t-elle.

— Comment le saurais-je ? répondit-il.

— C'est Riamfada. La nuit où il est mort, j'ai vu son esprit entrer dans le bois des Seidhs.

Conn prit l'épée et la regarda d'un œil nouveau.

— Il m'avait promis une épée, murmura-t-il.

— Et il a tenu sa promesse. Il est l'un d'eux, à présent.

Des pleurs de bébé retentirent à l'intérieur. Vorna rentra, souleva Banouin de son berceau, s'assit devant l'âtre et défit sa chemise. Le bébé se mit à téter avidement. Conn contempla la scène depuis le seuil.

— Est-ce que c'est un garçon ? s'enquit-il.

— Oui, un garçon. Celui de Banouin.

Conn lutta pour trouver quelque chose à dire et Vorna éclata de rire. C'était un son qu'il n'avait jamais entendu chez elle, ce qui le fit sourire.

— Tu aimerais bien dire qu'il a les yeux ou le nez de Banouin. Mais tu ne peux parce que tous les bébés se ressemblent pour toi. Comme des vieillards flétris.

— Tes pouvoirs sont donc revenus ?

— Je n'ai pas besoin de mes pouvoirs pour lire dans le cœur des hommes. (Elle rit de plus belle.) As-tu été voir ta mère ?

Il s'illumina.

— Oui, da. Elle et le Grand Homme se sont remis ensemble. C'est une bonne chose.

— Oui. Ensemble et heureux. (Elle le regarda attentivement.) Tu es fatigué, Connavar. Rentre chez toi. Repose-toi. Tu pourras revenir nous voir si tu en as envie.

— J'aimerais bien, Vorna.

Il pénétra dans la pièce et vint caresser la petite tête du bébé. Puis, il se pencha et embrassa la mère sur la joue.

Comme il s'éloignait, Vorna ressentit sa tristesse. Elle pesait sur lui comme une chape de plomb.

Ruathain aussi avait remarqué le changement chez Connavar, et cela l'attristait. Il essaya d'aborder le problème avec lui alors qu'ils regardaient les étalons dans le paddock.

— Qu'est-ce qui ne va pas, mon garçon ?

— Tu ne peux pas m'aider, Grand Homme. Je m'en occuperai seul le moment venu. Toutefois, il y a quelque chose que tu pourrais faire pour moi. Je pense que ces étalons sont vitaux pour notre avenir. Tu as deux troupeaux de poneys. Mes étalons vont donner, du moins je l'espère, une nouvelle race de montures de guerre, plus rapides et plus fortes qu'aucun de nos poneys. Avec des montures plus puissantes, nos cavaliers pourront porter des armures.

Ruathain prit une profonde inspiration

— Ce sont des chevaux magnifiques. Et je les ferai se reproduire puisque tu me le demandes. Mais ces chevaux ne sont pas mon principal souci, Conn. C'est toi. Qu'est-ce qui t'a transformé ainsi ? La mort de Banouin ? Le temps que tu as passé parmi les hommes de Roc ? Quoi ?

Conn détourna les yeux et lorsqu'il regarda à nouveau Ruathain, son expression s'était adoucie.

— Tu as raison. J'ai changé. Mais je ne souhaite pas encore en parler. Je ne peux pas. Les souvenirs sont trop frais. Nous en discuterons bientôt, Grand Homme.

Sur ce, Conn partit en direction de la maison de Ruathain qu'il occupait à présent avec Parax. Ruathain le regarda partir et traversa le paddock pour rejoindre Parax qui donnait de l'avoine aux chevaux.

Parax leva les yeux en voyant le grand guerrier s'approcher, puis flatta le long cou de l'alezan.

— De belles bêtes, hein ? dit-il.

— Oui, très belles. Tu t'es installé ?

— Oui. La maison est magnifique.

Parax s'éloigna de l'étalon pour aller s'asseoir sur la barrière du paddock. Ruathain l'imita.

— Mon fils m'a dit que vous vous étiez rencontrés chez les Perdiis.

— Oui, da. Je le chassais sur ordre de Carac. C'est un garçon rusé et un sacré combattant.

Ruathain regarda l'homme droit dans les yeux.

— Qu'est-ce qu'il a qui ne va pas ?

Parax haussa les épaules.

— C'est ton fils, Ruathain. Tu ferais mieux de le lui demander.

— C'est à toi que je le demande.

Parax descendit de la barrière.

— Nous avons beaucoup parlé de toi, Grand Homme. Il t'aime profondément. Et il a toute confiance en toi. Alors, essaie de comprendre ce que je vais te dire : il porte un fardeau sur son âme, et c'est à lui seul d'en parler. Pas à moi. Et il le fera lorsqu'il se sentira prêt. Donne-lui le temps, Ruathain. Ici, l'air est pur et les montagnes sont superbes. Ici, il a un peuple qui l'aime. Un jour – et j'espère que celui-ci viendra bientôt – le fardeau s'allégera un peu. Alors, peut-être, retrouveras-tu le fils que tu connaissais.

— Peut-être ?

Parax haussa les épaules.

— Je ne suis sûr de rien. Personne ne l'est jamais. Mais, comme je te l'ai dit, c'est un sacré combattant. Donne-lui juste le temps.

Conn sortit de la maison en portant un gros sac. Il traversa le paddock, dépassa sa maison, traversa le premier pont et se dirigea ensuite vers la forge de Nanncumal. Le forgeron trapu et chauve travaillait à son enclume lorsque Conn entra. En l'apercevant, Nanncumal lui fit un petit sourire et continua un instant à marteler un fer à cheval avant de le plonger dans un tonneau à moitié rempli d'eau. De la vapeur jaillit. Le forgeron posa son marteau et ses tenailles, puis essuya la sueur sur son front avec un linge sec.

— Qu'est-ce qui t'amène dans ma forge ? demanda-t-il au jeune homme.

Conn ouvrit son sac et en sortit une longue cotte de mailles scintillante, composée de centaines de petits anneaux entrecroisés. Il la lança au forgeron, qui l'attrapa au vol et sortit dehors pour l'examiner à la lumière du jour. Nanncumal s'assit sur un gros banc en chêne. Conn prit place à ses côtés. Le forgeron étudia en silence la cotte de mailles pendant un long moment. Les anneaux étaient minuscules, et l'ensemble tenait comme un épais vêtement.

— C'est impressionnant, dit-il finalement. Un travail magnifique. Il y a là des mois de travail minutieux, Connavar. Par un maître forgeron. Merci de me l'avoir montrée.

— Est-ce que tu peux la reproduire ?

— En toute honnêteté ? Non, je ne crois pas que j'y arriverai. J'aimerais avoir le temps d'essayer.

— Tu as deux fils comme apprentis, qui peuvent s'occuper des fers à cheval, des socs de charrue, des clous et des épées.

— Oui, da, mais cela fait assez de travail pour nous trois. Il me faudrait des semaines pour comprendre la technique utilisée pour faire cette cotte, et des mois d'essais et d'erreurs avant de la recréer. Ma famille a besoin d'être nourrie, Connavar.

Conn ouvrit la bourse à sa ceinture et en sortit trois pièces en or qu'il déposa dans la main de Nanncumal.

— Par les Dieux, garçon ! Elles sont vraies ?

— Elles sont vraies.

Nanncumal regarda sévèrement le visage qui se détachait sur les pièces et la couronne de laurier gravée sur l'autre face.

— Qui est-ce ? s'enquit-il.

— Carac des Perdiis.

— Le roi que tu as tué ?

— Lui-même. Acceptes-tu de me fabriquer ces cottes de mailles ?

— Ces cottes de mailles ? Combien t'en faut-il ?

— Une centaine.

— Quoi ? Ce n'est pas possible, Conn. Je n'aurai pas assez d'une vie.

— Tu n'auras pas à les faire toutes. J'ai laissé des cottes identiques à six autres forgerons de l'autre côté de la rivière. J'en apporterai trois autres à Vieux-Chênes, pour les forgerons qui sont là-bas.

— Je vois que tu es devenu riche pendant ton voyage, mon garçon.

— La richesse ne m'intéresse pas, répondit Conn. Il y a une amélioration que je voudrais voir ajoutée à la cotte : une capuche en mailles qui protégera le cou.

— Un ajout des plus sensés, lui accorda Nanncumal. Je te suggère également de raccourcir les manches. Cette cotte a été faite sur mesure. Nous économiserions du temps si nous ne les faisions qu'à hauteur d'épaules.

— Je suis d'accord. Tu acceptes ?

— Tu comptes les vendre ?

— Non. Je compte les donner.

— Je ne comprends pas. Dans quel but ?

— Survivre, répondit Conn. Comment va Govannan ?

— Parfaitement bien. Il est à Chênes-Lointains avec tous les autres jeunes hommes pour participer aux jeux. Il sera content de te voir. (Le forgeron fit une pause.) Comme je le suis, ajouta-t-il doucement. Ta famille et la mienne n'ont pas toujours... partagé les mêmes opinions. Je me suis trompé sur toi, Conn. J'espère que tu pourras oublier tout ça.

Conn sourit.

— Je n'ai jamais volé tes clous, mais j'ai bien essayé de te voler ta fille.

Il tendit la main.

Le forgeron la serra.

— Tu aurais mieux fait de choisir les clous, fit-il tristement. Laisse-moi la cotte de mailles. Je ferai un patron dès demain et j'attaquerai le travail la semaine prochaine.

Resplendissant dans sa robe blanche décorée de guirlandes en feuilles de chêne, Frère Solstice arpentait l'aire des jeux, observant la course et la lutte, le pugilat et le lancer de javelot. Il avait toujours apprécié les jeux, vivant dans l'espoir bien futile qu'un jour de tels sports remplaceraient le besoin de violence et la guerre. Il se rappela qu'il avait lui-même participé à ces jeux autrefois, et gagné le bâton d'argent. Il avait assommé le champion pannone au bout d'une heure d'un furieux pugilat. Malheureusement, il se souvenait toujours de cet instant avec fierté, ce qui, il le savait, montrait à quel point il était encore loin d'avoir achevé sa quête de plénitude spirituelle.

Comme il déambulait dans la foule, il aperçut le jeune Connavar qui regardait dans un coin les coureurs se préparer au dix kilomètres. Frère Solstice l'observa attentivement. Le garçon avait changé depuis la dernière fois qu'il l'avait vu. Il était plus grand, plus large d'épaules, et plus barbu aussi. C'était la barbe d'un jeune homme, fine et ne recouvrant pas toute la peau, sans compter la striure blanche autour de la cicatrice que lui avait laissée son combat avec l'ours. Ses cheveux tombaient sur ses épaules, roux avec des mèches dorées. Frère Solstice s'approcha de lui et le salua. Connavar lui serra la main. Le Druide en profita pour contempler ses yeux étranges.

— Comment vas-tu, Connavar ?

— Je vais bien, Druide. Et toi ?

Frère Solstice se pencha et lui parla à voix basse.

— Une conversation entre deux vieux amis ne devrait jamais commencer par un mensonge.

Connavar eut un sourire furtif. Mais celui-ci ne monta pas jusqu'à ses yeux.

— Tu sais ce qu'on dit, Frère, un problème partagé est un problème doublé. Je te demande donc d'accepter le mensonge.

— Comme tu veux, mon ami. (Le Druide observa les coureurs.) Est-ce que c'est ton frère, Braefar ?

— Oui. Je crois qu'il s'en sortira assez bien. Il a toujours été rapide avec ses pieds.

Le juge de course leva la main. Les trente participants se répartirent sur un semblant de ligne.

— Partez ! cria le juge.

Comme les coureurs descendaient la pente, Connavar et le Druide se rendirent dans la zone de restauration. Frère Solstice s'acheta un pichet de bière, mais Connavar refusa de le suivre.

— Cela m'a fait plaisir de voir Ruathain et Meria enfin réunis, déclara le Druide. Ils se font du bien l'un à l'autre.

— Oui, da, c'est bon de voir le Grand Homme de nouveau heureux, convint Conn. Où est le Grand Laird aujourd'hui ? J'avais espéré pouvoir lui parler.

Frère Solstice désigna un groupe de nobles de l'autre côté du champ, agglutinés sous un baldaquin noir.

— Tu vois cette femme habillée en vert, avec les longs cheveux roux striés de blanc ?

— Oui.

— C'est Llysona, l'épouse du laird. Ils se sont... séparés. Aujourd'hui c'est son jour à *elle.* D'après leurs accords, le laird ne sera pas présent. Ils ne se sont pas revus depuis – quoi ? – huit ans. Elle habite maintenant sur la côte est.

Connavar resta silencieux. Son regard était rivé sur le petit groupe.

— Qui est la grande jeune femme à côté d'elle ? Celle en robe blanche.

— C'est Tae, sa fille.

— Elle est très jolie.

— Certainement. L'énorme personnage qui lui tourne autour se nomme Fiallach. D'aucuns prétendent qu'elle l'épousera au printemps.

— Le géant à la chemise rouge ? s'enquit Conn.

Frère Solstice opina, le regard posé sur l'imposante silhouette dominant la fine Tae. Fiallach mesurait presque deux mètres de haut ; il était costaud, avait le torse puissant et des épaules gigantesques. Ses cheveux blonds étaient attachés en queue de cheval, et il n'avait ni barbe ni moustache, ce qui était plutôt rare chez les Rigantes. Ses yeux étaient profondément enfoncés dans son visage, ses sourcils aplatis, tout comme ses pommettes. *Aucun os saillant qui risque de se briser sous les coups d'un adversaire,* pensa le Druide. Conn répéta la question.

— Le géant à la chemise rouge ?

— Oui. Tu le verras plus tard à la finale du tournoi de pugilat. Il va gagner.

— Il a l'air vieux.

Frère Solstice éclata de rire.

— Oui, il a trente ans. Déjà un pied dans la tombe.

Conn sourit.

— Je voulais dire « vieux pour elle ». Quel âge a-t-elle, seize ans ?

— Dix-sept. Veux-tu que je te la présente ?

Conn secoua la tête. Un homme entre deux âges s'approcha d'eux. Connavar présenta Parax au Druide. Frère Solstice l'observa attentivement et nota l'acuité de son regard sombre. Parax retourna son regard au Druide, l'évaluant de la même manière. Frère Solstice sourit.

— Solide comme un vieux chêne. Mais un homme bien, confia-t-il à Conn.

— Je le sais, Frère.

— Je suis toujours ici, grommela Parax. Vous pourriez au moins attendre que je sois parti pour parler de moi.

— Mais il est un peu grognon, déclara Conn. Je crois que c'est parce qu'il se fait vieux.

Parax poussa un juron. Conn adopta une expression horrifiée.

— Et il n'a pas de manières, Frère. Dire une telle chose devant un Druide. Quelle honte !

Frère Solstice donna une claque amicale sur l'épaule de Parax.

— Toutes mes excuses. Je n'avais pas l'intention de te manquer de respect. Cela me fait plaisir de voir que Conn a trouvé un ami honorable.

Le Druide s'en alla à travers le champ pour voir le concours de javelot. Celui-ci fut gagné par un jeune Pannone.

Moins d'une heure plus tard, Frère Solstice applaudit avec la foule la fin de la course des dix kilomètres. Braefar franchit la dernière colline en deuxième position, mais finit la course sur une accélération afin de battre sur la ligne d'arrivée un coureur rigante du sud.

Puis, la finale du pugilat débuta. Fiallach gagna brutalement, assénant coup après coup au visage de son adversaire. Ses mains étaient rapides, et la puissance de ses coups impressionnante. Frère Solstice n'apprécia pas la rencontre. Il avait l'impression que le blond Fiallach prenait trop de plaisir à faire souffrir son adversaire. Il aurait pu le terminer beaucoup plus tôt. Au lieu de cela, il s'était joué de lui, ajoutant l'humiliation à la défaite. Le Druide aurait voulu être encore un pugiliste. Il aurait pris plaisir à entrer dans le cirque pour faire goûter à Fiallach sa propre brutalité. Frère Solstice ferma les yeux, et récita en silence une prière apaisante.

Une fois qu'on eût remis le bâton d'argent à Fiallach, le pugiliste alla au bord de la foule et jeta ses bras autours de la fine Tae, l'embrassant sur le front. Le Druide remarqua qu'elle se dégageait légèrement de l'étreinte et, même si elle souriait, le contact avait semblé la déranger.

Une odeur de bœuf à la broche se répandit à travers le champ. Frère Solstice n'avait qu'une envie, goûter cette viande salée et savoureuse qui lui mettait l'eau à la bouche. Il repoussa l'idée et essaya de s'enthousiasmer pour l'avoine chaude qu'il mangerait le soir. Être un Druide n'est pas simple.

— Que Daan soit avec toi, Frère Solstice, dit Tae en s'approchant de lui.

Elle était grande pour une femme, mesurant un peu moins d'un mètre quatre-vingts. Il la regarda droit dans ses yeux marron foncé et essaya de ne pas remarquer les douces courbes sous la robe en laine blanche, se concentrant plutôt sur le bandeau en argent autour de son front, qui maintenait ses longs cheveux bruns en place.

— Que les esprits te bénissent, mon enfant, répondit-il. Tu t'amuses ?

— Je m'amuserais plus si l'on me permettait de participer aux jeux, Frère.

Une pensée délicieuse, songea Frère Solstice. Des femmes prenant part à des tournois d'athlétisme. Des images jaillirent du puits de son imagination et une fois de plus il vit tous les inconvénients de ses vœux.

— Est-ce que ta mère va bien ? s'enquit-il.

— Oui. Elle a toujours adoré les jeux. Je crois que les montagnes lui manquent. Mais, moi, j'aime la mer. Je peux rester assise des heures à la regarder, lorsqu'elle est en colère et que le ciel a la couleur du fer.

Frère Solstice fit un sourire poli et attendit qu'elle en vienne au but.

— Dis-moi, finit-elle par dire en essayant de paraître vaguement intéressée. Qui était le jeune homme avec lequel tu parlais juste avant la course des dix kilomètres ?

— J'ai parlé avec beaucoup de jeunes gens, mon enfant. À quoi ressemblait-il ?

— Il était grand. Il avait une striure dans la barbe.

— Ah, oui. Il doit s'agir de Connavar. Il vient de Trois-Ruisseaux.

— C'est lui qui a tué le méchant roi ?

— Et combattu l'ours. Oui, c'est bien lui. Veux-tu que je te le présente ?

— Non, pas du tout. C'était de la simple curiosité. (Elle sembla mal à l'aise un instant.) Est-ce que sa femme est venue avec lui ?

— Je ne crois pas qu'il soit marié, ni même fiancé.

Fiallach les rejoignit. Il avait enfilé une chemise de satin rouge sur son puissant thorax.

— Salutations, Druide, dit-il. As-tu regardé le combat ?

— Mais oui, Fiallach. Toutes mes félicitations.

— De la part d'un ancien champion, voilà qui fait plaisir à entendre. Est-ce que tu crois que tu aurais pu me battre ? Je veux dire, à ton époque.

Frère Solstice sourit.

— Ce qui est terrible avec les guerriers, jeune homme – moi compris – c'est qu'ils croient toujours être les meilleurs. En fait, c'est cette confiance nécessaire qui leur permet d'aller de l'avant. Pourtant, il existe toujours quelque part quelqu'un de meilleur qu'eux. C'est dans la nature du monde des hommes. Et j'ai eu la chance de ne jamais me retrouver face à un tel homme lorsque je pugilais. Espérons qu'il en sera de même pour toi, Fiallach.

Tout en parlant, il posa sa main sur l'épaule de Fiallach. Aussitôt, il perçut toute la colère et l'amertume qui habitaient l'âme du géant, mais plus profondément enfouie, se trouvait une tristesse qui surprit le Druide.

Frère Solstice abandonna Tae et Fiallach et pensa à ce qu'il venait d'apprendre. Au premier abord, Fiallach était un homme cruel et brutal qui prenait plaisir à humilier les plus faibles que lui. Mais il y avait un autre Fiallach, qui se cachait au cœur de l'orage d'amertume, de frustration et de colère. Comme une graine en or, plantée au milieu d'un cloaque.

Allait-elle pousser ou mourir ?

Frère Solstice n'en savait rien.

Tae regarda la lune. On la distinguait à peine à travers toutes les fumées des rôtissoires. La musique reprit, et les danseurs se remirent à bondir et virevolter. Tae alla s'asseoir, soulagée que Fiallach se soit éloigné pour aller boire un verre ; il était actuellement en train de discuter avec un marchand venu de l'autre côté de l'eau. Tant qu'il avait été à côté d'elle, aucun homme n'avait osé l'inviter à danser. Son regard se porta sur Connavar qui conversait avec un groupe de jeunes. Partout où il allait, les gens avaient envie de lui parler.

Elle était certaine qu'il l'avait regardée, mais, même lorsqu'elle s'était trouvée près de lui, il ne lui avait pas adressé la parole, et, lorsque leur regard s'était croisé, il ne lui avait pas souri. Avait-il trop peur de Fiallach ?

La présence menaçante du géant était contrariante. Tout le monde s'attendait à ce qu'ils se marient au printemps, même sa mère. Fiallach s'était mis à débuter des conversations avec elle par les mots : « Quand nous serons mariés. »

Ce n'était pas qu'elle ne l'aimait pas. Il avait été présent dans sa vie aussi loin qu'elle pouvait se souvenir et, quand elle était enfant, elle le vénérait. Fiallach avait l'air si puissant, si stable. Mais lorsqu'elle pensait à son mariage, lorsqu'elle rêvait de sa nuit de noces, à aucun moment Fiallach ne se trouvait dans la scène. Et lorsqu'elle s'imaginait allongée à ses côtés, nue et seule, elle se mettait à frissonner, prise soudain d'un sentiment d'appréhension.

« Quand nous serons mariés. »

Il était vexant qu'il ne lui ait jamais demandé son avis, prenant sa complaisance pour argent comptant. Tae reporta son attention sur les danseurs de feu. Un jeune homme courut le long d'une planche et sauta par-dessus les flammes. Il atterrit en souplesse et se retourna vers les femmes qui attendaient. Il était blond et leste ; elle l'avait vu à la remise des prix de la course des dix kilomètres qu'il avait gagnée. Elle ne se rappelait pas son nom, mais se souvenait en revanche qu'il était le frère de Connavar. Leurs regards se croisèrent et elle lui sourit. Il s'inclina et s'approcha d'elle.

— Veux-tu danser ? demanda-t-il.

— Non, elle ne veut pas, fit la voix tonitruante de Fiallach.

— Mais si, répondit Tae en se levant de sa chaise.

Le jeune homme parut troublé, mais tendit la main vers Tae. Fiallach s'avança et d'un revers écarta la main du jeune homme. Furieuse, Tae leva la tête. Le visage du géant était cramoisi, et la colère se lisait dans ses yeux.

Le jeune homme resta immobile, et Tae sentit sa peur. Il ne bougeait toujours pas. Fiallach lui sauta dessus, et lui asséna un coup en pleine poitrine, l'envoyant rouler dans l'herbe près du feu. L'espace d'un instant, Tae crut que le jeune homme allait tomber dans les flammes. Fiallach marcha sur lui.

La musique mourut aussitôt et les danseurs s'écartèrent du feu.

— Arrête immédiatement ! hurla Tae.

Le jeune homme essaya de se relever. Fiallach se dressa devant lui et leva le poing.

— Si tu le frappes, je te tue, intervint une voix.

Les mots avaient été prononcés sans emphase, et l'effet n'en fut que plus grand. Fiallach s'arrêta aussitôt. Le jeune homme décampa. Lentement, le géant se retourna. Tae vit Connavar s'approcher. Bien qu'il fît plus d'un mètre quatre-vingts, il avait l'air minuscule face à la masse de muscles de Fiallach.

— Tu oses me menacer ? grommela le colosse.

— Qu'a fait mon frère pour mériter que tu le corriges? s'enquit Connavar d'une voix toujours neutre, presque sur le ton de la conversation.

Ce manque d'agressivité perturba le géant.

Mais avant qu'il puisse répondre, le jeune homme le fit.

— Tout ce que j'ai fait, c'est de demander à la jeune fille si elle voulait danser, Conn. C'est tout. Et il m'a frappé.

Frère Solstice se fraya un chemin parmi la foule.

— Quel est le problème ? demanda-t-il.

— Il n'y a aucun problème, répliqua Connavar avec un sourire facile. Simplement un malentendu. (Il s'approcha de Tae et s'inclina.) Veux-tu danser ?

— Avec plaisir, lui dit-elle.

Il la prit par le bras et l'emmena. Puis, il appela les joueurs de cornemuse. La musique démarra aussitôt. D'autres danseurs se joignirent à eux. Tout en virevoltant, Tae jetait sans cesse de petits regards en direction de Fiallach qui les observait de l'autre côté du feu. Connavar bougeait bien et l'espace d'un moment elle oublia Fiallach. Comme la musique s'arrêtait, elle prit Connavar par le bras.

— Il n'est pas prêt d'oublier, déclara-t-elle.

— Qui ça ? demanda-t-il.

— Fiallach. C'est un revanchard.

— Oh, ce n'est pas grave. J'ai cru comprendre que tu habites sur la côte.

Tae fut ravie de constater qu'il avait pris le temps de se renseigner sur elle.

— Oui. C'est un endroit magnifique. Est-ce que tu aimes la mer ?

— Je préfère la regarder que d'être dessus.

Ils s'éloignèrent des autres danseurs pour se rapprocher du coin de restauration où Connavar alla chercher pour Tae un gobelet de jus de pomme. Puis ils allèrent s'asseoir tranquillement loin de la foule.

— Tu ne te soucies vraiment pas de Fiallach ? s'enquit-elle.

Il haussa les épaules.

— Il viendra me chercher, ou pas. Je ne peux rien faire pour l'en empêcher. Alors, pourquoi m'inquiéterais-je ? À quoi cela servirait-il ?

— Il a décidé de m'épouser, déclara-t-elle. C'est ce qui m'inquiète, moi. Même si cela ne sert à rien.

— Quelle sera ta décision ?

— Je ne sais pas. Une fois, j'ai conduit le chariot de mon père, et les chevaux se sont emballés. Il a fallu que je les laisse s'épuiser.

Il sourit soudainement.

— Tu crois que Fiallach finira par s'épuiser ?

— Peut-être. Qui sait ? Est-ce que tu m'as invitée à danser parce que tu en avais envie ou parce que tu voulais ennuyer Fiallach ?

— Un peu des deux, admit-il.

— Est-ce que tu m'aurais invitée si Fiallach ne s'en était pas pris à ton frère ?

— Non.

La réponse l'ennuya.

— Eh bien, tu as réussi ton coup. Je vais donc te souhaiter une bonne nuit.

— Attends ! dit-il en la voyant se lever. (Connavar se leva à son tour.) Je reviens juste d'une guerre, une guerre affreuse. (Il fit une pause et la regarda droit dans les yeux.) Je n'ai pas de temps pour les plaisirs personnels. Un jour, cette guerre viendra de ce côté-ci de l'eau. Je dois me préparer.

— *Tu* dois te préparer ? Pardonne-moi. Je sais que tu es un héros. Tout le monde le dit. Mais tu n'es pas un chef. Pourquoi est-ce que le fait que tu sois prêt changerait quoi que ce soit ?

— Parce que je le veux, répondit-il.

Comme lorsqu'il avait interpellé Fiallach, le ton de sa voix était neutre, sans aucune trace d'arrogance ou de fausse modestie.

— Alors, je dormirai mieux dans mon lit maintenant que je sais que tu es prêt, rétorqua Tae. Fiallach aussi est prêt. Il ne parle que de batailles. Et je crois qu'il a hâte d'en voir une.

À la grande joie de Tae, Connavar avait enfin l'air décontenancé.

— Alors, c'est doublement un idiot. Mais je ne parle pas de batailles. Je parle de la guerre. Les batailles ne sont qu'une infime partie de la bête.

— La bête ? Tu considères que la guerre est une chose vivante ?

— Oui, da. Je l'ai vue tuer. Je l'ai vue noircir le cœur des hommes. J'ai vu des choses à glacer l'âme. (Il frissonna.) Et je ne permettrai pas à la bête de venir souiller les montagnes de Caer Druagh. (Il lui prit la main et lui embrassa la paume.) Je suis content que Fiallach ait bousculé mon frère. Car ces quelques instants avec toi m'ont réchauffé le cœur.

Connavar la raccompagna auprès du feu et s'en alla.

Fiallach s'approcha d'elle.

— Tu me fais honte, dit-il. Une femme promise ne doit pas se comporter ainsi.

— Je ne te suis pas promise, répliqua-t-elle. Ni à toi ni à personne d'autre.

Les yeux pâles du pugiliste se plissèrent.

— Mais, nous étions d'accord.

— Non. Tu étais d'accord. Tu ne m'as jamais demandé de t'épouser.

Il se mit à sourire.

— Ah ! Tu es en colère après moi. Je comprends. J'ai réagi un peu... hâtivement avec le jeune homme. Nous nous raccommoderons sur le trajet du retour.

En s'éloignant du lieu de l'exécution, le Grand Laird leva la tête vers les arbres. Les feuilles viraient à l'or, et un courant d'air frais agitait les branches. L'arthrite à son épaule le lança douloureusement, et il eut l'impression que quelqu'un enfonçait des aiguilles chauffées à blanc dans les doigts inutiles de sa main gauche. À ses côtés chevauchait le Druide, Frère Solstice, tout de blanc vêtu. Les deux hommes avançaient en tête de la foule qui revenait en silence à Vieux-Chênes.

Lorsqu'ils atteignirent le hall, un jeune domestique s'occupa des poneys. Le Grand Laird se rendit directement dans son salon, et s'écroula dans un grand fauteuil à côté d'un feu qu'on venait juste d'allumer dans l'âtre. Frère Solstice alla prendre un flacon d'uisge sur une étagère et versa deux doses généreuses dans des coupelles aux couleurs vives. Le Grand Laird sirota le spiritueux blond et soupira.

— Nous aurions dû simplement le tuer, déclara-t-il. Tranquillement et sans faire d'histoires.

Frère Solstice ne répondit pas. Le jugement de Senacal et la noyade qui avait suivi l'avaient déprimé. Il avait connu le jeune homme toute sa vie. Senacal n'était pas un mauvais bougre, simplement un imbécile qui se laissait facilement mener par le bout du nez. Si on l'avait laissé tranquille, il n'aurait jamais assassiné ses parents. Mais toutefois, sous l'influence de Ferol, il était devenu méchant.

Les chasseurs l'avaient trouvé dans sa propre cabane, attendant naïvement de pouvoir faire fonctionner le bac. Sa seule défense devant le tribunal avait été de dire que c'était Ferol qui avait tué ses parents, et qu'il avait eu trop peur de lui pour s'enfuir ou le dénoncer. Frère Solstice l'avait cru, mais la loi était intraitable, et Senacal en avait expérimenté toute la furie. Lorsque le jugement avait été rendu, il avait supplié qu'on l'épargne et avait refusé de marcher jusqu'à l'endroit où la sentence devait être exécutée. On l'avait traîné hors du tribunal et il avait réussi à s'échapper, pour se jeter sur un poteau qu'il avait agrippé de toutes ses forces. Les gardes avaient dû se mettre à deux pour le décrocher ; ensuite, ils lui avaient attaché les mains dans le dos et l'avaient jeté dans un chariot. Durant tout le voyage, Senacal avait pleuré et poussé des hurlements.

Le Grand Laird lui-même était revenu en arrière à la hauteur du chariot pour lui parler.

— Au nom de Taranis ! avait-il grondé. Ne pourrais-tu pas être un homme au moins au moment de ta mort ?

— Ne me tuez pas ! Je vous en supplie, ne me tuez pas ! avait gémi Senacal.

Le Grand Laird avait ordonné qu'on le bâillonne.

Senacal avait été jeté dans la tourbière avec des poids aux jambes. Mains et pieds attachés, l'eau boueuse l'avait vite recouvert. Son corps avait rejoint ceux des autres meurtriers dans la vase.

Dans le salon, Frère Solstice finissait son uisge. Le Grand Laird contemplait le feu, perdu dans ses pensées. Frère Solstice l'observa et vit la fatigue sur son visage.

— Par les Dieux, voilà qui fait réfléchir, soupira le Grand Laird. Toute ma vie, j'ai cru que les Rigantes étaient un peuple spécial, pas comme ces meurtriers d'étrangers. Mais ce n'est pas le cas, pas vrai ?

— Mais si, insista le Druide. J'ai voyagé jusqu'à Roc. Partout, il y a des criminels, des hors-la-loi, des violeurs, des séducteurs. Ici, dans les montagnes, un meurtre tel que celui-ci est encore – heureusement – un fait plutôt rare. Déjà, nous nous soucions les uns des autres, et nous vivons en relative harmonie avec nos voisins. Je n'ai rien vu de vil ou de cruel chez les Rigantes.

Le Grand Laird dévisagea son ami.

— Comment peux-tu dire cela après avoir exécuté un homme qui a pris part au meurtre de ses parents ?

— Les vers rentreront toujours dans le fruit, même sur l'arbre le plus beau.

Ils restèrent silencieux un moment, chacun à ses pensées. Frère Solstice s'interrogeait sur la justesse de ses paroles. Oui, il était convaincu que les Rigantes étaient un peuple spécial, mais quelle part de ce caractère exceptionnel était due à la vie dans les montagnes, où les voisins étaient obligés de s'entraider, et où chaque homme et chaque femme avait son rôle à jouer au sein de la tribu ? Et quelle part incombait aux Seidhs ? D'après les enseignements druidiques, il y avait de la magie dans la terre, une magie née de l'esprit. Les Seidhs, d'après ce que croyaient les Druides, étaient les gardiens de cet esprit. Frère Solstice avait ressenti plusieurs fois sa puissance, en escaladant les plus hauts sommets pour contempler le pays, son esprit s'envolant tandis que la magie de la montagne s'emparait de lui.

Il sirota son uisge et étudia le visage du vieil homme assis près du feu. Le Grand Laird avait gouverné le nord rigante pendant près de quarante ans avec sagesse, amour, intelligence et subtilité, et – jusqu'à aujourd'hui – dans un respect total de la loi. Les années n'avaient pas été tendres avec le Grand Laird. Son torse puissant était maintenant décharné, ses articulations craquaient et lui faisaient mal, son cœur approchait de son dernier battement.

— Un autre hiver arrive, murmura le Grand Laird. Les années passent trop vite.

Le vieil homme se massa l'épaule.

— Tu devrais boire plus de thé à l'ortie et moins d'uisge, lui conseilla Frère Solstice. Cela fera passer la douleur.

Le Grand Laird sourit.

— Cela ne me rendra pas ma jeunesse.

— C'est ce que tu désires ? Tu veux faire à nouveau toutes ces terribles erreurs ?

Le Grand Laird caressa sa barbe argentée.

— J'ai eu ma vie, mon ami, et je l'ai bien vécue. Je n'ai aucun regret. La plupart de mes ennemis sont morts. La plupart de mes amis aussi, maintenant que j'y pense. Mais j'ai parcouru cette vie dans l'honneur. Non, je ne veux pas la revivre, mais les joies de la jeunesse me manquent, comme me battre ou aller coucher à droite et à gauche.

— Tu as vu trois fois une Fille de la Terre cette semaine, fit remarquer Frère Solstice. Donc tu ne me feras pas croire que coucher te manque.

Le vieil homme gloussa.

— Tu as raison. Mais je lui demande principalement de passer ici pour sa compagnie et pour qu'elle réchauffe mon lit. Ma femme me manque. Quelquefois, la nuit, je rêve que Llysona m'appelle.

Il frissonna et tendit sa bonne main vers les flammes.

— Tu parles d'elle comme si elle était morte, mon ami.

— Je suis mort à ses yeux en tout cas. Aucun doute là-dessus. (Le Grand Laird regarda le Druide dans les yeux.) Tu crois que si j'allais la voir, elle me pardonnerait et reviendrait ici ?

— Il n'y a pas l'ombre d'une chance, répliqua Frère Solstice. Reviendrais-tu si la situation était inversée ?

Le Grand Laird secoua tristement la tête.

— Non, évidemment. (Soudain, il éclata de rire.) Inversée ? Si jamais j'avais trouvé Llysona au lit avec *ma* sœur, je crois que le choc m'aurait tué.

— L'inverse signifierait plutôt que tu as couché avec son frère, lui expliqua le Druide sur un ton pédant.

— Je sais, je sais. Je voulais juste plaisanter un peu. Bon sang, ce n'est pas comme si sa sœur avait valu le coup. Elle avait promis beaucoup mais n'a offert que peu. Llysona me manque. Et j'aurais tellement voulu voir grandir le bébé.

— Le bébé aura bientôt dix-sept ans et se mariera très probablement au printemps prochain.

— Tu vois ce que je te disais ? fit le Grand Laird. Les années passent comme les oies sauvages.

Le silence agréable s'installa de nouveau. Ils se resservirent de l'uisge. Puis, le Grand Laird prit la parole.

— Tu crois que les Loups des mers nous attaqueront en force le printemps prochain ?

— Impossible à dire, admit Frère Solstice. Il y a bien eu quelques razzias ces dernières années, mais aucune sur nos côtes. Qu'est-ce qui te fait penser qu'ils pourraient le faire l'an prochain ?

— Rien. Peut-être ne le feront-ils pas. Mais nous sommes chanceux depuis trop longtemps. Si seulement j'avais un fils. Il n'y a personne pour prendre ma succession. Personne en qui j'ai confiance, en tout cas.

— Tu fais confiance à Maccus, quand même. C'est un homme bien.

— Oui, da. Mais le peu d'ambition qu'il avait est mort avec sa femme. Quant au reste ? Fiallach manque de sagesse, et il n'est pas aimé. Les autres sont des rivaux sans grande importance. Si l'un d'entre eux devient laird, il n'y aura plus que des griefs ridicules et nous friserons peut-être l'insubordination civile. Au pire, il pourrait y avoir une guerre. Enfin, si les Loups des mers viennent vraiment en force, ils auraient une chance de gagner. Et ça, mon ami, c'est une pensée intolérable.

— Que vas-tu faire ? s'enquit Frère Solstice.

— Je n'en suis pas sûr. J'aime assez le jeune Connavar. Il y a des signes de grandeur chez lui. Ramener les étalons était une très bonne idée. D'ici quelques années, nous aurons des montures de guerre, plus fortes, plus rapides et plus grandes. Mais il est jeune. Si j'avais cinq années pour le former…

Sa voix s'éteignit.

— Confie-lui une mission. Tu verras ainsi comment il se comporte.

— Une mission ? Quel genre de mission ?

— Envoie-le chez Llysona, sur la côte.

— Pour quelle raison ?

— Tu penses que les Loups des mers vont attaquer. Si c'est le cas, ils vont remonter l'estuaire de Sept-Saules. Par conséquent, tu as décidé d'envoyer un guerrier pour superviser les défenses et conseiller Llysona. Nous verrons ainsi les talents de diplomate de Connavar.

— Elle a déjà Fiallach. C'est un homme dur et fier. Il n'acceptera aucun conseil du garçon.

— Connavar n'est plus un garçon, mon ami. Il est à peine plus jeune de quelques mois que toi lorsque tu as succédé à ton père. De plus, c'est ce qui en fait en partie une mission. Si Connavar ne peut pas... faire sentir sa présence, alors il ne fera pas un bon laird.

— Depuis combien de temps réfléchis-tu à tout cela, Druide ?

— Un certain temps, répondit Frère Solstice avec un sourire.

— Depuis la nuit où il a dansé avec ma fille ? Je suis peut-être vieux, mais je sais encore écouter. Maccus m'a dit que Connavar avait fait reculer Fiallach. Devant une foule. Leur future rencontre risque de ne pas être facile.

— Je crois que le garçon a tapé dans l'œil de Tae, fit remarquer le Druide.

Le Grand Laird gloussa.

— Te voilà devenu entremetteur à présent. (Son sourire disparut.) T'est-il venu à l'esprit que Fiallach pourrait le défier en duel et le tuer ?

— Oui, da, et un arbre pourrait lui tomber dessus, ou un cheval le jeter de selle, ou une maladie l'emporter. Tu cherches un héritier. Je pense que Connavar pourrait bien être cet homme. Et s'il l'est, il le prouvera à Sept-Saules.

Le Grand Laird secoua la tête et eut un sourire narquois.

— Tu sais que si Llysona a choisi Sept-Saules, c'est principalement à cause des Loups des mers. Elle savait que je m'inquiéterais. Cela a dû terriblement la contrarier lorsqu'elle a vu qu'ils n'attaquaient pas. Ils doivent savoir qu'elle est là. Par Taranis, je préférerais affronter une armée hostile plutôt que de retomber sous le joug de sa langue.

— Et Connavar ?

— Je vais lui proposer la mission. Il refusera peut-être.

— Un tonneau de bière contre un gobelet de vin qu'il saute sur l'occasion.

— Tenu, répondit le Grand Laird.

Alors que les jeunes de Trois-Ruisseaux recherchaient la compagnie de Conn, voyant en lui un héros, grand et fort, Meria, avec ses yeux de mère, voyait derrière le masque et sentait instinctivement le désarroi qui l'accablait. Comme Ruathain avant elle, elle essaya d'obtenir les confidences de Parax. Avec le même résultat. Elle dut essuyer une rebuffade polie.

Meria savait qu'il ne servait rien de poser directement la question à Conn. S'il avait eu envie de lui parler de ses soucis, il l'aurait déjà fait. Le problème l'agaçait. Ce n'était pas que Conn ne souriait plus jamais, c'était que lorsqu'il le faisait, son expression était brève et vite passée. Elle remarqua aussi son changement d'humeur lorsqu'il était en présence de son jeune frère de onze ans, Bendegit Bran. Il devenait très doux et le prenait souvent dans ses bras pour le câliner. Puis les ténèbres redescendaient et il ne disait plus rien pendant un long moment. Le plus souvent, après avoir passé un peu de temps avec Bran, Conn partait seul et soit il retournait dans la vieille maison de Ruathain, soit il s'en allait à cheval dans les bois. Cela intriguait franchement Meria.

Mais plus troublante encore, avait été sa réaction lorsque Bran s'était coupé en s'amusant avec un vieux couteau. Cela avait été une coupure peu profonde, ne nécessitant qu'un ou deux points de suture, mais lorsque Conn l'avait vue, son visage était devenu livide et ses mains s'étaient mises à trembler.

Meria n'y comprenait désespérément rien.

Elle avait confié le problème à Eriatha. Les deux femmes avaient pris l'habitude de se retrouver en milieu de semaine dans la petite maison de la Fille de la Terre à la périphérie de Trois-Ruisseaux. Eriatha avait écouté attentivement Meria lui parler de Conn et de son étrange comportement.

— C'est quand même surprenant qu'il n'en parle pas, avait déclaré Eriatha. À ma connaissance, il n'y a rien que les hommes aiment davantage que parler d'eux-mêmes. Tu l'as interrogé ?

— Non, avait avoué Meria. Ruathain a essayé. Conn a toujours préféré lui parler plutôt qu'à moi. Quelque chose s'est passé de l'autre côté de l'eau. Pas une bataille. Quelque chose d'autre. Enfin, quoi qu'il en soit, ça le hante. Il n'est plus le même.

— Je dirais que la guerre changerait n'importe qui. Tout ce sang et tous ces morts.

Meria avait secoué la tête.

— Il y a deux semaines, Ruathain a été blessé à l'épaule. Il s'est fait légèrement encorner par un taureau. Conn a recousu la blessure. Il n'y a pas eu de problème. Mais lorsque Bran s'est coupé, j'ai bien cru que Conn allait tourner de l'œil. (Meria avait poussé un soupir.) Je n'en dors plus. Je l'aime plus que la vie, et je ne peux pas l'aider.

— J'irai le voir, avait déclaré Eriatha. Peut-être qu'à moi il parlera.

Meria avait souri.

— J'espérais bien que tu dirais ça. Mais ne lui répète pas que nous avons parlé.

— Bien sûr que non.

Le lendemain soir, Eriatha franchit le premier pont et traversa le champ qui menait à la maison de Conn. Elle frappa à la porte. Celle-ci fut ouverte par un vieil homme à la barbe argentée. Il s'écarta et lui fit signe d'entrer.

— Tu es venue voir Connavar ? s'enquit-il.

— Oui.

— Il reviendra bientôt. Il est à la forge en train de discuter avec le forgeron. Veux-tu quelque chose à boire ?

— Non.

— Tu es Eriatha, la Fille de la Terre ?

— C'est bien moi.

— Est-ce que Conn t'a demandé de passer ?

— Non.

— Eh bien, va donc t'asseoir près du feu. J'étais sur le point de me rendre à la taverne de Pelain pour profiter d'une chope ou deux. J'espère que tu ne trouveras pas malpoli le fait que je t'abandonne ici toute seule.

Eriatha vit un repas à moitié mangé sur la table et remarqua que Parax ne portait ni bottes ni chaussures. Elle apprécia le mensonge et la courtoisie qui était derrière.

— Non, je ne trouve pas cela malpoli, mon ami. Va donc t'amuser.

Parax enfila ses bottes, ramassa son manteau et sortit dans la nuit. Eriatha s'assit à côté du feu et scruta la pièce. Les murs étaient exempts de décorations, et il n'y avait qu'un seul tapis sur le sol en terre battue. Quelqu'un y avait tracé un motif : plusieurs cercles entrecroisés. *Sans doute Ruathain*, pensa-t-elle.

Elle attendit ainsi plus d'une heure que Connavar rentre chez lui. Il jeta son manteau sur le dossier d'une chaise et se dirigeait vers la cuisine lorsqu'il vit Eriatha. Il ne parut pas surpris.

— Où est Parax ? demanda-t-il.

— À la nouvelle taverne de Pelain.

— As-tu mangé ?

— Je n'ai pas faim, Conn. Je suis juste passée pour te dire bonjour. Est-ce que cela te dérange ?

— Pas du tout. À dire vrai, je comptais te rendre une petite visite.

Eriatha se leva de sa chaise. Elle portait une simple robe bleu ciel. Elle s'approcha de lui et fit glisser sa robe le long de ses épaules, jusqu'au sol. Conn la conduisit dans la première chambre à coucher.

Une heure plus tard, Eriatha regardait le plafond. Conn dormait à ses côtés. Sa façon de lui faire l'amour avait été plutôt sauvage, pourtant il y avait eu des moments de tendresse. Il s'était endormi rapidement et à présent il respirait fortement. Meria avait raison. *Il a changé*, pensa-t-elle. Elle entendit

Parax rentrer tout doucement et se diriger vers sa chambre dont il ferma délicatement la porte.

La nuit passa, et, alors qu'Eriatha allait sortir du lit, Conn se mit à trembler. Son bras, qui était en dehors des couvertures, se raidit et il serra le poing. Puis, il poussa un gémissement ; un son empli de désespoir. Son corps fut agité de spasmes et il poussa un hurlement. Eriatha vint se coller contre lui et lui caressa les cheveux.

— Calme-toi, lui souffla-t-elle, ce n'est qu'un rêve.

Conn se réveilla, et le tremblement prit fin. Il s'allongea sur le dos et essuya la sueur qu'il avait sur le front.

— Ce n'était pas un rêve, déclara-t-il. J'étais là. J'ai vu.

— Raconte-moi.

Il secoua la tête.

— Tu ne voudrais pas partager cela, crois-moi.

— Crache-le, insista-t-elle, d'une voix basse. Il faut que ça sorte.

Un moment elle crut qu'il l'ignorait. Il avait fermé les yeux et ne bougeait plus. Puis, il parla enfin.

— Après la chute d'Alin et la destruction finale de l'armée perdiie, les soldats de Roc ont rassemblé des milliers d'habitants pour les vendre comme esclaves. Des milliers qui allaient marcher fers aux pieds jusqu'à Roc. D'autres furent… massacrés, les bras cloués à des troncs d'arbres. Il y en avait des centaines.

Il se tut. Eriatha, allongée à côté de lui, ne dit rien et se contenta d'attendre. Elle savait que le pire était à venir.

— J'ai trouvé Parax parmi les prisonniers. Je le connaissais. J'ai demandé qu'il soit libéré. Jasaray m'a accordé sa vie. Le dernier jour, alors que Parax et moi nous préparions à rentrer à la maison, nous avons vu… nous avons vu… (Il s'assit et se couvrit le visage avec ses mains.) Je ne peux pas, murmura-t-il.

— Dis-le, Connavar. Tu as besoin de le dire.

Il prit une profonde inspiration et soupira.

— Nous sortions d'Alin lorsque nous avons vu peut-être cinq cents petits enfants keltoïs en haut d'une colline, gardés par des soldats. Nous les avons dépassés et avons franchi la colline. Peu de temps après, nous avons commencé à entendre des hurlements. Nous avons continué d'avancer. Dans une clairière, à huit cents mètres à peine de la ville, des soldats de Roc tuaient des enfants. Il y avait des centaines de cadavres : des bébés, des nouveau-nés, des nourrissons. Une énorme tombe avait été creusée. J'ai vu un homme taper un enfant contre un tronc d'arbre en le tenant par les pieds. (Sa voix mourut.) Je voulais dégainer mon épée et charger les soldats pour en tuer le plus possible. J'aurais dû le faire. Je regretterai de ne pas l'avoir fait aussi longtemps que je vivrai.

— Si tu l'avais fait, ils t'auraient tué et auraient ensuite continué de massacrer les enfants.

— Je le sais, tout comme je sais que j'avais besoin de revenir à Caer Druagh pour faire tout ce qui est en mon pouvoir afin qu'une telle horreur ne touche jamais mon peuple. Mais je ne peux pas oublier que j'ai tourné le dos à ces enfants et que je m'en suis allé. Aucun héros n'aurait fait ça. Et il y a autre chose… J'ai tué un homme à Alin, juste avant la guerre. Il avait trahi Banouin. Alors que j'étais sur le point de le tuer, un groupe d'enfants est passé devant la maison en courant. Ils riaient. Je lui ai dit que les Perdiis ne riraient bientôt plus et que j'allais faire tout mon possible pour éliminer sa tribu de la surface de la terre. Et c'est ce que j'ai fait.

— Tu t'es battu comme un guerrier, Conn. Tu n'as pas tué d'enfants. Et tu n'aurais pas pu les sauver.

— Au moins, j'aurais pu mourir pour eux.

— Peut-être qu'un jour tu le feras, murmura-t-elle. Mais je ne comprends pas. Pourquoi les ont-ils tués ?

Conn eut un rire cruel.

— Il n'existe qu'un petit marché pour les jeunes enfants. Ils ont mis de côté ceux qui étaient mignons et ont tué les autres. Plus d'un millier rien qu'à Alin. Et, aujourd'hui, où que j'aille, les gens disent : « Tiens, voilà Connavar, l'homme qui a tué le méchant roi. » Le méchant roi. (Il poussa un énorme soupir et se passa la main sur le visage.) À ma connaissance, Carac a assassiné quatre personnes : son frère, la femme de son frère, le fils de son frère et Banouin. Jasaray, le héros conquérant de Roc, en a fait massacrer des milliers. Et je l'ai aidé. Il m'a récompensé avec des étalons et six coffres remplis d'or. À présent, quand je m'endors, je vois les visages de tous ces enfants. Ils m'appellent à l'aide. Et je ne fais rien. Connavar le Héros. Connavar le Lâche, oui.

— Tu n'es pas un lâche, Connavar, et tu le sais, dit Eriatha. Et tu protégeras les enfants. Les enfants rigantes. J'ai entendu ce que tu as raconté à Ruathain et à d'autres. Un jour, les armées de Roc vont traverser l'eau. Et quand ce jour viendra, tu les affronteras. Le passé est mort et enterré. Tu ne peux pas le changer. L'avenir nous attend. Si tu avais chargé dans la clairière et tué quelques soldats, tu serais mort. Et des milliers d'autres enfants à naître auraient connu le même sort. Pense à cela.

— Mais j'y pense. Tout comme je pense à cet enfant qui a vu mes vêtements et qui a compris que j'étais Keltoï. Il a couru vers moi en me criant de l'aider. Un soldat l'a tué d'un jet de lance, qui l'a transpercé de part en part. Ce garçon me hantera tous les jours de ma vie.

— Ce n'est peut-être que justice qu'il le fasse, dit-elle doucement. Et malgré cela, tu vivras ta vie comme un homme, un homme bon. Tu n'as pas tué ces enfants et tu n'aurais pas pu les sauver. Il y a des limites aux pouvoirs d'un homme seul, fût-il un héros. Tu étais le garçon qui a combattu l'ours. À présent, tu es l'homme qui a tué le méchant roi. Et pourtant, tu n'es qu'un homme. Tu n'es pas responsable des actes de ce monde ni du mal des autres hommes. Tu comprends ? Si le passé doit te hanter, alors sers t'en. Tu ne peux pas changer le passé, mais tu peux t'en servir pour changer le futur. L'horreur dont tu as été le témoin t'a renforcé, Connavar. Elle a donné un sens à ta vie. Que les morts soient bénis. Et, à présent, va de l'avant.

Conn posa sa tête sur l'oreiller et ferma les yeux. Eriatha l'observa attentivement et vit que ses mots avaient fait mouche. Il avait l'air plus détendu. Il prit une profonde inspiration, ouvrit les yeux et lui sourit.

— Tu es très sage, lui chuchota-t-il. Et je suivrai tes conseils. (Il prit sa main et embrassa sa paume.) Je te suis reconnaissant d'être passée ce soir. Tu avais raison. J'avais besoin d'en parler. J'ai l'impression qu'une partie du fardeau a été retirée de mon âme.

— Bien. Alors, je vais te laisser. J'entends mon lit qui m'appelle.

— Reste, lui dit-il d'une voix douce.

Et elle resta.

Chapitre 13

Le paysage aux alentours de Sept-Saules était d'une beauté sauvage. Les flancs des collines étaient matelassés de bruyère bleu pâle, et les ajoncs avaient des reflets d'or sous le soleil. Conn tira sur les rênes de son poney couleur rouille en atteignant le dernier sommet surplombant la grande vallée et la mer scintillant dans le lointain.

Sept-Saules se trouvait en plein centre de cette vallée verdoyante. C'était une ville fortifiée d'environ trois cents maisons, entourée d'une vingtaine de fermes disséminées. On pouvait voir du bétail, des moutons et des chèvres, sur les collines, et des champs de blé plus loin qu'on moissonnait. Parax vint à sa hauteur.

— C'est joli, ici, déclara-t-il.

— Joli et exposé, rétorqua Connavar en montrant du doigt l'estuaire. C'est un bon endroit de débarquement pour de longs navires. Il n'y a rien pour permettre à des défenseurs de se protéger et seulement une palissade en bois autour de la ville pour contenir une force ennemie. Quelques centaines d'hommes suffiraient pour s'emparer de cette ville en une journée. (Il scruta la vallée.) Elle aurait dû être bâtie plus à l'ouest, sur l'une de ces collines plates. L'inclinaison de la pente aurait ralenti la progression d'une troupe en marche, donnant plus de temps aux archers pour réduire son nombre.

— C'est possible, convint le vieil homme. Mais ils n'ont pas été attaqués en dix ans, c'est donc qu'ils ont dû faire quelque chose de bien. Et si on descendait ? Le vent est un peu frisquet ici, et j'ai les oreilles qui gèlent.

Conn lui adressa un sourire et fit avancer son poney le long de la pente.

— Tu te fais vieux, lui cria-t-il.

— Je me fais *vieux* ? J'étais déjà vieux quand tu es né, freluquet !

Aujourd'hui, je suis un ancien, et par conséquent tu devrais me montrer un peu plus de respect.

Lorsqu'ils atteignirent le fond de la vallée, le soleil tapait si fort que Parax dut retirer son manteau, le rouler et l'attacher aux traverses en bois de sa selle. Ils croisèrent des fermiers rentrant leurs moissons. Plusieurs enfants arrêtèrent de travailler pour les regarder. Conn leur fit un geste du bras, mais ils ne lui répondirent pas.

Les portes de la ville étaient ouvertes et il n'y avait aucun garde. Les deux hommes pénétrèrent dans Sept-Saules et se dirigèrent vers le grand hall, qui se trouvait à moins d'une centaine de mètres des portes orientales.

— D'habitude, la maison du seigneur se trouve davantage au centre de la ville, remarqua Conn.

— Oui, da, mais l'endroit a dû s'agrandir avec le temps, objecta Parax. Regarde, on peut voir les restes de l'ancienne palissade à côté du cours d'eau. Ils ont dû la détruire pour en faire une plus grande.

Conn sourit.

— Rien ne t'échappe.

Ils mirent pied à terre dans un paddock contigu au hall, ôtèrent les selles de leurs poneys, et laissèrent les animaux gambader librement.

Un jeune guerrier vint à leur rencontre. Il n'était pas très grand, mais large d'épaules ; ses grands bras musclés étaient un peu trop longs pour son corps.

— Tu dois être Connavar, dit-il. Le seigneur Fiallach t'attend.

— Tu veux dire dame Llysona ?

— Peu importe, répliqua l'homme de façon laconique. Suis-moi.

— Un accueil chaleureux, murmura Parax.

Conn haussa les épaules et suivit le guerrier. Le hall était très bien éclairé, les volets des fenêtres du haut étant grands ouverts afin de laisser passer le soleil. Dame Llysona était assise en tête d'une table en forme de fer à cheval. Le géant Fiallach était assis à sa droite. La belle Tae à sa gauche. Une vingtaine de nobles occupaient les autres sièges.

— Bienvenue, Connavar, dit dame Llysona.

C'était une femme très belle, vêtue d'une robe de satin vert. Ses cheveux étaient attachés avec des fils d'or. Un torque en or ornait son cou gracile. Elle avait à peine la quarantaine. Dans sa jeunesse, elle avait dû être d'une grande beauté, et celle-ci était encore à couper le souffle aujourd'hui. Connavar s'inclina devant elle.

— Merci, dame Llysona. Cela fait du bien d'être arrivé. Je t'apporte les salutations du Grand Laird, qui espère que tu te portes bien. Il m'a demandé de t'offrir mes conseils en matière de défense face aux pillards des mers.

— Nous n'avons pas besoin de tes conseils, intervint Fiallach.

Conn l'ignora.

— Dame Llysona, je reviens tout juste d'une guerre de l'autre côté de l'eau, où j'ai vu bien des villes assiégées. Sept-Saules est très mal situé pour résister à une attaque. Mais je pourrai te faire un rapport plus précis dès que j'aurai repéré les environs.

— C'est fort aimable de ta part de prendre sur ton temps pour venir jusqu'à nous, déclara Llysona. Mais le seigneur Fiallach est un guerrier renommé et il est responsable de la défense de Sept-Saules. J'ai toute confiance en lui. Tu peux par conséquent retourner à Vieux-Chênes.

Connavar s'inclina de nouveau.

— Je suis sûr que ta confiance est bien placée. Toutefois, le Grand Laird, mon seigneur et maître, seigneur et détenteur de ces terres, m'a donné l'ordre de superviser la situation. Veux-tu donc que je retourne auprès de lui avec la nouvelle que l'on n'obéit plus à ses ordres à Sept-Saules ?

Elle eut un sourire peu convaincant.

— Aucun homme ne devrait être encouragé à désobéir aux ordres de ses supérieurs. Ce que je voulais dire, c'est que le laird n'a pas besoin de s'inquiéter de mon bien-être. Et c'est plutôt cela que tu devrais lui dire.

— Je lui ferai part de tes paroles, dame. Dès que j'aurai accompli ma mission.

— Es-tu sourd ou idiot ? gronda Fiallach. On ne veut pas de toi ici. Tu comprends mieux comme ça ?

Conn ne quitta pas dame Llysona des yeux et, lorsqu'il parla, ce fut d'une voix calme et neutre.

— Chez moi, à Trois-Ruisseaux, dame, un chien qui aboie n'est pas accepté à table. Il dérange les invités. Toutefois, si tu me dis que c'est à présent le seigneur Fiallach qui gouverne à Sept-Saules, c'est à lui que je ferai mon rapport.

Cette fois-ci, elle ne sourit pas.

— Je gouverne à Sept-Saules, mais le seigneur Fiallach est mon conseiller le plus fidèle. Et je préfère te prévenir qu'il ne fait pas bon le mettre en colère.

— Il n'est pas dans mon intention de mettre quiconque en colère, simplement donner des conseils et des instructions. Que ces conseils soient ensuite suivis ou ignorés est une affaire entre toi et tes conseillers. Quelle que soit l'issue de ma mission, je rentrerai chez moi faire un rapport à mon seigneur.

— Combien de temps te faudra-t-il ?

— Trois ou quatre jours pour le rapport initial. Ensuite, je l'ignore, dame. Cela dépendra de si l'on suit ou non mes conseils.

— Tu as quatre jours, déclara-t-elle. Farrar va te montrer tes appartements.

Elle fit un signe à l'homme aux bras simiesques qui les avait accueillis. Il se leva de table et les guida à l'extérieur, à travers la place du marché maintenant déserte, jusqu'à une petite maison ronde maladroitement bâtie. Le bois avait séché et cassé, laissant de gros trous, et le toit en chaume était délabré. Deux lits de camps avaient été installés à l'intérieur. Les deux étaient branlants et mal construits. Connavar pénétra à l'intérieur, et un rat passa entre ses jambes.

— J'espère que vous apprécierez votre séjour chez nous, leur dit Farrar avec un sourire revêche.

— Ta simple présence radieuse me suffit, lui répondit Parax.

L'homme rougit.

— Est-ce que ton serviteur se moque de moi ? demanda-t-il à Connavar.

— Il y a des chances, répliqua froidement Conn. Mais si je dois choisir entre ta compagnie et celle de la vermine qui occupe déjà cette ruine, je choisis les rats. Et maintenant, hors de ma vue.

La mâchoire de Farrar s'affaissa.

— Je ne me laisserai pas insulter par…

Conn se retourna brusquement, agrippa l'homme par le devant de sa tunique et le souleva de terre.

— Écoute bien ce que je vais te dire, crotte de chien malpolie. Tu n'as ni l'intelligence, ni la force, ni le pouvoir de m'offenser. Si tu veux me défier, fais-le. Je ne prendrai aucun plaisir à te tuer, mais je le ferai si tu m'y forces.

Il relâcha l'homme apeuré et le poussa dehors. Puis, il se retourna vers Parax.

— Nous allons dormir à la belle étoile, lui dit-il d'une voix froide où pointait la colère.

— Je ne sais pas comment tu fais, mon garçon, répliqua Parax en souriant. Je n'ai jamais rencontré quelqu'un d'aussi doué que toi pour se faire des amis. Un jour, il faudra que tu m'enseignes ta méthode. (La colère de Conn s'évapora et il sourit.) Enfin, nous pouvons rendre cet endroit habitable.

Les couvertures dans la hutte étaient infestées de poux, et Conn refusa d'y toucher. Ils allèrent en ville, et Conn acheta de nouvelles couvertures, un balai, plusieurs assiettes en bois, une poêle en cuivre, un gros morceau de bacon, plusieurs petits sacs d'avoine et du sel. À leur retour dans la hutte, les deux hommes jetèrent les deux lits dehors et les couvertures avec. Parax balaya la paille pourrie qui traînait sur le sol et prépara un feu.

Conn sortit et contempla le tas de meubles et d'ordures qu'ils avaient dégagés. Il vit Tae sortir du hall pour venir vers lui. Elle regarda l'amoncellement.

— Je suis désolée, fit-elle. C'est exécrable. Ma mère est furieuse que père nous ait envoyé quelqu'un pour nous cravacher, et Fiallach n'a pas oublié que tu l'as humilié.

— J'espère que tu n'auras pas de problèmes pour nous avoir parlé, lui dit-il froidement.

— Ce n'est pas grave. Est-ce que tu veux que je te fasse visiter la région, demain ?

— J'aimerais beaucoup.

Elle lui sourit.

— J'aimerais que tu me dises que tu as accepté la mission du laird parce que tu avais envie de me revoir.

— Je peux te le dire parce que c'est vrai. Tu as été présente dans mon esprit depuis la nuit où nous avons dansé.

— Moi aussi, j'ai pensé à toi, répliqua-t-elle.

Puis, elle fit volte-face et repartit en courant vers le hall. Parax sortit de la hutte.

— Une gentille fille, déclara-t-il. Elle fera une bonne épouse pour Fiallach.

Conn sentit ses poils du cou se hérisser, mais il regarda Parax et vit que celui-ci souriait à pleines dents.

— Tu vois trop de choses, rétorqua-t-il.

— Et je ne suis pas le seul.

Parax inclina sa tête vers le hall. Fiallach était debout sur le seuil et les regardait.

— Fais attention à lui, mon garçon, le prévint Parax. C'est un tueur.

Lorsque la nuit tomba, Conn et Parax s'assirent devant un petit feu fait dans un cercle de pierres, qui leur servait également de lumière à défaut de lanternes.

— Pourquoi se conduisent-ils d'une manière aussi désagréable ? s'enquit Parax. Vous êtes pourtant de la même tribu.

— Nous sommes pris entre deux maux, lui expliqua Conn. Tout d'abord, les mauvais sentiments qui existent entre dame Llysona et le laird. Il l'a trompée, à ce qu'on dit, et sa réponse fut de venir habiter à Sept-Saules. Elle aurait pu mettre fin au mariage, mais cela l'aurait laissée sans pouvoir ni revenu. Il est donc normal qu'elle essaie de faire échouer les projets du laird. Ensuite, il y a Fiallach. Cet homme est une brute épaisse. Je l'ai regardé se battre. Il a cruellement tourmenté son adversaire. Et il n'a aucune affection pour moi. Étant donné qu'il est le principal conseiller de Llysona, il y a peu d'espoir qu'ils collaborent avec nous.

— Alors, pourquoi rester ?

— J'aime terminer ce que j'ai commencé, mon ami, répondit Conn avec un sourire.

— Il y a une autre raison, suggéra Parax.

— Oui, da. Est-ce que tu la trouves belle ?

— Je trouve que toutes les femmes sont belles, surtout les grosses. Mais pas trop grosses, quand même. Bien en chair. Oh ! oui, et puis aussi celles avec des yeux noirs et des lèvres charnues. Chaleureuses. Elles doivent être chaleureuses. J'ai épousé une grosse bonne femme à Alin. Une joie de tous les instants. (Parax soupira.) La peste l'a emportée il y a deux ans. J'ai jamais trouvé une femme qui lui arrive à la cheville.

— Tu as arrêté de chercher ?

— Il ne faut jamais abandonner, mon garçon ! répliqua le vieil homme. Le seul problème, c'est que les jeunes femmes n'ont pas envie d'un vieux hibou décati comme moi. Sauf, évidemment, si je devenais riche. Les hommes riches ne sont jamais trop vieux aux yeux des femmes. Enfin, il y a peu de chance que cela arrive un jour.

Parax rajouta du combustible dans le feu et regarda la fumée monter en spirale jusqu'à la petite ouverture au centre du toit en dôme. Une puce lui mordit le bras. Parax l'attrapa adroitement entre son pouce et son index et la jeta dans le feu.

— Demain, nous ferions bien de chercher un meilleur endroit pour dormir, déclara-t-il.

— J'en ai bien l'intention. Banouin, un de mes vieux amis, m'a dit qu'un de ses camarades vivait non loin d'ici. Il s'appelle Phaeton. C'est un marchand. Demain je partirai à sa recherche.

Conn s'allongea à côté du feu et ramena une couverture sur ses épaules. Le visage de Tae flotta un instant dans son esprit, puis il dormit comme un loir.

Parax le réveilla juste après l'aube. Le vieil homme avait l'air embêté.

— Qu'y a-t-il ? s'enquit Conn.

— Ils nous ont volé nos poneys.

Conn s'assit.

— Ces bêtises vont s'arrêter aujourd'hui même, déclara-t-il.

— Nous retournons à Trois-Ruisseaux ?

— Ce n'est pas ce que je voulais dire.

Conn enfila ses bottes, ceignit son baudrier avec l'épée et le couteau, et sortit de la hutte. Il avait un peu plu pendant la nuit, juste ce qu'il fallait pour nettoyer un peu les bâtiments et rafraîchir l'air. Parax le rejoignit.

— Où sont-ils ? lui demanda Conn.

— J'ai suivi leur piste jusqu'à un champ à huit cents mètres d'ici. Il y a trois hommes en tout. Trois hommes armés.

— Montre-moi.

Alors que les deux compagnons se mettaient en route, Tae arriva à cheval. Elle portait une chemise en cuir marron ainsi qu'un pantalon et des bottes assorties.

— Où sont vos poneys ? demanda-t-elle naïvement.

— Nous allions justement les chercher, lui répondit Conn en se forçant à sourire. Nous serons de retour d'ici une heure.

Tae conduisit son poney au paddock et mit pied à terre. Elle laissa la bête et courut rejoindre les deux hommes.

— Il s'agit manifestement d'une mauvaise plaisanterie, leur dit-elle. Je suis désolée.

— Ce n'est pas de ta faute, répliqua Conn. Mais il serait préférable que tu ne sois pas là lorsque nous retrouverons les voleurs.

— Dis-moi où ils sont et j'irai les chercher, proposa-t-elle. Ainsi il n'y aura pas de problèmes.

— C'est trop tard pour cela, lui expliqua Conn. (Il ralentit le pas, s'arrêta et se retourna.) Es-tu fiancée à Fiallach ?

— Non.

— Bien. Enfin quelque chose qui me remonte le moral. À présent, je t'en prie, laisse-nous.

— Tu ne vas tuer personne, dis ?

— Est-ce que j'ai l'air d'un sauvage ?

— Il y a une part de toi qui est sauvage, Connavar.

— Oui, da, c'est vrai. Mais il y a aussi une partie plus douce. Et j'espère pouvoir te la montrer un jour.

Il s'éloigna alors d'elle et continua son chemin en compagnie de Parax. Ils atteignirent finalement un grand pâturage et une clairière plus loin. Les poneys étaient là, attachés à un poteau, mais il y avait aussi trois hommes, dont Farrar, assis sur une couverture en train de jouer aux osselets.

Ils levèrent la tête à l'approche des deux hommes et se mirent debout.

Farrar alla à la rencontre de Conn.

— Tes poneys s'étaient…

Mais il n'eut pas le temps de finir.

Conn lui assena un direct du gauche en plein visage, qui lui fit éclater les lèvres, aspergeant son visage de sang. Une droite s'abattit ensuite sur lui, le clouant au sol. Un des deux autres sortit un couteau, mais Conn vint au contact et lui décocha une manchette qui lui fit lâcher son arme. Puis, il lui balança une bonne droite, qui l'envoya rouler dans l'herbe. Le troisième homme recula.

— Je ne faisais que passer, dit-il. Je n'ai rien à voir avec la raison de ton courroux.

— Alors, va-t'en vite, lui dit Conn.

L'homme ne se fit pas prier et s'en alla à toutes jambes. Il y avait une grange non loin. Conn s'y rendit et revint avec deux cordes. Il s'approcha des deux hommes assommés et leur attacha les mains dans le dos.

— Et maintenant ? s'enquit Parax.

— Maintenant ? La fête va commencer, déclara froidement Conn.

Farrar poussa un grognement. Conn le hissa sur ses pieds.

— Réveille l'autre, ordonna-t-il à Parax.

Le vieil homme s'agenouilla devant l'homme et le secoua plusieurs fois.

— Il va dormir pendant des semaines, fit-il. Je crois que tu lui as brisé la mâchoire.

— Il y a un puits derrière la grange. Va chercher de l'eau et asperge-le.

— Fiallach te tuera pour ça, cracha Farrar entre ses lèvres ensanglantées.

Conn l'ignora et attendit le retour de Parax et du seau d'eau. Ce dernier le vida sur la tête du Keltoï toujours inconscient qui finit par se réveiller. Parax l'aida à se mettre debout. Étourdi, il vacilla plusieurs fois, mais tint finalement sur ses pieds.

— À présent, allons au hall, déclara Conn en enfourchant son poney.

Comme ils traversaient la ville, une foule commença à se rassembler, et lorsqu'ils atteignirent le grand hall, la nouvelle était déjà parvenue aux oreilles de dame Llysona, qui attendait sur la place, Fiallach à ses côtés.

— Que signifie ceci ? demanda-t-elle froidement.

Conn se laissa glisser de son poney et s'inclina respectueusement.

— Je suis malheureusement porteur de mauvaises nouvelles, dame. Ces hommes ont volé nos poneys et je les ai capturés. Comme tu le sais, la peine pour un tel délit est la mort par pendaison. Néanmoins, comme me l'autorise mon statut de libre Rigante, je demande un jugement par combat à mort. Je vais tuer ces deux hommes, et le problème sera clos.

— Tu ne vas tuer personne, espèce de fils de pute ! gronda Fiallach.

— Oh, si, répondit Conn tranquillement, car c'est la loi keltoïe, et personne - pas même toi, espèce de porc arrogant, ni la dame que tu sers - ne peut s'y opposer.

— Par Taranis, c'est moi qui vais te tuer, rugit le géant.

— J'accepte le défi, répondit Conn que la colère commençait à gagner. Dès que j'aurai tué ces deux-là, je me rendrai disponible pour toi. Et j'espère que tu te bats mieux avec une épée qu'avec tes poings, car tu es vieux et lent, et je vais te tailler en pièces.

La force de sa furie rejaillit sur tout le groupe, et un silence s'abattit. Conn retira son manteau, le plia et le lança à Parax. Puis, il dégaina son épée seidhe et fit un pas en arrière, fendant l'air avec la lame dans une série impressionnante d'arcs de cercle scintillants afin de s'assouplir les épaules. La vitesse de ses mouvements était éblouissante, et aucun homme présent ne manqua d'apprécier combien ce jeune guerrier était dangereux. Parax jeta un coup d'œil à Fiallach et vit qu'il commençait à douter. Comme pugiliste il avait beaucoup de talent, mais Conn avait raison. Il était trop lourd des bras et des épaules pour être rapide avec une arme.

— Coupe les liens du premier, Parax, déclara Conn.

— Non ! cria dame Llysona d'une voix empreinte de panique. Il n'y aura pas de tuerie. Tout cela va trop loin. Ne peux-tu pas accepter, Connavar, que le… la disparition de tes poneys n'était pas un vol mais simplement une farce de mauvais goût ?

— Je vois, répondit-il froidement. Le même genre de farce qui place les serviteurs du Grand Laird dans une hutte infestée de poux avec, pour compagnie, des rats.

— Le même genre, convint-elle. Repartons à zéro, Connavar. Je vois que je t'avais mal jugé. La faute est mienne. Ne pouvons-nous pas recommencer depuis le début ?

Conn rengaina son épée et prit le manteau des mains de Parax. Puis, une fois de plus, il s'inclina respectueusement.

— Avec joie, fit-il en jetant un regard à Fiallach dont le visage était devenu blême de colère.

Le jeune guerrier sortit sa dague et coupa les cordes qui maintenaient les deux hommes.

— As-tu déjeuné ? lui demanda Llysona.

— Pas encore, dame Llysona.

— Alors, ton serviteur et toi pouvez nous rejoindre dans le hall.

Llysona fit volte-face et disparut derrière les portes.

Fiallach s'approcha de Conn.

— Ne crois pas que c'est fini, siffla-t-il. Tu es à moi. Par tous les Dieux, j'en fais le serment.

Puis, il suivit sa dame à l'intérieur.

— Tu n'es peut-être pas doué pour te faire des amis, murmura Parax, mais, par les Dieux, tu n'as pas ton pareil pour te faire des ennemis.

Tae chevauchait admirablement. La jument blanche répondait instantanément à chacune de ses pressions délicates sur les rênes ou à ses mouvements de selle.

— Il est très bien dressé, fit remarquer Conn alors qu'ils franchissaient la dernière colline, en direction des falaises qui surplombaient la mer. Est-ce que tu l'as dressé toi-même ?

— Non. Mon cousin Legat dresse toutes nos montures. Il sait s'y prendre avec les poneys. Je jurerais qu'il parle leur langage. Jamais ni fouet ni bâton. Il leur parle, et on dirait qu'ils le comprennent.

— On disait la même chose de mon père, déclara Conn en gravant dans un coin de sa mémoire le nom du jeune homme.

Il aurait besoin de dresseurs de chevaux pour ses nouveaux troupeaux.

Une brise fraîche se leva, en provenance de la mer. Les cheveux bruns de Tae se mirent à flotter comme un pavillon noir, révélant son long cou gracile. *Comme un cygne*, pensa-t-il aussitôt, *un cygne majestueux*.

— Allons nous mettre à l'abri des arbres, dit-il. Nous y attacherons les poneys avant de visiter les alentours.

La frondaison des arbres arrêtait le vent. Ils mirent pied à terre, et Conn retourna au bord de la falaise. Il descendit la paroi jusqu'à un piton rocheux où il put s'asseoir. De là, il apercevait au loin le fleuve et son estuaire. Il y avait bien des endroits où débarquer le long du rivage. Tae le rejoignit et il s'abreuva à la beauté de sa démarche, grande et fière, douée d'une grâce inconsciente.

— C'est magnifique, ici, déclara-t-elle. C'est l'un de mes endroits préférés.

— Oui, da, magnifique, répondit-il.

Puis, il tourna la tête et contempla l'eau scintillante, en contrebas.

— À quoi penses-tu ?

— Je vois de longs vaisseaux qui viennent du large pour s'échouer sur nos côtes. Le terrain est en pente à l'ouest, et le seul avertissement que les gens de Sept-Saules recevront sera lorsque le premier Pillard franchira la crête à moins de deux kilomètres de la ville.

Il scruta les collines et retourna aux poneys. Ils chevauchèrent le long des falaises, qui grimpaient légèrement en direction du sud. Finalement, ils atteignirent un point surélevé d'où ils pouvaient apercevoir la palissade.

— Il devrait y avoir ici une tour avec des gardes en permanence. Et par là, un feu d'alerte toujours prêt. Pendant la journée, il faudrait l'arroser d'huile... Comme cela, on apercevrait la fumée depuis la palissade. On gagnerait trois fois plus de temps pour se préparer.

— Oui, tout à fait, convint-elle. Mais les pillards n'ont pas débarqué une seule fois dans la région ces dix dernières années. C'est une attente plutôt longue pour ceux qui seraient dans la tour.

Elle sourit tout en prononçant ces mots.

— C'est à ni rien comprendre, dit-il. La rivière rétrécissant un peu plus au nord, il n'y a pas beaucoup d'endroits pour accoster et encore moins de villages à piller. Pourtant, ce sont eux qui ont été attaqués ces deux dernières années. Cela n'a pas de sens.

— Peut-être que les Seidhs nous aiment bien, suggéra-t-elle.

— Manifestement.

Ils repartirent en direction de l'est et mirent pied à terre à l'orée d'un petit bois qui surplombait la palissade.

— Je ferai bâtir une tour à chaque coin, et j'y placerai des archers. Je ferai également creuser un grand fossé tout autour de la ville, et j'y ferai planter des pieux taillés en pointe.

— J'ai une question, intervint-elle.

— Je t'écoute.

— Est-ce que tu aurais réellement tué Farrar et les autres, ou n'était-ce qu'un plan ingénieux pour obliger mère à entendre raison ?

Cette question l'inquiéta. Il avait déjà compris que Tae était une douce nature et il ne voulait pas qu'elle pense du mal de lui. La façon dont elle avait formulé la question lui offrait une échappatoire, mais il n'avait pas envie de lui mentir.

— Je les aurais tués, affirma-t-il. Mais c'est vrai que j'espérais que ta mère intervienne. (Il lut la déception sur son visage.) Je suis désolé, Tae.

— Est-ce donc si facile de tuer ? s'enquit-elle. Il me semble que toute vie est précieuse. Farrar a une femme et deux enfants en bas âge. Il les adore et c'est réciproque. Il peut être pompeux et condescendant, mais au fond c'est un homme bon et doux. Et pourtant, tu l'aurais tué pour t'avoir privé un instant de ton poney.

— Je comprends que cela puisse se résumer à cela, admit Conn.

— Pour une femme, tu veux dire ?

— Pour quelqu'un de doux et gentil, répliqua-t-il. Je suis jeune et j'ai encore beaucoup à apprendre. Si j'avais été plus sage, j'aurais sans doute pu me sortir de cette situation sans menaces. Néanmoins, en l'état des choses, personne n'est mort et ma mission continue. Je ne suis pas un homme maléfique, Tae. Je ne cherche pas la mort de mes frères rigantes.

Il la vit se détendre.

— Parlons d'autre chose que de la guerre, dit-elle. Profitons plutôt de la beauté du ciel, des merveilles rageuses de la mer ou de la majesté du soleil levant. Parlons comme deux personnes appréciant la compagnie de l'autre. Tu m'as promis un aperçu de ton cœur tendre, Connavar. Je me demande quand je pourrai enfin le voir.

— Est-ce que tu veux que je te présente mes hommages, Tae ?

— Les femmes apprécient toujours les compliments. Du moins, tant qu'ils sont sincères.

Il resta silencieux un moment et continua de scruter les collines avoisinantes.

— Tu penses de nouveau à la guerre, le taquina-t-elle.

— Pas du tout. Je pensais à toi. À dire vrai, je n'ai pas pensé à grand-chose d'autre depuis la première fois où nous nous sommes rencontrés. Quand je ferme les yeux, la nuit, je vois ton visage. Et tu es ma première pensée lorsque je me réveille. C'est très… gênant.

Il se tourna vers elle et s'approcha. Elle ne recula pas, mais pencha sa tête en arrière, dans l'attente d'un baiser. Quand ils entendirent un cheval approcher. Conn se dirigea vers le son. Parax grimpait la pente. En apercevant le jeune guerrier, il le salua du bras et lança son cheval au galop dans sa direction.

— Il faut que nous parlions, décréta le chasseur.

— Cela ne peut pas attendre ?

Le vieil homme aperçut Tae qui était debout près des arbres. Il se laissa glisser de selle.

— Oui, da, ça peut attendre. Mais écoute quand même. Tu as dit qu'il n'y a pas eu de razzia ici en dix ans.

— Oui.

— Alors, pourquoi est-ce que j'ai trouvé les traces d'un long navire qui aurait accosté ici il y a moins de deux jours ?

— Tu es certain qu'il s'agit d'un long navire et pas d'un bateau de pêche ?

— Peut-on confondre les excréments d'un rat avec ceux d'un cheval ? répondit sèchement Parax.

— Tu es chatouilleux, aujourd'hui, vieil homme.

— Oui, da, eh bien, sans doute que je ne suis pas sous le charme d'une jolie fille. Enfin bon, il y a autre chose. Des hommes sont descendus de ce navire. Peut-être une vingtaine. Difficile à dire. Un cavalier de Sept-Saules est allé à leur rencontre. Il monte un poney avec un fer ébréché. Et puis le navire est reparti.

— Montre-moi cela, lui demanda Conn.

Quelques minutes plus tard, ils chevauchaient tous les trois en direction du rivage. Conn vit tout de suite la grande trace laissée par la coque dans le sable et les empreintes de pas de chaque côté, laissées par les guerriers qui avaient sauté à terre pour venir tirer le navire. Plus loin, ils découvrirent les restes d'un feu de camp.

— Qu'est-ce que cela signifie ? demanda Tae.

Conn haussa les épaules. Il ne lui avait pas parlé du cavalier.

— Un long navire a accosté ici il y a plusieurs nuits. C'est tout ce que nous savons. Peut-être étaient-ce des éclaireurs. C'est assez difficile à dire.

Ils retournèrent à Sept-Saules en silence. Après lui avoir demandé où se trouvait la maison de Phaeton, Conn fit ses adieux à Tae.

Lorsque Conn et Parax arrivèrent sur les lieux, le marchand était chez lui.

C'était un homme entre deux âges, assez grand, aux cheveux blonds grisonnants et au sourire facile.

— Banouin me parlait souvent de toi, confia-t-il à Conn. C'est un plaisir de faire ta connaissance. Entrez, tous les deux, je vais demander à ma cuisinière de vous préparer quelque chose. Il va falloir que je fasse preuve de doigté, car c'est une femme acariâtre qui gouverne cette maison avec une poigne de fer.

— C'est ta femme ? s'enquit Parax.

— Non. Je l'ai engagée il y a cinq ans. C'est une bonne cuisinière et une sacrée femme de ménage. Mais elle m'en veut, parce que je vends pour partir dans le sud.

Les trois hommes entrèrent à l'intérieur. Vue de l'extérieur, la maison ressemblait à presque toutes les autres habitations avoisinantes. Toutefois, à l'intérieur, elle était conçue comme une villa. Les murs en bois étaient recouverts de grès peint en blanc, et le sol était décoré d'une mosaïque en faïence verte et noire. Le mobilier était très cher et d'origine étrangère – des divans en peau de bête au lieu de simples fauteuils – et les tapis étalés sur la mosaïque arboraient un unique motif de fleurs délicates et de dragons d'or virevoltant. Une grosse bonne femme dans la trentaine sortit de la cuisine pour les toiser méchamment.

— Tu n'avais pas dit que tu aurais de la compagnie, déclara-t-elle.

— Ma chère Dara, je n'avais pas la moindre idée que j'aurais des invités. Voici Connavar et Parax. Ce sont les amis d'un ami.

— Et à tous les coups ils vont vouloir manger.

— Sans vouloir abuser de ta bonté, répondit Phaeton.

D'un hochement de tête, Dara repartit dans la cuisine. Phaeton avait l'air soulagé.

— Vous feriez mieux de retirer vos chaussures, les gars. Si jamais il y a une trace de boue sur le sol, cela va faire toute une histoire.

Dara cuisina un très bon repas composé de jambon rôti, d'œufs frais et d'une tarte épicée aux pommes douces. Puis, elle passa un manteau autour de ses épaules et leur souhaita une bonne nuit avant de quitter la maison.

Phaeton se détendit.

— Comme je vous l'avais dit, c'est une bonne cuisinière.

— Une grosse femme, fit rêveusement Parax. Est-elle mariée ?

— Son mari est décédé il y a deux ans. Il était plus âgé qu'elle. Son cœur a lâché.

— Ça ne me surprend pas, confia Parax. Il devait falloir beaucoup d'efforts pour la satisfaire.

Phaeton gloussa.

— Ce n'est pas une image que je voulais avoir à l'esprit, dit-il. Je ne crois pas que je pourrai dormir cette nuit. Enfin, nous avons une chambre d'amis. Vous êtes les bienvenus si vous désirez rester plusieurs jours. Après cela, le nouveau propriétaire emménagera.

— Pourquoi quittes-tu Sept-Saules ? lui demanda Conn.

— Sept-Saules est un endroit agréable, et je m'y plais bien. Mais depuis les guerres de Roc, le marché du bétail et du grain s'est effondré. Je ferai de meilleures affaires dans le sud. La capitale norviie est devenue un port florissant.

De plus en plus de navires y accostent, depuis que les mines de Montagne-Brisée sont exploitées. Je pars dans quatre jours.

— En toute honnêteté, j'aurais bien besoin d'un bon lit, admit Parax.

Phaeton lui indiqua une grande chambre pourvue de trois lits. Parax le remercia et le marchand retourna dans la pièce principale.

— J'ai été navré d'apprendre ce qui est arrivé à Banouin, déclara Phaeton en versant un gobelet de vin à Conn puis un autre pour lui. C'était un homme bien, l'un des meilleurs.

— Oui, da.

— Il m'a aidé à monter mon commerce. Il m'a prêté une centaine de pièces d'or. J'avais fini de le rembourser l'an dernier. Il ne se plaignait jamais, même quand le commerce n'était pas bon et que je ne pouvais pas payer. Les hommes comme lui sont rares. Malheureusement, les hommes comme Diatka sont monnaie courante. J'ai cru comprendre que tu l'as tué de façon douloureuse.

— Que peux-tu me dire sur Sept-Saules ? demanda Conn en ignorant la question du marchand.

— Cela dépend de ce que tu souhaites savoir.

— Est-ce une ville riche ?

Phaeton haussa les épaules.

— Encore une fois, cela dépend de ce que tu entends par riche. Ici, la terre est fertile. Il y a de la nourriture en abondance, du bétail, des moutons. Peu d'argent, à l'exception des festins, lorsque le marché du bétail bat son plein. Il y a une vieille mine d'argent, au nord, mais la plupart du minerai est expédiée à l'hôtel de la Monnaie à Montagne-Brisée, à environ cent vingt kilomètres d'ici. Et très peu revient à Sept-Saules.

— Est-ce que tu sais pourquoi je suis ici ?

— Dara m'a dit que tu étais là pour superviser nos défenses en cas de razzia. Est-ce exact ?

— Oui.

— Nous n'avons pas eu de razzia depuis…

— Dix ans, je sais. C'est étrange, non ?

— « À monture donnée, on ne regarde pas la denture », mon ami. Il n'y a pas grand-chose pour eux, ici. Ils ne peuvent pas emporter le bétail ou le grain. Il est préférable – du moins cela l'était dans le temps – de piller Montagne-Brisée, où il y a une trésorerie, voire plus au sud encore, où se trouvent les centres de commerce.

— Tu as sans doute raison, dit Conn. Pourtant, les Loups des mers font également des razzias pour les femmes, et il y a de nombreuses jeunes femmes à Sept-Saules.

— C'est vrai. Et cinq Filles de la Terre qui iraient chercher un prix exorbitant sur les étals des esclavagistes de Roc. Sans parler des rançons. (Phaeton se mit soudain à sourire.) Néanmoins, jeune Connavar, je pense que tes problèmes se trouvent plus près de chez toi. On dit que tu t'es fait un ennemi de Fiallach.

Conn haussa les épaules.

— C'est une brute et je ne l'aime pas.

— Oui, c'est une brute, et puissante en plus. Je n'aimerais pas l'avoir comme ennemi. Peut-être que son mariage avec Tae adoucira sa nature sauvage.

— Je n'y compterais pas, affirma Conn. J'ai l'intention de l'épouser moi-même.

— Eh bien, les jours à venir promettent d'être passionnants, fit remarquer Phaeton. Quel dommage que je ne sois pas là pour voir ça.

Conn patrouilla la région trois jours de plus et ne vit que très rarement Tae. Il l'aperçut une fois en compagnie de Fiallach, et une autre fois alors qu'il chevauchait loin vers l'ouest, mais elle ne s'était pas approchée de lui. Il ne comprenait pas. Le premier matin, dans les bois, ils avaient été si près de quelque chose. En tout cas, c'est ce qu'il pensait. Et voilà qu'il n'en était plus aussi sûr.

Phaeton était parti le matin même, emmenant avec lui un convoi d'une vingtaine de poneys portant ses marchandises. Conn lui avait souhaité bonne chance pour son voyage et s'était rendu dans le grand hall pour faire son rapport final à dame Llysona. Trois chaises avaient été disposées les unes à côté des autres, et dame Llysona, vêtue d'une grande robe bleu sombre, était assise sur celle du milieu. Fiallach et Tae, habillés tous les deux en costume d'équitation, l'encadraient. Fiallach avait l'air calme, et sourit même à l'approche de Conn. Tae gardait la tête baissée et évitait de le regarder. Conn s'inclina devant dame Llysona et lui fit son rapport et ses recommandations.

Ils l'écoutèrent sans l'interrompre et lorsqu'il eut fini, dame Llysona le remercia pour sa diligence et lui promit de réfléchir sérieusement à tout ce qu'il avait dit. Fiallach ne fit aucun commentaire, et Tae ne croisa toujours pas son regard.

C'était une façon étrange de terminer sa mission, à la fois plate et ingrate.

— Tu vas donc nous quitter, aujourd'hui ? s'enquit dame Llysona.

— Dès que Parax sera revenu, dame.

— Que les dieux t'accordent un bon voyage de retour.

Conn s'inclina une nouvelle fois et sortit au soleil. Tae ne l'avait pas regardé une seule fois en face ; il avait du mal à contrôler sa colère. Comme Parax ne revenait toujours pas, son humeur ne s'améliora pas. Le traqueur était parti de bonne heure, comme tous les matins, à la recherche d'un quelconque signe du poney au fer fendu. Parax avait essayé de le pister depuis le rivage jusqu'à Sept-Saules, mais un troupeau de bétail avait traversé la piste, et la terre avait été complètement retournée. Conn comprenait à quel point l'échec devait agacer un traqueur de son acabit, mais cela n'avait plus d'importance à présent, et il avait hâte de quitter ce village.

À midi, sa frustration l'emporta, et il laissa un message à Dara, la grosse femme de ménage, afin qu'elle dise à Parax qu'il était parti vers l'est et qu'il était libre de le suivre à sa guise. Tae n'avait pas daigné venir lui faire ses adieux, et, pour Conn, c'était la goutte finale qui venait faire déborder le vase de grossièretés dont il avait fait l'objet à Sept-Saules. Il essaya de l'oublier et pensa que partir l'aiderait. Mais une heure plus tard, alors qu'il campait dans les bois supérieurs surplombant le village, il ressassait encore et toujours leur dernière rencontre. Avait-il dit quelque chose qui l'avait l'offensée ? Il n'arrivait pas à s'en souvenir.

Le vent était de plus en plus froid. Comme il s'ennuyait, il alluma un feu. Mais au nom de Taranis, où était donc Parax ?

Des nuages d'orage défilèrent dans le ciel de l'après-midi, apportant avec eux le froid et les ténèbres. Les flammes jetèrent des ombres sur le vieux tronc d'un gros chêne. Conn cligna des yeux. Un effet de lumière donnait l'impression que l'écorce tremblait et se détendait.

Soudain, des traits apparurent dans le bois. Le visage d'un vieil homme se forma, avec une longue barbe et des sourcils broussailleux.

— Tu n'es pas en paix, Connavar, déclara une voix profonde et sépulcrale.

Conn devina aussitôt qu'il s'agissait du Thagda, le Vieil Homme de la forêt et plus puissant de tous les Seidhs. Il n'aurait pas dû avoir peur, car le Thagda l'avait sauvé en territoire perdii. Et puis, il lui avait offert sa première arme. Pourtant, le cœur de Conn se mit à battre de plus en plus vite, et la volonté de s'enfuir emplit son esprit.

L'arbre trembla et gonfla, et un bras en bois puis une jambe sortirent de l'écorce. La silhouette poussa un grognement et s'extirpa du tronc. Sa barbe était faite de mousse, son manteau de grosses feuilles de lierre, et son pantalon et sa tunique étaient un mélange d'écorce et de glands. Ses traits étaient polis comme pouvait l'être du chêne ancien, et ses yeux avaient le vert des feuilles d'été. Il s'éloigna du feu et s'étira.

— C'étaient autrefois les bois des Seidhs, déclara le Thagda. Le monde entier était Seidh. Nous le nourrissions et nous y abreuvions. Puis vint l'homme. La magie a presque disparu de ces bois à présent. Il n'y a que les chênes qui s'en souviennent encore. Les chênes ont la mémoire longue, mon enfant. Où te rends-tu donc, Épée de l'orage ?

— Chez moi, dans ma maison.

— Maison, fit la grosse voix en faisant rouler le mot tant et si bien qu'il parut durer une éternité. J'ai toujours aimé le goût de ce mot dans ma bouche. Il y a toujours de la magie dans ce nom : maison. Tu l'as ressenti toi aussi lorsque tu étais sur le champ de bataille et que tu pensais à Caer Druagh. Il n'y a que dans sa « maison » que notre âme peut trouver le repos. (L'homme-arbre resta immobile un instant et le vent bruissa dans les feuilles de ses vêtements.) Est-ce que tu peux le sentir dans le vent, Connavar ?

— Sentir quoi ?

— Concentre-toi. Laisse ton esprit goûter l'air.

Conn prit une profonde inspiration. Il sentait les bois, l'écorce mouillée, les feuilles pourrissantes. Rien de plus. Et alors qu'il allait demander au Thagda ce qu'il était censé goûter dans l'air, il perçut l'odeur de l'iode, des algues sur la plage. Il entendait presque le cri des mouettes, les grincements du bois et le claquement des voiles. C'était une expérience étrange.

— Nous sommes pourtant loin de la mer, fit-il remarquer.

— L'homme n'est jamais loin de la mer, répliqua le Thagda. Où se trouve ton amoureuse ?

La question le surprit.

— Je n'ai pas d'amoureuse.

— Regarde dans ton cœur. L'amour est l'une des rares vertus de votre race assoiffée de sang, Connavar. Il ne part pas en quelques battements de cœur. L'amour perdure. Je vais donc te reposer la question : où se trouve ton amoureuse ?

— À Sept-Saules, admit Conn. Elle ne m'a même pas dit au revoir.

— Il est étrange qu'un homme capable d'affronter un ours ou de défier une armée ne puisse demander à son amoureuse de marcher avec lui jusqu'à l'arbre.

— Je le lui aurais demandé si elle m'avait donné un signe qu'elle souhaitait que je le fasse.

Le Thagda partit dans un rire fait de gargouillis.

— Combien de signes te fallait-il ?

Conn sentit la colère monter en lui.

— Es-tu venu me tourmenter ?

— Pas le moins du monde, répondit le Thagda. Mes jours sont suffisamment occupés pour ne pas m'adonner à de tels passe-temps. C'est tout simplement que je t'ai observé depuis que tu es entré enfant dans les bois, criant mon nom. Si je me souviens bien, tu voulais que je jette un sort sur tes parents.

— Oui, da, mais tu ne l'as pas fait, fit remarquer Conn.

— Qui sait ? Ne sont-ils pas de nouveau ensemble ? Et plus amoureux que jamais ? Vous, les humains, vous êtes si impatients. Mais peut-être est-ce naturel pour une race qui vit des vies mesurables en battements de cœur.

Le vent murmura de nouveau contre son manteau de lierre, faisant bruisser les feuilles.

— Pourquoi es-tu venu me voir ? s'enquit Conn.

— Autant que je me souvienne, c'est toi qui es venu me voir. Tu as laissé ton amoureuse à Sept-Saules, tu as galopé jusqu'à cet endroit tranquille, et as dérangé ma fraternité avec le chêne. Tu as choisi cet endroit avec ton cœur, Connavar. Car ton cœur savait où je me trouvais. Nous sommes liés par l'esprit depuis que tu as sauvé le faon. La question est : « Pourquoi ton cœur t'a-t-il amené ici ? » Que cherches-tu donc ?

— Je ne savais pas que je cherche quelque chose.

— Peut-être parce que tu es toujours furieux après Tae pour ne pas t'avoir adressé la parole. La colère peut s'avérer utile, mais la plupart du temps, elle crée une brume qui nous cache la vérité. Quelle est la question à laquelle tu tentes désespérément de répondre depuis quelques jours ?

— Je me demande pourquoi un long navire a accosté dans la baie, et qui est venu à sa rencontre. Et pourquoi.

— Et quelle réponse as-tu trouvée ?

— Aucune. Les Loups des mers font des razzias pour piller ce qu'ils peuvent emporter. De l'or et de l'argent. Parfois des femmes. Il n'y a pas beaucoup d'or à Sept-Saules.

— Mais il y a une grande richesse, du moins selon vos critères humains, déclara le Thagda.

— Je ne comprends pas.

— Qui est le laird le plus riche des Rigantes ?

— Mon seigneur et maître. Il possède trois mines, deux d'argent et une d'or.

— Et, d'après toi, qu'est-ce qui a le plus de valeur à ses yeux ?

— Comment le saurais-je ?

— Réfléchis.

— Est-ce que tu ne peux pas plutôt me le dire ?

— Le chêne m'appelle, répliqua le Thagda.

Posément, il se retourna et repartit vers l'arbre, où sa forme fusionna de nouveau avec l'écorce. Comme il disparaissait, sa voix flotta dans les airs :

— Viens dans le Bois de l'Arbre à Souhaits la nuit de Samain. Nous parlerons davantage.

Conn s'assit devant le feu pour essayer de démêler ce qui avait été dit pendant cette entrevue. Loups des mers. Or. Valeur. Des bribes de conversation flottèrent dans son esprit comme une fumée de bois, enivrante et pourtant sans substance. C'est alors qu'il entendit un cavalier galoper sur la piste. Il se leva et appela Parax. Le vieil homme pénétra dans le campement et descendit de selle.

— Qu'est-ce qui t'a retenu ?

— Le cheval avec le fer ébréché. Je l'ai trouvé.

— Raconte.

— C'est celui du marchand, Phaeton.

— Phaeton s'est entretenu avec les pillards ?

— Oui, da, et ce n'est pas tout. Les razzias sur Sept-Saules ont arrêté l'année où il s'est installé dans la ville. Dès que j'ai trouvé le cheval, je suis reparti chez lui pour interroger Dara. Phaeton avait des liens très étroits avec le village minier de Montagne-Brisée ainsi qu'avec d'autres centres économiques du sud. Chacun de ces centres a été attaqué au moins une fois.

— Il fournissait des informations aux pillards, déclara Conn.

— Oui, da, ça m'en a tout l'air. Il était forcément au courant des expéditions d'argent, et dans quels villages les convois devaient passer, et ainsi de suite. Comme les mines seront bientôt épuisées, il n'avait plus de raison de rester.

— Oui, c'est logique. Mais pourquoi a-t-il rencontré une dernière fois les pillards ? Qu'est-ce qu'ils mijotent ? Je me le demande.

— Aucun traqueur ne peut répondre à cela, dit Parax. Mais une chose est sûre, il n'y a pas d'or à Sept-Saules.

Conn sentit une brise glacée souffler sur sa peau en se rappelant une discussion avec le marchand.

« Sans parler des rançons. »

Phaeton n'avait pas fini sa phrase, et Conn n'avait pas poussé plus loin.

— Mais il y a des richesses, murmura-t-il. La femme et la fille du Grand Laird. Elles valent dix fois leurs poids en or dans le cas d'une rançon. Combien y a-t-il de pillards par navire ?

— Quarante, cinquante. Je n'en ai jamais vu de près, expliqua Parax, mais d'après la marque laissée par la coque sur le sable, je dirais plutôt cinquante.

— Le navire n'est pas reparti en mer, suggéra Conn. Ils attendaient juste que Phaeton quitte la ville.

— Comment peux-tu en être sûr ?

Conn courut à son poney et le sella.

— Nous retournons là-bas, dit-il en sautant en selle.

Les deux hommes galopèrent le long de la piste, mais leurs montures fatiguées par l'ascension récente n'atteignirent la dernière crête qu'à la tombée de la nuit. Une colonne de fumée montait depuis Sept-Saules, et Conn vit aussitôt des villageois qui s'enfuyaient vers les collines au nord. Au sud, il distinguait à peine les pillards lourdement chargés de butin qui s'approchaient lentement des bois.

Conn tira sur les rênes de son poney essoufflé.

— Et maintenant ? s'enquit Parax.

— Je vais à la baie où tu as trouvé les traces de coque dans le sable. Toi, rends-toi au village. Si Fiallach est toujours en vie, dis-lui où je suis allé.

— Et tu penses qu'il va se précipiter à ton secours ? cracha Parax. Moi, ça m'étonnerait.

— Il viendra s'ils ont Tae.

— Oui, mais s'ils ne l'ont pas ? Si elle a réussi à s'échapper ?

— Je ne pense pas. Si les pillards ne l'avaient pas trouvée, ils seraient toujours dans Sept-Saules en train de la chercher. Allez, dépêche-toi !

Tout en prononçant ces mots, Conn éperonna sa monture et la lança en direction du sud.

Shard, le Pillard vars géant, se tenait sous les portes du village. Il prenait plaisir à regarder brûler le dernier bâtiment. La razzia avait bien commencé. Il avait fait accoster le *Fleur de Sang* à midi, et avait demandé à ses guerriers de se rendre dans les bois qui surplombaient le village. L'orage avait été une bénédiction de Wotan. Pas une seule sentinelle ne se trouvait sur les remparts de la palissade lorsque les cinquante pillards étaient sortis des bois pour foncer sur les portes ouvertes.

Shard avait mémorisé le plan dessiné au charbon que leur avait fourni Phaeton. Il avait envoyé une trentaine d'hommes dans le village pour semer la panique, tuer et brûler tout sur leur passage, pendant qu'il avait mené les vingt autres directement au grand hall. Cela avait été d'ailleurs le seul point noir au tableau. Cet imbécile de Kidrik avait essayé d'attraper la vieille femme, et celle-ci avait sorti une dague de sa manche pour le poignarder. Fou de rage et de douleur, Kidrik lui avait asséné un coup d'épée, lui tranchant la gorge. Eh bien, il ne toucherait rien sur cette razzia. Pas même une demi-pièce de cuivre. L'idiot ! La jeune femme avait traversé le hall en courant pour sortir se jeter droit dans les bras du frère de Shard, Jarik. Un seul coup de poing avait suffit pour l'assommer et Jarik était rentré dans le hall avec la fille sur les épaules.

Néanmoins, le profit de cette expédition avait été divisé par deux, ce qui énervait profondément Shard, qui réalisait qu'il n'aurait pas de quoi acheter un deuxième navire. Les razzias ne seraient que des amuse-gueules tant qu'il n'attaquerait qu'avec un seul navire et cinquante hommes. Avec deux navires, n'importe quel village pouvait devenir accessible, ou bien on pouvait emporter plus de provisions, et donc pénétrer plus loin dans les terres keltoïes.

Les flammes des bâtiments en bois se mirent à rugir plus haut dans le ciel sombre. Une maison s'écroula non loin. Shard se rassasia de cette vision et se tourna vers les portes. Un jeune guerrier keltoï fonçait sur lui, une lance à la main. Shard para machinalement le coup avec son épée longue, et balança un revers cinglant qui traversa l'omoplate du jeune homme jusqu'au torse. Celui-ci poussa un hurlement de douleur et s'effondra. Shard posa sa botte sur la poitrine du Keltoï et tira sur son épée pour la dégager. Puis il retourna au petit pas de course vers les portes et sortit. Malgré son énorme corpulence, Shard courait bien, pas trop vite, et progressait à enjambées régulières.

Un mouvement sur sa droite attira son attention. Il vit deux cavaliers, l'un galopant vers le village, l'autre en direction du sud. Il les ignora et continua sa course dans les hautes herbes.

C'est une bonne terre, pensa-t-il. Ce qui n'était pas la première fois. Une bonne terre agricole. Pas comme le sol désertique et stérile des fjords de son pays, où le bétail était maigre et les blés rabougris. Par deux fois l'année passée, il avait essayé de convaincre son père, le roi, de monter une campagne d'ampleur pour s'emparer de ces terres. Mais Arald ne voulait rien entendre.

— Les razzias sont bonnes et profitables, lui avait-il dit. J'ai pris part à la dernière invasion, celle menée par ton grand-père il y a dix-huit ans de cela. Non seulement les Keltoïs étaient trois fois plus nombreux que nous, mais ils se battaient comme des lions. Trois mille Vars ont trouvé la mort ce jour-là, parmi lesquels ton grand-père. Nous sommes peu à avoir réussi à nous frayer un chemin de repli jusqu'à la mer. Et nous n'avions plus assez d'hommes d'équipage pour les navires, nous avons dû en brûler vingt-sept. Les brûler ! Tu imagines ce que nous avons ressenti, Shard ? Cela fait maintenant trois ans que tu rêves d'un second navire. Et nous en avons brûlé vingt-sept.

— Les temps sont différents, père. Si nous débarquions fort de dix mille hommes, nous pourrions nous emparer d'un bon morceau de leur pays. Nous pourrions ensuite acheminer des provisions et des hommes afin de reprendre les fermes et les bâtiments des Keltoïs. Nous pourrions bâtir un village fortifié et de là nous emparer progressivement de tout le pays, comme les hommes de Roc le font dans le sud.

Arald avait souri.

— Il est important d'avoir des rêves démesurés, mon fils.

Et ils n'en avaient plus jamais reparlé.

Si seulement son frère, Jarik, avait ajouté son poids à la discussion, il aurait pu en être autrement. Jarik était le favori, mais lui – comme son père – ne s'intéressait pas aux conquêtes. Seulement aux richesses faciles.

Shard courait. Il était irrité par la mort de Llysona, mais la razzia pouvait toujours passer pour une réussite. Aucun de ses hommes n'était mort, même si certains étaient légèrement blessés. Le marchand avait bien travaillé. Fiallach et ses trente guerriers étaient absents. Ils avaient été attirés à l'écart, lorsque Phaeton les avait informés de la présence d'un lion dans les montagnes du nord-ouest. Fiallach adorait chasser, et il n'avait pas pu résister au leurre.

Shard atteignit les arbres. Le marchand lui avait dit que le Grand Laird paierait au moins six cents pièces en or pour sa femme et sa fille. Cent serait remises en secret à Phaeton pour sa participation. Cette somme était maintenant divisée par deux, moins les cinquante du marchand. La moitié serait à son tour divisée entre les hommes. Ce qui laissait cent vingt-cinq. La moitié devait revenir à Jarik. Shard continua son calcul mental. Il allait lui manquer cinquante pièces pour se payer son deuxième navire. Il caressa l'idée de ne pas payer sa part au marchand, mais la repoussa. Cet homme était trop précieux. Et peut-être que ses prochains renseignements aideraient Shard à récupérer ce qu'il avait perdu aujourd'hui. Ce qui ne laissait que Jarik. Si seulement il pouvait le persuader d'abandonner sa part…

Non. Jarik demanderait la propriété mixte du navire, et Shard ne voulait pas en entendre parler.

Le grand Vars se retourna. La ville brûlait plus vivement encore. Le vent poussait les flammes vers le nord.

Puis, il pénétra dans les bois ténébreux.

À un kilomètre de là, Jarik jeta enfin Tae, qui se débattait, sur le sol. Comme elle essayait de se lever, il la gifla. C'était un coup sec et cinglant qui la souleva de terre.

— Calme-toi un peu, espèce de putain rigante, lui dit-il, et il ne te sera fait aucun mal. Tu as été capturée pour une rançon, pas pour être violée.

La fille ne répondit rien. Jarik s'accroupit à côté d'elle et la regarda droit dans les yeux. Il n'y lut aucune peur, seulement de la haine et de la colère. Il lui décocha un sourire.

— Mais, au moindre geste idiot, je te *viole*. Compris ?

Elle acquiesça. Jarik l'aida à se relever et ils partirent encadrés par trois hommes en direction de la plage. La fille manqua de trébucher. Jarik se précipita pour la retenir. Soudain, elle se retourna et lui asséna un coup de tête en plein visage. Puis elle s'enfuit dans les bois. Jarik poussa un juron et lui courut après. Ses hommes l'imitèrent.

Elle était rapide, mais Jarik l'était encore plus. Il était aussi plus fort. Elle sauta par-dessus un tronc d'arbre et bifurqua vers la droite. Jarik était sur ses talons, à quelques mètres à peine derrière elle. Elle bifurqua une nouvelle fois alors qu'il allait lui mettre la main dessus. Sans en avoir conscience, elle courait à présent en direction du bateau accosté. Un écran de buissons se trouvait devant elle, puis une clairière éclairée par la lune. La fille franchit les buissons. Jarik, qui était juste derrière, lui plongea dessus. Elle faillit lui échapper, mais il referma la main sur sa cheville. Elle tomba lourdement sur le sol.

— Tu te souviens de ce que je t'ai dit, putain ? grogna Jarik.

Comme il la saisissait par derrière, elle se redressa d'un coup. Son coude jaillit en direction du visage du Vars et le toucha au niveau de l'oreille. La colère s'empara du guerrier. Il la fit tourner sur elle-même et lui balança un coup de poing en pleine tête. À moitié assommée, la fille tomba à genoux. Les trois hommes de Jarik débouchèrent dans la clairière en courant. Il se mit à défaire la corde qui lui servait de ceinture de pantalon.

— Ne pas la toucher, déclara le premier homme. Tels sont les ordres.

— Tu es mal placé pour me parler d'ordres, Kidrik. Les ordres étaient de capturer les deux femmes vivantes. Enfin, cette putain a besoin de connaître ce qu'est la discipline, déclara Jarik.

— Et toi, tu vas connaître la mort, prédit une voix.

Jarik fit un pas en arrière et se retourna d'un mouvement vif. Un unique guerrier rigante se tenait à l'orée de la clairière. Il tenait une épée brillante dans une main et un couteau dans l'autre. Sa présence ici n'était pas logique. Ils étaient à portée de voix du navire, et non loin derrière se trouvaient une cinquantaine de guerriers qui faisaient route vers cet endroit. Jarik rattacha en vitesse sa ceinture. Puis, il jeta un coup d'œil à ses hommes.

— Qu'est-ce que vous attendez ? Tuez-moi ce bâtard.

Les trois hommes dégainèrent leurs épées et chargèrent. Le Rigante sauta à leur rencontre. Ses lames scintillaient comme de l'argent au clair de lune. Un homme toucha terre, puis un second. Le troisième partit à la renverse, la gorge tranchée ; du sang coulait à gros bouillons sur sa chemise en mailles.

Jarik dégaina son arme et se rua sur le Rigante, lui assénant un coup de taille des deux mains. Au dernier moment, le Rigante esquiva le coup en se baissant sous la lame. Déséquilibré, Jarik trébucha. Une chaleur déchirante parcourut son torse. Il baissa les yeux et vit le manche d'un couteau qui saillait entre ses côtes. C'était un manche magnifique.

Son visage heurta l'herbe. L'effet était frais et plaisant. Son regard fut attiré par un buisson proche. Il vit un renard accroupi qui attendait calmement. Une douleur nouvelle le secoua lorsque le Rigante retira son couteau. Jarik poussa un grognement et essaya de se relever, mais il n'avait plus de force dans les bras. Il réussit cependant à se mettre sur le dos. Sa tête pendait. Le Rigante aidait la fille à se relever. Puis, un nuage passa devant la lune.

Et tout ne fut plus que ténèbres.

Tae était toujours étourdie par les coups qu'elle avait reçus, mais elle avançait tant bien que mal derrière Connavar qui s'enfonçait plus profondément dans les bois. Elle entendait au loin d'autres pillards. Certains riaient. Le son coupa net son vertige, et la peur s'empara d'elle. *Étrange*, pensa-t-elle. *Tant que j'étais leur prisonnière je n'avais pas peur, mais maintenant que je suis libre…*

J'y penserai une autre fois, se raisonna-t-elle. Devant elle, Connavar s'était arrêté derrière un gros chêne. Elle s'approcha de lui.

— Et maintenant ? murmura-t-elle.

— Nous devons nous faufiler entre eux. Ils ne savent pas encore que tu t'es échappée. Ils ne doivent pas être dispersés. Mais je ne peux pas atteindre mon poney. Il va falloir s'enfuir à pied.

Connavar rengaina ses armes et la guida vers la gauche. Au-dessus d'eux, les nuages s'écartaient, et la lune fit son apparition, vive. Connavar jura entre ses dents et s'accroupit en tirant Tae avec lui.

— Je vois pourquoi ils t'appellent « Démone-Lame », murmura-t-elle en se remémorant la vitesse à laquelle il s'était débarrassé de ses ravisseurs.

— Ce n'est pas le moment de parler. Suis-moi.

Connavar se jeta à plat ventre et se mit à ramper dans le sous-bois. Tae se glissa à ses côtés.

— Nous allons attendre qu'ils passent.

Un cor retentit derrière eux, suivi d'explosions de voix. Tae n'avait pas besoin qu'on lui dise qu'ils avaient trouvé les cadavres. Elle jeta un coup d'œil à Connavar. Il était tendu, et son visage était marqué par la colère. Elle entendit des bruits de course ; elle fut sur le point de se lever pour s'enfuir, mais Connavar la retint par le bras.

— Reste baissée, lui chuchota-t-il à l'oreille. Ils vont essayer de nous repérer à nos mouvements.

Il la prit par l'épaule et la colla contre lui. Les buissons étaient maigres par ici. Si quelqu'un baissait les yeux, ils seraient découverts aussitôt.

Plusieurs hommes passèrent devant eux. L'un manqua même de s'arrêter sur eux.

— Tu les as vus ? hurla une voix gutturale.

— Non. Rien.

— Ils n'ont pas pu aller bien loin. Il n'y a pas eu de bruits de chevaux. Dispersez-vous et fouillez les bois.

L'homme qui était à côté partit en courant. Tae résistait toujours à l'envie de fuir. Connavar lui parla à voix basse, la bouche contre son oreille.

— Ils s'attendent à ce que nous nous enfuyions, donc ils ont les yeux fixés à hauteur d'homme. Nous ferions mieux de rester par terre un instant. Dès que les nuages reviendront nous nous risquerons à bouger. En attendant, repose-toi et détends-toi.

Se détendre ? Comment qui que ce soit pourrait se détendre entouré par des assassins ? Mais Tae ne dit rien. La brise se leva, et elle sentit qu'elle était en train de trembler. Elle n'arriva pas à déterminer si c'était à cause du froid ou suite au choc des événements de la journée. Connavar se rapprocha encore plus d'elle, lui passant son manteau autour des épaules afin de partager la chaleur de son corps. Tae ferma les yeux et revit le terrible coup qui avait ôté la vie à sa mère. Des larmes montèrent à ses yeux, mais elle résista. Il y aurait un temps pour le deuil. Et ce n'était pas maintenant.

Le bruit des pillards se faisait plus lointain, à présent. Tae sentit Connavar s'étirer à ses côtés. Il se mit à genoux et scruta les bois éclairés par la lune. Puis il se mit debout, aidant au passage Tae à se relever.

— Nous devons aller vers l'ouest, lui expliqua-t-il. Ils s'attendent à ce que nous allions au nord, vers Sept-Saules.

Elle acquiesça et lui emboîta le pas. Un moment, il avança rapidement en tête et se cacha une nouvelle fois derrière un chêne. Comme Tae arrivait à sa hauteur, il dégaina sa dague et la lui tendit par la lame. Elle s'empara de l'arme et fut surprise de constater qu'elle semblait taillée à sa main. À première vue les mains de Conn étaient bien plus grandes que les siennes. Elle se demanda alors comment il pouvait réussir à manier une arme au manche si petit.

Il se remit de nouveau en route, passant d'un arbre à un autre, scrutant les bois tout en courant.

Deux pillards surgirent tout à coup devant lui. Ils restèrent médusés par la surprise. Puis l'un d'entre eux poussa un cri.

— Ils sont ici !

Connavar bondit, et son épée s'enfonça dans le ventre du premier. Le deuxième, armé d'une petite hache, se jeta sur lui. Connavar fit un pas de côté et lui balança un crochet du gauche au menton. Le Pillard tomba à genoux. Connavar le tua d'un coup en arc descendant au niveau de la nuque.

Un troisième Pillard émergea de derrière les buissons où se tenait Tae. Elle ne s'en aperçut pas.

— Attention ! cria Connavar.

Tae fit volte-face et donna un coup d'estoc devant elle, alors que l'homme allait l'attraper. La lame de la dague s'enfonça jusqu'à la garde à travers la cotte de mailles, comme si elle avait été en laine. Le Pillard mourut sur le coup. Tae retira la dague et courut rejoindre Connavar. À présent des bruits provenaient de tout côté autour d'eux.

Les nuages revinrent soudain cacher la lune. Connavar attrapa Tae par le bras et la guida plus profondément entre les arbres, jusqu'à un mur de ronces. Ils se jetèrent à quatre pattes et se mirent à ramper sous le fourré. Le cœur de Tae battait la chamade, et elle avait l'impression de respirer si fort que tout le monde devait l'entendre. Elle essaya de se contrôler. Des gouttes de pluie tombèrent alors. Un éclair illumina le ciel au sud. Quelques secondes plus tard, le tonnerre éclata au dessus du bois, et la pluie devint un torrent. En partie protégés par les ronces, les deux fugitifs restèrent immobiles.

Le temps passa. Tae dormit un peu et, lorsqu'elle ouvrit les yeux, elle s'aperçut que Connavar dormait à ses côtés. Il se réveilla en la sentant bouger et lui sourit.

— Ils sont partis ? articula-t-elle silencieusement avec la bouche.

— Je ne crois pas. Mais ils doivent être trempés, frigorifiés, et anxieux à présent. Reste silencieuse.

Il ferma de nouveau les yeux et reposa sa tête sur son bras.

Quelques instants plus tard, alors que la pluie se calmait, ils entendirent des hommes qui se déplaçaient dans les bois, en direction de la baie. Puis, une voix retentit.

— Je découvrirai qui tu es, Rigante. Et ce jour-là, je viendrai te chercher. Je jure sur le sang de Wotan que je ne connaîtrai pas le repos tant que ta tête ne trônera pas sur une lance devant la maison de mon frère.

Tae regarda Connavar et vit que celui-ci souriait.

— Qu'est-ce qui te fait sourire ? murmura-t-elle.

— Un homme doit toujours avoir de bons ennemis. Comme cela, il demeure fort.

Ils restèrent cachés une heure de plus, et, alors que l'aube teintait le ciel, ils décidèrent de sortir des ronces. Les bois étaient silencieux. Ils se dirigèrent en direction du nord.

Ils furent rejoints en haut d'une colline par Fiallach et une cinquantaine de cavaliers. Parax était parmi eux. Fiallach sauta à bas de son cheval et se précipita vers Tae.

— Ils t'ont fait du mal ? s'enquit-il.

— Ils n'en ont pas eu le temps. Connavar était là. Il a tué ceux qui me retenaient.

— Je te suis reconnaissant, Connavar, d'avoir sauvé ma future femme, déclara-t-il.

— Je ne serai pas ta femme, Fiallach, annonça doucement Tae. Je t'aime comme un ami et comme mon mentor, mais je ne marcherai pas jusqu'à l'arbre avec toi.

Fiallach s'humecta les lèvres et resta interdit un instant.

— Mais je t'aime, dit-il enfin.

Lorsque Tae répondit, il n'y avait plus chez elle aucune trace de la jeune fille qu'elle avait été. Ses mots étaient porteurs d'autorité et de regrets.

— Moi aussi, mon ami. S'il était en mon pouvoir de t'aimer de la façon dont tu le souhaites, je le ferais. Mais ce n'est pas le cas. À présent, je dois retourner à Sept-Saules. Il y a beaucoup de travail qui m'attend.

Elle s'éloigna. Un cavalier lui offrit son cheval, et elle l'accepta en souriant. Puis, elle sauta en selle et descendit la colline.

Fiallach se tourna vers Conn en soupirant.

— J'aurais dû t'écouter.

— Cela n'aurait rien changé, rétorqua Conn. Des tours de garde ne peuvent pas être construites en une journée. L'homme responsable de tout cela se nomme Phaeton.

Conn expliqua au géant comment Parax avait trouvé les marques de coque sur le sable et les traces de cheval.

Le visage de Fiallach devint livide de rage.

— C'est lui qui nous a parlé d'un lion et qui a provoqué mon départ de Sept-Saules avec mes hommes.

— Avec des chevaux frais, tu devrais pouvoir le rattraper, suggéra Conn.

— Et je vais le rattraper, jura Fiallach.

Mais il ne bougea pas. Ses yeux pâles soutenaient le regard de Conn.

— Dis-moi qu'il n'y a rien entre Tae et toi, et je t'offrirai ma main en guise d'amitié.

— Je vais lui demander de marcher jusqu'à l'arbre avec moi, déclara Conn.

Bien qu'il n'aimât pas cet homme, il était désolé de la peine que ses mots allaient créer chez lui. Après avoir perdu Arian, il savait ce que Fiallach endurait.

— Oui, da, je me doutais bien que tu étais la cause de tous mes problèmes. Tu m'as volé la seule joie de ma vie. Un jour tu devras m'en rendre compte. Mais pas aujourd'hui. J'ai le cœur trop lourd. Je vais retrouver Phaeton et le ramènerai pour qu'il soit jugé.

— Tue-le, répliqua Conn. Je ne veux plus jamais le voir.

Les pillards avaient tué trente et un villageois : vingt-deux hommes, cinq femmes, et quatre enfants. Leurs corps étaient disposés en rang, leurs visages couverts par des manteaux ou des couvertures. Le feu était maintenant maîtrisé, principalement grâce à la forte pluie de la veille. Les survivants se frayaient un chemin à travers les débris, à la recherche d'objets qui auraient pu échapper à l'incendie.

Debout sous les portes de la ville, Conn sonda leurs visages. Ils arboraient tous la même expression vide de résignation. Des cavaliers allaient et venaient. La vie devait continuer. Mais elle le ferait avec beaucoup de chagrin. Conn vit Tae organiser les gens en groupes de travail, leur donnant des ordres. Il alla la voir.

— Tu devrais te reposer un peu, lui conseilla-t-il.

— Je me reposerai plus tard. À présent, c'est ma ville, Connavar. J'en réponds.

— Je sais.

Il la vit regarder la rangée de cadavres. Le premier d'entre eux, le visage recouvert par un tissu brodé d'or, était celui de dame Llysona. Tae déglutit avec difficulté. L'espace d'un instant, il crut bien qu'elle allait fondre en larmes. Mais, au lieu de cela, elle se dirigea vers un groupe d'hommes qui attendaient sans rien faire.

— Nous avons besoin de bois, leur dit-elle. Oras, organise des groupes d'ouvriers.

— Oui, da.

Elle se tourna vers un autre homme.

— Garon, je veux que tu t'assures que ceux qui ont perdu leur maison aient un toit pour passer la nuit.

— Il sera fait selon tes ordres, dame.

Il s'inclina et recula.

— En quoi puis-je t'être utile ? s'enquit Conn.

— Il y a un Druide qui réside dans les collines du nord. Il vit dans une grande caverne près d'un bosquet de chênes. Fais-le venir pour qu'il bénisse nos morts.

Conn s'inclina et prit la direction des portes. Parax arriva au galop, suivi par plusieurs hommes de Fiallach. Conn demanda à l'un d'entre eux s'il pouvait lui emprunter sa monture. L'homme acquiesça distraitement et descendit de selle. Puis, il se rendit vers l'un des bâtiments en cendres. Avant d'y arriver, il s'arrêta devant la rangée de cadavres. Il poussa un grand cri et courut vers le corps d'une jeune femme ; il ôta le manteau qui recouvrait son visage, et prit le cadavre dans ses bras.

Conn grimpa sur le dos du poney et fit signe à Parax de le suivre. Le vieil homme vint chevaucher à ses côtés, et Conn lui fit part de leur mission.

— Il ne devrait pas être trop difficile à trouver, affirma Parax. (Puis il soupira.) C'est un jour bien sombre, Connavar.

— Oui, da. Mais cela aurait pu être pire.

— Que s'est-il passé dans les bois ?

— Je l'ai trouvée et je l'en ai fait sortir, répondit simplement Conn.

— Quelque chose me dit qu'il y aurait davantage à raconter.

— Seulement du sang, Parax. Et la mort. Comment un homme aussi bien éduqué que Phaeton a pu causer volontairement une telle destruction chez un peuple parmi lequel il vivait ? Est-ce que tu as vu du mal en lui ?

— Non. Mais pourquoi l'aurais-je vu ? Il était amical et gentil avec nous. Une fois, j'ai vu un gobelet en or que le vieux roi avait acheté. C'était un objet magnifique. Un jour, il l'a laissé tomber, et le gobelet a heurté l'angle d'une table. Ce n'était que du plomb sous une fine couche d'or. Presque sans valeur. Je pense que Phaeton est comme cela. C'est presque dommage. Je l'aimais bien.

— Moi aussi.

Alors qu'ils progressaient, ils aperçurent le Druide qui descendait vers eux, sa longue robe blanche étincelante au soleil. C'était un homme âgé, avec de longs cheveux blancs et fins, ainsi qu'une moustache tombante.

— J'ai vu les feux, leur dit-il. Y a-t-il beaucoup de morts ?

— Une trentaine, répondit Conn. Ils ont tué dame Llysona.

Le Druide hocha la tête.

— Une femme difficile. Je ne l'aimais pas. Est-ce que sa fille est saine et sauve ?

— Oui. Elle s'occupe de la reconstruction.

— Retourne lui dire que je suis en route.

— Tu peux monter en croupe, lui proposa Connavar.

— Je préfère marcher, rétorqua le Druide. Cela me donnera plus de temps pour prier pour les morts.

Au cours de cette journée interminable, Conn travailla aux côtés des habitants du village, dégageant les poutres à moitié brûlées et apportant de nouveaux troncs d'arbres depuis les bois du nord. Il se reposa brièvement avec une dizaine d'hommes à midi, et resta silencieux tandis qu'ils parlaient tout autour de lui.

« Pourquoi nous ? » semblait le commentaire le plus fréquent.

Conn était suffisamment sage pour savoir que le moment aurait été mal choisi pour leur donner une réponse. Dix années de sécurité relative les avaient rendus trop confiants. Lorsque les pillards avaient attaqué, il n'y avait aucune sentinelle sur les remparts, et les portes étaient grandes ouvertes.

Apprendront-ils un jour ? se demanda-t-il.

Certainement. Puis les années passeraient.

Inutile d'y penser, décida-t-il.

Son esprit vagabonda jusqu'à la dernière conversation qu'il avait eue avec Ostaran. Les Perdiis avaient été vaincus et étaient sur le point d'être annihilés.

— Les Gaths seront-ils les prochains ? lui avait demandé Conn.

— Bien sûr que non. Nous sommes les alliés du peuple de Roc.

— Est-ce que les Perdiis n'étaient pas les alliés de Jasaray l'an passé ?

— Ta compagnie est déprimante, mon ami. Qu'est-ce que le peuple de Roc pourrait bien nous vouloir ?

Ostaran ne pouvait pas le voir, alors que c'était étalé devant ses yeux comme une carte couverte de sang. Le peuple de Roc voulait tout. Il ne serait pas satisfait avant que toutes les terres habitées ne tombent sous sa coupe.

— Regarde, avait dit Conn en prenant un petit bâton pour dessiner dans la terre humide. Voici les terres des Gaths et des Ostros. Elles sont trop éloignées de Roc et des territoires qu'elle contrôle pour qu'une force d'invasion soit équipée et suffisamment approvisionnée en vue d'une poussée vers la mer. Mais là, nichées entre les deux comme une pointe de flèche, se trouvent les terres des Gaths. De riches terres arables, des milliers de têtes de bétail et des chevaux. Ils vont s'emparer de ces terres afin d'y bâtir des villes et des forteresses. Car de là, ils pourront attaquer dans toutes les directions.

— Mais pourquoi voudraient-ils attaquer tout le monde ? s'était inquiété Ostaran.

— Ils sont obligés. Pour eux, c'est une nécessité économique. Ils ont une énorme armée régulière. Les soldats doivent être payés. Les conquêtes leur fournissent le butin qui enrichit les généraux et leur vaut la loyauté de leurs soldats. En Gathe il y a – quoi ? – dix mines d'or ?

— Quatorze, maintenant, avait répondu Ostaran. Et cinq d'argent.

— Alors, le peuple de Roc va s'en emparer. Et qui va venir à ton aide, à présent, Osta ? Les Adduis sont détruits, les Perdiis finis.

— Nous n'aurons besoin de l'aide de personne, avait rétorqué Ostaran. Nous écraserons n'importe quelle force d'invasion. Les Gaths ne sont pas comme les Perdiis. Nos guerriers sont deux fois plus puissants.

— Tu y crois encore après tout ce que tu as vu ? Les panthères de Jasaray sont bien équipées en armes et armures, disciplinées et motivées. Une charge soudaine ne les fera pas fuir, quelle que soit la bravoure de tes guerriers.

— Tu es d'humeur morose aujourd'hui, lui avait fait remarquer Ostaran en souriant. Nous venons de remporter une grande victoire. Jasaray t'a offert des coffres remplis d'or et les étalons que tu voulais tant. Mes hommes et moi avons été payés, et le soleil brille. Alors, laisse-moi te dire ceci, prophète de malheur : Jasaray en personne m'a assuré qu'il ne prévoit pas d'autres campagnes. Il veut retourner à Roc et redevenir un érudit. Il dit que le calme charmant de l'université lui manque. Hein ! Que dis-tu de ça ?

— Une seule chose : lorsque la fin sera proche, pars avec autant de guerriers que tu le pourras vers Goriasa. Cherche Garshon, le marchand. Rappelle-lui la promesse qu'il m'a faite. Puis, avec son aide, embarque pour l'autre côté de l'eau et rends-toi dans les terres rigantes au nord.

— Je vais te dire ce que je vais faire, mon ami, avait répliqué Ostaran. Si Jasaray vient, alors, quand nous l'aurons vaincu, je t'enverrai sa tête.

L'esprit de Conn fut rappelé brusquement au présent, comme les hommes autour de lui se levaient pour reprendre le travail. Conn resta avec eux jusqu'à la tombée de la nuit, puis il se mit en quête de Parax. Le vieil homme avait passé la majeure partie de la journée à dormir dans la maison de Phaeton. Conn ne lui en voulait pas. Parax n'était plus jeune, et les efforts de la nuit précédente l'avaient mis à rude épreuve.

Lorsque Conn arriva à la maison, Parax faisait frire deux gros steaks.

— Où est la grosse bonne femme ? s'enquit le jeune homme.

— Elle fait partie des morts, répondit Parax d'un ton lugubre. La vengeance de Phaeton, pas vrai ?

— Je crois plutôt qu'il l'aimait bien, répondit Conn. Elle se trouvait sans doute au mauvais endroit au mauvais moment.

— Comme nous, l'espace d'un temps, fit remarquer Parax en retournant les steaks.

Les deux hommes mangèrent en silence leurs steaks qui, bien qu'ayant bonne allure, étaient horriblement durs.

— On aurait dû les pendre quelques jours, grommela Parax. Mais la viande vient d'un taureau qui a été tué dans la razzia.

Une fois qu'il eut fini son repas, Connavar sortit par l'arrière de la maison et alla se laver dans un ruisseau qui coulait au nord. L'eau était froide et rafraîchissante. Il laissa ensuite ses armes à la maison et partit à cheval jusqu'aux restes du grand hall. Le toit était presque effondré dans sa totalité, mais la pluie avait préservé la partie ouest du hall. Il trouva Tae assise devant le vieil âtre en pierre, où brûlait un grand feu. Elle avait une couverture autour de ses épaules et regardait fixement les flammes.

Conn traversa les décombres et alla s'asseoir en face d'elle. Le visage de Tae était couvert de poussière et de suie ; des traces de larmes étaient visibles sur ses joues.

— Je suis désolé, Tae, dit-il.

Elle acquiesça mais ne répondit pas. Le feu se mit à faiblir. Conn rajouta du bois.

— Tu pars demain ? demanda-t-elle.

— Oui. Je vais faire mon rapport au Grand Laird. Il enverra des hommes avec du bois pour la reconstruction.

— Bon voyage, murmura-t-elle.

— Je t'aime, Tae, déclara-t-il soudainement.

Ses propres mots le choquèrent car il n'avait pas prévu de les prononcer.

— Je sais, répondit-elle. Mais ce n'est pas le moment d'en parler.

— Tu préfères être seule ?

Elle secoua la tête et lui adressa un sourire blême.

— Je suis seule, que tu sois ici ou non. Nous sommes tous seuls. Nous naissons seuls et nous mourons seuls. Entre les deux, l'amour peut nous toucher, mais nous sommes quand même seuls.

— Oui, da, tu n'as pas tort, lui dit-il. Mais pas entièrement raison non plus. (Il prit sa main et la pressa gentiment.) Je suis ici et, avec ce toucher, nous ne faisons plus qu'un.

Il vint à ses côtés, lui passa un bras autour des épaules et l'attira contre lui. Il l'embrassa sur le front et la serra dans ses bras.

— Aucune créature de sang ne peut échapper à la mort, déclara-t-il. Nous devons tous y faire face et succomber finalement. Elle nous suit comme notre ombre. Pourtant, si nous vivons dans la terreur, nous ne vivons pas vraiment. Oui, nous naissons seuls, et oui, nous mourons seuls. Mais, entre les deux, Tae, nous *vivons*. Nous connaissons le bonheur. Je suis un homme solitaire. Et je crois que je l'ai toujours été. Mais à présent, je ne le suis plus. Pas en cet instant.

Tae ne répondit pas, mais il la sentit qui se blottissait contre lui, et se mit à lui caresser les cheveux. Elle s'endormit contre sa poitrine. Conn resta immobile, et le temps passa ; le feu mourut. Finalement, il déposa délicatement la jeune fille sur le sol, lui fit un oreiller avec son manteau, et lui posa une couverture sur le corps. Puis, il s'assura que le feu était bien éteint avant de se diriger vers la porte.

Fiallach se tenait sur le seuil, silhouette imposante, le visage impassible.

Conn le rejoignit et les deux hommes sortirent.

— Tu l'as trouvé ? s'enquit Conn.

— Oui, da, je l'ai trouvé, répondit Fiallach.

Il souleva une bourse ensanglantée et l'ouvrit. Il essaya d'en faire tomber le contenu dans sa paume, mais il était collé au cuir. Il plongea ses doigts dans la bourse et en sortit les yeux de Phaeton. Ils avaient déjà commencé à se recroqueviller.

— Ce bâtard sera pour toujours aveugle dans le Néant, affirma-t-il.

— Il l'a mérité, commenta Conn.

Fiallach remit les yeux dans la bourse et s'essuya les mains sur son pantalon.

— Comment va Tae ?

— Elle souffre. Mais elle est forte.

— C'est une femme admirable, Connavar. Peut-être la meilleure. Elle mérite le meilleur des hommes. Es-tu celui-ci ?

— Qui sait ? répondit Conn.

— Nous allons bien voir, répliqua Fiallach.

Chapitre 14

Fiallach scruta le visage de son rival mais n'y vit aucune peur, seulement de la surprise.

— Tu veux te battre avec moi ? Maintenant ? s'enquit Connavar.

— À moins que tu n'aies trop peur, rétorqua Fiallach.

Depuis le dernier jour des jeux, Fiallach rêvait de mettre une raclée à ce jeune homme arrogant. Il voulait le voir mordre la poussière. Depuis ce jour, tout était allé de travers. Tae s'était retournée contre lui, et le village qu'il était censé protéger venait d'être pillé. Il n'avait jamais pu oublier ce moment où la voix glaciale lui avait dit : « Si tu le frappes, je te tue. » Cela l'avait frigorifié jusqu'aux os. Il aurait dû se retourner pour le cogner. Mais il était resté paralysé et avait vu son bourreau s'en aller avec Tae.

La perte qu'il avait ressentie à cet instant lui était apparue comme prémonitoire. Il se souvenait qu'un frisson l'avait parcouru et qu'un sentiment de tristesse s'était abattu sur ses épaules. Son amour pour Tae avait été la seule constante dans sa vie turbulente. Il l'avait tout d'abord adorée enfant, d'un sentiment paternel et platonique. Il lui avait appris à monter à cheval, à tirer à l'arc, et même à manier l'épée longue. Forte ? Bien sûr qu'elle était forte. Fiallach l'avait aidée à le devenir. Et puis elle était devenue femme, et son amour pour elle avait grandi encore plus. Comme elle recherchait toujours sa compagnie, tant pour les promenades à cheval que pour la chasse, il avait cru que ses sentiments pour lui avaient grandi comme les siens pour elle.

Mais depuis les jeux, elle était devenue différente, contrariante et chicaneuse. Ses hommes lui avaient appris qu'elle posait des questions sur Connavar, le garçon qui avait combattu l'ours, l'homme qui avait tué le roi. Connavar le Guerrier.

Connavar… Connavar… Connavar…

Qu'avait-il donc fait que Fiallach n'aurait pu accomplir lui-même ? La réponse était « rien ».

Mais cela n'avait pas d'importance. Connavar semblait distant. Avec le temps, elle aurait perdu son intérêt pour lui. Mais non, il avait fallu que le Grand Laird envoie le jeune guerrier à Sept-Saules. Fiallach avait vu la lueur dans les yeux de Tae. À dire vrai, il y avait aussi vu le spectre de sa propre défaite s'y refléter. À trente et un an, il était assez âgé pour être le père de Tae, et il avait réalisé soudainement qu'elle le considérait comme une figure paternelle. Un puissant gardien, un homme sur qui s'appuyer, mais pas avec qui coucher.

Cette certitude était presque insupportable. Elle s'accrochait à lui comme un chien enragé lui enfonçant ses crocs dans le cœur.

Et c'était Connavar qui était entré dans les bois pour délivrer Tae des pillards. Fiallach n'était plus qu'un souvenir. Il n'avait jamais aimé une autre femme. S'il n'avait pas été attiré dans cette chasse au lion, c'est lui, Fiallach, qui se serait dressé l'arme au poing pour protéger Tae du mal. Alors, elle aurait pu le voir sous un autre jour.

Mais non, même les dieux lui tournaient le dos, pavant ses pas de malchance.

Il était revenu à Sept-Saules après avoir tué Phaeton et était entré dans les ruines du grand hall. Là, se découpant dans le feu, il avait vu Tae endormie dans les bras de Connavar. Et, à dire vrai, ils avaient l'air faits l'un pour l'autre. C'est à cet instant que le cœur de Fiallach avait été brisé. Il était resté silencieusement debout pendant une heure, il avait vu la façon tendre dont Connavar l'avait déposée sur le sol pour lui confectionner un oreiller avec son manteau.

Il ne pouvait plus tuer Connavar, à présent. Quoi qu'il fasse, de toute façon il avait perdu Tae.

Pourtant, une envie rageuse brûlait en lui, celle de marteler le visage de son rival avec ses poings, de l'assommer et de se dresser fièrement devant son corps inconscient sur le sol, afin de prouver qu'il était supérieur à l'homme qui lui avait volé son amour.

Ses mains tremblaient du désir de cogner.

— À moins que tu n'aies trop peur, s'entendit-il dire.

Connavar sourit – et le frappa. La force et la vitesse du coup surprirent Fiallach, mais il absorba le choc, et répliqua d'un crochet fulgurant à la joue de Connavar. Le plus petit des deux ne recula pas pour autant, et la bagarre commença.

Fiallach fut étonné de la force de son adversaire. Connavar faisait un peu plus d'un mètre quatre-vingts, soit près de quinze centimètres de moins que Fiallach, et était de quinze kilos plus léger. Pourtant, il cognait au-dessus de son poids, et ses coups étaient aussi précis que bien minutés. C'était un homme qui pensait à ce qu'il faisait et qui savait garder la tête froide en combattant. Il ne frappait pas aveuglément et ne laissait pas sa colère l'emporter. Fiallach admirait cela.

Connavar entra dans le périmètre du géant et lui martela l'estomac d'une série de coups. Fiallach attrapa Connavar par les cheveux avec sa main gauche et le força à relever la tête. Puis, il lui décocha une droite courte et sèche au visage. Connavar plia sur ses genoux. Fiallach relâcha les cheveux et arma une nouvelle droite. Connavar bondit en avant et lui balança un coup de boule en plein menton. Fiallach vit défiler des étoiles dans sa tête et dut reculer d'un pas. Deux directs du gauche de Connavar le forcèrent à reculer davantage, mais Fiallach les bloqua avec son bras droit, et asséna un crochet du gauche qui percuta Connavar à la tempe, faisant éclater la peau.

Le combat s'éternisait. Pour chaque coup que portait Fiallach, il y en avait deux en retour. Mais la force semblait abandonner le plus petit des deux. Fiallach le sentait. La puissance de ses coups commençait à saper les forces de Connavar. Pourtant, celui-ci tenait bon et continuait d'attaquer. Du sang coulait le long de sa joue, et il avait un œil presque entièrement fermé. Fiallach vint lui appliquer le coup de grâce, mais fut trop pressé et de fait manqua son coup. Connavar lui balança un crochet du droit en plein sur le nez, qui se brisa. Du sang gicla sur la moustache du géant, et, à ce moment du combat, il commença à ressentir la douleur.

À présent, les deux combattants se déplaçaient plus lentement, à la recherche d'une ouverture. Conn frappa Fiallach deux fois de suite en plein nez. Fiallach, lui, s'acharnait sur l'œil gonflé. Le géant savait qu'il n'y avait qu'une issue possible à ce combat. Un homme grand bat toujours un plus petit. C'est gravé dans la pierre. Fiallach venait de trouver son second souffle, et les coups de Connavar ne le dérangeaient pas plus que des piqûres d'abeille. Il n'avait besoin que de placer une bonne droite. Connavar passa à l'attaque, et décocha trois gauches correctes, suivies d'un direct du droit à la face de son adversaire. Au moment où la droite allait toucher, Fiallach vit une ouverture et riposta d'une droite puissante au menton de Conn. Le plus petit homme s'écroula sur le sol, puis fit une roulade et se releva ; il tituba un peu et se rua aussitôt en avant. Fiallach le frappa de nouveau. Cette fois, le combat aurait dû être terminé, mais Connavar se força à se relever et avança au contact d'une démarche chaloupée.

Fiallach le laissa approcher et lui décocha un crochet du gauche enchaîné par un uppercut du droit. Connavar tomba à la renverse sur le sol. Il poussa un grognement, roula sur son côté et se mit à genoux. Il poussa sur ses jambes et se releva. Il se mit en garde, les poings dressés, et avança.

Bien qu'il ne l'aimât pas, Fiallach n'en était pas moins impressionné par le courage de Connavar. En une autre occasion, il aurait accepté le combat et l'aurait battu à mort. Mais il avait déjà passé toute sa rage sur le marchand, Phaeton. Il n'y avait presque plus de colère en lui, et il réalisa qu'il n'avait en fait aucune envie de continuer ce combat. Fiallach approcha de Conn et lui passa les bras autour du corps.

— Assez, petit homme, dit-il. Le combat est terminé.

— Tu frappes fort, marmonna Connavar. Un instant j'ai bien cru que tu allais m'avoir.

Il sourit et Fiallach éclata de rire.

— Je reconnais que tu es le meilleur des hommes, répondit le géant avec un sourire narquois. (Il arrêta presque aussitôt de sourire.) Prends soin de Tae. Traite-la bien. Je te surveillerai. Si jamais tu la trompes, je te traquerai pour te voir mourir.

— J'aime bien finir un combat avec une pensée joyeuse, rétorqua Connavar.

Les deux hommes partirent ensemble vers le puits principal de la ville. Fiallach remonta un seau d'eau fraîche. Conn s'aspergea le visage et Fiallach nettoya le sang de son nez.

— Si jamais tu comptes me surveiller, déclara Connavar, tu ferais bien de te rapprocher. Viens donc à Trois-Ruisseaux pour la nuit de Samain.

— Il n'y a rien pour moi, là-bas.

— Je pense que tu seras surpris du contraire. J'ai un cadeau pour toi, Fiallach.

— Quel genre de cadeau ?

— Viens à Trois-Ruisseaux et tu verras.

Les feux étaient allumés, les fosses à rôtissoires pleines, la musique des cornemuses et des tambours flottait de façon tapageuse dans l'air. Le soleil mourut de sa belle mort. La nuit de Samain débuta. Des centaines de Rigantes venus des villages voisins descendirent à Trois-Ruisseaux afin d'assister au mariage et de savourer la délicieuse viande rôtie offerte par Ruathain.

L'hiver approchait, et les Rigantes allaient devoir bientôt affronter une nouvelle période de vaches maigres. Cette nuit était dédiée à l'excès ; on allait se gaver, danser et chanter. C'était l'occasion de se saouler et d'être joyeux, une dernière fois avant que l'hiver ne sévisse.

Le Grand Laird était assis à la table, Connavar à sa droite, Tae à sa gauche. Ruathain et Meria n'étaient pas loin. Le premier conseiller du Laird, Maccus, était assis aux côtés de Meria. C'était un homme entre deux âges, calme et posé, aux yeux pétillant d'intelligence, dont les cheveux poivre et sel se faisaient rares ; il parlait moins qu'il n'écoutait. Meria l'aimait bien, mais, comme elle était la première à le reconnaître, elle avait toujours préféré parler qu'écouter.

Ruathain lui avait confié que si Maccus était timide et doux en agréable compagnie, c'était un commandant endurci qui se battait comme un loup acculé. Il était évident que Ruathain l'admirait.

— On dit que le laird doit faire une déclaration ce soir, murmura Meria.

— C'est exact, dame, répondit Maccus.

— À quel sujet ?

— Il serait présomptueux de m'avancer. (Il sourit.) Ta robe est très belle. J'ai rarement vu de vert aussi ensorcelant.

— Banouin, un de nos amis, me l'avait ramenée de son dernier voyage. Elle est en satin. Elle a été fabriquée à plus de trois mille kilomètres d'ici, à l'est. C'est ma robe préférée, même si j'ai bien peur qu'elle ne soit un peu étroite pour moi à présent.

— Les meilleurs vêtements sont ceux qui rétrécissent avec le temps, dit-il galamment.

Braefar était assis à côté de Govannan en bout de table, en compagnie de son jeune frère âgé de douze ans, Bendegit Bran, qui était, lui, à côté de Connavar. La disposition des places ennuyait Braefar. Il était le deuxième en âge. Il n'était pas convenable de favoriser le benjamin. Non qu'il enviât Bran. L'enfant s'amusait énormément, et Braefar était content pour lui, mais cet écart de manière n'aurait pas dû arriver. Il jeta un coup d'œil à Tae. Elle était magnifique dans sa robe blanche décorée de perles nacrées. Elle portait sur le front un bandeau en argent incrusté de trois opales. Ses yeux se posaient sans cesse sur Conn, qui parlait avec le Grand Laird.

Le héros conquérant ! *Il a dû être béni à sa naissance*, songea Braefar. Le garçon qui a affronté l'ours, l'homme qui a tué le méchant roi. Et maintenant, le sauveur de la belle Tae. Dix années sans le moindre problème. Pourtant, Conn avait à peine mis les pieds à Sept-Saules que la ville était pillée, et qu'il avait fait montre d'un héroïsme qui venait s'ajouter à la légende déjà trop populaire.

— As-tu déjà trouvé la solution ? lui demanda Govannan.

— À quoi ?

— Une selle plus appropriée aux nouveaux chevaux de guerre.

— Oh, ça ! Je travaille sur plusieurs projets, fit vaguement Braefar. Peut-être des traverses en bois plus solides à l'arrière de la selle et un pommeau plus élevé devant.

— Cela pourrait fonctionner, reconnut Van. Mais le cavalier devra toujours les agripper et perdra de ce fait l'usage de son bras de bouclier.

Conn avait confié à Braefar la difficile tâche d'offrir une meilleure stabilité aux guerriers montés. La selle rigante n'était qu'une simple pièce de cuir moulé.

Le cavalier se maintenait en place durant la bataille en faisant pression avec ses cuisses sur le haut du ventre du poney. Ce qui signifiait qu'au cours d'un affrontement, un cavalier pouvait facilement être désarçonné par un coup, une poussée, ou un soldat à pied qui l'attrapait. Braefar avait voulu refuser. Les selles ne l'intéressaient pas. Mais Conn avait fait remarquer que Braefar était le seul homme dont l'esprit était suffisamment vif et brillant pour trouver une solution. Braefar avait été si content de voir son talent enfin reconnu qu'il avait aussitôt accepté.

Cela faisait maintenant six semaines qu'il réfléchissait au problème, et il n'approchait toujours pas de la solution. *Peut-être est-ce ce que veut Conn*, pensa-t-il soudainement. Peut-être qu'il attendait l'occasion de pouvoir dire à Braefar qu'il n'avait pas la vivacité d'esprit ou l'intelligence requises.

Une nouvelle pointe d'irritation le piqua.

Son appétit disparut. Il quitta donc la table et alla se promener au milieu des festivités. Il aperçut Gwydia assise aux côtés de Fiallach, le guerrier géant. Elle jouait avec ses cheveux, la tête inclinée de façon séductrice. Le cercle se refermait de façon épouvantable. C'était après son humiliation par Fiallach la nuit où il l'avait frappé, que Gwydia lui avait appris qu'elle ne marcherait pas jusqu'à l'arbre avec lui. Il avait essayé de la persuader que si Conn n'était pas intervenu, il aurait défié Fiallach, qu'il n'avait pas eu peur de lui. Gwydia lui avait répondu qu'elle n'en doutait pas, mais que cela n'avait rien à voir avec sa décision. À dire vrai, lui avait-elle confié, elle le voyait davantage comme un ami que comme un amant.

Grognasse ! Elle pensait qu'il était lâche, oui. C'est pour cela qu'elle avait rompu leurs fiançailles.

Dans le pré de pacage, de jeunes enfants jouaient à la perche tournante. Nanncumal l'avait conçue quelques années auparavant. C'était un appareil ingénieux. Des cordes étaient attachées à l'extrémité de la perche, et six enfants pouvaient s'asseoir en même temps dans des nœuds coulants qui pendaient à la base. Nanncumal saisissait alors des barreaux fixées dans la perche et les faisait tourner. Comme la perche tournait à son tour, les cordes se tendaient et les enfants s'envolaient de plus en plus haut autour de la perche. Ils piaillaient de joie et s'accrochaient de toutes leurs forces aux cordes. Leur bonheur fit sourire Braefar qui se remémora la douce innocence de sa propre enfance, lorsque le monde semblait un endroit beau et radieux. Son père était roi, son frère était prince. Il les adorait tous les deux.

C'est alors qu'il eut une idée. Il en frissonna presque de plaisir. Des cordes et des nœuds. Des cordes se terminant en nœud, attachées de chaque côté de la selle, donneraient plus de stabilité au cavalier. Non, pas un nœud. Il se resserrerait autour du pied, rendant presque impossible le fait de descendre de selle. Un anneau en cuir serait la solution. Presque étourdi par son excitation, Braefar dut s'asseoir dans l'herbe. Il passa en revue les différents problèmes qui en découleraient. Les différentes tailles de jambes des cavaliers signifiaient que les cordes devraient être réglables. Il valait mieux alors utiliser des lanières de cuir, comme une ceinture.

Il était toujours assis lorsqu'il entendit le Grand Laird taper du gobelet sur la table afin de réclamer le silence. Braefar revint en vitesse à sa place.

— Mes amis, déclara le Grand Laird, nous sommes réunis ici ce soir pour célébrer bien plus que Samain. Ma fille Tae va épouser Connavar. Je bénis leur union. Ce sont de beaux jeunes gens, forts et fiers. Je suis simplement triste que la mère de Tae ne soit pas là pour partager sa joie. (Il resta silencieux un instant avant de soupirer.) Je me fais vieux et je suis fatigué.

Ses partisans se mirent à pousser des : « Non, seigneur ! » mais d'un geste il leur intima le silence.

— Je vous remercie pour votre loyauté, malheureusement c'est vrai. Dans six mois, je quitterai ma fonction de laird. Je retournerai sur les terres de mon père, sur la côte ouest. Je nomme Connavar pour me succéder, mais vous aurez, comme toujours, le droit de voter lors de la cérémonie d'investiture. Connavar va devenir mon nouveau fils, et je vois en lui le futur bien-être de notre peuple. À présent, encourageons mes enfants qui vont marcher jusqu'à l'arbre.

Avec son bras valide, il conduisit Tae à l'Ancien Arbre. Là, Connavar prit la main de la jeune fille, et, ensemble, ils échangèrent leurs vœux, tout en tournant lentement autour de l'arbre. Quand ils eurent achevé le tour, Connavar prit Tae dans ses bras, et ils s'embrassèrent sous les ovations de la foule.

Braefar s'écarta. Il n'applaudissait pas. Conn allait devenir le nouveau laird, et tout cela parce qu'il avait poignardé un ours.

Braefar cligna des yeux pour repousser les larmes de frustration et de colère qui montaient en lui. Il vit Conn et Tae s'approcher et se força à leur sourire. Tae l'embrassa sur la joue et Conn l'étreignit.

— C'est une nuit merveilleuse, Aile, déclara-t-il.

— Oui, merveilleuse. J'espère que vous serez heureux. Non, j'en suis sûr.

— Est-ce que tu veux danser avec moi, Aile ? lui demanda Tae.

Ensemble, tandis que la musique semblait se réverbérer dans les étoiles, Braefar et Tae dansèrent au milieu du cercle formé par des centaines de Rigantes. Braefar était un bon danseur, leste et souple. Lorsque la musique s'arrêta, il se délecta des applaudissements. Tae l'étreignit.

— J'espère que tu seras un aussi bon frère pour moi que tu l'es pour Conn, lui dit-elle. Il me parle tout le temps de toi.

Impulsivement, Braefar lui fit un baisemain.

— Je te le promets.

Elle s'éloigna pour aller danser avec Conn. Des dizaines de couples les imitèrent, et Braefar se fondit dans la nuit.

Alors que la fête battait toujours son plein, Conn et Tae s'éclipsèrent dans la maison qu'ils allaient habiter. Ils restèrent assis devant le feu un long moment dans les bras l'un de l'autre, puis Tae se leva et ôta sa longue robe blanche. Ses mouvements étaient nerveux. Conn s'allongea sur le tapis et se perdit dans sa beauté. Le feu se réverbérait sur les trois opales de son serre-tête en argent. Elle fit glisser sa robe le long de ses épaules, de sa taille et de ses hanches. Conn n'arrivait presque plus à respirer. La peau de Tae était d'une blancheur laiteuse, et ses seins plus gros qu'ils ne paraissaient lorsqu'elle était habillée.

— Je pense que tu devrais te déshabiller, dit-elle sur un ton guindé.

Il s'exécuta. Puis, il la prit de nouveau dans ses bras et s'aperçut se faisant qu'il tremblait. Il lui caressa le dos, et s'extasia devant la perfection de sa peau et de ses formes. Conn eut le sentiment qu'il n'avait jamais connu de joie plus exquise qu'en cet instant.

Malgré les enseignements d'Eriatha, le début de leurs ébats fut maladroit et inepte. Tout à coup, Tae se mit à glousser, et Conn se mit à rire à son tour. Ce fut le relâchement dont ils avaient tous les deux besoin et, durant plusieurs heures, ils restèrent simplement allongés ensemble sur le grand lit, se touchant parfois, se parlant parfois, mais par-dessus tout ils apprécièrent l'harmonie et le sens grisant de leur union.

Comme la nuit avançait, Conn se leva pour s'habiller.

— Où vas-tu ? lui demanda-t-elle, un soupçon de surprise dans la voix.

— Au Bois de l'Arbre à Souhaits.

— Le bois des Seidhs ?

— Oui, da. Mais ne t'inquiète pas. Je suis invité. Je vais voir le Thagda.

— Mais c'est un Seidh démoniaque. Il va te tuer.

— Il ne m'a pas tué la dernière fois que je l'ai vu.

— Est-ce que tu te moques de moi ? lui demanda-t-elle. Tu as déjà parlé avec le Thagda ? Pour de vrai ?

— Oui, da. Il m'est apparu près de Sept-Saules. En fait, il m'a même grondé de ne pas t'avoir demandé de marcher jusqu'à l'arbre avec moi.

— Tu me jures que c'est la vérité ?

— Je ne te mens pas, Tae. Il m'a demandé de me rendre dans le Bois de l'Arbre à Souhaits la nuit de Samain.

— Je viens avec toi.

— Cela ne serait pas prudent, déclara-t-il. Je ne connais pas bien la façon de penser des Seidhs, mais je pense que ce ne sont pas des gens à prendre à la légère. Il *m*'a demandé de venir. Et il n'a pas parlé de quelqu'un d'autre. Mais je reviendrai bientôt.

Il s'approcha d'elle et l'embrassa. Puis, il passa son manteau autour de ses épaules et sortit de la maison. Il traversa le pré où se trouvaient des fêtards encore debout et se dirigea vers les arbres.

Il y avait un vent frais et l'air était pur, chargé d'une odeur d'herbe et de feuilles, ainsi que de bois brûlé provenant des rôtissoires. Tout en marchant, Conn leva les yeux vers les pics escarpés des montagnes Druagh et sentit une vague de fierté s'emparer de son âme. Ces terres étaient magnifiques, et Conn se sentit privilégié d'y vivre.

Alors qu'il approchait des bois, il vit l'homme-arbre qui l'attendait. Le clair de lune donnait un étrange éclat lumineux à sa barbe de mousse. Sans un mot, l'homme-arbre se retourna et pénétra dans les bois ; son manteau de feuilles bruissa dans le vent. Conn le suivit et réalisa qu'il se dirigeait vers le buisson de ronces où il avait secouru le faon.

— Tu es passé si près de la mort ce jour-là, dit le Thagda.

— Et pourtant, tu m'as récompensé avec un couteau.

— Je dois avouer que j'aimais bien l'enfant, surtout après avoir été dégagé des ronces. Son toucher était doux. Est-ce que tu te souviens m'avoir examiné le corps à la recherche de blessures avant de me dire d'aller retrouver ma mère ? demanda le Seidh.

— Oui. Y a-t-il de vrais faons dans cette forêt ?

— Aucun. Riamfada te passe le bonjour. Il est heureux ici.

— C'est un Seidh, à présent ?

— Non, pas un Seidh. On ne peut pas devenir un Seidh, Connavar, pas plus qu'on ne peut devenir un chien ou un cheval. Nous sommes des races différentes. Mais nous avons imprégné son esprit de certains de nos pouvoirs.

— Il peut marcher maintenant ?

Le Thagda émit un gargouillement sourd que Conn prit pour un rire. Puis, il changea de sujet.

— Dis-moi, comment se porte ta jeune épouse.

— Elle est belle. Je te remercie de m'avoir aidé à la sauver.

— Ce n'était rien.

— Puis-je demander une nouvelle faveur ?

— Tu peux demander. Je ne sais pas si je te l'accorderai.

— Est-ce que tu pourrais rendre ses pouvoirs à Vorna ?

Le Thagda resta silencieux un instant. Conn ne le dérangea pas. Quand il parla finalement, sa voix était devenue encore plus douce qu'avant.

— J'aimais l'enfant que tu étais, déclara-t-il. J'aime l'homme que tu es devenu. Tu te souviens de tes promesses. J'ai connu peu d'hommes qui en étaient capables. Et j'ai vécu très longtemps. Très bien, j'exaucerai ton souhait. Mais, dis-moi, Connavar. Et si à mon tour j'avais une requête ?

— Je dirais oui.

— Quelle qu'elle soit ?

— Pas si je pense qu'elle est maléfique. Autrement, oui, j'accepterais tout.

— Maléfique ? Un concept intéressant. Lorsqu'on arpente le monde depuis plus de dix mille ans, on commence à voir les choses différemment. Le renard mange la perdrix. Pour le renard, c'est un déjeuner délicieux. Pour la mère de la perdrix, c'est une calamité maléfique. Tout dépend ensuite des perspectives : celle de la perdrix ou celle du renard.

— Plus d'un millier d'enfants ont été massacrés dans les vallées perdiies parce qu'ils n'avaient pas de valeur sur le marché aux esclaves de Roc, dit Conn.

— Dans ma vie, répondit le Thagda, j'ai vu des dizaines de millions de personnes mourir. Je te verrai mourir, Connavar, ainsi que tes enfants et leurs enfants. Combien d'hommes as-tu tués, privant ainsi le monde de leurs enfants ? Combien d'enfants sont devenus orphelins par la faute de tes lames ? Comment crois-tu que ces enfants te voient ? Bon ou maléfique ? À ce que j'en sais, la race humaine ne fait pas grand-chose de bon, et énormément de choses intéressées, qui au bout du compte se révèlent maléfiques. Mais je ne t'ai pas fait venir ici pour en débattre. Marche un peu avec moi. Il y a quelqu'un qui désire te parler.

Ils s'enfoncèrent plus profondément dans les bois. Là, assis près d'un arbre, les membres tordus et attelés, se tenait Riamfada comme Conn l'avait vu pour la dernière fois, avec ses grands yeux et son visage pâle. Le cœur de Conn s'emballa. Il courut à toutes jambes et se laissa tomber à côté de son ami.

— Oh, mais comme c'est bon de te revoir, petit poisson. Comment vas-tu ?

Riamfada eut un sourire joyeux, puis il prit la main de Conn. Ce dernier fut surpris de constater que sa peau était aussi ferme que la sienne.

— Je vais bien, Conn. Mieux que je n'ai jamais été.

Conn jeta un coup d'œil aux jambes abîmées.

— Je croyais que tu pouvais marcher ?

— Mais je peux. Je peux marcher, courir, danser. Je peux m'envoler dans les airs et voir les montagnes depuis les nuages. J'ai pensé qu'il serait plus… confortable… que tu me voies comme j'étais dans ton souvenir.

— Tu m'as manqué, lui avoua Conn en s'asseyant. Tu nous as manqué à tous.

— Toi pas, lui répondit Riamfada avec un sourire timide. J'étais avec toi. Je te surveillais. J'étais là, même si tu ne pouvais pas me voir, lorsque nous t'avons soigné chez les Perdiis.

— Pourquoi ne t'es-tu pas montré ?

Riamfada sourit.

— Je croyais l'avoir fait en te laissant mon épée. Est-ce qu'elle te plaît ? Elle ne rouillera jamais et tu n'auras jamais besoin de l'aiguiser. Elle restera brillante et acérée aussi longtemps que tu vivras, Conn.

— Oui, da, c'est une belle arme. Mais pourquoi ne m'as-tu pas parlé ?

— Je suis avec les Seidhs, à présent, mon ami. Il existe des règles très strictes en ce qui concerne les contacts avec les… mortels. Nous ne les enfreignons que rarement. Mais j'ai demandé à pouvoir te parler une dernière fois.

— Et j'en suis ravi.

— Moi aussi. J'aimerais pouvoir te dire tout ce que je sais, Conn. Cela me réchaufferait le cœur et t'épargnerait bien des souffrances. Mais je ne peux pas. Voilà tout ce que je suis autorisé à te dire : tiens tes promesses, aussi petites soient-elles. Parfois, comme le caillou qui déclenche une avalanche, quelque chose de petit peut se révéler d'une grande puissance.

— Je tiens toujours mes promesses, petit poisson.

— Souviens-toi, Conn : aussi petites soient-elles.

Conn éclata de rire.

— Je m'en souviendrai.

— Alors, quels sont tes projets à présent ?

— J'ai commissionné des forgerons à travers tout le pays pour me confectionner des cottes de mailles. Je les donnerai à des guerriers qui formeront une petite troupe d'élite. J'ai ramené de grands étalons de guerre et je les fais croiser afin d'obtenir une nouvelle race de montures plus résistantes. Sais-tu que je suis l'héritier du Grand Laird ?

— Oui, da. Et j'ai vu les chevaux. Ils sont très beaux.

— Très beaux ? grogna Conn. Ils sont magnifiques, oui. Bien utilisés, ils pourront nous aider face à l'armée de Roc.

— Il te faudra davantage que des grands chevaux, Conn.

— Oui, da, je vais avoir besoin d'une armée disciplinée et bien approvisionnée.

— Tu ne pourras pas les vaincre seulement avec les Rigantes. Tu vas avoir besoin des Norviis, des Pannones, et de toutes les autres tribus plus petites.

Conn acquiesça.

— C'est bien ce qui m'inquiète. Tous les lairds sont particulièrement indépendants.

— Il faudra les gagner à ta cause, déclara Riamfada, certains par la flatterie, certains par le profit, et d'autres par la guerre.

— Je ne suis pas sûr qu'ils me suivront tous.

Riamfada soupira.

— Ils ne te suivront pas, Conn. Mais ils suivront le roi.

— Le roi ? Tu sais bien que nous n'avons pas de roi sur cette île. Le dernier roi a été renversé il y a des siècles de cela.

— Fais-toi appeler « chef de guerre », alors, ou quelque titre que ce soit qui d'après toi fera s'unir les tribus. Mais, au bout du compte, tu seras roi. Crois-moi, c'est écrit dans de l'argent, à la lumière d'étoile.

Conn se laissa légèrement aller à la renverse et passa son bras autour des frêles épaules de Riamfada.

— C'est ça que tu voulais me dire ?

— Tiens tes promesses, Conn, soupira son ami. (Riamfada se leva doucement et écarta les bras.) Au revoir, mon ami.

Ces derniers mots résonnèrent comme un écho du passé, et Conn se retrouva seul. Il regarda autour de lui et vit que le Thagda l'attendait à l'orée de la clairière.

— Il est temps pour toi de retourner dans le monde des hommes, Connavar, lui dit-il.

Vorna se réveilla en frissonnant. Il faisait froid dans la chambre à coucher. Elle se sentait étrange, presque étourdie, et se demanda si elle ne couvait pas un rhume. Elle s'assit et repoussa les couvertures. La fenêtre était fermée, mais des rais de lumière filtraient entre les volets. Le petit Banouin dormait encore, et elle l'entendait respirer. Elle se leva du lit pour se rendre devant l'âtre de la chambre ; elle tisonna les cendres à la recherche de braises sur lesquelles remettre quelques brindilles. Mais le feu était mort. *J'aurais dû rajouter du bois avant de m'endormir*, pensa-t-elle. Vorna n'était pas restée longtemps au festin. Elle avait travaillé dur ces derniers jours, préparant des potions à base d'herbes pour les familles dont les enfants avaient développé de la fièvre. Un bébé était mort, mais elle avait réussi à en guérir cinq autres. Elle se passa un gros châle autour des épaules et s'agenouilla devant les restes du feu. Elle déposa du petit bois sur les cendres et l'alluma à l'aide d'un silex. Ses doigts étaient engourdis par le froid, aussi avait-elle du mal à faire des étincelles. La colère s'empara d'elle. Dire qu'il fut un temps où un simple mot de pouvoir aurait ravivé le feu.

Le bois s'enflamma et elle recula de surprise. Une étincelle avait dû remplir son office. Elle rajouta des brindilles et s'assit en attendant que le feu prenne. Enfin, elle plaça des bûchettes sur les flammes. Banouin s'étira et poussa un petit cri. Vorna alla jusqu'au berceau et lui toucha le front. Il était moite et chaud. Instinctivement, elle ferma les yeux et essaya de détecter la cause de l'infection. Elle sut aussitôt que celle-ci avait débuté dans la région nasale, et suivit sa trace jusque dans les petits poumons. L'infection s'y développait furieusement. Le cœur du bébé battait rapidement, et son système lymphatique faisait tout son possible pour résister à l'ennemi impitoyable qui l'agressait. Vorna se concentra et renforça le système de défense de son fils à l'aide de ses pouvoirs, jusqu'à ce que l'infection meure à petit feu.

Lorsqu'elle rouvrit les yeux, la fièvre avait disparu. Elle souleva le petit Banouin de son berceau et le cajola.

— Tout va bien, mon petit homme, lui dit-elle. Ta maman est là. Tout va bien.

C'est alors qu'elle réalisa. Elle venait de le guérir.

Ses pouvoirs étaient revenus. Elle serra Banouin contre elle et alla s'asseoir sur une chaise devant l'âtre. Elle chuchota un mot de pouvoir. Le feu mourut aussitôt. Elle reprononça le mot, et des flammes rugirent dans l'âtre.

Banouin frotta son nez contre sa mère. Elle ouvrit sa chemise de nuit et le posa contre son sein. Son bien-être et sa faim la submergèrent. Lorsqu'il eut fini de manger, elle l'emmena dans la cuisine où elle le changea et le lava. Fatigué par l'infection, il se rendormit, aussi le redéposa-t-elle dans son berceau.

Mais que lui était-il donc arrivé ?

Elle se rendit dans la pièce principale vers le grand âtre où le feu aussi était mort pendant la nuit. Elle claqua des doigts et des flammes jaillirent aussitôt. Elle repartit dans la cuisine et versa de l'avoine dans une casserole, rajouta du sel et du lait, et ramena le tout dans la pièce principale afin de le mettre sur le feu. Ce faisant, elle réfléchissait, se demandant pourquoi ses pouvoirs de sorcière étaient revenus. Tout cela avait l'air naturel, comme s'ils n'étaient jamais vraiment partis, et pourtant elle pouvait ressentir un subtil changement. Mais elle n'arrivait pas à mettre le doigt dessus. *Peut-être que ce ne sont pas mes pouvoirs qui ont changé, mais la femme que je suis devenue*, pensa-t-elle.

Elle sentit une présence proche et ne fut pas surprise d'entendre qu'on frappait à la porte.

— Entre, lança-t-elle.

La Morrigu se matérialisa sur la chaise près du feu, les mains tendues vers les flammes.

— Une matinée bien fraîche, déclara la Seidhe. Comment vas-tu, aujourd'hui ?

— Bien. Est-ce que tu veux un peu d'avoine et du miel ?

La Morrigu secoua sa vieille tête.

— Merci, mais non. Cela me fait cependant plaisir de te voir d'humeur accueillante.

Vorna sourit et approcha de l'âtre pour touiller avec une grande cuillère en bois le lait et l'avoine qui cuisaient.

— Je n'ai jamais eu l'occasion de te remercier pour m'avoir aidée à accoucher, lui dit-elle. C'était un acte très bon de ta part.

La Morrigu plongea son doigt dans le porridge bouillant. Elle le retira et le suça.

— Pas assez de sel, fit-elle remarquer.

Vorna en rajouta une pincée et se remit à touiller.

— Pourquoi m'as-tu sauvée ?

— Pourquoi pas ? répliqua la vieille femme. Je fais ce que je veux. Je peux sauver les gens, je peux les tuer, je peux les maudire, ou les bénir. Ce n'était peut-être qu'un caprice de ma part.

— Était-ce aussi un caprice de me rendre mes pouvoirs ?

— C'était une faveur. Finalement, j'ai changé d'avis. Je vais petit-déjeuner avec toi. Cela fait longtemps que je n'ai pas mangé. Depuis avant ta naissance, en fait.

Vorna éclata de rire.

— Mais tu dois être affamée ?

La Morrigu leva la main. Une jarre remplie de miel tout frais apparut.

— J'aime bien les sucreries, déclara la Seidhe.

Elles mangèrent leur déjeuner en silence près du feu, et lorsqu'elles eurent fini, la Morrigu fit disparaître tous les plats et les ustensiles d'un geste de la main. Vorna dévisagea la Vieille Femme. Son visage était grisâtre, la peau sèche, les yeux brumeux.

— Est-ce que tu vas bien ? lui demanda-t-elle soudain.

— Assez bien, répliqua sèchement la Morrigu.

— Tu as parlé d'une faveur ?

La Morrigu se cala au fond de sa chaise et ferma les yeux.

— Connavar a demandé au Thagda de te rendre tes pouvoirs. Le Thagda a accepté. L'enfant sait tenir ses promesses. C'est plutôt rare chez les hommes.

— Qu'attends-tu de lui ? s'enquit Vorna.

— Pourquoi devrais-je attendre quoi que ce soit ?

— Allons, dit Vorna, même sans mes pouvoirs je n'étais pas stupide. Les Seidhs évitent les humains. Mais pas Connavar. Vous lui avez donné son premier couteau ; vous l'avez soigné dans les terres perdiies. Vous l'avez averti du danger qui guettait la dame de ses pensées. Vous avez emmené l'esprit de son ami vivre parmi les vôtres plutôt que de le laisser errer dans les ténèbres. En quoi est-il si important pour vous ?

— J'ai aussi envoyé un ours lui déchirer les chairs, lui rappela la Morrigu.

— Oui, da, c'est vrai, et j'ai passé beaucoup de temps à y songer. Les premiers jours, dans ma caverne, j'ai fait tout mon possible pour le maintenir en vie. Mais, malgré cela, il n'aurait pas dû survivre. C'est toi qui maintenais son âme en place. J'en suis sûr aujourd'hui. Tout comme je sais que tu m'as provoquée afin que j'abandonne mes pouvoirs pour le sauver. Tu ne voulais pas qu'il meure. Tu avais besoin de lui. Pourquoi ?

— Tu es une fille très intelligente, Vorna. C'est pour cette raison que je t'ai toujours aimée. Connavar est important pour nous. Pas seulement pour ce qu'il est, mais aussi pour ce qu'il représente. Mais je n'en dirai pas plus. En revanche, je vais te donner un conseil. Si tu tiens à tes nouveaux amis, fais en sorte qu'ils n'apprennent pas que tu as retrouvé tes pouvoirs. Continue de les soigner avec tes herbes et autres fioles. Que tes pouvoirs soient invisibles à leurs yeux. Les mortels sont si changeants dans leurs faveurs.

— Tu ne nous aimes pas beaucoup, n'est-ce pas ? intervint Vorna.

— J'aime certains d'entre vous, ma chère. Vraiment.

Sur ce, elle disparut.

La matinée était fraîche et claire. Fiallach s'était levé de bonne heure, les yeux bouffis par une nuit d'excès. Il se rappelait vaguement le festin et la brune Gwydia avec laquelle il s'était amusé. Elle avait presque dix-huit ans, et il se rappela lui avoir demandé pourquoi elle n'était toujours pas mariée. Elle lui avait répondu que l'homme idéal ne lui avait pas encore demandé sa main. Il frissonna rien que d'y repenser. Puis, il songea à Tae et combien elle était belle. Fiallach soupira et sortit de la hutte pour aller puiser un seau d'eau au puits. Le ciel était dégagé et l'aube n'allait pas tarder à poindre. Fiallach s'aspergea le visage et passa ses doigts mouillés dans ses longs cheveux blonds. Il contempla un instant les montagnes Druagh, grandes et fières, qui se dessinaient dans le ciel du matin. *C'est un beau pays*, pensa-t-il.

Peu de gens étaient déjà levés à cette heure. Fiallach enfila ses bottes et traversa le village jusqu'au lieu de la fête. Tous les restes avaient été récupérés, il ne restait pas une seule miette. C'était une bonne pratique. Si on avait laissé traîner de la nourriture, cela aurait pu attirer des ours ou des loups dans le village.

— Bonjour, dit Gwydia en sortant de derrière la forge.

Fiallach se retourna. Aujourd'hui, elle avait les cheveux attachés et portait une robe azur ainsi qu'un châle couleur crème sur les épaules. Comme lui, elle n'avait dû dormir que deux heures environ, pourtant elle avait l'air reposée et son regard était vif.

— Tu es debout de bonne heure, lui fit-il remarquer.

— Je me lève toujours très tôt. J'aime bien le matin ; regarder le soleil franchir les pics.

— Moi aussi, répondit-il. Veux-tu marcher un peu avec moi ?

Elle sourit et, avec naturel, elle le prit par le bras. Ils traversèrent un pont et s'éloignèrent du village jusque dans le pré supérieur. Au loin, Fiallach aperçut deux aigles qui se découpaient sur les flancs des montagnes.

— Ce doit être agréable d'être un aigle, déclara Gwydia. Tu ne crois pas ?

— Je n'y ai jamais songé, admit-il.

Mais c'était une pensée agréable : écarter les ailes et s'envoler loin au-dessus du sol. Ils marchèrent encore un moment en silence puis s'arrêtèrent pour regarder l'aube éclairer le pays.

Fiallach, immobile, sentait la petite main de Gwydia dans la sienne. Quelle sensation étrange. Tout à coup, il réalisa qu'il était enfin en paix.

— À quoi penses-tu ? lui demanda-t-elle soudain.

— Que je suis un homme en colère, répondit-il sans réfléchir.

Il fut surpris de ses propres mots.

— En colère contre quoi ?

Il sourit.

— En cet instant précis, je ne sais plus car la colère est partie.

— Difficile d'être en colère lorsqu'on voit se lever le soleil, déclara-t-elle.

— On dirait bien que c'est vrai, admit-il. Je me demande pourquoi.

— Parce qu'il nous fait réaliser que nous sommes petits et insignifiants. Il se lève ainsi depuis la nuit des temps et continuera de se lever quoi que nous fassions. Tous nos problèmes ne sont rien comparés au soleil.

— Oui. Je vois cela. Pourtant je ne m'en étais jamais rendu compte auparavant.

Elle éclata de rire.

— C'est la première fois que tu vois un lever de soleil ?

— C'est la première fois que j'en vois un avec toi.

Elle rougit. Il serra la main de la jeune fille et la porta jusqu'à ses lèvres afin de déposer un baiser sur ses doigts. Ils restèrent tous les deux interdits, puis elle le prit par le bras.

— Viens chez moi, lui proposa-t-elle d'une voix douce. Mère va bientôt préparer le petit déjeuner.

— Pourrais-je être l'homme idéal pour toi ? demanda-t-il.

Elle plongea son regard dans ses vifs yeux bleus.

— Il faudra que tu parles à mon père, lui dit-elle.

— Je le ferai. Mais j'ai besoin de l'entendre de ta bouche.

— Tu es l'homme idéal, affirma-t-elle. Je l'ai su la nuit dernière.

— As-tu conscience que j'ai presque trente et un ans ? Tu ne me trouves pas trop vieux ?

— Imbécile, le gronda-t-elle en souriant. Viens, allons voir mon père.

Nanncumal le Forgeron était un homme renfrogné, mais un large sourire avait éclairé son visage lorsque Fiallach lui avait fait part de son intention d'épouser sa fille. Comme Gwydia était à la maison, aidant sa mère à dresser la table du petit déjeuner, Nanncumal et Fiallach s'étaient isolés dans la forge.

Nanncumal avait ravivé le feu avant d'y ajouter du bois.

— C'est une brave fille, dit le forgeron. Forte, loyale – quoiqu'un peu trop raisonneuse.

— Ma demande n'a pas l'air de te surprendre.

— Elle nous en avait parlé la nuit dernière. Je m'inquiétais surtout de peur qu'elle soit déçue.

— La nuit dernière ?

— Mon ami, un homme ne peut pas comprendre comment pense une femme. Elle est revenue à la maison plus excitée que jamais. Elle nous a dit qu'elle venait de rencontrer un homme merveilleux. Je me suis levé cette nuit et je l'ai trouvée assise devant la fenêtre. Je lui ai demandé ce qu'elle faisait là. Elle m'a répondu qu'elle t'attendait. Je ne l'avais jamais vue dans un tel état. Et pour être honnête, ça m'a fait plaisir. Elle a refusé un certain nombre de jeunes gens. Elle nous a toujours dit qu'elle attendait le bon. Alors, tu as intérêt à bien la traiter.

— Tu as ma parole, jura Fiallach.

— Le sujet est donc clos.

Le feu de la forge redoublant d'intensité, Nanncumal s'écarta et se dirigea vers une étagère au fond de la pièce, pour y prendre une cruche en grès à fin goulot. Il la tendit à Fiallach.

— Je sais qu'il est un peu tôt pour boire, mais je pense qu'un toast s'impose.

Fiallach souleva la cruche et but une grande gorgée d'uisge.

— Bon sang, ça fait du bien, dit-il en rendant la cruche à Nanncumal.

— Vingt ans. Cela fait vingt ans que je la gardais pour une telle occasion. À vous deux ! (Le forgeron but une grande gorgée à son tour, puis reboucha la cruche et la remit sur son étagère.) Tiens, pendant que tu es là, je vais en profiter pour vérifier quelque chose.

Il sourit et prit une longueur de ficelle qu'il enroula autour des épaules gigantesques de Fiallach.

— Mais qu'est-ce que tu fais ? s'enquit le géant.

— Tu le sauras bien assez tôt, répondit Nanncumal en faisant une encoche sur la ficelle à l'aide de son pouce. Oui, ça devrait aller. Ça m'inquiétait un peu, avoua-t-il.

— Est-ce que c'est une sorte de rituel de mariage à Trois-Ruisseaux ?

— Non. Aie un peu de patience, mon ami. Tu sauras de quoi il retourne lorsque nous verrons Connavar dans la matinée. Pour l'instant, allons manger.

Deux heures plus tard, Fiallach, Nanncumal et son fils Govannan frappèrent à la porte de la maison de Connavar. Tae était absente ; elle rendait visite à Meria, la mère de Connavar. En entrant, Fiallach vit Conn, son beau-père, Ruathain, et le Druide, Frère Solstice. Les yeux de Fiallach s'attardèrent sur Ruathain et il sentit son pouls s'emballer. Ce dernier était grand et puissant. L'esprit belliqueux de Fiallach s'enflamma. Ruathain le dévisagea et sourit. Lui aussi l'avait ressenti. Ils ressemblaient à deux taureaux prêts à s'affronter pour le troupeau.

Ils se serrèrent la main et s'évaluèrent. Fiallach connaissait la réputation de guerrier de Ruathain. Depuis près de vingt ans, il était première épée des Rigantes. Il se demanda alors ce qu'il valait au combat à mains nues. Leurs regards se croisèrent.

— Mon fils me dit le plus grand bien de toi, lui confia Ruathain.

Enfin, ils rejoignirent Conn.

Dans le silence qui suivit, Connavar se leva de son siège et se rendit jusqu'au grand coffre posé au fond de la pièce. Il l'ouvrit et en sortit une cotte de mailles étincelante. Fiallach la regarda avec concupiscence. Elle était magnifique, avec ses anneaux minuscules mais parfaitement ronds. On aurait dit un épais tissu. Connavar la tendit à Ruathain, puis en sortit une seconde qu'il passa à Govannan. Enfin, il sortit une troisième cotte et traversa la pièce pour l'offrir à Fiallach.

— Mettez-les, demanda Connavar.

— Tu vois pourquoi je m'inquiétais de la taille de tes épaules, déclara Nanncumal. Conn m'avait dit qu'en gros elles étaient comme celles de son père. En fait, les tiennes sont légèrement plus grosses, mais je crois que tu seras quand même à l'aise dedans.

Fiallach enfila sa cotte de mailles. Elle était lourde. Il passa les bras et l'ajusta. L'armure de mailles atteignait ses genoux. Elle avait été fendue sur le devant et le derrière afin de faciliter les mouvements à un cavalier. Les manches étaient courtes, se terminant juste au-dessus du coude ; il y avait également une capuche que Fiallach mit en place. De sa vie il n'avait porté une chose aussi belle. Il toucha les maillons avec ses gros doigts. Ils pouvaient arrêter n'importe quelle flèche et protéger un guerrier d'un couteau de lancer ou même d'un coup d'épée. Il faudrait une hache pour en venir à bout. Il scruta la pièce. Ruathain et Govannan étaient à présent vêtus comme lui.

— J'ai l'intention de monter une troupe d'élite pour protéger notre pays, déclara Conn. Chaque homme devra prêter serment d'obéir aveuglément à mes ordres. Dans le meilleur des cas, elle sera composée de cinq cents guerriers, chacun avec un cheval de guerre. Quand ce jour viendra, vous trois serez mes capitaines, du moins si vous acceptez de prêter serment.

— Qui devrons-nous combattre ? s'enquit Fiallach. Nous sommes en paix avec tous nos voisins.

— L'ennemi arrive, lui apprit Conn. Tu peux me faire confiance. L'armée de Roc va traverser l'eau, et nous connaîtrons des massacres comme jamais auparavant. Nous devons nous préparer ou bien nous tomberons comme toutes les tribus de l'autre côté de la mer. Je les ai vus, Fiallach. Ils sont mortellement dangereux, et leur armée est presque invincible. Lorsqu'ils combattent, ils enchâssent leurs boucliers afin de créer un mur de bronze. J'ai vu des guerriers keltoïs se jeter contre ce mur et se faire tailler en pièces par des milliers d'épées courtes. (Il s'arrêta de parler, et un voile passa devant ses yeux.) Et lorsqu'ils ont détruit l'armée, ils annexent le pays et réduisent ses habitants en esclavage, par milliers. Sauf les enfants : eux sont massacrés. Lorsque le terrain est ainsi dégagé, ils font venir des colons de leur pays et bâtissent des villes en pierre. Si nous voulons les battre, il va falloir que nous changions nos tactiques de combat.

Govannan prit la parole. Il avait changé au cours de cette dernière année, son visage avait perdu les rondeurs de sa jeunesse. Ses yeux noirs étaient enfoncés dans son visage quasi décharné. Mais il était encore imberbe.

— S'ils viennent, comme tu le prétends, Conn, comment cinq cents cavaliers pourraient réussir là où des milliers de guerriers ont échoué avant ?

— Nous ne réussirons pas seuls. Nous aurons aussi des troupes à pied, une cavalerie, des archers. Les soldats de Roc sont regroupés en six unités qui ensemble forment une panthère. La tête est leur troupe d'élite, l'unité de reconnaissance. Puis il y a les griffes. Et, enfin, le ventre. Ce dernier groupe est responsable de la défense des lignes de ravitaillement. L'armée de Roc se trouvant dans un territoire hostile, elle doit sans cesse être réapprovisionnée en nourriture : du blé, du sel, de la viande, des fruits secs. (Conn sourit tristement.) C'est là que mes cavaliers s'avéreront très utiles pour interrompre le ravitaillement et attaquer les convois. Ils s'appellent les panthères. Nous serons les « Loups de Fer », et chasserons en meute. Nous harcèlerons également ceux qui les ravitailleront. Car, ne vous y trompez pas, ils le seront par des chefs keltoïs. Telle est leur méthode. Lorsqu'ils ont affronté les Perdiis, ce furent les Gaths et les Ostros qui les ravitaillaient. Il en sera de même ici. Ils débarqueront loin au sud et attaqueront sans doute les Norviis en premier. S'ils suivent la même méthode que d'habitude, ils essaieront d'abord de s'acoquiner avec les Ceniis et d'autres tribus plus petites. Ces tribus, qui entretiennent depuis longtemps une haine envers les Norviis, vendront du blé à l'armée de Roc. Une fois qu'ils auront établi une base, ils créeront leurs propres routes de ravitaillement. (Il regarda autour de lui et scruta les différents visages.) À présent, dit-il, acceptez-vous de me prêter serment ?

— Tu as le mien, déclara Ruathain.

— Et le mien, renchérit Govannan.

Fiallach resta un instant silencieux. Un autre jour, il aurait certainement refusé. Mais aujourd'hui, avec la joie que Gwydia provoquait en lui, il se mit à sourire.

— Je te suivrai, Connavar, promit-il, jusqu'à la mort !

Maccus était fatigué. Il avait passé des semaines dans les terres nord des Rigantes en compagnie de Connavar, afin de rendre visite aux petits chefs, aux fermes et aux communautés, s'arrêtant dans les mines de cuivre et d'argent, ainsi qu'aux villages de pêcheurs sur la côte. Son dos lui faisait mal après tant d'heures passées en selle chaque jour. Son esprit était au bord de l'épuisement. Connavar semblait infatigable, fort de l'énergie de la jeunesse. À presque cinquante ans, Maccus attendait de se retirer dès que Connavar aurait endossé le manteau de laird. Pour lui, il ne faisait aucun doute que le jeune homme voudrait nommer son premier conseiller, très certainement Ruathain, son père.

Maccus se disait qu'il pourrait aller s'installer dans une petite cabane en haut des montagnes Druagh. Il l'avait bâtie là avec sa femme, vingt ans auparavant. Ils s'y étaient bien plu jusqu'à ce que le Grand Laird le convoque à Vieux-Chênes et lui offre le poste de premier conseiller. Au début, sa femme, Leia, avait trouvé Vieux-Chênes trop bruyant à son goût, aussi étaient-ils partis s'installer à plusieurs kilomètres de la ville, reprenant une vieille ferme dont Leia s'était occupée. Avec les ans, la ferme avait rapporté des bénéfices, qui s'étaient encore accrus lorsque Leia avait décidé d'élever des cochons. Le jambon fumé était un mets recherché dans les Highlands, et celui de Leia était le meilleur que Maccus ait jamais goûté.

Il se leva de son lit et poussa un grognement : son arthrite le lançait furieusement à l'épaule. Ce lit était trop moelleux pour lui. Il entendait à l'extérieur les membres de la maisonnée qui s'affairaient, et l'arôme fumé de bacon en train de frire monta jusqu'à ses narines. Il entendit la voix de Connavar, et le rire de plusieurs femmes.

Maccus se rendit à la fenêtre, l'ouvrit et contempla le paysage et la vaste étendue d'eau du loch Vipère. Les pêcheurs étaient déjà au travail, leurs filets jetés, et leurs frêles embarcations ondulant au gré des vaguelettes grisâtres. Maccus frissonna. Un vent froid soufflait du nord. Ils avaient chevauché pas loin de neuf heures pour atteindre le loch Vipère. Connavar avait ensuite passé une partie de la nuit à discuter avec le chef.

Maccus enfila sa tunique, son pantalon, ses bottes, et gagna la grande salle. Une vingtaine de personnes s'y trouvaient, dont Connavar. Ils étaient tous assis autour d'une table à bancs rectangulaire d'environ quatre mètres de long.

— As-tu bien dormi ? s'enquit Arna, le chef borgne.

— Comme un bébé, répondit le conseiller en s'asseyant à côté de l'homme.

Vingt ans plus tôt, Maccus avait pris part à l'escarmouche où Arna avait perdu son œil. C'était au cours d'un combat furieux face à un groupe de pillards des mers en supériorité numérique. Maccus, lui-même, avait tué leur chef, un géant armé d'une grosse hache à deux têtes.

— Alors, fit plaisamment Arna, tu penses que cet enfant ferait un bon chef pour les Rigantes ?

Connavar éclata d'un rire franc et joyeux.

Maccus sourit.

— Jeune corps, vieille tête, répliqua-t-il. Et mieux vaut lui qu'un vieillard sénile comme toi.

Arna se fendit d'un large sourire.

— Tu n'es plus très jeune non plus, Maccus. Tu te souviens de ce salopard avec sa hache ?

— Et comment.

— Tu penses que tu pourrais encore le vaincre, aujourd'hui ?

Maccus considéra la question, se remémorant la force prodigieuse de son adversaire et le tas de cadavres rigantes autour de lui.

— Non, répondit-il tristement, je ne crois pas.

Arna eut l'air dépité.

— Mais si, insista-t-il. On a l'âge qu'on pense avoir.

Maccus regarda le chef borgne dans son bon œil et y lut de la peur. *L'âge nous rend tous stupides*, pensa-t-il en se forçant à sourire.

— Oui, da, tu as sans doute raison. Enfin, cela devrait quand même me prendre un peu plus de temps.

Arna gloussa.

— Il ne faut jamais se laisser aller, Maccus. C'est là le secret. (Il se retint de parler un moment et Maccus se tendit, sachant ce qui allait suivre.) Je suis désolé pour Leia. C'était une brave femme.

La douleur revint saisir Maccus au creux de l'estomac et remonta jusqu'à sa gorge, qui se noua.

— Merci, dit-il simplement.

Une jeune femme apparut à côté de lui et déposa un bol de soupe de poisson épaisse sur la table, ainsi qu'une assiette de pain frais. Maccus la remercia, rompit du pain et se mit à manger.

En milieu de matinée, lui et Connavar quittèrent le loch Vipère pour rentrer chez eux. Les poneys étaient encore fatigués du périple de la veille, aussi gravirent-ils lentement les sentiers montagneux.

Ils s'arrêtèrent à midi afin de laisser les bêtes se reposer et allèrent se mettre à l'abri du vent derrière un gros rocher. Là, ils allumèrent un feu.

— Arna m'a dit le plus grand bien de toi, déclara Connavar. Il prétend que tu es le meilleur des hommes.

— Il est connu pour exagérer.

— Il m'a raconté comment tu avais gagné la bataille contre les pillards des mers en tuant leur chef.

— Ce n'était pas une bataille, Connavar. Rien qu'une escarmouche.

Maccus s'emmitoufla davantage dans son manteau et passa son capuchon sur sa tête qui se dégarnissait.

— Pourquoi n'as-tu pas voulu devenir laird ?

Maccus savait que cette question devait surgir un jour ou l'autre, pourtant il n'avait toujours pas de réponse. Il haussa les épaules.

— J'y ai songé. Peut-être qu'il y a dix ans de cela, je t'aurais affronté pour le titre. Je ne sais pas, Connavar. C'est la vérité. Leia n'arrêtait pas de me répéter que j'étais quelqu'un de trop réservé, que je ne m'amusais pas assez en compagnie des gens. Mais ce n'était pas tout à fait cela. Je préférais simplement sa compagnie à la leur. (Il leva les yeux.) Et toi ? Pourquoi as-*tu* souhaité devenir laird ?

— J'ai vu le mal à venir, répondit Connavar. Je dois le combattre.

— Un homme motivé. Je vois. Peut-être est-ce également ma réponse. Je ne suis pas motivé. Tout ce que j'attends, c'est de pouvoir retourner dans la cabane que nous avions construite là-haut sur la montagne.

— Que veux-tu dire ?

— Eh bien, dès que tu auras choisi ton premier conseiller.

Connavar éclata de rire.

— Mais je ne veux pas en changer, Maccus. Je vais avoir besoin de tes conseils.

Les propos de Conn choquèrent le vieil homme, qui fut surpris de constater que son cœur s'était emballé sur le moment. Il n'avait pas réalisé à quel point cela fait du bien d'être nécessaire.

— Et Ruathain ?

— Nous sommes trop semblables en bien des points, lui et moi. Nous sommes impulsifs. Non. Acceptes-tu de rester ?

— Je ne sais pas. Je veux avoir le temps d'y réfléchir.

— Ça me suffit.

— J'aurai cinquante ans cet été. Mes os me font déjà souffrir.

Connavar rajouta du bois dans le feu.

— Tu as fait preuve de beaucoup de bonté avec Arna. Il est terrifié à l'idée de vieillir.

Maccus acquiesça.

— C'était un grand guerrier, et, comme tous les jeunes, il croyait qu'il le resterait toujours. Pour nous, les vieux étaient une race à part. Je crois qu'en notre for intérieur nous pensions que ce sont les gens qui *choisissent* de devenir vieux. Nous étions jeunes, nous étions forts, et surtout très stupides. Les années se dressaient devant nous pleines de promesses. Souvent, la nuit, nous nous retrouvions autour d'un feu pour nous plaindre des vieux qui nous gouvernaient. Ils étaient fatigués, épuisés, timorés. Nous parlions de tout ce que nous allions faire lorsque notre tour viendrait. (Maccus se mit à rire d'une franche bonne humeur.) Aujourd'hui, lorsque je regarde les jeunes assis devant un feu, je sais de quoi ils parlent. Quant à Arna, cela aurait pu être différent s'il avait eu des enfants. Sans eux, un homme a le sentiment que la mort est une véritable fin.

— Tu as des enfants ?

— Non. Leia a perdu trois bébés. C'est pour cela que je sais.

— Tu m'as dit ce que cela faisait d'être jeune, mon ami. Mais quel effet cela fait-il d'être vieux ?

Maccus y réfléchit un instant. Puis, il sourit.

— Il y a deux jours ton poney a fait une ruade, et t'a heurté. Comment est ton bleu ?

— Il est parti.

— Si le poney m'avait touché, j'aurais conservé le bleu pendant au moins deux semaines. Quand le temps est humide, mon épaule me fait mal et mon bras se ralentit. L'hiver, les vents froids me transpercent et j'ai besoin de porter deux maillots de corps. En résumé, je suis plus lent et plus fragile que je ne l'étais. Et je crois que c'est cette fragilité qui m'atteint le plus. Cela attaque ma confiance en moi. Oui, j'ai été gentil avec Arna. Si je devais affronter ce Pillard des mers aujourd'hui, il me taillerait en pièces en quelques battements de cœur. J'ai du mal à l'admettre car, comme Ruathain, j'ai été première épée.

— Et maintenant, tu es premier conseiller.

— Oui, da. Et je dois admettre que c'est un rôle que j'apprécie beaucoup.

Un bruit sur la gauche fit brusquement tourner la tête à Maccus. La douleur le lança à l'épaule. Un ours brun descendait lentement la pente vers un cours d'eau. Il fit une pause et regarda dans leur direction. Conn se leva doucement et dégaina son épée. Puis il avança à trois mètres devant le feu. Maccus dégaina son arme et vint se porter à ses côtés.

L'ours les observa un moment et reprit sa route.

Maccus jeta un coup d'œil à Connavar. Le visage du jeune homme était livide, mais il ne s'était pas enfui.

— Heureusement qu'il n'était pas affamé, commenta Maccus. Autrement, il nous aurait sûrement attaqués.

— Cela aurait été sa dernière erreur, affirma Connavar.

Tae ne s'était pas bien installée dans la ville fortifiée de Vieux-Chênes. Conn était absent la plupart du temps, pour parler aux cinquante-six chefs de clan et lairds mineurs qui, lorsque le Grand Laird se retirerait, formeraient l'Assemblée. C'était une ancienne coutume grâce à laquelle les chefs pouvaient élire un nouveau laird. Elle avait été instaurée quatre cents ans plus tôt, après que le dernier roi eut été destitué, le légendaire Gallis le Cruel. Conn n'était pas sûr d'avoir un soutien général et il faisait donc de son mieux pour courtiser les électeurs.

Ces longues périodes d'absence s'avéraient moroses pour Tae, même si elle passait la majeure partie de ses journées à chevaucher dans la région pour découvrir les sentiers cachés et les cols étroits des montagnes Druagh. Le paysage était magnifique ; elle aimait la beauté sauvage des Highlands, les pentes escarpées et les pics imposants. Mais elle était jeune et tout récemment mariée : son mari lui manquait terriblement. Davantage, craignait-elle, qu'elle ne lui manquait.

Elle ne doutait pas de son amour, mais c'était un homme obsédé et, à dire vrai, qui l'effrayait un peu. Tout comme son retour dans cette ville où sa mère avait tant souffert. Tae avait de nombreux souvenirs d'enfance joyeux à Vieux-Chênes : à dos de poney en compagnie de son père, à jouer avec d'autres enfants sur les collines derrière les palissades. Mais son dernier souvenir était celui de sa mère criant de colère et d'angoisse qui sortait du grand hall en courant, les larmes coulant le long de son visage. Tae, comme sa mère, n'avait jamais pardonné au Grand Laird la peine qu'il lui avait causée et elle avait bien du mal à supporter sa présence.

Lorsqu'elle était arrivée, le premier matin, il l'avait fait venir dans ses appartements. Elle l'avait écouté silencieusement lui parler de sa souffrance et de son amour pour Llysona. Mais ses mots ne l'avaient pas touchée. Elle avait dévisagé le vieil homme fatigué jusqu'à ce qu'il finisse sa confession et qu'elle puisse enfin retrouver Conn.

— Je n'ai jamais cessé de t'aimer, ma fille. Ainsi que ta mère, lui avait-il confié. (Elle avait voulu lui demander s'il avait aimé Llysona en baisant sa putain, mais elle s'était retenue.) Cela me ferait du bien de savoir que tu m'as pardonné.

Cette dernière réflexion avait été de trop, et sa colère l'avait emporté sur sa résolution d'être polie.

— Mais ce n'est pas le cas, lui avait-elle répondu. Tu as brisé le cœur de ma mère, et puis tu l'as envoyé loin d'ici. Si cela ne s'était pas produit, elle serait toujours en vie aujourd'hui. En avons-nous fini ? J'aimerais aller faire un tour à cheval avec mon mari.

— Nous en avons fini, avait-il dit tristement.

Elle s'était inclinée, avait fait demi-tour sur ses talons et quitté la pièce. Ils n'avaient plus jamais parlé en privé par la suite.

Les jours, les semaines et les mois, depuis lors, avaient vu les émotions de Tae osciller entre solitude et joie, et solitude encore, car Conn s'en allait très souvent et ne restait que très peu de temps chaque fois qu'il rentrait.

Aujourd'hui, Conn lui avait affirmé qu'ils iraient faire une balade à cheval. Le printemps était venu, les jours étaient plus chauds, et Ruathain, qui était arrivé en ville pour vendre du bétail, leur avait parlé d'un lac sur les hauteurs proches dont la vue était d'une beauté exceptionnelle. Tae avait envie de s'y rendre afin de profiter d'une après-midi avec Conn.

Vêtue d'une tunique de laine verte bordée de cuir sombre, d'un pantalon d'équitation, et chaussée de grandes bottes, elle arpentait la palissade scrutant le moindre signe de son mari. Il était parti de bonne heure pour rendre visite à Arbonacast, Parax, et son cousin Legat, qui s'occupaient des troupeaux de chevaux. Comme les jours s'allongeaient, la saison des amours allait commencer, et Conn était impatient de voir ses étalons.

Alors qu'elle marchait le long des remparts, elle aperçut Frère Solstice qui montait à sa rencontre. Le Druide à la barbe noire lui fit un signe de la main, tout sourire.

— Comment vas-tu, belle demoiselle ? s'enquit-il.

— Je vais bien, Frère Solstice. Et toi ?

— Ravi de voir le soleil briller enfin. L'hiver a été rude, déclara-t-il.

— Oui, da, convint-elle. Ruathain me disait qu'un grand nombre de têtes de bétail avait été perdu.

Le Druide acquiesça.

— Cela a été particulièrement vrai chez les Pannones, dans le nord. Les lacs ont gelé, et ils n'ont pas pu pêcher. J'ai cru comprendre qu'il y avait eu des cas de famine chez eux. Le Grand Laird a fait envoyer trois chariots de blé à Eau-Claire. C'est un homme bon.

Il la jaugea de son regard sombre, mais elle ne mordit pas à l'hameçon. Tae n'avait aucune envie de pardonner au laird, et encore moins de discuter de ses mérites.

— On dit que tu vas te rendre dans le sud, Frère. Est-ce que tu nous quittes pour toujours ?

— Non – du moins je ne l'espère pas. La réunion des Druides se tient cette année sur les bords du fleuve Gath. Nous aurons beaucoup de choses à discuter. Je suis impatient de m'y rendre. Cela fait quelques années que je n'ai pas traversé l'eau, et, autant que je me souvienne, les Gaths sont un peuple amical.

— Tu vas nous manquer, dit-elle.

— C'est gentil de dire cela, Tae. Je crois bien que je vais manquer davantage encore au Grand Laird. Il n'a pas beaucoup d'amis.

Tae prit une profonde inspiration.

— Il n'a que ce qu'il mérite, rétorqua-t-elle. Il a trahi ma mère. Je ne vois aucune raison de lui pardonner.

— Le pardon n'a pas besoin de raison, Tae. Ce qui s'est passé entre le laird et ta mère était un problème qu'ils devaient résoudre ensemble. Les gens font parfois des choses stupides. C'est dans notre nature. Il ne voulait pas faire de mal à Llysona et encore moins à toi. Llysona est restée à Sept-Saules parce que c'était son choix, pas parce qu'il l'avait éloignée. La mort de ta mère ne devrait pas être attachée à sa conscience.

— Est-ce que c'est lui qui t'envoie ?

— Non. Il serait offensé s'il savait que je parle en son nom.

— Je n'ai pas de sentiments pour lui, si ce n'est du dégoût, confia Tae au Druide. Je ne changerai pas. (Elle regarda en direction du sud, dans l'espoir que Conn serait en vue.) Il a marché jusqu'à l'arbre avec ma mère. Il a fait des vœux qu'il a brisés. Elle ne le lui a jamais pardonné. Et moi non plus.

— Ce n'était pas une femme clémente, répliqua Frère Solstice. C'était un de ses grands défauts.

— Je te saurais gré de ne pas critiquer ma mère, dit sèchement Tae.

Elle fit volte-face et descendit des remparts pour se rendre dans le grand hall.

Chapitre 15

Vorna était soucieuse. Son sommeil avait été troublé par des rêves vifs et frappants de précision. Elle y avait vu un jeune homme brun aux yeux pâles en compagnie de plusieurs hommes. On avait donné au jeune homme une épée et un arc. Ces armes dégoulinaient de sang. Chaque fois qu'une goutte touchait le sol, elle se transformait en pièce d'or scintillante.

Vorna s'était réveillée fatiguée et vidée. Elle s'était levée pour changer et nourrir Banouin, puis elle l'avait amené chez Meria. La femme de Ruathain avait promis de garder le bébé pendant que Vorna parcourrait le village pour distribuer des potions aux malades et aux enfants atteints de la fièvre. Elle avait suivi le conseil de la Morrigu et n'avait révélé à personne que ses pouvoirs étaient revenus, même si elle s'en servait sans cesse.

Sa dernière visite l'avait conduite à la maison d'un vieil homme frêle qui se plaignait de douleurs vives au ventre. Elle avait découvert qu'un cancer le rongeait progressivement de l'intérieur. Le mal était trop avancé pour qu'elle puisse le soigner, mais elle avait toutefois atténué une grande partie de la douleur. Puis, elle avait emmené sa femme à l'écart et lui avait fait part de la mort imminente de son mari. La femme avait pris la nouvelle de façon stoïque, et l'avait remerciée pour ses efforts. Vorna avait pourtant lu une grande détresse dans ses yeux.

Alors qu'elle s'en retournait chez Meria, elle eut soudain une vision. Au début elle crut qu'elle était devenue aveugle car une terrifiante noirceur s'était abattue sur ses yeux, la faisant tituber. S'en suivit une lumière aveuglante, et elle aperçut dans son esprit un arbre qui perdait du sang. Un jeune lion, une armure d'argent sur le dos, affrontait un vieil ours. Tandis qu'ils se battaient, une colombe passa au-dessus d'eux. Le lion donna un coup de patte en l'air.

La colombe fut projetée au sol, déchiquetée. Dans les sous-bois, six loups attendaient. Ils étaient gros et leurs yeux rouges luisaient. Comme celui du lion, leur dos était recouvert d'une armure de plaques argentées. Au moment où le sang qui coulait de l'arbre pénétrait dans le sol, la terre se mit à trembler. Une faille s'ouvrit, et des veaux nouvellement nés s'extirpèrent de la boue sanguine pour se dresser frissonnants au milieu de la clairière. Vorna vit les loups se pourlécher les babines, le regard rivé sur les veaux. Puis, la vision se dissipa et Vorna retrouva la vue.

Elle alla s'asseoir sous l'Ancien Arbre et essaya de décrypter cette vision. Elle savait avec angoisse qu'il s'agissait d'une prophétie et qu'il lui fallait en découvrir le sens. L'ours était un symbole en rapport avec Connavar. Or, Connavar n'était pas vieux. Donc, cela ne pouvait être lui. Elle se remémora son premier rêve. Du sang qui devenait de l'or. De la monnaie de sang. Le prix de la vie. Le payement qu'un transgresseur doit payer à la famille d'une victime afin d'arrêter une querelle.

Cela n'avait toujours pas de sens. Au lieu de se rendre chez Meria, Vorna décida de rentrer chez elle pour s'asseoir au coin du feu.

Un vieil ours.

S'agissait-il du Grand Laird ? Elle repoussa l'idée. Dans une vision, le laird serait plutôt représenté par un taureau, roi du troupeau. Et qui étaient ces loups en armure ? Des soldats de Roc, peut-être, ou des Loups des mers ? Peut-être que l'ours n'était qu'une représentation de la terre elle-même sous le coup d'une attaque. Mais Vorna n'y croyait pas. Cela ne semblait pas juste. D'une certaine façon, les deux visions étaient liées, et elle s'efforça de se souvenir de la première : le jeune homme avec l'arc couvert de sang. Elle ne reconnaissait ni son visage ni celui des six hommes qui l'accompagnaient.

Six hommes. Six loups. Elle savait qu'elle se rapprochait pas à pas de la réponse. Tranquillement assise, Vorna relâcha son esprit. L'arc gouttait du sang du prix de la vie. Elle se souvint alors que Ruathain était parti autrefois chez les Pannones pour offrir un paiement afin d'enterrer une querelle de sang.

Ruathain. Le vieil ours.

C'est alors qu'elle réalisa que les loups n'étaient pas vêtus d'armures. C'étaient des écailles, comme des poissons. Le peuple pêcheur d'Eau-Claire. Tout se mit alors en place. Les Pannones de cette région avaient terriblement souffert pendant l'hiver. Un jeune guerrier avait donc été désigné pour aller affronter Ruathain. Ainsi, une nouvelle querelle de sang pourrait débuter, et Ruathain offrirait peut-être de nouveau du bétail et des poneys afin d'y mettre un terme. D'où les jeunes veaux nés de la boue sanguine.

Vorna se rappela que le Laird Pêcheur avait cinq grands garçons. Ils étaient avec leur père les six loups de la vision. Et ces loups avaient envoyé l'un des leurs pour mourir ni dans la gloire ni pour la justice, mais par appât du gain. Elle frissonna.

Ruathain n'était pas à Trois-Ruisseaux. Il était parti pour la ville fortifiée du Grand Laird afin d'y vendre du bétail. Il n'y avait aucun moyen de le prévenir.

Ce qui, en soi, rendait la prophétie déroutante. Vorna savait que celle-ci ne dépeignait pas un événement à venir, mais attendait le moment de se dévoiler. Alors, quel était le but de cette vision, si elle ne pouvait rien faire pour changer le cours des événements ? Les visions ne venaient généralement pas tourmenter un prophète. À sa connaissance, elles avaient toujours un but.

Vorna soupira. Elle ne voyait pas d'un bon œil le long voyage jusqu'à Vieux-Chênes.

Tout en guidant son poney pie à travers les collines, par la route la plus rapide pour rentrer à Vieux-Chênes, Connavar se sentait satisfait. Les juments allaient bientôt être en chaleur, et il était persuadé que ses étalons allaient donner de beaux poulains. Ce n'était plus qu'une question de patience. Arbon, Parax et Legat, le cousin de Tae, s'occupaient des trois troupeaux, et il faudrait attendre encore onze mois avant que les premiers accouchements n'aient lieu, et encore deux ans avant que les premiers chevaux soient prêts à être dressés. En attendant, Conn avait envoyé des marchands au sud, de l'autre côté de l'eau, afin qu'ils achètent des montures aux Gaths et qu'ils les ramènent.

Conn appréciait la chaleur du soleil printanier sur son dos. La vie était belle, surtout avec le projet d'aller sous peu se balader avec Tae près du lac dont parlait Ruathain. Il lui avait dit qu'il serait de retour un peu après midi, et grâce à la nouvelle route que lui avait indiquée Arbon, il y serait même plus tôt.

Tout en chevauchant, il songea à la cérémonie à venir. La plupart des chefs lui avaient juré allégeance. Et il n'était pas dupe que cela était largement dû à sa popularité. Ses actions, pourtant peu nombreuses à son humble avis, avaient généré une légende parmi son peuple. Et la légende, comme il le réalisait à présent, était un outil bien pratique dans l'acquisition du pouvoir. Sur les cinquante-six chefs et lairds mineurs susceptibles de voter, Conn pensait déjà en avoir acquis une trentaine à sa cause. Et pour l'instant, personne n'avait proclamé son intérêt pour la fonction de laird.

Conn continua sa route, forçant son poney à gravir une côte jusqu'à la crête de la colline. À l'orée des bois sur sa droite, se trouvait un groupe de huttes, et au-delà une prairie dans une cuvette encore parsemée de petits monticules de vieille neige. Là, pas loin de deux cents têtes du fameux bétail noir et blanc du Grand Laird paissaient tranquillement. Conn arrêta son poney pour les regarder. Bientôt, elles seraient à lui ; il serait bon qu'il se fasse connaître des gardiens de troupeau. Il regarda le soleil et estima qu'il avait le temps de leur passer un petit bonjour.

Alors qu'il approchait de la première hutte, une femme en sortit. Comme le soleil se reflétait dans ses longs cheveux blonds, Conn sentit une grosse boule se former dans sa gorge.

C'était Arian.

Sa bouche devint sèche, et son cœur se mit à battre la chamade. Elle leva la tête et l'aperçut. Un grand sourire vint éclairer son visage qui s'en trouva de fait encore plus beau. Le poney continua d'avancer jusqu'à manquer la renverser. Conn tira d'un coup sec sur les rênes.

— Tu as l'air d'aller bien, Conn, lui dit Arian.

— Toi aussi, réussit-il à dire. Qui vit ici ?

— Casta, moi et trois autres familles.

— Où se trouve Casta ? Je voudrais lui parler.

— Deux garçons s'occupent du bétail. Casta et les autres sont partis à Vieux-Chênes pour acheter des provisions. Est-ce que tu veux descendre un moment ? Il doit nous rester un fond de cidre.

Conn se laissa glisser de selle et la suivit dans la petite hutte. Il y avait un lit de fortune, taillé dans du pin, contre le mur sud, une table à bancs pour quatre. Une peau de vache était étendue en guise de tapis devant un petit âtre, et les poils étaient brûlés par endroits. Arian versa une coupelle de cidre qu'elle lui tendit, et leurs mains se touchèrent. Conn se sentit rougir.

— Es-tu heureux à présent, Conn ? lui demanda-t-elle.

— Oui, da. Et toi ?

Elle sourit et s'approcha du feu, s'agenouillant, et se penchant à moitié, afin de rajouter des bûches dans le foyer. Conn la contempla, se remémorant le temps où ils étaient ensemble et à quel point il avait été amoureux. Il avait cru ne plus rien ressentir pour elle, mais il savait maintenant que c'était faux. Il aimait Tae de tout son cœur, mais si près d'Arian, son corps tremblait de toutes parts. Il essaya de calmer l'excitation qu'elle faisait naître en lui.

— Je dois y aller, fit-il en s'approchant de la porte.

Elle s'approcha de lui, tellement qu'il put sentir le parfum de ses cheveux.

— Je suis désolée pour toute la peine que j'ai pu te faire, dit-elle. Je n'ai pas arrêté d'y penser.

— C'est du passé à présent, s'entendit-il répondre.

Il vit des larmes dans ses yeux et la prit instinctivement dans ses bras.

— J'ai eu si peur quand ils ont dit que tu allais mourir. J'ai été si bête. Je n'ai jamais cessé de t'aimer, Conn. Jamais.

Il ferma les yeux et l'embrassa sur le haut du crâne. Il faisait chaud dans la hutte, des ombres dansaient sur les murs. Elle passa ses bras autour de son cou.

L'espace d'un instant seulement, il tenta de résister, puis il pencha sa tête et l'embrassa. Les années défilèrent, et il eut de nouveau quinze ans, contre le corps de la première femme qu'il ait aimée.

Toute pensée du monde extérieur disparut de son esprit.

Tout ce qui existait en cet instant, c'était cette pièce, ce feu, et le lit du fond qui les appelait.

Ruathain était un homme grand et lourd, aussi prenait-il toujours soin de ses montures. Il était descendu de cheval au pied de la colline rocailleuse et avait guidé son hongre par les rênes durant l'ascension. Tae l'avait imité, bien qu'il lui ait dit que c'était inutile. Elle était suffisamment légère pour le poney. Tae lui avait souri et avait ignoré son conseil.

Tout en grimpant, Ruathain était furieux contre Conn. La vue qu'il allait montrer à Tae était du genre à être partagée par des amoureux, pas avec le père de son mari. Il se sentait gêné et maladroit. Il avait déjà emmené Meria ici, une fois, et ils avaient fait l'amour sur un flanc de colline. Comme Conn n'était toujours pas arrivé et que l'après-midi avançait, Tae avait demandé à Ruathain de la conduire au lac. Il avait essayé de refuser poliment, mais elle n'avait rien voulu savoir. C'était une femme magnifique, il n'y avait aucun doute à avoir là-dessus, avec ses longs cheveux bruns flottant au vent, et son sourire communicatif. Il pouvait comprendre la pression que subissait Conn, mais n'importe quel homme qui préférait passer son temps à regarder des étalons et des juments plutôt que d'imiter étalons et juments, méritait un grand coup sur la tête.

Il atteignit le haut de la crête et fit quelques pas sur le plat. Sa poitrine le lançait après l'effort qu'il venait de faire, il sentit même une petite douleur. Tae arriva à sa hauteur, et ils restèrent un instant interdits devant la beauté du paysage qui s'étendait sous leurs yeux. Il y avait en bas un lac longiforme qui brillait comme une épée. De petites fleurs jaunes poussaient à profusion sur les collines, et au loin d'autres collines boisées ressemblaient à des bisons géants paissant au pied des montagnes aux cimes enneigées. Le fond de l'air était frais et piquant, le ciel d'un bleu sans tâche.

— C'est si beau, murmura Tae.

Elle soupira de plaisir. De l'autre côté du lac, on pouvait apercevoir un cercle de pierres dorées.

Ruathain les montra du doigt.

— D'après la légende, c'étaient autrefois des géants qui se sont attirés le courroux de Taranis. Une nuit, alors qu'ils s'étaient rassemblés pour fomenter leur révolte contre les dieux, Taranis est apparu au milieu d'eux et les a transformés en pierres.

— Tu crois à cette histoire ?

Ruathain haussa les épaules.

— Non, mais c'est un joli conte. Il y avait une tribu qui vivait ici avant nous. Je pense que c'est eux qui ont bâti ce cercle.

— Le Peuple laid ? demanda-t-elle en souriant.

— Non, bien avant eux. Au nord d'ici se trouve une vallée. Un fermier y labourait son champ lorsqu'il a découvert un mur sous la terre. Avec son fils, il a essayé de récupérer les pierres, mais elles étaient trop grandes. Chacune pesait plusieurs tonnes. Pourtant, elles avaient été placées les unes sur les autres.

— Quelle était la longueur de ce mur ?

— Personne ne le sait. Le fermier a bien essayé de creuser autour, mais il a réalisé qu'il n'y arriverait pas et a abandonné le champ.

— Personne n'est allé voir ce que c'était ?

— Pour quoi faire ? s'enquit Ruathain. À quoi pourrait servir un mur enterré ?

— Il pourrait y avoir là des reliques, des indices quant aux gens qui l'ont construit. Je vais embaucher des ouvriers et m'y rendre moi-même, déclara-t-elle.

Ils descendirent jusqu'à la rive du lac. Ruathain alluma un feu puis, ils partagèrent un repas de jambonneau rôti et d'œufs durs qu'il était allé laver dans l'eau froide du lac.

— Je suis si heureuse d'être venue ici, dit Tae. Y as-tu déjà emmené Meria ?

— Oui, répondit-il, et il se sentit rougir en se rappelant l'occasion.

Mais Tae était suffisamment bien élevée pour ne pas l'interroger davantage ; ce qui lui fit plaisir.

— Parle-moi de Conn, proposa-t-elle. A-t-il toujours été aussi sérieux ?

Cette fois, Ruathain se sentait davantage en terrain connu. Il secoua la tête.

— C'était un bon garçon, qui aimait faire des farces et des mauvais coups. Mais toujours avec un bon fond. Je ne l'ai jamais vu tourmenter un autre enfant ou se moquer de qui que ce soit. Pourtant, à l'époque, il prenait facilement la mouche. Peut-être que c'est commun à tous les enfants ? Ils sont quand même plus ouverts que les adultes. Il croyait que son père était un lâche, ce qui n'était pas le cas. Et cette simple pensée l'a poussé à vouloir se prouver à lui-même qu'il n'était pas son père. Une fois, alors qu'il était très jeune, il est parti dans les bois pour tuer un loup. Je l'ai trouvé assis dans des fourrés, un couteau à la main, et une vieille casserole sur la tête en guise de heaume. Il faisait noir, et il était terrifié, mais il faisait tout son possible pour ne pas le montrer. C'était un bon garçon. Et il l'est toujours.

— Et puis il a combattu l'ours, souffla-t-elle.

— Oui, da. Il ne voulait pas abandonner son ami. C'était une belle action, mais j'aurais préféré que cela n'arrive jamais.

— Pourquoi ? demanda-t-elle surprise. Il a survécu, et il est devenu célèbre.

— C'est vrai. Mais cela a presque détruit Braefar. Ces deux garçons ont changé complètement ce jour-là. Conn est devenu un héros. Mais Aile... (Ruathain laissa échapper un grand soupir.) Personne ne lui a jamais reproché de ne pas avoir attaqué l'ours. Il était jeune et sans arme. Il a regardé le combat et vu son frère se faire réduire en charpie. Après cela, il a cru que tout le monde le pensait faible. Pourtant, ce n'était pas le cas. Mais sa vie s'en est trouvée marquée. Je crois qu'il en veut à Conn. J'ai bien essayé de lui en parler... (Il haussa les épaules et resta un instant silencieux.) Et voilà qu'aujourd'hui il est blessé par le mariage de Gwydia et Fiallach. Il l'aimait, et j'ai cru qu'il allait l'épouser. Mais Meria m'a dit que Gwydia était fatiguée de l'entendre toujours se plaindre que tout le monde lui en voulait, que personne ne le comprenait. C'était déjà difficile en soi, mais la voir épouser l'homme qui l'a humilié pendant les jeux. Oh, cela a dû lui faire beaucoup de mal. (Il se força à sourire.) Enfin bon, tu n'es pas venue ici pour m'entendre papoter sur ma famille.

— Ne dis pas de bêtises, répliqua-t-elle. C'est ma famille aussi, à présent. Aile changera lorsqu'il trouvera vraiment l'amour.

Il secoua la tête.

— Je ne le pense pas.

— Et qu'en est-il de Bran ? Tu ne parles pas beaucoup de lui.

— Je n'ose pas, fit-il d'un air de conspirateur. Il est ma joie et ma fierté. Trop montrer mes sentiments ferait encore plus de mal à Aile. C'est un grand garçon, ce Bran. Sans peur. Et pourtant, un chenapan. Les filles l'adorent, et je crains qu'il les mène par le bout du nez.

— Ne faisais-tu pas la même chose à son âge ?

— Non, répondit-il en s'adossant à un rocher. (Il contempla l'eau scintillante.) Non, je suis tombé amoureux très tôt de Meria. Tout comme mon ami Varaconn. Elle l'a épousé. C'était un couple parfait. Je ne crois pas qu'elle se soit jamais remise de sa mort. Et aussi étrange que cela puisse paraître, moi non plus. Je l'aimais beaucoup. C'est l'ami le plus cher que j'ai eu. Cela me fait beaucoup de peine que Conn ne l'ait pas connu. Il est tellement facile de chanter les louanges de quelqu'un ou de le condamner. Je suis doué avec une épée. De fait, je suis un héros. Donc, quelqu'un de brave. Mais où se trouve la bravoure lorsqu'on ignore la peur ? Je n'ai jamais eu peur dans une bataille. Varaconn si. Il tremblait d'effroi chaque fois. Pourtant il était là. À mes côtés. Il a vaincu sa peur. Et pour moi, c'est le plus grand des courages. (Il la regarda et se mit à rire.) Suffit, femme, je me mets à radoter. Et le soleil va bientôt se coucher. Nous ferions mieux de rentrer.

Elle se pencha vers lui et lui déposa un baiser sur la joue.

— Tu es quelqu'un de bien, Ruathain. Je suis heureuse que tu sois devenu mon père.

— Oui, da, j'en suis heureux également, répliqua-t-il.

Ils chevauchèrent en silence un moment. Comme la température commençait à baisser, Tae passa son manteau autour de ses épaules.

Ruathain aussi sentait le froid. Son bras gauche lui faisait particulièrement mal. Il serrait et desserrait le poing. Le jambonneau lui avait donné une indigestion, et il sentait comme un pincement à sa poitrine. Il prit plusieurs inspirations profondes qui soulagèrent visiblement sa douleur.

Tae chevauchait à sa hauteur.

— Il y a des gens devant nous, fit-elle remarquer.

Ruathain essaya de distinguer quelque chose dans la pénombre. Quatre hommes se trouvaient à la lisière des arbres. L'un d'entre eux tenait un arc.

— Certainement des chasseurs, répondit-il, mais ils ne risquent plus d'attraper grand-chose, à cette heure. Le soleil est presque couché.

Ils se rapprochèrent des hommes. Il y avait quelque chose chez l'archer qui titillait Ruathain. Mais ses yeux n'étaient plus ce qu'ils avaient été et du fait de l'obscurité, il n'arrivait pas à bien discerner ses traits.

Lorsqu'ils furent à une quinzaine de mètres d'eux, l'archer encocha une flèche. Ruathain le reconnut alors. C'était le jeune homme du village de pêcheurs pannones, celui qui n'avait pas voulu accepter que la querelle de sang soit terminée.

Ruathain dégaina aussitôt son épée. Le jeune homme visa. L'un de ses camarades s'approcha trop de lui et sembla lui donner un coup de coude : il tira. La flèche manqua la tête de Ruathain de justesse. Le Grand Homme éperonna son cheval et lorsqu'il fut presque au contact, il bondit de selle. Le jeune assassin encochait une deuxième flèche lorsque Ruathain lui tomba dessus. L'archer leva les yeux et, dans un bref moment de terreur, il aperçut l'épée du Grand Homme juste avant qu'elle ne lui défonce le crâne. Ruathain fit volte-face, mais les trois autres s'étaient déjà enfuis dans les bois.

Il baissa les yeux vers le cadavre et lui donna un coup de pied.

— Idiot ! gronda-t-il. Quel gâchis.

Il se retourna et son sang se figea.

Tae était allongée sur le sol derrière les poneys au repos. Ruathain se précipita vers elle et se laissa tomber à côté d'elle. On aurait pu croire qu'elle dormait, n'était la flèche aux pennes noires qui saillait de sa poitrine. Il n'y avait presque pas de sang. D'une main tremblante, Ruathain lui toucha la gorge à la recherche de son pouls. Rien.

Il la fit s'asseoir et, tout en lui parlant, lui berça la tête, sachant pertinemment au plus profond de lui qu'elle était morte. Cette belle et adorable jeune femme venait de perdre la vie à cause d'un homme revanchard qui ne la connaissait même pas.

Ruathain avait l'impression de vivre le pire cauchemar de sa vie. Il lui ferma les yeux et caressa ses cheveux. Plusieurs fois il chercha le pouls, mais celui-ci ne battait plus.

Alors, il poussa un terrible hurlement d'angoisse qui résonna à travers les bois.

Et le soleil se coucha.

Lorsque Conn arriva en vue de la ville fortifiée, il vit un cavalier solitaire qui se découpait dans le clair de lune de la nuit tombante. La personne portait un manteau avec une capuche, mais celle-ci avait glissée, révélant de longs cheveux noirs et argent. Conn lança son cheval au galop et l'appela. Elle ne l'entendit pas tout de suite, mais finit quand même par se retourner sur sa selle et tirer sur ses rênes.

Il arriva à sa hauteur.

— Vorna. Je me disais bien que je t'avais reconnue. Qu'est-ce qui t'amène à Vieux-Chênes ?

— Ton père est en danger.

Vorna lui raconta sa vision, et ensemble ils retournèrent en ville.

— Tu penses que Ruathain est le vieil ours et que c'est ce… Laird Pêcheur qui a envoyé des hommes pour le tuer ?

— C'est ainsi que j'ai interprété la vision.

En approchant des portes, il réalisa qu'elle n'avait ni souri ni dit quoi que ce soit de chaleureux. Peut-être était-elle simplement fatiguée après une longue route.

— Est-ce ainsi que viennent toutes tes visions ? lui demanda-t-il. Dans un rêve plein de symboles ? Des loups, des ours et des colombes ?

— Pas toujours. Parfois je vois la scène très clairement, Connavar.

Ses yeux croisèrent ceux du jeune homme une fraction de seconde, et il frissonna. Elle savait.

— Cela n'arrivera plus, Vorna, dit-il d'une petite voix, sous le coup de la honte.

— C'est ta vie, Connavar. Je n'ai pas à te juger.

— Mais pourtant tu le fais.

Elle soupira.

— Oui, c'est vrai. Ton épouse est une brave femme qui mérite mieux de son mari. À l'instant où je te parle, elle doit certainement t'attendre…

Vorna s'interrompit et tira sur ses rênes. Le poney s'arrêta. Conn regarda la sorcière car ses épaules venaient de s'affaisser et elle vacillait sur sa selle.

Il dirigea son poney vers le sien et tendit le bras pour la rattraper.

— Non ! cria-t-elle soudainement. Ne me touche pas, Conn ! Oh, non !

— Que se passe-t-il ?

Elle le dévisagea, et il lut dans ses yeux un abîme de tristesse qui l'emplit de peur.

— Je n'avais pas… entièrement… interprété la vision, dit-elle.

Vorna descendit de cheval et manqua de tomber. Elle marcha jusqu'au bord de la route et s'assit.

Conn sauta à bas de sa monture et courut jusqu'à elle. Il l'attrapa par le bras.

— Dis moi ! Est-ce que le Grand Homme est blessé ?

— Non, mais la colombe est morte.

— Je le sais. Tu me l'avais dit. Le lion lui a donné un coup de patte. Qu'est-il arrivé à Ruathain ?

Il la secoua, mais elle ne parla pas ; il voyait qu'elle essayait de reprendre des forces. La patience n'était pas une de ses vertus, pourtant il s'assit à côté d'elle et attendit en la regardant fixement. Vorna tourna la tête vers Conn et lui prit la main.

— Les mots me manquent pour dire cela plus gentiment, Connavar. Tae était la colombe. Elle était avec Ruathain quand ils ont été attaqués. Une flèche lui a transpercé le cœur.

Il entendit ce qu'elle disait, mais les mots n'avaient pas de sens.

— Tae était avec Ruathain et elle a été blessée ? s'entendit-il dire.

— Elle est morte, Conn. Elle a été tuée.

— Ce n'est pas possible ! Tu te trompes. Je lui ai promis que nous irions nous balader. Elle est furieuse contre moi. C'est tout. Arrête de dire ce genre de choses. (La panique fit trembler ses mains.) Est-ce que c'est ta manière de me punir pour Arian ? C'est ça ?

Elle secoua la tête et se força à se relever.

— J'ai souvent été cruelle dans ma vie, Conn. Mais je ne pourrais pas être aussi cruelle que cela. Ruathain ramène en ce moment son corps à Vieux-Chênes.

Conn se leva maladroitement. Il y avait un rugissement dans ses oreilles, et ses membres n'avaient plus de force. Des mots jaillirent dans un murmure du tréfonds de sa mémoire :

« — Tiens tes promesses, aussi petites soient-elles. Quelques fois, comme le caillou qui déclenche une avalanche, quelque chose de petit peut se révéler d'une grande puissance.

— Je tiens toujours mes promesses, petit poisson.

— Souviens-toi, Conn : aussi petites soient-elles. »

— Aussi petites soient-elles, murmura-t-il.

Il tomba à genoux en se prenant la tête entre les mains. Vorna s'agenouilla à côté de lui et lui passa ses frêles bras autour des épaules.

— Viens, Connavar, allons la chercher.

— J'ai manqué à ma promesse, Vorna. J'y ai manqué.

— Viens, lui dit-elle en l'aidant à se mettre debout.

Le Laird Pêcheur était assis à la longue table du souper, entouré de ses fils. Il n'y avait pas grande conversation, et le laird buvait beaucoup de bière, chope après chope.

— Il n'y aura pas de prix du sang, à présent, déclara Vor, son fils aîné.

Le Laird Pêcheur regarda au fond de sa chope et frissonna. Puis il leva les yeux vers Vor. Le jeune homme corpulent était déçu, et son affreux visage bouffi paraissait renfrogné. Le laird frissonna une nouvelle fois et inspecta du regard les hommes assis à la table. Ses fils. Autrefois, il avait fondé beaucoup d'espoir sur eux, espéré qu'ils deviendraient des hommes forts, des guerriers pannones qu'on admirerait. Mais ils n'étaient pas devenus des hommes forts. Oh, oui, da, ils étaient physiquement puissants, mais ils vivaient leurs vies dans son ombre. Il finit sa chope. La bière le rendait mélancolique. Il reporta son attention sur Vor.

— Comment as-tu pu le faire tuer la fille ?

— Ce n'est pas juste, répondit Vor. Il avait une cible énorme en face de lui. Je lui ai donné un coup de coude pour qu'il manque son coup. Tu ne voulais pas que Ruathain meure. Tu voulais d'autres têtes de bétail et d'autres poneys. La flèche aurait pu aller n'importe où. C'est un coup du sort.

— Mais elle n'est pas allée n'importe où, rétorqua sèchement le Laird Pêcheur en serrant ses grosses mains autour de sa chope.

L'une des trois lanternes mourut, rendant le grand hall encore plus lugubre. Un de ses fils alla la retirer du mur.

Le laird voulu se resservir une chope, mais s'aperçut que la carafe était vide, aussi se leva-t-il en s'aidant de la table. C'était un homme assez imposant avec des traits plats et des yeux bien enfoncés dans le visage.

— Il n'y a que l'imbécile qui était censé mourir, déclara-t-il.

Il poussa un juron et lança sa chope contre le mur du fond. Puis, emportant avec lui la carafe, il alla jusqu'au fond du hall pour la remplir au tonneau. Il leva la carafe et but avidement au goulot ; le liquide ambré coula dans sa barbe grisonnante et mouilla le haut de sa tunique. Il avait le cœur gros et n'était pas très rassuré. Avait-il brisé sa *geasa* ? Rien n'était moins sûr. Et Maggria la Voyante avait quitté le village le matin même où l'imbécile était parti avec son arc. Personne ne savait où elle était.

« Qu'aucune de tes actions ne brise jamais le cœur d'une femme. »

Une grande partie de sa vie, cette *geasa* avait été la cause de beaucoup d'humour noir. Il avait été un enfant très laid et un homme encore plus hideux, pas le genre de mari que souhaite une femme. La sienne l'avait épousé uniquement pour sa position et, à ce qu'il en savait, elle ne l'avait jamais aimé. Mais lui non plus, maintenant qu'il y pensait. Elle lui avait donné cinq fils avant de lui annoncer qu'elle voulait une maison dans les collines. Le Laird Pêcheur l'avait construite et elle avait déménagé. À dire vrai, elle ne lui manquait pas.

Mais une jeune femme venait de mourir d'une flèche en plein cœur. Et c'était lui qui avait envoyé l'archer.

Avait-il brisé sa *geasa* ?

Une rafale de vent glacé traversa le hall, faisant vaciller violemment les flammes des lanternes. Et la porte de la pièce se referma d'un coup. Le Laird Pêcheur plissa les yeux pour essayer de discerner quelque chose dans cette pénombre. Une grande silhouette se tenait près de la porte, tenant dans ses mains une épée, qui brillait à la lumière des lanternes.

Quatre de ses fils parlaient entre eux et n'avaient pas vu le nouveau venu.

— Au nom de Taranis, qui es-tu, toi ? lança le Laird Pêcheur en posant sa chope et en se dirigeant vers l'inconnu.

Son plus jeune fils, Alar, s'approcha du mur pour aller y déposer une nouvelle lanterne.

— Je suis la mort de ta maison, répondit l'étranger.

Comme il prononçait ses mots, Alar se rapprocha de lui pour suspendre la lanterne à son crochet. Le guerrier fit trois pas rapides. L'épée fendit les airs et sépara la tête du jeune homme de ses épaules.

Les autres fils du Laird Pêcheur se levèrent d'un bond et se précipitèrent vers le mur du fond où se trouvaient leurs armes. Trois prirent des épées, et le dernier une lance. Le Laird Pêcheur était encore sous le choc. Le corps de son plus jeune fils était tombé de l'autre côté de la table, mais sa tête avait roulé sur le sol couvert de sciure, et les yeux contemplaient le père. Derrière la table, l'huile de la lanterne s'était répandue sur le sol en bois, et des flammes s'élevèrent.

Le visiteur poussa un cri de guerre et se rua sur les autres fils. Sa tête embrumée par l'alcool, le Laird Pêcheur tituba jusqu'à l'endroit où un petit feu avait pris et essaya de l'éteindre du pied. Malheureusement, les flammes s'étendirent sur la sciure. Il se retourna et vit deux de ses fils au sol, leur corps giclant le sang. Vor essaya de donner un coup de lance à l'inconnu. Celui-ci évita l'attaque en faisant un pas de côté et enfonça son épée dans le ventre de Vor, puis la fit remonter jusqu'au cœur. Vor laissa échapper un terrible cri de douleur.

Le Laird Pêcheur regarda ses fils mourir les uns après les autres. Puis, le guerrier s'approcha de lui.

— Je ne te connais pas, marmonna le Laird Pêcheur. Je ne te connais pas.

Comme l'homme se tenait à présent devant lui, il remarqua que ses yeux féroces avaient des couleurs étranges : le premier était sombre, le deuxième pâle. Derrière lui, le Laird Pêcheur entendait les flammes se propager et le bois craquer. La lumière qui s'en dégageait illumina le visage du guerrier, lui donnant une apparence démoniaque.

— Qui es-tu ?

Il n'y eut pas de réponse. L'épée vint éventrer le Laird Pêcheur. Il tomba à genoux et ses entrailles se déversèrent sur le sol. Par bonheur, l'épée scintillante vint lui trancher le cou.

Connavar prit une lanterne suspendue à un mur et sortit du grand hall. Le vent dans le dos, il regarda le village endormi. Il se rendit à la hutte la plus proche et aspergea d'huile les murs en bois, puis il y mit le feu. Le vent attisa les flammes, et des cendres incandescentes se propagèrent d'un toit de chaume à l'autre. Très rapidement, de nombreux foyers apparurent un peu partout. Des gens sortirent en courant de leurs maisons. Connavar se déplaça au milieu d'eux, et frappa de gauche et de droite avec son épée. Derrière lui, les flammes venaient lécher les portes du grand hall. Quelques secondes plus tard, elles jaillirent par le toit.

La panique s'empara du village. Conn traversa les flammes et tua tous ceux qui se trouvaient à portée de son épée. Deux jeunes hommes se ruèrent vers lui, brandissant des hachettes. Il les tua tous les deux. Les villageois s'enfuirent.

Couvert de sang, Connavar rengaina son épée, saisit une fourche, et lança du chaume enflammé à l'intérieur d'un bâtiment qui n'avait pas encore été touché par le feu. Tandis que cette longue nuit avançait, il passa d'une hutte à l'autre, avivant les foyers d'incendies, jusqu'à ce que finalement tous les bâtiments soient en flammes. Il avait des brûlures sur la peau et son manteau pris soudain feu. Il s'en débarrassa et courut jusqu'à une petite jetée où sept bateaux de pêche étaient amarrés. Y mettre le feu lui prit plus de temps ; il lui fallut bien une bonne heure pour jeter du bois et du chaume enflammé par les petites écoutilles ou sur les ponts.

Lorsque l'aube se leva, il était assis au bord de l'eau, le visage couvert de suie et les mains pleines de cloques. Le grand hall s'était effondré, et seule la cheminée de pierre était encore debout. Mais alors que Conn la regardait, elle pencha et s'écroula sur le sol. Cinq des sept bateaux avaient coulé et un sixième était trop endommagé pour qu'on puisse le réparer. En revanche, le feu s'était éteint sur le septième, et celui-ci flottait encore sur les eaux du lac. Tout le reste était détruit : les maisons, les filets de pêche, les entrepôts.

Conn contemplait une scène de destruction totale.

Il se sentit terriblement fatigué. La furie de la nuit était passée. Bien que las, il se releva et traversa ce qui avait été autrefois la rue principale du village. Il y avait des cadavres un peu partout. Certains étaient brûlés, d'autres n'avaient pas été touchés par les flammes. Tout en marchant, Conn réalisa qu'il avait frappé sans discrimination. Des femmes étaient étendues aux côtés de leurs maris, et au bout de la rue il aperçut deux cadavres d'enfant. À en croire les traces de sang, l'un d'eux avait rampé un peu avant de mourir.

Debout à cet endroit, tout en observant la preuve funeste de sa rage, il sut qu'une partie seulement de sa furie avait été provoquée par l'appât du gain du Laird Pêcheur.

Toute sa vie, il avait essayé d'être un héros, de renoncer à l'héritage que lui avait laissé Varaconn. Il parcourut du regard les ruines et les cendres grises qui flottaient dans l'air. Tout n'était plus que cendres. Il avait trouvé l'amour – le grand amour – et il lui avait permis de mourir. De fait, il n'était pas seulement adultère, mais également un tueur de femmes et d'enfants.

Des larmes coulèrent le long de son visage couvert de suie. Il tomba à genoux en criant le nom de Tae. Encore, et encore.

Dans les collines, les survivants du massacre se rassemblèrent en entendant ces bruits. Ces cris d'angoisse n'étaient presque pas humains. Ils portaient en eux le poids du chagrin et de la folie. Les rescapés se rapprochèrent les uns des autres et prièrent pour que le démon s'en aille.

Pendant deux semaines, il n'y eut aucun signe de Connavar. Bien qu'on l'ait vu chevaucher en direction de Trois-Ruisseaux, il n'était jamais arrivé au village. Ruathain avait demandé à Arbonacast de le pister, mais il avait perdu sa trace. Il ne restait plus que le rusé Parax pour relever le défi. Le vieux chasseur s'enquit de tous les endroits qu'affectionnait Conn lorsqu'il était enfant, ainsi que de toutes les cavernes et grottes de la région. Puis, il s'en alla dans les Highlands et se mit à la recherche d'une piste. Il avait déjà traqué Conn une fois et connaissait donc ses habitudes. Le jeune homme ne voulait pas qu'on le trouve et avait donc dissimulé ses traces. Mais il devait bien manger et rester au chaud.

Parax était un homme patient à qui peu de choses échappaient. Au quinzième jour de la disparition de Conn, il trouva un piège à lapin très simple et de vagues traces qui s'en éloignaient. Il sut aussitôt qu'il avait retrouvé Connavar. Il suivit donc la piste qui le mena jusqu'à la caverne qu'habitait autrefois Vorna la sorcière. Connavar coupait du bois avec une vieille hache. Il leva les yeux en voyant le chasseur descendre de cheval mais ne parla pas. Il ramassa une brassée de bois et rentra dans la caverne. Parax ne dit rien non plus, mais ramassa du bois à son tour et suivit son ami à l'intérieur.

La caverne était profonde et Parax examina l'endroit d'un regard circulaire. Un filet d'eau formait un petit bassin sur le mur du fond ; il y avait un âtre de mauvaise fabrication et un vieux lit de camp. Quelqu'un avait disposé des étagères contre le mur ouest, mais celles-ci étaient vides et couvertes de toiles d'araignées. *Voilà un lieu inhospitalier*, pensa-t-il. Les deux hommes déposèrent le bois en silence. Connavar s'assit près du feu. Il avait perdu du poids, et de larges cernes entouraient ses yeux. Son visage était lugubre. Parax retourna à son poney pour prendre un petit sac à provisions. Il rapporta du pain et du fromage qu'il offrit à Conn. Le guerrier secoua la tête et jeta quelques brindilles dans le feu. Parax déposa la nourriture devant l'âtre puis il alla s'allonger sur le lit. Il avait passé des jours à traquer Conn et il était à présent bien fatigué. Parax dormit une bonne heure. Lorsqu'il se réveilla, la caverne était vide. Le chasseur bâilla et s'étira, puis il retourna devant le feu. Heureusement, la nourriture avait disparu.

Il quitta la caverne, monta en selle et retourna à Trois-Ruisseaux pour faire son rapport à Ruathain.

Le lendemain, Ruathain se rendit à la caverne. Le Grand Homme attendit plusieurs heures, mais il n'y eut aucun signe de Conn. Il se douta que son fils connaissait sa présence, mais n'avait pas envie de lui parler. Cela lui fit beaucoup de peine, mais, comme Parax avant lui, il laissa de la nourriture et retourna au village.

La septième nuit, alors que Conn dépeçait un lapin, une silhouette fine apparut à l'entrée de la caverne. Il leva les yeux et vit que c'était Eriatha. Il prit une profonde inspiration comme s'il allait parler, mais se ravisa et reporta son attention sur le lapin.

— Combien de temps vas-tu rester ici ? lui demanda-t-elle.

— Je ne sais pas. Laisse-moi en paix.

— Tu appelles cela être en paix ? Non, Connavar, cela ressemble davantage à une forme d'autoflagellation. Tu n'es pas le premier homme à perdre un être cher. Tu ne seras pas le dernier.

— Tu ne sais pas de quoi tu parles ! fit-il calmement.

— Alors, explique-moi, insista-t-elle. Explique-moi pourquoi le nouveau laird est assis dans une caverne pendant que son travail est fait par d'autres.

Eriatha pénétra dans la caverne. Il n'y avait pas de bougies et le feu ne projetait presque pas de lumière. Conn était replié sur lui-même, comme dénué d'émotions, comme s'il s'était débarrassé de toute forme de sentiment.

— L'Assemblée a voté pour toi. Tu es le laird, déclara-t-elle. Alors, pourquoi boudes-tu ici ? Ta femme est morte ; tu l'as vengée.

Même à la mention du mot « bouder », aucun feu ne s'embrasa dans ses yeux. Elle prit une profonde inspiration.

— À quoi sert cet... exil inutile ?

— À rien, lui répondit-il. (Des larmes coulèrent le long de son visage.) Va-t'en. Laisse-moi seul.

Elle partit dans un rire forcé qu'elle chargea le plus possible en moquerie.

— Je ne croyais pas voir ceci un jour, dit-elle avec du mépris dans la voix. Le grand Connavar désemparé. Pleurant comme un bébé.

Soudain, furieux, il se leva et la toisa de toute sa taille.

— Sors d'ici, tout de suite ! siffla-t-il en l'attrapant par les épaules et en la poussant vers la sortie.

Elle tomba par terre et poussa un cri, davantage sous le coup de la surprise que par douleur réelle. Conn l'ignora et retourna au coin du feu.

Eriatha s'assit et se frotta le bras.

— Je ne partirai pas, annonça-t-elle.

— Fais ce que tu veux.

Eriatha était contente de l'avoir tiré de sa léthargie. Il ne lui restait plus qu'à le faire parler.

— Je veux comprendre, lui dit-elle doucement en se levant pour aller s'asseoir à ses côtés. Dis-moi pourquoi tu restes ici. Dis le moi, et je m'en irai. Et tu seras enfin en paix.

Elle crut d'abord qu'il continuait à l'ignorer. Il finit de dépecer le lapin et déposa la viande d'un côté. Lorsqu'il parla, sa voix fut à peine audible.

— On m'avait prévenu de tenir mes promesses. Les Seidhs m'avaient prévenu. Et j'ai pris leur avertissement à la légère. Pourquoi aurais-je agi autrement ? Ne suis-je pas *Connavar* ? (Il cracha presque son nom.) Et *Connavar* est un homme de parole. (Il contempla un moment le feu sans rien dire.) J'avais dit à Tae que j'irais faire un tour à cheval avec elle. Je lui avais *promis* de revenir vers midi. Je n'ai pas tenu ma promesse, et elle est partie à la place avec Ruathain. Elle est partie mourir. Et pourquoi étais-je en retard ? Parce que j'étais avec une femme. Nous baisions comme deux chiens en chaleur.

— Que veux-tu que je te dise ? lui demanda-t-elle. Que tu n'es pas un homme parfait. Ha ! Comme si cette bête-là existait vraiment. Tu as manqué à ta petite promesse et les conséquences en furent terribles. Oui, da, il n'y a pas à discuter ce fait, Conn, mon ami. Et il va falloir que tu vives avec cette promesse manquée le reste de ta vie. Cela te fera souffrir encore longtemps. Peut-être même toujours. Mais nous vivons tous avec nos souffrances personnelles. Tu m'as dit un jour que tu étais déterminé à ne jamais devenir un lâche comme ton père. Alors, réfléchis à ceci : comment appelle-t-on un homme qui fait une erreur et qui cherche ensuite à fuir ses responsabilités ? Moi, j'appelle cela un lâche. Tu m'as également dit qu'un jour l'armée de Roc marcherait sur nous et que tu étais bien résolu à l'arrêter. Ne vient-elle plus ? Ou est-ce simplement que ton peuple ne te préoccupe plus ?

— Si, je m'en préoccupe, admit-il.

— Alors, que fais-tu ici, Conn ?

— J'essaie de trouver un sens à ma vie, lui expliqua-t-il. Tu m'as aidé auparavant, lorsque j'avais laissé les enfants mourir. J'ai accepté ce que tu m'as dit. J'y ai cru. Peut-être parce que j'avais besoin d'y croire. Mais ce qui vient d'arriver m'a presque détruit. Tae était belle et elle avait sa vie devant elle. C'était ma sœur d'âme. Je l'ai su le jour où je l'ai rencontrée. J'en suis encore plus persuadé aujourd'hui. Mais je ne reste pas là pour m'apitoyer. Je ne me complais pas dans mon désespoir. Je suis hanté par le remords. Il me ronge l'esprit, parce que je ne peux pas changer ce qui est arrivé. Je ne peux pas revenir en arrière.

— Non, c'est vrai. Elle est morte. Son esprit s'est envolé.

Conn jeta un coup d'œil à Eriatha.

— Tu crois que je parle encore de Tae ? Est-ce que tu sais ce qui s'est passé à Eau-Claire ?

— Tu as tué les hommes responsables de la mort de Tae. Tout le monde le sait.

— Oh, Eriatha, si seulement c'était vrai. Pourquoi es-tu venue ici ? Dis-moi la vérité.

— Ta mère est venue me voir. Elle pense que toi et moi... (Eriatha soupira et sourit avec gêne.) Elle pense que nous avons une sorte de lien.

— Et c'est le cas, répondit Conn. Tu es l'une de mes meilleures amies. Et pourtant, même à toi, j'ai du mal à dire la vérité. Je ne veux pas que tu me haïsses.

Eriatha resta immobile.

— Tu ferais bien de me dire ce qui te pèse, Conn.

— J'ai brûlé leur village. Et pire. Je ne me rappelle presque pas m'être rendu au grand hall du Laird Pêcheur. C'était comme si la colère et le chagrin, la perte et la honte, m'avaient endormi. Je suis arrivé dans le hall et j'ai tué le laird et ses fils. Il y avait des flammes tout autour de moi. Le hall était en feu. Je ne me souviens pas comment celui-ci a pris. Mais lorsque je suis sorti du hall, j'avais une lanterne à huile dans la main, et j'ai mis le feu aux maisons voisines. Il y avait une sorte de rugissement sourd dans ma tête, et des gens qui couraient partout, hurlant et criant. Je les ai frappés. Je les ai tués, Eriatha. Lorsque l'aube est venue, j'ai parcouru les ruines du village. J'ai vu les cadavres. Il y avait deux enfants morts. Et des femmes également.

— Tu as tué des femmes et des enfants ? (Eriatha était horrifiée.) Oh, Conn ! C'est mal.

— Je sais. (Il détourna le regard.) Je ne savais pas quoi faire, alors je suis venu ici pour réfléchir. Oui, j'ai commis un acte maléfique, et, bien que ce ne soit pas une excuse, je ne savais vraiment pas ce que je faisais. Lorsque j'ai vu les corps, ce fut comme si une lance me transperçait le cœur. Si je pouvais les ramener, même au prix de ma vie, je le ferais. Sans hésiter.

— Mais tu ne peux pas les ramener, l'interrompit-elle froidement. Personne ne le peut. Et tu ne peux rien faire pour changer les choses, Conn. Ces actes ont entaché ton âme. Et ils te hanteront, comme ils doivent le faire, jusqu'à la fin de tes jours. J'ai cru que tu avais appris ta leçon en affrontant les Perdiis. J'ai cru que tu avais compris que la haine mène à la bassesse et au mal. J'espère de tout mon cœur que cette fois-ci tu as bien compris.

— Oui, da, dit-il. Cette leçon est gravée au tison dans mon cœur. (Il regarda son visage sévère et remarqua la froideur de ses yeux.) Avons-nous toujours un lien ? s'enquit-il.

— Je ne te mentirai pas, Conn. Tu as baissé dans mon estime. Je croyais que tu étais plus fort que cela. Oh, j'ai toujours su qu'il y avait de la violence dans ton âme, mais je croyais – bêtement – que tu pourrais la contrôler.

— Alors, nous ne sommes plus amis ?

— Nous serons toujours amis, Conn, répondit-elle doucement. Il y a beaucoup de bonté en toi et beaucoup d'autres choses encore que j'admire. Et, en tant qu'amie, je suis plus que désolée pour ce qui est arrivé à Tae. Mais, dis-moi, si tu l'aimais tant que cela, comment as-tu pu aller baiser avec une étrangère ?

— Ce n'était pas une étrangère, rétorqua-t-il. C'était Arian. Je ne savais pas qu'elle habitait près de Vieux-Chênes. J'étais parti parler aux gardiens de troupeau du laird. Elle était là. Seule. Je croyais que je l'avais oubliée. Je ne l'aime pas, Eriatha. Mais lorsque je suis près d'elle…

— Ha ! fit-elle d'une voix moqueuse. Au moins, voilà quelque chose que je comprends. C'est l'appel de la chair. Les hommes sont maudits. (Son expression s'adoucit.) Mais tu aimais désespérément Arian, Conn. Je me souviens de la nuit où tu m'as parlé d'elle. L'amour faisait briller tes yeux comme des lanternes. (Elle le regarda dans les yeux et vit qu'ils étaient hantés et injectés de sang.) Depuis combien de temps n'as-tu pas dormi ?

— Plusieurs jours, je crois. Lorsque je dors, je rêve de Tae. Puis, lorsque je me réveille – l'espace d'un instant – je pense qu'elle est toujours en vie. Qu'elle m'attend. (Il frissonna.) Je préfère ne pas dormir.

— Eh bien, il est temps de dormir à présent. Viens, lui dit-elle en se levant.

Il se remit péniblement debout.

— Je ne mérite pas ton amitié, déclara-t-il.

— Non, effectivement. Mais tu l'as, Conn.

Elle l'aida à se déshabiller. Ses affaires étaient sales, et il avait du sang séché sur les mains. Eriatha le conduisit jusqu'au lit et retira ses vêtements.

Ils s'allongèrent ensemble. Eriatha ramena les couvertures sur eux et l'attira contre elle. Il posa sa tête sur son épaule.

Et il s'endormit.

Eriatha resta à ses côtés plus d'une heure. Puis, elle sortit du lit, remit sa robe et retourna au village sur son poney. Elle revint avant l'aube. Il dormait toujours. Conn fut réveillé par l'odeur du bacon frit. Le soleil brillait à l'entrée de la caverne, et il put voir que le ciel dehors était d'un bleu azur. Il s'assit et s'aperçut qu'on lui avait apporté des vêtements propres.

— Va te laver au ruisseau, lui intima Eriatha. Après tu pourras manger.

Il se leva et sortit au soleil. Eriatha cassa deux œufs dans la poêle et fit griller un peu de pain. Conn réapparut quelques minutes plus tard. Il se sécha et s'habilla. Ils mangèrent leur petit déjeuner en silence. Elle l'observa attentivement. Ses yeux avaient l'air moins hantés à présent, et il ressemblait davantage au jeune homme qu'elle avait connu.

— Es-tu prêt à quitter cette caverne ? lui demanda-t-elle.

— Oui, da. Je vais retourner dans le monde. Mais je ne suis plus le même homme.

— Sois meilleur, mon cher.

Il sortit de la caverne et vit que Parax l'attendait. Il avait amené un second poney. Le vieil homme lui sourit et lui tendit la main.

— Tu te sens mieux, mon garçon ? s'enquit-il.

— Assez bien, vieil homme. Comment m'as-tu trouvé ?

Parax sourit.

— Tu as laissé une piste qu'un aveugle aurait pu suivre. Ce n'était pas vraiment la peine d'avoir recours aux services d'un grand homme tel que moi pour te trouver. Prêt à monter à cheval ?

Conn acquiesça.

— Je suis prêt, dit-il.

Chapitre 16

Durant tout le printemps et l'été, Conn travailla d'arrache-pied, se jetant dans ses responsabilités avec une énergie presque frénétique. Il parcourut tout le pays, afin d'organiser la construction de moulins, de greniers, d'entrepôts. Il organisa un recensement de la population dans tout le territoire nord rigante. Il nomma Fiallach responsable de Sept-Saules et lui demanda de construire des tours de guet le long de la côte et de renforcer les défenses de la ville. Braefar fut nommé second conseiller, après Maccus, car le vieil homme était vite épuisé par l'immense charge de travail.

— Pourquoi tous ces nouveaux greniers ? demanda un jour Maccus à Conn alors qu'ils allaient inspecter une nouvelle mine d'or dans les montagnes Druagh.

— La guerre n'est plus une question de bravoure individuelle et de tactique de masse, lui expliqua Conn. C'est une affaire de ravitaillement. Aussi courageux que soient les hommes, ils ne peuvent pas se battre si on ne les nourrit pas. Lorsque la guerre viendra, il sera vital que nous puissions nourrir une armée de siège sans avoir à compter sur les tribus voisines.

— C'est possible, répliqua Maccus, mais en l'espace de quatre mois, tu as quasiment vidé le trésor du Grand Laird. Espérons qu'il y a beaucoup d'or dans cette nouvelle mine.

Elle avait tout d'abord été la source de beaucoup de déceptions. Le gouverneur de la mine, Lycus, un petit homme trapu qui gérait également les deux mines d'argent du laird, promit à Conn que celle-ci serait rentable sous peu. Conn en douta et dépêcha Govannan sur le site afin qu'il se fasse passer pour un ouvrier itinérant et qu'il se fasse embaucher. Après six semaines passées là-bas, Govannan découvrit que plus des deux tiers de l'or étaient envoyés dans le nord, à Reine-des-Roches, un petit port côtier où Lycus possédait plusieurs maisons et pas mal de terrains.

Conn, Ruathain, Maccus, Govannan et vingt Loups de Fer de Conn arrivèrent au port la première semaine d'automne et fouillèrent trois entrepôts, où ils trouvèrent un important stock d'or et d'argent.

Lycus fut amené à Vieux-Chênes pour y être jugé, et fut pendu sur la place principale.

Braefar reprit la direction des opérations minières, et les revenus augmentèrent de manière spectaculaire.

Avec les premières chutes de neige, la nouvelle arriva à Vieux-Chênes que le Grand Laird était mort. Le vieil homme, accablé par la mort de Tae, avait enchaîné les maladies. Il s'était endormi dans une chambre dont la fenêtre donnait sur les pics de Caer Druagh pour ne jamais se réveiller.

Conn n'assista pas aux funérailles. Il s'était rendu à Sept-Saules pour se rendre compte par lui-même des nouvelles défenses qu'avait érigées Fiallach.

Au printemps suivant, le premier poulain naquit. Il était blanc avec une tache noire sur le front. Cette marque de naissance ressemblait à une épée, aussi Conn le nomma-t-il « Lame Noire ».

Lorsque Conn fêta ses vingt et un ans, sa petite armée comptait déjà deux cent vingt Loups de Fer. Ils s'entraînaient régulièrement sur leurs grands chevaux gaths, se rangeant en formation serrée, puis se dispersant, pour venir reformer un escadron en pointe, comme Conn avait pu en voir chez les Gaths. Les étriers que Braefar avait inventés s'avéraient une réussite, et donnaient aux cavaliers une plus grande stabilité. Conn lança également la confection de deux cents boucliers légers devant remplacer les petits boucliers de bois rond qu'utilisaient généralement les cavaliers ; chaque Loup était armé de deux épées : un long sabre incurvé et une seconde épée, plus courte, destinée à l'estoc, conçue d'après le modèle des armes de Roc.

À l'automne de la même année, Conn avait déjà commencé à organiser une nouvelle force composée d'archers à cheval. Vêtus d'armures légères et montés sur des poneys rapides, ils s'entraînaient à tirer au galop. Conn organisa plusieurs tournois d'archers et offrit des récompenses aux meilleurs d'entre eux avant de les prendre à son service. Parmi eux se trouvait son jeune frère âgé de quinze ans, Bendegit Bran aux cheveux blonds, dont les talents à l'arc et à l'équitation étaient sans égal.

Son inclusion dans cette troupe rendit Meria furieuse, et lors d'une visite à Vieux-Chênes, elle fustigea Conn.

— Ce n'est qu'un enfant, fit-elle remarquer.

— Ce sera un homme au printemps prochain, lui rétorqua gentiment Conn. Ce n'est plus un bébé, même si tu aimerais bien qu'il le soit encore.

Le soleil était presque caché par les montagnes, et il faisait de plus en plus sombre dans la pièce. Meria avança jusqu'à l'âtre et saisit un petit tison dans le feu pour allumer deux lanternes suspendues aux murs. Ils restèrent un instant assis silencieusement pour regarder le coucher de soleil.

— Cela passe si vite, Conn, dit-elle au bout d'un moment. J'ai l'impression qu'il y a quelques mois vous étiez encore des enfants. Ces jours me manquent. Ça me manque de ne plus avoir d'enfants qui courent autour de moi. De temps à autre, je m'occupe du petit Banouin. C'est un vrai bonheur ! Il rigole tout le temps et adore les câlins. Ça me change de toi. Tu te débattais toujours pour t'enfuir. Sauf avec Ruathain. Tu t'endormais souvent dans ses bras.

— Comment va le Grand Homme ? Je ne l'ai pas vu depuis un petit bout de temps.

Elle haussa les épaules et se mit à rire.

— Il va mieux à présent. Il a attrapé un rhume qui le faisait tousser. Tout l'énervait dans la maison et il se mettait en colère sans cesse et se plaignait de chose et d'autre. C'est un homme qui ne supporte pas d'être malade. Il n'est pas encore parfaitement rétabli et doit toujours se reposer beaucoup. (Elle sourit.) Mais bon, il a plus de quarante ans à présent, ce n'est plus un jeune taureau.

Ils parlèrent encore un long moment, chacun appréciant la compagnie relaxante de l'autre. Puis, elle aborda enfin le sujet qui lui tenait à cœur.

— Tu devrais te remarier, Conn. J'ai l'impression que cela fait une éternité que je ne t'ai pas entendu rire.

Conn attendait depuis longtemps cette conversation. Il avait pensé pouvoir l'éviter ou changer de sujet, mais assis dans la chaleur de cette pièce, avec le soleil couchant embrasant les montagnes, il ne fit ni l'un ni l'autre.

— Je ne l'aimais pas assez, tu sais. Je porte cette culpabilité – et d'autres encore. Elle était belle et, comme Vorna me l'a dit un jour, elle méritait mieux. Je l'aimais. Mais lorsque j'ai revu Arian…

Sa voix se dissipa. Il regarda Meria et lui sourit tristement.

— Je ne me remarierai pas, m'man. Pas encore. Je crois qu'il n'y a de la place dans mon cœur que pour un seul grand amour.

— Idiot. Il y aura un autre amour. Tu verras bien.

— Comme il y en a eu un pour toi après la mort de Varaconn ?

— J'aimerais bien que tu l'appelles « père ». Tu parles de lui comme si c'était un étranger.

— Mon père, donc. Mais réponds à ma question.

Elle soupira et se cala sur sa chaise, après avoir ramassé un plaid par terre qu'elle étala sur ses jambes.

— Il commence à faire froid. Tu veux bien fermer la fenêtre ?

— Oui, da, mais je veux quand même une réponse.

Il se leva, ferma les volets et mit le petit loquet en place.

Puis, il revint s'asseoir et la regarda droit dans ses yeux verts.

— Non, admit-elle. Je n'ai jamais aimé quelqu'un comme j'ai aimé Varaconn. Je ne veux pas non plus paraître dire du mal de Ru. C'est le meilleur des hommes et je l'aime profondément. Plus encore que je ne pouvais l'imaginer. Mais Varaconn et moi étions des âmes sœurs.

— Oui, da, je connais ce sentiment.

— Ah, Conn, cela me fait vraiment de la peine de te voir si malheureux. Tu es le laird, à présent, et un grand homme, respecté, admiré, oui, da, et même craint. Tu es en passe de devenir une légende parmi les Rigantes. La plupart de nos jeunes donneraient dix ans de leur vie pour être à tes côtés.

— Je le sais, répondit-il. Ils voient l'homme sur le grand cheval, et ils entendent les histoires de l'ours et du méchant roi. Mais ce n'est pas moi, mère. Ce n'est qu'une partie de moi. J'ai grandi dans la douleur, persuadé que Vara – mon père – était un lâche. Puis je vous ai vus, toi et le Grand Homme, vous séparer à cause d'une chose que j'avais faite.

— Ce n'était pas toi…, commença-t-elle.

D'un geste il lui intima de se taire.

— Je sais. Je sais. Mais à l'époque je ne pouvais pas le comprendre. Quant à l'ours, eh bien, il m'a fait prendre conscience de ma propre mortalité, en m'arrachant les chairs jusqu'à l'os. J'ai perdu des amis : Riamfada, même s'il est plus heureux aujourd'hui, et Banouin. J'ai vu l'éveil d'un grand mal sur ce monde et j'ai même combattu pour lui. Puis, après avoir trahi ma femme, la condamnant à mort, j'ai détruit un village, tué des hommes, des femmes et des enfants. Je ne suis pas le héros qu'ils pensent que je suis.

— Tu étais en proie au chagrin, Conn. Ce n'est pas mon fils chéri qui a commis cet acte. Tu étais possédé. Tu ne savais pas ce que tu faisais.

Il éclata de rire.

— Ah, il n'y a rien de tel que l'amour d'une mère. C'était bien *moi*, mère. C'était la bête en moi, déchaînée. J'en porte toute la responsabilité et je ne cherche pas d'excuses pour mes actes. Les Pannones m'appellent maintenant le « Laird Démon ». Peux-tu leur en vouloir ? Chaque année, à Samain, j'envoie un prix du sang, à chaque fois plus important, des sommes faramineuses. Mais le laird des Highlands refuse de rencontrer mes messagers.

— Tu n'es pas un démon. Tu es mon fils, et tu as bon fond. Pourquoi te focalises-tu toujours sur le mal ? Tu travailles comme un damné pour protéger ton peuple. Et tu as sauvé Riamfada des griffes de l'ours. Et tu as vengé Banouin. Le Grand Homme est si fier de toi. Est-ce que cela ne te fait pas chaud au cœur, Conn ?

— Oui, da.

— Quant à ton ami Banouin, oui, il est mort d'une façon terrible, mais il avait eu une bonne vie, Conn, et de bons amis. Et une partie de lui vit aujourd'hui à travers son fils. Il a presque quatre ans, et c'est un gentil garçon. Bran lui manque. Et à moi aussi. Est-ce que tu vas le garder à tes côtés tout l'hiver ?

— Non, il peut rentrer à la maison. Je rentrerai également pour Samain.

On frappa à la porte. Maccus l'appelait. Conn se leva.

— Et maintenant, je dois te dire au revoir, m'man. Maccus et moi devons discuter des joies indicibles de la perception des revenus.

Elle se jeta à son cou et embrassa sa joue hirsute.

— Tu es mon cœur, lui dit-elle, les larmes aux yeux. Je t'aime plus que la vie. (Elle passa les doigts dans ses cheveux rouge et or et se força à sourire.) Les mères peuvent faire tellement honte, parfois.

— Oh, m'man, mais tu ne me fais jamais honte, mentit-il.

Il se dirigea vers la porte mais elle l'appela une dernière fois.

— Il y a quelque chose que tu dois savoir si tu reviens pour Samain, Conn.

Il revint sur ses pas.

— Quoi donc ?

— Arian a quitté Casta. Elle est revenue vivre chez Nanncumal.

— Pourquoi se sont-ils séparés ?

— Elle a eu un enfant, Conn. Tu ne savais pas ? Un garçon. Il a d'étranges yeux, l'un vert, l'autre fauve. J'ai pensé qu'il valait mieux te mettre au courant.

Conn ne rentra pas à Trois-Ruisseaux pour Samain. Au lieu de cela, il passa la fête avec Frère Solstice à Vieux-Chênes. Durant tout l'hiver, le Druide avait appris à lire à Conn, Braefar, Maccus et Govannan. Conn en avait décidé ainsi suite au recensement, frustré d'avoir besoin de scribes et de clercs pour déchiffrer les résultats. Braefar accepta les leçons avec facilité, et apprit plus vite que les autres. Il était le meilleur élève, et se délectait des louanges de son professeur. Govannan s'attela à la tâche avec ténacité et, le printemps venu, il avait déjà de solides bases. Conn n'était pas franchement intéressé par les nuances de langage. Il avait besoin de savoir lire, aussi s'efforça-t-il de comprendre la signification de suffisamment de ces petits symboles étranges pour saisir la teneur des parchemins du recensement.

Alors que le temps devenait plus clément, et que Conn approchait de son vingt-deuxième anniversaire, des marchands arrivèrent à Vieux-Chênes porteurs de nouvelles de l'autre côté de l'eau.

L'armée de Roc marchait sur le territoire gath. Il y avait eu trois grandes batailles, l'une à l'issue indéterminée, suivie de deux terribles défaites pour les Gaths. Les premiers rapports faisaient état de plus de vingt mille guerriers morts chez les Gaths.

L'armée de Roc avançait en direction du port de Goriasa, le dernier bastion gath.

À l'est, le roi des pillards des mers avait été tué dans une escarmouche et son fils Shard lui avait succédé. Conn ne savait rien de ce dernier, aussi interrogea-t-il Frère Solstice à son sujet.

— Est-ce que les Druides parcourent toujours les terres des pillards des mers ?

— Non. Les Vars vénèrent les dieux de sang, et chaque Druide attrapé est aussitôt assassiné.

— As-tu entendu quoi que ce soit à propos de ce Shard ?

— Très peu. Mais tu peux être sûr que ce ne sera pas un homme pacifique.

Conn se débrouilla pour que les marchands apprennent qu'il s'intéressait de près au roi des Vars, et, quelques semaines plus tard, un vieux marchand de peaux de bête de la tribu des Ostros lui demanda audience. Ils se retrouvèrent dans les anciens appartements du Grand Laird. Conn s'était débarrassé d'une bonne partie du mobilier pour ne laisser finalement qu'une grande table ovale et des chaises. Le marchand entra et salua. On lui offrit un siège. L'homme était grand et maigre, chauve, et avait les épaules voûtées. Son visage était strié de rides, mais ses yeux sombres et brillants démentaient son âge.

Conn s'assit en bout de table, Maccus à sa gauche et Braefar à sa droite. Il jaugea le marchand dès qu'il entra dans la pièce et le classa comme quelqu'un de froid et de calculateur.

— Je te remercie de m'avoir accordé cette audience, seigneur, déclara l'Ostro d'une voix plus douce que de l'huile d'olive. J'ai crû comprendre que tu désires apprendre qui est le roi Shard.

— Il m'intéresse, admit Conn.

— J'ai des informations qui pourraient t'être utiles. Et je pourrais en apprendre davantage. Du moins, si je pouvais m'approvisionner plus en peaux. Les Vars ont un faible pour les tuniques et les bottes confectionnées dans la peau de votre bétail noir et blanc.

Maccus se pencha vers Conn et lui murmura quelque chose. Conn acquiesça.

— J'ai déjà passé des accords avec deux marchands pour la distribution et la vente de ces peaux, mais je ferai augmenter le nombre qu'on t'accordait jusqu'à présent – si tes informations s'avèrent intéressantes.

— Tu es un homme bon et compréhensif, seigneur. (Le vieil homme sourit.) Je ne suis pas surpris de ton intérêt pour le roi des Vars. Car lui s'intéresse à toi.

— Tiens donc ?

— Il semblerait, seigneur, que tu as tué son frère durant une razzia sur

Sept-Saules il y a quelques années de cela. Il a juré par le sang qu'il ramènerait ta tête pour la planter sur une pique devant la maison de son frère.

Conn éclata de rire, mais Maccus eut l'air mal à l'aise.

— Que négocies-tu d'autre avec eux, mon ami ? s'enquit Conn.

— Ils aiment beaucoup l'uisge.

— Je te donnerai trente tonneaux pour ton prochain voyage. J'ai besoin de connaître ses plans. Rassemble-t-il des hommes ? Fait-il construire des navires ? Tout ce qui aurait rapport avec un quelconque rassemblement de forces. Tu comprends ?

— Tout à fait, seigneur. C'est un plaisir de pouvoir te rendre service.

Conn remercia l'homme, qui salua et quitta la pièce.

— Tu as conscience que ce petit fils de pute va également vendre des informations sur nous à Shard ? fit remarquer Maccus.

— Évidemment, répondit Conn. Il vit pour le profit et il en fera dès que possible. D'où navigue-t-il ?

— De Reine-des-Roches. La plupart des gens qui se rendent à l'est passent par ce port, lui expliqua Maccus.

— As-tu des amis, là-bas ?

— Oui, da, un certain nombre.

— Pars les voir demain, et débrouille-toi pour que l'un d'entre eux signe pour son prochain voyage. Il serait bon d'avoir un homme à nous dans son équipage.

— Tu devrais en parler à Meria, lui dit tristement Vorna.

Ruathain haussa les épaules, gêné. Le petit Banouin entra en courant dans la maison et hurla de joie en apercevant le Grand Homme. Il l'escalada pour venir s'asseoir sur ses genoux.

— J'ai trouvé un diamant, déclara l'enfant de quatre ans en ouvrant sa main couverte de boue et en montrant à Ruathain une pierre sans valeur.

— Tu es un garçon futé, lui chuchota Ruathain. Mais si j'étais toi, j'irais me laver les mains avant de mettre de la boue sur les meubles de ma mère. Dépêche-toi. Je vais garder ton diamant. (Banouin quitta la pièce aussi vite qu'il était venu.) C'est un bon garçon, observa-t-il.

Mais Vorna ne s'y laissa pas prendre.

— Ton cœur s'affaiblit, Ruathain. La poudre de digitale t'aidera, ainsi que les autres herbes que je t'ai données. Mais tu dois ralentir un peu. Tu ne dois pas t'épuiser ni fatiguer ton cœur.

— Ne puis-je pas le muscler ?

— Si tu étais venu me voir plus tôt, j'aurais peut-être pu faire quelque chose. Mais dans son état actuel… Non, tu ne peux pas le muscler. Tu ne peux que ralentir la détérioration. Et tu devrais en parler à Meria. Elle a le droit de savoir.

— Le droit de s'inquiéter à s'en rendre malade ? Je ne crois pas. Combien de temps ce traître de cœur continuera-t-il de battre ?

— N'en parle pas ainsi, le gronda-t-elle. Ce n'est pas un traître. Penses-y plutôt comme à un ami malade, qui t'a soutenu pendant toutes ces années et qui aujourd'hui a besoin de ton aide. Tu dois arrêter de le mettre à l'épreuve. Bois davantage d'eau et moins d'uisge. Mange plus d'avoine – sans sel.

— Je t'ai demandé combien de temps, Vorna.

— Si tu es prudent, tu pourras vivre encore dix ans. Mais pas plus que ça, j'en ai bien peur.

— Cela me fera cinquante ans. Ce n'est déjà pas mal.

— Cela te fera cinquante-trois ans, espèce de vaniteux, lui dit-elle en souriant. Bon, tu feras attention à bien prendre les poudres comme je te l'ai prescrit. Sois très prudent avec la digitale. Si tu en prends trop, cela pourrait te tuer. Ne sois pas tenté d'en ajouter une pincée.

Banouin entra de nouveau en courant pour montrer ses mains à Ruathain, afin qu'il les inspecte.

— Ah, mais tu les as très bien lavées, petit homme, le félicita-t-il en le soulevant.

Banouin gloussa de joie alors que Ruathain le faisait sauter et le rattrapait en vol.

Vorna secoua la tête et réprima une envie soudaine de rire.

— Deux enfants, déclara-t-elle, un grand et un petit.

— Est-ce que je peux venir avec toi aujourd'hui ? demanda le petit garçon. Est ce qu'on peut aller faire un tour à cheval ?

— Aujourd'hui, je dois couper du bois, répondit Ruathain, mais tu peux venir m'aider à rouler les rondins. J'aurais bien besoin d'un homme fort pour m'aider.

— Moi je suis fort, pas vrai, m'man ?

Vorna acquiesça et regarda tristement Ruathain.

— Tu vas couper du bois, hein ? Alors, fais souvent des pauses. (Elle appela Banouin.) Si tu vois que le Grand Homme devient tout rouge, tu dois lui dire de s'asseoir, d'accord ?

— Promis, m'man.

— Alors, en route, annonça Ruathain en empochant la petite bourse médicinale avant de sortir.

Banouin lui courut après et le prit par la main. Le Grand Homme le souleva et le fit s'asseoir sur ses épaules.

— Regarde comment je suis grand ! cria Banouin. Regarde, m'man !

— Je vois, lui répondit Vorna depuis le seuil.

Elle les regarda marcher et écouta le rire de Banouin qui résonnait dans la prairie. Le soleil brillait sur eux, et Vorna crut que son cœur allait exploser de joie.

L'hiver fut tempéré, et une fois encore Conn passa Samain loin de Trois-Ruisseaux, restant à Vieux-Chênes. Il ne participa pas au festin et demeura dans le hall en compagnie de Maccus, Braefar, Govannan et Fiallach.

Le géant était venu de Sept-Saules porteur d'une nouvelle. Une flotte de deux cents longs navires avait été repérée le long de la côte en direction du nord. Fiallach avait réuni ses cinq cents guerriers, mais les navires n'avaient pas accosté.

La nouvelle était aussi alarmante qu'intrigante. Deux cents navires signifiaient dix mille combattants, au bas mot. Aucune razzia n'avait jamais eu lieu en hiver, lorsque les provisions étaient limitées. Comment allaient-ils donc nourrir dix mille hommes ? Et où se dirigeaient-ils ?

— Ils sont partis envahir les terres pannones, en conclut Maccus. C'est de la folie. Même s'ils vainquent le laird des Highlands, il n'y aura pas assez de nourriture pour eux.

Conn avait aussitôt dépêché un messager pour prévenir le laird des Highlands et lui offrir une assistance militaire, mais l'homme était revenu avec une réponse plutôt sèche du seigneur des Pannones : « Nous n'avons pas besoin de vous et ne voulons pas de vous, non plus. »

— Combien peut-il réunir d'hommes face aux Vars ? s'enquit Conn.

— Pas plus de douze mille, répondit Maccus.

— Et combien pouvons nous en réunir, disons, en dix jours ?

— Mais le laird des Highlands ne veut pas de nous, objecta Fiallach. Qu'il baigne dans son jus.

— Les Pannones sont des Keltoïs, rétorqua Conn. Mais avant toute chose, nous devons considérer la taille de cette force d'invasion. Dix mille guerriers ne sont pas nécessaires pour une razzia. Ils sont venus pour conquérir, pour s'emparer de terres. Une fois qu'ils auront pris pied par ici, nous aurons des ennemis dangereux au nord. Non. Qu'il veuille de nous ou non, nous devons l'aider à vaincre les Vars.

— En dix jours, nous pourrions réunir environ quinze mille guerriers, estima Maccus.

— Oui, c'est vrai, intervint Braefar, mais le ravitaillement risque d'être difficile. Nos greniers sont pleins à ras bord, mais le nombre de chariots nécessaires pour transporter de quoi nourrir quinze mille hommes à travers le territoire Pannone est phénoménal. On ne pourra pas réunir le nombre voulu à temps. Nous ne savons même pas où les Vars ont débarqué. Ils pourraient être à plus de cent cinquante kilomètres au nord.

— Il y a quelque chose dans tout ça qui me gêne, déclara soudain Govannan. Je suis d'accord avec Conn : il faut contrer cette force d'invasion. Mais pourquoi envahir les terres pannones ? Il n'y a presque pas d'or là-bas et très peu de greniers, alors que nous avons de nouvelles mines et un grand surplus de nourriture. Nous sommes les cibles naturelles pour une invasion, et nous savons déjà que le roi Shard déteste Conn et a juré d'avoir sa tête. Cela n'a pas de sens de débarquer chez un pauvre voisin avec deux cents navires.

Braefar secoua la tête.

— Pas forcément. Si, comme le croit Conn, ils ont intérêt à prendre pied, ils pourront convoyer beaucoup d'hommes par la suite et se lancer dans une guerre totale dès que le printemps viendra. Ils pourraient nous attaquer sur deux fronts : une armée venant du nord, et une deuxième force d'invasion à Sept-Saules.

— Il y a une deuxième alternative, dit Maccus. Les Pannones sont nos ennemis. Le laird des Highlands nous l'a bien fait comprendre. En revanche, ils n'ont pas la puissance nécessaire pour nous attaquer. Mais ne vous y trompez pas. Les Pannones nous haïssent réellement. Alors, supposons, ne serait-ce qu'un instant, que le laird des Highlands ne fait pas face à une invasion, mais qu'il a invité Shard à se joindre à lui pour nous déclarer la guerre. Si c'est le cas, alors nous allons nous retrouver face à dix mille vétérans vars et douze mille guerriers pannones.

Il y eut un grand silence autour de la table, le temps que chacun puisse assimiler cette possibilité. Finalement, Conn prit la parole, et sa voix était pleine de regrets.

— J'espère que tu te trompes, Maccus. Mais si tu as raison, alors c'est de ma faute, car c'est ma vengeance qui a donné naissance à cette haine. J'ai essayé de leur offrir réparation, mais certains actes ne peuvent être lavés avec de l'or.

Fiallach jura.

— Oh, bonhomme, tu as fait ce que n'importe quel autre guerrier aurait fait à ta place. Pour ma part, lorsque j'ai appris qu'ils avaient tué Tae, j'aurais bien voulu débarrasser le monde de tous les Pannones. Mais pour l'instant, ce que je veux savoir, c'est ce que nous allons faire.

Conn resta un instant silencieux. Puis il regarda Maccus.

— Envoie des messagers rassembler l'armée. Assure-toi qu'ils comprennent l'urgence de la situation. Nous n'allons pas marcher tout de suite sur les terres pannones. Mais nous allons nous y préparer. Si les Pannones sont des victimes, alors nous nous précipiterons à leur secours. S'ils ne le sont pas, alors nous serons prêts à défendre notre pays. (Il se tourna vers Fiallach.) Toi, mon ami, rassemble les Loups de Fer ; si la bataille est inévitable, tu en prendras le commandement.

— Où seras-tu ? s'enquit Fiallach.

— Je serai au cœur des troupes. Cela fait longtemps que les Rigantes n'ont pas participé à une bataille, et pour beaucoup de jeunes, ce sera une nouvelle expérience. Je serai avec eux, ainsi qu'une centaine de Loups de Fer. Le reste chevauchera avec toi.

— Tu m'honores, répondit Fiallach, les yeux brillants de fierté. Je ne te décevrai pas.

Conn regarda ensuite Braefar.

— Aile, j'ai besoin que tu coordonnes le ravitaillement. Il nous faudra peut-être conserver l'armée en formation pendant des semaines le temps que la situation se débloque. Nous ne pouvons pas nous permettre de manquer de nourriture.

— Et qu'attends-tu de moi, Conn ? demanda Maccus.

— Si la bataille a lieu, tu prendras le commandement des archers montés. Jusque là, gère les éclaireurs. Qu'ils se rendent en territoire pannone et qu'ils rassemblent le plus d'informations possible. Le plus tôt nous saurons la vérité, le mieux nous pourrons nous préparer.

À peine trois jours plus tard, les premiers guerriers rigantes arrivèrent à Vieux-Chênes. Au cinquième jour, plus de six mille hommes étaient déjà réunis. Heureusement, le temps était toujours plus ou moins clément, car les guerriers étaient obligés de dormir à la belle étoile. Braefar avait eu la clairvoyance de faire venir du bois des Highlands, et des abris de fortunes furent vite érigés. Conn rencontra les chefs de clan et les petits seigneurs toute la journée et une bonne partie de la nuit.

Au sixième jour, le dernier éclaireur rentra faire son rapport.

Les craintes de Maccus s'avéraient fondées. Le laird des Pannones avait signé un traité avec Shard des Vars, et les deux hommes dirigeaient en ce moment même leurs armées en direction de la frontière rigante.

À minuit, Conn réunit ses capitaines ; il fut rejoint par Ruathain. Le Grand Homme ne parla pas beaucoup à cette réunion. Il écouta en silence tous les plans de bataille. Conn avait reconnu lui-même la région nord de Vieux-Chênes et avait décidé que le meilleur endroit pour affronter l'ennemi était une série de collines à environ dix kilomètres de la ville.

— Le terrain se rétrécit entre deux collines, et si nous nous battons là, cela compensera le fait qu'ils sont plus nombreux que nous, expliqua Conn.

Les éclaireurs avaient rapporté que les forces cumulées des deux armées ennemies s'élevaient à près de dix-huit mille hommes, soit presque le double de la force Rigante actuelle. Conn se tourna vers Maccus.

— Quand seront-ils ici ?

— Demain, s'ils marchent toute la nuit. Après-demain, à l'aube, s'ils ne le font pas.

— Combien de guerriers avons-nous maintenant ?

— Un peu moins de neuf mille, mais il en arrive tout le temps. D'ici demain, nous devrions être dix mille, peut-être onze mille.

— Pourquoi ne pas les affronter ici ? s'enquit Braefar. N'est-ce pas la raison pour laquelle le Grand Laird a construit cette forteresse ?

Il semblait nerveux et mal à l'aise.

Ce fut Ruathain qui lui répondit.

— Oui, da, nous pourrions les affronter ici, mais les Vars nous assiégeraient et feraient des razzias sur toute la région. Des petites communautés seraient rasées. Pire que ça, pense aux guerriers qui nous ont rejoints, laissant leurs femmes et leurs familles chez eux. Ils ne voudront pas être bloqués à l'intérieur pendant que leurs proches seront pourchassés et massacrés. Conn a raison. Nous devons affronter l'ennemi et l'issue devra se décider au cours d'une grande bataille.

— Oui, da, une grande bataille, rétorqua sèchement Braefar. Une bataille dans laquelle l'ennemi est deux fois plus nombreux que nous.

— On ne peut rien faire pour changer le nombre, dit Conn. Mais nos hommes se battront pour protéger cette terre qu'ils aiment. Cela les motivera. Et, de plus, nous avons les Loups de Fer. Ce qui est un avantage.

— Comment veux-tu que nous nous déployions ? l'interrogea Fiallach.

— Il va nous falloir tenir les collines de chaque côté et forcer l'ennemi à emprunter le passage entre elles. Je serai au milieu de ce passage. Le laird des Highlands m'y verra. Sa haine à mon égard est tellement forte qu'il concentrera certainement le gros de ses troupes sur moi. Toi, Fiallach, tu retiendras tes hommes sur la colline est jusqu'à ce que tu voies mon signal. Alors, seulement, tu attaqueras le flanc droit de l'ennemi. Ne te fais pas entraîner dans la mêlée. Attaque-les, replie-toi, attaque-les à nouveau, et ainsi de suite. Maccus prendra l'ennemi à revers avec ses archers montés et attaquera leur arrière-garde. Lorsque le moment sera venu et que leur armée sera en déroute, je mènerai une charge afin de tuer le laird et Shard.

— Si tout se passe comme tu l'as prévu, évidemment, intervint Braefar.

— Oui, si tout se passe comme prévu, répondit doucement Conn. Nous nous mettrons en route demain. Aile, tu restes ici. Il y aura de nombreux retardataires. Rassemble-les en une seconde force et rejoins-nous dans les meilleurs délais.

La réunion s'acheva, et dès que tout le monde fut parti, Ruathain s'assit avec Conn un instant. Le jeune laird sentait que quelque chose tracassait le Grand Homme, mais il ne souhaitait visiblement pas en parler. Il dévia même la conversation.

— Tu penses qu'il est prudent de laisser Aile avec l'arrière-garde ?

— Il ne nous serait pas d'une grande utilité sur le champ de bataille, Grand Homme. Tu l'as vu ce soir. Sa peur était presque palpable.

— Oui, da, je m'en suis aperçu. Mais cette arrière-garde pourrait bien faire la différence entre la victoire et la défaite, Conn.

— Oui, c'est un risque. Mais je ne peux pas me permettre de laisser Govannan. J'ai besoin de lui à mes côtés.

— Je pourrais rester.

— Toi, Grand Homme ? Et manquer la bataille ?

— Je crois que cela serait plus sage.

— Je vais y réfléchir. Est-ce tu vas bien, père ? Tu as l'air soucieux.

— Oh, je suis toujours aussi solide qu'un bœuf, mon garçon. Ne t'inquiète pas. Mais je suis fatigué, et je ferais bien d'aller me coucher. Meria m'attend sans doute pour que je lui fasse un rapport complet.

Conn gloussa.

— Je suis surpris que tu ne l'aies pas laissée à Trois-Ruisseaux.

— La laisser ? Tu penses qu'elle aurait accepté avec toi et Bran sur un champ de bataille ? Par les Dieux, Conn, je préfère affronter les Vars que de lui demander de rester derrière.

Ruathain serra son fils dans ses bras et quitta la pièce.

Conn se leva et sortit à son tour dans la nuit. Il croisa deux chiens qui se disputaient un morceau de nourriture sous un étal du marché. Il escalada les remparts. Il resta là un moment, le regard fixe en direction du nord, contemplant les centaines de feux de camp réchauffant son armée endormie.

Il avait le cœur lourd. Toute sa vie, il avait voulu protéger son peuple. Mais voilà qu'il avait amené cette calamité sur lui. Sa haine et son désir de vengeance avaient été le feu où s'était forgée l'alliance entre le laird des Highlands et Shard. Et demain, ou après-demain, des centaines, peut-être même des milliers d'hommes, allaient le payer de leur vie.

Le vent se faisait plus mordant, aussi referma-t-il son manteau avant de descendre des remparts. Une femme dans une longue robe virevoltant au vent, la tête et les épaules protégées par un châle de laine sombre, sortit du grand hall. Meria le vit et lui fit un geste. Il remarqua qu'elle portait quelque chose dans les bras et devina qu'il s'agissait de nourriture à son intention. Il sourit affectueusement. Aussi longtemps qu'elle vivrait, elle verrait toujours en lui un enfant qu'il faut nourrir.

Alors qu'ils se rapprochaient l'un de l'autre, l'un des chiens se rua sur Meria, en aboyant furieusement. Elle se tourna brusquement vers l'animal. Il avait flairé la nourriture. Conn se mit à courir, en hurlant d'une grosse voix, afin d'effrayer la bête. Celle-ci sauta sur Meria, et ses mâchoires cherchèrent à se refermer sur la nourriture. Meria recula. À présent, le chien grognait. C'était un chien errant maigre et à moitié affamé, que l'odeur des aliments rendait fou. Il bondit une nouvelle fois, mais cette fois pour mordre la chair de la femme qui essayait de le priver d'un bon repas. Conn se jeta sur lui, bras tendu. Les crocs du chien se refermèrent sur son bracelet de force en cuir. Conn se débattit violemment et fit un moulinet avec son bras. Il y eut un atroce bruit de cassure, et le chien tomba au sol, le corps agité de spasmes. Conn s'agenouilla à ses côtés. Ce n'était pas un gros animal, il était vieux, et ses os avaient été fragilisés par la malnutrition. Il avait eu le cou brisé. Conn se leva et s'approcha de sa mère.

— Tu vas bien, m'man ?

Elle resta immobile, et son visage, éclairé par le clair de lune, était livide.

— Tu l'as tué.

— Je ne voulais pas.

— Tu as tué le chien qui t'a mordu, Conn, soupira-t-elle. Par tous les Dieux.

Son sang se figea. Il venait de briser sa *geasa* à la veille de la bataille. Ils restèrent silencieux un instant, puis Meria le prit par la main.

— Que vas-tu faire ?

— Que puis-je faire, m'man ? Je vais mener les Rigantes à la guerre.

— Non, murmura-t-elle en reculant. Pas encore ! Cela ne peut pas arriver une nouvelle fois !

Ruathain grogna et se retourna dans son lit. La douleur le lançait. Il s'efforça de s'asseoir et constata que le lit était vide. Il se leva en poussant un petit cri d'effort et alla chercher ses affaires sur une chaise. Il sortit d'une poche de son gilet la petite bourse médicinale de Vorna, pour en extraire une pincée de poudre de digitale, qu'il saupoudra dans une coupelle avant de la remplir d'eau. Il mélangea le contenu et le but d'une traite. Quelques instants plus tard, le serrement dans sa poitrine se fit moins fort.

Cela avait été dur pour lui de demander à Conn de rester derrière lorsque l'armée se mettrait en marche, mais c'était une décision frappée au coin du bon sens. Tout autant qu'il aimait Aile, il ne lui faisait pas confiance pour amener à temps les renforts. Il n'y avait aucune chance pour qu'Aile se dépêche de se rendre à une bataille. Ruathain reprit un peu d'eau. Le médicament avait laissé un goût amer dans sa bouche.

Vorna était venue le voir le jour il était parti pour Vieux-Chênes. Ils avaient marché le long des barrières du paddock de Nanncumal.

— Tu ne lui as pas dit, pas vrai, Grand Homme ?

— Non.

— Écoute-moi, Ruathain. Si tu participes à cette bataille, tu mourras. Ton cœur te lâchera. Si tu n'arrives pas à en parler à ta femme, alors dis-le au moins à ton fils.

— Je lui dirai. Je resterai derrière, avec les femmes et les enfants, avait-il rétorqué sèchement, essayant de contrôler sa colère.

Son cœur s'était alors mis à battre furieusement. Vorna lui avait posé la main contre la poitrine et il s'était calmé.

— Tu as retrouvé tes pouvoirs, avait-il chuchoté.

— Oui, da. Mais pas assez pour te soigner, malheureusement. Tu te souviens de ta *geasa* ?

— Évidemment. Cela a toujours été n'importe quoi. Je pense que la sorcière devait être ivre, ce jour-là. « Ne sois pas le bouclier du roi. » Cela ne voulait rien dire à l'époque, et cela ne veut toujours rien dire aujourd'hui.

— Il y a pourtant toujours un sens, Ru. Une sorcière a une vision, une image, si tu veux. Elle essaie ensuite de la transposer en mots. Tu es resté bloqué sur le mot « roi », mais cela aurait tout aussi bien pu être « maître », « thane », ou « laird ». Connavar dirige les Rigantes. Dis-moi, est-ce que Meria connaît ta *geasa* ?

— Non. Elle connaît celle de Conn. Mais depuis la mort de Varaconn elle évite de parler de prophéties. Cela l'effraie.

Vorna avait poussé un soupir.

— Trouve un moyen de lui dire, Ru, si tu peux. Mais quoi que tu choisisses de faire, si tu vas à Vieux-Chênes, pense à ta femme et à tes fils. Ils t'aiment. S'ils te perdaient, cela leur briserait le cœur. Mon petit Banouin t'adore. Pense à toutes ces choses. Penses-y bien. Ne laisse pas ta fierté te voler tes dernières années. Il y a trop peu d'hommes bons dans ce monde, Ruathain. Reste encore un peu avec nous.

Ses mots l'avaient touché.

— Je ne participerai pas à cette bataille, Vorna. Et je vais le dire à Conn.

Mais il ne l'avait pas fait. Conn avait suffisamment de problèmes sans avoir en plus à se soucier de la santé de son beau-père. Au lieu de cela, il avait sauté sur l'occasion d'organiser l'arrière garde afin d'envoyer des renforts.

Il entendit la porte s'ouvrir. Et Meria entra précipitamment.

— Que se passe-t-il, fillette ? lui demanda-t-il en la prenant dans ses bras pour la serrer contre lui.

Elle lui raconta pour le chien et la *geasa* brisée.

— Tu dis que le chien a refermé la mâchoire sur son bracelet de force ? s'enquit-il.

— Oui.

— Est-ce qu'il a percé la peau ?

— Non.

— Alors, ce n'était pas une morsure. La *geasa* est toujours valide.

Elle s'écarta de lui.

— Tu as dit à Varaconn que c'était un cheval qui avait tué le corbeau. Tu lui as dit qu'il n'avait pas brisé sa *geasa.* Mais il est mort. Oh, Ru, il ne faut pas que mon fils meure à son tour. Je ne le supporterais pas.

Il lui tourna le dos.

— Je vais lui parler, déclara-t-il.

— Lui parler ? Comment ça, lui parler ? Tu dois le garder en vie, Ru. Tu m'as promis un jour que tu me ramènerais mon mari sain et sauf. Il est mort. Il faut que ce soit différent, cette fois. Tu es le meilleur guerrier rigante. Tout le monde le sait. Tu dois le protéger, Ru. Tu dois être à ses côtés. Est-ce que tu veux bien faire cela pour moi ?

Il vit la terreur dans ses yeux.

— J'étais jeune lorsque je t'ai fait cette promesse. Je croyais que j'étais invincible et que je pouvais protéger tous ceux que j'aimais. Je suis plus âgé aujourd'hui, et aussi plus sage.

— Non ! cria-t-elle. Tu peux le faire ! Personne n'est plus fort que toi. Tu peux me ramener mon fils en vie. Oh, je t'en prie, Ru. Si tu m'aimes, promets-moi que tu seras son bouclier.

Les mots le frappèrent avec une puissance redoutable. Son ventre se crispa et son souffle se figea dans sa gorge. Il regarda une fois de plus dans ces yeux terrifiés et voulu lui expliquer ce qu'elle venait de lui demander.

— Je t'aime, fillette, dit-il. Plus que la vie. Bien plus que la vie. (Il prit une profonde inspiration et lui sourit.) Je te le promets, jura-t-il.

Le désespoir quitta le visage de Meria, qui s'écroula dans ses bras.

— Tu es mon roc, lui dit-elle. (Il lui caressa le visage et l'embrassa sur le haut du crâne.) Tu dois aller voir Conn, continua-t-elle. Tu dois lui remonter le moral comme tu viens de le faire pour moi. À présent, je sais que tout ira bien. Je le sais.

— Oui, da, tout ira bien, répliqua-t-il d'une petite voix.

Puis, il s'habilla et traversa le hall jusqu'aux appartements de Conn. Son fils était assis à une table incurvée, et sirotait une chope d'uisge.

Conn leva les yeux.

— Elle te l'a dit.

Ce n'était pas une question.

— Tu croyais qu'elle ne le ferait pas ? rétorqua Ruathain avec un grand sourire. (Il s'assit, prit la chope des mains de Conn et but une grande lampée.) Que c'est bon, dit-il en savourant le goût. Comment te sens-tu ?

— Je vais bien, Grand Homme. Franchement. Si la *geasa* est brisée, eh bien, qu'il en soit ainsi. Je suis coupable d'un acte maléfique, et je prends cela comme une punition. Mais, par Taranis, je ne perdrai pas la bataille. Si je dois mourir, ce sera pendant que je détruis la menace qui pèse sur nos terres.

Ruathain se pencha en avant et donna une tape sur l'épaule de son fils.

— Voilà qui est parlé en homme. Je suis fier de toi, mon garçon.

— J'ai pensé à ce que tu m'as dit. Et cela me paraît plutôt logique. Reste ici et envoie-nous le plus grand nombre possible de guerriers. Mais pas par petits groupes. Attends d'en avoir réuni deux mille environ.

Ruathain secoua la tête.

— Non, Conn. Cette fois, nous devrons faire confiance à Aile, car je dois être à tes côtés.

Conn se fendit d'un large sourire.

— Mère t'a donné l'ordre de me protéger, n'est-ce pas ?

— Il fallait s'y attendre, mon garçon. Je lui ai dit que nous gagnerions cette guerre, qu'ensuite je te ferais prendre ton bain, que je changerais tes couches, et que je t'envelopperais dans des serviettes chaudes avant de te ramener dans ses bras affectueux.

Conn éclata de rire.

— Est-ce que ta mère était pareille ?

— Oh, oui. On dit qu'un homme ne peut pas vieillir tant que sa mère est en vie. Et je crois que c'est vrai. Pour elle, tu seras toujours un enfant. C'est extrêmement énervant. Mais tu sais, une fois qu'elles sont parties, tu donnerais la Terre même pour les entendre encore une fois te traiter comme un enfant.

— Tu ne m'as jamais traité comme un enfant, Grand Homme. Tu m'as toujours fait me sentir spécial : rusé, intelligent, sans peur.

— Parce que tu étais tout ça, fiston.

Leurs regards se croisèrent.

— Tu es le meilleur père qu'un homme puisse désirer, lui dit Conn.

— Houlà, mon garçon, voilà que tu deviens larmoyant. Allez, remplis les verres. Je vais en boire un petit dernier avant de me mettre au lit. Demain, la journée risque d'être longue.

Shard se tenait au sommet de la colline, le laird des Highlands à ses côtés, pour observer l'armée ennemie. Il estima qu'ils devaient être près de dix mille sur ces deux collines et dans le col entre elles.

— Ils sont à nous, déclara le laird des Highlands.

Un petit homme, avec une petite voix et un petit esprit, pensa Shard. Il pouvait sentir sa peur. Mais, évidemment qu'il avait peur. Sinon, il n'y aurait jamais eu d'alliance. Le laird avait besoin des Loups des mers pour écraser les Rigantes. Il n'y avait finalement eu qu'une seule source de discorde : qui tuerait le Laird Démon ? Shard s'était toujours considéré comme un homme généreux, mais sur ce sujet il avait eu du mal à céder. Si Connavar était pris vivant, le laird des Highlands le tuerait et Shard pourrait récupérer la tête afin de la ramener chez son frère. Une légère irritation toucha le roi des Vars. Des mois après qu'ils eurent passé cet accord, l'idée le dérangeait toujours. Il plissa les yeux et essaya de trouver Connavar.

— Lequel est-ce ? demanda-t-il au laird.

Le petit homme renifla et mollarda.

— Tu vois le géant en cotte de mailles au centre ? Eh bien, juste à sa gauche. L'homme qui désigne en ce moment le flanc de la colline.

— Je le vois. Comment veux-tu procéder, laird ?

Le Pannone gratta sa barbe noire et s'assit sur un rocher.

— Je pense que tu devrais mener tes hommes au centre. Les miens attaqueront les collines. Ainsi, nous attaquerons Connavar sur trois côtés.

Shard ne répondit pas. Il observa les lignes ennemies une fois de plus. La crête à l'ouest était tapissée d'hommes en armure. Il estimait qu'il devait y avoir dans les cinq cents hommes. Néanmoins, il y avait des arbres derrière eux qui pouvaient en cacher quelques milliers d'autres. Les hommes autour de Connavar étaient également protégés par des cottes de mailles, des boucliers et des heaumes, mais le gros de son armée était composé de simples Keltoïs vêtus de tuniques et de manteaux bleu et vert. Shard se rendit de l'autre côté de la colline pour contempler son armée : dix mille vétérans armés de haches et d'épées. La plupart d'entre eux portaient des cottes de mailles, mais aucun n'avait de bouclier. C'étaient des objets encombrants la plupart du temps, et ils ralentissaient la charge. La force Pannone, forte de huit mille hommes, se tenait à quelque deux cents mètres à l'ouest de ses troupes. Ses alliés étaient armés de façon légère, avec principalement des lances en bois, et ils avaient l'air impatients que l'action commence.

Étrange, songea Shard, comme une armée reflète toujours la personnalité de son chef. Les jeunes Keltoïs étaient suffisamment braves, mais ils suivaient un homme nerveux, et, comme par magie, il avait transféré cette nervosité aux hommes sous ses ordres.

Qu'ils attaquent donc les flancs de colline, pensa-t-il. *Qu'ils les prennent ou non n'a pas d'importance. Une fois que nous aurons écrasé leur centre et pris Connavar, le reste s'enfuira. Ils iront se réfugier dans le sanctuaire de Vieux-Chênes. Et j'y mettrai le feu.*

Il revint à côté du laird qui contemplait d'un regard mauvais les rangs rigantes à huit cents mètres de là.

— Aujourd'hui, tu auras ta revanche, lui dit aimablement Shard.

— Oui, da. Il va payer pour la mort de mon frère laird. Il va souffrir pour les enfants qu'il a massacrés et les femmes qu'il a violées.

Shard avait entendu l'histoire de la vengeance de Connavar. Et il ne se rappelait pas des viols.

— Il a dû être très occupé, cette nuit-là, fit-il remarquer. Tuer tous ces gens, brûler tout le village, et trouver quand même le temps de s'amuser un peu.

Mais le laird des Highlands n'écoutait pas. Les grosses mains de Shard se posèrent sur ses épaules.

— Cela fait deux heures que l'aube est venue. Je crois qu'il est temps que nous partions en guerre.

Il vit le laird déglutir avec peine ; puis, celui-ci descendit la colline pour aller rejoindre ses hommes. Shard regarda une dernière fois les Rigantes. Ils attendaient patiemment. Certains étaient même assis. Il n'y avait aucun signe de panique parmi eux, du moins aucun qu'il ne puisse voir à cette distance.

Shard descendit à son tour la colline pour rejoindre ses capitaines, des hommes sinistres au regard féroce. Il prit son épée et son heaume et marcha à grands pas jusqu'au cœur de son armée.

— Êtes-vous prêts pour le festin des corbeaux ? beugla-t-il.

Un cri assoiffé de sang jaillit des milliers d'hommes qui l'entouraient. Il attendit qu'il retombe.

— Que les Dieux boivent jusqu'à plus soif ! hurla-t-il en brandissant son épée et en la dirigeant vers l'ennemi.

L'armée se mit en marche, d'abord lentement ; puis, leurs pieds martelant le sol, les Loups des mers se ruèrent au pas de charge sur les lignes ennemies.

Fiallach se tenait imperturbable sur le sommet ouest alors que les Loups des mers chargeaient. Derrière lui, Govannan s'éclaircit la voix.

— Je crois bien qu'il va geler cette nuit, dit-il d'un ton qu'il voulait détaché. Je le sens dans le vent.

Fiallach éclata de rire.

— Eh bien, je te passerai un bon gros manteau de Loup des mers bien chaud autour des épaules.

Les Pannones chargèrent à leur tour. Ils fonçaient droit sur la position de Fiallach.

— Va chercher les chevaux, dit-il. Tiens-les prêts.

Govannan se pencha vers lui.

— Je crois que Conn va avoir du mal à contenir les Vars. Ça m'a l'air d'être un sacré paquet de féroces salopards.

Des centaines d'archers sortirent d'entre les arbres, tirant derrière eux les chevaux rigantes. Les cinq cents Loups de Fer de Fiallach se retirèrent du devant de la scène pour aller enfourcher leurs montures. Les archers prirent leur place et décochèrent flèche sur flèche sur les Pannones qui avançaient.

Fiallach monta en selle et jeta un coup d'œil au sommet de la colline est. Maccus appliquait la même stratégie. Des dizaines et des dizaines de Pannones s'écroulèrent.

La colline était abrupte, et la charge de l'armée ennemie fut presque arrêtée. En quelques instants des centaines de guerriers pannones furent touchés. Des cadavres roulèrent le long de la pente, rendant la progression des autres encore plus difficile, en faisant même tomber quelques uns.

Dans la vallée, les Loups des mers n'étaient plus qu'à deux cents mètres de la première ligne rigante. Fiallach fit avancer son cheval. Les archers reculèrent en se faufilant parmi les chevaux. Fiallach dégaina son sabre.

— Maintenant ! cria-t-il.

Et il lança son cheval au galop.

Cinq cents cavaliers lourdement armés dévalèrent la colline, percutant de plein fouet les rangs pannones, tuant tout sur leur passage. Surpris par la charge, l'ennemi recula, afin de se regrouper. Mais les cavaliers les suivirent, les harcelant sans pitié. Comme les Loups de Fer continuaient d'attaquer, la panique se répandit sur la colline, et ce fut un massacre.

Fiallach repéra le laird des Highlands qui s'enfuyait vers le nord. Il aurait voulu le poursuivre, mais les ordres de Conn avaient été clairs. Une fois que les Pannones seraient dispersés, Fiallach devait se concentrer sur les flancs des Vars.

Il regroupa ses cavaliers et chargea de biais. La tactique pour ses Loups de Fer était de frapper l'ennemi comme un couteau taillant un bout de bois, à angle aigu. Ainsi, ils ne pouvaient pas être happés au milieu des troupes adverses, où la masse grouillante de corps aurait rendu leur progression impossible.

De l'autre côté, Maccus menait ses archers montés contre le flanc droit ennemi, et des volées de flèches taillèrent ses rangs en pièces.

Fiallach mena deux charges successives. Lors de la deuxième, il fut presque désarçonné par un jeune guerrier brandissant une hache qui lui sauta dessus pour l'attraper par la cotte de maille, afin de le faire tomber. Fiallach le frappa en plein visage avec son bouclier. Alors que l'homme partait à la renverse, le cheval de Fiallach trébucha, manquant de le faire passer par-dessus sa tête. Le cavalier perdit son sabre et s'agrippa de justesse à la crinière de son hongre. Le jeune homme qui était revenu à l'attaque le frappa à l'épaule gauche, juste au-dessus du bouclier. Fiallach sentit sa clavicule se rompre. Le hongre se redressa. Fiallach dégaina son épée courte, fit virer sa monture et enfonça son arme dans la gorge du Vars. Govannan apparut soudain à ses côtés, dispersant les ennemis, et Fiallach réussit à s'échapper au triple galop.

Une fois hors de danger et malgré la douleur, il se retourna pour scruter de ses yeux pâles le champ de bataille. Les Pannones avaient fui, mais les Loups des mers avaient repoussé Conn plus loin dans les terres. Le cœur des troupes de Conn avait à présent l'air concave, comme un arc. De la sueur coula dans les yeux de Fiallach.

— Et maintenant ? demanda Govannan alors que les Loups de Fer se regroupaient autour de Fiallach.

— Je pense… qu'il est temps… d'ignorer nos ordres, répondit le géant en serrant les dents pour supporter la souffrance que lui procurait l'os brisé sous sa gorge. Nous devons remonter au sommet de la colline et charger en plein milieu des lignes de combattants. Trop… de pression pour Conn. Sa ligne de défense est sur le point de se rompre. Suivez-moi !

Fiallach lança sa monture à l'assaut de la pente. La douleur était telle que le guerrier rigante manqua de tourner de l'œil. Avec beaucoup de difficultés il fit glisser son bouclier sur son bras et le jeta au sol. Puis, il enfonça sa main gauche dans sa ceinture.

Il baissa les yeux et vit toute la férocité de la bataille qui faisait rage entre les collines. Conn et Ruathain se battaient côte à côte, et les ennemis n'allaient pas tarder à les encercler. Des centaines de Rigantes étaient morts. Malgré la douleur, il admirait la puissance que dégageaient Ruathain et Conn. Ils étaient inamovibles. Ils faisaient face à la horde, et taillaient inlassablement de droite et de gauche. Fiallach essuya la sueur de ses yeux.

— Tout droit au centre, ordonna-t-il à Govannan. Puis mettez pied à terre et formez une ligne de combat autour de Conn.

— Nous allons y laisser des chevaux, dit Govannan. Ils vont se faire tailler en pièces.

— Mieux vaut eux que nos hommes, grommela Fiallach. Chargez !

Et les Loups de Fer dévalèrent la pente.

Pour la première fois depuis un peu plus d'un an, Ruathain ne ressentait aucune douleur dans sa poitrine, ni de faiblesse dans ses membres. En voyant approcher les Loups des mers, il réalisa qu'il était toujours un homme, première épée des Rigantes et prêt à s'opposer aux ennemis de son peuple.

Ses cheveux blonds zébrés d'argent attachés en queue de cheval et son vieux heaume rond sur la tête, Ruathain se tenait au côté de son fils, sa longue épée à deux mains enfoncée dans le sol devant lui.

— Reste près de moi, Conn ! s'entendit-il dire.

Conn ne répondit pas. Un bouclier rond en bronze au bras gauche et l'épée seidhe au bras droit, il attendait calmement, son étrange regard bicolore rivé sur le mur humain et hurlant qui fondait sur eux.

Ruathain dégagea son arme, et ses grosses mains se refermèrent sur la garde enrobée de cuir. Les Loups des mers n'étaient plus très loin : grands, blonds, les yeux bleus. Durs et coriaces, élevés dans les fjords désertiques, c'étaient des guerriers-nés. Ruathain pouvait sentir dans leur arrogance et leur foi inébranlable qu'ils allaient balayer les Keltoïs qui se trouvaient devant eux. Il jeta un coup d'œil à son fils, se remémorant la dernière fois où il s'était tenu au côté d'un être cher, face aux Vars en furie.

Les premiers rangs des Rigantes bondirent sur les Loups des mers, leurs lames étincelantes au soleil. Mais la vitesse et la masse de la charge les renversèrent. Ruathain poussa un cri de guerre et se jeta dans la mêlée, son épée fracassant le crâne d'un grand Loup des mers armé d'une hache. Conn était à côté de lui, et sa lame seidhe déchirait les cottes de mailles ennemies comme si elles avaient été faites de lin. Cinquante Loups de Fer s'étaient répartis de chaque côté de leur laird ; c'étaient des hommes forts qui n'avaient pas l'intention de céder un pouce de terrain.

De fait, la charge des Vars fléchit, comme une vague rageuse se brise sur un grand rocher. Ruathain ne quitta pas Conn d'une semelle, l'œil aux aguets. Par trois fois il vint s'interposer face à des ennemis qui essayaient d'attaquer Conn par les côtés.

Il avait retrouvé sa force et, au fond de son cœur, il bénissait Meria de l'avoir forcé à venir aujourd'hui. Oui, pensa-t-il, cela aurait été agréable de passer du bon temps avec sa famille, à attendre que son cœur malade cède, assis dans son fauteuil à contempler les montagnes. Mais ceci était encore mieux. Voilà ce que c'était que vivre ! Pas la tuerie et les cris de terreur des hommes faisant face au spectre de leur propre mortalité. Non, mais le fait d'affronter la peur comme un homme, de se tenir au bord du gouffre et refuser de courber l'échine ou de s'avouer vaincu.

Les Loups des mers lancèrent une deuxième offensive pour encercler Conn, repoussant sa garde personnelle. Ruathain vit aussitôt le danger et se jeta en avant, renversant un guerrier d'un coup d'épaule, puis sautant en l'air pour se débarrasser d'un deuxième d'un formidable coup de pied qui le propulsa en arrière dans les rangs de ses camarades. Il était revenu au côté de son fils.

— Mettons-nous dos à dos ! lui cria-t-il.

Conn l'entendit et les deux hommes, à présent l'un contre l'autre, frappèrent à tout rompre de leurs épées les hommes qui tentaient de s'approcher d'eux. Ruathain encaissa plusieurs coups sur le haut du corps, mais sa cotte de mailles tint bon. La lame d'un couteau lui entailla profondément le mollet. Ruathain baissa les yeux et vit qu'un Vars mortellement blessé avait rampé jusqu'à lui pour le poignarder. Le Grand Homme lui asséna un prodigieux coup de taille en travers de la gorge, puis remonta rapidement son arme afin de parer un coup d'épée qui venait vers lui.

Les Loups de Fer de Conn firent une formidable contre-offensive, et repoussèrent momentanément les Vars, offrant la possibilité à Conn et Ruathain de se retirer au milieu de leurs lignes. Certains Vars gravissaient à présent la colline est afin d'encercler les défenseurs. Ruathain vit Maccus et ses archers montés dévaler la pente au triple galop pour leur couper la route.

Il regarda une nouvelle fois Conn. Son fils était couvert de sang, son visage et sa barbe maculés de taches pourpres. Conn fit un pas en arrière, regarda rapidement à gauche et à droite, puis derrière lui afin d'évaluer les forces qui lui restaient. Un épéiste vars en profita pour se ruer sur lui. Ruathain para son attaque et le tua d'un coup qui traversa l'épaule pour atteindre le cœur.

La bataille venait d'atteindre un point crucial. Si les Vars continuaient leur poussée, ils briseraient la ligne de défense, coupant l'armée de Conn en deux. Cela leur redonnerait des forces et saperait le moral des Rigantes. Si on pouvait les retenir encore un petit moment, leur arrogance se dissiperait progressivement, et ils connaîtraient la peur. Ruathain savait parfaitement que l'issue de cette journée sanglante allait se jouer dans les quelques minutes à venir. Conn le savait également, aussi chargea-t-il vaillamment les lignes adverses, invectivant ses hommes pour qu'ils le suivent.

Les derniers Loups de Fer, moins d'une vingtaine, menés par Ruathain se ruèrent à son aide. La furie dévastatrice de Conn était telle, qu'il se tailla un chemin dans les rangs ennemis. Ruathain bataillait désespérément pour le rejoindre. Une lance toucha Conn en pleine poitrine, le soulevant de terre. Ruathain beugla un cri de guerre et se jeta plus avant dans la mêlée, tranchant le bras du lancier d'un coup d'épée. Ce dernier recula en hurlant et fut piétiné par ses camarades.

La silhouette gigantesque de Ruathain vint se dresser au-dessus de Conn, et il le protégea en taillant et coupant de part et d'autre autour de lui, avec son épée à deux mains. Conn se mit à genoux, ramassa son épée et se releva pour aider son père. Une épée vint ricocher contre le heaume de Ruathain, le délogeant. Le Grand Homme tituba. Une deuxième attaque fondit sur sa tête dénudée. Conn para le coup, donnant à Ruathain le temps de tuer son agresseur.

Ils entendirent alors le martèlement de sabots. Ruathain risqua un coup d'œil sur sa droite.

Les cavaliers de Fiallach vinrent crever les rangs vars, dispersant leurs troupes. La pression au centre s'atténua quand les Loups des mers se concentrèrent sur ce nouvel ennemi. Les cavaliers continuèrent leur progression. Plusieurs chevaux tombèrent, projetant leur cavalier dans les rangs vars, où ils furent hachés menu. Lorsque Fiallach atteignit le centre, il sauta de sa monture et atterrit en douceur sur le sol ; il grimaça de douleur malgré tout. Les Loups de Fer mirent pied à terre autour de Conn et laissèrent leurs chevaux s'en aller.

Tout n'était plus que chaos, et Ruathain fut heureux de ce répit, car il respirait fortement et avait besoin de récupérer un peu. Il regarda en direction du sud. Aile aurait déjà dû envoyer des renforts à l'heure qu'il était, mais aucun n'était arrivé.

Il pensa soudain à Bendegit Bran. Lui aussi était resté derrière à Vieux-Chênes, à la demande insistante de Meria. Le garçon avait été furieux. Ruathain se rendit alors compte qu'il n'avait pas fait ses adieux à ses garçons. Cette pensée l'emplit de tristesse.

Puis, les Vars revinrent à l'attaque. Ruathain se fraya un chemin jusqu'à Fiallach et Conn. Ses forces étaient revenues et, pour l'instant, il ne souffrait toujours pas.

Le sens de la bataille était en train de tourner. Les Rigante avaient bien encaissé la charge ennemie, et même s'ils avaient subi des pertes importantes, ils commençaient enfin à repousser les Vars. Les Loups des mers le sentaient également. Ils ne se battaient plus pour gagner, mais pour survivre.

Ses archers ayant tiré jusqu'à leur dernier trait, Maccus leur fit mettre pied à terre derrière les lignes rigantes. Là, ils ramassèrent les armes de ceux qui étaient tombés au combat, et vinrent rejoindre la mêlée.

Le mollet gauche de Ruathain avait doublé de volume. Sa botte était pleine de sang, et il boitait salement. Conn lui ordonna de se replier, mais le géant refusa catégoriquement. Et la bataille les enveloppa une fois de plus.

Ruathain prit un coup à la tête, du plat d'une épée. Il partit à la renverse et s'écroula. Deux Loups de Fer le relevèrent, mais il tituba de plus belle. Il était tellement sonné qu'il avait l'impression d'entendre au sud des chevaux qui galopaient. Il regarda à tout hasard.

Des centaines de cavaliers montés sur des poneys venaient se joindre à la bataille. À leur tête, il aperçut la chevelure blonde de Bendegit Bran. Ruathain, vacillant, alla à leur rencontre, indiquant de la main la colline est. Bran le vit et fit tourner bride à sa monture, emmenant ses cavaliers avec lui sur le flanc de la colline. Là, ils mirent pied à terre et se ruèrent sur le flanc gauche de l'ennemi.

Les Vars reculèrent pour essayer de se reformer.

Leurs alliés s'étaient enfuis. Ils étaient en infériorité numérique. Ils n'avaient plus aucune chance de gagner à présent. Ils continuèrent à se battre un moment, puis leur première ligne céda, et les survivants firent demi-tour pour s'enfuir en direction du nord.

Les Rigantes ne les suivirent pas.

Ruathain les regarda partir. Cette fois, il était fatigué, épuisé même. Il plongea sa lame devant lui dans le sol, et s'assit sur un rocher. Conn vint le voir.

— Eh bien, Grand Homme, voilà qui clôt le problème des *geasas*, déclara-t-il.

— Oui, da, et je crois qu'il nous faudrait fêter ça, répondit Ruathain. Est-ce que tu as vu comment Bran a mené la charge ? Par le ciel, mon garçon, il va devenir un homme plus grand que les montagnes.

Conn s'assit aux côtés du Grand Homme.

— J'ai perdu le compte du nombre de fois où tu m'as sauvé la vie, aujourd'hui.

— Je le devais à ton père. Je te jure que c'était le meilleur des hommes, Conn.

— C'est *toi*, le meilleur des hommes. Mais à partir de maintenant, j'honorerai son souvenir dans mon esprit.

— Cela me ferait plaisir, fils.

Bendegit Bran arriva sans se presser sur ces entrefaites, un grand sourire sur le visage.

— J'ai bien failli manquer la victoire, fit-il remarquer.

Conn savait exactement ce que le Grand Homme allait dire. Tout comme Bran, d'ailleurs, qui regarda son frère aîné et lui fit un clin d'œil.

— Mon garçon, je suis fier de toi, déclara Ruathain en serrant son fils dans ses bras.

Le jeune homme sourit et embrassa son père sur sa joue hirsute.

— Y a-t-il un jour où tu n'as pas été fier de moi ? s'enquit-il.

— Pas que je me souvienne, répondit Ruathain en souriant à son tour.

— Je vais aller voir les blessés, dit Conn. Viens avec moi, Bran. Tu pourras ainsi m'expliquer ce que tu fais ici, malgré mes ordres.

Ruathain les regarda s'en aller et vit Conn passer son bras autour de l'épaule de Bran. Le soleil perça entre les nuages comme il contemplait plein de fierté ses fils.

Le géant reposa ses bras sur les quillons de son épée et observa le champ de bataille, puis les montagnes lointaines.

Une belle journée, pensa-t-il.

Le nombre de morts était glaçant : un peu moins de trois mille Rigantes dont deux cent vingt Loups de Fer de Conn. Deux mille autres avaient été sérieusement blessés, certains nécessitant une amputation. Personne ne compta les cadavres des Pannones ou des Loups des mers. Sur l'ordre de Conn, ils furent tous dépouillés de leurs armes, et jetés pêle-mêle dans des fosses communes profondes.

En compagnie de Bran, Conn alla rejoindre Fiallach qui, torse nu, se faisait remettre l'épaule en place avant qu'on l'attelle.

— Et voici un autre homme, observa Conn, qui sait quand désobéir à un ordre.

Le visage de Fiallach était livide, et de grands cernes sombres entouraient ses yeux.

— Il ne s'en est pas fallu de beaucoup, répondit-il. J'ai envoyé Govannan et ceux de nos hommes qui ont encore une monture harceler l'ennemi, afin qu'il retourne le plus au nord possible.

— Tu lui as bien dit de ne pas se laisser attirer dans une bataille rangée ?

— Mais oui. De toute façon, il a suffisamment de jugeote.

Conn s'accroupit devant le géant blessé.

— Tu t'es très bien débrouillé, Fiallach. Très, très bien. Désormais, tu seras le général des Loups de Fer.

Fiallach se détendit un peu et amorça un sourire.

— Tu m'as fait confiance, Conn. Et ça, je ne l'oublierai jamais.

Conn et Bran s'en allèrent. Trois Druides étaient apparus de nulle part, deux étaient Pannones, et le troisième n'était autre que Frère Solstice. Ils s'occupaient des blessés, aidés de nombreuses femmes venues d'un village rigante proche.

Des guerriers se déplaçaient sur le champ de bataille, à la recherche de blessés au milieu des morts. Les blessés pannones étaient également soignés. Mais les Vars n'eurent pas cette chance. Ils furent achevés à la moindre occasion.

Conn attira Bran à l'écart.

— Où est Aile ? s'enquit-il.

Bran haussa les épaules.

— À Vieux-Chênes. Il a pensé qu'une force importante était nécessaire là-bas si jamais l'ennemi perçait nos défenses.

— Il t'a donc envoyé à sa place.

— Pas exactement, Conn. En fait, j'ai également désobéi à ses ordres. Une bonne journée pour l'indiscipline, pas vrai ?

Bran ramassa une pierre et la lança en l'air, manquant de justesse le pigeon qu'il visait.

— Et quels étaient ses ordres ?

Le jeune homme de dix-sept ans passa ses doigts dans ses longs cheveux blonds.

— Ah, Conn, cela ne vaut pas le coup de lui en vouloir. Tu connais Aile. Il a dit à tous les guerriers de rentrer à l'intérieur de la forteresse. J'ai protesté, mais il n'a rien voulu savoir. (Bran détourna le regard.) Il était mort de peur, Conn. Enfin bon, j'ai aperçu Arna le Borgne, le laird de loch Vipère, qui arrivait avec ses hommes. J'ai pris un poney et suis allé à leur rencontre. Je leur ai dit que nous avions l'ordre de te rejoindre ici. Il avait près de huit cents hommes avec lui, tous montés sur des poneys. Nous avons mis deux heures pour arriver. Pas mal, non ?

ne répondit pas à son salut, et quelque chose de glacial toucha le cœur de Conn.

Il se mit à courir. Bran, le voyant, l'imita à toutes jambes.

Conn arriva devant son père et se laissa tomber à genoux. Les yeux morts de Ruathain regardaient fixement au loin ; il y avait sur son visage comme un air de bien-être. Les cornemuses résonnaient toujours dans les collines. Bran s'agenouilla à côté de Conn, le visage en larmes.

Ils ne touchèrent pas au cadavre avant un long moment. Ils regardèrent le soleil couchant se refléter sur ses cheveux blonds striés d'argent et sur sa cotte de mailles. Puis Conn se plaça à côté de lui et le prit dans ses bras. Bran se plaça de l'autre côté et ferma les yeux de Ruathain.

— Ah, Grand Homme, murmura Conn, la gorge serrée et les yeux humides. Qu'allons-nous devenir sans toi ?

Il caressa les cheveux de son père.

Le dernier rayon de soleil illumina le paysage, transformant les montagnes en or.

Et les cornemuses s'arrêtèrent.

Épilogue

Valanus se tenait en haut des collines surplombant les quais. Il surveillait la réquisition des centaines de navires mouillant dans la baie en forme de croissant de Goriasa. L'officier de Roc retira son heaume et compta les vaisseaux. Trois cent vingt-trois. Jasaray en voulait quatre cents. Le général ne serait pas content.

Le bruit de plusieurs dizaines de femmes qui gémissaient parvint jusqu'aux oreilles de Valanus. Il regarda au pied des collines et vit qu'une foule s'était amassée sur le lieu des exécutions. Deux cents prisonniers gaths, les bras cloués à des poutres de quatre mètres de haut, se faisaient hisser. Ils vont mourir rapidement, pensa Valanus. Plus leurs corps vont tirer sur leurs bras, plus leurs gorges vont se resserrer, empêchant l'air d'affluer dans leurs poumons. Si le général avait demandé que leurs pieds soient également cloués, cela aurait duré encore plus longtemps. Mais depuis la chute de Goriasa, le général était d'excellente humeur.

Cela ne sera plus le cas lorsqu'il apprendra que le traître, Ostaran, a volé douze navires pour s'échapper de l'autre côté de l'eau, avec pas moins de deux cents hommes.

— Ne te crois pas en sécurité, Osta, murmura Valanus en scrutant l'horizon. Nous te suivrons bientôt.

Au même moment, un vent glacial parcourut les collines. Valanus frissonna.

— Tu risques d'attraper froid, soldat, fit une voix.

Valanus se retourna d'un bond et vit une vieille Keltoïe, emmitouflée dans un châle usé.

— Tu te déplaces silencieusement pour quelqu'un de si âgé, dit-il, gêné qu'elle l'ait effrayé.

— Tu étais perdu dans tes pensées, homme de Roc. Pourquoi regardes-tu donc de l'autre côté de l'eau ?

— C'est là que l'armée de Roc doit se rendre, lui expliqua-t-il. Nous allons nous y battre.

— Connavar est là-bas, déclara-t-elle simplement. Loin au nord, mais il est là-bas.

— Tu le connais ?

— Nous avons déjà parlé lui et moi. Mais que vas-tu donc chercher de l'autre côté de l'eau, Valanus ? lui demanda-t-elle.

Il la regarda avec insistance, se demandant comment elle connaissait son nom. Puis, il se détendit. Qui pouvait ignorer le nom du commandant de Goriasa ?

— Je veux être célèbre, lui répondit-il.

— Et tu le seras, lui promit-elle. (Son rire était glacial et le ton frigorifiant.) Oh, oui, Valanus. Tu vas devenir célèbre !

— Tu m'as aidé à renverser le cours des événements, admit Conn. (Il jura doucement.) Combien d'hommes Aile a-t-il barricadés avec lui ?

— Un peu plus de trois mille.

— Nous aurions eu besoin d'eux ici, affirma Conn d'une voix glaciale.

— Oui, da, mais finalement nous nous en sommes passés, non ?

— Là n'est pas la question, Bran. Si je donne un ordre, j'ai besoin qu'on l'exécute.

— Mais pas moi ni Fiallach, hein ?

Bran éclata de rire, et le son fut si communicatif que Conn ne put s'empêcher de sourire.

— Tu es une insolente fripouille. Bon, réunis un groupe d'hommes, et allez prêter main-forte à Frère Solstice.

— J'y vais. Mais promets-moi que tu ne vas pas t'en prendre à Aile. Il est comme il est, Conn.

— Je te le promets. Dépêche-toi !

Comme l'après midi avançait et qu'on s'était occupé des morts et des blessés, trois joueurs de cornemuse arrivèrent pour interpréter *La Complainte du Guerrier*. Le son se répandit en un écho macabre dans les collines.

Govannan et ses cavaliers revinrent à la tombée de la nuit. Las, le fils du forgeron se laissa tomber de selle.

— Nous les avons repoussés jusqu'à la mer, dit-il à Conn. Le roi des Loups des mers s'est échappé. Nous pensions l'avoir, mais il a mené une incroyable contre-attaque. Par le ciel, c'est un sacré combattant. Nous avons dû nous replier. Enfin, nous avons quand même ramené un prisonnier.

Govannan fit un geste à deux cavaliers qui s'avancèrent. Derrière eux, les mains liées, chevauchait le laird des Highlands. L'un des cavaliers le fit tomber de selle. Le petit homme chuta lourdement, et se releva péniblement. Il puait la peur mais réussit à se tenir droit, et, lorsqu'on l'amena devant Conn, il lui cracha au visage. Govannan allait le frapper, mais Conn leva la main en secouant la tête.

— Détachez-le, ordonna Conn.

Govannan sortit un couteau et trancha les liens du laird.

— Viens, faisons quelques pas ensemble, proposa Conn au prisonnier.

Le Rigante s'en alla vers un groupe de rochers et s'assit, contemplant le champ de bataille.

— Tu crois que je vais te supplier de m'épargner ? s'enquit le laird. Tu risques d'attendre longtemps.

— Je ne te demande rien. Tu es un chef keltoï. Ce que j'attends de toi, c'est de la sagesse, et jusqu'à présent tu n'en as pas vraiment fait preuve. Si les Vars avaient gagné, nous aurions pu dire adieu à notre culture. Ils nous auraient pris nos terres et auraient fait venir d'autres guerriers ainsi que leurs familles.

Ta soif de vengeance t'a empêché de voir ce simple fait, tout comme mon désir de vengeance m'avait aveuglé. Pas un jour ne passe sans que je ne pense à ces enfants d'Eau-Claire ou à ces femmes qui sont tombées sous mon épée. Je n'espère pas le pardon. Certains crimes ne doivent pas être pardonnés. Mais, si tu souhaites ma mort, alors envoie-moi un champion, et je l'affronterai. (Conn regarda le champ de bataille.) J'ai tué *quelques-uns* de tes gens, laird. *Toi*, tu en as conduit des *milliers* à la mort. Et pour quelle raison ? Qu'as-tu accompli ? (Conn resta silencieux un instant, puis il regarda le petit homme droit dans les yeux.) Je vais t'envoyer un messager avec un prix du sang pour Eau-Claire. Tu accepteras le prix.

— Pourquoi devrais-je accepter ? demanda le laird.

— Parce qu'il est normal que tu le fasses. Comprends-moi bien. Cette bataille pourrait mettre un terme à notre querelle. (Conn se pencha vers l'homme et le toisa d'un regard glacé.) Ou alors, cela peut être le début d'une guerre que je te ferai. Je détruirai tes villes, tes villages et tes ports. Je raserai tous tes bâtiments et je ferai saler tes champs. Je te traquerai et te tuerai ainsi que toute ta famille. Tu as le choix. La paix ou la guerre. Décide-toi maintenant.

— Qu'as-tu fait des blessés pannones ? demanda le laird.

— On les soigne comme si c'étaient mes hommes, lui répondit Conn.

— Alors, ce sera la paix, déclara le laird des Highlands.

— Tu prêteras d'abord serment devant les Druides. Ensuite, tu pourras rentrer chez toi.

— Je préfère rester pour aider les blessés, répliqua le laird.

— Comme tu veux.

Les joueurs de cornemuse jouaient toujours, et la triste musique lancinante emplit Conn de mélancolie. Ce matin, ses hommes étaient des pères, des frères, des maris et des fils. Ce soir, il y aurait de nouvelles veuves, des orphelins, et une grande tristesse allait ébranler de nombreux foyers à travers tout le pays.

Il aperçut Bran en conversation avec Frère Solstice et alla les rejoindre. Il confia au Druide la promesse de paix du laird des Highlands.

— Recevras-tu son serment ? s'enquit Conn.

Frère Solstice acquiesça.

— Ce n'est pas franchement un homme d'honneur. Il pourrait bien rompre son serment.

— S'il fait ça, je le tuerai, affirma Conn.

Tout à coup, il se sentit extrêmement fatigué et balaya du regard le champ de bataille. Des torches avaient été allumées et quelques lanternes avaient été accrochées à des lances plantées dans le sol. Il vit Ruathain assis tranquillement sur le sol entre les deux collines, les mains posées sur la poignée de son épée, le menton sur ses mains. Conn sourit et lui fit un signe. Ruathain